« On découvre l'insoupçonné, non en le cherchant,
mais en se perdant. »
Le Mahabharata.

« Mrs Anderson m'invite à un pique-nique dimanche
prochain. Comment a-t-elle pu oser ! Toute ma vie
n'a été qu'un gigantesque pique-nique ! »
Journal de Joseph F. Rock.

IRÈNE FRAIN

Au Royaume des Femmes

ROMAN

FAYARD

© Librairie Arthème Fayard, 2007.
ISBN : 978-2-253-12263-0 – 1re publication LGF

AU ROYAUME DES FEMMES

Née à Lorient en 1950, agrégée de lettres classiques, Irène Frain a enseigné au lycée et à la Sorbonne nouvelle. Elle débute sa carrière littéraire par un essai intitulé *Quand les Bretons peuplaient les mers*, publié en 1979. En 1982 paraît son premier roman, *Le Nabab*, qui rencontre un immense succès et obtient le prix des Maisons de la Presse. En 1984, Irène Frain entame une carrière de journaliste. En 1989, elle reçoit le Prix RTL Grand Public pour *Secret de famille*. Grande voyageuse, la romancière a une prédilection pour l'Asie, notamment l'Inde, la Chine et le Tibet. Elle a écrit plusieurs récits de voyage.

Paru dans Le Livre de Poche :

à François et Paul

AVERTISSEMENT AU LECTEUR

Mon héros n'est pas le fruit de mon imagination. Né à Vienne en 1884, mort à Honolulu en 1962, auto-didacte de génie, entré à l'Université sur la foi d'un diplôme falsifié, Joseph Francis Rock est une illustre figure de la science botanique américaine et de la revue *National Geographic*.

Nombre de plantes chinoises ou tibétaines lui doivent d'avoir été conservées. Une souche de pivoines, notamment, aurait complètement disparu de la surface de la planète si Rock n'avait transmis ses graines en Occident, au mépris du chaos qui régnait en Chine à la fin des années vingt.

Très conscient des menaces que la guerre civile faisait peser sur le patrimoine immémorial des Tibétains, Rock a aussi sauvé de l'anéantissement l'édition la plus achevée de deux textes bouddhistes parmi les plus importants, le *Tanjur* et le *Kanjur*. Au plus fort des conflits, il les fit imprimer dans le monastère isolé où il s'était replié, les expédia aux États-Unis et réussit à les faire entrer dans les collections de la bibliothèque du Congrès, à Washington.

Journaliste et surtout photographe d'un immense talent, il réalisa parallèlement des reportages exceptionnels sur l'ouest de la Chine et les marches du

Tibet. Ces clichés et ces textes, publiés pour l'essentiel dans le *National Geographic*, enfiévrèrent l'imaginaire des Occidentaux des années vingt et trente et sont à l'origine du mythe d'un paradis tibétain soustrait au passage du Temps – le fameux « Shangri-la » du romancier James Hilton et de l'adaptation filmée qu'en tira Franz Capra, *Horizons perdus*. Soixante-dix ans plus tard, par-delà la légende, on commence à redécouvrir l'œuvre de Rock et à mesurer l'ampleur de son travail de sauvegarde. Ainsi, dans les réserves d'une bibliothèque de Seattle, une équipe américaine vient de retrouver des empreintes de stèles qu'il avait réalisées en Chine dans les années 1920 et 1930. Comme ces monuments ont été systématiquement détruits par les Gardes rouges, ces fragiles rouleaux de papier constituent des témoignages uniques sur l'histoire de la Chine du Sud-Ouest. On comprend enfin que Joseph Rock fit œuvre de génie quand il s'attela à la traduction de l'écriture cryptée du peuple na-khi, ethnie du sud de la Chine, et à démontrer que celle-ci était issue de l'énigmatique société nomade des Q'iang, dont les voyageurs de l'époque des Sui et des T'ang, douze siècles plus tôt, avaient observé les ultimes représentants aux marches du Tibet.

L'histoire moderne a confirmé leurs observations. Elle a établi que les nomades Q'iang, en des temps très anciens, occupèrent les confins de la Chine, du Tibet et de la Mongolie, très au nord de Likiang, l'actuel territoire du peuple na-khi. Elle a également prouvé que cette société des steppes et des montagnes pratiquait communément la polyandrie (union simultanée d'une femme avec plusieurs hommes). Le système de filiation en vigueur chez les Q'iang semble avoir été matrilinéaire ; le nom et l'héritage y auraient été transmis par les femmes.

Au début du Ier millénaire de notre ère, à la suite de sauvages incursions mongoles, les Q'iang furent en grande partie anéantis. Leurs rescapés émigrèrent pour partie vers l'ouest – l'actuel Tibet. Une branche se dirigea vers le sud, l'actuel Yunnan, où les migrants se scindèrent en multiples tribus. Celles-ci donnèrent naissance, entre autres, aux ethnies connues de nos jours sous les noms de Na-khis et Mosos.

Un dernier groupe, de taille très minime, demeura au nord et échappa au génocide. Ce sont vraisemblablement ces peuplades qui furent observées par les voyageurs chinois des époques Sui et T'ang – sans doute des fonctionnaires responsables de la collecte des impôts, conduits par les devoirs de leur charge à s'égarer dans les lointaines marches de l'Empire. Ils transmirent leurs rapports aux annalistes impériaux. Ainsi s'ancra la certitude qu'existait, à l'ouest de la Chine, un énigmatique « royaume des femmes ».

Entre 1923 et 1927, Joseph Rock explora la région – les actuelles provinces du Setchwan, du Qinghai, du Gansu et de l'Amdo. Puis, jusqu'en 1949, il mena de longues investigations linguistiques et ethnographiques dans le Sud (l'actuel Yunnan). Ce patient travail de terrain, au contact quotidien des populations locales, lui permit de mettre en évidence le lien qui unit les tribus du Sud – Mosos et Na-khis – et le peuple originel dont ils descendent, les Q'iang du Nord.

Lorsque Rock s'attela à la rédaction de ses ouvrages scientifiques – d'une façon qui en dit long sur son obsession des sociétés dominées par les femmes – il partit souvent chercher la sérénité nécessaire à cette

œuvre monumentale dans l'une des dernières sociétés
de la planète à pratiquer la polyandrie, la tribu Moso,
sur les rives du lac Lugu.

De nos jours, les femmes y jouissent encore d'une
liberté sexuelle unique au monde. Alors que le véritable « royaume des femmes » était situé bien au nord,
les Chinois contemporains ont baptisé la région : Pays
des Femmes. Les sociologues l'ont plus froidement
dénommée : « société sans père ni mari[1] ».

ॐ

Dès les années vingt, Rock fut très conscient des
menaces qui pesaient sur ces minorités miraculeusement préservées. Les Na-khis et les Mosos n'eurent
évidemment pas accès à ses savants ouvrages ; mais
sa passion pour leur savoir pluriséculaire les émut
beaucoup et les conduisit à comprendre qu'ils déte-
naient une extraordinaire richesse spirituelle. De façon
détournée et posthume, l'œuvre de Rock leur restitua
ainsi leur fierté perdue et les aida à traverser sans trop
de dégâts les ravages de la Révolution culturelle.

Chez les Na-khis de Likiang, au pied de la Montagne du Dragon de Jade, la mémoire de Joseph Rock
demeure donc très vivace. On y parle de lui comme
d'un vieil ami, avec un immense respect, parfois
pimenté d'une pointe d'amusement. Plus de soixante
ans après son retour en Occident, la maison qu'il occu-
pait dans le petit village de Nguluko a été restaurée.
À tort ou à raison, les habitants du pays lui prêtent de
nombreux descendants – surtout, bien sûr, du côté du
lac Lugu, au Pays des Femmes. Au hasard des che-

---

1. *Cf.*, notamment : Cai Hua, *Une société sans père ni mari.
Les Na de Chine*, Paris, PUF, 1997.

mins, on rencontre encore quelques vieilles personnes qui entretiennent la mémoire de celui qu'elles nomment avec émotion « Luo Boshi ». Elles se souviennent de ses colères homériques, des arbres qu'il planta dans le village, de son attirail de vaccination et de dentisterie – Rock avait soigné les habitants de toute la vallée. Le plus pittoresque de ces admirateurs nakhis est sans conteste le célèbre Dr Ho, phytothérapeute, qui affirme tenir de son cher « Dr Rock » une bonne partie de sa science des plantes, comme ce qui lui reste d'anglais.

La base documentaire qui forme le support de ce roman s'est révélée d'un foisonnement surprenant. La reine des Goloks a bel et bien existé. Le Brigadier général Pereira, rude serviteur de la Couronne britannique, espion à ses heures et fameux cavalier, rencontra effectivement Rock à la frontière birmane, lui confia imprudemment son projet de trouver l'étrange Royaume des Femmes, sa mystérieuse montagne et sa non moins énigmatique souveraine, puis séjourna sous son toit avant de partir à la recherche de cette peuplade où il vit, comme tant d'autres, les ultimes survivantes des Amazones.

C'est aussi Pereira qui, par ses confidences irréfléchies, mit Rock sur la piste d'un aristocrate qui régnait non loin des terres goloks, le prince de Choni, alias Yang Chi-ching, comme lui passionné de photo. Celui-ci s'enthousiasma tellement pour son projet qu'il lui prêta de l'argent et l'hébergea à plusieurs reprises dans son fabuleux monastère – il en était aussi grand lama.

On pourra se trouver surpris des noms de certains de mes personnages, de leurs titres, de leurs fonctions. Ils sont pourtant authentiques. Rock, dans ses écrits, fut souvent le premier à s'en étonner, voire à en rire. Le Régent de la Réincarnation du Dieu de la Littérature, le Grand Bouddha Vivant, le prince Yang et son espion-chef, L'Œil-Dans-Le-Dos-De-Yang, Jésus-Sauveur, fondateur de la Nouvelle Secte, ont existé, portèrent ces titres et ces noms, rencontrèrent mon héros aux dates et dans les circonstances indiquées. La missionnaire Mrs Howard Taylor a bel et bien photographié la reine des Goloks ; le professeur Sargent, directeur de l'Arboretum de l'université de Harvard, a effectivement financé, avec le *National Geographic*, une bonne partie de la folle expédition de Rock. Enfin le quatuor amoureux qui s'était formé autour de l'explorateur et anthropologue américain Frederick Wulsin est vraiment venu poursuivre à la lamaserie de Choni ses intrigues amoureuses à la Scott Fitzgerald.

Sans conteste, la plus remarquable des rencontres de Joseph Rock fut celle qu'il fit, fin octobre 1923, avec Alexandra Myrial, alias Alexandra David-Neel, du côté de Tsedjrong, juste avant que la célèbre exploratrice ne pénètre au Pays Interdit – les récits et courriers d'Alexandra ne font pas mystère de cette rencontre.

Elle était mystique ; Rock préférait aborder la Chine et le Tibet sous l'angle ethnographique. De cette collision, à un moment crucial de leurs deux destins, naquit une curieuse amitié-rivalité. Grande admiratrice du courage physique de Rock et de ses travaux scientifiques, l'exploratrice renoua ensuite avec celui qu'elle nomme dans ses carnets de 1923 « le botaniste américain ». Ils entretinrent une longue correspondance ;

Rock tint à témoigner en faveur de « la Française » quand son exploit[1] fut mis en doute par une odieuse campagne de calomnies, selon une méthode éprouvée pour disqualifier les femmes qui s'écartent, au propre et au figuré, des sentiers battus.

Aussi extravagant que cela puisse paraître, l'épisode hawaïen du faux diplôme est lui aussi authentique. Sont également véridiques, entre autres péripéties, l'assassinat de la femme de Yang, l'Expédition de Malédiction et l'excursion au Temple de la Famille Ho, avec les transes qui s'ensuivirent – l'explorateur a livré de cette troublante journée plusieurs relations concordantes, et extrêmement circonstanciées.

Dans ses écrits, lettres, articles ou journaux intimes, Rock a d'ailleurs manifesté des connaissances en psychiatrie plutôt étonnantes chez un botaniste, et encore plus déconcertantes pour un homme de son milieu et de sa génération. Ce point suggère qu'il a pu, lors de sa jeunesse viennoise, approcher l'école médicale qui fleurissait alors dans la capitale de l'Autriche, et connaître les travaux de Freud. Il est vrai que le fondateur de la psychanalyse vivait à un jet de pierre du palais Potocki, où le père de Rock était domestique.

Le jeune Rock lui-même, dans sa Vienne natale, se signala très tôt comme un esprit « déviant » ou, pour le moins, curieux de tout, comme le prouve assez sa publication, à dix-huit ans, d'un manuel d'apprentissage du chinois – il l'avait appris seul à l'âge de treize

---

1. Elle fut la première femme à entrer au Tibet, alors rigoureusement interdit à tous les étrangers, excepté les officiels britanniques.

ans. L'étrangeté, la bizarrerie, l'occulte le fascinaient. Le démontre suffisamment son rituel de la nuit du 31 décembre où, face à son journal intime, il renouvelait un pacte avec une puissance transcendante innommée. Son obsession du chiffre 13 était notoire. Pour partir à l'assaut du Royaume des Femmes, il s'entoura scrupuleusement d'une troupe de douze boys na-khis. Il portait aussi sur lui, comme je l'indique, la chevalière d'une momie égyptienne, sans doute volée.

Il serait vain de dresser le catalogue des innombrables manies de Rock, hygiéniques, musicales, gastronomiques ou autres ; je ne soulignerai jamais assez qu'elles ne sont pas le fruit de mon imagination, ce que je regrette vivement. Pour ce type d'inventivité, toutefois, Rock fut largement surpassé par les Chinois et les Tibétains. Je suis certaine qu'autant que moi il aurait aimé composer le menu du dîner qui lui fut offert par le prince de Choni. Malheureusement pour nous deux, ce dignitaire en est l'unique et baroque auteur. De la même façon, au monastère de Radja, les lamas sont les seuls inventeurs de l'extravagante « Cacophonie Chronométrique » que Rock eut à subir dans la pièce où le Bouddha Vivant lui donna audience.

Il s'en amusa beaucoup : il était en pays de connaissance. Là encore, je me dois de souligner que nombre de détails concrets que j'attache à la personne de Rock – sa passion du champagne et des grands crus, son obsession culinaire, son culte de Caruso et Melba, son attachement compulsif, au fin fond du Kokonor ou du pays Golok, à son phonographe et à sa baignoire gonflable – proviennent non de mon imaginaire, mais de la réalité documentaire que j'ai découverte en remontant le sinueux jeu de piste d'archives que l'ex-chasseur de plantes constitua à l'intention de la postérité, quand il dispersa ses journaux intimes, lettres, photos, films et documents scientifiques entre diverses bibliothèques et universités d'Europe et des États-Unis. Rock était très conscient d'être un personnage littéraire. Il tenta d'écrire le roman de sa vie, s'arrêta au bout d'un feuillet et demi, puis se borna à lire et relire avec délectation les quelques vers qu'Ezra Pound [1] lui avait consacrés sans le connaître. Sa personnalité avait tellement marqué ceux qui l'avaient rencontré, journalistes ou simples voyageurs, qu'il était spontanément devenu la matière de récits et portraits extrêmement savoureux. L'un d'entre eux, particulièrement haut en couleur, fut signé d'Edgar Snow [2]. Rock eut l'élégance de ne jamais désavouer ces portraits. Il fut le premier à s'en flatter – et à en rire.

Les documents qui jalonnent ce roman sont authentiques. Je tiens tout particulièrement à le signaler pour les deux extraits des Annales des Sui et des T'ang, l'article du *Washington Post* qui annonce la disparition de l'explorateur aux confins du Tibet, les croquis de la montagne – ils sont sortis du crayon de Rock –, les extraits de son journal et la missive qu'il fit rédiger, entre autres destinataires, à l'attention de la reine des Goloks.

Enfin et surtout, les pictogrammes et le manuscrit na-khi cités dans le texte ne sont pas le produit d'une fantaisie idéogrammatique de l'auteur, non plus que l'effet d'une subite poussée de fièvre. Ils ont été restitués dans leur stricte et documentaire vérité.

---

1. Voir, *infra*, p. 786-787.
2. In *Journey to the Beginnings*, New York, 1958.

De ces éléments bibliographiques, un seul a été modifié : le patronyme de l'auteur qui, après les annalistes chinois, mit Pereira, puis Rock, sur la piste du Royaume des Femmes, William Woodville Rockhill. Je l'ai abrégé en William Woodville, à l'évident motif d'une trop grande proximité phonétique avec le patronyme de Rock.

Au fil de sa lecture, le lecteur s'étonnera sans doute de rencontrer, aux confins du Tibet et de la Chine, nombre d'objets occidentaux, parfois en quantité non négligeable : chapeaux de cow-boy, fusils américains, montres, horloges, coucous suisses, boîtes de conserves, bocks de bière japonaise, dentifrice au menthol, appareils photo Graflex, matelas pneumatiques, etc. Ces indications, elles aussi, proviennent des archives de Rock et des témoignages des quelques autres voyageurs à s'être aventurés au début du XXe siècle dans ces régions qui, pour être reculées, ne restaient pas hors des circuits commerciaux, même si ceux-ci se limitaient à des caravanes de colporteurs.

Quant à la mystérieuse montagne que Rock chercha si longtemps, l'Amnyé Machen, elle demeure toujours difficile d'accès et très vénérée des populations locales. Située au sud de la province du Qinghai, elle culmine à 6282 mètres au cœur du pays Golok, actuellement territoire chinois. Très isolée, soumise à de fréquents ouragans de neige et de sable, ainsi qu'à des variations climatiques impressionnantes, elle ne tente guère les alpinistes. Nombre de ses sommets, vallées et séracs n'ont jamais vu l'ombre d'un piolet. Pèlerin ou simple curieux, on peut toutefois tenter d'en faire le tour à cheval ou à pied, pour peu qu'on s'en sente le courage et qu'on soit doté d'une bonne santé.

I. F.

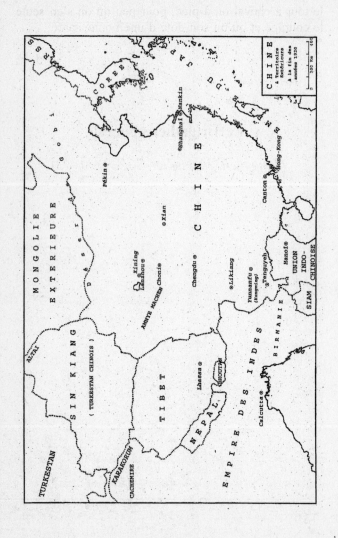

CHINE
& Territoires
Extérieurs
à la fin des
années 1920

0   200 Km   400

Le Brigadier général

(Tengyueh, 31 janvier-5 février 1923)

« C'est arrivé un matin, à mi-chemin entre Pékin et Lhassa. D'un seul coup, l'air est devenu extrêmement limpide et j'ai vu surgir à l'horizon une gigantesque pyramide de neige.

« Je faisais route vers le Fleuve Jaune, dans la seule compagnie de mon muletier. C'était l'an dernier, le 26 mai très exactement, aux confins du Tibet. La veille, il y avait eu une énorme tempête de pluie mêlée de neige ; j'y avais perdu deux bêtes. J'avais établi mon camp au bord d'un torrent, juste au-dessous du col de Chüri-La, dans une plaine sablonneuse qui s'appelait Luanchan. Je venais de me réveiller.

« Le pic qui se dressait devant moi semblait distant d'une cinquantaine de kilomètres. Mais j'ai tout de suite pensé que cette proximité n'était qu'un effet de la transparence de l'air ; et je me suis fait la réflexion que la montagne se situait bien plus loin – cent, cent vingt kilomètres au bas mot. Comme je fais toujours, j'ai sorti mon carnet de bord pour y noter mes observations, et j'ai tenté d'estimer son altitude. Je campais moi-même à environ 4 500 mètres. Je l'ai donc jaugée à plus de 8 800. En tout cas, elle dépassait l'Everest d'au moins cinquante mètres. Peut-être même du double. J'étais tombé sur la plus haute montagne du monde !

« J'ai eu une chance folle : il aurait suffi que je traverse la plaine de Luanchan par temps bouché – la veille, par exemple, quand j'ai été pris dans la tempête –, ou simplement si le ciel était resté voilé, comme il arrive souvent là-haut, et je n'aurais rien soupçonné de ce pic magnifique. Car il ne figure sur aucune carte ! À mon retour de Lhassa, dès que j'ai été remis de ma thrombose au mollet, je me suis précipité à la Bibliothèque des Armées, à Calcutta, pour m'assurer que la montagne était restée inconnue des géographes. Et au Service des Cartes, comme prévu, sur tous les relevés que j'ai pu dénicher, entre la Chine, la Mongolie, le Tibet et le Setchwan, rien ! Un océan de blanc ! Seuls deux ou trois atlas mentionnent l'existence d'un énorme massif, au sud du lac Kokonor. Des noms très incertains : Amnia Macher, Maqu, Machu, Amnié Machin, Anye Maqen – tout, et n'importe quoi !

« Et aucun moyen de vérifier que la montagne que j'ai vue se dresser au bout de l'horizon au matin du 26 mai dernier est bien le pic le plus haut de la planète. D'après le superviseur du Service des Cartes, aucun Occidental ne s'est jamais risqué par là.

« Pourtant, moi, j'ai eu tout loisir de l'observer, ma montagne : la vision s'est maintenue pendant plusieurs heures, toujours aussi resplendissante. Comme suspendue au-dessus des sommets environnants. Mon propre muletier, un jeune cavalier aussi téméraire que pouilleux, en est resté coi. Alors qu'il connaissait l'existence de ce pic ! Lorsque je lui ai demandé son nom, il m'a répondu, tranquille comme Baptiste : "*Amnyé Machen*".

« Je me le suis fait répéter. Après l'altitude, je l'ai scrupuleusement consigné sur mon journal de bord ;

et comme je suis très curieux, j'ai eu l'idée de demander à mon Tibétain la signification de ce nom – à coucher dehors, vous serez bien d'accord ! Le gaillard
parlait parfaitement le chinois, il me l'a aussitôt traduit : "*Le Vieil Homme de la Plaine*". Il restait hypno-
tisé par la pyramide enneigée. Mais moi, je ne l'ai pas
lâché. Je voulais absolument comprendre ce qui avait
bien pu amener les gens du pays à surnommer "Vieil
Homme" un pic dont le dessin éclatait d'une telle jeunesse. Pourquoi, comment ?

« Mon Tibétain s'était mis en prière face à la montagne. À l'évidence, je le dérangeais dans sa méditation. J'ai insisté, j'ai réussi à lui faire cracher
qu'Amnyé Machen était à la fois un ancêtre, un dieu
et une montagne. Puis il a recommencé à égrener son
chapelet en marmonnant des incantations – je voyais
bien qu'elles s'adressaient à l'Ancêtre-Montagne. Je
suis alors revenu à la charge, je lui ai demandé s'il y
avait une route qui menait là-bas. Il avait dû aller
marauder dans le coin ; il m'a chuchoté, toujours en
tripotant son chapelet : "Très dangereux, très dangereux." Je ne l'ai pas lâché ; et il a fini par m'avouer
que, comme beaucoup de terres dans la région, les vallées qui entourent la montagne inconnue sont la chasse
gardée du peuple Golok – autrement dit les Têtes-À-
l'Envers, la tribu de ceux qui ne font rien comme personne. Il a baissé la voix, il m'a soufflé : "Il faut absolument contourner leurs terres. Si tu entres là-bas, tu
es mort."

« Sur ce point des Goloks, cela dit, il ne m'a rien
appris. Depuis Pékin, on m'avait cent fois mis en
garde contre ces gredins-là. Dès que j'étais arrivé au
lac Kokonor, j'avais bien pris soin de passer très au
large de leur territoire, pour éviter de finir comme tous

les étrangers, Blancs, Chinois, et même Tibétains,
qu'ils ont trucidés pour avoir franchi à leur insu leurs
frontières invisibles. La plupart du temps, ils ont été
jetés au torrent ou aux vautours. Mais avant ce matin-
là, personne, absolument personne, ne m'avait jamais
parlé comme mon muletier. Une révélation ! Si les
Goloks attaquent les voyageurs, m'a-t-il avoué, ce
n'est pas seulement, comme les autres brigands, pour
les dévaliser. Ni par cruauté. C'est parce qu'ils sont
tenus de veiller sur la sérénité de l'Ancêtre et de garder ses secrets. S'ils laissaient des étrangers pénétrer
dans leurs vallées, ils permettraient qu'ils s'éventent.
Et le Vieil Homme de la Plaine leur expédierait les
pires calamités.

« Autant vous le dire tout de suite, je suis un vieux
de la vieille, ce n'est pas à moi qu'on peut la faire.
Mon muletier, j'ai continué à le tanner ; et je lui ai
demandé aussi sec à quoi pouvaient ressembler les
fameux secrets de l'Ancêtre-Montagne. Il s'est lancé
dans une histoire très embrouillée, à quoi je n'ai pas
compris grand-chose, sinon que la montagne dissimule
un palais de cristal. Il a aussi prétendu qu'au cœur de
ce palais une épée magique attend la résurrection – ou
la réincarnation, je n'ai pas très bien pigé – de
l'homme qui l'a perdue au pied de ses glaciers. J'ai
cru saisir que c'était un roi qui s'était aventuré par là
pour se chercher une fiancée. Enfin je ne sais plus
trop, car le muletier a enchaîné sur quelque chose d'infiniment plus passionnant : à la droite du pic enneigé,
il m'a désigné un second sommet un peu moins élevé.
Et c'est à cet instant-là qu'il m'a révélé que le pays
était tenu par une cavalière. "Une reine !" a-t-il ajouté ; et il a précisé que c'est elle, la souveraine, qui,

avec l'aide de ses femmes, empêche les étrangers d'approcher l'Ancêtre-Montagne.

« Moi, à ce moment-là, vous pensez bien, je ne m'en suis plus laissé conter. Je suis un vieux militaire ; quarante ans que je baroude, l'Égypte, le Soudan, la Mandchourie, attaché militaire à Pékin, j'ai tout fait, depuis que j'ai commencé dans les grenadiers de la Garde. Même la Révolte des Boxers, j'y étais, c'est d'ailleurs là, si vous voulez tout savoir, que j'ai chopé ma cicatrice. Ensuite la guerre russo-japonaise, plus quatre ans de tranchées en Somme et en Artois. De là j'ai enchaîné sur la Sibérie où je suis allé donner un coup de main à l'amiral Koltchak, quand il a voulu sortir l'or des tsars de cette foutue Russie – on n'allait tout de même pas le laisser aux Rouges, non ? Alors mon muletier, quand il m'a parlé de la reine des Goloks, vous pensez si je lui ai ri au nez ! Je lui ai aussitôt demandé combien elle avait mené de guerres, sa furie ! Et contre qui ! Combien d'hommes étaient déjà tombés sous ses balles... À supposer qu'elle possède des fusils, la harpie !

« Le Tibétain ne m'a pas répondu. Il a simplement recommencé à me seriner : "Très dangereux, très dangereux !" et il m'a répété qu'il ne fallait pas s'approcher de la montagne à cause de la reine. Mais il sentait bien que j'étais intrigué et il a dû avoir peur que je décide de faire demi-tour pour l'emmener de ce côté, au lieu de poursuivre vers le Fleuve Jaune et la route de Lhassa – à dire vrai, ce n'était pas l'envie qui m'en manquait. En tout cas, à ce moment-là, il a caché son chapelet dans sa manche et m'a lancé, l'air sournois, un argument qu'il a cru définitif : "Tu ferais bien de te méfier. Au pays Golok, les hommes n'ont aucune voix au chapitre. Les mâles, là-haut, rien que des esclaves, soumis à la terreur des filles. Et elles, de redoutables tueuses. En plus, elles ont des floppées d'amants. Autant qu'elles veulent, et quand ça les prend."

« Alors j'ai tout laissé tomber. Mais n'allez pas croire que mon muletier m'avait foutu les jetons, avec son histoire de Walkyries ! C'est tout bêtement que le vent avait tourné au nord, et qu'il était temps que je pense à ma peau ! Le ciel s'assombrissait, la température baissait : on était tombés à trois degrés Celsius. Le magnifique sommet s'était voilé ; depuis le temps qu'on baratinait, on ne voyait plus rien de la montagne. Sauf peut-être, ici et là, quelques pans de roches grisâtres, toutes glacées.

« Enfin il y avait mes bêtes. Dans la plaine de Luanchan, la pâture est extrêmement pauvre. Les trois mules qui me restaient depuis la tempête de la veille commençaient à tourner de l'œil. Vous savez, là-bas, un coup de froid, et en deux heures de temps la neige est là. Même fin mai ! Et puis, maintenant que la montagne avait disparu, les fadaises du muletier...

« Seulement, pas plus tard qu'hier soir, figurez-vous, ici même, au consulat, j'ai appris qu'elle existe bel et bien, la Reine des femmes. Comme la montagne.

« C'est le consul qui m'a reparlé d'elle. Une dépêche qu'il a reçue il y a deux jours, signée de son homologue de Xining : il paraît qu'il y a eu de la castagne, dans le Nord, entre un général chinois et un genre de Jeanne d'Arc, une fille que tout le monde, là-haut, appelle "la Reine des Goloks". Vous entendez bien : *Reine des Goloks* !

« J'ai fait un bond, vous imaginez ! Même si le fond de l'affaire n'est pas très intéressant – comme toujours, dans les Royaumes de l'Ouest, une sordide histoire d'impôts. La fille – je dis ça parce qu'elle est très jeune, vingt ans et des poussières – ne voulait pas payer son tribut au Chinois. L'autre a été plus malin, ou il a eu peur d'elle. En tout cas, il a préféré discuter. Ils ont fait la paix. La reine s'est déplacée à Xining et ils ont scellé un pacte dans les règles, sous une grande tente, au vu et au su de toute la populace. D'après le consul, la fille avait emmené une grande escorte, dont son fils et ses deux ministresses. Des sauvageonnes, évidemment. Les cheveux nattés en cent huit tresses, comme elles font toutes, sur le haut plateau. Mais aussi le visage entièrement maquillé. Et ça, moi que vous voyez devant vous, moi qui ai traversé le Tibet de part en part, qui en ai rencontré, des tribus, des peuplades, des demi-sauvages, je vous le jure sur ma Victoria Cross, je ne l'ai jamais vu nulle part. Il paraît qu'elles étaient hideuses, les trois sorcières, avec cette infecte terre noire qu'elles s'étaient tartinée sur la tronche. C'est ce qu'a prétendu, en tout cas, une missionnaire qui les a vues. D'après le consul, elle les aurait prises en photo. Vous vous rendez compte : une photo ! Une photo de la Reine des Femmes !

« Le consul, ça l'a épaté. Mais beaucoup moins que moi. Parce que moi qui vous parle, je l'ai vue de mes yeux, la montagne. Et je sais comment y retourner. C'est d'ailleurs ce que je vais faire. Je dois repartir à Lhassa d'ici à six mois. Alors, l'année prochaine, sur la route du retour...

« Cela dit, il n'y a pas que cette histoire de photo qui me turlupine. Depuis hier soir, je n'arrête plus de repenser aux livres, aux monceaux de paperasses que j'ai compulsés à Calcutta, quand j'allais oublier ma thrombose au Service des Cartes. Et je me dis maintenant que ce jour-là, le 26 mai, quand le vent a tourné, que la montagne s'est évanouie à l'horizon et que je suis parti dans l'autre sens pour rejoindre avant la nuit la route de Lhassa et le gué sur le Fleuve Jaune, ce que j'ai laissé derrière moi, ce n'est pas seulement la plus haute montagne du monde, mais aussi l'ultime vestige du peuple des Amazones... »

Sur le mot « Amazones », la voix du Brigadier général Pereira vacille. Il paraît soudain pris de faiblesse. Mais l'homme qui l'écoute depuis un quart d'heure, lui, redouble d'enthousiasme. Il est ranimé par ce qu'il vient d'entendre. Rajeuni. On pourrait même dire : ressuscité, tant il bouillonne soudain d'énergie.

Il est beaucoup plus jeune que le militaire qui vient de parler. Avec ce récit, pourtant, il se voit revenu des années et des années en arrière. Il ignore pourquoi : il n'est jamais allé voyager dans le Nord, ne connaît rien de la route Pékin-Lhassa. Mais à mesure que s'est déroulée cette histoire, il s'est redécouvert une autre âme, neuve et fraîche. Qu'il a eue il y a très longtemps, à l'époque où il n'était pas encore « chasseur de plantes », comme il répond toujours quand on lui demande son métier. Manière commode de justifier ce qui l'a amené ici, à Tengyueh, petite ville de la frontière birmane. Officiellement, il remplit l'un des volets du contrat qui le lie depuis un an au gouvernement américain et à l'université de Harvard : trouver dans les montagnes avoisinantes des souches de châtaigniers résistantes aux moisissures, aux fins de reconstituer les forêts américaines décimées en moins de deux siècles par la hache de l'homme blanc. Doué comme il est, il ne lui a pas fallu trois semaines pour les dénicher. Comme s'il était pressé de s'attaquer à une autre quête, qu'il ne connaît pas, et qui l'attend.

Il ignore où, et quand. Il sait seulement qu'elle l'attend. Une sensation enfantine, comme l'impression que lui laisse le récit qu'il vient d'entendre. Elle aussi, cette impression d'enfance, des années qu'il l'a oubliée. Et le plus curieux, c'est qu'il l'a éprouvée une première fois cet après-midi au moment où il a quitté son camp à flanc de volcan pour se rendre au bureau du Télégraphe poster ses colis de racines et de marrons et, le cas échéant, retirer son courrier. Tout le temps qu'il a caracolé le long des pentes, il s'est persuadé qu'un courrier l'attendait là-bas, qui allait décider de sa vie. Mais non : pas une seule lettre d'Amérique. Rien qu'un relevé de banque en provenance de Shanghai. Quant à l'employé, en face de lui, un jeune Chinois revêche, il ne lui a pas adressé deux phrases, tant il était pressé d'en finir – les premiers pétards dans la rue, l'imminence du Nouvel An. Alors, fatigué de lui-même comme il ne l'avait jamais été, il est sorti dans la rue comme il serait allé se pendre. Au bout d'une dizaine de pas hagards, il a poussé la première porte venue – là encore, en homme épuisé d'en demander toujours plus à la vie, et furieux de la découvrir si avare. Cette porte, c'était celle du *Boozer's Club*.

Et quand il a découvert, effondré dans son fauteuil usé, en face d'un double brandy qui n'était manifestement pas le premier, ce vieux militaire britannique aux joues couperosées et dont les yeux transparents, presque vitreux, étaient fixés sur un camélia en début de floraison, ses idées puériles s'étaient déjà évanouies. Au lieu de s'exalter dans le vide, il s'est réfugié dans la plate réflexion que ce « Club du Poivrot » dont les Anglais, par un trait d'humour bien dans leur manière, ont baptisé ce mélange de salon et de bistrot exclusivement réservé aux Occidentaux, mérite bien son nom. Il a donc lâché une moue au-dessus du brandy du militaire et décidé, pour sa part, de s'offrir un verre de tokay. Mais l'œil vitreux du vieux avait quitté le pot de camélia, s'était fixé sur le sien et ne le quittait plus. Il était esseulé, lui aussi, le militaire, et remâchait en silence. Dans l'attente du premier venu, tout comme lui.

Mais ce premier venu, c'est lui, Rock. Qui a déjà fait deux fois le tour du monde. Et, à trente-neuf ans, s'accroche plus que jamais à son rêve de devenir célèbre grâce à l'exploration. Comme tant de Blancs.

L'année précédente, il a déjà connu sa petite heure de gloire avec la relation dans le *National Geographic* d'un voyage dans la jungle birmane, à la recherche d'un arbre dont l'écorce devrait guérir la lèpre. On n'est pas encore sûr de son efficience, les analyses sont en cours. Cependant, récit, photos, tout a plu au public de la revue américaine. On lui en a redemandé ; mais il n'a pas trouvé de nouveau sujet. Ni, par conséquent, d'occasion d'aller crapahuter plus loin qu'ici, dans les montagnes du Yunnan.

Un an déjà qu'il enrage de devoir chevaucher par tous les temps, avec sa petite caravane de boys, sur les sentiers muletiers qui relient, entre Chine et Tibet, des dizaines de petites principautés montagneuses et farouches. Un an qu'il fulmine de voir ses ambitions étrécies à ce statut de demi-fonctionnaire qui le ramène chaque mois, comme aujourd'hui, dans un bureau de poste, pour expédier à Washington et Boston les spécimens de plantes, connues ou inconnues, que lui réclament l'Université et le Ministère. Dûment séchés, identifiés, classés, numérotés. Date et lieu de récolte, fleurs, rhizomes, spores, bourgeons, graines, rien ne doit y manquer. Il faut ensuite les étiqueter, puis les emballer selon un protocole aussi précis qu'immuable. Sans jamais trouver la moindre occasion d'aller barouder plus loin que la montagne du Dragon de Jade, au nord d'ici, près de Likiang, où il s'est loué une petite maison. Et de l'autre côté, au Sud, pas moyen non plus de se risquer au-delà de la chaîne de volcans qui domine Tengyueh.

Et voilà que, justement, dans ce trou perdu où les Anglais, allez savoir pourquoi, viennent de bâtir un énorme consulat, alors qu'il émerge du bureau du Télégraphe pour aller s'envoyer, à deux pas de là, un bon verre de tokay, un sujet d'article lui tombe tout cuit.

Visitation de la Chance. Ou si c'est le Hasard, il se présente en costume du dimanche. Car le récit qu'il vient d'entendre n'est pas seulement prodigieux, il a le don de le laver de tout son passé. De ranimer, sans préavis, son appétit d'histoires. Comme dans l'enfance, qui s'en va si loin, en ses heures immobiles.

Dès que Pereira en a fini avec ses chevrotants « Peuple des Amazones », Rock, de sa voix ferme et quasi princière, choisit de prendre la parole. Malheureusement, il n'a rien à raconter. Pour que l'histoire se poursuive, tout ce qu'il peut faire, c'est de commander au patron un de ses meilleurs crus.

Il ne connaît pas le *Boozer's*, c'est la première fois qu'il y met les pieds. Mais dès son arrivée dans la région, à Rangoon puis à Yunnanfu, on lui a parlé de ce bistrot situé à la lisière de la concession blanche et de la ville chinoise, et de son patron qui collectionne avec religion et patience, au mépris des moussons et des constants tremblements de terre, un fabuleux échantillonnage de breuvages les plus divers.

Son choix se porte sur un Cos d'Estournel. Il jette quelques dollars d'argent sur la table, annonce à Pereira que c'est sa tournée. L'autre, sans broncher, passe du brandy au bordeaux ; puis, comme s'il venait de se faire décorer, il se redresse de toute son échine contre le dossier du fauteuil et offre fièrement au feu des questions son poitrail de vieux soldat.

Il faut dire que tout, en Rock, raconte déjà la curiosité. L'œil allumé. Le feu aux joues. Le corps qui se penche au-dessus de la table de laque. La bouche asséchée, les mains tremblantes. Il ne veut rien laisser échapper de cette histoire de montagne inconnue et de Royaume des Femmes. Il lui faut, sur-le-champ et jusqu'au bout, tirer le fil de cette énorme pelote d'inconnu.

Une demi-heure plus tôt, il en ignorait l'existence. Mais, maintenant, c'en est fait : la mystérieuse montagne est là, devant lui, gigantesque, à lui boucher l'horizon. Il ne sait plus comment il va affronter la minute suivante. Intenable.

Si infernal que ses questions lui échappent en désordre. Il ne prémédite rien, pour une fois, ne calcule rien. Il se contente d'aligner les interrogations comme elles lui viennent :

« Un royaume de femmes ?... Au sud du lac Kokonor ? Qui se serait maintenu, alors, à cause de l'isolement ? Resté ignoré, comme la montagne, parce que... si loin de tout ? À mi-chemin, exactement, entre Pékin et Lhassa... Et ce pic, plus haut que l'Everest ? Vous en êtes sûr ? »

Rock ne questionne pas, il fait semblant. Il a trop envie d'y croire, à ce qu'a raconté le Brigadier général. Il y croit déjà.

Dans la ville, il devait s'en souvenir longtemps, les rues commençaient d'expédier vers le ciel tout ce qu'elles savaient de pétards ; le chapelet irrégulier de leurs détonations (quand ce n'était pas, depuis le théâtre tout proche, les piaillements des travestis) empêchait Pereira de bien saisir ses questions. Il a donc mis son oreille en pavillon – une vraie caricature de major britannique blanchi sous le harnois.

Et pourtant, à l'instant même où Rock s'est fait la réflexion de n'avoir jamais rencontré plus vieille ganache que cette ganache-là, il a été traversé de la sensation d'avoir trouvé son double. Plus âgé, certes. Mais tout de même : son jumeau.

Impression inexplicable. Entre les bras de son fauteuil, l'autre allonge une interminable silhouette d'échalas à bout de forces. Tandis que lui, Rock, de l'autre côté de la table, ne parvient à lui opposer qu'un vif et courtaud petit mètre soixante-dix. Et cependant, malgré ces différences, sans compter la vingtaine d'années qui les séparent, il persiste à se sentir uni à lui par une troublante fraternité.

Celle des cavaliers, peut-être : ils portent le même costume, veste de cheviotte, knickers, bandes molletières. Et leurs muscles sont pareillement trempés par les chevauchées dans les montagnes, asséchés par des mois à dormir sous la tente. Ils ont aussi des peaux semblables, recrues de grands soleils et de saisons des pluies, des cuirs tannés par un combat identique : celui qu'il faut mener sans jamais désemparer, dès qu'on s'aventure dans les forêts et les canyons environnants, contre les fièvres et les insectes, les serpents, les brigands, la vermine – contre la peur.

Et le vieux militaire, ainsi que lui, a les yeux très bleus, qui portent loin. En somme, il vient de tomber sur un autre homme des sentiers et des routes, de ces cavaliers infatigables dont le regard ne cesse jamais de refléter la ligne d'horizon. Quelqu'un qui sait de quoi il retourne. Et pourquoi, inlassablement, on y retourne. Un homme, comme lui, qui n'attend plus grand-chose du monde. Si ce n'est de sa géographie.

Les pétarades, dans la rue, ont repris de plus belle. Pereira, à nouveau, s'est penché au-dessus de la table, a remis son oreille en pavillon. Rock a abrégé sa question : « Un royaume de femmes... Vous croyez... Au pied d'une montagne plus haute que l'Everest... Vous pensez vraiment que... ? »

Mais il n'a pas fini sa phrase que l'échalas voyageur s'est métamorphosé en échalas militaire. Vertèbres revissées au dernier cran, bouche amincie au plus serré. Reverrouillé dans sa hauteur d'officier, Pereira. Prêt à briser là.

Et standard jusqu'à la caricature, maintenant, le Brigadier général : face de Conseil de guerre ; moustache qu'il n'arrête plus, dans sa fureur, de lisser et relisser ; yeux étrécis, gelés, désormais vides de l'horizon de la montagne magique et de sa plaine battue par les vents. Rien que la glace d'une dignité blessée.

Quelque chose, tout de même, l'attache encore à Rock, à ses questions : au bout de quelques instants de ce silence polaire, il se penche vers le bissac qu'il a laissé s'affaler au pied de son fauteuil et en sort un petit volume relié de veau noir. À sa reliure écornée, aux grandes auréoles blanchâtres qui la flétrissent, on voit bien qu'il l'a trimballé sur lui pendant des mois. Et qu'il y tient. Il le tend cependant à Rock :

« Si vous ne me croyez pas, tenez, lisez-moi ça ! Trouvé à Calcutta. Lisez, lisez donc ! Page 339, notes additionnelles et tables. Il y a un signet ! Des annales chinoises, figurez-vous. Vous allez voir ce qu'elles en disent, du Royaume des Femmes ! Vous allez m'en donner des nouvelles ! »

Rock ignore la volée de mitraille, s'empare du livre et commence à le feuilleter. Mais Pereira le referme d'autorité et lui lance, avec cette même façon de détacher les mots comme à coups de serpe :

« Le passage marqué du signet ! Lisez-moi ça ce soir ! Le reste si ça vous chante ! Je loge au consulat, vous me rendrez le livre demain ! »

Et il se lève. Lentement, prudemment. Savante économie de gestes que Rock, jusque-là, n'a jamais connue qu'aux estropiés de longue date.

Mais comme l'Anglais sent que le regard de Rock s'attarde sur ses jambes, il lui jette :

« Accident de chasse ! Quinze ans j'avais ! Un gamin ! Ça ne m'a pas empêché d'entrer dans les grenadiers ! Ni de faire carrière ! »

Il désigne maintenant ses insignes :

« Vous, les Américains, connaissez rien à la guerre ! Faut tout vous expliquer ! Brigadier général, ça veut dire ! Mais cette saleté de jambe m'a pas empêché d'aller là-haut, jusqu'à Lhassa ! Et maintenant, vous allez voir... M'empêchera pas non plus de recommencer ! »

Il sort. Rock se sent obligé de le suivre dans la ruelle. Son cheval est attaché juste derrière le sien. Une bête magnifique. Dont le maître, lui, est boiteux.

Annales de Sui Shu, livre 83

Le Royaume des Femmes se trouve au sud des montagnes du Tsung-Ling. Dans ce pays, le souverain est une femme. Son nom de famille est Su-pi.

Le mari de la reine est appelé « Monceau d'Or » (*Chin-tsu*). Mais cet homme n'a pas de part dans le gouvernement de l'État.

Les mâles de ce pays vaquent à la guerre. La capitale du Royaume des Femmes se trouve sur une montagne ; elle s'étend sur cinq ou six li carrés. Le pays compte dix mille familles. La souveraine vit dans une maison de neuf étages et possède plusieurs centaines de suivantes. Tous les cinq jours, elle tient conseil.

Il existe aussi une « petite reine » (*hsiao nü-wang*). Les deux femmes gouvernent conjointement le Royaume.

La coutume du Royaume veut que les femmes tiennent leurs maris en piètre estime, et que ceux-ci ne soient pas jaloux. Les habitants des deux sexes se peignent le visage d'argile diversement colorée ; ils en changent la couleur à peu près tous les jours. Tous les sujets de ce Royaume sont portés sur les effets de coiffure ou de chapeaux. Ils ont un système d'impôt, mais l'assiette en est variable. Le climat du pays est très froid, ses habitants vivent de la chasse.

Le Royaume des Femmes produit aussi du tou-shih (cuivre mêlé d'or), du vermillon, du musc, des yaks, des chevaux rapides (*tsun ma*), des chevaux à pelage rayé (*shu ma*) et du sel en abondance, que les habitants exportent en Inde pour leur plus grand profit.

Ils ont souvent fait la guerre avec l'Hindoustan et le T'ang hsiang.

Quand leurs reines meurent, ils collectent une grande somme en pièces d'or et cherchent dans le clan des défuntes deux femmes d'expérience et de talent, l'une pour être reine, l'autre pour être petite reine.

Dans ce Royaume, quand un riche meurt, les gens lui écorchent la peau, mélangent sa chair et ses os à de la poussière d'or, l'enfouissent dans un vase, puis l'incinèrent. Un an plus tard, ils réunissent les cendres avec la peau, les déposent dans un vase de fer, puis les brûlent.

Les habitants de ce pays adressent ordinairement leurs prières aux démons et aux dieux. À la nouvelle année, ils sacrifient des hommes ou des singes, puis s'en vont prier dans les montagnes jusqu'à ce qu'un oiseau tel qu'une poule faisane vienne se percher sur la main du devin. Il ouvre alors le jabot de l'oiseau et l'examine. S'il y a du grain dedans, l'année sera bonne ; s'il y a seulement du sable et du gravier, il y aura des calamités. Depuis la sixième année de l'ère de Sui K'ai huang, le Royaume des Femmes paie tribut à l'empereur sans discontinuer.

Annales de T'ang Shu, livre 122

Il y a aussi dans l'Ouest Lointain (Hsi hai) un pays dirigé par des femmes. À l'est, ce royaume borde le T'u-fan, le T'ang-h'siang, et le Mao chou. À l'ouest, il touche le San-Po ho (Yaru tsang-po). Au nord, il est frontalier du Yü-tien (Khoten), et vers le sud-est du Ya-chou (Iau Ssu-ch'uan), du Lo-nu Man-tzu et des sauvages de Pai-lang (Mongols). La distance d'est en ouest est de neuf jours de voyage ; entre le nord et le sud, il faut compter vingt jours.

Ce royaume compte quatre-vingts villes, et la femme qui le gouverne réside dans la vallée de K'ang-yen, une gorge étroite et pentue qui se déverse dans la rivière Jo dans la direction du sud. On y compte plus de 40 000 familles et de 10 000 soldats. La souveraine est nommée Pin chin, ses dignitaires sont appelés Kao-pa-li, ils sont comme nos ministres d'État. Les femmes délèguent aux hommes le soin de remplir toutes les tâches qui se déroulent à l'extérieur, et ceux-ci sont par conséquent connus sous le nom de « délégués des femmes » (*ling nü kuan*). Les hommes reçoivent et transmettent les ordres qui sont donnés par les femmes depuis l'intérieur du palais royal.

La reine a une cour de sept cents femmes, et elle tient conseil tous les cinq jours. Quand la souveraine meurt, le peuple paie plusieurs myriades de pièces d'or et choisit pour la remplacer deux femmes intelligentes à l'intérieur du clan royal ; l'une pour régner, l'autre comme assistante, pour lui succéder en cas de mort. Si celle qui meurt est une jeune fille et l'autre une femme mariée, celle-ci prend sa suite aussitôt, de telle sorte qu'il soit

impossible que le clan des femmes s'éteigne ou soit victime d'une révolution.

La résidence de la souveraine est haute de neuf étages ; celle des femmes ordinaires, de six. La souveraine
porte une jupe plissée, de couleur noire ou bleue, de
texture rude, avec une robe noire ou bleue aux manches
traînant sur le sol. En hiver, elle y ajoute un manteau
de peau de mouton orné de broderies. Elle est coiffée
de petites nattes et porte des boucles d'oreilles ; aux
pieds, elle chausse une sorte de bottes qu'on connaît en
Chine sous le nom de *so-i*.

Les femmes ne tiennent pas les hommes en haute
estime et les femmes riches ont constamment à leur disposition des serviteurs hommes qui les coiffent et leur
maquillent le visage à l'argile noire (*t'u*). Les hommes
vaquent aussi à la guerre et au labourage. Les garçons
prennent le nom de famille de leur mère. Le pays est
froid, on ne peut y cultiver que l'orge. Les animaux
domestiques sont les moutons et les chevaux. Ce pays
recèle de l'or.

Quand on perd un membre de sa famille, on porte le
deuil trois ans, pendant lesquels on ne se change ni ne
lave ses vêtements. Quand un riche meurt, on écorche
son corps, on met ses chairs de côté, qu'on place avec
les os dans un vase de terre. On les mêle alors à de la
poussière d'or, puis on enterre le tout avec soin. Quand
la souveraine est enterrée, il en va de même, à ce détail
près que plusieurs dizaines de personnes suivent la
morte dans son tombeau.

Rock aime la nuit. Chaque fois qu'il s'est retrouvé à un carrefour de sa vie, il a pris sa décision la nuit.

Qui va trancher, de lui ou de la nuit ? Il l'ignore. Mais il sait que, d'ici quelques heures, sitôt rentré à son camp avec ce livre, quelque chose va se décider.

En dehors, en dedans de lui ? Il ne saurait dire. Mais dans ce fauteuil du *Boozer's* où il est retourné pour dévorer les pages indiquées par le signet de Pereira, et tandis que le soir, autour de lui, commence à noyer dans sa grisaille les objets qui l'entourent, il sent qu'il aura, d'ici peu, rendez-vous avec la nuit. Et l'adage populaire « La nuit porte conseil » lui paraît bien maigre, au regard de l'idée qu'il a de la nuit. Bien plus qu'une idée, d'ailleurs. Une image. Un personnage.

Pas la Reine de la Nuit, même s'il a grandi à Vienne et qu'il est fou d'opéra. Rock ne fait jamais rien comme tout le monde, il s'est inventé une Nuit à lui.

Il suffit d'ailleurs qu'il pense « nuit », le banal « nuit » qui vient dans la bouche de chacun à longueur de jour – et de nuit – pour qu'elle arrive à lui, cette image, sous sa forme majuscule, La Nuit. Rien qu'un être sans corps et sans visage. Féminin, assurément. Peut-être le confus agglomérat de douceur et chaleur qui est tout ce qui lui reste de sa mère, disparue l'année de ses six ans. La Nuit, en tout cas, est pour lui une sorte de grotte ténébreuse et aimante, un tendre giron qui a le don de suivre au millimètre les moindres mouvements de sa pensée et ses plus ténus sentiments – il suffit que le soleil soit couché. Alors, des heures durant, la Nuit et lui peuvent ainsi deviser en silence, souffles mêlés – Rock, sans pouvoir se l'expliquer davantage, prête à la Nuit une respiration.

Il se plaît à vivre la nuit et dans la Nuit ; il se sent revivre dès que la lumière baisse, à la seule pensée qu'elle va revenir l'entourer de sa tendresse obscure. Mais il se souvient aussi qu'au moins deux fois déjà il s'est vu appelé par elle – c'est-à-dire qu'il a senti autour de lui, à l'intérieur de sa chaude enveloppe, sa présence impérieuse, imparable, au plus beau de sa force d'évidence et de révélation. Il a vu surgir des ténèbres – exactement, pour le coup, comme dans l'opéra de Mozart – l'éclair d'une vérité fulgurante. Qui s'est aussitôt métamorphosée en décision.

Pas tout à fait à l'improviste, tout de même : ces deux soirs-là, Rock l'a sentie confusément approcher, cette visitation de la Nuit. Et c'est justement l'impression qu'il éprouve en cet instant où il achève de lire, dans son fauteuil du *Boozer's*, les pages indiquées par Pereira. Il se sent agité du même tumulte sourd qu'au soir de ses treize ans, après qu'il eut volé, sans trop savoir pourquoi, un manuel de chinois dans la bibliothèque du palais de Vienne où travaillait son père. Il l'avait feuilleté et, subitement, au moment d'éteindre sa bougie, une pensée qui n'avait apparemment rien à voir s'était imposée : ici, au palais Potocki, on ne lui assignerait jamais comme destin que de servir à table ou de servir la messe. Ou il renonçait tout de suite à ses études pour se faire domestique, comme son père,

ou il les poursuivait, continuait à parler et écrire ce
latin que le Comte, par charité (et pour assurer une
compagnie à son fils du même âge), lui faisait enseigner dans le collège voisin. Dès lors, aucune issue.
Sauf devenir prêtre. Et comme la Nuit se mettait à
resserrer autour de lui sa délicieuse membrane, il avait
été traversé pour la première fois de sa vie du sentiment puéril et inexplicable – énigmatique, aussi indéchiffrable que les caractères chinois qu'il venait de
découvrir dans le manuel – qu'il avait rendez-vous ailleurs. Qu'il devait fuir au plus tôt le galetas de son
père. Et qu'avec ce vieux bouquin il tenait l'instrument de son salut.

Le lendemain, il ne le remit pas en place dans la
bibliothèque du Comte. Il le garda par-devers lui et,
des mois durant, seul et en cachette, s'entraîna à
apprendre les idéogrammes. Deux ans à s'user les
yeux, chaque soir, sur quarante mille caractères, à la
lueur de rogatons de bougies subtilisés sur les chande-
liers de Potocki. Son père avait fini par le surprendre
et n'avait plus cessé, dès lors, de le houspiller pour
qu'il replace le livre sur son rayonnage. Rien à faire.
À cause de la Nuit. Elle ne le visitait plus dans la
toute-puissance qu'elle lui avait manifestée au soir de
ses treize ans. Mais dès qu'il faisait mine de se coucher et ressortait de sous son matelas le vieux manuel
de chinois, elle revenait l'enrober, rôdeuse.

Cinq ans plus tard, il maîtrisait le mandarin au point
de faire éditer sa propre méthode d'apprentissage ; et,
comme son père et le Comte, malgré cette publication,
persistaient à vouloir l'inscrire au séminaire, il quitta
Vienne et son lycée du jour au lendemain. En se jurant
de ne jamais y remettre les pieds.

La seconde fois que la Nuit était venue infléchir le

cours de son destin, tendre et chaude, infiniment plus
chaude et tendre que toutes les femmes qu'il avait pu
étreindre au fil des centaines de routes qu'il avait par-
courues depuis son départ de Vienne, ce fut à Honolulu, l'année de ses vingt-trois ans, par un soir
d'octobre, quand il se retrouva à dormir sur une plage
avec seulement quinze dollars en poche. En pleine
nuit, sous le cocotier où il s'était assoupi, il se réveilla
brusquement et se rappela l'annonce qu'il avait lue, la
veille, dans le *Honolulu Star Bulletin* : le meilleur collège de la ville cherchait un diplômé de botanique et
de latin.

Expérience banale : qui ne s'est jamais réveillé de
la sorte, en sursaut, tenant la réponse au tourment qui
l'a poursuivi dans le sommeil ? Mais Rock, dans ce
réveil subit, reconnut ce soir-là quelque chose qui
n'appartenait qu'à lui. Comme à Vienne, à ses côtés,
l'impérieuse présence de la Nuit.

Pas plus que la première fois, elle n'était dotée d'un
visage et d'un corps. Non, simplement, il se vit brusquement accueilli par un ventre qui lui communiquait
d'un seul coup une volonté si aimante que, douce violence, il faisait sien, dans l'instant, le désir de cette
matrice.

Au-dessus de lui, le ciel de Hawaï s'ouvrait au plus
large sur les constellations du Sud ; et la respiration
qu'il entendait monter, profonde et puissante, du fond
de l'obscurité, n'était pas le poumon de la Nuit, simplement le souffle des houles arrivées du plus lointain
Pacifique. Ce fut pourtant plus fort que lui : ces
vagues-là, et les grands vents qui les escortaient for-
mèrent aussitôt autour de lui le corps de la Nuit.

Alors il s'assit sur le sable, contempla les rouleaux
qui s'obstinaient à blanchir sous les étoiles, repensa à

l'annonce du *Honolulu Star Bulletin* et se dit que c'en était fait : ce poste était à lui.

Il n'avait pas le premier début de diplôme. Après son départ précipité de Vienne, durant les cinq années d'errance qui l'avaient amené à s'échouer sur cette plage de Honolulu, il n'avait suivi aucun cours, franchi le seuil d'aucune université, sauf celui d'une vague académie des beaux-arts, à Waco, et encore, deux mois à peine. « Qu'à cela ne tienne, lui souffla la Nuit, ton parchemin, tu vas te le fabriquer. À deux pas de là, chez le vieux quincaillier qui tient boutique face au port et imprime des cartes de visite. Cinq dollars pour la gravure, cinq dollars pour le silence du quincaillier ; le reste pour tenir jusqu'à l'embauche. Tu connais le latin et pas un traître mot de botanique ? La belle affaire ! Il te suffira d'avoir une leçon d'avance sur tes élèves et on n'y verra que du feu. Passera à l'as, je te dis, passera à l'as... »

Ce fut donc dans une arrière-boutique du port qu'il le décrocha, son poste de professeur. Un faux diplôme gravé ainsi que la Nuit le lui avait indiqué. Avec lettres gothiques, guillochis, grignotis, rehauts, enluminures, dans toutes les règles de l'art. Et la mention des quatre disciplines où il avait obtenu ses mentions : latin, grec, minéralogie, botanique. Cette accumulation de certifications hétéroclites était le seul point qui pouvait éveiller les soupçons. Mais la Nuit, sur la plage, avait été formelle : si le meilleur collège de la ville, pour recruter un professeur, en était réduit à passer une annonce dans une feuille de chou, on ne regarderait sûrement pas de très près son parchemin.

Bien vu. Non seulement il fut embauché, mais six mois plus tard il maîtrisait parfaitement la botanique ; au point de pouvoir l'enseigner, moins de dix-huit mois plus tard, à l'Université. Trois ans après, il commençait à publier répertoires de végétaux sur monographies florales ; on le connaissait déjà sur les campus du continent. Pas seulement en Californie. Jusqu'à Harvard. Où pas davantage qu'à Hawaï, on ne songeait à lui réclamer copie de ses diplômes. Une fois encore, il s'en était sorti grâce à la Nuit.

Et voici qu'au fin fond du Yunnan, en cette minute où la grisaille tombe sur la table de laque et commence à noyer dans l'obscurité la bouteille de vin et le pot de camélias, alors qu'il se lève pour aller détacher, comme le Brigadier général un quart d'heure plus tôt, la longe de son cheval, et quitte enfin, livre en main, son fauteuil du *Boozer's,* Rock la revoit venir à lui, la Nuit. Sa Nuit. En majesté.

Mieux encore : cette fois, il croit entrevoir son secret : celui d'une puissance qui, depuis les replis où elle se tient tapie, s'arrange pour lui ménager le rendez-vous qu'il attend. Quelqu'un ou quelque chose d'inconnu de lui-même, resté longtemps insoupçonné. La résurrection d'un désir dont il a longtemps ignoré la face, et qui se place en travers de son chemin, brusquement, dans sa nue vérité. C'est toujours dans ces moments-là, quand il est à bout d'espoir, qu'elle vient soudain l'envelopper, le protéger. Alors, en selle, vite ! Claquer la porte du bistrot. Enfourcher le cheval, dévaler la rue. C'est un rendez-vous, la Nuit. C'est une maîtresse. La seule qu'il ait.

༃

Avant le rempart, lacis de ruelles, multitude de silhouettes confuses, chacune la réplique exacte de l'autre. Identiques pyjamas bleus, nattes tout aussi serpentines, mains pareillement occupées, au long des boutiques en bois, à allumer de longs ruisseaux de lumignons. Ralentir.

Puis passer la porte crénelée, le cercle de terre épaisse où n'en finissent pas de pourrir, dans leurs petites cages, les têtes des fanfarons qui se sont risqués à contrarier les seigneurs de la guerre. Au fond de la plaine, il ne reste qu'un peu de jour à trembler. Alors, pour rejoindre le camp avant l'obscurité complète, foncer.

Grand galop. Plus il se rapproche, plus Rock se sent une fête à préparer. Pareils Chinois qu'il a laissés derrière les murailles, avec leurs feux d'artifice et les pétards qu'ils continuent d'expédier aux étoiles. Mais sa Nuit à lui, il veut la recevoir comme les deux fois précédentes : dans le recueillement. Envie de retrouver dans le cœur du silence sa respiration lente. Besoin de sentir sa peau tendre, collée à la sienne, au millimètre près. Ce soir, en dépit des neiges qui continuent de s'avachir sur les crêtes des volcans, elle promet d'être tiède.

Pins et rhododendrons : le camp est proche. À mi-pente de la colline, enfin, dans un repli herbu, à l'orée de la forêt, retrouvailles avec ses cinq grandes tentes blanches.

Sauter de cheval, alors, hurler un ordre : « Mon dîner dans la demi-heure ! », courir se débarrasser de la poussière et de la sueur de la course dans la source chaude qui jaillit entre les arbres, puis, tandis que le corps marine dans les vapeurs, guetter, entre les paupières mi-closes, le rituel des préparatifs.

Décidément, la Nuit veut de lui, ce soir : le repas est déjà prêt, et présenté, sur sa table pliante, exactement

comme il l'exige. Pour une fois, il l'expédie. Après
quoi il se retire sous sa tente ; et il n'a pas allumé sa
lampe à kérosène, qu'il se rue à nouveau sur le volume
prêté par le Brigadier général.

Il est rare de se voir offrir, en l'espace de quelques heures, un rêve et la preuve tangible de sa réalité. Tel est pourtant l'insigne cadeau que, ce soir, avec ce petit volume à la reliure noire et écornée, la vie offre à Rock. Son auteur, un Américain lui aussi, William Woodville, est une sommité : trente ans plus tôt, il a exercé les fonctions d'attaché militaire à Pékin. Vers 1880, il a voulu entreprendre une exploration de la partie occidentale de l'Empire. À cette fin, il a appris le mandarin. Il lui a fallu huit années pleines avant de le maîtriser dans tous ses arcanes. Alors seulement, comme Pereira, il s'est lancé dans une expédition jusqu'aux terres incertaines qui séparent Chine et Tibet.

Tout au long de sa lecture, Rock ne cesse d'applaudir aux traductions des termes chinois dont Woodville a émaillé la relation de son périple : elles sont unanimement excellentes. Et impossible aussi de mettre en doute l'authenticité des annales qu'il cite en annexe ; il est déjà tombé sur certains de leurs extraits, il sait qu'elles remontent, si sa mémoire est bonne, au Ier millénaire de l'ère chrétienne, quelques siècles avant que Gengis Khan ne vînt dévaster les terres de l'Ouest et exterminer les peuplades qui les occupaient. Provinces oubliées que Woodville, toujours comme Pereira, a

traversées au sud du lac Kokonor. Comme Pereira
encore, Woodville a prudemment contourné le pays
Golok ; mais il n'est pas parvenu à entrer au Tibet. Il a
fait demi-tour, est reparti pour Shanghai. N'empêche :
quelques semaines durant, lui aussi, Woodville, a che-
vauché à la lisière du supposé Royaume des Femmes.
Et là, tout comme à Pereira, on lui a parlé de l'Ancêtre-Montagne – il l'appelle, pour sa part, Amyé Mal-
chin. À son propos, toutefois, il reste très allusif. Ce
qui authentifie le récit du Brigadier général : le vieux
militaire n'a pas pu s'inspirer de ce livre. Woodville
se borne à signaler qu'en des temps très reculés un
empereur s'est déplacé jusque dans ces lointaines
immensités pour offrir des sacrifices au Vieil Homme
de la Plaine. En incidente, il signale qu'il a pu apercevoir l'étrange sommet. Lui aussi, depuis le nord-est, à
une distance qu'il estime, pour sa part, à soixante-dix
kilomètres. Toutefois, il ne le décrit pas comme une
pyramide. Ce qu'il a vu, lui, c'est une longue chaîne
dominée par une cime énorme, tout en rotondités.
Mais il est formel sur un point : le pays qu'il a frôlé
lors de son périple correspondait au territoire que les
deux annalistes des époques Sui et T'ang ont nommé
Nü Kuo : le Royaume des Femmes.

Plus il avance dans sa lecture, plus Rock s'enfièvre.
De temps à autre, des mouches et des moustiques se
risquent près de sa lampe à kérosène puis, pattes et
ailes grillées, vont s'écraser au beau milieu de sa page.
Un autre soir, il aurait bondi hors de sa tente pour
hurler à ses boys de venir, séance tenante, asperger
sa lampe d'essence de girofle ou de citronnelle. Mais
aujourd'hui, c'est tout juste s'il remarque les insectes.
Il ne renifle même pas l'odeur de calcination et se

contente de repousser d'une main distraite leurs corpuscules desséchés. Et il revient à sa lecture en frissonnant – c'est encore la Nuit qui tremble avec lui.

Et elle s'exalte de plus en plus, elle aussi, à mesure qu'il tourne les pages du petit livre relié de noir. Soulevée par la même ardeur, emballée, échauffée comme jamais. Au point que sa membrane aimante – confondue, ce soir, avec la toile de tente – lui paraît soudain galvanisée de part en part, comme assaillie par des décharges électriques. Surexcitée, la Nuit. Complètement remontée. À cran. Chauffée à blanc !

Jusqu'au moment où Rock referme le livre. Alors elle vient lui insuffler, comme lors de leurs deux précédents rendez-vous, son énigmatique et impérieuse volonté. Et la vérité éclate. Bref éclair dans un froid agglomérat d'évidences : Pereira est un espion.

Tout comme Woodville. Deux attachés militaires, deux explorateurs, deux agents de renseignement. À force de battre les chemins de l'Asie et d'y croiser de ces énergumènes à la fois parfaitement dignes, savants, intrépides et bien mis, il a appris à les reconnaître. Longtemps qu'il sait que leurs gouvernements les expédient sur les routes du Toit du Monde dans l'espoir d'annexer le Tibet et les immenses richesses qu'on lui suppose sur la seule foi du surnom que lui ont donné les Chinois : « Trésor de l'Ouest ». Chez ces voyageurs-là, difficile de faire la part entre la passion des routes, le goût des ambassades et le plaisir pervers de l'espionnage. En tout cas, dès qu'ils s'arrêtent dans une ville qui compte une colonie occidentale, Anglais, Français, Russes, Allemands, Américains, Suédois, tous pareils, à rôder dans les parages des consulats. Et, éventuellement, à aller s'arsouiller dans les bistrots et les clubs reservés aux Blancs, histoire de poursuivre leurs petites et grandes intrigues. Avec, dissimulé sous leur ceinture, un trésor infiniment plus précieux que les hypothétiques mines d'or du Tibet : leurs cartes.

Foudre de vérité. Puis, comme à Hawaï et à Vienne, la Nuit revient l'envelopper de son infinie tendresse. En lui chuchotant qu'il ira infiniment plus loin que ces deux espions. « Parce que toi, tu sais ce que tu veux. Explorer, et rien d'autre, telle est ta passion. Le pays inconnu, tu ne te borneras pas à le frôler. Tu y entreras. Et tu en reviendras. » De plus en plus enjôleuse, la Nuit : « Avec des monceaux de notes, d'observations, d'objets uniques et jamais vus. Plus des malles bourrées de photos. Tu en rempliras de pleins articles pour le *National Geographic*. Et ensuite, des livres et des livres, qui ne cesseront plus de s'aligner dans les bibliothèques. Peut-être celle du Comte. Parce que toi, grâce à ta double découverte du Royaume des Amazones et de la montagne la plus haute du monde, tu seras connu partout. Célèbre jusque dans ce minable trou à rats de Vienne où ne vivent plus, de toute façon, depuis la défaite et la mort de l'Empereur, que des fantômes de comtes et des grands-ducs ruinés. Le jour où Potocki tombera sur toi, devant son palais du Ring, il sera bien obligé de s'effacer. Et de te saluer bien bas, toi le fils de son portier. »

Et l'ardente respiration de la Nuit, ce soir-là, ne s'est pas contentée de conclure comme les deux autres fois : « Vas-y au culot, fonce, tu es fait pour la gloire, les cimes, les lointains ! » Elle a aussi murmuré – ce qu'elle fut aimante, en cette seconde, tendre comme elle n'avait jamais été, douce comme si elle voulait s'excuser de sa trop longue absence : « Cette gloire,

Joseph Francis Rock, tu vas la conquérir par la ruse.
D'abord, circonvenir Pereira. Puis mettre la main sur
ses cartes. »

లు

Un rire fuse sous la tente. Franc, insolent. Et qui
dure. Comme les deux autres fois.

La sentinelle postée devant le camp a dû l'entendre :
les herbes bruissent d'une course affolée, puis, devant
la toile de tente, une voix timide chuchote : « Luo
Boshi, Luo Boshi... »

Rock cesse de glousser, repousse la toile. L'autre
braque sur lui une torche électrique et continue
– « Luo Boshi, Luo Boshi... » – à murmurer le nom
qu'il lui donne dans sa langue.

Les deux hommes se dévisagent. Puis le regard du
boy s'effile – à croire qu'il entame lui aussi une
conversation avec une force énigmatique. Alors il sourit, puis repart à son poste sans un seul mot.

Rock replonge sous sa tente, se remet à rire. Du
simple bonheur, cette fois, d'avoir reconnu dans le
regard de la sentinelle l'océan de confiance qu'il a
rencontré six mois plus tôt dans le village du Nord où
il a loué une maison et recruté ses hommes – ses « Na-
khis boys », comme il les appelle, par allusion au nom
de leur tribu. S'il les a choisis, ceux-là et pas les
autres, ce n'est pas seulement parce qu'ils sont prêts à
le suivre n'importe où. C'est pour la connivence rieuse
qui, d'emblée, s'est établie entre eux. L'eau noire de
leurs yeux est constamment habitée, comme les siens,
par un peuple de forces invisibles qu'ils sont seuls à
connaître. Eux aussi, des nuits, des jours durant, sont
en conversation avec des énergies souterraines. Voilà

pourquoi ils comprennent, en un quart de seconde, qu'on puissse rire tout seul sous sa tente. Et ne s'alarment pas quand ils voient, comme maintenant, l'ombre du maître se mettre à tournailler autour de la lampe à kérosène, aller de-ci, de-là, pendant de longues minutes, sur le petit mètre qui sépare sa table pliante de son lit de camp. Longtemps qu'ils ont compris que Luo Boshi obéit à des forces cachées. Des puissances si ténébreuses que les sorciers, seuls, ont le droit de les nommer.

À présent, pourtant, Rock raisonne. Rentre dans le monde sec et froid de l'homme blanc. Calcule, échafaude, ourdit. Pensée aussi organisée qu'une arborescence botanique.

Qui dit gloire dit légende, pose-t-il pour commencer. Mais sa légende à lui sera ultra-moderne. L'homme sorti de rien. *Self-made man*, comme on dit en Amérique.

Par conséquent, fondement du plan – ou plutôt racine et tronc, pour rester dans l'image botanique : sa rencontre avec Pereira restera rigoureusement secrète. Il ne parlera à personne du Brigadier général. Même dans le journal qu'il tient chaque soir, aucune mention de ce que l'espion lui a dit au *Boozer's*.

Pour autant, il tient à noter un repère sur son carnet. Une indication qu'il sera seul à décrypter. En regard de la date, 31 janvier 1923, et du relevé d'herborisation qu'il a effectué le matin précédent dans les forêts avoisinantes – *Ribes glacialis*, *Rosa sericea*, *Castanopsis histrix*, *Pinus sinensis*, *Prunus padus* –, il inscrit le nom de la ville où il est tombé sur Pereira : « *Tengyueh, dite aussi T'eng-ch'ung* ». En caractères latins, puis en idéogrammes. Rien d'autre.

Et il passe à la première branche de son plan :
obtenir les cartes de Pereira. Mais là, l'affaire se
complique et il s'égare dans une brousse de spécula-
tions et extrapolations.

Il est à peu près sûr que le Brigadier général, comme
tous les voyageurs, conserve les plus précieux de ses
documents dans une poche aménagée à l'intérieur de
sa ceinture. Au *Boozer's*, du reste, il a remarqué que
l'échalas militaire, pendant toute la durée de son récit,
n'a pas cessé d'en caresser le cuir. Comme s'il abritait
un trésor.

Mais ce n'est sûrement pas un relevé de cartographe
professionnel. Ces documents-là, faits d'hypothétiques
lignes de crête et de fleuves en pointillés qui encer-
clent de gigantesques gouffres de blanc, Pereira l'a
bien dit, il ne connaît rien à la façon de les dresser. Il
est allé les consulter après coup, au Service des Cartes
à Calcutta, en arguant sans doute de ses fonctions
d'agent de renseignement. Ce qu'il a dû consigner et
accumuler sous le cuir de sa ceinture, ce sont des croquis. À la manière d'un capitaine cabotant le long d'un
littoral inconnu : en dessinant quotidiennement le tracé
de sa route, le jalonné des repères qui l'ont frappé
– temples, monastères, villes, villages, carrefours,
marchés, torrents, gués, ponts, cols, plaines, défilés.
Nommés d'après les appellations qu'il a soutirées à
son muletier ou aux nomades qui l'ont guidé sur tous
les sentiers écartés qu'il a été forcé d'emprunter,
comme tous les étrangers en route vers le Tibet. Il
était sans doute déguisé, comme eux, en pèlerin ou en
berger ; et comme eux encore, il a soigneusement évité
de croiser les grandes pistes caravanières, Route du
Thé et des Chevaux, Route de la Soie. Le crayon de
Pereira, au fil des haltes, a donc nécessairement tracé,

non une carte à proprement parler, mais une ligne
reliant des îlots sûrs, désignés avec clarté, entre des
balises nettement identifiées. En somme, un portulan
de montagne.

En dehors de son observation au *Boozer's* – cette
façon avare dont l'échalas militaire a caressé le cuir
de sa ceinture –, Rock ne dispose d'aucun argument
pour étayer cette intuition. Et, à mesure qu'il progresse
dans son raisonnement, il est bien contraint de se
l'avouer : pour être aussi certain de l'existence de ces
croquis, il ne se fonde que sur sa seule expérience. Sur
sa méthode à lui, mise au point depuis sa recherche,
en Birmanie, de l'arbre à guérir la lèpre. Si efficace
qu'il l'a reprise, il y a trois mois, quand il s'est aventuré ici, dans les canyons du Sud, avec son escorte de
Na-khis. Dès le premier jour de son expédition, par
exemple, il a pris soin de noter l'emplacement de la
grotte à flanc de falaise où il a couru s'abriter quand
l'orage est venu noyer sa caravane avant que les tentes
ne soient montées. Le surlendemain, c'est un sentier
haut perché qu'il a dessiné sur une page de son journal, un chemin secret, connu des seuls orpailleurs – il
lui a permis d'éviter les gorges en aval, et les brigands
qui les infestaient. Un peu plus loin, ce fut le nom d'un
monastère où il a trouvé, au sec, de pleins greniers de
fourrage pour ses chevaux. Et ainsi de suite jusqu'à
Tengyueh. Avec une prédilection toute particulière
pour les cordes providentiellement tendues au-dessus
des torrents et qui, pour peu qu'on ait le courage de s'y
accrocher et d'y arrimer mules et chevaux, épargnent
parfois jusqu'à une semaine de route.

Et s'il a enregistré son itinéraire avec un tel scrupule, ça n'a pas été par volonté d'apporter sa pierre au
grandiose édifice de la science géographique. Mais

tout bonnement parce que, dans une expédition, qui dit aller, dit aussi retour. Un jour ou l'autre, on finit toujours par remettre ses pas dans ses propres traces, même quand on plastronne dans un uniforme de Brigadier général.

Mais le vieux bancroche ne retournera jamais vers sa montagne et le royaume inconnu. Impossible.

Pas l'envie qui lui en manque, cela dit. Seulement trop fatigué pour son rêve. Usé, crèvera avant. Un coup de palu, un coup de froid, un coup de bambou. Un simple petit coup de trop.

Mais sacrément têtu, l'échalas militaire ! D'ici deux jours – ce soir, peut-être – remonté en selle. Reparti Dieu sait où.

Alors foncer, une fois de plus. Tout de suite, le grand jeu.

Rock est doté d'une telle puissance de calcul que sa résolution est immédiate : il va écrire au Brigadier général. De sa plume nerveuse et volontaire, qui n'écrase ni ne recroqueville aucune lettre, mais, au contraire, prend plaisir à en arrondir les courbes, allonger les jambages, étirer les déliés et chantourner les pleins, il commence par lui représenter la haute estime où il tient sa personne. En prenant bien soin de manier la flatterie comme il convient pour qu'elle soit vraiment flatteuse : avec concision et sobriété. Puis il lâche quelques éloges – beaucoup plus mesurés – sur l'ouvrage de Woodville. Enfin il convie Pereira à un pique-nique, pour le jour même. « Aux fins, conclut-il dans un bel élan, de vous faire découvrir les beautés de la région, que je connais bien. Mais surtout en manière de remerciement pour le bonheur que j'ai éprouvé à vous écouter. »

Bouteille à la mer, estimerait tout autre que Rock. Pari perdu d'avance ; aucune chance qu'un vieux de la vieille, rompu depuis des années à toutes les subtilités de l'espionnage, accepte ainsi une invitation à suivre un parfait inconnu, rien que pour pique-niquer dans une région où il n'y a, à vue de nez, pas l'ombre d'une pyramide enneigée, ni le premier début de sein de la moindre Amazone.

Mais Rock, comme durant la nuit de Honolulu où il avait décidé de se trafiquer un diplôme, tient pour acquis que ce pique-nique aura bel et bien lieu. Et qu'une nouvelle page de sa vie est définitivement tournée. C'est sa façon à lui de se bâtir. D'avancer.

Il cachette sa lettre sur le coup de cinq heures du matin. Il fait encore nuit noire, mais rien ne saurait plus l'arrêter. Il débusque, sous son lit, la mallette qui contient son clairon, en extrait l'instrument, puis se rue hors de sa tente et l'embouche.

Il y souffle toute l'énergie qui s'est brusquement rassemblée en lui depuis qu'il est tombé sur le Brigadier général. Mais la colère, aussi – qu'il accumule contre le monde et les hommes qui le peuplent – depuis tellement de temps qu'il ne sait plus quand sa fureur a commencé. Enfin le bonheur qu'il éprouve à vivre ici, loin de tout, accroché à ces forêts, ces montagnes, ces nuits si claires, dans la seule compagnie de ses Na-khis. Il pousse donc vers le ciel tout ce qu'il a de poumons ; et quand il n'en peut plus, que le cuivre ne répond que par de maigres couacs à son souffle expirant, il ne renonce pas pour autant : jambes écartées, il lève la tête vers les étoiles et les observe un long moment. Il reprend son souffle ; puis se retourne vers le camp et hurle un ordre à ses boys. Comme d'habitude, ils le comprennent sans qu'il ait besoin de le traduire. Et ça vaut mieux, car c'est un mot assez grotesque. Mais il ne peut pas s'en empêcher – c'était toujours ainsi que le Comte, lors des randonnées où il l'emmenait avec son fils dans les montagnes d'Autriche, commençait ses journées : « Branle-bas de combat ! »

Lorsque au grand soleil, le Brigadier général apparaît sur sa monture au bout du marché de Tengyueh, Rock croit sentir la minute se souder à celle de l'avant-veille, quand, devant le *Boozer's*, il l'a vu disparaître sur ce même cheval au bout de la ruelle qui va se perdre du côté du rempart et du couchant. Les deux séquences s'enchaînent dans une royale évidence : en selle, l'espion anglais a gardé son impeccable assise d'homme qui n'en finira jamais de se venger de son infirmité. Au cœur de ce gigantesque mouvement brownien d'hommes, de bêtes et de marchandises, même altier détachement que dans la venelle vide de l'autre jour. Chiens, chats, porcs, poulets, marmaille, mendiants, palanches, ballots, chapeaux de paille, malades effrondrés dans la boue, amas de chairs indéfinies, plaies, douleurs et scrofules, quoi que rencontre le sabot de sa monture, Pereira reste cuirassé dans sa hauteur de cavalier anglais, rompu à ne rien voir ni entendre. Sourd au piaillement des bêtes, aux chants des caravaniers, aux pleurs des nourrissons, aux boniments hurlés tout au long de la double rangée de parasols blancs. Sa narine elle-même ne frémit devant rien ; il peut doubler, comme maintenant, des étals sanguinolents et tout enguirlandés d'abats offerts à la chaleur, aux insectes et à la vermine, il reste de marbre. Impossible à écœurer, le Brigadier général. Son grand talent, c'est manifestement l'indifférence ; elle lui obture les canaux les plus primitifs de l'émotion, comme l'odorat, justement, même quand les transpirations, avec le soleil qui monte, se font plus acides sous les cotonnades et les soies, même quand, au milieu de l'allée, le remugle se met à insister et qu'il exagère sa basse continue de pissat, d'étrons et de charognes, qui ne désarme plus dès qu'on a plongé dans ce capharnaüm qu'on nomme ici « marché ».

Mais rien ne l'arrête, Pereira, il continue de le fendre dans sa splendide inconscience. Cuirassé dans sa morgue, il va rejoindre bien tranquillement, au pas qu'il a choisi, le compagnon qu'il croit aussi avoir choisi pour les quelques heures qu'il a décidé de perdre : ce petit Rock, lui-même à cheval, qui l'attend au bout du marché, l'œil aussi limpide que la veille, et la face toujours épanouie d'un bonheur qui ressemble à l'enfance. Comme s'il n'y avait pas eu de nuit pour les séparer.

Voici les chevaux côte à côte. Leurs flancs, leurs museaux se cherchent. Immédiate et franche fraternité des bêtes.

Elle dérange le Brigadier général : d'un poing ferme, il retient l'élan de sa monture. Puis il jette à Rock :

« Alors, elle vous intéresse, *ma* montagne ? »

Pas de salut, seulement ces mots qui cinglent et cravachent. Sous lui, Rock sent sa bête prête à ruer, à se cabrer – elle aussi a reniflé la provocation.

Le Brigadier général s'entête, part d'un petit rire. Cascade aussi hachée que ses phrases. Puis, de son index noueux, il pointe la route qui file vers les montagnes entre des arbres claquant d'oriflammes :

« Et ce pique-nique ? »

La voix ne cingle plus. Mais la lèvre étrécie, l'œil de glace, le coup de menton s'entêtent à signifier qui donne les ordres.

Rock ne bronche pas, lui désigne sans un mot l'horizon des cratères et, sans plus de préavis, pique des deux, toutes forces concentrées sur un objectif unique : se venger en étourdissant le boiteux de toute sa jeunesse – la mise en scène, de toute façon, qu'il avait prévue pour ouvrir le grand jeu.

À cheval, ils sont de force égale : où qu'il entraîne l'Anglais – après la route aux oriflammes, une forêt de rhododendrons, puis des rizières, des champs de cendres, des rocailles, des torrents à franchir d'un seul élan, des chemins défoncés par les pluies, des collines de scories où s'enfoncent les sabots de leurs montures –, partout l'autre caracole. Et quand Rock, au sortir d'un bois de ginkgos, lui propose de faire halte en contrebas, près d'une énorme mare d'eau bouillante, Pereira n'accepte qu'à contrecœur – uniquement, dit-il, « pour la curiosité ». Hautain et contracté, il se met nu comme s'il allait s'offrir au feu ; et, une fois sorti, sèche à petits gestes méthodiques et inquiets le long chapelet d'os qui lui tient lieu de corps.

Non, décidément, l'échalas n'est pas à la mesure de sa montagne. Il ne tient que sur sa volonté. Il n'ira pas loin.

Pour autant il ne veut toujours pas souffler, le vieux bancroche. Pas la moindre envie de prolonger les délices du barbotage dans l'eau chaude. Et encore moins le goût de lézarder au cœur des mouvantes

taches de soleil que le vent s'amuse à dessiner entre
les branchages des pins. Dix minutes après le bain, il
est devant son cheval, aussi parfaitement harnaché que
sa bête, et piaffant, lui aussi. C'est tout juste s'il ne
s'empare pas de sa badine pour intimer à Rock l'ordre
de se rhabiller.

De la matinée, ils ne se sont donc arrêtés que deux
fois. La première, pour ce bain ; la seconde, pour visiter un temple et des jardins dédiés à une énigmatique
« Arrivée du Phénix ». Malgré sa difficulté à gravir les
marches des pavillons qui s'égrenaient à flanc de colline, ce labyrinthe de kiosques, pergolas, ponts minia-
tures et ruisseaux factices a passionné Pereira ; et
Rock l'a guidé avec une patience qu'il ne s'était
jamais connue. À la fin de leur périple, ils sont tombés
sur des tombeaux en pierre de lave, aux toits recourbés
comme les maisons de Tengyueh, et tout comme eux
envahis par les herbes. À leur pied, ils ont dégagé des
ronces de vieilles stèles, les ont déchiffrées ensemble,
puis se sont amusés de découvrir qu'ainsi qu'à cheval,
ils étaient de même force. Rock a ri le plus fort.
Pereira a lâché : « Dites donc, vous êtes une tête,
vous ! » Rock a cru pouvoir éluder en redoublant de
gloussements. Mais l'autre a insisté et, sur le même
ton qui n'admettait que l'obéissance, il lui a demandé
où il avait appris le chinois.

Pour toute réponse, Rock a sauté sur sa bête, et filé.
Facile : devant lui, il venait de reconnaître les premiers
buissons d'une forêt d'azalées géantes. Voilà qui,
mieux encore que le temple, allait épater Pereira.
Avant de s'y évanouir, il s'est retourné et lui a adressé

de grands signes de la main, comme si c'était un invisible agresseur qui l'avait forcé à mener cette charge. C'était bien calculé : le Brigadier général s'est cru à la guerre et, par réflexe, s'est aussitôt enfoncé dans le fourré, insensible, comme lui, aux rameaux qui lui cinglaient les joues, jusqu'à l'instant où, subitement, ils ont émergé sur la crête d'un cratère enneigé. Tout le temps qu'ils l'ont suivie, Pereira s'est encore laissé emporter par le galop de Rock, uni à lui par la même furieuse possession des pentes friables, mi-neige mi-scories, qui s'ouvraient à perte de vue devant le sabot de leurs bêtes. Mais, une fois parvenu au col qui rejoignait un second cratère, à l'instant même où son compagnon allait le doubler, Rock s'est arrêté net, comme bloqué par un obstacle caché. Et, tout aussi abruptement, après avoir sorti de la poche intérieure de sa veste un gros oignon d'or, il l'a consulté avec le sérieux d'un chef de gare et indiqué au Brigadier général une clairière, sur l'autre crête, au cœur d'un bois de pins. Puis il a lancé : « Midi ! »

Il gardait le doigt braqué sur l'îlot de végétation. Sa verdure tranchait très violemment sur l'âpreté minérale où ils venaient de se noyer ; toute réalité semblait s'être enfuie. Et, de fait, quand ils s'approchèrent, ce fut comme une de ces apparitions dont on parle dans les contes : au centre exact de la clairière, sur une peau de léopard, une table était dressée.

Rien qu'un petit meuble pliant et rectangulaire – c'est là que, la nuit précédente, Rock a rédigé son billet. À présent, c'est un accessoire de première importance pour le deuxième acte du grand jeu.

Bien malgré lui, un sourire se dessine sur ses lèvres. Il voudrait le réprimer, n'y parvient pas. C'est décidément trop de bonheur : le décor est parfait.

À un détail près : sur un des pieds de la table, on distingue encore la marque de fabrique : *Abercombie & Fitch* – son fournisseur habituel en matériel de camping. Mais cette faute de goût bénigne se laisse oublier : la table, comme il l'a ordonné, est recouverte d'une nappe de lin blanc à pans rebrodés de motifs rouges et bleus ; et son tissu est impeccablement amidonné et repassé. Pour parachever l'illusion d'une apparition féerique, les deux assiettes, les deux couverts et les deux gobelets d'argent ont été disposés sur la nappe, exactement comme il l'a exigé. Dans un agencement calculé au millimètre, bien en face des sièges, les meilleurs qu'il transporte avec lui, des chaises pliantes au dossier de toile rayée.

D'ailleurs, c'est bien simple : la table est si bien dressée qu'on ne voit plus que ses initiales, **JFR**, sur chaque pièce d'argenterie : elles attirent, puis concon-

trent tout le soleil qui pleut entre les pins. À commencer par le plus grand des monogrammes, celui qui
frappe le seau placé au milieu de la table – là où,
enfoncé dans une épaisse gangue de neige, un
magnum de champagne rafraîchit.

Et pas besoin d'intervenir dans la mise en scène :
aucun ordre à crier, les Na-khis sont dressés comme
des animaux de cirque, voici que font leur apparition,
surgis du bois de pins où fument des marmites, deux
garçons vêtus du même costume de feutre et d'une
identique chemise de coton blanc. Légers et mutins
comme ils sont toujours, animés de la plus fraîche
spontanéité, ils commencent à s'affairer autour de la
table pliante – à croire que cette clairière est une salle
à manger de château.

Rock jette un regard à Pereira. Sur sa selle, il en
reste bouche bée. Sa longue échine s'affaisse ; sa
lippe, d'ordinaire pincée, se met à pendre. Contrefai-
sant alors l'exquis mélange d'aménité et de désinvol-
ture qu'avait toujours Potocki lorsqu'il parlait de ses
domestiques, Rock se fend d'une explication. Le premier enseignement qu'il a dispensé à ses boys, dit-il,
fut de les entraîner à partir en avant-garde, très tôt le
matin, au moment où commencent ses longues journées d'herborisation. Ils font le marché et s'occupent
du déjeuner, tandis que lui, cherche ses plantes.

« Je n'admets aucune dérogation à mes ordres,
ajoute-t-il avec une sévérité que, pour une fois, il ne
feint pas. Mon repas doit impérativement être prêt
pour midi. J'exige toujours un lieu dégagé, en surplomb sur une vallée. Et à ma table, tous les jours, que
je sois seul ou non, c'est le grand jeu. »

Aux mots « grand jeu », deux Na-khis se précipitent
sur le magnum. Le premier le tient par le culot et l'en-

robe d'un torchon, l'autre le débouche puis verse dans les gobelets l'eau dorée du champagne. Ils n'en perdent pas une goutte.

À nouveau Rock jette un coup d'œil furtif à Pereira. Le vieux militaire semble enchanté, au sens littéral du terme : il descend de cheval à gestes gourds, s'avance dans la clairière, comme aimanté, d'un pas si ralenti que, durant quelques instants, sa boiterie s'efface.

Les Na-khis, tout comme Rock, l'observent. Regards furtifs et pénétrants, à leur habitude. Puis ils s'en retournent au grand jeu, glissants, cérémonieux, en elfes attentifs à ne pas dévier d'un seul geste du rituel dont ils ont reçu la charge – ce déjeuner dont les effluves annoncent qu'il sera autrichien.

Le cuisinier de Rock est lui aussi rompu au grand jeu : il a mitonné un festival de cuisine viennoise, tafelspitz et apfelstrudel compris.

Certes, dans le bouillon du tafelspitz, le jeune Na-khi a jeté, en lieu et place des pâtes de blé dur, des nouilles de riz. Le jambon et les saucisses sont plus poivrés que de raison ; quant à l'apfelstrudel, il n'est pas fourré de pommes, mais d'un coulis à la mandarine. Petites anicroches qui échappent à l'Anglais. Il ne s'intéresse pas à la cuisine autrichienne. Non plus qu'à la cuisine en général : il touche à peine aux plats. Ce qui le passionne, c'est le champagne – il descend les deux tiers du magnum à lui seul.

Sans perdre une once de lucidité, bien au contraire : plus le repas s'avance, plus il semble préoccupé. Entre deux rasades, par exemple, il examine sans plus de façons son gobelet d'argent, comme à la recherche d'un indice, marque ou poinçon. Et au moment du dessert, il rompt le silence pour demander à son hôte si c'est en Amérique qu'il a pris toutes ses belles manières :

« Vos richards, là, Vanderbilt, Morgan... Ce sont eux qui vous ont appris à trimballer votre argenterie de famille et votre linge de maison partout où vous posez vos fesses ? »

C'est précisément le moment où, suivant à la lettre le protocole du grand jeu, un des Na-khis doit proposer à l'Anglais un panier où s'aligne tout un assortiment de liqueurs. Sans surprise, Pereira y choisit du cognac. Puis il se remet à grincer :

« Parce que vous, en Amérique, le fric... Nous, Britanniques, avec l'Empire, on a des valeurs, un idéal... Tandis que vous... »

⁊

À ce moment-là, il aurait fallu faire machine arrière, envoyer balader instantanément toute cette esbroufe. Dans la minute, relancer le Brigadier général sur sa montagne inconnue, son muletier, son Royaume des Femmes. Et là – là seulement, là subtilement – bifurquer sur les cartes. Mais comment arrêter le Na-khi et le cérémonial du grand jeu ? Le boy n'aurait pas compris, il aurait voulu continuer à tout prix. Rock l'a donc laissé présenter son coffret à cigares.

« Pourquoi vous me sortez tout ça ? » a sifflé cette fois l'Anglais – après l'envie, la méfiance l'avait rejoint.

Pour autant, comme avec le cognac, il n'a pas négligé l'offre. Il s'est choisi un cigare et l'a apprêté en habitué, avant d'en tirer, yeux fermés, une première bouffée.

Et comme il étirait, vertèbre après vertèbre, sa

longue et osseuse échine contre le dossier de sa chaise, les deux Na-khis, tout aussi impossibles à arrêter dans leur course de lutins, se sont rués dans le bois de pins, où ils se sont penchés au-dessus d'un objet rectangulaire. Le premier en a soulevé le couvercle, l'autre s'est emparé d'un disque noir et brillant : c'était un gramophone. Où, tout à la joie d'avoir reçu l'insigne honneur de conclure le grand jeu, le plus jeune des Na-khis, la face élargie d'un sourire radieux, a déposé un soixante-dix-huit tours. Puis, avec le même soin religieux, il a remonté la manivelle, déposé l'aiguille et approché l'oreille du pavillon qui commençait de faire monter d'octave en octave, jusqu'au sommet des pins, puis sur les crêtes du volcan et jusqu'aux cratères voisins, les voix célestes d'Enrico Caruso et de Nellie Melba.

Une seconde fois, Pereira paraît enchanté. Ensorcelé.

Moment où, impérativement, il faut se faire oublier. Rock vient de se souvenir du léopard des neiges : quand ce fauve-là voit une proie s'approcher, où qu'il se trouve – pan de falaise, fond de canyon, sous-bois, chaume balayé de rafales et vierge de toute végétation –, l'animal cesse immédiatement de bouger. Depuis qu'il campe dans la région, il en a ainsi croisé deux ou trois, de ces fauves si immobiles dans leur affût que, malgré leur spectaculaire pelage, leur victime n'a pas soupçonné leur présence sur un arbre ou un rocher ; puis abattant sur elle, d'une seule poussée, leur masse de muscles, griffes et dents.

Donc, dans la clairière, à ce moment-là, paralysie générale. Comme avertis par l'étrange cordon ombilical de pulsions et sensations qui les relie à leur maître, les Na-khis eux-mêmes sont gagnés d'engourdissement ; et, dès les premières mesures de l'extrait de *Don Giovanni* qui ouvre le soixante-dix-huit tours, il n'y a plus, sous les pins, que l'œil de Rock à rester en éveil. Il guette les moindres gestes du Brigadier général. Il tente de les déchiffrer comme il fait des idéogrammes.

Et ce qu'il saisit – à la brusquerie, par exemple,
dont l'échalas militaire repousse sa chaise sur le tapis
d'aiguilles de pin, à sa manière de s'y caler de côté
pour mieux étaler devant lui sa jambe estropiée, à la
façon subite, aussi, dont il se passe la main sur les
joues comme pour se laver de siècles de fatigue –,
c'est que l'autre vient d'être touché par une force qu'il
fuit depuis des lustres : le plaisir.

Car il avait enfin des gestes humains, le Brigadier
général. Il tombait la veste, retroussait ses bras de chemise, offrait au soleil sa peau qui n'en pouvait plus de
blancheur et de cicatrices. Pour mieux tirer sur son
havane, il se faisait une nuque souple, la rejetait doucement en arrière, à croire qu'il s'aimait, enfin ; à
croire qu'il n'était plus Brigadier général. Cigare au
bec, dos affalé contre le dossier de sa chaise pliante,
il s'abandonnait tout entier à cette volupté jamais goû-
tée et vraisemblablement jamais imaginée : suivre les
accents d'un ténor et d'une soprano dans leur ascension chromatique vers les houles de montagnes bleuis-
santes qui précédaient les grands massifs du Nord.

Le grand jeu marchait à plein. Par le seul effet de la
jouissance, Rock s'est vu anesthésier la volonté d'un
homme qui, précisément, n'était que volonté. Et, de
fait, Caruso n'eut pas fini son air que Pereira a parlé.

Sans un regard pour Rock. Les yeux obstinément
fichés sur les cimes étêtées des volcans.

Il n'écoutait pas non plus les envolées du gramophone, il s'était mis à marmonner, comme s'il était
tout seul : « Je vais repartir, je vais la retrouver, ma
montagne, je vais m'en approcher et je vais la mesu-

rer, je vais faire ça scientifiquement, je vais emmener du matériel... » Puis sa voix a enflé et enflé – il semblait soulevé par le souffle même de Caruso ; et, par-dessus le « Viva la liberta » de *Don Giovanni*, il a recommencé à entonner son aria à lui : le récit du matin où, au pied du col de Chüri-La, le ciel, au bout de la plaine, s'était ouvert comme une bogue et lui avait révélé, après le pic neigeux, les vallées du Royaume des Femmes.

Il disait maintenant : *ma* plaine, *ma* montagne ; et multipliait les hyperboles : « Une grandeur couronnée de neige ! », « La pure magnificence de l'inconnu », « La balise géographique la plus stupéfiante que j'aie jamais vue ! » Pour autant, ce n'était pas son imagination qui parlait, ni l'envie de surenchérir à coups de mots sur l'épate du déjeuner que Rock venait de lui offrir. Mais sa mémoire, têtue, comme lui ; ses souvenirs en forme d'obsessions qui, à force d'être tournés et retournés sans cesse, faisaient ressurgir, à tel ou tel point de son récit, une nouvelle digression, des détails inédits de son équipée.

Et Rock, toujours aussi immobile que le léopard des neiges, recommençait, comme au *Boozer's*, à suivre les moindres mouvements de ses lèvres. À enregistrer, derrière la fumée de son propre cigare, tout ce qui en tombait, au mot près.

« Cette montagne, vous n'imaginez pas. Cette grandeur, dans le silence... Cette blanche solennité offerte aux quatre vents...

« Seulement, j'ai bien réfléchi depuis notre conversation d'hier. Je la situe maintenant à plus de cent cinquante kilomètres du point où j'étais posté. Peut-être même davantage. Deux cents. Direction sud-est.

« Mais, depuis hier soir aussi, il y a autre chose qui me chiffonne. Trois semaines avant toute cette affaire, j'ai séjourné chez un hobereau local, le prince de Choni. De l'autre côté du massif, à trois cents kilomètres à l'est du col où j'ai découvert la montagne. Et je l'ai questionné, moi, le prince. Deux soirs de suite, je l'ai tarabusté pour savoir ce qu'il y avait de beau à voir dans la région. Il m'a parlé de monastères, de grottes, d'arbres sacrés, de marchés. Mais jamais de ma montagne. Pas un mot !

« Et ne croyez pas que c'était un pantin, mon prince de Choni ! Pas un roitelet d'opérette, un vrai guerrier ! Excellent fusil ! Et grand seigneur, avec ça : le jour où j'ai quitté son palais, je m'en souviens encore, il a eu peur que je me perde dans le brouillard, il m'a proposé une escorte. Chic type, vraiment ! Il le connaissait par cœur, son pays, il prévoyait le temps comme personne. Il m'a hébergé quelques nuits, on a pris nos repas ensemble, tout juste si on n'a pas dormi dans le même lit... Pour le remercier, la veille de mon départ, je lui ai offert ce que j'avais de plus précieux : une de mes deux torches électriques. Je comptais bien aussi qu'au passage il m'explique comment rejoindre le Fleuve Jaune. Et comme je n'étais pas très sûr qu'il comprenne ce que je voulais, je lui ai sorti mes cartes.

« Futé, l'animal : dès qu'il les a vues, il a tout pigé, au quart de tour. Lui aussi, il m'a mis en garde contre les Goloks. Mais il ne m'a jamais parlé de leur reine. Comme pour la montagne : macache ! Et le chemin qu'il m'a indiqué ce soir-là, c'est celui du nord-ouest ! Celui qui évite la montagne ! Du coup, depuis hier soir, je n'arrête plus de me dire : l'escorte qu'il m'a offerte, le prince, si c'était pour éviter que je rencontre les guerrières du Royaume des Femmes ? pour m'éloigner de ma montagne ?

« N'empêche que je suis tombé dessus, escorte ou pas escorte. Mais depuis l'autre côté. Depuis l'ouest. »

Caruso s'est tu. Au cœur de la clairière, d'un seul coup, on n'entend plus que le crissement de l'aiguille qui tourne à vide sur le soixante-dix-huit tours. Rock quitte sa posture de léopard à l'affût. Tout l'y pousse. Le silence du ténor, celui de Pereira ; le soleil qui, en baissant, éteint peu à peu l'éclat de l'argenterie et réveille la chair de poule sur les avant-bras du Brigadier général.

Il se cale donc comme lui contre le dossier de la chaise, puis laisse tomber : « Je me perds un peu dans vos est, dans vos ouest... Vous n'auriez pas un croquis ? »

Voix grise, neutralité sans faille. Pose impeccablement décalquée sur celle de l'Anglais. Et même façon de tirer sur son cigare en homme qui, ayant fait le tour des êtres, des routes et des choses, s'autorise une halte bien méritée et quelques propos de salon. Le jeu est parfait.

Sur la fin, malheureusement, bourde colossale. Une de ces fautes qui, parce qu'elles sont involontaires, sont d'autant plus impardonnables : en prononçant le mot « croquis », Rock a pointé l'index sur la ceinture de Pereira.

Pas de réponse. Dans le vent qui se lève, l'aiguille du gramophone n'en finit plus de crisser. Le Brigadier général secoue la cendre de son cigare avec agacement, puis désigne le gramophone.

« On met autre chose ? »

Il a retrouvé sa voix de mitraille. Le Na-khi qui lui fait face se fige : il n'a pas compris l'ordre, il perd pied. Mais son maître n'en mène pas plus large. Traits cramoisis et suant de tous ses pores, il déploie des efforts inouïs pour rester comme il est, bien calé au dossier de sa chaise, à tirer sur son cigare au lieu de faire ce que lui dicte sa fureur : se lever et aller l'écraser sur la face de l'Anglais.

Le serviteur prend le parti de la fuite. Mais Pereira est plus rapide que lui. Il le saisit par le poignet et se remet, à petits coups de menton, à désigner le gramophone ; et, comme le Na-khi ne bouge toujours pas, il lui désigne le disque de sa main restée libre, puis répète – ou plutôt il aboie : « Autre chose ! »

Bref moment de flottement. Le Na-khi se balance d'un pied sur l'autre, façon de signifier à son maître de trancher à sa place. Mais, noyé dans sa sueur, Rock ne bronche pas. Le Na-khi finit par choisir son camp, celui de la peur. Il esquisse un geste d'acquiescement à l'adresse de Pereira, se dégage et court sous les pins.

Quelques instants plus tard, c'est Melba qui pousse vers les crêtes cendreuses les vocalises de *La Bohème*. Comme pour *Don Giovanni*, le Brigadier général rejette la nuque en arrière, allonge ses jambes le plus loin qu'il peut, étire délibérément, vertèbre après vertèbre, son interminable échine contre le dossier de sa chaise. Puis, enfin satisfait de lui-même, repliant les mains sur sa ceinture à la manière d'une femme enceinte, il ferme les yeux et entame une sieste.

Ou fait semblant.

Rien à en tirer.

Ils se sont séparés comme ils s'étaient rencontrés : abruptement. Pendant toute la descente vers Tengyueh, dans sa hâte à chasser de sa vue le vieil échalas, Rock n'a cessé de pousser son cheval. Partout, sur les laisses de neige, à flanc de cratère, dans les amas de scories ; et même sur les chemins à demi effondrés où, à chaque ornière, la bête manquait d'aller rouler dans les ravins. Un jeu de tête brûlée qui exigeait une concentration extrême. Il en a oublié sa fureur.

Il s'est seulement accordé du répit dans la traversée des sous-bois, à mi-pente, là où poussent les espèces rares, les orchidées bleues, les pivoines noires. À l'affût de calices, de feuillages inconnus, il a ralenti l'allure. Réflexes de chasseur de plantes. Mais, surtout, il fallait attendre Pereira.

C'est qu'il restait constamment en arrière, maintenant, le Brigadier général. Il jouait à celui qui ménage sa monture, il baguenaudait, musardait.

Sous le couvert des arbres, Rock l'attendait en marmonnant, la rage encollée au palais, ne décolérant pas d'avoir donné le grand jeu. « Pour un soiffard, pardessus le marché, ruminait-il à mi-voix sur le mode exalté et truculent qu'il avait toujours quand il commençait d'entrer en fureur. Un galonnard si imbu de sa personne que là-bas, au pied de *sa* montagne, au cœur de *son* Royaume des Femmes, je pourrais lui offrir tous les schnitzels, tafelspitz, magnums, Melba et Caruso de la terre, cette vieille culotte de peau ne consentirait jamais à me prendre, moi, Joseph Francis Rock, pour autre chose que ce qui l'arrange : un obscur fonctionnaire local de l'Inventaire de l'Inconnu... ! »

Mais Pereira finissait toujours par arriver et il fallait à chaque fois cesser de monologuer. Faire bonne figure, échanger quelques mots avec lui. Pas des banalités, ils n'en étaient déjà plus là. Simplement, de ces petites phrases creuses que les usages imposent quand on vient de partager le même champagne, les mêmes cigares, la même fiasque de cognac.

Pereira s'y prenait à son habitude, raide et postillonnant. Rock lui répondait en monosyllabes, les lèvres de plus en plus étrécies par la rage. Il a d'ailleurs fini par l'ignorer et chevaucher sans un mot à ses côtés. Puis, comme ils arrivaient au marché de Tengyueh, il a laissé le boiteux le dépasser et l'a planté là.

Sans le saluer. Et sans lui rendre le livre de Woodville. Il l'avait laissé à son camp.

Seulement, le Brigadier général, lui, avait gardé toute sa tête. Il se souvenait parfaitement de son livre ; et, à dix pas devant, il a vu venir le coup. Rock n'avait pas tourné bride qu'il s'est précipité en travers de son chemin.

Les bêtes font assaut de dents, emmêlent leurs naseaux, hennissent, allongent des sabots prêts à ruer. Rock retient son cheval, vacille sur sa selle, ne trouve qu'à lâcher un petit rire.

Faux, ce rire. Aussi toc que son diplôme trafiqué à

Honolulu. Pas étonnant qu'aussitôt Pereira redouble de phrases en forme de coups de fouet :

« Mon livre ! Pas besoin de me le rendre ! Se trouve partout ! Édition courante ! »

Cependant, l'homme qui, depuis l'autre selle, lui fouaille le regard n'est plus le Brigadier général. Mais une pauvre tête qui dodeline, avec des yeux tout élargis d'un ciel pur et profond. Comme l'autre jour, au *Boozer's*.

Et il parle de la même façon. Comme il a dit « Lhassa », ce soir-là, « Everest », « muletier », « Ancêtre-Montagne », comme il a murmuré « reine des Goloks », il conclut maintenant, rougissant, chevrotant : « Vous m'avez cru, pour ma montagne... Alors, pour le livre... »

Et il dodeline encore avant de laisser tomber :

« Je vous le laisse ! Sentimental ! »

Il faudrait risquer un mot, avoir un geste. Rock pourtant ne bouge pas. Nerfs en plomb, sang gelé. Jusqu'à son cheval, sous lui, qui semble fait de sable. Et laisse Pereira tourner bride, puis s'enfoncer dans le marché.

Cette fois, c'est la bête de Pereira qui, à grands coups de museau, distribue de droite et de gauche tout ce qu'elle sait de mépris.

✦

Et tout ce qu'il en est resté, du Brigadier général, en cet instant où le soleil a semblé flotter, c'est une silhouette noire, une sorte de négatif photographique détouré de lumière crue ; alors qu'autour de lui, de manière très étrange, les formes et les couleurs continuaient à déferler en franche marée. Sans doute l'effet d'un nuage qui jouait avec la lumière : au-dessous de sa monture, la foule déroulait toujours son tapis de crânes enturbannés, bleus, jaunes, rouges, verts, vifs à en faire oublier leur crasse ; et la perspective du marché, entre sa double rangée de parasols blancs, s'étirait avec une surprenante netteté jusqu'aux remparts et à leurs oriflammes qui claquaient de tous leurs phénix, dragons et lotus – depuis son cheval, Rock parvenait à distinguer jusqu'aux touffes de cheveux pendouillant des crânes encloués à la muraille.

Puis l'hydre de chairs et de marchandises étalée à ses pieds a été parcourue d'un brusque mouvement de succion. La silhouette en contrejour s'est évanouie et Rock a dû en rester là, pour ce qui était de Pereira : un dos effondré et noirci, subitement aspiré par le magma du marché.

Alors il a fait comme face au cadavre de sa mère, le jour où il s'était senti fracassé pour la première fois sous cette écrasante évidence : « Je suis seul. » Il s'est voulu encore plus seul.

Le manuscrit

(Likiang – Nguluko, avril-juillet 1923)

Au plus beau du printemps, lorsque Rock est rentré du Sud, il s'est trouvé beaucoup de gens dans Likiang pour penser qu'il avait attrapé une fièvre. De ces pestilences en maraude au fond des vallées caravanières, qui peuvent vous changer un homme en moins de huit jours. Il faut dire aussi que, l'année précédente, quand il se promenait dans la ville, il s'était toujours montré joyeux, loquace, souriant, plein d'allant. Maintenant, il semble vouloir se retrancher du monde. Il parle à peine, n'arrête plus de maigrir. Si l'on n'avait appris par son cuisinier Li-Su qu'il continue d'exiger, soir et matin, des plats de son pays, on croirait qu'il a perdu le goût de vivre.

À force de croiser son visage rongé par l'ombre, la bistrotière dont la guinguette, à côté du marché, fait aussi office de bureau de poste, a été la première à y voir clair. C'est elle, Madame Li, qui a saisi avant tout le monde que ce n'est pas le corps de Luo Boshi qui est malade – de toute façon, contre les fièvres, ce Blanc-là a assez de boîtes de remèdes par-devers lui. Elle a très vite compris ce qui a pu se passer là-haut, dans les montagnes, par-delà les pinèdes, à la lisière des neiges : une mauvaise rencontre. Un fantôme ou un mauvais génie. La puissance noire s'est infiltrée

dans sa cervelle par les narines, la bouche ou les
oreilles. Et, de ses germes fielleux, lui a infecté
l'esprit.

Le jour où il est revenu du Sud, pourtant, par la rue
pentue d'où déboulent avec la fonte des neiges toutes
les caravanes, Luo Boshi est entré dans la ville avec
la même tranquille solennité que l'année passée, juste
avant sa décision de s'installer tout au bout de la
plaine, au pied de la Montagne du Dragon de Jade ; et
dans le même apparat : une luxueuse litière transbahutée sur les épaules de quatre boys identiquement
coiffés de chapeaux de feutre gris, et précédée, pour
mieux impressionner son monde, d'une grosse escorte
de Na-khis. Une bonne cinquantaine d'hommes tous
revêtus de cottes de maille, les uns armés de fusils, les
autres – les plus nombreux – de simples arbalètes.

Ils ont dévalé la pente et franchi les ponts, ainsi
qu'à chaque retour d'expédition, d'un pas joyeusement
désordonné. Et lorsque leur colonne, à leur habitude,
s'est défaite face au bistrot de Madame Li, ç'a aussi
été avec des petits bonds, des rires, des cris, tout un
allègre tintamarre qui s'est seulement arrêté quand une
main gantée de chevreau a écarté les rideaux de la
litière. C'est à ces gants qu'on a su que son occupant
n'était pas un Seigneur de la Guerre mais le chasseur
de plantes ; le Blanc qui avait dépensé dans la ville
tant d'argent, tout payé comme un prince et, par-dessus le marché, soigné les malades gratuitement avec
ses remèdes de Blanc, « les œufs d'oiseau », comme
on les appelle dans la ville. C'est qu'il s'était occupé
des maladies de tout le monde, cet étranger-là, celles
des jeunes et celles des vieux, les maux des riches et
les douleurs des pauvres, les souffrances des hommes
et des femmes, sans rien réclamer en échange et sans

jamais parler de sa religion. Il n'avait jamais rien demandé que des réponses à ses questions. On n'avait jamais vu ça.

Toujours les mêmes, ses interrogations. « Le nom de cette fleur ? » « Le nom de cet arbre ? » « Ce dieu, il s'appelle comment ? » « Cette route, elle va où ? » « Ce temple, il sert à quoi ? » « D'où vient cette rivière, quel est le nom de ce col, qu'est-ce qu'elle cache, cette montagne ? » On avait répondu comme on avait pu.

✹

Madame Li, de tout le printemps, n'a cessé de se repasser en esprit l'arrivée de Luo Boshi. À la seule vue des gants de chevreau entre les rideaux de la litière, chamboulement de l'ordre du monde. Chacun a voulu aller se prosterner devant la chaise à porteurs, à commencer par les femmes qui, juste avant son apparition, remontaient la rue sans rien en attendre, le dos résigné au poids de leur hotte comme à l'indolence des hommes accroupis devant les maisons, fort occupés, selon leur habitude, à ne strictement rien faire, sauf à fumer leur opium et garder les enfants.

Mais à l'instant où, par-delà son rempart de jarres et de marmites, Madame Li a vu bringuebaler la litière entre les arbalètes et les fusils des Na-khis, elle a su, elle, que Luo Boshi venait d'entrer dans la ville ; et, avant même ses filles, son mari, ses clients, elle s'est jetée à sa rencontre. Si vive qu'elle en a bousculé le monumental jambon accroché au plafond de sa guinguette. Malgré sa bonne soixantaine, elle n'a eu aucun mal à parvenir à son but : être la première à s'incliner à ses pieds.

Lui, Luo Boshi, il s'extirpait de sa litière en singeant les mouvements délicats et difficultueux qu'il avait vus aux mandarins, il prenait bien soin, comme d'habitude, de n'avoir aucun geste de Blanc. Il a reçu de la même façon le salut de la bistrotière : avec distance et cérémonie.

Madame Li ne s'en est pas formalisée. Malgré leur affection mutuelle, Luo Boshi en a toujours usé ainsi. C'est quand elle s'est relevée, quand ses yeux étoilés de rides ont rencontré, derrière ses lunettes cerclées d'or, ceux, bleus et tombants, de son ami le Blanc, qu'elle a perçu le changement : elle les a trouvés pâlis, ces yeux, et trop brillants. Le front de Luo Boshi, archicuit par le soleil des montagnes, transpirait aussi à l'excès ; et, elle l'a noté à la première seconde, ses mains tremblaient.

Derrière Madame Li, cependant, s'agglutinaient déjà des dizaines d'autres corps, tous à l'agripper par la taille ou les bras, quand ils ne cherchaient pas à l'écarter d'un coup de coude ou d'un croche-pied. D'autorité, Luo Boshi l'a dégagée de cette masse de mains, pieds et ongles près de la déchirer. Mais loin de l'entourer, comme chaque fois qu'ils se retrouvaient, loin de faire suivre son salut d'une de ses petites plaisanteries si bien envoyées, Luo Boshi lui a lancé, aussi brutal que lorsqu'il régimente sa petite armée :

« Mon courrier ! »

Les lettres de Luo Boshi, dès qu'un caravanier les lui remet, Madame Li les entrepose, comme le plus précieux de ses trésors, dans une poche intérieure de son tablier. Toujours houspillée dans son dos par la masse de corps qui s'acharnent à vouloir approcher le chasseur de plantes, elle dégage comme elle peut les enveloppes de leur cache, puis les lui tend.

Il y en a quatre ou cinq. Luo Boshi inspecte les enveloppes sans les ouvrir. Puis, comme s'il n'avait rien à en attendre, il les enfouit à l'intérieur de sa veste.

C'est à ce moment-là que Madame Li, pour la seconde fois, s'est sentie en alarme : en face d'elle, Luo Boshi, soudain, n'a su que faire de lui-même ; et son visage a été parcouru d'une série de brèves convulsions. À croire qu'un démon, sous son crâne, cherchait en vain la sortie. Qu'à force de passer son temps à déraciner des plantes, là-haut, à la lisière des neiges éternelles, il avait dérangé une puissance de la terre, des arbres, des fleurs ou des sources, qui se vengeait maintenant en venant habiter sa cervelle. Et, pour mieux l'égarer et le rendre étranger à lui-même, lui expédiait cette petite salve de soubresauts incontrôlés.

Le démon a dû sentir l'œil de Madame Li : à l'instant même où elle s'est dit que Luo Boshi avait l'esprit infesté, les tics ont cessé.

Le Blanc lui aussi a dû juger son regard intolérable. Au lieu de recevoir les salutations et les vivats des gens de la ville, comme il fait toujours à ses retours d'expédition, il a replongé dans sa litière et tiré sèchement les rideaux. C'est là seulement, bien à l'abri, qu'il a aboyé à sa troupe de Na-khis l'ordre de gagner son repaire, tout au bout de la plaine, là où s'étire l'échine verte et perpétuellement glacée du dieu-montagne.

La seconde personne, ce jour-là, à se faire la réflexion que le chasseur de plantes avait vraiment beaucoup changé, fut Emily Clover, la femme du pasteur en charge de la Mission. Malgré la rancune qu'elle ressentait à l'endroit de « l'Américain » – le surnom dont l'avait affublé son mari –, elle avait gardé la mémoire d'un homme qui portait beau ; et qui, bien que strictement catholique, se rendait avec ponctualité à l'office du dimanche, en arrivant au galop du fond de la plaine. Elle se souvenait aussi qu'il avait un étalon noir, et qu'il le montait avec une assise incomparable.

Mais, ce matin-là, au moment de franchir le quatrième canal, quand Emily Clover voit l'Américain émerger de sa litière, elle ne comprend pas comment cette flatteuse image a pu la poursuivre pendant des mois. Le chasseur de plantes ressemble exactement à la définition qu'en a toujours donnée son époux : un petit binoclard qui n'ira plus bien loin.

Pourtant aucun doute possible, c'est l'Américain. Le costume de flanelle, lavallière de soie, lunettes à monture d'or, gants de chevreau, richelieus tellement bien cirés qu'ils en miroitent sous le soleil, enfin, comme huit mois plus tôt – Emily Clover les a comptés –, la même façon de s'encoller les cheveux à la brillantine, de part et d'autre d'une raie tirée au cordeau. Ses tempes, cependant, se sont dégarnies. Dans son échine et dans son torse, plus une trace de superbe. Son gilet flotte. Même de loin, c'est criant : il est maigre comme un coucou. Et promène sur la rue une orbite creuse, un œil absent. Bref, il a pris un coup de vieux.

Emily Clover s'en trouve si saisie qu'elle suspend son pas au milieu du pont. Et presque aussitôt, même si c'est une parole fort peu chrétienne, elle ne peut pas s'empêcher de murmurer : « Bien fait ! »

Mais elle voit Madame Li surgir de la guinguette, se reprend, rebrousse prestement chemin de l'autre côté du canal, prend la direction de la Mission. Contrairement à la vieille bistrotière qui se précipite pour se prosterner aux pieds de l'Américain, elle n'a pas, quant à elle, la moindre intention d'aller le saluer. Et puis il faudrait aller se mêler à l'insupportable et nauséabonde émeute que soulève toujours dans la ville l'arrivée du chasseur de plantes.

Cependant, au bout de dix mètres, Emily Clover revient sur ses pas. Et va se poster à l'angle du pont, dans un petit renfoncement entre un bout de lavoir et un saule, là où – quel mauvais génie le lui souffle ? il faut que ce soit le diable, vraiment, elle ne s'est jamais connu pareille astuce, pareille rapidité – elle est sûre de pouvoir observer tout à loisir le revenant.

Elle se recroqueville entre les planches du lavoir et les pierres du canal, plisse les yeux. Et se met à trembler : le petit binoclard est habillé exactement de la même façon que le jour où il l'a tellement humiliée, dans la boutique de Fedosya, la vieille joaillière. La dernière fois qu'elle l'a vu.

Elle aurait dû pourtant se douter, ce jour-là, qu'elle allait tomber sur lui. Il y est toujours fourré, à marchander des bijoux, des statuettes, des brocarts qu'il prémédite sûrement de revendre cent fois leur prix dès qu'il sera rentré en Amérique, tout comme les jades, les ivoires, les porcelaines, les bimbeloteries de toute sorte qu'il achète un peu partout dans la région – jusqu'à de vieux grimoires, prétend Madame Li, que les paysans lui abandonnent contre de la quinine ou un pansement.

Mais elle, Emily Clover, ce matin-là, si elle était entrée chez Fedosya, ce n'était pas pour sacrifier au culte du Veau d'or. Tout le contraire, justement : y déposer un prêche en forme de tract que son mari l'avait chargée de distribuer dans la ville. Et elle en était particulièrement fière ; car si c'était le pasteur qui en avait rédigé le texte, elle était l'auteur de l'en-tête dont elle l'avait précédé au dernier moment – une sorte de foucade, juste avant de lancer l'impression. Elle en était certaine, c'étaient ces quelques mots qui allaient emporter le morceau, et réaliser enfin l'objectif que le pasteur poursuivait si opiniâtrement et si vainement, depuis trois ans qu'ils étaient installés ici : susciter enfin chez les marchands des conversions en masse.

Tellement assurée de son affaire, Emily Clover, qu'à l'instant où elle était tombée sur le chasseur de plantes, au lieu de le saluer discrètement, d'un mouvement de nuque, comme elle faisait toujours, elle avait foncé sur lui, lui avait fourré le tract entre les mains, et lui avait pointé son en-tête : « Vous avez vu ? »

L'Américain s'était laissé faire, il avait parcouru ses idéogrammes ; mais, dès qu'il en avait eu fini, au lieu de la féliciter, comme elle l'espérait, au lieu d'avoir ne fût-ce qu'un mot poli pour elle et pour ce qu'elle avait écrit, il avait éclaté de rire – jamais elle n'aurait imaginé qu'un homme aussi élégant pût hoqueter et glousser avec une telle vulgarité.

Et il ne s'était pas arrêté là. Dès qu'il avait eu recouvré son souffle et qu'elle lui avait demandé de lui rendre son tract, il avait refusé. Pis, il s'était mis à lire le fameux en-tête à haute voix, sous le nez même de la joaillière, en accompagnant chaque mot chinois de sa traduction en anglais, avec des accents d'acteur de farce :

« *Mission pentecôtiste de Likiang. Président de la maison de commerce : Seigneur Dieu Sabaoth, vice-président : Seigneur Jésus-Christ... Directeur financier : pasteur Clover...* »

Enfin il s'était tourné vers elle et avait ricané – là encore, elle n'aurait jamais pensé qu'une voix aussi chaude, aussi élégante que celle du binoclard pût prononcer des phrases aussi cruelles, d'autant qu'à chaque mot elle sentait son haleine se mêler à la sienne : « Et vous, chère Mrs Clover, dans cette belle "maison de commerce", vous allez nous faire quoi ? le ménage ? les carreaux ? la sténo-dactylo ? Ah ! Mais non, j'avais oublié ! Vous me l'avez dit, l'autre jour : vous tenez les comptes de la Mission. Comptable du Seigneur, comme je vous envie... Sûr et certain, les nouveaux statuts de votre société vont époustoufler mes Nakhis ! Vous allez les voir redescendre tout de suite des montagnes où ils parlent toute la sainte journée à leurs diables d'esprits... »

Et à la fin de la phrase, Dieu seul sait trop comment

(l'Américain l'avait-il saisie par les épaules, l'a-t-il poussée ? était-ce elle qui avait cherché la sortie, pour tenter de retrouver ses esprits ? ou aurait-elle pris la désastreuse initiative, à son insu et en dépit de sa grossièreté manifeste, de l'affronter ?), Emily Clover s'était retrouvée dans la rue, à lui faire face. Et par-dessus la très insistante odeur de sa brillantine, elle avait cru à nouveau sentir son haleine mélangée à la sienne tandis qu'il lui désignait, par-dessus la carapace des toits et dans la direction de son village, la guirlande de pics enneigés.

Là encore, il y avait eu un moment extrêmement déroutant : elle avait eu l'impression qu'elle la voyait pour la première fois, avec ses flancs emplâtrés de lourdes coulées glaciaires et les longues veines translucides qui les couturaient. Alors qu'elle la connaissait depuis des années ; alors qu'elle était familière, presque autant que les gens de Likiang, de cette sensation de mirage que laisse toujours la montagne, cette façon qu'elle a de paraître en apesanteur, suspendue au-dessus des toits de la ville, avec ses glaciers aux reflets d'une couleur inchangée, quelle que soit la saison : vert pâle – exactement la teinte du jade.

Et comme elle en restait suffoquée, Emily Clover, de cette cascade d'émotions incohérentes, comme elle n'y comprenait rien, si ce n'est qu'il ne fallait surtout pas chercher à les comprendre, l'Américain, pour comble, lui avait serré le bras avant de reprendre de sa plus belle voix de grave : « Respirez, respirez à fond, Mrs Clover. Fermez les yeux, respirez. Vous allez voir. Ici, l'air fait le même effet que le champagne... »

Emily Clover n'avait jamais bu de champagne, la réflexion avait redoublé sa confusion. Même maintenant, recroquevillée entre le saule et le lavoir, à l'abri de tous les regards, elle ne sait quoi en penser. Pas davantage qu'elle ne se rappelle comment ils s'étaient quittés. Elle redoute d'avoir respiré à fond comme l'Américain le lui avait enjoint. Et en fermant les yeux. Elle se souvient également que, lorsqu'elle les avait rouverts, il n'était plus là et qu'elle avait rougi jusqu'à la racine de ses cheveux. Incapable du moindre mouvement, persuadée qu'au plus ténu de ses gestes, tout allait se défaire en elle : de l'ordre de ses pensées au chignon où elle avait comprimé ses cheveux – jusqu'à l'aplomb de ses bas sur ses jarretelles.

Quelques jours après l'incident, c'est par Madame Li qu'elle a appris le départ du chasseur de plantes pour le Sud. Elle ne l'a pas revu depuis.

Elle n'a jamais parlé de cette histoire à son mari. Encore moins de l'affaire du champagne. Elle a un bon prétexte : dès qu'elle y songe, sa bouche, immédiatement, n'émet plus aucun son.

❧

Ce n'est qu'il y a quinze jours, le dimanche de Pâques, qu'elle a réussi à vaincre cette bizarre aphasie. Et encore, c'est parce qu'elle n'était pas seule avec le pasteur. Elle avait invité à déjeuner les sept à huit Blancs à fréquenter assidûment la Mission.

Elle s'y est prise au moment du dessert, mine de rien, quand elle a eu épuisé tous les sujets de conversation. Elle a respiré un bon coup – cette fois-ci sans penser au champagne – et elle a risqué, de l'air le plus détaché qu'elle a pu se composer : « Et le Dr Rock, au fait, vous en avez des nouvelles ? » Personne ne s'est aperçu que sa voix avait vacillé quand elle avait dit : « Dr Rock ». Et pour cause : le pasteur avait aussitôt coupé : « Mais vous savez bien que personne n'en a jamais ! » Aussitôt, autour de la table, on ne s'est plus entendu, comme si les seules syllabes « Dr Rock » avaient déverrouillé une écluse qui ne demandait qu'à se vider.

Cependant, après un moment de brouhaha, Emily Clover a réussi à y mettre bon ordre et chacun a pu posément y aller de sa petite critique. Tout y est donc passé, la maison que l'Américain a louée si loin de la ville, au pied de la montagne, dans un village isolé – aurait-il des choses à cacher ; ses traficotages avec les indigènes ; sa façon d'être toujours fourré chez Madame Li, à grenouiller, chez l'un, chez l'autre, la joaillière, le gouverneur de la ville, le vieux jardinier Ho. Et à chaque fois un bon prétexte, une dent à arracher, une migraine à soigner, en proclamant bien haut que c'est pure charité, tu parles ! Partout il se fait payer en antiquités.

Et cette manie qu'il a, dès qu'un nouveau Blanc pointe le nez dans le coin, de tendre sa carte de visite en claironnant son titre comme s'il était le roi de la vallée : « Chef de l'expédition du *National Geographic* au Yunnan ! » Et les dollars qui lui débordent des poches. Et sa mirifique collection de lavallières en soie – on ne lui a jamais vu deux fois la même. Et l'argenterie qu'il trimballe partout, alors qu'il vit seul et ne reçoit jamais personne – il la sort d'où, au fait ? elle est monogrammée, mais qui est allé vérifier que ce sont bien ses initiales ? Et cette manière qu'il a de regarder de haut tous les autres Blancs. Et son appareil photo qu'il installe à tout bout de champ, n'importe où, pour prendre n'importe quoi, sa litière, son armée d'opérette, ses arbalétriers, son cuisinier, le domestique qu'il a affecté au tournicotage de la manivelle de son gramophone dès qu'il est repris par la lubie de s'écouter un opéra. Et la musique, comme ses photos : n'importe où, n'importe quand. En pleine montagne, au bord d'un torrent ou d'un gouffre, au beau milieu d'un col, au pied d'une cascade. Toujours seul, évidemment. Et son anglais qui empeste l'allemand – ce ne serait pas un espion, par hasard ?

Mais c'est Emily Clover qui a mis sur le tapis le dernier reproche, celui qui la poursuivait depuis que le chasseur de plantes l'avait laissée en plan, suante et cramoisie, devant la boutique de la joaillière : pourquoi déployait-il tout ce théâtre, l'Américain, le dimanche matin, quand il venait à l'office ?

Autour de la table, personne ne tenait la réponse. Elle a insisté : « Toujours à la dernière minute, vous n'avez pas remarqué ? Et toujours sur son trente-et-un ! Et cette assise sur son cheval, quand il arrive du bout de la plaine. Et sa bête, cet étalon noir... »

À ce moment-là, le pasteur Clover en a eu assez. Lui qui n'avait rien dit jusque-là, il a sèchement tranché : « Ce n'est pas un étalon ! Et il est gris, son cheval ! »

Puis il a marqué une petite pause et a repris, toujours aussi sec : « Un mécréant, oui ! Il ne vient à l'office que pour faire démonstration de son organe vocal par-dessus votre harmonium ! »

Le mot « organe vocal » a effrayé Emily Clover. Elle a senti qu'elle était allée trop loin, qu'il était vain d'ergoter sur la couleur de l'étalon, qu'il valait mieux calmer le pasteur en lui tendant un nouveau verre de brandy. Peine perdue : il a repoussé le verre ; loin de baisser le ton, il s'est levé, aussi contracté qu'à l'église lorsqu'il gravit les marches de sa petite estrade pour admonester son troupeau d'ouailles. Et, comme là-bas, il s'est mis à vaticiner.

Tellement sombre et grondant qu'Emily Clover s'est demandé s'il n'avait pas eu vent de ce qu'elle avait respiré à fond avec l'Américain devant la boutique de la joaillière, en fermant les yeux avec lui. Oui, le pasteur devait le savoir. Sinon il n'aurait pas postillonné aussi loin, au moment de clore sa péroraison : « Petit binoclard hypocrite, oui ! Petit parvenu américain ! Sale arriviste ! D'où il sort, d'abord, avec son accent allemand ? Et puis, finira mal ! Les fièvres, quand elles attaquent, commencent toujours par les mécréants ! »

On dirait bien qu'il a vu juste, le pasteur-prophète : l'Américain revient avec tous les stigmates d'une sale maladie : dos cassé, lèvres sèches, joues ravinées, orbites enfoncées et noircies par des nuits sans sommeil. Jusqu'à ses verres cerclés d'or qui tout à l'heure, au moment où il a émergé de sa litière, semblaient épuisés de se promener sur le monde. Où est passée leur belle, leur impitoyable limpidité ? Tout brouillés, eux aussi. Ternis.

Et ce torse creux – ce ne serait pas la tuberculose, par hasard ? Plus assez de bronches, en tout cas, pour l'air au goût de champagne. Et il doit le savoir, l'Américain, qu'il est malade : la façon dont il a tourné le dos à Madame Li ! Elle en est restée comme deux ronds de flan, la pauvre vieille. Encore une qui ne savait pas à quelle petite crapule elle avait affaire. Mais on ne l'y reprendra plus, la bistrotière, c'est une femme de tête et elle a de la rancune. La prochaine

fois qu'il pointera dans sa guinguette sa gueule enfari-
née à tous les coups, elle l'enverra aux pelotes.

« Bien fait ! » se répète donc Emily Clover avant de
quitter sa cachette. Puis elle se redresse et réussit, pour
la première fois depuis longtemps, à faire la fiérotte
dans son petit corsage de percale rayée, certaine
qu'elle est de pouvoir recommencer à prononcer le
nom du Dr Rock sans penser à sa manière d'enfourcher l'étalon – noir, elle en donnerait sa tête à couper.

Mais c'est comme dix minutes plus tôt, et comme
huit mois auparavant : elle n'a pas franchi le premier
pont, et vu apparaître, au-delà des arêtes griffues des
toits, la longue et blanche bâtisse de la Mission, que
son pas se fait hésitant. Et elle se dit que non, cette
fois-ci non plus, elle ne dira rien à son mari de la scène
qu'elle vient d'observer. Parce qu'elle est toute en
détails, et que les hommes ne comprennent jamais les
détails. Et parce que le pasteur l'interromprait dès sa
première phrase. Il passerait à autre chose, avant
même qu'elle ait pu décrire le tremblement de mendigot qu'il a eu dans les mains, l'Américain, quand
Madame Li lui a tendu son courrier ; son œil fou au
moment de l'inspecter ; comment il s'est enfui,
ensuite, sous les rideaux de sa litière, le visage déchiré
de tics, et agitant convulsivement ses mains gantées
de chevreau. Non, le pasteur ne l'écouterait pas, même
si elle allait droit à la conclusion : « Le Dr Rock attendait une lettre et ne l'a pas eue. » Pour qu'il dresse
l'oreille, son mari, il faudrait qu'elle brûle les étapes
et qu'elle lui assène brutalement, tel quel, le fond de
sa pensée : « L'Américain vient d'avoir une sale histoire de femme. »

À aucun moment de ce long et magnifique printemps l'idée qu'il peut être malade ne vient effleurer Rock. Il dort très mal, se voit maigrir. Il ne songe pourtant jamais à une fièvre. Il lui faut cette montagne inconnue, il lui faut cette Reine des Femmes, un point c'est tout. Il y pense constamment et n'en sort pas.

Certains matins, cependant, face à son breakfast, il va jusqu'à en vomir, quand, rouvrant l'œil après une nuit encore plus agitée que la précédente, il repense au contrat qu'il a passé avec l'université de Harvard et le Département de l'Agriculture ; et qu'il recalcule le temps qui lui reste à moisir ici, entre ce chalet et la montagne où il va récolter ses plantes. Il s'entend pester : « Un an ! Un an encore ! »

Les Na-khis ne s'inquiètent pas de ces accès d'angoisse. Ils savent qu'ils ne durent qu'un petit quart d'heure. Et qu'ils se terminent toujours de la même façon : le maître se verse une tasse de thé, engloutit une tranche de jambon et maugrée à mi-voix : « Je peux m'occuper, tout de même ! Tromper le temps ! Il y a cet article que j'ai promis au *National Geographic*... » La phrase est toujours identique, comme la suite du scénario : il réclame ses œufs frits et son potage à l'autrichienne, les avale avec le même appétit que le jambon, puis remonte dans sa chambre et s'assied à son bureau.

La suite, les Na-khis l'ignorent. Elle est moins flambante. Il n'a pas son stylo en main qu'il repense à Pereira et est repris de haut-le-cœur. Mais cette fois, il croit étouffer. Il ferme les yeux, cherche son lit d'une main aveugle. Le malaise ne se dissipe qu'une fois allongé.

Ce matin-là encore, les bras ballant de part et d'autre du matelas, il se laisse aller. Cela ressemble au sommeil mais ce n'est pas le sommeil. Rien qu'une hébétude inquiète, une somnolence entre deux eaux où la réalité, avec son œil mauvais, revient inlassablement le houspiller, même quand il se croit bien lové dans la matrice du rêve.

Cet article, par exemple, qu'un jour ou l'autre il va bien falloir écrire. Le papier d'emballage qui va manquer pour les colis de plantes. Le Na-khi qu'il n'a pas réussi à soigner, sa dent cariée, sa mâchoire qui s'est remplie de pus. Dimanche dernier, l'œil bizarrement dilaté que la femme du pasteur a posé sur lui à la fin de l'office, quand elle a ânonné une fois de plus un poussif *Jésus que ma joie demeure* sur son harmonium encore plus essoufflé.

Et au fond des eaux troubles de ce mauvais sommeil, en surplomb des pauvres marionnettes qui tentent de s'y frayer un chemin, toujours plus grande, chaque jour, la silhouette du Brigadier général. Un géant, maintenant, Gulliver. Seul le décor reste inchangé : le fond du marché de Tengyueh, juste avant que la foule ne l'aspire. À nouveau Rock en a le souffle coupé. Il se dresse sur son lit, en sueur. Se tâte le pouls, le cœur. Vérifie qu'il est toujours en vie. Puis d'un seul coup, il recouvre une pensée claire ; et comme devant son breakfast, il se met à pester (dans sa rage, certains matins, il va jusqu'à frapper les solives de la charpente, jusqu'à hurler) : « Mais pourquoi est-ce qu'il ne m'écrit pas, à la fin ? Pourquoi est-ce qu'il ne revient pas ? »

Un jour sur deux, un jour sur trois, il trouve quand même la force de reprendre avec ses Na-khis le chemin des cols. Il s'en va, comme l'an passé, vers les alpages, les forêts, pour récolter ses plantes.

Mais ce printemps, au lieu de se sentir purifié par la montée, plus détaché au fil des sentiers, des rocailles, des précipices, des cordes, des lianes tendues par-dessus des torrents en furie, il s'alourdit. Il n'y comprend rien, puisqu'il sent ses vêtements flotter et que son cuisinier Li-Su l'a prévenu : à moins de manger trois fois plus, il ne lui restera bientôt que la peau sur les os, rongé comme il est.

N'empêche : il se sent de plomb. Un tas de chair balourde, pataude, comme lorsqu'il était enfant et que le Comte entrait dans la loge de son père, à la fin de l'année scolaire, pour inspecter son bulletin, en lui lâchant dans un étrange mélange de bonté et d'arrogance : « On va en faire un prêtre, de ce gros gars ! Mais ne fais pas cette tête-là ! Je te ferai placer ici, derrière le palais, à la Schottenkirche ! Comme ça, tu pourras chanter les vêpres et prier pour mon salut ! »

Donc dans les jambes, le cœur, la poitrine, même poids. S'il s'y attendait, au plus beau des prairies d'iris, des champs de cyclamens et de primevères des neiges... Depuis quelques jours, il laisse les Na-khis collecter les plantes au fond des sous-bois. Les boys ne se sont pas égaillés avec leurs paniers entre les épicéas qu'il va s'effondrer près d'une source. Comme il faisait au temps de Vienne, sur les bords du Danube, après les visites de Potocki. Ces jours-là aussi, il fallait qu'il aille se plonger le visage dans l'eau froide. Puis, il relevait la tête, cherchait le ciel et répétait, comme maintenant, jusqu'à en perdre le souffle : « J'suis rien, j'suis rien. S'passe rien, s'passe rien... »

Hier encore, il a recommencé, il s'est écarté de ses hommes. Mais cette fois il s'est écroulé au beau milieu d'une prairie.

Il cherchait à se confondre avec la terre, il aurait rêvé qu'elle s'ouvre, qu'elle l'engloutisse à jamais. Elle n'a pas voulu de lui, bien sûr. Son cœur, comme à la minute précédente, a continué de battre. Alors il a rouvert les yeux et s'est aperçu qu'un an plus tôt, lors de sa première expédition dans la montagne, c'était dans cette même prairie qu'il s'était mis à tournoyer sur lui-même et à hurler – aux Na-khis, au glacier, à ses séracs étincelant dans le soleil, aux torrents qui en jaillissaient, aux gigantesques plants de rhododendrons qu'il venait de découvrir en lisière de l'alpage, à lui-même, à l'écho qui n'arrêtait plus de l'étourdir en lui renvoyant ses cris, à qui ou à quoi, il ne savait pas, et ne voulait pas savoir tant il était habité et soulevé de joie : « Je veux rester ici ! Je veux mourir ici ! »

Et voilà : même prairie, mêmes eaux joyeuses, mêmes rhododendrons au plus beau de leur floraison. Mais au lieu de lui chanter le désir de vivre, ils sont restés muets. Le monde est redevenu absurde et silencieux, replié sur sa féroce immobilité.

Alors il a crié comme l'an passé. Ou plutôt beuglé. Et les Na-khis ont tout de suite compris. Ils ont rappliqué, déboulé des fourrés, des rocailles, le plus vite qu'ils ont pu.

Ça ne l'a pas calmé. Il était tellement à bout de nerfs qu'il s'est mis à vociférer :

« Assez pour aujourd'hui ! Retour à la vallée ! »

Et aujourd'hui, bien entendu, au beau milieu de l'après-midi, la bougeotte l'a repris : il a sauté sur son cheval pour aller en ville quémander son courrier à Madame Li. En dépit des regards inquiets qu'il sent désormais s'attacher à lui chaque fois qu'il fait son entrée dans Likiang, il a fallu qu'il s'en aille dévaler la rue des caravanes. À peine arrivé devant le bistrot, il a dû se rendre à l'évidence : il rentrerait encore bredouille. Quand il s'est approché de la guinguette, Madame Li n'a pas cillé, derrière son éternel rempart de jarres et de marmites. Elle s'est contentée de lui présenter son profil le plus sévère, ce qui l'a dispensé de sauter à bas de son cheval : c'était le signe qu'il n'avait pas de courrier. Son vieux regard étoilé, la bistrotière ne l'a levé qu'au moment où il a tourné bride.

Et lui, comme toujours depuis deux mois, a quitté la ville en fuyard. Par des venelles détournées, des ponts où il était sûr de ne croiser personne. C'est seulement à la hauteur du lac, quand il a dépassé l'étrange petit kiosque qu'on appelle, il n'a jamais compris pourquoi, « Pavillon de la Lune Saisie », qu'il a lancé sa bête à l'assaut de la plaine. Ventre à terre jusqu'à la montagne, à travers bois et champs de pavots. Tête haute, œil hardi, rien que pour narguer le destin qui l'enferme ici.

Mais à peine est-il entré dans sa cour que sa nuque s'est cassée. Il est monté dans sa chambre sans un mot pour ses Na-khis, hormis la phrase qui lui tient désormais de salut, avant que la nuit ne vienne le reprendre dans sa nasse de tourment :

« Mon dîner ! Et je ne veux voir personne ! »

Chambre-tente. Plafond bas. Lattes qui laissent filtrer les bruits. Lit étroit, matelas dur, sac de couchage.
Sur le plancher rude, une natte en paille de riz. Pour
écrire, une table pliante – celle-là même qu'il emporte
en expédition, histoire de continuer à se sentir en
voyage, même dans cette maison si solidement arrimée au flanc de la montagne.

Il s'est laissé tomber sur son lit en costume de cheval, il n'a même pas enlevé ses bottes. À chaque
minute, pourtant, l'air orageux s'épaissit. Il n'en sent
rien. Toujours ce plomb au plus profond de lui, plus
écrasant que la plus lourde de ses malles. Et l'interminable rumination qui va avec : Pereira.

Où a-t-il pu passer ? A-t-il déjà pris la route du
Royaume des Femmes ? Seul ? avec d'autres ? avec
l'argent du Foreign Office ? Mais alors, combien d'argent ? Et quel chemin a-t-il pris ? Il avait l'air tellement décidé à passer par ici...

Aurait-il changé d'avis, choisi la route de l'Est, la
même que lors de son premier voyage à Lhassa, Pékin,
Lanzhou, les pistes du lac Kokonor, les terres du
prince de Choni, à la place de l'itinéraire qu'il lui avait
annoncé, les chemins muletiers du Sud : Yunnanfu,
Dali, enfin une petite halte ici même, avant d'affronter

les cols du Nord – l'affaire était pourtant claire, en haut du volcan quand, au moment du cognac, le Brigadier général avait repris son récit de la découverte de la montagne : « J'ai tout prévu, je vais passer par chez vous, je ne connais pas la route, mais à vue de nez, c'est la meilleure ; et j'en profiterai pour vous faire un petit bonjour. » Et avec ce petit rictus qu'il avait quand il craignait d'avoir lâché quelque chose qui pouvait ressembler à un début de sentiment, il avait expédié vers le ciel deux ou trois coups de menton et ajouté : « Un petit bonjour, hein ? Ça vous déplairait ? » Rock s'était empressé de répliquer, plat comme une limande : « Ma maison est la vôtre, Brigadier général ! Un homme de votre trempe... » L'autre avait redoublé de « Hein, hein... » et de petits coups de menton. Quand il y repense, il se dit que le bancroche avait percé son jeu. Voulu mesurer l'étendue de sa fausseté. Et qu'il l'a démasqué.

Ou alors Pereira est mort. Il en a peut-être parlé à quelqu'un d'autre, de la montagne inconnue et du Royaume des Amazones. On l'a attaqué, rançonné. Torturé, assassiné.

Et s'il avait roulé dans un ravin ? S'il était rentré à Londres pour parler directement de son projet d'exploration avec ses supérieurs ? Si un autre Blanc avait mis la main sur ses cartes ?

Et comment monter une expédition dans son dos ? Où trouver l'argent ?

Car c'est chose faite, Rock a décidé de voler son rêve à Pereira. Il y a deux mois, un soir comme celui-ci, revenu bredouille de chez Madame Li, il a rompu le vœu de secret qu'il s'est fait, dans les montagnes de Tengyueh : il a écrit à la direction du *National Geographic*. Et presque tout balancé sur la montagne.

Façon comme une autre de bousculer le monde immobile.

Mais pas une ligne sur la reine des Goloks, et encore moins sur la thèse de Pereira comme quoi on pourrait trouver là-bas les descendantes des Amazones. Un courrier tout en biais, allusions, sous-entendus. Pour autant, il a clairement évoqué l'existence, aux confins de la Chine et du Tibet, d'une montagne inconnue dont il s'est aussi aventuré à lâcher le nom, *Amnyé Machen*. En insinuant à la direction du journal que, sitôt finie la collecte de plantes qu'il se doit de livrer au Département de l'Agriculture et à l'université de Harvard, il est prêt à quitter le Yunnan pour s'assurer que ce sommet est bel et bien plus élevé que l'Everest, comme certains Occidentaux le prétendent. N'y aurait-il pas là matière à un article infiniment plus passionnant que le récit de sa vie à Nguluko et à Likiang, ce sujet qu'il a proposé l'an passé à la revue ? Parce qu'à la vérité, ici, dans le nord du Yunnan, en dehors de quelques fêtes lunaires et de la découverte, à la lisière des neiges éternelles, de rhododendrons particulièrement gigantesques, il ne se passe strictement rien. On ferait fausse route, en y consacrant vingt pages du magazine.

De phrase en phrase, de biais en biais, Rock est ainsi revenu à son histoire de montagne. En émaillant ses phrases de ces formules qui, il le sait, ont le don d'incendier l'imagination des explorateurs en fauteuil qui peuplent les bureaux du *National Geographic* : « vallées vierges », « peuples inchangés depuis l'âge de pierre », « simples enfants de la Nature », « steppes d'inconnu à perte de vue », « apport sans précédent à la science cartographique ».

Il n'a montré le bout de l'oreille qu'à la fin de sa

lettre, quand il a souligné que, là-bas, au fond des terribles gorges qui enserrent l'Amnyé Machen, et par-delà les monstrueuses herses de pierre qui en jalonnent les frontières (ni Pereira, bien entendu, ni Woodville, ni les Annales des Sui et des T'ang n'ont jamais parlé de terribles gorges, encore moins de monstrueuses herses de pierre), des témoins aussi bien chinois qu'occidentaux ont unanimement signalé l'existence de tribus extrêmement étranges, dont les mœurs ont étonné jusqu'aux caciques des empereurs.

Évidemment, pour réaliser un tel reportage, il faudrait un homme courageux, rompu à tous les dangers des montagnes. Cela dit, lui, Joseph Francis Rock, serait disposé à partir. Prêt, du jour au lendemain, à tout lâcher de ce qui fait sa vie, la botanique, ce si charmant village de Nguluko, au pied de la Montagne du Dragon de Jade. Ça ne lui fait pas peur. Ni le froid, ni les brigands, ni l'inconnu. Résolu, vraiment, à faire don de sa personne pour la plus grande gloire de la revue et de la science géographique...

❦

Contrairement aux nouvelles de Pereira, la réponse de Washington n'a pas tardé. Elle est arrivée dans les mains de Madame Li il y a une semaine. Rock l'a lue à cheval – la vieille bistrotière ne l'avait pas vu apparaître en haut de la rue des caravanes qu'elle avait couru au-devant de sa bête. Elle en a été pour ses frais : à la première ligne de ce courrier sévèrement dactylographié, son ami le Blanc a tourné bride.

Encore plus vite que les autres fois. Pas besoin d'aller plus loin dans sa lecture pour saisir qu'au lieu de se précipiter sur leurs atlas et estimer, ne fût-ce que grossièrement, la situation de la montagne inconnue, les responsables de la revue s'étaient rués sur leurs livres de comptes. Loin de lui parler des moyens de monter une expédition vers cet énigmatique Amnyé Machen, le président du *National Geographic* lui rappelait d'entrée de jeu les termes de l'accord conclu douze mois plus tôt : contre versement d'une coquette avance et le partage avec Harvard d'une bonne partie de ses frais (loyers ; gages de ses boys, cuisinier, blanchisseuse, palefreniers, guides, éclaireurs, interprètes, arbalétriers, portefaix, muletiers ; achat de médicaments, de matériel photographique, de chevaux, d'ânes, de yaks, de fourrage pour lesdits animaux ; le vieux cacique du magazine avait manifestement tout épluché de sa comptabilité puisqu'il allait jusqu'à lui rafraîchir la mémoire sur un achat de chaise à porteurs et d'aiguilles de phonographe en soulignant au passage l'aspect parfaitement somptuaire et superfétatoire de telles dépenses au fin fond de ce qu'il appelait « la brousse chinoise »), lui, Joseph Francis Rock, désigné au titre dudit contrat « Chef de l'expédition du *National Geographic* au Yunnan », s'était engagé à remettre avant la fin juin – c'est-à-dire maintenant – un article en forme de récit sur la région où il vivait, la plaine de Likiang et son village de Nguluko. Il avait carte blanche pour raconter ce qu'il voulait. À condition, bien sûr, de se cantonner strictement à ce sujet imposé, et de respecter avec la même rigueur les règles imposées par la revue, à savoir : premièrement, rédiger une vraie histoire – début, milieu, fin ; deuxièmement, la pimenter de frisson – là encore, carte blanche, à condition, mais cela tombait sous le sens, d'éviter les émois de caractère sexuel ; troisièmement, saupoudrer l'ensemble de données scientifiques *indiscutables* – le mot était souligné ; quatrièmement, cette histoire devait impérativement comporter un héros. « Mais il est tout trouvé, vous le savez bien, mon cher Rock », lui assénait alors le président dans un subit mélange de flatterie et de familiarité qui laissait entendre à lui seul que son article était attendu dans les plus brefs délais. « C'est comme dans "À la recherche de l'arbre qui guérit la lèpre". Il est tout trouvé, c'est vous-même ! »

Enfin, juste après lui avoir rafraîchi la mémoire sur un autre point non négligeable de son contrat – la livraison obligatoire, en sus de son texte, d'une trentaine de photos et des légendes y afférant – le patron de la revue lui représentait qu'il connaissait la musique : il y a trois ans, lors de sa fameuse expédition en Birmanie à la recherche du non moins fameux arbre à guérir la lèpre, si son premier article avait connu un tel succès, ce n'était pas tant parce qu'il avait découvert le dénommé *Chaulmoogra Tree* (dont, soit dit en passant, tout le monde se fichait) mais d'abord parce qu'il avait eu le bon goût de relater comment, en cours de route, il avait été attaqué par des crocodiles, puis manqué d'être dévoré par un tigre affamé.

La conclusion de ce courrier était donc encore plus déprimante que la disparition de Pereira : le président du *National Geographic* lui signifiait qu'il n'avait aucune raison de lui verser un dollar de plus tant qu'il ne tiendrait pas cet article entre ses mains. En tout état de cause il était hors de question d'envisager une autre expédition. Au demeurant, il n'avait pas vu très clair, dans son histoire de montagne inconnue. Où voulait-il partir au juste ? pour trouver quoi ? et, surtout, pour *raconter* quoi ?

L'orage s'épaissit encore. Premier grondement de tonnerre. Rock ne bouge pas d'un millimètre.

Le plomb qui leste tous ses mouvements depuis la disparition de Pereira ne l'a jamais aussi sévèrement cloué à son matelas. Et c'est comme tout le reste : il connaît par cœur le parcours de la foudre. Elle commence toujours par craquer de l'autre côté de la plaine, au-dessus des arêtes de grès qui ferment la vallée. Puis le fracas dévale les pentes, roule au-dessus des champs de pavots, survole le lac, les premières futaies de pins et vient cogner ici, au-dessus du village, contre les vieilles moraines. Le tonnerre s'engouffre ensuite dans les défilés, frappe une à une les falaises, tape et retape, cogne encore, bat et rebat, jusqu'à se perdre dans son propre écho. Un silence interminable, jusqu'aux neiges éternelles, écrase la montagne. Seul le petit torrent, de l'autre côté de la maison, ose alors se mesurer au monde qui se tait.

Mais, d'un seul coup, retentit un fracas de cymbales. Comme au concert. Puis un gong.

Et un deuxième coup de cymbales, maintenant,

suivi d'un nouvel écho de gong. Ses battements redoublent et se font, de seconde en seconde, de plus en
plus caverneux.

Les cymbales, passe encore, même si Rock, à
l'opéra, a toujours jugé leur effet mélodramatique à
l'excès. Mais le gong, il l'a carrément en horreur.
Chaque fois qu'il l'entend, dans une lamaserie, au bout
d'une rue où passe un enterrement ou devant les tréteaux d'un théâtre ambulant, il se bouche les oreilles,
s'enfuit. Il sait parfaitement pourquoi : le souvenir,
une fois de plus, des jours où Potocki venait inspecter
ses bulletins de notes. Il lui vantait le bonheur qu'il
éprouverait, quand il aurait bien obéi, bien grandi, et
qu'il prierait en disant la messe pour lui à la Schottenkirche. Puis il lui offrait des billets pour le spectacle
des montreurs d'ours.

Et voilà qu'ici même, au fin fond du Yunnan, sur
ce matelas d'où il n'arrive pas à bouger, il vient de les
revoir danser devant lui, les bêtes que son père, aussi
sec, l'emmenait voir au Prater, traînées par les tsiganes
au bout de la chaîne arrimée à leurs naseaux. Au son
du gong, précisément, et sous la risée des gogos. Souvenir instantané de la chaîne et de l'anneau qui perçait
les narines de l'ours. Et réminiscence tout aussi mécanique de la voix elle-même caverneuse du Comte, à
l'instant où il lui tendait son billet pour le Prater :
« Tiens, ça te changera de ton grec, de ton hébreu et
de ton latin. Et n'oublie pas, plus tard : je compte sur
toi, pour mes vêpres... »

Mais, aujourd'hui, pas moyen de détaler : le charivari des gongs provient de la maison voisine. Il a beau
se boucher les oreilles, il le poursuit.

Alors, comme s'il avait été ours lui-même, au Prater, mené au bout d'une chaîne, et qu'il avait décidé,
tout pesant et titubant qu'il fût, d'arracher son anneau
une fois pour toutes, Rock parvient à s'arracher de son
matelas. Puis il s'empare du fusil qu'il a caché sous
son lit et se rue à travers la chambre, la bouche déjà
pleine de la fureur qu'il veut, avec son arme, décharger dans la cour d'à côté : « Je vais les tuer, je vais
les tuer... »

« Luo Boshi, viens vite ! Viens, Luo Boshi, mieux que tes plantes ! Viens, tu vas être content ! Viens avec moi ! Luo Boshi, vite, je vais te montrer... Mieux que tes plantes, tu vas voir... »

Rock n'a gardé aucun souvenir de la façon dont Li-Su s'y est pris pour desserrer sa poigne sur le fusil. Il se rappelle seulement qu'au moment où il a déverrouillé la porte de sa chambre, il est tombé sur le jeune Na-khi tout essoufflé, qui n'arrêtait pas de lui répéter – un vrai moulin à paroles, tout d'un coup, lui qui ne parle jamais, au point qu'il l'avait cru muet, quand il l'avait embauché comme cuisinier : « Viens, Luo Boshi, vite, mieux que tes plantes... »

À croire qu'il a lu, comme Madame Li, dans le tréfonds de son esprit. Ou alors, la veille, il l'a surpris à supplier la terre au beau milieu du champ de fleurs. Là où les sources chuchotent en sortant du glacier ; là où les eaux racontent que le monde n'a jamais eu d'histoire.

Il est si enthousiaste, Li-Su, avec ses « Luo Boshi, viens vite ! », si heureux d'avance de ce qu'il a à lui montrer, tellement surexcité que Rock, dans la seconde, oublie tout de sa colère contre les gongs. Et Potocki, et ce qui a précédé, la lettre du *National Geographic*, sa montagne inconnue, l'attente de Pereira. Il se laisse faire, lâche son fusil, suit Li-Su, complètement désencombré de lui-même. Sorti de sa peau d'ours.

Redevenu ce qu'il était au moment où il s'était assis dans le fauteuil du *Boozer's* : un homme des routes, libre et léger, sans états d'âme, toujours à l'affût de ce que lui offre le hasard des chemins. Et à l'instant où, dans la cour voisine, il découvre ce que Li-Su veut lui montrer – une danse de sorciers – il se met à engranger tout ce qu'il voit. Mécaniquement, sans carnet ni stylo. Comme s'il venait d'entrer dans un sous-bois. Sans se demander un seul instant pourquoi, depuis des mois qu'il vit ici, il n'est jamais tombé sur des cérémonies comme celle-là. Tout à son observation. En procédant comme dans la nature : en chasseur, par cercles concentriques de plus en plus serrés, précis, étroits.

Il commence par ce qui lui saute aux yeux : les acteurs principaux de la scène, trois hommes aux yeux révulsés.

Des chamans, à l'évidence. Ce sont eux qui frappent sur les cymbales et les gongs. D'autres brandissent de longues épées qu'ils font tournoyer de temps à autre au-dessus d'eux en dansant.

Au milieu de leur ronde, une femme. Sa voisine. Et l'envoûtée, c'est tout aussi flagrant. Amaigrie, fatiguée, inquiète, elle fixe un coq dont on vient de tordre le cou. Rock se dit qu'il avait vraiment la tête ailleurs, ces derniers temps : il l'a plusieurs fois croisée sans remarquer son tourment.

En ce moment même, d'ailleurs, elle se fait minuscule, s'efface, tremble, lève un œil égaré vers les hautes couronnes de papier mâché dont sont coiffés les trois sorciers – des diadèmes multicolores qui dessinent au-dessus de leurs têtes comme des calices de fleurs. Les sorciers, eux, continuent d'agiter lentement leurs épées et se rapprochent d'une table. Rock abandonne l'ensorcelée pour inventorier le petit capharnaüm d'objets qui s'y trouvent alignés, des offrandes, sans doute, à un quelconque démon : grains de blé, œufs noircis, pois cassés, et toute une petite ménagerie de figurines sculptées dans de la pâte à pain – chèvres, yaks, buffles, moutons, jusqu'à un charmant petit serpent factice qui se désaltère dans une coupe de lait, elle bien réelle.

Enfin, sur une seconde table – ce sera le dernier cercle de son observation –, il détaille des végétaux fichés dans du terreau qu'on vient manifestement d'étaler sur les galets de la cour et qui forment, derrière des croisillons de bambou, une sorte de jardin miniature. *Populus tibethicus*, *Abies*, *Pinus yunnanensis* : certains des rameaux ont été trempés dans des pots de peinture jaune et les autres, comme des arbres de Noël, décorés d'ornements de papier multicolores, roues dentelées, papillons, petits drapeaux, mais il identifie sans difficulté les espèces botaniques. Pin, sapin, peuplier, il faut dire qu'il n'y a pas ici d'arbres plus communs ; on a dû les couper dans les premiers bosquets de la forêt, là où s'étire la ligne des vieilles moraines.

C'est à ce moment de son inspection que le plus âgé des sorciers sort de sous sa robe un vieux carnet de papier lourd et gris, relié par des ficelles, dont les marges sont noircies de fumée ; puis il commence à en tourner les pages pour psalmodier ce qui semble une prière.

Mais là, bizarrement, l'attention de Rock faiblit : c'est qu'il les connaît bien, ces manuscrits noircis, constellés d'interminables frises d'animaux, fleurs, lutins, et d'innombrables figures géométriques. De ces vieux carnets, depuis un an qu'il vit ici, il en a accumulé un bon millier.

Longtemps aussi qu'il se doute qu'ils forment les supports de cérémonies magiques. Cependant il n'aurait jamais pensé que ces rituels continuaient d'avoir cours : ces vieux carnets, il n'a jamais eu à les payer, on les lui a offerts. Chaque fois dans les mêmes circonstances : après qu'il avait guéri une migraine, pansé des plaies, soigné une dent. Sa décision, par conséquent, est prise depuis longtemps : dès qu'il repasse par l'Europe, il les vendra au plus offrant. Pour se payer la grande vie. Des restaurants chics, des palaces.

Il ne sait pas quand ça arrivera, mais il a déjà arrêté son programme : une semaine au *Danieli*, à Venise, et une autre à Vienne, au *Sacher,* juste en face de l'Opéra où, un jour sur deux, il s'offrira la loge de l'Empereur. Rien que dans l'espoir de se faire voir, puis aborder, dans un hall, un salon, un fumoir, par d'anciens camarades du collège où l'avait inscrit le Comte. À ce moment-là, il passera son chemin comme faisaient leurs pères, avant la chute de l'Empire : avec un sourire mou, un œil agacé.

Voilà pourquoi, au lieu de se tourner vers Li-Su et de lui chuchoter : « Explique-moi ! », comme chaque fois qu'une situation lui échappe, Rock, ce soir, reste figé face au cadavre du coq. Absent, lointain, il fixe son cou flasque. À croire que c'est lui qui est en train de se faire désenvoûter.

Et d'une certaine façon c'est vrai : il sent en lui quelque chose qui se réveille et bouge. Une idée.

Ou plutôt une image, c'est toujours ainsi que se forme sa pensée.

Sur le sol, au-dessous du vieux carnet que tient le prêtre, et à la place du coq étranglé, il voit se dessiner un monde affranchi de la prison du temps. Pur, inviolé, innocent. Et il commence simultanément à se raconter une histoire, quelque chose comme : « *Aux confins de la Chine et du Tibet, au milieu de canyons et de montagnes inexplorées, vit une tribu tout droit venue des origines du monde, les Na-khis, qui pratiquent la sorcellerie depuis des millénaires...* »

Ce sera, bien sûr, à moitié faux : longtemps que les Chinois se sont mélangés aux Na-khis, longtemps qu'ils les ont soumis à leurs lois ! Obligés d'ensevelir leurs morts au lieu de les brûler, les malheureux, contraints, au lieu de batifoler comme bon leur semble, à se plier aux rigueurs du mariage forcé. Du monde des débuts, demeurent encore ces sorciers, ces manuscrits, ces épées. Pour un temps. Ils sont les derniers des Mohicans.

Mais justement : parfait pour rassurer les hommes blancs, là-bas, en Amérique, quand ils se fatiguent de vivre à l'ombre de leurs gratte-ciel et de leurs cheminées d'usines. Et qu'ils ont besoin d'oublier leurs propres Mohicans, les terres qu'ils leur ont volées, leurs crimes.

Évidemment, il va falloir truquer. Pas compliqué : depuis Hawaï, il sait. Ensuite, il fera beau voir qu'on ne l'expédie pas sur les traces de la Reine des Amazones.

Machinalement, Rock pose la main sur sa bouche, comme s'il craignait de voir s'échapper la pensée qui commence à se former en lui. Puis, soudainement raidi, il s'approche de Li-Su avant même que le sorcier n'ait fini sa psalmodie ; et dans l'obscurité qui tombe, il lui chuchote : « Branle-bas de combat ! »

Ce n'est pas un ordre, ce soir, c'est un mot de passe. Façon de lui ordonner : « On rentre. » Et ils ne sont pas revenus de l'autre côté du mur, Li-Su et lui, qu'il entraîne le Na-khi dans sa chambre-bureau où, tel un général son lieutenant, il commence à le bombarder d'une liste de commandements.

Li-Su devra lui signaler, pour commencer, toute chasse aux démons qui se déroulerait dans les parages. Ensuite, il fera en sorte que lui, le maître, puisse y assister. Il l'accompagnera, il l'aidera à approcher, apprivoiser, questionner les sorciers. Enfin – c'est son injonction la plus formelle –, il lui dénichera deux ou trois de ces chamans qui accepteront de poser devant son objectif. Ici même, dans sa cour. Avec leur barda, robes, couronnes, épées, gongs, cymbales, jardinets magiques, décorations de papier, pots de peinture, rameaux d'arbres, petites offrandes, figurines, poupées de désenvoûtement, carnets magiques et tout le tintouin.

« Vu le temps de pose, proclame Rock, toujours aussi généralissime préparant sa bataille, il faudra les retenir une bonne journée. Mais dis-leur bien : je paierai ! »

À chaque ordre qu'il lâche, il sautille d'un pied sur l'autre. Si léger, désormais, qu'on dirait une de ces figures de lutins qui parsèment les manuscrits. Si gai que, pour conclure, il se penche à la fenêtre et désigne à Li-Su son coffre à remèdes, dans le coin de l'auvent où, presque chaque matin, il trouve cinq ou six malades venus lui quémander des soins. Puis il ouvre grand sa chemise, en brave qui attend le feu de l'ennemi ; et lui lance sa première plaisanterie depuis cinq mois :

« Si ça se trouve, Li-Su, tes charlatans, pour pouvoir continuer à faire marcher leur bastringue à guérir..., ils vont vouloir que je les paie en médicaments ! »

« *Aux confins de la Chine et du Tibet, au milieu des canyons et sur les pentes de sommets qui culminent à cinq mille mètres et davantage, vit une tribu droit venue des origines du monde. Les Na-khis pratiquent la sorcellerie depuis la nuit des temps. Cette tribu en voie d'extinction vit au pied d'une chaîne de montagnes prodigieuse dont la forme dessine un dragon, et que tranche, comme l'épée d'un géant, la vallée du monstrueux fleuve Yang-Tsé. Au pied de ces cimes perpétuellement battues d'un hiver éternel s'éparpillent les villages où vivent les Na-khis, dans des plaines où s'étendaient, jadis, des glaciers. Hommes aussi heureux qu'à l'âge de pierre : en lieu et place d'allumettes, ils frottent des edelweiss contre des silex ; et pour s'éclairer ils en sont restés à la torche de pin...* »

Ce n'est encore qu'un début, un simple brouillon, mais l'angoisse est dissoute. Les heures ne pèsent plus, Rock a retrouvé son âme de libre errant. De nomade qui ne possède rien hormis sa science des mots, des plantes, des langues, des hommes, des idées.

Lesquelles s'enchaînent sans effort. Les images jaillissent à chaque ligne, tout s'organise dans l'harmonie, spontanément. Encore quelques retouches et elle sera parfaite, cette ouverture. Il parvient même, ainsi que

la revue le recommande, à glisser çà et là un trait
d'humour :

« *Cette histoire s'est déroulée à Nguluko, village
à la situation idéale, à défaut d'être d'une absolue
propreté.* »

Ce qui le rend si heureux, dans ces premières lignes,
c'est que tout y est à peu près vrai. C'est ensuite qu'il
va falloir truquer.

Mais pour l'instant, il n'a pas vraiment tordu le cou
aux faits. À défaut d'être absolument prodigieuse, la
montagne en surplomb de son village est magnifique,
et tout le monde s'accorde à célébrer sa beauté, les
Na-khis, les Chinois, jusqu'aux Blancs qui vivent à
Likiang – même le couple Clover. Ainsi qu'il l'a écrit,
la succession de ses treize pics évoque le dos d'un
dragon ; les Chinois l'ont du reste surnommée « Montagne du Dragon de Jade » ; et il est tout aussi exact
que, sur son autre versant, côté nord, les défilés du
Yang-Tsé sont si abrupts, étroits et profonds, qu'on
croit parfois sentir sur soi, lorsqu'on remonte la sente
taillée dans ses falaises, l'affût d'un dieu en courroux.

Aucune triche, par conséquent, en dehors de ses
petits effets de style et de cette loufoque invention des
edelweiss frottés sur des silex pour faire office de bri-
quets. Il est le premier à s'en amuser : en marge de
son brouillon, après s'être relu, il vient d'inscrire :
« *Parfait national-géographais !* » Heureux comme
s'il venait de recouvrer l'usage d'une langue oubliée.
Parmi les conventions imposées par la revue, celle qui
lui coûte le moins est, bien sûr, celle qui commande
de jouer au héros. Là mieux qu'ailleurs les mots cou-
lent de source, sans une seule rature :

« *C'est là, sur les pentes de la prodigieuse chaîne de Likiang dont le sommet, le dieu-montagne Satseto, protège le peuple Na-khi, que l'expédition de la Société du* National Geographic *au Yunnan a établi son quartier général. En deux ans, j'ai réussi à gagner la confiance de ces indigènes en voie d'extinction, grâce à mes contacts personnels, et à force de soigner leurs petits bobos, réels ou imaginaires. Mais pour leurs maladies plus graves, ils font appel à leurs sorciers, qu'ils nomment* dtombas. *Autrement dit, des chamans. Selon ces hommes-là, la maladie d'un homme ou d'un animal a pour origine un démon ou un mauvais esprit qui a choisi, pour une raison ou pour une autre, d'habiter son corps...* »

Et le paragraphe suivant s'enchaîne avec la même facilité de plume. Sans s'embarrasser de complications, Rock se décrit comme il était le soir de l'orage : allongé sur son lit et cherchant vainement le repos. Il ne livre évidemment rien de ses états d'âme, de sa visite chez Madame Li, de sa vaine attente, depuis des mois, d'un courrier de Pereira. Pas un mot non plus sur sa phobie du gong, sa colère, ni sur l'intervention de Li-Su. Il se contente d'évoquer une journée exténuante :

« *Alors qu'allongé je contemplais les éclairs qui s'échappaient des lourdes couches de nuages, j'entendis le son discordant d'un instrument à percussion. Le fracas se rapprochait de plus en plus. Je m'enquis des raisons de ce désagrément.* »

Il sait aussi comment il va poursuivre : il va instantanément transporter le lecteur dans la cour voisine, comme sous l'effet de la magie des sorciers. Et là, ce n'est pas la voisine qui va se faire désenvoûter, mais

un personnage bien plus passionnant : un Na-khi dont
il va prétendre qu'il a vainement cherché à soigner la
molaire purulente. Et à grand renfort d'épées, de
gongs, de cymbales et de transes, les chamans réussi-
ront, eux, là où sa science d'homme blanc, au propre
comme au figuré, vient de se casser les dents...

Cette cérémonie-là, il y a assisté une semaine après
le soir de l'orage. Li-Su, sans difficulté, a réussi à le
faire admettre dans une maison, à l'autre bout du village, où il a vu un sorcier aux yeux révulsés précipiter
des bûches incandescentes aux quatre coins d'une cour
puis, sans la moindre brûlure apparente, plonger ses
doigts dans un pot d'huile bouillante. Il s'agissait ce
jour-là d'enrayer les diarrhées qui décimaient le bétail
d'un riche paysan. D'après le chaman, un de ses
parents s'était pendu trente ans plus tôt. Le démon
du suicide, qui prenait apparemment son temps, avait
décidé de s'installer dans le corps de ses bêtes.
Comme l'autre jour, il y a eu des coqs étranglés, des
hurlements, des danses de l'épée. Puis le sorcier a
poussé sa chasse au démon dans les moindres recoins
de la maison, avant de conclure son rituel sur un geste
bien plus phénoménal : à plusieurs reprises, il a passé
la langue sur un soc de charrue chauffé à blanc. Brièvement. Mais tout de même, il l'a léché au moins trois
fois.

C'est ce qui rend Rock tellement heureux, au
moment où il entame son article : il tient déjà sa
conclusion.

« *À l'instant où le sorcier a posé la langue sur le soc, j'ai distinctement entendu le même sifflement que lorsqu'on pose une tranche de viande sur un barbecue. Ensuite, bien sûr, j'ai demandé à examiner la langue du prêtre. J'ai alors constaté, à mon extrême stupeur, qu'elle ne présentait aucune trace de brûlure, pas plus que ses mains...* »

Le second fait est avéré. Pour le sifflement du barbecue, en revanche, il n'en jurerait pas. Mais il va jouer fin ; par exemple, entremêler cette notation, disons pittoresque, avec des observations aussi froidement précises que ses relevés botaniques : nature des offrandes, façon de sacrifier les coqs, description des figurines de désenvoûtement, inventaire des végétaux employés par les chamans pour dessiner les enclos magiques. Parallèlement, tout au long de son récit, il prendra bien soin de faire pleuvoir à point nommé des bouquets d'éclairs et d'effroyables grondements de tonnerre (l'autre jour, au fait, l'orage qui menaçait n'a jamais éclaté), sans oublier les gongs, pour faire bonne mesure – curieux, d'ailleurs, depuis qu'il écrit ils ne lui rappellent plus ni les ours, ni le Prater, ni même Potocki. Il le tient donc, ce fichu article. Et les dollars qui vont pleuvoir avec. Car en plus, il vient d'accumuler un énorme stock de clichés. Les sorciers, comme prévu, ont accepté de poser. Pas plus compliqué que le reste : des tubes d'aspirine, des bouteilles de mercurochrome, quelques piécettes...

Donc, maintenant, face à la table pliante, laisser glisser la plume. Comme lorsque le temps est beau et qu'on pousse le cheval, joyeux lui aussi, à fendre les pentes allègres des champs de fleurs.

L'article est terminé, corrigé. Pages comptées et recomptées, agrafées. Et les photos, elles aussi numérotées, puis légendées.

Au moment de cacheter son enveloppe, tout de même, Rock ressort une dernière fois ses clichés. Et fait la moue. Les textes qu'il a rédigés sous ses scènes de désenvoûtement suggèrent qu'il a été lui-même ensorcelé : « *Dans la maison de l'auteur, à Nguluko, danse des prêtres na-khis avec épées et gongs, avant leur chasse au démon* » ; « *Prêtres na-khis au plus fort de leur combat contre les esprits – à l'extrême droite, le portail qui sépare la rue de la maison de l'auteur* » ; « *Autels érigés pour la cérémonie de la chasse aux esprits – le petit cercueil à droite, posé sur un tripode et sous une branche de pêcher, contient les restes d'un poulet mort* ». Parfait pour ce que le Président de la revue appelle « le frisson ». À ceci près que sur les clichés la mise en scène est criante. Dociles, les chamans fixent droit l'objectif. Ou, à son ordre, ils ont figé leurs mouvements à l'instant le plus terrifiant de leurs danses. Les piécettes ont fait leur office. Les clichés qui le dérangent le plus, ce sont ceux où les sorciers lui adressent des petits sourires complices et vaguement narquois, tels des gosses chopés à se déguiser dans un grenier et qui n'en reviennent pas de se voir applaudis au lieu de se prendre, comme d'habitude, une volée de taloches.

La seule photo qui lui plaise vraiment, en fin de compte, est la dernière de la série : « *Sorcier na-khi psalmodiant des formules rédigées dans une écriture hiéroglyphique qu'à ce jour aucun savant occidental n'est parvenu à déchiffrer* ». Il l'a réalisée in extremis, hier soir, quand il s'est avisé que l'évocation du grimoire, à la fin de son article, pouvait conférer à sa livraison un surcroît de pittoresque, une sorte de touche gothique bien dans le goût américain – le fameux « frisson » qui ne cesse de revenir dans la bouche et sous la plume du président. Il a donc reconvoqué un des chamans. Une fois de plus, un quart de dollar a suffi à emporter l'affaire.

Quelle bonne tête, ce sorcier ! Un air de lutin mutin. Naïf et roué, sorti droit de l'enfance du monde. À présent qu'il s'apprête à enfouir définitivement son visage dans son paquet, Rock regrette de ne pas l'avoir fait poser devant la montagne comme sur cet autre cliché, par exemple, où, dans la pureté de l'aube, les sommets en surplomb du village étirent jusqu'au bout de l'horizon leur guirlande enneigée. Ou aux côtés de ces bergers qui s'enfoncent, peau gelée, entre leurs chèvres et leurs moutons au fond d'un canyon. Mieux encore : il aurait été magnifique, le sorcier malicieux, face à ces jeunes villageoises dont le costume lui-même semble issu de l'aurore des temps, avec la lune qu'elles ont brodée sur l'une de leurs épaules, et le soleil sur l'autre. Il les a aussi photographiées de dos, celles-là, pour qu'on voie l'artiste à la façon dont leur cape noire, telle la nuit couturée au jour, rejoint leur blanc couvre-reins de peau de chèvre ; et la longue ceinture d'étoiles qu'elles trimballent à la hauteur de leurs omoplates : tout l'Univers sur le dos, en somme, en plus du reste...

Rock met du temps, ce soir, à refermer son paquet. Il ne se résigne pas à se détacher de ses portraits. Encore moins à les confier aux aléas de la poste et aux hasards des caravanes. Les photos des cérémonies magiques, oui, il veut bien les lâcher. Mais pas les bergers, pas les femmes porteuses d'étoiles. Et encore moins, face à son manuscrit, le sourire farceur du chaman.

Et soudain, il se décide à enfouir sa liasse de clichés dans le paquet. Puis soupire plusieurs fois, les traits douloureux, convulsés, en homme qu'on mutile. L'air de dire : puisque c'est la seule façon de persuader les esprits encrassés par les fumées de leurs mégalopoles qu'il existe encore quelque part en ce bas-monde un pays où rien ne change. Où l'air est léger.

C'est peut-être ce rêve-là, à l'état de veille, qui lui a valu l'autre, l'endormi, celui qui l'a poursuivi toute la nuit suivante : surgies des vieux carnets accumulés derrière son lit, et à quoi il ne pensait jamais, sinon pour imaginer les palaces et les gueuletons qu'il se paierait quand il les aurait enfin vendus, les figurines des manuscrits ont soudain déferlé sur son sommeil et n'ont plus cessé de l'assaillir. Des heures durant, il les a vues, au fil de ses songes, se dérouler devant lui, comme lui adressant des signaux. À ceci près que leur code, à chaque fois qu'il croyait le tenir, lui échappait dans la seconde. Les symboles reprenaient alors leur apparence première, celle qu'il leur avait toujours connue et l'avait poussé à n'y voir que de simples curiosités, d'un prix infiniment moindre que ses jades, brocarts et porcelaines : d'incompréhensibles suites de croquis alignés sans le plus petit début de cohérence – buffles suivant des ciseaux, ciseaux s'enchaînant à des lutins, hommes porteurs d'épées après des yaks, tigres, chèvres, antilopes, léopards, oies sauvages, guerriers mitrés. Puis à nouveau des yaks et des grues, avant des rectangles, lunes, chevaux, phénix, coupes, serpents, orchidées, rameaux de pin ; et encore et toujours, dans le même désordre, ciseaux, carrés, rectangles, cercles, yaks, buffles, lutins, spirales, tigres, pointillés, lunes, arcs, épées, lutins, hommes couchés, hommes debout, hommes mitrés, hommes coiffés de couronnes crénelées – à moins que ce ne soient des femmes ?

Et tellement de falaises au milieu de tout ce fatras, tant de montagnes et tant d'étoiles, que c'en était à se demander si le message n'arrivait pas de là-haut, à la lisière des neiges. De ces champs de fleurs où, depuis qu'il n'avait pas revu Pereira, il avait si souvent pleuré sur l'étroitesse du monde.

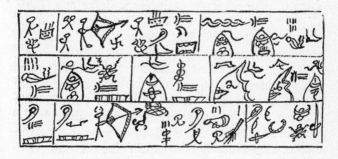

La Nuit n'a pas été l'amie de Rock, en ce 31 juillet. Il n'est pas réveillé qu'il repense à la revue, là-bas, à Washington. Et à l'œil sourcilleux du président. Tout juste s'il peut toucher à son breakfast. Il préfère, dans le matin qui point, sauter sur son cheval et se jeter à l'assaut de la plaine pour poster au plus tôt son paquet chez Madame Li.

Mais il doit attendre la colline où vient mourir le bout de la route des caravanes, l'instant où il voit surgir la ville, sa marée de toits, leurs arêtes joitoyées les unes aux autres comme les écailles d'un monstrueux saurien, pour se sentir enfin purgé de sa nuit. Lavé. Comme s'il s'était plongé dans l'un des petits canaux qui, tout autour de lui, dévalent vers Likiang en emportant dans leurs eaux vives toute la joie du soleil.

Il lance sa bête dans la descente ; et malgré tous les charrois, paysans, colporteurs, mules et muletiers qui gênent sa course, il décide de ne plus s'arrêter qu'à l'instant où il se retrouvera devant la guinguette de Madame Li. Alors il sautera de sa selle comme il a toujours fait avant de rencontrer Pereira. En roi.

∾

Mollet ferme, échine souple, nuque droite, face heureuse. Il sourit.

Madame Li ne s'y trompe pas : elle garde le nez dans ses marmites. Rien qu'à la façon dont le cheval a frappé les pavés, elle a su que c'était lui, Luo Boshi. *Son* Luo Boshi. Délivré enfin de l'esprit des montagnes. Redevenu le Blanc qui promène sur la ville et les gens un œil tellement plus limpide que tous les autres Blancs. Par conséquent, nul besoin de bouger. Attendre seulement qu'il se soit planté devant elle et lui ait tendu son gros paquet pour l'Amérique avant d'inspecter, comme il faisait l'an passé quand il était de bonne humeur, le rempart de casseroles et de jarres derrière lequel elle exerce son magistère culinaire – gâteaux, galettes, bouillons, ragoûts, fromages, jambons.

Il sera content : rien n'a changé. Il trouvera aussi les marmelades qu'il aime, aux oranges, aux prunes, aux pêches, aux coings.

Et c'est seulement à ce moment-là, quand elle sentira Luo Boshi saliver, qu'elle lèvera la tête et lui adressera, de sous l'indigo de sa mitre, le meilleur de ses sourires.

Le plus plissé, le plus étoilé. Le plus incrusté de malice depuis tout le temps qu'elle sert son monde, au bistrot, chaque matin fidèle au poste. En observant – des mêmes yeux que Luo Boshi, exactement, ceux qui voient tout – la vie qui va, qui vient.

Instantanément, chez Rock, même joie silencieuse et complice. Puis, une fois réglées les formalités postales, cette plaisanterie usée qui signait, avant son expédition dans le Sud, leur secrète connivence :

« Alors, Madame Li, qui allez-vous marier, cette semaine ? Parce que vous n'allez pas me dire que vous ne vous occupez plus que de vos marmites ! Allez, tout le monde le sait : votre grande joie, dans la vie, c'est d'arriver à mettre un gars et une fille dans le même lit ! »

La bistrotière n'a pas oublié sa réplique :

« On ne peut pas dire que j'aie réussi avec vous, Luo Boshi ! »

Il feint de l'entendre pour la première fois et s'esclaffe. Puis, histoire de faire durer le plaisir des retrouvailles, il pénètre dans la guinguette en faisant à chaque pas craquer le plancher, jusqu'à l'instant où il retrouve la place du vieil habitué qu'il était : une table d'angle en surplomb sur le canal, tout à côté de celle du vieux Li.

Qui n'a pas changé, lui non plus, le mari. On dirait qu'il n'a pas bougé de là depuis un an. Qu'il n'a jamais cessé de siroter son vin ambré. Ni arrêté de faire sauter, jour et nuit, son petit-fils sur ses genoux, en leur imprimant ces mêmes saccades molles.

Toujours aussi muet, Monsieur Li, toujours aussi maigre, voûté, édenté, désœuvré, désintéressé du monde. Dans ce coin de bistrot, au-dessus du canal, il n'y a que le bambin pour s'accrocher à la vie. Il a grandi, lui, il est devenu remuant. Il a des dents.

Alors se retourner vers Madame Li. Lui crier sa commande habituelle : gâteaux frits, cornichons, fromage à l'ail doux. Et le même vin que sirote son mari. En attendant comme l'autre le moment exquis où s'éternisera, dans l'arrière-bouche, son goût de porto. Puis remonter à cheval et se jeter à nouveau dans la plaine où, il le sait, reprendront le supplice de l'attente et peut-être ses cauchemars. Donc, le temps que se vide le verre, s'offrir ce cadeau : comme si c'étaient des talismans, réunir une petite collection d'éclats de vie bien tranquille. Exactement comme l'an passé, à cette même table en surplomb du canal. Du temps qu'il ne connaissait pas l'existence de la montagne inconnue ni du Royaume des Femmes.

Rock les photographie en esprit, ces petits bonheurs de la matinée – jamais aucun appareil ne permettra de les capturer aussi vifs, aussi frais.

Le profil aquilin de Madame Li, pour commencer, à nouveau sévère et figé – elle s'apprête, tranchoir en main, à débiter des lamelles de l'énorme jambon pendu sous son auvent.

Puis, face à la guinguette, au-dessus de son tapis de feutre posé à même le pavé, la tête sempiternellement dodelinante de la vieille vendeuse de rayons de miel. Elle n'arrêtera qu'une fois morte.

À l'entrée du marché, juste avant le canal, la brodeuse. Tiens, elle est enceinte.

Derrière elle, l'enfileuse de piments, la femme à la quenouille. Maintenant plus acharnée à vendre qu'à vivre. Dos flapi, os rouillés. Le malheur a dû passer.

Encore épargnée par le destin, la petite joueuse de mandoline, sur la planche au-dessus du canal où elle égrène ses notes. Le jour où on ne la verra plus, avec ses petites jambes maigrichonnes suspendues au-dessus des eaux glissantes, c'est que Madame Li l'aura mariée.

Et les poissons qui n'en finissent plus de s'égailler dans le courant. Et les porcs, dans la rue, toujours vautrés au soleil, ventre en l'air, tout à leur joie d'avoir déjà largement conchié la rue des caravanes. Et les poules, toujours assez bêtes pour aller y renifler un espoir de pitance.

Enfin, au pied du pont, le vieux Monsieur Ho qui ne cesse jamais d'aller et venir, une pelle à la main, entre ce trésor d'excréments, l'eau du canal et sa cour où s'épanouissent dans leurs pots de porcelaine les plus belles pivoines de la ville.

Ce matin, petite variation : Monsieur Ho entreprend soudain de débarrasser sa cour des aiguilles de pin que commence à y précipiter, par bouffées irrégulières, mais aussi têtues que lui, le vent des hauteurs.

Et c'est ainsi, entre deux poussées de son balai, qu'il finit, d'un œil oblique, par repérer Rock à la table de la guinguette. Alors, tout aussi tranquillement que s'il l'y avait vu la veille, et l'avant-veille, et tous les jours et les semaines qui ont précédé, il dépose ses outils contre un mur, et, malgré sa voix qui chevrote, lui lance par-dessus les eaux du canal une de ces phrases qui ne s'échangent, où qu'on se trouve au monde, qu'entre amoureux des fleurs :

« Vent du sud, tu as vu, Luo Boshi ? Lune en dernier quartier, tu as remarqué ? Le temps va changer ! Dans deux ou trois jours, la pluie ! »

Durant un petit quart d'heure, rien ne vient donc troubler la paix de la guinguette. Pas même, en définitive, l'arrivée inopinée d'Emily Clover.

S'il l'attendait, celle-là !

Mais elle aussi, la femme du pasteur, comme le vieux Ho, elle l'a repéré tout de suite. À ceci près qu'elle, elle a changé. L'œil encore plus battu qu'à la fin de l'office, quand elle égrène les dernières mesures de son choral. Et plus nerveuse que jamais : après une brève seconde d'hésitation devant le bistrot, elle se ressaisit et fonce sur lui.

Droit à sa table. Sans regarder ni de droite ni de gauche. Et elle se plante devant lui pour lui lâcher d'une seule traite, la langue tout empêtrée dans ses dents :

« Trois dimanches qu'on ne vous a pas vu à l'office, Dr Rock ! »

La seule pensée qui lui vient à l'esprit, à cet instant, c'est qu'il ne doit à aucun prix souffler mot de son histoire de sorciers ; et, sous l'effet de la surprise, il lui lance la première réplique qui lui passe par la tête :

« Ne vous inquiétez pas, vous me verrez cette semaine, Mrs Clover. Et pour me faire pardonner, je vous offrirai le champagne... »

Pur réflexe. Façon de chien qui, après quelques semaines d'absolue liberté, retrouve l'endroit où il a été dressé.

Mais, aussitôt, il manque de pouffer : au seul mot de « champagne », elle trébuche, la femme du pasteur, comme si elle en était grise, déjà. Et en rougit jusqu'aux oreilles, et en recule de quelques pas. Rock en est pour ses frais : le dressage vient aussi de lui ordonner de se fendre d'un baise-main.

Il en reste donc le poignet en l'air, à suivre cette femme qui regagne la rue. Dans l'état où elle est, va-t-elle laisser choir son chapeau sur la longue signature d'étrons que lâche à l'instant un goret juste devant la guinguette ?

Et c'est là que, contre toute attente, cette belle matinée retrouve son cours tranquille : Emily Clover revient vers lui et lui sourit. Là, au beau milieu du bistrot. Largement. Franchement. Avec des seins qui se soulèvent, des yeux qui étincellent. Sous le nez de la vieille vendeuse de rayons de miel. En pleine vue de la brodeuse, de la femme à la quenouille, de l'enfileuse de piments. Sans même se soucier du vieux Ho toujours à épier, mine de rien, en sus des défécations porcines, tous les traficotages humains qui se déroulent de l'autre côté du canal. Et sans le moindre égard pour Madame Li que ce seul sourire, pourtant, a réussi à geler au-dessus de ses marmites.

Mais Rock, curieusement, au lieu de se sentir gêné, s'en trouve plus réjoui. C'est que, dans le fond, elle n'est pas dénuée de charme, la femme du pasteur, avec son chapeau de paille tout de traviole et ses petits crans roux qui lui tombent sur les yeux. Un charme absolument ridicule, certes, mais tellement distrayant. Surtout au moment où il voit se troubler son beau regard pâle et qu'Emily Clover se met à lui débonder tout ce qu'elle a sur le cœur, avec sa voix de soprano qui n'arrête plus, maintenant, de se casser tous les trois mots :

« À dimanche, alors, Dr Rock... À dans trois jours. Mais, tout de même... Je vais prévenir le pasteur, pour le champagne... »

Le revenant

(Nguluko, août 1923)

L'Anglais est arrivé un samedi. Quand, sur le seuil de la cour, il a découvert Li-Su, il lui a annoncé tout de go que les bandits, dans le Sud, recommençaient à infester les routes. Il aurait bien voulu prévenir de son arrivée, mais impossible, précisément à cause des bandits. Il avait préféré quitter la caravane et était passé plus haut, par les forêts.

Il parlait un chinois sans accent, à petits mots brefs, sur le ton d'un homme à qui le monde appartient. Mais il n'était pas seul. Avec lui il y avait un autre Anglais, moins fatigué. Infiniment plus jeune.

Et encore plus arrogant : très vite il a couvert la voix enrouée du vieux pour ajouter, lui, dans un très mauvais chinois, qu'on leur avait volé leurs chevaux lors d'une halte dans un monastère. Ils n'avaient trouvé à racheter que de mauvaises mules. Ils étaient morts de faim, à bout de forces. Il fallait les nourrir, les héberger. Ils voulaient voir le Dr Rock. Tout de suite.

Li-Su a soupiré. Ce n'était pas la fatigue : il ne savait faire que ça, soupirer, quand il pleuvait. Pas à cause de la pluie, à cause de l'humeur du maître.

Il avait commencé à soupirer dès l'aube, quand les tuiles des toits, en se mettant soudain à crépiter, l'avaient réveillé en sursaut. Puis les gouttières avaient dégorgé tout ce qu'elles avaient d'eau, les averses n'avaient plus cessé et la montagne était resté ennoyée dans la brouillasse. Li-Su était alors allé voir le doyen du village, un vieux bossu qui ne marchait presque plus. Quand l'autre lui avait assené qu'en août, lorsque le temps changeait avec le dernier quartier de lune, on était parti pour des semaines et des semaines de pluie, il avait soupiré de plus belle.

Donc en ce moment où les deux hommes se présentent à l'entrée de la cour, il soupire, et soupire, et re-soupire. Comment leur expliquer que le maître est enfermé dans sa chambre, occupé à classer sa collection de manuscrits, avec ordre de le laisser seul jusqu'au soir ? Une nouvelle lubie ; or il ne faut à aucun prix le déranger lorsqu'il est la proie d'une lubie. Ce matin, Luo Boshi lui a annoncé qu'il ne voulait plus les vendre, ses manuscrits. Il a décidé de les enterrer dans une cache. Et lui a ordonné de la lui trouver. « Tout de suite ! » – le même mot que viennent d'avoir les deux étrangers.

Aussi, quand depuis le bas de l'escalier Li-Su s'époumone : « Y a de la visite ! », il n'est pas surpris du rugissement qui lui tombe dessus : « Veux voir personne ! » Et il imagine aussitôt, hérissé au-dessus de ses binocles d'or, le furibond sourcil de Luo Boshi. D'ici quelques instants, il va dévaler l'escalier, l'écume à la bouche.

Il se retourne alors vers les deux étrangers et se remet à soupirer.

Le plus pitoyable, c'est le vieux. Un paquet d'os. Des joues hâves, des lèvres striées de longues crevasses. Entre les rigoles de pluie et de sueur mêlées qui lui dégoulinent dessus, Li-Su découvre aussi une peau couleur de mauvaise terre ; et c'est misère de voir flotter les plis de sa cape en caoutchouc sur la pauvre carcasse qui lui tient lieu de corps.

Pourtant, l'homme s'acharne : « Tout de suite ! » Li-Su lui adresse un geste d'impuissance. Mais le vieux spectre a parfaitement saisi ce qu'a vociféré son maître : il l'écarte d'un revers de main, puis entreprend de traverser la cour avec l'intention manifeste de gravir l'escalier.

C'est à cet instant-là que Li-Su l'a reconnu : il boitait. Où s'était volatilisée la superbe du cavalier à qui il avait servi, dans le Sud, champagne et tafelspitz ? Il n'en est pas revenu. De l'Anglais, hormis la boiterie, il ne retrouvait que l'entêtement : malgré le peu de forces qui lui restait, il était ouvertement résolu à foncer sur l'escalier.

Li-Su ne lui a pas barré le passage, il a fait beaucoup mieux : il l'a suivi du plus près qu'il a pu, à petits pas obliques, si légers qu'il s'est fait quasiment invisible. L'Anglais ne s'est pas aperçu qu'il l'avait dépassé et il a réussi à atteindre le pied des marches quelques secondes avant lui.

Mais, déjà, à l'étage, le plancher craque. D'un pas lourd et compté, celui qui précède les plus terribles fureurs du maître, le pas de guerre. D'ordinaire, dès qu'il l'entend, Li-Su détale. Aujourd'hui, impossible : dans sa cape grisâtre qui continue de dégouliner, le spectre lui coupe toute retraite. Lui aussi, il écume. Li-Su se trouve pris entre deux colères d'hommes blancs.

Alors il fait comme la marmotte, quand la fuite est

impossible : il se recroqueville. Sur une marche, la tête entre les genoux. Il se force, boule de chair frémissante, à se pelotonner dans la pénombre, au plus serré. Même lorsque le maître, dans toute sa furibonde et rouge majesté, apparaît au sommet de l'escalier. Et, lorsqu'il l'entend tonner : « Quoi encore ? », Li-Su laisse le silence, en se prolongeant, faire office de signal et l'avertir qu'il se passe sous son toit quelque chose d'inouï.

Comme d'habitude, le maître saisit ce langage muet, change de pas et se met à descendre l'escalier avec une précaution extrême. Et quand il est à deux doigts de découvrir, derrière la cascade de pluie qui dégoutte des tuiles, le fantôme du vieil Anglais, Li-Su, d'un souple coup de reins, se déplie à ses pieds et chuchote : « L'homme des cartes... »

Avec Li-Su, Rock le sait depuis bien avant l'affaire des sorciers, il a trouvé le seul être qui le comprenne sans qu'il ait besoin de lui parler. C'est pourquoi il lui a enseigné la cuisine autrichienne. Puis, quand il s'est aperçu qu'il avait le don des langues, il lui a appris l'anglais. Depuis la chasse aux chamans, il l'initie aussi à la photo. Il en a fait, en somme, son favori.

Mais il n'aurait jamais imaginé que Li-Su pût le percer si profondément. Avec ce mot de « cartes », il se sent démasqué. Sans avoir le moyen de retrouver contenance – pas de mouchoir, par exemple, pour éponger la sueur qui huile subitement son front, ses mains, ses joues, son cou, en cet instant où il reconnaît la haute figure du Brigadier général dans le spectre qui pousse sa tête décharnée à travers le rideau de pluie.

Et impossible de faire demi-tour, il faut continuer à descendre les marches de l'escalier en vacillant à chaque pas, sans pouvoir réfugier son désarroi sous la cuirasse d'un costume ultra-chic, ni chercher un abri derrière le caparaçon d'un gilet. Pas non plus d'oignon d'or pour feindre de consulter l'heure, pas de poussière imaginaire à chasser du cuir d'une chaussure ou de la soie d'une cravate : Rock se retrouve devant Pereira comme il était devant son tas de manuscrits – en bras de chemise et en caleçon

Le seul mouvement qu'il réussit alors à former, c'est de repousser en arrière, d'une petite saccade de la nuque, les mèches grasses qui lui pendent devant les yeux. Mais il ne s'est pas redressé qu'il rencontre les regards conjoints de Pereira et Li-Su.

Alors il ne sait plus où il est ni ce qu'il fait. Ni peut-être qui il est. Dans sa stupeur, il en oublie qu'il a en main un des manuscrits qu'il était en train d'archiver.

Et c'est là, bien entendu, sur ce carnet noirci d'enfantines frises d'oiseaux, de buffles, d'épées, de yaks, de montagnes, de fleurs, d'étoiles, de lunes, de lutins que se porte immédiatement l'impitoyable aguet de Pereira. Rock, tout aussi vivement, enfouit le manuscrit sous sa chemise. Et s'entend grommeler le plus maigre mensonge qu'il ait jamais inventé :

« Je dessinais... »

Le Brigadier général ne le croit pas, ça saute aux yeux. Mais, comme à Tengyueh, il demeure claquemuré dans son rêve. C'est tout aussi évident : il s'en fout complètement.

Rock remarque alors qu'il s'est encore desséché. Et que son regard s'est terni. En face de lui, rien que deux orbites décolorées qui le fixent, béant sur un lointain plus éloigné encore que le lointain. Avec de l'indulgence, on pourrait se persuader que la montagne inconnue et le ciel du Royaume des Femmes continuent de l'habiter ; mais pour le coup, ce serait sous la forme la plus racornie du rêve : l'obstination. La résolution d'avancer quoi qu'il arrive. Au mépris de tout et de tout le monde. D'ailleurs le vieux militaire lui jette, sans même le saluer et avec la même sécheresse que s'il l'avait quitté dix minutes plus tôt :

« Je suis pressé. Je dois être à Lhassa avant l'hiver. »

C'est lui qui sera mort avant l'hiver, estime aussitôt Rock. Puis il est traversé d'un mouvement encore plus inavouable : il se dit que le Brigadier général n'est plus qu'une épave. Et il a envie de l'achever.

Au même instant, la cape en caoutchouc de Pereira se dédouble. Lentement, dans la découpure de la porte, se dessine une seconde silhouette. Plus courte mais bien plus fringante. Elle aussi franchit le rideau de pluie. Comme l'autre : d'autorité.

Un Blanc, la quarantaine. Mais encore vif, lui, malgré l'évidente fatigue du voyage. Un homme qui sait ce qu'il fait, où il va. Il se plante devant Rock, sort posément un mouchoir, s'essuie le visage. Puis, de la même poche, extrait des lunettes qu'il chausse tout aussi calmement. Alors seulement il se présente.

Il est passé devant le Brigadier général qui n'a pas protesté et l'écoute maintenant aligner sans respirer ses petits mots zézayants.

Est-ce pour cette surprenante passivité qu'au premier regard Rock déteste Gordon Thomson ? Tout, en lui, l'irrite, d'emblée. Sa face étroite. Son nez qui n'en finit pas. Ses dents qui lui mordent légèrement la lèvre inférieure. Sa façon de zozoter sans cesser de faire aller de droite et de gauche, derrière le cerclage d'acier de ses lunettes, des yeux très noirs et très ronds. L'homme se prétend médecin, chargé de veiller sur la santé de Pereira durant sa nouvelle mission à Lhassa où, serine-t-il, il est attendu pour être reçu une seconde fois par le dalaï-lama.

Rock l'écoute à peine. Il préfère le voir sous les

espèces d'un putois. Et se jure de le faire détaler illico
pour se retrouver seul face à Pereira.

Mais il n'a pas avancé d'un pas que, comme s'il
l'avait d'instinct percé à jour, l'homme-putois entreprend lui-même de marquer son territoire, en se lan-
çant dans un long éloge du Brigadier général :

« ... Un ami de très longue date. Lui qui, jusqu'à
maintenant, a toujours voyagé en solitaire, m'a fait
l'insigne honneur de me vouloir comme compagnon
de voyage. Pas seulement pour Lhassa, pour ce qui
nous attend avant ! Car c'est ensemble que nous allons
mener cette exploration historique du pays des Goloks
et de la reine des Amazones. Le Brigadier général
vous en a parlé, je crois... ? »

Sur les mots « historique » et « Amazones », le
Putois a trouvé moyen de se gonfler le poitrail.
Comme s'il avait déjà, et personnellement, conquis la
montagne et la reine des Goloks. Mais Rock ne pipe
mot, il préfère voir où il veut en venir. Pas difficile :
un seul silence et le Putois se sent obligé de recommencer à égrener ses patelines petites phrases :

« Le Brigadier général a besoin d'un peu de repos.
Rien qu'une nuit ou deux. Pourriez-vous, je vous prie,
lui faire préparer un bain, un lit, un repas ? Nous ne
nous attarderons pas. Nous sommes pressés de nous
acquitter de notre mission. Lhassa, et puis bien sûr, ce
qui nous attend au pays Golok... »

Pereira ne proteste toujours pas. Discrètement
appuyé au mur de l'escalier, il laisse lui aussi le Putois
poursuivre ses zozotages :

« ... C'est le consul Sly, à Yunnanfu, qui nous a dit
où vous trouver. À tout hasard, car il n'était pas prévu,
loin de là, que nous nous arrêtions ici. Le Brigadier
général a toujours été un solitaire ; et si nous avions

pu continuer à monter vers le Nord en nous contentant
de l'escorte de la caravane,˜ croyez-moi, nous serions
déjà loin... Cela dit sans vouloir entamer la confiance
dont le Brigadier général veut bien vous honorer...
Seulement, il y a eu ces brigands, en route, ces chevaux qu'on nous a volés et ensuite...

– J'ai eu vent de votre caravane. »

Le Putois est si surpris par l'interruption de Rock
qu'il arrondit la bouche :

« Qui vous en a parlé ? »

Ses yeux s'aiguisent. Il a dû saisir qu'il bluffait.
Rock enfonce pourtant le clou :

« Tout se sait, dans les montagnes. Des nomades
m'ont parlé de vous. Et je pensais bien qu'avec les
bandits, un jour ou l'autre... »

Il marque alors un silence, histoire de voir si la
pique, comme il l'escompte, va atteindre Pereira. Et
manque de lâcher un « Touché ! » quand il voit, d'un
subit coup d'épaule, le vieux bancroche abandonner
l'appui de son mur. L'échine subitement revissée,
comme à Tengyueh. Il en bouscule le Putois tant il est
secoué ; et le voici enfin, comme il l'espérait, plantant
ses yeux secs dans les siens et lui ordonnant :

« Trouvéz-moi des chevaux ! Et au moins cinq
mules ! Plus un muletier ! Et des vivres ! »

Indécrottable militaire : la bouche, comme dans le
Sud, crachante d'ultimatums. Avec les mêmes petits
coups de menton pour les ponctuer. Enfin, ce don de
transformer chaque mot en coup de fouet.

Cette fois-ci, tout de même, sur la fin, sa voix
s'éraille. Et une vieille toux se réveille. Tout juste s'il
réussit à répéter en ahanant entre deux quintes :

« De bons chevaux... Et cinq mules solides... Plus
un muletier... Je mettrai le prix... »

Est-ce le seul effet de la toux ? On dirait qu'il supplie. Rock sourit et sort sous la pluie.

En bras de chemise et en caleçon. Indifférent à
l'averse qui flagelle la cour. Les galets glissent sous
ses pieds nus. Tout lui est facile, maintenant, tout le
porte : l'air gorgé de chlorophylle, la joie de la bonne
surprise. Souple assise du corps, pied léger. Toutes ses
belles ressources d'homme du monde lui reviennent,
intactes. Ici même, dans la cour, sous la pluie.

Mais quelle averse ? Il ne la sent pas. Où est-il ? Il
ne le sait pas davantage. À Vienne, dans le salon de
musique du palais Potocki, ou à Washington, dans le
fumoir du *Cosmos Club*. Front altier, cou expert à
ignorer l'importun, c'est avec la même assurance qu'il
se retournerait vers le seul hôte qu'il estime digne
d'égards ; et l'accueillerait avec la grâce qu'en cet instant Pereira, anglais parfait, poignet exquisément
rond : « *Please, have a seat*[1]... » En lieu de salon et
de fauteuils, il lui désigne les sièges de bambou disséminés sous l'auvent où, devant sa sempiternelle table
pliante, il prend ordinairement ses repas. Mais les voit-
il seulement ? En cet instant, c'est son corps qu'il
habite. Le reste n'est qu'un décor confus, où se mêlent
toutes les saynètes au cours desquelles, comme maintenant, il s'est senti avoir prise sur le monde : un soir,
sur le pont d'un paquebot qui cinglait vers Singapour,
en smoking face à une femme en bleu qui voulait l'at-
tirer dans sa couchette – une petite actrice de music-
hall, il l'a appris le lendemain ; à Honolulu, un autre
soir, dans le costume immaculé qu'imposait pour sa
réception annuelle la femme du gouverneur. Ou la
semaine dernière, au palais du prince Mu, à Likiang,
quand il a fait si belle impression, avec sa lavallière

---

1. « Je vous en prie, asseyez-vous... »

perle et son gilet noir, qu'il a réussi à lui extorquer, dès sa première pipe d'opium, un sauf-conduit pour sa prochaine expédition.

Mais son aplomb, avant ce soir, n'a jamais été aussi solide. Aujourd'hui, il pourrait être nu, c'est du même poignet souple, avec la même royale élégance qu'il signifierait à Pereira : « Mais c'est si volontiers, Brigadier général, que je vous offre mon toit, le gîte et le couvert, le temps qu'il vous plaira... »

Brigadier général, je t'en fous ! Vieille baderne, oui, pauvre loque ! Pieds nus comme je suis, en chemise débraillée et avec ce caleçon qui me pendouille sur les cuisses, moi, Joseph Francis Rock, simple chasseur de plantes de mon état, ce n'est pas à toi que je m'adresse, fier-à-bras sur le retour ; et ce n'est pas non plus pour tes yeux de merlan frit que je fais le singe savant sur le pavage de cette cour plus glissante que si mes Na-khis l'avaient passée à la graisse de yak. C'est pour la reine. Celle qui, la nuit, dans mes rêves, m'attend, moi et moi seul, par-delà la chape de nuages qui vient d'engloutir les montagnes.

৵

Impossible de prévoir que la pièce va se clore à cet instant précis, en cette seconde véritablement fatale où, tous sourires dehors, la petite Afousya trouve malin de passer la tête hors de la blanchisserie où d'ordinaire, quand il y a de la visite, elle a le bon goût de rester planquée.

Dès qu'il aperçoit sa frimousse aux joues rougies, Rock oublie sa pavane. Contre la sienne, d'un coup, il croit sentir sa jeune peau, sa fraîcheur ; et c'est son corps à elle qu'il part habiter.

Elle a dû finir la lessive, ses mains sont encore glacées de l'eau du torrent. Elle semble pressée de partir :
elle ouvre au-dessus d'elle une petite ombrelle et
rajuste, de la cape à la jupe, son costume au millimètre. C'est sans doute soir de fête : elle mâchonne
des graines de tournesol et s'est couronnée d'une
tresse de fleurs.

Dès qu'elle aperçoit Rock, son pas se suspend. Elle
en cesse même de mâchonner. Elle n'ose plus bouger.
Mais, en esprit, c'est criant, elle court à lui.

Le regard de Rock s'épaissit. D'un bref coup d'œil,
il s'assure que Li-Su le suit et lui souffle :

« Chasse-la ! Je ne veux pas qu'ils la voient. Il ne
faut pas qu'elle revienne ! »

Fidèle et docile Li-Su. Mieux que son ombre : son double na-khi. À petits pas de côté, imperceptible et léger, comme lorsqu'il a empêché Pereira de gravir l'escalier, il commence à pousser la jeune Afousya dans l'aile de la cour où, au retour des expéditions, on entrepose, fait sécher puis emballe les graines et les rhizomes avant de les expédier à Harvard et Washington, en même temps que des dizaines d'animaux empaillés. Les boys y passent alors le plus clair de leurs journées ; mais les villageois leur lancent, quand ils entrent dans la cour, que ce n'est pas du travail, ce qu'ils font. Qu'ils ne sont rien que des flemmards pour gagner leur vie à suspendre des bouquets sur des fils et à éviscérer de pauvres oiseaux qui n'ont jamais fait de mal à personne. Les Na-khis se sont donc persuadés qu'ils ne sont que des dormeurs, des rêveurs, tout le temps où ils ne sont pas, comme les autres, à peiner dans les champs ou les montagnes. Cette pièce, ils disent que c'est une chambre ; et ils l'ont surnommée « Chambre des Plantes ».

Il y a eu des cris. Et sans doute, au milieu des bêtes immobiles et des planches de fleurs mises à sécher, un début de pugilat entre Li-Su et Afousya : à plusieurs reprises, leurs bonds ont fait frémir et résonner le plancher de la Chambre des Plantes.

Avertis comme d'habitude par des signaux invisibles, et sans· avoir reçu le premier début d'ordre, deux autres serviteurs, Ho Chi-hui et Lau Ru, ont le réflexe de se glisser sous l'auvent pour entourer les deux Anglais. Ils les débarrassent de leurs capes, leur proposent des fauteuils, des serviettes, des coussins, font voler une nappe, dressent la table, apportent porcelaines et argenterie.

Puis du pain frais, du thé, des œufs durs, des confitures. La machine à éblouir et à régaler tourne toute seule. Les Anglais ne décollent pas de leur assiette, même le Putois : les lunettes calées sur son front, il a arrêté une fois pour toutes son œil rond sur le contenu de son plat tandis que de cri en plainte, de plainte en reproche et en sanglot, le petit drame qui se joue dans la Chambre des Plantes s'en va bien doucettement jusqu'à son inévitable conclusion.

À chaque éclat de voix qui filtre de la pièce, Rock suspend son souffle. Il voudrait bien comprendre les mots que criaille Afousya. Tout ce qu'il saisit, avec ce « Luo Boshi » qui revient entre chaque gémissement, c'est que le long brame de la jeune fille lui est adressé, non à Li-Su.

Peut-être proteste-t-elle qu'elle a un droit sur cette maison, peut-être argue-t-elle du jour, il y a trois mois, où, pour la première fois, sur un simple coup de canne frappé sur le plancher de la chambre du maître, elle a quitté sa blanchisserie et monté l'escalier pour entrer dans son lit.

Ou alors elle maudit les deux Anglais. À moins

qu'elle ne ruse, qu'elle ne se plaigne du linge qui va s'accumuler, avec cette visite à l'improviste. Elle trépigne peut-être : « Combien de temps dehors, dis-moi, combien de jours, combien d'heures ? » Ou dans ses jérémiades, elle mélange tout. Oui, sûrement, elle mélange tout.

Rock imagine. C'est tout ce qui lui reste, puisqu'il s'est lui-même condamné à rester ici, à regarder ses deux Anglais bâfrer.

Mais, maintenant que la dispute reprend et que les bonds, après les planches de la Chambre des Plantes, font frémir les poutres où sont suspendus les animaux empaillés, il n'imagine plus, il sent. À travers le mur, il voit Afousya résister à Li-Su de toute la violence de ses seize ans. Torsion des bras, tension du dos, des cuisses, salive à la bouche, il pourrait reconstituer son corps ici même, sous l'auvent, muscle après muscle, tendon après tendon, nerf après nerf – oui, les nerfs, la salive, la sueur, la bouche, les cuisses, la seule langue qu'ils aient en commun, Afousya et lui, puisqu'il ne connaît rien au na-khi, et elle, rien au chinois. Et malgré toute la répugnance qu'il éprouve devant l'homme-putois qui continue, de l'autre côté de la table, à torcher son assiette, Rock en retrouve tout le désir qui fait que, chaque matin ou presque, d'un coup de canne sur le plancher de sa chambre, il appelle cette gamine.

Puis, tout soudain, rien ne filtre plus de la Chambre des Plantes. Comme il s'y attendait, Afousya en sort en courant, sans un regard pour lui. C'est de dos qu'elle lui jette sa rage, en faisant voltiger autour d'elle les sept longs filets de coton qui pendent à sa guirlande d'étoiles.

Pereira, lui, vient de s'affaler devant son assiette à moitié pleine. Si profondément endormi qu'il faut trois Na-khis pour le porter jusqu'à sa chambre.

Le Putois insiste pour le coucher tout habillé. Il ne consent à lui retirer que ses chaussures et la large ceinture où il conserve ses papiers, son argent et, à coup sûr, ses cartes. Il la dépose près de la tête de lit, sur un petit coffre.

Une fois couché, Pereira, plus que jamais, ressemble à un spectre. Le Putois ne s'en émeut pas : tout ce qu'il voit, lui, dans cette chambre où Rock vient de les installer, c'est le tub rempli d'eau chaude qui fume dans un angle. Il se déshabille sans plus de façons, et, tandis que Li-Su tente de placer un oreiller sous la nuque alourdie du dormeur, l'autre y plonge ses chairs crasseuses en frétillant.

Une fois de plus, Rock n'a pas besoin d'expliquer à Li-Su ce qu'il entend faire de sa nuit : dès le crépuscule, le Na-khi le rejoint sous l'auvent.

La pluie vient de cesser. Après s'être brièvement déchiré devant des pans de glaciers, le ciel s'est épaissi en nuit encreuse. Li-Su s'avance dans la pénombre. Rock se lève aussitôt – connivence immédiate de braconniers. Comme au fond des forêts lorsqu'ils redoutent l'attaque des brigands. Ou à l'orée des cols, entre les pitons de grès, quand un gypaète, un faisan, un panda viennent à passer devant le canon de leur fusil. Même affût instantané. Même souplesse, même œil qui s'aiguise. Ils font corps, ils font esprit. Pas besoin de mots.

Au moment, par exemple, où ils passent devant l'escalier, Li-Su, à l'improviste, file à l'étage et court allumer sa lampe-tempête sur le bureau de Rock : tout à l'heure, dans la chambre des Anglais, quand il a vu le regard de son maître se poser sur le coffre, il a cerné dans toute leur précision les contours de son attente – subtiliser les cartes pour les consulter ; en inscrire le détail et le dessin sur sa prodigieuse rétine-mémoire, comme il fait pour les plantes et, depuis quelque temps, pour les séries de figures qui constellent ses vieux manuscrits. Puis courir les remettre en place. Ni vu ni connu.

Rock, de son côté, au bas de l'escalier, se fait pour une fois tout patience. Tout Na-khi. Dans le silence qui n'en finit pas, les yeux fermés, il confond son souffle avec celui de la nuit.

Jusqu'au moment où, tels ces lutins rôdeurs auxquels croit Afousya, qui hantent les maisons, traversent leurs cloisons et volent de toit en toit, Li-Su réapparaît. Dans la seconde, Rock se fait félin. Aérien, alors qu'il pèse le double de son poids. Invisible, comme son Na-khi, imperceptible. À croire qu'ils sont vraiment à l'affût, là-haut, entre épicéas et falaises, à mener une battue au panda, non dans cette longue et étroite galerie à moitié vermoulue qui mène chez les Anglais.

Une chasse, vraiment : les ronflements de l'homme-putois les guident dans la pénombre jusqu'aux deux panneaux à claire-voie qui forment la porte de la chambre. Pas de serrure, pas de loquet ; une simple poignée de bois.

Une fois encore, Rock laisse faire Li-Su. Il l'a mille fois remarqué : là où il ne voit, lui, que de la nuit, Li-Su pressent des formes, des mouvements, des présences.

Et, là encore, dans l'attente, tout se confond, de leurs corps et de leurs esprits. L'aguet, la peur, l'espoir, l'adresse. La main droite de Li-Su, refermée sur la poignée de porte, et qui lentement la fait tourner, c'est la sienne. Et ce genou posé contre le panneau qui, contre toute attente, résiste, c'est toujours le sien.

Mais Rock, avant Li-Su, se rend à l'évidence : la porte est bloquée par un meuble. Il faut sur-le-champ faire demi-tour. D'ailleurs le Putois a dû pressentir leur maraude : alors qu'ils reprennent la galerie en sens inverse, plus de ronflements.

Un bref moment, le silence respire. Dans son dos, Rock ne sent plus les mouvements de Li-Su. Et il ne les cherche pas, la chasse est finie ; le Blanc redevient un Blanc, le Na-khi, un Na-khi, c'est toujours ainsi. Leurs corps se séparent, et leurs esprits. Li-Su, comme Afousya, va vouloir filer à la fête. Et lui, Rock, une fois de plus, va rester seul dans sa chambre à se colleter avec cette écrasante évidence : pour le Royaume des Femmes, il faudra faire sans cartes.

Son parti a été vite pris : que les Anglais débarrassent le plancher au plus tôt. Il a donc décidé de leur donner ses propres bêtes. Ou, plus exactement, de les leur vendre. Au triple du prix. Puisqu'ils avaient dit qu'ils étaient pressés et qu'ils avaient l'argent.

Quant aux vivres, il leur en ferait cadeau. Histoire de les voir détaler encore plus vite. Pour la suite, il ne savait pas. Ça dépendrait de la façon dont l'affaire tournerait. Fallait voir.

Le lendemain matin, c'est tout vu : au moment où, toujours sous l'auvent, les Anglais entament leur breakfast, il leur jette sous le nez son cheval. Plus celui de Li-Su et cinq de ses mules. Ni Pereira ni même l'homme-putois ne lui demandent d'où il les sort. Pour eux, l'arrivée de ces bêtes, étrillées de frais et harnachées à la perfection, est aussi naturelle que de se faire servir, à des milliers de kilomètres de l'Angleterre, du thé de Ceylan dans de la porcelaine de Wedgwood ; et de se voir offrir, sans avoir eu à le demander, un bain chaud au pied de son lit, ou, comme ce matin sous l'auvent, des œufs brouillés dans de petits bols d'argent.

Du coup, comme prévu, ils paient leur équipage rubis sur l'ongle, muletier compris. L'homme, un Tibétain de passage dans le village, au seul vu de l'argenterie qui étincelle sur la table, veut soudain doubler la mise et exige en sus d'être payé d'avance. Le Putois renâcle, s'agite, zézaie tout ce qu'il sait de chinois. Pereira arrête net cette velléité de marchandage. Il abat sèchement sa main sur son bras, puis fouille dans sa ceinture et jette deux dollars d'argent dans la main crevassée du muletier. La seule marque du sacrifice qu'il vient de consentir, c'est la petite boule dure qui s'est formée à l'angle de sa mâchoire. Mais il est déjà revenu à ses œufs brouillés.

Il n'a même pas un œil pour le ciel, ce matin-là, le Brigadier général. Il ne s'inquiète de la pluie qu'au moment où les gouttières, à la fin du breakfast, se remettent à vomir averse sur averse. Comme s'il était déjà en route et qu'il se trouvait dans une cour d'auberge, il hurle à l'adresse du Tibétain : « Les mules et les chevaux à l'abri ! »

Il a repris du poil de la bête, il a meilleur teint, la voix claire, les yeux moins vitreux. Une fois qu'il est en selle, sur le coup de midi, tous paquetages ficelés et arrimés au flanc des mules, Rock doit convenir qu'il continue de porter beau. Plus d'effondrement en lui, plus de misère malgré la toile caoutchoutée qui lui pend des épaules aux genoux. Seulement de la droiture, de la tension. L'averse peut redoubler, il la nargue du même œil que le feu d'une mitraille ; et il continue de cadenasser ses mâchoires avec la même extraordinaire obstination.

Rock escorte la petite caravane pendant environ cinq kilomètres au long d'une sente escarpée qui monte jusqu'aux premiers cols. Comme dans l'attente d'une confidence, il serre Pereira de près ; mais l'autre se tait. Li-Su en fait autant avec l'homme-putois. Lui aussi reste muet. Depuis l'arrivée des chevaux, le petit groupe n'a pas échangé dix paroles.

Au fil des minutes, la pluie s'amaigrit. De temps à autre, un bout de glacier, un pic, des pans de falaise surgissent d'une procession de nuages. Sous les bêtes, les pierres glissent, mais, comme Pereira, mules et chevaux s'acharnent. Ils ont déjà pris le pas de la route : un coup de sabot pour l'espoir, le deuxième pour le doute ; le troisième pour la volonté. Et entre chaque cahot, l'horizon qu'on interroge.

Au col – une longue incision rocheuse au cœur d'une forêt de pins, sous des déjets de caillasses et les séracs des premiers glaciers –, le ciel s'ouvre sur la promesse d'une embellie. Rock en profite pour annoncer que son escorte s'arrête là et qu'à huit cents mètres le chemin bifurque. On distingue la croisée des pistes. Il désigne le sentier de droite :

« Il descend vers un canyon. Tout en bas, il y a un raccourci. Un chemin qui longe le Yang-Tsé. Cinq heures de route en moins. Et en prime, pas un bandit ! »

Dans son dos, il sent Li-Su se contracter. Le cheval du jeune Na-khi a lui-même perçu la brutale crispation de son maître : il rue deux ou trois fois.

Pourtant, Rock ne ment pas : en suivant le défilé, on gagne une bonne demi-journée de route. Et par temps de pluie, aucune chance de rencontrer là-bas ne serait-ce que l'ombre d'un bandit : les pierrailles du raccourci deviennent si glissantes que s'y engager vaut arrêt de mort...

Le vent retombe. Pereira retient sa bête et se tourne vers l'autre Anglais. Au moment du départ, à cause de la pluie, l'homme-putois a ôté ses lunettes ; il les ressort de sa poche, les chausse et, de ses petits yeux fiévreux, commence à fouiller l'horizon. Il se mordille aussi la lèvre inférieure d'une canine de plus en plus nerveuse – on dirait que, dans la nuit, ses dents ont encore allongé.

Derrière lui, le cheval de Li-Su se remet à ruer. Pereira se tourne vers Rock et, d'un coup de menton, lui désigne la bête. Puis il secoue autour de lui les plis de sa cape. Rock pressent qu'il médite une perfidie ; et, en effet, sa voix ne tarde pas à réveiller, derrière la ligne des pins, l'écho sec des falaises :

« Vous avez tort de laisser votre boy monter des bêtes aussi mal dressées ! »

Mais Rock n'est plus l'homme de Tengyueh. Depuis sa selle, face au spectre-Pereira, il se sent fort de sa cuirasse de santé. Et beaucoup mieux arrimé à sa jeunesse. L'arrogance a changé de camp.

« Le raccourci ne vous intéresse pas ? Pour un homme pressé ! »

Et, pour mieux souligner qu'il ne craint plus de jouer cartes sur table, il pousse sa bête jusqu'à celle du Brigadier général.

Le coup porte : comme s'il venait d'être ligoté à un poteau d'exécution et n'avait d'autre issue que d'attendre froidement les balles, le vieux se raidit encore et donne plus haut du menton.

Mais la mitraille ne se déchaîne pas : Rock se cale sur sa selle et se borne à le dévisager, tandis que ses derniers mots vont se perdre contre les granits aigres qui couturent le défilé. Puis il laisse s'étirer un de ces longs silences où Pereira, il le sait, avant l'ultime ligne de partage, va nécessairement vouloir lui jeter une vérité à la face.

Ou le contraire : s'évanouir dans la brume, muet, et plus spectral que jamais. Voici d'ailleurs qu'il tourne la tête du côté des glaciers, par-delà les pins et les caillasses, où, tout comme Rock, il vient de remarquer une épaisse langue de brume qui commence à ramper de sérac en sérac. C'est pourtant à cet instant-là que Pereira lâche, d'une voix ouatée, comme s'il était lui-même étouffé sous le banc de brouillard :

« Nous n'avons pas le même ennemi, Dr Rock. Le mien me force à calculer mes risques. »

Sur le « Dr Rock », tout de même, il n'a pu refréner un petit jet acide, il a sifflé comme s'il proférait le nom de guerre d'un dentiste de foire, ou le pseudonyme ronflant de ces charlatans qui hantent les cirques et les music-halls. Mais pour le reste, c'est la première fois que le Brigadier général n'aligne pas les mots comme autant de coups de fouet. Et lorsqu'il ajoute de la même langue pâteuse : « Je serai là-bas en mai. 10, 15 mai, dernier délai. C'est mon pari, et je le tiendrai », Pereira se met soudain à promener sur la brouillasse un regard d'une transparence inouïe. Des yeux d'enfant.

Le cheval que Rock lui a vendu ne cesse plus de lui adresser de grands coups de naseaux. La veille encore, ce bel étalon était le sien ; il cherche sans doute l'odeur de son maître, il veut peut-être entendre une dernière fois le son de sa voix.

Rock veut lui offrir le cadeau d'un adieu. Il saute à bas de sa monture, va lui étreindre l'encolure sous l'œil effaré du Putois, qui pressent la suite. De fait, Rock n'est pas au pied de la bête que, d'un brutal mouvement du coude, le Brigadier général l'écarte – sur le moment, Rock pense qu'il va se faire cravacher.

Alors, froidement, fièrement, jambes écartées, de toute sa courte silhouette, il se plante devant l'animal. En homme qui se sent plus que jamais arrimé aux forces de la montagne. Puis, en dépit de la badine que l'autre, comme momifié dans sa fureur, brandit au-dessus de lui, il se remet à flatter la bête, comme il fait toujours avec les chevaux qu'il aime : à caresses lentes, longues, appliquées. Et il répète :

« Vos histoires de délais, Brigadier général. Vos histoires de dates, vos paris... »

Le cheval répond à Rock avec la même tendresse, il enfouit maintenant ses naseaux dans ses mains.

Pereira en abaisse sa cravache. Pour autant, il faut en finir. Mais comment, Rock ne voit pas ; le museau de la bête ne le lâche pas.

Alors, rien que pour ce cheval qui n'arrive pas à le quitter, il lance une phrase qui retentit comme un coup de grâce :

« Moi, vous voyez, Brigadier général, je ferai comme d'habitude. Pas de délai, pas de course, pas de date, pas de pari. Là-haut, je prendrai mon temps. »

Comme à Tengyueh, la dernière image que Rock a gardée de Pereira fut celle de son dos. Perdu dans les pans huileux de sa cape, mais toujours aussi droit sur son étalon, le Brigadier général allait le dernier. D'où il s'était posté avec Li-Su pour le regarder s'éloigner – un petit tertre isolé sur une ligne de moraines – Rock aurait dû réussir à le suivre jusqu'à la bifurcation.

C'était compter sans le banc de brume qui descendait du glacier. Aussi, comme à Tengyueh, Pereira disparut d'un seul coup de sa vue. Cette fois, au lieu d'un magma humain, ce fut le néant de la brouillasse qui l'aspira.

Le temps était définitivement bouché. Sur le chemin du retour, pourtant, Rock se retourna une bonne dizaine de fois. À plusieurs reprises, il ralentit même le pas. Au point d'en oublier l'heure. Ce n'est qu'une fois revenu chez lui, quand il entendit sonner, sous l'auvent, son vieux coucou autrichien, qu'il s'aperçut qu'il avait raté l'office et qu'on était dimanche.

La Française

(Likiang – Tsedjrong,
septembre-novembre 1923)

Durant des mois, à l'église de la Mission, la chaise où Rock avait pris l'habitude de s'installer est restée obstinément vide. La rumeur courait qu'il était parti du jour au lendemain. Par les cols du Nord, au mépris des pluies. Comme d'habitude, il n'avait dit à personne où il allait.

Les Blancs prétendaient maintenant qu'il était devenu fou. Qu'un jour ou l'autre il connaîtrait le même destin que Franz Meyer, autre chasseur de plantes. Hollandais, lui, mais au service, comme l'autre, d'une université américaine. Cinq ans plus tôt, Meyer était parti pour le Nord, de la même façon, par un matin de pluie. Quelques semaines après, des orpailleurs qui cherchaient des pépites dans le Yang-Tsé avaient retrouvé son corps coincé entre des souches, au fond d'une petite anse. Les circonstances de sa mort étaient restées obscures. Comme il était bel homme, les chercheurs d'or prétendirent qu'il avait été poursuivi par des femmes des tribus, là-haut, sur les cols. Il aurait refusé leurs avances, pris la fuite. Et fini par glisser sur des pierrailles au bord d'une falaise ou d'un sentier muletier.

Emily Clover avait connu Meyer, mais elle n'avait jamais cru à cette version des faits. Même si elle avait constaté par elle-même que les femmes des tribus, chaque fois qu'elles descendaient à la ville, n'avaient aucune pudeur et s'offraient au premier venu.

Et puis, s'agissant du Dr Rock, organisé comme on le connaissait, et constamment entouré, par surcroît, de toute sa troupe de Na-khis, elle considérait pareille mésaventure comme strictement invraisemblable.

Mais elle n'a pas argumenté, quand la petite colonie blanche s'est perdue en conjectures sur la nouvelle lubie du Dr Rock. Elle a gardé sa tristesse pour elle : elle avait eu son content d'humiliation, fin juillet, lorsqu'elle avait annoncé à son mari que l'Américain allait venir à l'office le dimanche suivant avec une bouteille de champagne, et qu'on n'avait vu rien venir. Après l'avoir vainement questionnée pour savoir où elle avait pu pêcher cette idée d'une loufoquerie achevée, le pasteur était resté une semaine sans lui adresser la parole. Puis il avait estimé que sa femme était en passe de devenir folle et lui avait conseillé de ne plus sortir de la Mission, mais de se consacrer plus étroitement à sa charge, la tenue des comptes. Enfin il lui avait ordonné de se remettre à l'harmonium.

Emily Clover n'avait éprouvé aucune peine à s'exécuter : c'est précisément ce jour-là qu'il avait commencé à pleuvoir. Chaque jour, la vallée était écrasée sous une chape de nuées encore plus basse que la veille. La montagne avait définitivement disparu de l'horizon. Invisible machine à fabriquer de l'eau, elle vomissait la pluie sous les formes les plus diverses, brèves ondées constellées d'arcs-en-ciel, bruines, saucées féroces. Mais le plus souvent, c'étaient de lourdes averses qui s'éternisaient pendant des heures. Lorsqu'elle quittait son harmonium pour se pencher à une fenêtre et voir si, d'aventure, les nuages s'étaient écartés devant la guirlande de pics et de glaciers, son œil, à chaque fois, ne rencontrait que la gluante carapace des toits. Parfois pointait un bout de colline, mais tout embrumé, lui aussi. Et, au-delà, comme d'habitude, c'était, opaque et gris, le néant.

Les canaux débordèrent à plusieurs reprises. Les rues s'embourbèrent, la ville se transforma en cloaque. Vers la mi-septembre, toutefois, les eaux baissèrent. Les éclaircies se firent plus rapprochées ; de temps à autre, entre les pesantes processions de nuages, on entr'apercevait un bout de sommet, une cascade de glace entièrement veinée, comme avant le début du déluge, des légendaires reflets de jade. Ce fut aussi le moment où entrèrent dans la ville les premières caravanes du Nord.

Elles apportaient des nouvelles surprenantes : là-haut, par-delà les cols, pendant deux mois, on n'avait pas vu une seule goutte d'eau. Au point qu'au fond de certaines vallées le maïs, l'orge, le blé avaient séché sur pied.

Emily Clover fut dès lors persuadée que le chasseur de plantes n'allait pas tarder à rentrer ; et presque aussitôt, comme sous la contagion du récit des nomades, elle se sentit des envies de grand air, de soleil, de marches. Si vive, d'un seul coup, et tellement pleine d'entrain, qu'elle réussit à convaincre le pasteur de partir en pique-nique, un samedi matin, du côté du lac, au Pavillon de la Lune Saisie.

Malheureusement, au moment même où ils s'apprêtaient à partir, un couple se présenta à la Mission pour leur demander l'hospitalité. Et à nouveau, si l'on peut dire, tout fut à l'eau.

La femme avait la cinquantaine, elle était laide, énergique et de petite taille, avec un visage ravagé par le soleil. Elle assurait d'ailleurs qu'elle se relevait tout juste d'une insolation. Comme les nomades, elle jurait qu'il faisait extrêmement chaud, par-delà les cols.

À l'évidence, cette Française était une excentrique : elle s'était accoutrée à la chinoise comme le jeune homme à lunettes qui l'escortait, un Tibétain ou quelque chose d'approchant. Curieusement, il se prénommait Albert. Elle le présentait comme son secrétaire.

Elle n'en a pas dit davantage. Ni d'où elle venait, ni où elle allait. Elle s'est bornée à lâcher qu'elle aimait camper dans les montagnes, où elle herborisait, en amateur. Le pasteur a tenté d'en savoir plus ; mais, aussitôt, comme on venait de passer à table, elle lui a tendu son assiette pour qu'il la serve. Ce n'était pas seulement une esquive : elle mourait de faim. Une maladie chronique, a très vite diagnostiqué Emily Clover, car à chaque repas la Française haranguait le pasteur : « Mais vous m'en mettez à peine une demi-ration ! Et en plus, votre cuisine n'a pas de goût ! Ici, pourtant, vous trouvez tout ce que vous voulez comme épices ! Sans compter cette vieille bistrotière, là-bas, près du marché, qui cuisine de ces marmelades... »

Le pasteur ne pipait mot. Emily Clover a estimé que la Française le terrorisait. Il est vrai qu'en deux jours elle avait fait le tour de la ville et savait déjà tout de ses bonnes adresses, de ses menus trafics et des manies de ses habitants. Elle devait sûrement consigner tout ce qu'elle voyait : lorsqu'elle n'était pas à baguenauder dans les rues, on la trouvait à écrire. Des lettres, se justifiait-elle, pour son mari. D'où ses allers et retours incessants chez Madame Li.

Emily Clover eut donc tôt fait de partager l'opinion du pasteur : cette Française était une espionne. Mais là non plus son mari ne lui a pas laissé voix au chapitre. Il s'est empressé d'ajouter : « Oui, comme votre chasseur de plantes. Et vivement qu'elle fasse comme lui, qu'elle nous débarrasse le plancher ! »

Sa prière a été entendue : le lendemain, la vorace Française et son non moins glouton jeune secrétaire à lunettes lui ont signifié qu'ils s'apprêtaient à quitter la Mission. Mais une heure plus tard, alors même qu'ils commençaient à boucler leurs bagages, les mandarins, pour des raisons strictement mandarinales – c'est-à-dire si hermétiques qu'ils n'y comprenaient sans doute rien eux-mêmes –, ont rendu publique une prédiction qu'un astrologue venait de leur faire parvenir : au premier jour d'octobre, autrement dit le lendemain, le soleil allait quitter le ciel. Il ferait nuit quatre jours d'affilée.

À la minute où leur annonce s'est répandue en ville, plus personne n'a voulu se risquer sur les routes. La rue des caravanes a subitement offert l'image d'un long serpent moribond. Les nomades ont couru se terrer au fond des auberges ou sous leurs tentes. Quant au marché, il s'est instantanément vidé.

Emily Clover a été prise de court et le dîner, ce soir-là, s'est avéré particulièrement désastreux : noix de cajou, pommes de terre bouillies, corned-beef. Et pas de dessert. Mais, contre toute attente, la Française ne s'est fendue d'aucun commentaire. Ce n'était pas la contagion de la terreur : tout simplement, dans un coin du salon, elle avait déniché une revue de son pays, *L'Illustration*, abandonnée là par un négociant en musc, un Parisien comme elle qui· avait pareillement demandé, trois mois plus tôt, l'hospitalité à la Mission. La Française avait dévoré la revue avec une telle passion que sa lecture l'habitait encore et qu'elle n'arrêtait plus de rebattre les oreilles du pasteur à propos d'un personnage dont il était question dans ce journal, une femme-écrivain qui semblait la fasciner – elle jurait qu'elle n'était pas plus belle qu'elle. « Mais toute mochtingue qu'elle est, je l'ai vue danser nue, il y a des années, sur les planches du casino de Tunis ! »

Le pasteur n'a pas bronché. Il a simplement lâché une série de petites grimaces, dont il a été impossible de démêler si elles étaient dues à l'extrême coriacité du corned-beef ou à la description par la Française des chorégraphies de sa compatriote. Quant à elle, Emily Clover, elle s'est tout bonnement demandé si sa visiteuse, avant de venir crapahuter par ici à la recherche de Dieu seul savait quoi (certainement pas des plantes, en tout cas, elle n'avait jamais vu qui que ce fût herboriser en compagnie d'un secrétaire à lunettes, même pas ce fou d'Américain), n'avait pas elle-même dansé en petite tenue, au temps de sa jeunesse, dans un quelconque mauvais lieu.

Elle n'a pas eu à s'interroger longtemps : comme subitement lassée de déverser sur le pasteur ses souvenirs du casino de Tunis, et visiblement repue, pour une fois (il est vrai que, d'autorité, elle s'était attribué la moitié du corned-beef), la Française a annoncé tout à trac qu'elle et son secrétaire seraient partis le lendemain et a quitté la table dans la foulée, en faisant hautement fi des prédictions mandarinales – « Je suis prête à vous parier ma veste que le soleil se lève demain ! »

Vu l'état de la pauvre cotonnade pendouillante, décolorée et élimée, qu'elle n'avait pas quittée depuis son arrivée, Emily Clover a estimé qu'elle ne prenait pas grand risque. L'aube, cependant, a donné raison à la parieuse : il n'y a pas eu d'éclipse. Tout simplement, la pluie a repris.

Et la Française a quitté la Mission comme elle y était venue : à cheval, entourée des mules qui transportaient ses bagages, et fidèlement suivie de son Albert de secrétaire qui ne la quittait jamais de ses yeux bridés.

Au moment où Emily Clover l'a vue s'éloigner dans les petites ruelles qui longeaient les canaux et rejoignaient le marché, puis s'évanouir dans la rue des caravanes, elle en a eu les larmes aux yeux. Et elle s'est vivement reproché de n'avoir jamais osé bavarder avec elle. Elle en était maintenant sûre : même au moment où l'autre avait bifurqué sur la femme-écrivain qui avait dansé nue, elle aurait pu soutenir la conversation. Et, si ça se trouve, en savoir plus long sur Tunis, Paris, le théâtre et tout le reste.

Mais trop tard ; tout ce qu'elle pouvait faire, désormais, c'était la suivre un petit moment. Histoire de tenter de comprendre, dans son sillage, comment une femme qui avait bien dix ans de plus qu'elle pouvait ainsi aller, venir, bouger, donner des ordres, voyager, dans la seule compagnie d'un petit secrétaire qui n'était même pas son mari. Elle était maintenant cer-

taine, Emily Clover, qu'en sus d'écrire et d'aller par
les routes, cette vagabonde qui n'avait peur de rien
s'était mise nue, comme l'autre, sur les planches du
casino de Tunis.

∾

Emily Clover s'empare donc d'un parapluie et tâche
de rattraper la voyageuse dans le matin qui point, puis
se met à courir de canal en canal au mépris des pavés
glissants, de ponton en ponton, sous la pluie et le vent
qui recommencent à tourmenter les rouges chapelets
des lanternes, aux angles des rues et aux portails des
maisons.

Puis, d'un seul coup, l'averse cesse ; et elle a droit
au miracle qu'elle attend depuis des mois : la résurrection de la montagne.

Au bout de la plaine, intacte, dans son entière splendeur, avec tous ses pics qui dessinent férocement et
joyeusement le dos d'un dragon, et ses glaciers au
grand complet. Non seulement il n'y a pas eu
d'éclipse, mais le beau temps revient.

Et à peu près dans le même instant, aussi subitement
qu'après la prédiction des mandarins, une foule d'enfants, de vieux, de femmes, de nomades surgit de partout, des cours, des tentes, des temples, des auberges.
Et chacun, du même doigt, désigne la montagne.

Même les prophètes de malheur : ils réclament
méchamment des chaises, pour mieux jouir, eux aussi,
de la réapparition de la montagne, puis se font servir
des pipes d'opium. Et bien entendu, au milieu de tout
ce charivari, plus de trace de la Française.

Alors Emily Clover se permet un geste qu'elle ne
s'est jamais autorisé, depuis des années qu'elle vit à
Likiang : elle fonce au marché et y loue un cheval.

Pas pour suivre la voyageuse. Pour jouer à être voyageuse. Pour retrouver le plaisir de monter. Le temps de quelques heures. Avant d'épouser Clover, il y a maintenant vingt ans, elle a caressé le rêve d'être écuyère de cirque.

Des années qu'elle n'a pas approché un cheval. Des années qu'elle se l'est interdit. « La bénédiction des enfants, comme disait le pasteur, incompatible avec ce passe-temps, ma chère, vous me comprenez ? » Elle avait compris, elle n'avait plus levé l'œil sur le moindre équidé ; fût-ce un âne ou un poney. Le pasteur dit maintenant : « Cette bénédiction des enfants que le Seigneur nous a refusée. » C'était bien la peine. Alors un peu de cheval, dans son dos... Qu'est-ce qu'il en saura ? Et même s'il l'apprend... À présent qu'il a écouté sans broncher une grosse femme laide lui raconter en le fixant dans le blanc des yeux qu'elle avait dansé nue dans un casino arabe...

Et une fois qu'elle est en selle, tout lui revient, à Emily Clover, même si sa jupe la contraint à monter en amazone. La jubilation de piquer la bête, de la lancer à l'assaut de la première colline, puis, dans la plaine, de fendre l'air à toute vitesse ; et, une fois atteints les premiers contreforts de la montagne, le plaisir de chercher des raccourcis en s'enfonçant dans les fourrés. Jusqu'à l'instant qu'elle a toujours préféré à n'importe quel autre, cette seconde où le cheval, d'instinct, se taille la meilleure route, même à flanc d'éboulis, même dans les caillasses d'un torrent.

Et comme elle s'est choisi, par prudence, une bête à la fois vive et facile, elle se retrouve en moins d'une heure là où elle rêve d'aller depuis qu'elle connaît le chasseur de plantes : dans son village, à Nguluko.

Où, d'un seul coup, le jour ressemble à un dimanche. Un vrai dimanche, comme du temps où il venait à l'office.

Chalets de bois, toits pentus, palmiers à l'entrée des cours : c'est bien ainsi qu'elle se l'imaginait, son village, pareil à tous ceux de la vallée. Mais elle n'avait jamais pensé qu'au-dessus de l'alpage et du torrent qui le traverse de part en part les glaciers sembleraient si proches ; et qu'on distinguerait aussi bien les longues veines vertes et translucides qui les couturent de haut en bas.

Pourtant, tout lui semble familier ; et elle n'a pas gagné le centre du village que des villageois accourent à sa rencontre et pointent du doigt une venelle, sur la gauche : qu'est-ce qu'une Blanche pourrait venir chercher ici, sinon un autre Blanc ? De derrière sa quenouille, une vieille femme lui crie même en chinois : « Parti, Luo Boshi ! »

C'est ce qui retient Emily Clover de s'engager dans la venelle. Et puis, l'œil de tous ces paysans, jeunes ou vieux, qui n'arrête plus de s'arrondir à la vue de sa jupe fripée, de ses cheveux collés à son front par la sueur de la course... Elle préfère suivre le chemin qui longe le torrent, sortir du village, aviser ces rochers – des moraines, on dirait – suspendus à la lisière de l'alpage, dont les méplats luisent au grand soleil. C'est de là qu'elle va observer la maison du chasseur de plantes. Ou plutôt la faire sienne, tout entière, dans son absence. Sa paix.

Un vieillard, sur la partie gauche du patio, s'occupe à faire sécher sur une claie des piments et des épis de maïs. À l'arrière, une petite porte s'entrouvre sur un jardin potager. Un autre homme, beaucoup plus jeune, s'y penche au-dessus d'un parterre de légumes.

Gestes menus, patients. Dans cette maison, l'attente n'est pas un tourment. Rien qu'une confiance, un espoir tranquille. C'est sûr, le chasseur de plantes ne va pas tarder à revenir.

Aussi, pas la peine de s'attarder. Seulement respirer, comme il disait, lentement, profondément, l'air au goût de champagne. Et une fois bien grisée, revenir sur ses pas.

Emily Clover ramène donc doucettement son cheval en contrebas ; et repasse devant la venelle.

Le passage n'est plus désert. Une fille un peu maigre, les mains sur les hanches, s'y accroupit devant un grand baquet de bois. L'œil rieur, elle y suit les ébats d'une dizaine de poissons qu'elle vient sans doute de pêcher au torrent.

Elle se relève, croise son regard, sourit. Même frimousse rouge et ronde qu'à toutes les filles des montagnes. Même silhouette frêle, n'était, maintenant qu'elle souffle en posant les mains sur ses reins, ce ventre rebondi – elle doit être enceinte, quatre ou cinq mois.

☙

Quand Emily Clover est rentrée à la Mission, en milieu d'après-midi, le pasteur ne lui a pas demandé où elle était partie. Il avait mieux à lui servir.

Lui aussi, dès qu'il a vu poindre l'éclaircie, était descendu à la ville pour se mêler à la foule qui fêtait la résurrection de la montagne. Et sur le marché – exactement là où sa femme s'était loué un cheval, et on l'avait aussitôt averti de sa tocade – il était tombé sur deux autres missionnaires. Des catholiques. Lesquels, à des jours et des jours de là, beaucoup plus loin encore que les gorges du Yang-Tsé, avaient croisé l'Américain.

D'après eux, il venait de faire une énorme moisson de plantes. Et il s'en trouvait si ébloui, si enthousiaste, qu'il ne cessait plus de remonter vers le Nord. D'après ce qu'il avait confié aux deux prêtres au cours – il fallait s'en douter ! – d'un de ses extravagants piqueniques au son du gramophone, il projetait de faire halte dans une de leurs missions, à Tsjedrong, avant de pousser vers Muli.

Emily Clover s'est entendu balbutier :

« Tsjedrong, Muli... Mais alors... il ne sera pas là avant Noël...

– Et encore ! S'il n'est pas devenu fou !

– Qu'est-ce qui vous fait dire ça ?

– Les deux prêtres m'ont dit qu'au moment où ils sont tombés sur lui ils l'ont trouvé à chanter, au beau milieu d'un champ de fleurs...

– Mais qu'est-ce qu'il chantait ?

– De l'opéra ! Du Mozart ! En plein champ ! Sécateur en main ! Au milieu des fleurs ! Finira mal, je l'ai toujours dit ! »

Le pasteur jubilait. Mais elle, elle n'y comprenait rien, elle continuait de secouer la tête ; et comme il persistait à la dévisager d'un air de triomphe, elle lui a tenu tête, jusqu'à contrefaire la voix ferme de la Française, quand elle avait parlé des danseuses nues. Et contre-attaqué, aussi ardente, farouche qu'au moment où elle avait lancé son cheval à l'assaut du village du chasseur de plantes :

« C'est bien la première fois que je vous entends parler d'opéra ! Vous n'y connaissez rien ! Vous vous contentez de répéter des commérages ! De prêtres catholiques par-dessus le marché ! »

Le pasteur l'a laissée finir. Puis il s'est posément assis derrière son bureau ; et c'est là, une fois bien calé dans son fauteuil, qu'il lui a décoché son ultime flèche :

« Ma pauvre, votre chasseur de plantes... Là-bas, son Mozart, dans son champ de fleurs... c'est le rôle d'une femme qu'il chantait... Et comme une femme ! Une femme, vous entendez ! Vous saisissez ? Vous comprenez ? »

L'œil de Rock, objectif photographique.

Lentille : l'iris bleu pâle. Glace implacable. Elle ne fonce que sous l'effet de la colère. Ou, comme en cet instant, lorsqu'il touche au but.

Depuis trois mois, quand se produit ce changement de couleur, c'est qu'il a repéré une fleur extrêmement rare, primevère des neiges ou pavot bleu. Qu'il voit sauter d'arbre en arbre l'écureuil des rocailles ou la fauvette dorée qui manquent encore aux collections de Harvard. Ou lorsque surgissent dans son champ de vision, en bas d'une falaise, des rhododendrons géants, si hauts et si fournis qu'on les appelle « rhododendrons-rois ».

Mais, aujourd'hui, ce qui rend si bleu l'œil de Rock, ce sont, au fond de la vallée, trois petits chalets : la Mission catholique où, après quatre mois à camper dans les montagnes, il va pouvoir enfin s'offrir une halte.

Sa pupille se dilate au plus large. Une focale. Réflexes ultra-rapides, sensibilité extrême aux variations de lumière. Elle inscrit aussitôt chaque détail sur sa rétine-mémoire.

Une heure plus tôt, de l'autre côté du col, c'est ainsi qu'il a débusqué, niché dans d'âpres falaises pourtant vitrifiées par le zénith, un couple de faisans blancs. Il découvre à présent, sur la rive droite d'un énorme torrent, un petit plateau, puis un clocher, des vergers, des rizières étagées sur des terrasses. Formes, coloris, contrastes, nuances, rien ne lui échappe ; il remarque jusqu'au câble tendu au-dessus des eaux tourbillonnantes. Arrimé à une nacelle elle-même suspendue à une poulie, un nomade se laisse glisser à toute vitesse d'une rive à l'autre, où des paysans le réceptionnent. Aucun doute : c'est bien Tsjedrong, la mission du père Ouvrard. Alors il se met à chantonner. Du Bellini, aujourd'hui. *Casta Diva*. Son air préféré pour la voix de soprano.

C'est que ce soir, pour la première fois depuis trois mois, il va dormir dans un lit ; et, dès demain, reprendre sa vieille routine : classer, étiqueter, emballer la phénoménale moisson qu'il vient de réunir après des semaines et des semaines à battre les montagnes. Jamais il n'a connu expédition plus fructueuse. Plusieurs milliers de spécimens botaniques – quinze mille, peut-être davantage. Des centaines d'oiseaux, empaillés sitôt chassés. Et le plus surprenant, des planches et des planches de papillons : dans les vallées du Nord, lorsqu'il s'est aventuré dans le profond des sous-bois, au lieu des brumes qu'il attendait, il est tombé sur des nuées de lépidoptères. Jaunes, ocre, bleus, vert jade, rouge sang. Tous inconnus. Pas besoin de les courser. Au cœur du nuage où il s'enfonçait, il suffisait d'abattre au hasard son filet.

Mais dans l'austère quiétude de leurs laboratoires et de leurs bureaux, lorsque les gens de Harvard et Washington vont déballer tout ce trésor qui bringuebale aux flancs de ses yaks, ces milliers de graines, tiges, racines, calices – *Magnolia campbellii, Arisaema candidissimum, Nomocharis aperta, Abies forrestii, Rhododendron mekongense, Quercus semecarpefolia, Populus tibeticus, Rhododendron chartophyllum var. praecox, Clematis montana, Jasminum humile* –, qui va leur raconter les rocailles, les sous-bois, les falaises, les grottes où ils ont été dénichés ? Comment se représenter la rosée qui ennoyait, à chaque aube, les peupliers des vallées ? Les libellules grésillantes au-dessus des gentianes dans le soleil jaune de l'automne, comme cet après-midi ? Et le serpent endormi qu'il a fallu déloger quand on arrachait un plant, comment le deviner ?

Comment imaginer, surtout, ce monstrueux transbahutage, pendant des jours et des jours, par monts et par vaux, forêts et torrents ? Toutes ces caisses qui ont manqué, des dizaines de fois, d'aller rouler au fond des précipices. Franchi des rapides sur des radeaux faits d'outres de peau de yak gonflées à la bouche des Na-khis. Traversé des villages ensanglantés par des razzias, des vallées infestées de lèpre, de syphilis, de malaria, de choléra...

L'œil de Rock se met à balayer le panorama. Et il en cesse de chantonner : cette fois, c'est vraiment trop de beauté. Au fond de la gorge, la boucle turquoise et écumeuse du fleuve. Sur la rive, tel un semis d'écailles, les ardoises luisantes des chalets. Un peu plus haut, juste au-dessus des champs en terrasses, d'immenses colonies d'euphorbes au plus beau de leur floraison écarlate. Le long des crêtes, l'alignement des pitons de grès, tels des veilleurs pétrifiés qui n'arrêteront jamais de guetter les remous du fleuve. Et, par-delà les laisses des premières neiges, un vol tranquille de faisans blancs.

La pupille de Rock se dilate à nouveau, engloutit le

paysage. Puis son œil, à la seconde suivante, va se poser sur la caisse arrimée à l'arrière de la selle de Li-Su. Il retrouve alors sa teinte habituelle, couleur de glace.

Le jeune Na-khi arrête aussitôt son cheval : le maître, il le sait, d'un instant à l'autre va lui réclamer sa chambre noire et son trépied.

Alors il se retourne vers la caravane et lance les deux syllabes qui, telle une formule magique, vont instantanément paralyser les hommes, où qu'ils se trouvent. À suivre une ligne de moraines, à se faire cingler par les branches d'un pin, à se frayer une route dans les déjets d'un éboulis, ou surpris par le cri, comme l'égaré qui ferme la marche, au moment précis où sa mule vacille au beau milieu d'un torrent. Lui aussi, le retardataire, il se fige, malgré l'eau qui tourbillonne autour de sa bête, saisi de la même terreur sacrée, tandis que Li-Su, raidi sur sa selle, continue de hurler jusqu'à ce que les pitons de grès, entre les crêtes enneigées, lui aient enfin renvoyé l'écho de son signal : « Phô-tôôôôh ! Phô-tôôôôh ! »

Ils n'ont atteint la Mission qu'à la tombée du soir. Les prises de vues ont exigé beaucoup de temps et, quand la caravane s'est retrouvée en vue des chalets, Rock a décrété qu'il n'irait pas tambouriner à la porte du père Ouvrard sans s'être offert une grande toilette au bord d'un torrent et s'être changé de pied en cap. Et c'est sur son trente-et-un, en veste de whipcord et casquette de tweed, qu'il est allé se présenter à la porte de la Mission.

Sa réputation d'élégance avait dû le précéder jusque dans ces terres perdues, car le prêtre, qui ne l'avait jamais rencontré, ne l'a pas vu apparaître à travers les croisillons du judas qu'il lui a déverrouillé sa porte. Mais Ouvrard était un homme économe de tout, de ses gestes, de ses paroles, de son temps, il ne s'est pas perdu en salamalecs. Après avoir indiqué à Rock une grange où abriter ses Na-khis, il l'a conduit jusqu'à sa chambre en se contentant de lui indiquer qu'il ne pouvait l'atteindre qu'en traversant une pièce commune – la grand-salle, a-t-il dit.

Pas un mot de plus. Dans sa soutane aux plis flottants, il n'avait pas plus d'épaisseur que ses plantes, quand Rock les sortait des presses où il les avait séchées. Tout ce qui lui restait de chair, à ce maniaque de l'effacement, c'étaient ses pieds, nus dans ses sandales. Et encore, eux aussi, il s'acharnait à les faire oublier : il ne faisait qu'effleurer le sol – des planchers si sombres et bien cirés qu'on aurait cru de la laque.

Rock, après lui, a donc glissé dans des enfilades de pièces, croisé une bonne dizaine de madones, crucifix et saints de plâtre, devant lesquels, à chaque fois, Ouvrard s'est signé. Puis ils ont enfin atteint la grand-salle.

En dehors des longs rais de lumière orangée qui tombaient de ses lucarnes, la pièce était noyée dans une pénombre d'église. Des cierges brûlaient autour d'une statue de Jeanne d'Arc et des portraits des prêtres de la précédente mission. Ils avaient les yeux vides, les traits tirés, comme avertis de leur destin – leur tête avait roulé sous l'épée des lamas, qui s'étaient ensuite partagé leur cœur et leur cervelle et avaient bu leur sang.

Quand il traverse la pièce, le regard de Rock reste attaché au portrait. Il ne remarque pas les deux silhouettes vêtues à la chinoise, accroupies en lotus au pied des cierges ; et lorsqu'il note enfin leur présence, comme elles sont penchées au-dessus d'un livre et qu'elles marmonnent, il croit des hommes en prière et suspend donc son pas. L'un des inconnus lève alors les yeux. Il porte des petites lunettes rondes à monture d'acier : l'homme-putois.

Dans la seconde, Rock se retrouve en posture d'affût comme s'il était encore dans la montagne, à guetter le passage d'un ours ou d'un faisan. Et ses yeux ne tardent pas à percer la pénombre : l'homme qui le scrute derrière le cerclage d'acier de ses lunettes n'est pas le Putois, mais un jeune lama – qu'est-ce qu'il peut bien trafiquer dans cette mission ?

Il se retourne vers Ouvrard qui lui-même s'est figé. À nouveau, il fixe les deux inconnus accroupis entre les cierges. La seconde silhouette se déplie déjà. Voici qu'elle s'avance vers lui. Une femme. Une Blanche. Accoutrée en Chinoise.

Petite, massive, le regard dur, la cinquantaine. Poitrail de chanteuse d'opéra. Un peu moins laide, elle pourrait passer pour Melba. Mais très vive, très alerte. Et cet air de reine.

Puis cette façon de se planter devant lui de toute sa rombière et si mal attifée personne – veste de pauvresse, pantalon élimé à deux doigts de craquer sur ses grosses cuisses, chignon où elle a enserré à la va-comme-je-te-pousse une rebelle et blanchissante tignasse. Une de ces vieilles routières qui en ont tellement vu qu'elles vous jaugent à la première seconde.

Et cet œil-scalpel qui va droit aux deux détails que Rock a particulièrement soignés lorsqu'il a peaufiné sa toilette au bord du torrent : son foulard de soie grège, noué à l'anglaise, façon Ascot, et sa paire de derbys à bout golf que Chan-Chien a religieusement astiqués pendant qu'il était lui-même à se savonner. Selon la méthode qu'il lui a enseignée : à l'eau additionnée d'une goutte d'ammoniaque, puis au cirage sec et à la brosse en poil de chèvre de Mongolie.

La Blanche a manifestement reconnu le grand art, pour l'astiquage des chaussures comme pour le nœud de cravate : elle hoche la tête et consent un petit sourire. Une connaisseuse.

Alors, même si elle est vraiment hommasse, cette vieille Blanche, quasi laideronne, et tellement mal fagotée dans ses guenilles qui ont depuis longtemps oublié leur couleur, Rock, dès qu'elle s'approche de lui, claque des talons à l'autrichienne. Puis s'incline et se fend d'un baise-main.

La Française et lui ont passé huit jours à la Mission. Ils ont tout de suite su qu'ils partageaient le même élan. Celui des êtres qui veulent briser les limites du monde.

Mais la Française avait sur Rock beaucoup d'avance : au moment où il lui a tendu sa carte de visite et claironné comme il le fait toujours quand il tombe sur des Blancs : « Joseph Francis Rock, *National Geographic* ! » elle n'a pas bronché. Elle s'est contentée de prendre le carton et de le tendre à son petit lama.

Il n'a pas capitulé. Il a persisté à plastronner, à proclamer qu'il était chasseur de plantes ; puis il a entonné son sempiternel numéro sur ses contrats avec Harvard et son washingtonien Département de l'Agriculture ; et comme elle restait toujours aussi muette, il s'est senti obligé de préciser, en désignant les fenêtres d'où montaient les braiements des mules et les cris des Na-khis : « Je classe mes spécimens, je les emballe, je les expédie en Amérique, et je pars ensuite en reportage de l'autre côté du fleuve chez le roi de Muli. Il possède des mines d'or, vous savez ça ? Et il règne sur un territoire une fois et demie plus grand que le Massachusetts... »

La Française n'a pas davantage ouvert la bouche. Il a pensé qu'elle ne comprenait pas sa langue et lui a tendu une seconde carte. Comme la première fois, elle l'a fourrée dans la main de son lama à lunettes sans y jeter un regard ; et c'est seulement là qu'elle lui a demandé, dans un anglais parfait :

« Et après les terres de ce petit roi, alors, vous irez où ? »

À croire qu'elle avait compris qu'ils étaient de la même espèce, qu'il avait la bougeotte, qu'il ne s'arrêterait jamais.

Seulement, comment lui répondre ? Cette femme ressemble à la Nuit.

Ou plus précisément, si jamais la Nuit se parait d'un visage, ce serait le sien. Plus inavouable encore, elle aurait ses seins. Ce poitrail lourd de cantatrice. Et cette voix franche qui insiste : « Vous avez bien d'autres projets, vous n'allez pas rester à tournicoter dans le coin ! »

Mais impossible d'articuler un mot, sinon ces phrases en forme d'esquive : « Plus tard, madame. Je dois resdescendre. Mes hommes m'attendent. »

Ailleurs il ne se serait jamais livré. Mais l'endroit est si isolé. Et si fragile : trois minuscules chalets aux toits de pierres suspendus au-dessus des gorges et du bourdon glacé du fleuve ; et cette corde de misère tendue au-dessus des eaux perpétuellement en furie.

Depuis la rambarde qui clôture la cour de la Mission, on peut observer tout à loisir le manège de la nacelle où viennent se ligoter, au débouché de la route caravanière, nomades et paysans. Un grand coup de pied, et ils se retrouvent propulsés sur l'autre rive sans avoir eu le temps de comprendre s'ils sont morts ou

vivants, ni de jeter un seul regard, sous eux, aux maelströms d'écume d'où jaillissent de loin en loin d'éphémères arcs-en-ciel. Comment ne pas se sentir, en cet
instant, poussière d'ombre, écriture sur le vent ?

Depuis huit jours qu'ils cohabitent, Rock passe tout
son temps dans la cour de la Mission. Il s'étourdit de
numérotages, d'emballages, d'étiquetages, de colères,
de commandements, de cris, de sommations à ses Nakhis. La Française, elle, reste assise toute la journée
face à la fenêtre de sa chambre. Quand elle n'est pas
penchée sur des grimoires en compagnie de son lama
à lunettes, elle écrit.

À un moment ou à un autre, pourtant, il faut qu'elle
descende dans la cour ; et il ne sait trop comme, ils
finissent toujours par se retrouver accoudés côte-àcôte à la rambarde qui donne sur les tourbillons. Elle
fixe souvent l'amont des gorges, comme si son passé
s'y trouvait étranglé. Puis, tout à trac, elle se met à
parler. Lui ne dit rien. Il l'écoute sans jamais répondre.
Pour l'instant.

Elle lui narre ce qu'elle s'entête à nommer des « flâneries » : ses longues traversées des déserts d'herbe,
dans le Nord ; ses hivers dans des monastères ; et, parfois, les nuits qu'elle a dû passer dehors, pendant des
tempêtes de neige, en haut de cols dont il commence
à pressentir, grâce aux détails ou aux toponymes
qu'elle jette de loin en loin, qu'ils se situent à la lisière
du pays Golok.

Longtemps il se tait. Pendant plusieurs jours, le poitrail de chanteuse le maintient à distance ; et son curieux air de famille avec la Nuit. Mais un soir, il n'y tient plus :

« Là-haut... vous allez y retourner ? »

Il a eu l'œil fuyant, mais elle répond franco de port :

« Qu'est-ce que vous voulez que j'aille fiche là-haut ? J'en ai assez vu ! »

Et en vieille routière, elle perçoit sa manœuvre, car elle ajoute, à la fois péremptoire et narquoise :

« Ah, les Goloks ! C'est ça qui vous intéresse ! Mais vous n'allez pas me dire que vous n'êtes pas au courant, au *National Geographic* ! Les Goloks... ils ne laissent passer personne ! On ne s'en approche pas ! »

Rock ne perd pas son calme, cette fois. Il pianote la balustrade de l'air le plus désinvolte qu'il peut se composer, et se force à lui sourire :

« Bien entendu. Mais de ce côté-là... Le pays des dernières Amazones... Une femme comme vous ! Ça ne vous tenterait pas ? »

Elle le foudroie immédiatement :

« Amazones ! Cette foutaise ! »

Et elle se bute. Cependant, avant de repartir écrire, elle veut s'offrir ce qui semblait être son petit bonheur secret : depuis cette balustrade qui s'ouvre par temps clair sur des perspectives quasiment infinies, elle se met à contempler les monstrueux alignements de cimes que les Na-khis appellent « le Pays Interdit ».

Mais lui, en manière de petite vengeance, il tient à lui faire comprendre qu'il a vu clair en elle autant qu'elle a lu à livre ouvert en lui. Dès qu'elle se tourne vers les lignes de massifs, il grince :

« En tout cas, si vous voulez aller à Lhassa... Sans sauf-conduit, vous êtes morte ! »

Elle ne bronche pas, s'obstine à considérer ses montagnes en silence. Mais lui aussi, il s'entête :

« Ils ont des ordres. Ils ne laissent entrer que les Anglais... »

Elle coupe court :

« Je vous l'ai dit cent fois, je ne suis qu'une flâneuse. »

Puis elle abandonne la rambarde et regagne la Mission.

Il ne la reverra ni du lendemain, ni du surlendemain. D'après Ouvrard, elle est partie camper dans les montagnes. À l'aube, avec son petit équipement de voyage, et fidèlement suivie, comme il fallait s'y attendre, de son lama à lunettes. Elle a bien recommandé au prêtre de ne pas s'inquiéter : « Juste une petite excursion. Je serai là dans deux soirs. Je vais herboriser. Histoire de me changer les idées. »

Dès qu'il l'a appris, Rock s'est senti abandonné. Par habitude, il est plusieurs fois retourné à la rambarde mais à peine s'y était-il accoudé qu'il était pris de vertiges. C'est bien simple : il a fini par ne plus y aller.

Pourtant la Française est rentrée au jour dit. Il n'a pas cherché à lui cacher son soulagement : à la minute où il l'a vue apparaître derrière le premier chalet, il a couru vers elle. Elle ne s'en dissimulait pas, elle n'avait pas herborisé : comme son lama, elle ne rapportait ni fleurs, ni graines ni racines. Ils avaient dû aller reconnaître des sentiers.

C'est là que Rock s'est aperçu qu'en tout et pour tout elle ne promenait avec elle qu'un misérable sac en peau de yak arrimé à son dos par deux lanières de cuir. Il s'est exclamé : « Vous êtes folle ! » Elle lui a sobrement répliqué : « Non. Regardez. » Et elle lui a ouvert son sac avec un rire de petite fille. Elle semblait avoir oublié l'incident de l'autre soir.

Il n'en a pas cru ses yeux : à l'intérieur de cette pauvre peau, elle avait réussi à faire tenir sa tente, ses piquets, ses bols, ses cordes, une hachette, un carré de toile en guise de tapis de sol, des bols et une marmite en aluminium, plus deux objets que pour sa part, il

n'aurait jamais songé à emporter : un soufflet pour
enflammer la bouse de yak – elle assurait que c'était
un excellent combustible. Enfin, elle avait enfoui au
fond du sac une réserve de cuir, de façon, prétendait-
elle, à pouvoir ressemeler ses bottes à tout moment.

Et comme elle achevait son déballage, elle s'est
mise à inventorier avec le même rire enfantin les
maigres concessions qu'elle avait accordées aux us et
coutumes des Blancs : un couteau, deux revolvers, un
thermomètre et quelques médicaments. Il a répété :
« Vous êtes folle... »

Elle n'a pas dû l'entendre : elle se dirigeait déjà,
aussi guillerette que si elle s'en revenait d'une petite
promenade digestive, vers la porte où l'attendait
Ouvrard ; laissant Rock à ses hommes, mules, chevaux, caisses, malles et paquetages – qui occupaient,
eux, toute la cour de la Mission.

৩৯

Cette nuit-là, au clocher, le carillon rigoureux des
heures l'a empêché de dormir. Il n'a pas cessé de se
retourner dans son lit et a fini par se lever. À sa
fenêtre, la lune était pleine. Elle non plus ne semblait
pas décidée à le laisser en paix. Il est descendu dans
la cour.

Pendant qu'il s'en allait vers la rambarde, le vent
s'est levé. Sous les pins froids, les montagnes gron-
daient de toutes leurs cascades ; et lui, à chacun de ses
gestes, il haïssait jusqu'à son ombre.

Mais il n'a pas sursauté quand une autre ombre l'a
rejoint – il l'attendait de toutes ses forces. Sans se
retourner, il a senti son souffle dans son dos. Ses seins.

Un bref instant, il a espéré l'inespéré : que ce soit

la Nuit qui le visite, la Nuit faite femme. Mais non, le noir n'a accouché que d'une phrase platement humaine :

« Vous, vous avez rencontré Pereira. »

❧

Sous le choc, Rock vacille. La balustrade est solide, aucun risque qu'il aille rouler dans le précipice. La Française, pourtant, le retient par l'épaule. Puis, comme il continue de trembler, elle l'emmène doucement s'asseoir devant l'église, sur un petit banc de pierre. Où elle lui débonde d'un seul coup ce qu'elle a sur le cœur depuis qu'il lui a parlé, trois jours plus tôt, de la reine des Amazones.

« Son Royaume des Femmes, il en a bassiné tout le monde, Pereira, partout où il est passé. Alors, à votre tour, quand vous m'avez fait le coup des Amazones...

« J'ai dû être la première à qui il a parlé de son histoire. C'était l'an passé, fin juin, je crois, dans le Nord, à Jyekundo. Il était en route pour Lhassa. Il venait de la voir, sa montagne ! Il en était tout retourné. C'est sûr, il n'avait pas été victime d'un mirage. L'Amnyé Machen, j'en ai entendu parler mille fois dans les monastères, et tout ce que le Brigadier général m'a raconté correspond mot pour mot à ce que m'ont dit les lamas. Mais la reine des Goloks, c'est une bien autre affaire. Il en était malade, ce pauvre Pereira, de ne pas pouvoir filer tout de suite là-bas pour y voir plus clair...

« Il voyageait seul, il venait de débarquer dans ce trou perdu. Lui et moi, on y est bien restés bloqués cinq semaines, si ma mémoire est bonne. Je trompais le temps en écrivant. Lui, il n'arrêtait pas de dessiner des cartes. Le reste du temps, il me parlait de sa montagne et de la Reine des Femmes.

« Sur le coup, ça m'a distraite. Mais ensuite, partout où je suis passée, où Pereira lui aussi était nécessairement passé, les missions, les bureaux du télégraphe, les consulats, qu'est-ce que je sais encore ? quand j'ai parlé de lui, on m'a toujours fait la même réponse : "Ah ! Pereira ! L'homme qui veut aller discuter avec la reine des Amazones !" C'est là que j'ai compris que, dès qu'il tombait sur un Blanc, il trouvait toujours le moyen de lui caser son histoire. À la longue, les gens se sont donné le mot, et pour l'écouter il n'y a plus eu grand monde. Notez bien, on le respectait, le Brigadier général. Diplomate accompli, excellent espion. Mais au fait... vous le saviez, tout de même, qu'il était espion ?... »

La Française parle comme si Pereira était mort. Comme s'ils étaient penchés au-dessus de sa tombe à jeter chacun une pelletée de terre sur son cercueil.

Au fracas du fleuve se mêle maintenant la rumeur des pins. L'aube point, la lune se met à pâlir entre les mâchoires des montagnes. Des processions de pics se profilent, tous nimbés de nuées mauves. Rock frissonne, puis murmure :

« Il vient de repartir pour Lhassa.

— Il n'y arrivera pas. Mais pour revenir à votre histoire... »

La Française ne dit plus *son* histoire. Il doit être mort pour de vrai, le Brigadier général.

Des grues traversent le ciel, comme chaque matin. Elles s'en vont vers le nord-ouest, vers les éboulis, les pins décharnés, les montagnes vides, les cimes du Pays

Interdit. La Française les regarde passer au-dessus des pins – elle semble au bord d'une confidence. Puis elle se lève, saisit le bras de Rock, le pousse vers la Mission et bougonne :

« Il y avait beaucoup de vrai, la-dedans. On en trouve tellement, dans la région, de ces mondes où le Temps n'a pas bougé. Derrière chaque col, par-delà chaque montagne... Venez ! »

Sur les planchers aux reflets de laque, il lui emboîte le pas comme un enfant. D'un seul élan, docile et confiant. Ignorant les madones qui penchent sur lui, à chaque salle, leurs sourires de cire. Indifférent à la douleur des christs coagulés pour l'éternité dans leur sang de peinturlure. Il suit la Française en aveugle ; et son œil ne se réveille qu'au moment où, dans sa chambre, il la voit brandir le couteau et l'une des bottes de voyage qu'elle lui a montrés la veille.

D'une grêle précise de petits coups de lame, elle entreprend de la dessemeler. Puis ses doigts se font crochets, fouillent la laine qui tapisse le fond de la botte, d'où elle extrait bientôt un carnet, puis de minuscules rouleaux de papier translucide. Elle marmonne :

« Je cache toujours ce que j'écris. »

Elle va ensuite se poster à la fenêtre et examine ses paperolles. Elle y voit mal, elle les tient à bout de bras ; il lui faudrait des lunettes et le jour est encore faible. À force de se concentrer, cependant, de plisser les paupières, de se mordiller les lèvres, elle finit par tomber sur le passage qu'elle cherche et, d'un index autoritaire, le désigne à Rock :

« Lisez ! »

Pendant tout ce beau travail, elle n'a pas remarqué

qu'en fouillant dans la laine des bottes une feuille a glissé de son carnet. Un programme de théâtre, avec la photo d'une cantatrice en costume de scène, assortie d'une légende : « *Alexandra Myrial, Lakmé, Tunis, Opéra municipal* ».

À Rock, forcément, rien n'échappe : sous les cascades de dentelles et de perles, il reconnaît sur-le-champ le poitrail de la Française ; et, à trente ans de distance, son regard translucide et sec.

Il relève la tête. Elle n'a rien remarqué.

À présent qu'il commence à déchiffrer son bout de paperolle, malgré toute sa passion pour ce qu'il découvre, il ne peut s'empêcher de penser qu'elle devait être exécrable, sur scène, cette Alexandra Myrial dont il aperçoit toujours, dans l'angle le plus extrême de son champ de vision, la désuète photo au décolleté emperlouzé. Et il la préfère infiniment dans le rôle qu'elle joue maintenant sous ses haillons chinois, à gauche de la fenêtre, ferme, dure. Guettant de son œil qui n'a jamais connu les larmes, non des vivats qui ne viendront jamais, mais un avenir tout en glaciers et falaises – les pics énigmatiques du Pays Interdit.

MANUSCRIT D'ALEXANDRA DAVID-NEEL

« Je traversai le pays peu après l'écrasement des Goloks. Les campements n'étaient plus que cendres (...). Pendant longtemps, les Goloks ont été gouvernés par une reine. Ses sujets la tenaient pour l'incarnation d'une déesse. La ligne de succession s'établissait de la façon suivante : la reine se mariait et, invariablement, elle n'avait qu'un seul enfant : une fille. Celle-ci régnait après sa mère, donnait naissance et ainsi de suite, de génération en génération.

Il a été rapporté que lors de leur expédition, les Musulmans chinois s'étaient emparés de la reine et l'avaient liée sur un radeau qu'ils avaient poussé dans le courant rapide du Fleuve Jaune. Était-ce vrai ? La reine avait-elle péri ? Les renseignements qu'on obtenait étaient contradictoires.

Ce que je sais, c'est que le général anglais George Pereira, après avoir été à Lhassa, revint en Birmanie puis au Yunnan, disant qu'il allait se rendre chez les Goloks pour s'entretenir avec leur reine. Ce pouvait être la fille de celle qui s'était noyée. »

Rock est parti le surlendemain, après l'arrivée des nomades qui devaient acheminer ses paquets de plantes séchées vers le sud, puis les charger sur un train à destination de Shanghai. Lui, comme prévu, il s'en allait de l'autre côté des montagnes, explorer le royaume de Muli.

Au moment de partir, il a voulu remercier la Française de lui avoir montré ses paperolles. Une fois de plus, elle était postée à la rambarde en surplomb sur les gorges. Il s'est accoudé à côté d'elle et, sans un mot, lui a tendu deux lettres où il la recommandait aux dirigeants du *National Geographic*.

Elle n'avait rien sollicité. Pourtant, elle n'a pas paru surprise. Seulement émue. Mais dans une région d'elle-même qu'elle n'a pas tenu à dévoiler : elle s'est bornée à parcourir les deux feuillets, puis les a enfouies dans une de ses poches avec un petit sourire contraint. Comme elle aurait fait d'un cadeau charmant et parfaitement inutile. C'est ainsi que Rock a compris qu'ils n'avaient plus rien à se dire. Ils étaient l'un et l'autre happés par l'appel de la solitude. Rejoints par la loi du voyage : ne plus se voir. La grâce était passée.

Il a alors eu le même réflexe qu'au moment de leur

rencontre : il lui a fait un baise-main. Aussi rigoureux
que le premier, à l'autrichienne, talons claqués. Façon
de lui signifier qu'à son tour, il s'en retournait dans
son monde à lui.

Quand il a relevé les yeux, il a vu qu'elle était tendue, comme à bout de patience. Il s'est dit qu'elle
n'attendait que son départ pour filer ; il s'est même
demandé si elle allait vraiment à Lhassa. Du coup, il
est parti le premier. Mais au bout d'une heure de route,
quand il a atteint le haut des falaises, au lieu de
prendre le chemin de Muli, il a arrêté sa caravane : il
voulait s'assurer qu'elle se rendait bien, comme il
avait cru le deviner, au Pays Interdit.

À la fin de la journée, il ne l'avait toujours pas
revue. Il a donc ordonné aux Na-khis de dresser les
tentes pour la nuit sur la plate-forme rocheuse où il
s'était posté – un terrain détestable, très pentu,
constellé d'éboulis. La nuit est tombée sans qu'elle
réapparaisse. Une fois de plus, il a mal dormi. Il n'arrêtait pas de passer d'un engourdissement absolu à un
état de veille qui n'était pas la veille, mais une sorte
d'hébétude inquiète, à fleur de conscience, où il voyait
danser devant lui, comme six mois plus tôt, les crypto-
grammes des manuscrits. Jamais leurs interminables
lignes de signaux ne lui avaient paru plus indéchif-
frables.

Et soudain, dans l'entre-deux-eaux de ce mauvais
sommeil, il s'est senti traversé par ce qui lui a semblé
une décharge électrique, et il s'est retrouvé assis sur
son lit de camp, au plus fort d'une suée, la nuque
raide, le torse palpitant, possédé des pieds à la tête par
une évidence dont il ne comprenait pas comment elle
avait pu s'enchaîner aux frises de yaks, buffles,
flèches, falaises, spirales, rectangles et montagnes qui

n'avaient pas cessé, jusque-là, de dérouler en lui leur sarabande incohérente : ce qui venait de le saisir, c'était une pensée de Blanc.

Claire et violente, comme toutes les pensées de Blancs. Il venait de s'aviser que *son* histoire, comme la Française avait eu le bon goût de la nommer, avait deux héros – ou plutôt deux héroïnes. La première, la montagne inconnue. Et la seconde, la reine des Goloks.

Il pouvait donc en tirer deux fois de l'argent. À condition de trouver deux acheteurs, chacun pour une moitié de l'histoire.

Il les avait.

≈

Comme sur la plage de Honolulu, lorsqu'il a eu l'idée de se trafiquer un faux diplôme, Rock se met alors à calculer, ourdir, machiner et imaginer. Mais, cette fois-ci, pas le moindre flou dans son rêve. Il le déroule dans les moindres détails. Il n'entend plus, derrière sa toile de tente, la montagne qui continue de gronder de toutes ses gorges et cascades : le monde est ici, sous cette tente, circonscrit au seul cercle de lumière que dessine sur le tapis de sol la lampe à kérosène ; et c'est lui, Rock, qui tire sur les ficelles qui le font tourner.

Toutes les ficelles, y compris celles de son propre personnage. Il est à lui-même son pantin. Et il y croit, à son Grand-Guignol. Il s'y voit.

Il est assis dans un bar ultra-chic d'un club de Boston. Devant un porto-flip – des années qu'il n'en a pas bu. De sa plume alerte et facile, il rédige une belle lettre à Charles Sprague Sargent, digne et chenu directeur de l'Arboretum de Harvard.

Dans un savant mélange de sobriété et de lyrisme, il lui dresse l'inventaire des merveilles botaniques que ne peuvent manquer de receler, selon lui, les forêts d'un massif montagneux inconnu à ce jour. Pour ne pas compliquer son dossier, il choisit de simplifier le nom de la montagne. Au lieu de cet Amnyé Machen si difficile à prononcer, il écrit : *Amne Machin*.

Ce sont des nomades, ajoute-t-il, qui lui ont signalé l'existence de ce massif et la richesse de sa flore. Il a ensuite consulté l'ouvrage de Woodville, où il a trouvé confirmation de leur dire. Et des cartes. Bien entendu, pas un mot sur Pereira.

À la fin de la lettre, juste avant les salutations d'usage, Rock lâche à Sargent qu'il compte aussi démontrer, par des méthodes scientifiques éprouvées, que ladite montagne pourrait bien se révéler plus haute que l'Everest. Mais sans insister, l'air de rien.

Et rideau, passage immédiat à la scène suivante : Rock se trouve maintenant à l'Arboretum, dans la bon

lieue de Boston. Le même Sargent, au comble de l'excitation, l'introduit dans son laboratoire. Au milieu
d'un capharnaüm de racines, lianes, lichens, arrosoirs,
microscopes, bocaux et spécimens en pleine germina-
tion, le savant directeur accepte de commanditer son
expédition vers la montagne inconnue. En contrepartie, Rock s'engage à répertorier sa faune et sa flore
selon les strictes méthodes de la science. Car le finan-
cement de Sargent, qui a en sainte horreur ses articles
dans le *National Geographic*, ne va pas sans conditions. Dans sa langue désuète et ampoulée de vieil uni-
versitaire, il tonne : « Une fois pour toutes, foin des
concessions aux sirènes du sensationnalisme ! »

Mais pour une fois, cette hargne arrange Rock. Il en
use comme de la jalousie d'une femme, feint d'y céder
et de battre en retraite, murmure d'un air contrit : « Je
vais aller au *National Geographic*, je vais rompre avec
ces gens-là. » Sargent triomphe. Si bien appâté, déjà,
par l'histoire de la montagne – contaminé, à son tour,
en somme, par la maladie de son visiteur – qu'il sort
immédiatement de sa blouse un carnet de chèques et,
d'un seul trait de plume, lui aligne des milliers de dollars. Entre dix mille et vingt mille, estime Rock, qui,
du même coup, se propulse sur une nouvelle scène,
celle du *National Geographic* à Washington.

Cette fois, le bureau est immense et extrêmement
luxueux : cheminée monumentale, colonnes de
marbre, lambris de bois tropicaux, plafond à caissons,
miroirs sertis de chrome, rideaux de velours. Au bout
d'une immense table d'acajou massif et sous les portraits de tous les hardis entrepreneurs qui, depuis Bell,
inventeur du téléphone, ont fait la fortune de la revue,
Rock décrit les merveilles photographiques qu'on est
en droit d'attendre d'une terre où jamais un seul Blanc

n'a réussi à pénétrer : le Royaume des Femmes, à la lisière de la Chine mystérieuse et du Tibet interdit.

Le président du *National Geographic* est de la même trempe que ce qu'à leurs portraits on peut deviner de ses prédécesseurs : sportif, enthousiaste, bouillonnant, et surtout riche à millions. Mais il est aussi de ces Américains qui, pour être assis sur des himalayas de dollars, ne lâchent jamais un seul *cent* au hasard. Rock cependant ne se trouble pas. Avant de venir, il a pris soin de se mettre sur son trente et un et lui sert sans vergogne la même histoire qu'à Sargent : un matin, après une tempête de neige, des nomades lui ont révélé l'existence, à quelques centaines de kilomètres de son camp, d'un pays inexploré. Au président de la revue, au lieu de plantes inconnues, Rock préfère évoquer un royaume perdu : les vallées reculées, cachées au bout de longs défilés, où vivrait la reine des Goloks. L'une des dernières survivantes, à n'en pas douter, du peuple des Amazones.

Plus le récit s'avance, plus le président se fige. Il est médusé, étourdi, ébloui – ainsi qu'avec Sargent, Rock sent qu'à chaque mot il lui instille un peu de sa maladie. Mais, avec ces hommes-là que le dollar commande, le doute peut surgir à tout moment. D'une main élégamment désinvolte, Rock abat donc très vite ses cartes maîtresses : il fait glisser sur l'acajou de la table le texte dactylographié des annales des Sui et des T'ang, puis l'extrait qu'il a recopié d'après le manuscrit de la Française.

Le président du *National Geographic* s'en empare et les lit. Quelques instants plus tard, comme Sargent à Boston, sa décision est prise : il lui tend un énorme chèque, contre la commande d'un reportage exclusif

sur le Royaume des Femmes ; et, dans son enthousiasme, raccompagne Rock jusqu'à la sortie.

Les voici donc côte à côte dans le solennel escalier
de marbre du journal. Sous la fresque où un hydravion
survole en rase-mottes un paysage de banquise, Rock
s'arrête pour glisser à l'oreille du président : « Et, surtout, motus ! Pas un mot à qui que ce soit ! » L'autre
lui jure tout ce qu'il veut. Que ne donnerait-il pas pour
exhiber à la une de sa revue un cliché exclusif de la
dernière reine des Amazones... !

Épilogue de ce petit théâtre de marionnettes : Rock
vole à sa banque encaisser les deux chèques.

Mais il ne va pas plus loin que le seuil de ce digne
établissement : à force de tirer sur les ficelles de ses
pantins, il s'est affalé sur son lit de camp. Et il dort à
présent d'une respiration profonde et régulière. Il ne
sent même pas le froid : il ne cherche pas l'abri de
son sac de couchage. Il est intouchable, invulnérable.
Comme ceux qui viennent d'être élus par la gloire. Et,
davantage encore, bénis par les forces de l'Argent.

❧

Son scénario a dû le poursuivre bien au-delà du
sommeil : au matin, quand Li-Su, glissant à chaque
pas sur les éboulis glacés par le premier givre d'automne, vient chuchoter à la porte de sa tente qu'il y a
du nouveau sur le sentier, il ne comprend pas de quoi
son boy parle.

Il est pourtant bien réveillé : à sa table qu'il vient
de déplier, il a commencé à dresser une liste exhaus-
tive du matériel indispensable à son expédition.
Comme s'il venait vraiment d'empocher les deux

chèques de sa petite saynète. Il n'a même pas songé à son breakfast.

Fusils et colts automatiques, manteaux d'aviateur fourrés de duvet, tentes spéciales pour développer les photos, caisses de lait condensé, boîtes de corned-beef et de chocolat en poudre, gramophone à batteries — assez de tournicoter sottement des manivelles ! —, malles de chez *Kennedy Kits*, plaques autochromes des frères Lumière : il inventorie tous les objets que l'homme blanc, dans ses usines et ses laboratoires, a imaginé pour effacer des cartes les ultimes territoires où il n'a pas encore étendu son emprise. Une liste où il déploie une telle ardeur technique qu'il ne consent à relever la tête qu'après avoir tracé les derniers mots qui lui tiennent à cœur : « théodolite » et « baromètre anéroïde ».

Et encore, c'est parce que le jeune Na-khi, en contravention à tous ses ordres, a fini par pénétrer sous sa tente ; et qu'il s'est agrippé à sa table pour répéter son murmure affolé :

« Luo Boshi, la vieille femme et son lama... Luo Boshi... Ils passent en bas... »

Dans le double cercle de ses jumelles, Rock observe la Française. Précédée de l'allègre petit nuage de son haleine, elle trottine exactement comme aux alentours de la Mission : droite et alerte, sans flancher malgré le glacis de givre qui étincelle tout au long du sentier.

L'immuable lama à lunettes la suit. Au bout du chemin, elle prend sans hésiter la piste caillouteuse qui s'accroche aux falaises pour rejoindre les cols du Nord-Ouest. Elle part bel et bien pour Lhassa. Avec les secrets qu'elle continue de cacher dans la laine de ses bottes. Et peut-être – pourquoi pas ? – des cartes dressées par Pereira.

En tout cas, elle n'a pas pris la route du Royaume des Femmes. Elle s'est enveloppée d'une houppelande de mendiante, enduit les joues et les cheveux au cirage noir. C'est au profond d'elle-même qu'elle transporte l'esprit des Amazones.

Et, il ne sait pas pourquoi, ça le met en fureur. Dans ce rôle de pouilleuse aux yeux hantés par les esprits des montagnes, il la trouve encore plus exécrable qu'en costume d'opéra. Avant un mois, il en est sûr, son corps aura roulé au fond d'un torrent, s'il n'est pas déjà congelé entre les dents d'un glacier. Il en a froid pour elle. Il s'entend grincer : « Tout ça pour un couac dans *Lakmé* ! » Mais il a beau pester, il continue de grelotter.

Alors il abaisse ses jumelles, appelle Li-Su et lui commande de faire bouillir sur-le-champ les trois marmites d'eau requises pour son bain chaud.

ور

Comme chaque matin quand commencent les premiers froids, il se lave à l'abri de sa tente, dans le tub qui le suit où qu'il aille, arrimé au flanc d'un de ses yaks ou à l'arrière de sa chaise à porteurs, aussi fidèle à son sillage qu'à celui de la Française le lama à lunettes.

D'ordinaire, c'est le moment le plus délicieux de la journée, avec celui où il écoute son gramophone. Du reste, en se lavant dans ce tub, il éprouve la même délectation qu'avec ses opéras. Grandeur de l'ouverture quand, du bout du pied, il y entre, se tortillant d'avance de l'instant mi-jouissif mi-douloureux où ses orteils vont rencontrer l'eau brûlante. Long chant symphonique du savonnage et du récurage méthodique de chaque millimètre carré de ses précieux épiderme et muqueuses. Enfin le grand air : l'instant où, d'un souple coup de broc dans une marmite posée à côté du tub, il verse l'eau attiédie qu'il exige pour son rinçage. Des sources où les Na-khis l'ont puisée, elle garde souvent un parfum de mousses, racines, sèves et sables ; si puissant que sa peau s'en imprègne. L'essence même de la force de la montagne. Il y trouve assez d'énergie pour tenir jusqu'à son second bain, celui du soir.

Mais, aujourd'hui, dès que Rock s'assied dans le tub et fait gicler l'eau sur son torse, son dos, ses épaules, cet arôme a l'effet inverse : il ne l'a pas reniflé qu'il se sent étreint d'une mélancolie profonde. Ce qui lui manque, tout soudain, c'est l'odeur de chaufferie poussée à bloc des hôtels américains. S'enchaînent alors sans préavis, en désordre et en masse, des souvenirs de salles de bains.

Et plus moyen de jouer les marionnettistes : il est pétrifié au fond de son tub. Tout entier livré aux images qui remontent en lui. La salle de bains du *Fairmont Plaza*, à Boston. Celle du *Chancellor*, à San Francisco, du *Samoset*, à Rockland, du *Mc Alpin* et du *Schuyler*, à New York.

Toutes puissamment carrelées, chromées, vitrifiées. Avec les mêmes radiateurs massifs et d'identiques tapis de caoutchouc ; et ces longues rampes, au-dessus de leurs glaces étincelantes, qui dégoulinent nuit et jour de blanche électricité.

Alors, sans plus rien sentir du soleil qui, derrière la toile de tente, commence à dissoudre les cristaux de givre et délivre, entre les éboulis, les premières essences de gentiane et de pin, il jaillit de son tub, nu comme il est, pour s'emparer du stylo qu'il a abandonné en bas de sa liste ; et, à grandes boucles précipitées, juste en dessous des mentions « théodolite » et « baromètre anéroïde », il inscrit : « Catalogue de camping d'*Abercombie & Fitch* : voir pour baignoires gonflables ».

16 juillet 1924 – Lettre de Joseph Rock
au Professeur Charles Sprague Sargent, directeur
de l'Arnold Arboretum, Jamaïca Plain, Boston

St Botolph Club
4 Newbury Street
Boston

Cher Professeur Sargent,

   *Suite à votre demande, cette lettre a aujourd'hui
pour objet l'expédition que nous envisageons en Asie.
À la lumière de mes expériences passées en Chine,
j'ai consciencieusement réfléchi à l'équipement requis
pour une telle exploration, tout spécialement dans une
région dont nous ne savons à peu près rien. Je suis
arrivé à la conclusion que les frais prévus pourvoiront
naturellement aux nécessités du terrain, et ce, pour la
durée que nous comptons rester sur place. Je propose
d'engager une fois encore mes opiniâtres collecteurs
de plantes – ils sont vraiment familiarisés avec le travail d'empaquetage des spécimens et le ramassage des
graines, etc. Ils ont une connaissance approfondie du
tibétain, parlent chinois et na-khi. Mon cuisinier sera
également disponible. Je pense que cet adjoint est une*

bonne recrue, d'autant qu'il est à moitié tibétain et qu'il parle couramment le tibétain, le na-khi et le mandarin. Ces qualités nous éviteront d'engager un interprète tibétain. Je pourrai m'arranger pour que ces hommes me rejoignent à Yunnanfu, ville desservie par un train en partance de Haiphong.

L'équipement devra être acheté ici (aux États-Unis) et consistera en deux tentes larges et solides, une carabine et plusieurs colts automatiques afin que nous puissions nous protéger contre toute apparition sauvage. De même, nous aurons besoin d'appareils photographiques, de pellicules, de matériel de développement, etc. Je propose que nous achetions des lampes, des coupe-vent étanches, des manteaux doublés de duvet pour les régions nord du Kokonor, qui sont battues par le vent. Le tout aussi bien pour moi que pour mes hommes.

Il est à signaler que l'expédition que nous envisageons devra faire l'acquisition de bêtes de trait – yaks ou chameaux, selon le terrain. Tout le reste du matériel peut être acheté à Shanghai. L'avance nécessaire à la première année d'expédition (prix de l'équipement et salaire du chef inclus) est d'environ 14 000 dollars, et de 12 000 dollars pour chaque année suivante. Je sollicite un salaire de 500 dollars par mois. Il me permettra d'assurer ma subsistance sur le terrain, à l'exception des transferts en Chine, étant bien entendu qu'à Shanghai ou à Pékin je devrai loger à l'hôtel.

Je propose que nous explorions l'Amne Machin. Les montagnes au nord-ouest de Hsimming[1] serviront de base à l'expédition jusqu'à ce nous puissions envisager de pousser l'exploration vers le Turkestan chinois

---

1. Xining.

de la chaîne de l'Altaï. Le cas échéant, à votre sou-
hait, je pourrai même aller en Perse. Pour atteindre
dans de bonnes conditions l'objectif que nous nous
sommes fixé, un tel voyage durera au bas mot quatre
ans.

J'espère sincèrement avoir le privilège de conduire
cette expédition dans les régions inconnues de l'Asie
pour le compte de l'Arnold Arboretum. Je ferai l'im-
possible pour la mener à bonne fin. J'espère que vous
m'informerez rapidement de votre décision ; je suis
prêt à entreprendre cette aventure dès le prochain
mois d'octobre.

Très sincèrement vôtre,

Joseph Rock

PS : Jusqu'au 26 de ce mois, je suis joignable au
Samoset Hotel de Rockland, et ensuite au National
Geographic, *à Washington.*

৩৯

18 juillet 1924 – Réponse du Professeur Charles
Sprague Sargent à Joseph Rock, Samoset Hotel,
Rockland, Maine

Cher Monsieur Rock,

J'ai lu avec attention votre lettre du 16 juillet der-
nier. Vous parlez de 14 000 dollars de dépenses pour
la première année, et de 12 000 dollars pour les sui-
vantes. Je n'y vois pas très clair, puisque vous écri-
vez : « Le montant nécessaire pour la première année
(prix de l'équipement et salaire du chef inclus) s'élève
à 14 000 dollars. » Plus loin, vous dites attendre « un

salaire de 500 dollars par mois ». Soit donc 6 000 dollars en plus des 14 000 prévus, ce qui porte le total à
20 000 dollars. Si c'est le cas, qui est le chef de cette
expédition et qui empochera les 6 000 dollars supplé-
mentaires ? Pour ma part, je tiens pour évident que
vous serez ce chef.

Si le prix de cette expédition, votre salaire inclus,
est de 14 000 dollars pour la première année et de
12 000 pour les deux suivantes, je pense que vous pouvez conduire une expédition qui s'étalera sur trois ans,
mais, en revanche, si le prix est de 20 000 dollars ou
de 18 000, c'est plus que nous ne pouvons vous offrir.

Mon idée est la suivante : vous passerez la première
année au pied de l'Amne Machin au Tibet, sujet qui vous
passionne. La deuxième année, j'aimerais que vous
vous intéressiez au pays de Richthofen au Kansu, ou,
pourquoi pas, vous pourriez passer la première année
au Kansu, pays qui m'intéresse personnellement beaucoup. Vous emploieriez la troisième année à explorer le
versant sud de l'Altaï, région à partir de laquelle vous
pourriez facilement prendre la route du retour en
empruntant le chemin de fer transsibérien, soit vers
l'est, soit vers l'ouest. Vous laisseriez ainsi de côté la
route longue et difficile qui mène en Perse, laquelle
devrait faire l'objet d'une expédition particulière.

Je pense qu'entre Rockland et Washington vous
feriez mieux de vous arrêter ici pour que nous ayons
une discussion approfondie. J'espère ardemment que
nous trouverons un arrangement et que nous convien-
drons d'un plan.

Sincèrement,

Le Directeur

9 août 1924 – Extrait d'une lettre de Joseph Rock au Professeur Charles Sprague Sargent

(...) Mes engagements avec le National Geographic prendront fin le 15 de ce mois. Je n'ai plus aucun lien avec le Département de l'Agriculture, sinon de façon honorifique. J'aimerais connaître la nature de mon titre et de ma fonction à l'Arnold Arboretum.

Pour le contrat et le chèque, il n'y a aucune urgence mais j'aimerais les avoir d'une façon ou d'une autre avant de partir pour San Francisco.

J'espère que ce courrier vous satisfera, et je reste fidèlement vôtre,

J.F. Rock

PS : Si je subis une attaque de brigands et qu'on vole l'argent liquide convoyé par ma caravane, m'en tiendrez-vous pour responsable ?

Le Prince

(Choni, 21-24 avril 1925)

C'est donc ainsi : un pont de planches tendu au-dessus d'un gros torrent. Sur l'autre rive, là où la route reprend, des jardins en terrasses, jusqu'aux deux tiers de la montagne. Orangers, pommiers, abricotiers, bosquets d'épicéas, champs d'orge. Ensuite, les sommets nus. Y paressent de longs lambeaux de neige. À l'est, autour du conglomérat de masures que le nomade, en tête de la caravane, vient de nommer « la Ville Neuve », un long et épais ruban ocreux : la muraille.

Après une porte monumentale, le rempart grimpe à l'assaut d'un éperon de roches. « La Vieille Ville », poursuit le guide. Il a changé de ton. Il y a maintenant du respect dans sa voix.

Grand soleil. Netteté extrême des formes. Ciel d'un bleu dru, comme toujours à cette altitude lorsqu'il fait beau temps. Sous la veste, la main cherche le gousset de la montre. Midi pile. Pas moyen d'imaginer arrivée plus parfaite. Et l'exactitude est partout : dans la franchise des coloris, la précision des lignes, la transparence de l'air. Jusqu'au sabot du cheval qui se met à sonner clair sur le chemin – la route est pavée, à présent qu'on approche de la porte de pierre flanquée sur le rempart.

La bête trotte le col haut, secoue de temps en temps

sa crinière comme si c'était parade dans les rues de Vienne, un dimanche après-midi, sous les yeux de la populace bon public et des archiduchesses tout en chapeaux et perlouzes. Du haut de sa selle, au long des sept ou huit cents mètres qui le séparent encore de la porte, Rock prend possession du paysage en son entier. Son œil le parcourt, le reparcourt. Puis va se ficher sur l'éperon rocheux.

Mer de faîtières. Elles enchevêtrent leurs arêtes et leurs teintes enfantines : bleu, jaune, rouge, vert – couleurs de boîte à crayons. Temples par dizaines. Tuiles vernissées, toitures plaquées d'or fin. Et toute cette lumière d'ambre qui leur pleut dessus depuis le zénith.

Éblouissement. La splendeur crève les yeux, les paupières clignent, la respiration se bloque, le cœur en oublie de battre. De la beauté de Choni Pereira n'avait rien dit.

Mais lors de ses voyages, le Brigadier général s'était-il jamais arrêté à la beauté du monde ? La voyait-il seulement ? Il s'était voulu espion, borné à son métier d'espion : relever des distances, des altitudes, des toponymes, inventorier des ressources, dresser des cartes. Il avait avancé à perte de vue, jamais retenu par rien : au repos, sa jambe bancroche se serait instantanément rappelée à lui, l'aurait contraint à débobiner le parcours de sa vie, l'isolement hautain où il s'était enfermé, ses hauts faits de guerre seulement récompensés d'un grade et de deux médailles ; et la célébrité qui, malgré toutes ses prouesses, lui avait constamment échappé. Alors il avait couru de steppe en steppe, de désert en désert, remonté des dizaines, des centaines de vallées, gorges, fleuves, torrents, canyons, rien que pour les traverser, rien que pour les remonter. En aveugle qui a choisi de l'être. Pour ne pas avoir à s'arrêter. Seule la montagne inconnue, le temps d'un matin, avait pu le figer.

୬

La minute est trop puissante, le ciel trop pur pour ressusciter sa sinistre mémoire. Pourquoi chercher son ombre à celle de cette ville ? Pourquoi, face au rempart, redessiner sa silhouette efflanquée, les pans flasques de son manteau de pluie ? Les pavés usés par les caravanes luisent dans le grand soleil, le cheval piaffe – voici bientôt la porte de la ville.

Rock resserre la bride sur le licou de sa bête. Demain, il se le jure, à la même heure, ici, au débouché du pont de planches, sous le bosquet de peupliers – *Populus simonii Carrière*, rarement observé des spécimens d'une taille pareille, jamais vu branchages aussi fournis et vigoureux –, il criera « Phô-tôôôôh ! » à ses douze Na-khis qu'il aura alignés devant son objectif en ordre de bataille comme il a fait à chaque étape cruciale du voyage, avant chaque bond dans l'inconnu.

Mais, demain, au moment d'appuyer sur la poire du déclencheur, il fera sienne aussi la beauté de Choni. Ces lignes sèches, ces teintes franches. La tranquille évidence de cet éclat. Cette beauté qu'il n'attendait pas. Cette paix.

Car il peut bien se l'avouer, maintenant qu'approche l'ombre épaisse de la muraille : il n'a jamais rêvé de Choni. Rien espéré, rien imaginé. S'il a fait ce détour, s'il s'est risqué à traverser, malgré les menaces des brigands, le grand désert d'herbe puis les canyons sauvages qui contournent le pays de Tebbu, c'est uni-

quement pour son prince. Sur la foi de trois phrases
lâchées par le Brigadier général, il y a deux ans, à la
fin de leur pique-nique sur les sommets de Tengyueh.
Tout son plan repose sur les mots que Pereira a eus
après qu'il l'eut si bien étourdi de champagne, cigares
et Caruso. Il s'en souvient comme d'hier : « Chic type,
le prince de Choni. Il adore les étrangers, et davantage
encore nos inventions. Je lui ai offert ce que je trimbal-
lais de plus précieux : une de mes deux torches électriques. »

Comme chaque fois qu'il se remet à ressasser ces bribes de souvenirs, Rock s'en va tâter, sous sa canadienne, une petite housse de toile imperméable.

Huit mois plus tôt, juste avant de sauter dans l'express New York-San Francisco, il l'a fait coudre à même la doublure de laine par un employé d'*Abercombie & Fitch*.

Lorsqu'il a déboulé dans le magasin, il a bien senti que les vendeurs n'étaient pas surpris de le voir réapparaître, fût-ce à deux heures de son départ : les articles les plus saugrenus, le matériel qu'on ne stocke qu'en deux ou trois exemplaires – la baignoire gonflable, par exemple, les chaussures de marche en peau d'élan, le théodolite pour mesurer les altitudes, les lunettes de glacier qui se replient par le milieu et n'occupent ainsi, dans leur étui, pas plus de place qu'un monocle –, c'est lui qui les a achetés. Mais, à chacune de ses précédentes visites, Rock a mis son point d'honneur à parcourir, avec froideur et méthode les rayons de « la Mecque du camping », comme il a désormais surnommé l'établissement. Et bien pris soin de passer ses commandes avec le détachement des clients habituels du magasin, les richards de la Côte Est qui viennent s'y fournir en attirail pour la chasse à l'ours et matériel de pêche au saumon. Même quand il a fait l'acquisition de la baignoire gonflable, même quand il a réclamé qu'on lui confectionne sur mesure des tinettes de campagne, taillées dans le même tissu que ses tentes, et soutenues par exactement le même type de piquets.

Seulement, comment garder son calme, l'après-midi qui a précédé son départ, quand il a dû revenir en catastrophe à « la Mecque du camping », comment ne pas suer, haleter, après le télégramme reçu de Boston à l'instant même où il quittait son hôtel ? Trop d'émotion, vraiment : « ÉDITION IMMINENTE RÉCIT DE VOYAGE PAYS GOLOK – AUTEUR GEORGE PEREIRA EXPLORATEUR ANGLAIS – VOUS L'ADRESSE DÈS PUBLICATION »

Le câble était signé de Sargent, le directeur de l'Arboretum. Lorsqu'il passa le seuil d'*Abercombie & Fitch*, Rock était au plus beau d'une crise de tics.

Des mois que ses convulsions faciales le laissaient en paix. Des mois aussi, il faut bien le dire, qu'il ne pensait plus à Pereira. Plus aucune nouvelle de lui.

Et tellement de choses à faire depuis qu'il était en Amérique. Budget, négociations, matériel, listes – au fil des jours, elles n'avaient cessé de s'allonger. Penser à tout. C'est-à-dire, nuit et jour, à une foule de minuscules riens.

Il y eut aussi, au moins deux fois par semaine, ces foucades qui lui tombèrent dessus. À la seconde où elles le saisirent (pas d'autre mot, il ne fut plus lui-même, dans ces moments-là, il ressembla à un possédé, il ne fut pas loin de l'état des sorciers en transe qu'il avait observés et photographiés à Nguluko), elles engloutirent toutes ses réserves de calcul, de préméditation, d'imagination et d'énergie. Jusqu'à ce qu'il ait obtenu exactement ce qu'il voulait, comme il le voulait.

Les tinettes de campagne en ont été l'exemple le plus criant. Mais il a aussi fait confectionner sur mesures, au millimètre près, une mallette de cuir pour y ranger les quatre paires de chaussures de ville qu'il a emportées dans le massif inconnu, avec l'arsenal de brosses, peau de chamois, cirages et graisses diverses, seules habilités à leur assurer en toutes circonstances un poli irréprochable ; et ces deux caisses spéciale-ment aménagées et douillettement molletonnées pour entreposer les bouteilles de tokay, champagne et vieux porto qu'il comptait bien aussi transbahuter jusqu'au pays de la Reine. Comment, dans ces conditions, pen-ser à Pereira ?

Seule la Française, pendant tout ce temps-là, a réussi à se rappeler à son bon souvenir, alors qu'il la tenait pour morte, depuis qu'il l'avait vue s'évanouir au bout de la sente couverte de givre qui menait aux cols du Nord-Ouest. Mais un soir, au *Botolph Club*, la veille même de son premier entretien avec Sargent, comme il commençait à siroter ce plaisir qu'il atten-dait depuis cinq ans, un bon porto-flip, il a fallu qu'il tombe sur deux photos d'elle à la une du *Washington Post*. Elle semblait à bout de forces.

Mais triomphante ; dans son œil, il a lu instantané-ment l'éclat de la victoire. Il y avait de quoi : en six mois de temps, elle avait réussi à traverser le Tibet, à entrer clandestinement à Lhassa, et, mieux encore, à en réchapper et à resurgir saine et sauve aux confins du Sikkim. Une fois en Inde, elle avait rendu publique son équipée puis s'était fait tirer le portrait dans un studio de Calcutta. C'était la photo qui faisait la une du *Washington Post*. Elle y était accoutrée des mêmes guenilles qu'à son départ.

Il a détaillé le cliché à la loupe. Aucun doute, c'était la Française. Même houppelande de pouilleuse qu'au moment où, dans le cercle de ses jumelles, il l'avait vue s'évanouir au bout du sentier étincelant de givre. Mêmes bottes de nomade des montagnes, même attirail de misère, la marmite d'aluminium, le soufflet pour allumer le feu de bouse et le sac à dos en peau de yak. Sur un autre cliché, apparemment pris à Lhassa, il a reconnu aussi formellement son petit lama. Inusable, inchangé. Toujours aussi absent, discret, soumis. Et lunetté.

Il en est resté, pendant un bon moment, physiquement paralysé. De tout son séjour en Amérique, ç'a d'ailleurs été le seul moment où il est resté assis plus de deux heures d'affilée. Au sens propre du terme, sidéré : ces photos de la Française lui faisaient l'effet d'une météorite déboulée depuis le fond de la galaxie pour le foudroyer dans son fauteuil et le laisser sans voix, incapable même de soulever son verre. Puis, tout aussi subitement, il s'est avisé que l'ex-cantatrice, contrairement aux craintes qui l'avaient un moment tourmenté, ne s'était pas lancée à la conquête de la montagne des Amazones, toute virile conquérante qu'elle était elle aussi. Elle ne l'avait pas trahi. Et désormais, interviews, tournées de conférences, soirées de gala, déluge d'honneurs, contrats d'édition, elle en avait pour des années à raconter en Europe et en Amérique ses monts et merveilles du Tibet. Donc, là-bas, au fin fond de l'Asie, champ libre. Pour longtemps.

Mieux encore : grâce à elle, au *National Geographic* comme ailleurs, tout le monde allait en réclamer, du Tibet ! Exiger toujours plus de brigands, lamas, neiges effroyables et gouffres sans fond. Alors, aussi vite que le souvenir de la Française était venu le terrasser, il se volatilisa. Rock l'oublia.

Mais, contrairement à ce qu'il croyait, pas Pereira.

∙⤳⤳∙

Ce n'est pourtant pas faute d'avoir voulu, jusqu'à l'affaire du télégramme.

Choni, par exemple, dont la muraille sèche court à présent devant ses yeux, Rock n'en a jamais parlé à Sargent ni aux gens du *National Geographic*. Il a fait comme à Hawaï quand il s'était fait engager sur la foi de son faux diplôme : il a pratiqué l'art du flou. Une phrase de-ci, de-là, histoire de faire travailler les imaginations. Ensuite, elles bouillonneraient toutes seules et échafauderaient autour de sa personne, à perte de vue, des châteaux d'illusions. Une fois en place, il n'aurait plus qu'à en jouer pour arriver à ses fins. Cette fois-ci, c'était de l'argent, beaucoup d'argent pour son expédition. Jeu d'enfant. Même à Harvard.

Grâces soient rendues, d'ailleurs, à l'exploit de la Française : quand il est entré dans le bureau de Sargent, il n'a eu qu'à aligner dix phrases sur la montagne inconnue pour que le vieux botaniste prenne feu et flamme. À l'instant où il a décrit la façon dont la pyramide, aux confins du Tibet, avait surgi devant les yeux de Pereira, le vieux savant a basculé dans son histoire. Rock a alors vaguement évoqué sa source, lâché au détour d'une phrase : « d'après un diplomate anglais, un officier de haut rang... » Mais son récit était déjà si avancé, et tellement bien tourné que Sargent n'a pas relevé. Et pas mis longtemps à prendre son parti :

moins de vingt-quatre heures plus tard, il avait décidé
de l'expédier dans l'Amnyé Machen. En exigeant de
lui, sans qu'il eût à le demander, le plus grand secret.
« Officiellement, je vous envoie là-bas pour une mission botanique ! »

Et de rendez-vous en rendez-vous, à la rapidité avec
laquelle Rock le vit abandonner, dès qu'il entrait dans
son laboratoire, ses semis, greffons, bocaux de germi-
nation, à ses airs de conspirateur, aussi, à la façon,
surtout, dont le vieux maître chercha dans son regard
le reflet de la montagne (exactement comme lui-
même, Rock, après leur rencontre du *Boozer's*, l'avait
quêté dans les yeux de Pereira), il put vérifier qu'à
son tour le vieux savant était tombé amoureux de son
histoire. Il fallait l'entendre, par exemple, prononcer
les mots « Amnyé Machen » en baissant la voix,
comme si c'était un code. Oublieux de ses poumons
usés, de ses articulations poussives, bouillant sur
place. À croire que c'était lui qui s'apprêtait à partir
là-bas.

À la direction du *National Geographic*, une semaine
plus tard, la fièvre fut pareille, tout comme l'exigence
de secret. Et identique, le silence de Rock à propos
de Pereira. Tout le temps, du moins, qu'il chercha à
convaincre le président de lui commander un article
sur le Royaume des Femmes. Mais dès que l'autre
écarta le projet (« Cette vieille lune, mon pauvre
Rock ! Depuis que je dirige la revue, dixième fois
qu'on me la propose ! On les a vues partout, vos dernières Amazones : en Afrique, en Australie, au
Ladakh, au Ferghana, au Turkestan. Pas vous, Rock,
pas vous ! »), il s'est vu contraint de lâcher le nom du
Brigadier général. En parieur qui joue son va-tout.

Pour autant, comme à Harvard, il se fit nébuleux :

« Un major de l'armée britannique... Il y a trois ans, il était au Tibet en mission de renseignement. C'est à ce moment-là qu'on lui a parlé de cette reine. Il voyageait à la lisière de ce massif inexploré et... »

Long silence, alors. Calculé, pensé : il en profite pour faire glisser sur l'acajou une carte de la région. Le président lève l'œil ; mais du plat de la main, il continue à frotter le bois verni de son bureau, comme chaque fois qu'il veut écourter un entretien. Rock hasarde :

« Près des gorges du Fleuve Jaune, au sud du lac Kokonor. Et il y a aussi ces textes des annalistes chinois... À l'époque des T'ang... des Sui... »

Et, comme il se l'était promis après sa rencontre avec la Française, il pousse lentement sur l'acajou, ouvert à la page des fameuses annales, le volume de Woodville offert par Pereira. Le président s'impatiente :

« Donnez ! »

Et tandis qu'il commence à parcourir la traduction de Woodville, Rock y va de son petit commentaire : « Ce massif inconnu... Aucun homme blanc n'y est jamais entré. Il semblerait qu'un de ses pics, vénéré comme une divinité jusqu'à l'autre extrémité du Tibet, soit largement plus haut que l'Everest... »

Dans la seconde, les mots « Everest » et « Tibet » tétanisent le président – c'est là que Rock peut constater, pour la seconde fois en huit jours, à quel point l'exploit de la Française hante les imaginaires. Dix minutes plus tard, l'autre lui passe commande d'un article intitulé : « À la recherche de la Montagne du Mystère ». Il devra y relater sa découverte de la montagne inconnue, apportera la preuve, photos et mesures à l'appui, qu'elle est la plus haute montagne du monde ; enfin, si possible, au cours de son expédition, il trouvera des cascades et des sources. Celles du Yang-Tsé, du Hoang Ho, au choix. Depuis Livingstone, le public est fou des enfances des fleuves.

Sur ce dernier point, Rock se montre réticent. Mais n'en dit rien. Il a compris la leçon : pas un mot sur le Royaume des Femmes, faute de passer pour un illuminé. De ce jour, il reste muet sur le sujet. Et prononce encore moins le nom de Pereira.

Pas d'effort à faire. Son énergie reste employée. À traduire en chiffres, dates, contrats, budget ce qui, jusque-là, n'a été pour lui qu'une image flottante, aussi blanche et immatérielle que le lointain souvenir de sa mère. Du matin au soir, courriers, câbles, coup de fil, rendez-vous chez ses fournisseurs, listes qui s'ajoutent aux listes, il n'arrête pas ; et le soir, quand il se retrouve dans sa chambre d'hôtel, il ne ressent pas le premier début de fatigue.

Pour autant, il craint ces heures où il n'arrive pas à s'endormir, tant il est surexcité. Tel un criminel qui a enfoui le cadavre de sa victime et ne sait plus où il l'a enterré, c'est à ces moments-là qu'il voit repasser devant lui la macabre silhouette du Brigadier général. Mais au bout de cinq à dix minutes, une force infiniment plus impérieuse vient chasser le fantôme : la toute-puissance des listes. Il s'attable alors à son bureau pour dresser un nouveau catalogue. Il aligne des colonnes, se perd en additions, soustractions, tableaux, catégories et sous-catégories. Certains soirs, il va jusqu'à dresser des listes de listes. Et quand il en a fini, de ses chiffres, de ses croix et de ses inventaires, il est persuadé que Pereira n'a jamais été qu'une ombre. Qu'il n'a jamais fait que le rencontrer en rêve.

Du coup, à la première lecture du télégramme de Sargent, dans le hall de l'hôtel Schuyler, il ne pense pas une seconde au Brigadier général. Sur le moment, tout ce qu'il déchiffre, dans les majuscules alignées sur le rectangle de papier, c'est « LIVRE SUR PAYS GOLOK » ; et il est convaincu que le vieux botaniste évoque ici la missionnaire brièvement mentionnée par Pereira lors de leur rencontre au *Boozer's* et qui aurait photographié la reine et ses suivantes – là encore, il se souvient de ses phrases au mot près : « Une missionnaire qui les a vues, les trois harpies. Une de ces pentecôtistes qui s'entêtent à prêcher l'Évangile dans ce trou à païens. Elle les aurait prises en photo. Vous vous rendez compte, une photo ! Une photo de la Reine des Femmes ! »

L'anecdote lui est revenue à l'esprit à Boston, la semaine précédente, au moment de quitter Sargent, devant la grille de l'Arboretum. Il lui a confié tout à trac : « Elle aussi, cette missionnaire, elle s'est risquée dans les parages de la montagne. C'était en 1920, je crois. Ou en 21. Elle cherchait à convertir les Goloks. Américaine ou Anglaise, basée à Xining. On doit bien pouvoir retrouver sa trace. Si j'avais cette photo... Cette prêcheuse est certainement comme tous ceux qui rentrent finir leurs jours à l'Ouest. Il faut toujours qu'ils publient leurs souvenirs, qu'ils pondent un livre... »

Il n'a pas eu à démontrer à Sargent qu'il n'avait plus le temps de chercher l'ouvrage : désormais habité par son rêve comme si c'était le sien, l'autre avait déjà tout enregistré. De deux petites tapes dans le dos, il lui a fait saisir qu'il pouvait compter sur lui.

Déchiffrant le télégramme, Rock, dans un premier temps, s'étouffe donc de joie : il va enfin recevoir la

photo de la reine des Amazones. Voilà qui change la
donne : il va devoir remettre son départ, courir à
Washington, fourrer le cliché dans les mains du président de la revue, et se faire illico passer commande
– tellement plus sensationnel qu'un récit sur la montagne ! – d'un second article sur le Royaume des
Femmes. Au passage, double gain !

Il prend alors la peine de relire le texte de Sargent.
Et c'est là que la réalité vient lui brûler la rétine :
AUTEUR : GEORGE PEREIRA.

Même ici, tandis qu'il s'approche de Choni, Rock
sent revenir la colère qui l'a soulevé dans le hall de
l'hôtel, face au groom qui attendait son pourboire. Ce
sale bancroche, écrire ! Caracoler, passe encore. Ou
pérorer dans des bars en engloutissant verre de tokay
sur bouteille de brandy. Mais cette carcasse usée, se
fendre d'un livre...

Et il se revoit aussi, égaré au milieu de ses malles,
retourner le télégramme en tous sens. Jusqu'au
moment où enfin, il saisit la démarche de Sargent :
c'est tout bêtement en bonne pâte de patron, enflammé
pour le sujet de son protégé, que l'autre lui signale
l'ouvrage du Brigadier général. Comme une nouveauté. Et il en ignore manifestement le contenu :
Pereira, c'est tout aussi évident, demeure pour lui un
parfait inconnu.

Une fois encore, ce jour-là, Rock a choisi de s'abandonner à la force qui lui commande d'oublier le
spectre. Mais, dix minutes plus tard, sur les coussins
de son taxi, au plus fort de sa crise de tics et comme
il passait devant les magasins d'*Abercombie & Fitch*,

une nouvelle lubie lui a traversé l'esprit : l'envie irrésistible de faire aménager, à l'envers de sa canadienne de voyage, une poche où insérer, sitôt reçu, le livre de Pereira.

« Une poche à l'intérieur ! Là ! En caoutchouc ! Aux dimensions d'un livre ! Tout de suite ! Les mesures du livre ? Mais je les ignore, comment voulez-vous que je le sache ? Il n'est même pas paru ! Mais je la veux, ma poche, et que ça saute ! J'ai mon express dans deux heures ! Je suis votre meilleur client ! Pas le temps de discuter ! »

Il ne se reconnaît plus, il a une voix de fausset, c'est un autre qui parle à sa place. Il relève la tête vers l'employé. Derrière le comptoir, il rencontre le reflet d'un miroir. Il se trouve les yeux d'un naufragé.

Il s'éponge le front, reprend son souffle, comme dans le hall du *Schuyler*. Sa crise de tics se calme ; il s'entend grommeler, tandis que son index recommence à dessiner un rectangle sur l'envers de la canadienne : « Là, oui, là, la poche. Oui, en caoutchouc épais. Là, comme ça... »

Il a recouvré sa voix, il désigne la place du cœur. Et obtient ce qu'il veut dans la demi-heure.

Et maintenant, depuis plus de quatre mois qu'il s'éloigne de la Chine, depuis Yunnanfu où, comme prévu, le 13 décembre dernier, il est parti à l'assaut du Nord jusqu'à ce rempart de Choni, il ne cesse plus de tâter et retâter, sous la peau de sa canadienne, le caoutchouc de la poche secrète. À croire qu'elle contient un talisman.

Elle est pourtant restée vide. Il n'a toujours pas reçu le livre de Pereira.

Le rempart est massif, compact. Falaise de terre, comme dans toutes les villes qu'il a rencontrées depuis son départ. Muraille épaisse, ocreuse, rugueuse. Des siècles qu'elle a été levée contre les vents des guerres et les ouragans qui, l'hiver, déboulent depuis le fond des déserts.

Des siècles, aussi, que le rempart résiste. Çà et là, ses lignes s'émoussent, c'est tout. Ou sa croûte se fait plus grenue, plus grêlée – impacts de flèches ou simple fatigue de la terre.

Du jour où il s'est mis en marche, ces murailles, à l'approche des villes, sont la forme qu'il donne à son espoir. Il n'en attend pas le bonheur du répit, la joie de la halte – depuis New York, tout arrêt lui est insoutenable. Ce qu'il espère, derrière ces murailles, c'est une poste.

Au début de son périple, lorsqu'il voyagea seul et entra dans les villes par la mer, les rades de Shanghai, Hong Kong, Haiphong, son attente, avant l'étape, restait claire et heureuse, il demeurait confiant, malgré son impatience. Au moment où il courait jusqu'au bout du quai chercher le bureau de poste, il se répétait toujours : « Si je ne trouve pas aujourd'hui le livre de Pereira, ce n'est pas grave, je l'aurai la prochaine fois. » Au guichet, en même temps que ses mandats et ses lettres, l'employé lui tendait parfois des paquets. Jamais celui qu'il attendait.

À Haiphong, tout de même, il a été saisi d'un doute. Il a voulu vérifier l'information de Sargent et, à cette fin, a adressé un câble au Service de documentation du *National Geographic*. La réponse a été très diligente, elle lui est parvenue trois semaines plus tard, début novembre, alors qu'il venait d'entrer à Yünnan-fu ; et comme, au *National Geographic*, on ne fait jamais les choses à moitié, elle était assortie d'un luxe de détails. Le Foreign Office, lui confirmait-on, avait décidé d'éditer les carnets de route d'un de ses agents, un dénommé, en effet, George Pereira, Brigadier général de son état. On ne savait trop quand, on ne savait trop où, sans doute dans les régions incertaines et dangereuses de l'extrême ouest de la Chine, il avait été victime, semblait-il, d'une affection digestive. En tout cas, il était mort. À défaut de sa dépouille, paraît-il inhumée sur place, son compagnon, un dénommé Gordon Thomson, avait rapatrié en Angleterre les effets personnels de l'officier. Dont ses carnets de route. Après leur lecture, on avait décidé de les publier sous forme de compilation.

Mais cette adaptation, dont on avait tout lieu de croire qu'elle était dictée par des questions d'intérêt politique supérieur, était loin d'être terminée : jaloux de leur avance sur les autres nations dans l'exploration du Tibet, les services secrets britanniques ne cessaient plus de raturer, amender, expurger le manuscrit. On ignorait, à l'heure qu'il était, à quelle date il serait publié.

Aussitôt, Rock écrit à Sargent pour lui annoncer ce rebondissement et, surtout, lui réitérer sa requête de lui poster le livre dès publication, où que son voyage le mène – à chaque étape il lui communiquera sa position par câble.

Il ne se décourage pas : « Le temps d'être à Chao-Tung, et je l'aurai ! » confie-t-il à Li-Su, le seul de ses douze hommes à qui il ait fait part de son attente.

Et de fait, malgré plusieurs attaques de brigands, toutes héroïquement déjouées sans la perte d'un seul homme, puis en dépit de la sévère dysenterie qui le frappe après le Jour de l'An, juste après avoir festoyé sur les meilleures de ses conserves (consommé de tortue, cuissot d'oie en gelée, poires de Californie saupoudrées de poudre de cacao, le tout arrosé d'un Aloxe-Corton réputé pour soutenir les voyages les plus tumultueux), les murailles de Chao-Tung lui apparaissent en temps et en heure, début janvier. Mais à la poste, aucune nouvelle des carnets de Pereira.

Il se dit alors que le retard est dû aux fêtes de Noël, et qu'il l'aura à Suifu – c'est la prochaine grande ville qu'il doit traverser. Mais derrière les murs de Suifu, rien de plus qu'à Chao-Tung. Et ensuite, à Chengdu où il séjourne plusieurs semaines (en dehors de quelques salutaires virées dans les bordels locaux, il passe ses journées entre la concession blanche et le marché nomade, à se fournir en pellicules photo, vestes de cuir, bocaux de petits pois, confitures de cerises, réserves d'aspirine et de mercurochrome, bromure pour calmer, à l'approche des hauts plateaux désertiques, la solide libido des Na-khis) il a beau se présenter chaque matin à la poste, il rentre chaque fois bredouille. Toujours aucune nouvelle du livre de Pereira.

Mais, une dernière fois, il se paie de mots. Il se persuade qu'il le recevra à Min-chow, ultime étape avant « les terres sauvages », comme il dit aux Na-khis chaque fois qu'il parle du pays qui sépare la Chine du territoire Golok. Et de fait, là-bas, à Min-chow, il tombe sur un bureau de poste. Une masure de torchis adossée à un rempart exactement semblable à celui qui se dresse aujourd'hui devant lui, à Choni. Une table, une chaise, un semblant d'étagère ; et un employé borgne qui lui tend une montagne de cartes de vœux postées trois mois plus tôt et en provenance du monde entier – Washington, New York, Boston, Londres, Paris, San Francisco, Los Angeles, Mexico, Honolulu, Pékin, Hong Kong, Hanoi, Manille, et même Vienne : sa sœur aînée, comme chaque année à l'occasion de la nouvelle année, se rappelle à son bon souvenir. Mais, pour le livre, encore une fois, chou blanc.

Cette fois, Rock est anéanti : après Min-chow, l'acheminement du courrier est remis à la seule fortune des caravanes. Au bon vouloir des brigands, au hasard des famines, des épidémies, des guerres entre clans.

Donc, ici, à Choni, rien à espérer, côté courrier. Depuis trois semaines, de toute façon, le monde ignore les lois de l'homme blanc. Amarres rompues ou presque. Il sera peut-être revenu des terres des Amazones avant d'avoir pu lire une seule ligne de Pereira.

Voilà pourquoi, après Min-chow et sa montée vers les hauts plateaux, au lieu d'être hanté, comme tous les jours depuis deux ans, par la double image d'une montagne aux neiges vierges et d'une hardie cavalière entourée de ses walkyries, Rock voit son rêve recouvert d'une forme beaucoup plus imprécise. Si informe qu'elle en est devenue une pure spéculation : à quoi peut ressembler le livre de Pereira ?

Les pistes deviennent pourtant périlleuses comme jamais. Tous les dix pas, son cheval laisse son sabot en suspens, saisi de vertige devant les amas de pierrailles et la rumeur des torrents qui monte du fond des précipices. Mais lui, Rock, ne pense qu'éditeurs, imprimeurs, tâcherons penchés au-dessus de paperolles dans un bureau de Londres, consumant leurs jours à mutiler, déchiqueter, émasculer les notes du Brigadier général.

Et, de temps à autre, quand il devrait être plus que jamais à ce qu'il fait – au beau milieu de ces ponts de planches, par exemple, si frêles et oscillants que c'en est à se dire qu'une fois franchis ils vont se noyer dans les tourbillons comme simples fagots d'allumettes –, une hypothèse lui fond dessus. Si violente, dans sa charge d'angoisse, qu'il en oublie les autres menaces,

l'équilibre de sa bête, les eaux en furie sous lui. Tourbillon d'idées aussi fixes qu'impossibles à mettre en
fuite ; c'est lui-même, Rock, qui se fait torrent de pensées en tumulte : « ... Et le Putois, est-ce qu'il est dans
le coup ? Et s'il l'avait tué, l'autre vieille baderne ?
S'il l'avait tout bonnement assassiné ? S'il avait
déguisé son crime en maladie ? Pour rafler toute la
gloire. Pour entrer le premier au pays des Amazones... »

Puis sont venues les terres des lacs gelés, le pays
des dunes froides. Et les vallées bourbeuses dont on
ne voit jamais le bout – son cheval, certains jours, s'y
est enfoncé jusqu'au jarret. Là, ce fut pire : moins
il avançait, plus il gambergeait. Seul le grand désert
d'herbe, il y a dix jours, lorsqu'il a pu lancer sa bête
au grand galop sur des dizaines de kilomètres et passer
sa rage en rafales de coups de fouet, l'a délivré de
cette rumination sans fin.

Mais la semaine dernière, le désert est soudain allé
mourir au pied d'un canyon. « La route de Choni ! » a
joyeusement claironné le nomade engagé à Min-chow
pour guider la caravane. La file de mules et de chevaux s'est engagée dans le défilé. C'est depuis cet instant que Rock, sous la laine de sa veste, ne cesse plus
de tâter la poche vide.

Jusqu'ici, jusqu'à cette muraille et cette ville où, il
le sait bien, pourtant, ne l'attend nulle poste. En continuant de dévider sa pelote de conjectures : qui, à ce
jour, a eu connaissance des carnets de Pereira ? Quelqu'un s'est-il mis en marche, en secret, pour entrer
avant lui au Royaume des Femmes ? Et si ce retard de
publication n'était qu'un leurre organisé par l'espionnage anglais ? Au pays de la Reine, doit-il s'attendre

à tomber sur des copies conformes du Brigadier général ? Des échalas militaires qui le balaieront de leur chemin d'un coup de cravache, en lui jetant des ordres comme s'il était leur valet ? Ou, pis encore, va-t-il tomber sur le Putois ? Et si Pereira, juste avant d'expirer, avait détruit les pages de ses carnets où il avait consigné ce qu'il savait de la reine et de la montagne ? Mais s'il n'avait rien écrit là-dessus, après tout ? Et s'il était toujours de ce monde ?

Car l'impression qu'il lui avait laissée, le vieux rapace, perdu comme il l'était dans les plis de son manteau de pluie, c'était d'être mort avant sa mort. Dès lors, pourquoi ne serait-il pas en vie après sa vie ?

ço

À l'instant de franchir la muraille, aussi insistante qu'à l'instant où il a passé le pont, la même pensée lui revient et, telle une migraine frappe son cerveau en son point le plus endolori : Pereira est venu ici, à Choni. Et de cette beauté, il ne m'a rien dit.

Alors que tout, dans cette muraille et dans cette porte, est absolument magnifique. La couleur des pierres, un grès rouge, comme dans les canyons, veiné de rose et parfois de blanc. La découpe millimétrée des créneaux – on dirait qu'ils sont taillés d'hier. Et l'arceau sous lequel va s'engager la caravane : un cintre puissant, hardi, festonné d'un triple liseré de briques. Comme neuves, elles aussi. Pourtant l'arche doit remonter à des siècles : elle est surmontée d'une inscription en calligrammes.

Mais impossible de la déchiffrer : par grappes de plus en plus compactes, les villageois s'agglutinent autour de son cheval. Peut-être, dans sa peau blanche,

cherchent-ils le souvenir de celle de Pereira. Ou sont-
ils stupéfaits par les douze hommes qui chevauchent
derrière lui, tous revêtus de vestes d'aviateur, les yeux
uniformément voilés de lunettes de glacier – ordre formel du maître.

Mais lui, pour bien marquer qu'il est le chef et qu'il
ne craint rien des contingences humaines, juste après
le pont, il a glissé ses verres dans leur étui ; et, à
mesure que l'encolure de son cheval fend la foule, de
gauche, de droite, il se met à distribuer des saluts. En
gardant sur sa selle son assise la plus roide. Et sans
s'attendrir une seule seconde sur la populace qui, du
vieillard au nourrisson, le dévisage du même œil rond.
Chacun, dans la foule, en retrouve les gestes de la
soumission : échine voûtée, paupières baissées. Le
cheval peut avancer. Jusqu'au moment où il est arrêté
par une nouvelle grappe humaine. Tout aussi ébahie
que la précédente. Puis identiquement bossue, servile,
effarée. À mesure qu'il s'approche ainsi de la muraille,
Rock parvient alors à déchiffrer l'inscription gravée
au-dessus de l'arche :

PAR OCTROI IMPÉRIAL,TEMPLE
DE LA QUINTESSENCE DE LA SÉRÉNITÉ

Beauté des calligrammes, contagion de leur traduction : il en cesse de tâter sous sa veste la poche vide
du livre de Pereira. Et se laisse gagner, sous l'arceau
de la porte, par un flot de sang fluide, heureux.

Jouissance neuve. Et si c'était cette joie qui se
nomme la paix ?

On a dû l'épier, le voir arriver de très loin : la caravane n'a pas fini de franchir la porte qu'un groupe écarte les paysans et s'agrippe d'autorité à l'encolure des bêtes.

Au-dessous des crinières et panaches s'agite soudain un tapis d'autres panaches et crinières. De laine blonde, ceux-ci, cousus sur des feutres jaunes et asymétriques. Et tout un harnachement de robes, vestes et drapés dont le rouge et le safran se recouvrent et s'enchevêtrent. Des bras s'agitent, qui brandissent de grosses branches de peuplier excoriées de dessins. Ils forment des dragons, des chimères, des entrelacs.

Malgré la complexité de son accoutrement, la petite troupe de gardes se déplace avec une agilité surprenante. Mais, surtout, elle empeste. Le beurre rance et la crasse. On dirait bien la pisse, aussi. Et peut-être la merde. Ou plutôt la crasse qui a mariné dans la pisse, sous des couches de beurre rance. Avec, en basse continue, encore une bonne lichette de merde.

Des moines. Ou, comme on dit ici, des lamas.

Et dès l'instant où ils ont immobilisé son cheval, la scène suit très exactement le scénario des romans qu'à Vienne, après la découverte de son manuel de chinois, il allait dérober chaque soir dans la bibliothèque de

Potocki. Ou, mieux encore, comme dans les livres du plus célèbre de tous les Potocki, « l'Aïeul », comme on l'appelait au Palais, le fameux Ian qui, quatre-vingts ans plus tôt, s'était brûlé la cervelle dans son château de Pologne, on n'avait jamais su au juste pour-quoi, peut-être parce qu'il avait trop écrit. Il était allé rôder lui aussi aux confins de la Chine et du Tibet. C'est dans un de ses ouvrages, *Voyage dans la horde de Tumen, prince kalmouk*, que Rock, par une nuit d'été, a découvert pour la première fois le mot « lama ».

Mais dans les livres de la bibliothèque Potocki, les lamas ne puaient jamais. Bardés de rosaires et de talis-mans, vêtus de robes identiques à celles-ci, coiffés des mêmes houppes de feutre jaune ou rouge, les moines de roman, hors l'encens que les auteurs ne manquaient jamais de faire fumer autour d'eux trois fois par page, restaient rigoureusement inodores. Tandis que les lamas de Choni, détestablement, effroyablement, à en dégobiller illico sur le pavé l'entière longueur des boyaux, puent.

C'est bien pourquoi Rock entend leur faire lâcher prise dans la seconde. Il veut bien les suivre. Mais de loin – très loin.

Seulement pas moyen : presque aussi tannées, noires et épaisses que le cuir de ses rênes, les poignes des moines puants retiennent sa bête. Et comme, entre deux haut-le-cœur, il s'essaie encore à résister, l'un des gardes, à la face particulièrement rustaude et butée, lui désigne d'un coup de menton la bifurcation qui, à une centaine de mètres sur la gauche, s'attaque à l'éperon rocheux.

Le guide, lui, dès qu'il a vu s'approcher les moines, a sauté de cheval. Depuis, il n'arrête plus de s'abîmer en prosternations. En pure perte : les autres ne lui accordent pas un regard.

Depuis l'arrière où il ferme la marche, Li-Su décide de voler au secours de son maître. Il entre sans frémir dans le cercle empesté, à croire que la nature l'a privé lui aussi de nez et de poumons. Puis, raidi sur sa selle, il se met à apostropher les hommes empanachés.

On riposte. Il insiste. Éclats de voix. La palabre s'égare. Pas l'odeur.

De réplique en réplique, toutefois, le ton baisse. Li-Su, à l'évidence, a du mal à comprendre le tibétain des gardes. Et le parle avec encore plus de difficulté : ses phrases pataudes finissent par arracher un rire au guide, qui se redresse soudain en acrobate, d'un seul coup de reins, aussi vif et guilleret que s'il venait de traverser un jardin croulant sous les jasmins et les lis. Et il claironne à l'adresse de Rock :

« Là-haut, là-haut ! Suis-les ! À la Vieille Ville ! On t'attend !

– On m'attend... Qui m'attend ? Je veux le Prince, moi ! Dix jours que je te paie pour ça ! Voleur ! »

Rock ne peut pas ravaler sa fureur. Mais à chaque mot qu'il crache à la face du nomade, il inhale toute la pestilence des moines. Il est maintenant à deux doigts de dégurgiter son estomac.

Il aurait d'ailleurs vomi pour de bon si, d'une réplique aussi naïve, limpide et expéditive que dans les romans d'aventures dévorés chez Potocki, le nomade, sautant soudain en selle, ne l'avait sorti d'affaire :

« Mais avance ! Obéis aux gardes ! Le Prince va t'héberger là-haut ! Au monastère, dans ses temples ! Tu le verras demain matin ! Il t'a vu venir ! Il t'attend ! »

Montée vers les temples. Le chemin est abrupt. Cuisson extrême du soleil.

Premier sanctuaire. Brève traversée de son ombre. Très froide, elle. Presque glacée. Le printemps est décidément tardif.

Les gardes ont dû comprendre la leçon, ils se tiennent désormais à distance. Ou alors, c'est l'usage pour une entrée solennelle.

Car souveraine, cette entrée dans la Vieille Ville : d'instinct, les chevaux ont pris un pas de procession ; et aux côtés de Rock, Li-Su vient de brandir la bannière élimée et décolorée dont les idéogrammes

l'ont si souvent protégé contre les brigands, lui et ses
hommes, depuis trois ans qu'ils vont ensemble par
monts et par vaux. Juste assez de vent depuis les cimes
pour la faire hardiment claquer :

BANNIÈRE DU COMMANDANT
POSTE INTÉRIMAIRE
AGRICULTURE AMÉRICAINE
DÉPARTEMENT DES FORÊTS
MISSION SPÉCIALE D'EXPLORATION

Et maintenant, montée hardie vers le ciel vierge. De
droite, de gauche, même lacis de ruelles, kiosques,
places, placettes, jardins. Plus on gravit la pente, plus
les toits s'enchevêtrent. Au long des faîtières qui se
chevauchent, bric-à-brac de griffons, biches, chaînes,
cloches, tridents. Sous l'aplomb du zénith, l'or est plus
fluide que l'huile.

Subite réminiscence de Marco Polo. Fugace mais
violente. Dans la bibliothèque Potocki, le *Livre des
merveilles* était rangé sur le même rayonnage que les
ouvrages de l'Aïeul. Mais ce livre-là n'avait pas
d'images.

Les voici.

༄

Sous la bannière qui continue de joyeusement claquer, Rock en oublie de se griser de sa glorieuse personne. Il n'est plus que regard. Double regard : le
premier qui voit, l'autre qui prévoit. Réfléchit aux
moyens de faire entrer dans sa chambre noire la beauté
qui, à chaque fracas de sabots, s'inscrit sur sa rétine.
En même temps qu'il balaie le paysage, l'œil de Rock
prémédite, pense cadre, angle, luminosité, exposition,

panoramas, gros plans, pellicule, gélatine d'argent, plaques autochromes.

De la même façon qu'au fond des forêts, des canyons, des vallées d'herbe, malgré son obsession des carnets de Pereira, cette seconde chambre noire logée au tréfonds de son cerveau n'a cessé d'emmagasiner les formes et coloris des espèces végétales qu'il a croisées. Conifères, mousses, champignons, iridacées, liliacées, renonculacées, tous plus divers, par centaines.

Ces jours-là, trop pressé d'arriver à Choni, Rock n'a pas pris le temps de s'arrêter ; mais il a tout mémorisé. Et aujourd'hui, en tête de cette procession dont il ne sait au juste où elle le mène ni où elle finira, même méthode : il dresse intérieurement le catalogue des clichés à prendre dès qu'il le pourra.

Il commencera par les moines, tout puants qu'ils sont. Ici, dans cette cour, devant ces pommiers et ce portique. En ligne face à son objectif avec tout leur fourbi, rosaires, houppettes, battes de peuplier ; et ces longues épées armoriées qui saillissent à présent sous leurs robes – il ne les avait pas remarquées lorsqu'ils avaient fondu sur son cheval, à l'entrée de la ville.

Puis, au bout de cette rue où soudain la perspective s'élargit, il ira prendre le panorama de l'autre ville, la Nouvelle. Il fixera, à l'abri de la muraille, ces panaches de fumée qui s'attardent au-dessus des masures terreuses. Ici, devant les poiriers tors de ce jardinet, il éternisera l'inscription gravée dans cette stèle et ces moignons de grès rose – vestige de quelles victoires, de quelles gloires révolues ? Dans cette salle de prières, au fond de cette forêt de piliers rouges (du moins si son flash n'effraie pas les moines), il tâchera de capter le reflet des lampes à beurre sur l'idole gigantesque qui lui adresse, depuis le fond de la pénombre, son large sourire d'huile – de l'or, encore et encore.

Et ces tombées de soie qui pleuvent de partout, des poutres, des piliers, des statues, sa chambre noire les emprisonnera. Écharpes blanches tout en effilochures, nouées sous les fresques aux pattes des dragons, aux manchons des moulins à prières et même à des troncs d'arbres – ces branches en bourgeons, au fait, qu'est-il arrivé à leur ombre, pour qu'on les honore ainsi ? le passage d'une Réincarnation, d'une Illumination ?

Pour ces piliers de brocart, en revanche, festival d'outremer, de jaune d'or, de rose tendre, de vert franc, de rouge sang, il faudra sortir les plaques autochromes. Et devant cette cuisine suiffeuse où écume, sur un foyer ronflant, une théière cyclopéenne, il faudra contenir les moines, la foule de moines, toujours plus grosse, indistincte, magma de jeunes, de vieux, d'infirmes, d'éclopés, de colosses, de moinillons mal débarbouillés – ils jaillissent maintenant de partout pour voir la caravane toucher au sommet de la citadelle.

༄

Et, brusquement, crasse, pisse, merde, sueur, beurre rance, la même pestilence qu'en bas. En déferlante, cette fois. Et la même envie de vomir sur le pavé l'entière longueur de ses tripes.

Rock pique des deux et part au grand galop sur ce qui reste de chemin.

Le double regard s'est éteint. Fin de son *Livre des merveilles*.

À la précipitation dont le maître a sauté à bas de son cheval, à ses tapes exaspérées sur la poussière qui macule sa veste, Li-Su, depuis le bas de la pente, saisit que Luo Boshi n'a plus qu'une seule idée en tête : prendre son bain. Si, dans l'heure – délai de rigueur – lui, Li-Su, ne parvient pas à le lui faire couler dans la baignoire en caoutchouc dûment regonflée à la bouche de Chan-Chien, puis rigoureusement chauffé par Ho Tzu-chin à 38°5 Celsius, thermomètre en main, et tout aussi impérativement parfumé de cinq cuillerées à soupe d'eau de Cologne, Luo Boshi, à coup sûr, va être saisi par l'esprit de la colère.

Depuis qu'on a quitté Min-chow et qu'il ne peut plus aller à la poste, Li-Su a remarqué que ces accès de fureur se multiplient. Surtout au moment de la halte, quand le bain tarde. Jusqu'à Min-chow, quand on s'arrêtait dans des villes, on préparait la baignoire de Luo Boshi pendant qu'il allait chercher son courrier. Le temps que son passeport fût vérifié, l'inévitable bakchich marchandé, les paperasses remplies, de nouveaux tampons et sceaux apposés, il se passait ordinairement une heure avant qu'il fût revenu. Alors le bain était prêt dans les règles de l'art. Mais depuis Min-chow, plus de villes, plus de poste. On a campé loin de tout, en pleine nature ; et le bain, souvent, s'est

fait attendre. Avant de pouvoir remplir les marmites,
il a souvent fallu casser la glace d'un lac. Ou c'étaient
les étapes, tout bonnement, qui épuisaient les Na-khis ;
ils peinaient à acheminer les seaux d'eau.

À peu près tous les trois jours, le génie de la colère
qui habite Luo Boshi s'est réveillé. À force de supervi-
ser le rituel du bain, Li-Su a fini par en détecter le
signe avant-coureur – celui-là même qu'à trois cents
mètres de lui il observe aujourd'hui : Luo Boshi se
met à secouer frénétiquement la poussière de sa veste.

Dès lors, de deux choses l'une : ou, dans le secret
de son cœur, le maître va parvenir à dompter le démon
qui l'habite et endurer, la mine sombre mais sans broncher, l'attente de son bain sacro-saint. Ou il va
commencer à pester et, dès lors qu'il aura cédé à son
mauvais génie, rien ne pourra plus l'arrêter. Il trouvera
comme d'habitude le premier prétexte – un Na-khi qui
s'est défait avant son ordre de ses bandes molletières ;
un nœud en demi-clef liant la corde qui arrime les
caisses au dos d'une mule, au lieu du nœud de chaise
qu'il exige toujours ; les quatre réchauds à kérosène
qui ne sont pas disposés en losange comme il l'impose
tout catégoriquement – pour exploser.

Chan-Chien et Ho Tzu-chin, en charge de la lourde
responsabilité du cérémonial, se font alors aussi petits
qu'ils peuvent et évitent de le croiser : dans ces
moments-là, Luo Boshi se met à tout inspecter et, à
chaque pas, trouve inévitablement matière à décliner,
comme le phono ses airs d'amour, la gamme entière
de la colère, grognements, grincements, récrimina-
tions, fulminations, ouragan de cris. Jusqu'à ce qu'enfin le bain soit devant lui, fleurant ses cinq cuillerées
à soupe d'eau de Cologne, et bien fumant.

Mais, aujourd'hui, si lui, l'inconnu, le Blanc, au

cœur d'une enceinte sacrée, commence à tempêter devant des brutes à qui le Prince a manifestement délégué le soin de veiller sur lui et d'observer rigoureusement les lois de l'hospitalité, tout peut dégénérer : les moines verront en lui un sacrilège. Et comment expliquer cette histoire de bain à des rustauds qui ne se sont jamais débarbouillés de leur vie ? Vite, il faut rejoindre Luo Boshi !

Seulement, comment interrompre le colosse qui mène le cortège ? À présent qu'on approche du sommet de la citadelle, voici qu'il se met en frais. Sourires, frétillements, discours emberlificotés, il n'arrête plus. D'après le nomade qui, depuis sa selle, poursuit vaillamment ses traductions, le Prince, dès qu'il a appris qu'un Blanc s'approchait de la ville, a décidé de les loger, lui et sa troupe, en haut de la grosse bâtisse qui dresse ses trois étages au centre de la dernière esplanade – la place ouverte aux quatre vents où Luo Boshi vient de sauter à bas de son cheval.

« Le Prince aime beaucoup les étrangers, reprend le nomade. C'est le seigneur du pays. Mais comme il a perdu son jeune frère, il doit, en plus, diriger le monastère. Il est donc aussi grand lama. »

Li-Su l'écoute, l'œil fiché sur l'esplanade. Où Luo Boshi, maintenant, enchaîne éternuement sur éternuement. Comme pour chasser du dernier poil de ses narines le remugle des moines.

Lui, Li-Su, les gardes, il peut les frôler, les toucher, il ne perçoit pas leur odeur.

Il y a trois ans, quand Luo Boshi l'a engagé avec les autres Na-khis, aux deux seules conditions qu'il lui obéirait sans discuter et qu'il se laverait de pied en cap soir et matin, il lui a prédit qu'au bout d'une semaine il reniflerait la saleté sur tout autre humain qui ne se serait pas décrassé. Il s'est trompé : Li-Su n'en sent toujours rien. Et pourtant, cette odeur de saleté, il l'a souvent imaginée. Aux grimaces de Luo Boshi.

C'est comme pour le reste, ses colères, la montagne dont il lui rebat les oreilles, la reine inconnue qu'il est venu chercher ici, et ce paquet qui n'arrive jamais à la poste : Li-Su ne sait pas de quoi il en retourne. Ni à quel obscur lac de douleur va s'abreuver le tourment de Luo Boshi. Et cependant, avant même que la souffrance émerge, un signal l'en avertit. Alors, tout ce qu'il puise d'énergie dans la profondeur du silence, Li-Su le réunit en un instant. Et pare au danger.

Il plante donc là les gardes, le guide, les autres Na-khis et lance sa bête à l'assaut de l'esplanade, où, à peine arrivé, et sans même quitter sa selle, il répète à Luo Boshi ce que vient d'annoncer le nomade :

« Le Prince t'attend demain, au lever exact du soleil, dans son palais de la Ville Neuve. En attendant, il te loge ici, en haut de la grosse tour, dans ses propres appartements. »

Il a tout débité d'un coup. Sous l'effet de la surprise, le maître en cesse de secouer les pans de sa veste. C'est alors qu'au même galop que lui, Chan-Chien, Ho Tzu-chin, Lau Ru et Li Wen-kuo le rejoignent. Eux aussi ont compris ce qu'il faut faire : former un rempart entre le maître et les gardes.

Car la voici maintenant qui déboule, l'escorte puante, à toutes jambes, toutes battes brandies, pour leur désigner un escalier qui prend à l'angle de la bâtisse. Luo Boshi s'y engouffre, suivi de sa garde rapprochée de Na-khis. Les uns, derrière lui, formant barrage à la pestilence qu'ils ne sentent pas et ne senti-ront jamais, et les deux autres, devant, déjà prêts à insuffler dans la baignoire gonflable tout ce qu'ils ont d'air au fond des poumons.

Par bonheur, au sommet de la bâtisse, l'odeur n'a pas réattaqué. Juste après les avoir installés dans les appartements mis à disposition par le Prince, les moines se sont volatilisés sans laisser le moindre sillage – Luo Boshi, en tout cas, n'a pas bronché.

Au bas de la tour, lorsque Chan-Chien, Lau Ru et Ho Tzu-chin sont redescendus pour extraire des malles leur lourde batterie de marmites et de réchauds à kérosène, les moines n'ont pas davantage bougé. Ils sont restés figés dans la posture de chiens de garde qu'ils avaient adoptée depuis qu'ils avaient redégringolé les escaliers : jambes écartées, leurs mains noires et calleuses refermées sur leurs battes.

Dans la pièce où le maître a décidé d'installer réchauds et marmites, posté entre Chan-Chien et Ho Tzu-chin, Li-Su colle maintenant le nez au papier transluscide et huilé qui bouche les fenêtres, pour mieux jouir avec eux de la conclusion parfaite qu'ils ont su donner à cette magnifique étape : nu comme un ver sous le soleil, Luo Boshi s'apprête à entrer dans sa baignoire, gonflée à son ordre au beau milieu de la terrasse. Autour de lui, parterres, allées, arbustes et plantes : un jardin suspendu. En son milieu, un étrange petit bâtiment – pas plus de trois mètres de haut –

coiffé d'un toit, mais dépourvu de portes et de
fenêtres. Des sépultures ? une tour pour couronner la
tour ? un réservoir ? Mais alors, pourquoi aucune
ouverture ? On verra plus tard.

L'après-midi s'avance, mais il fait toujours aussi
bon. Chaleur heureuse, lumière orange. Dans la baignoire, l'eau est d'une limpidité extrême : dans un
angle du jardin, Ho Tzu-chin a découvert une citerne.
La neige de l'hiver s'y était accumulée ; sur les
réchauds, elle s'est métamorphosée en cette eau cris-
talline où Luo Boshi, d'une seconde à l'autre, va
s'ébrouer.

Paix absolue. Comme il était inscrit à la porte de la
ville, Quintessence de la Sérénité.

À son habitude, Luo Boshi entrera dans son bain en
y plongeant l'index droit pour vérifier l'exactitude de
la température – il s'y fie davantage qu'à son thermomètre. Ensuite, l'œil levé vers le ciel, il va y immerger
son coude, histoire de vérifier sa vérification. Puis soulever un pied – toujours le droit. Il effleurera alors des
orteils la surface de l'eau, y soulèvera une tempête
miniature, puis engloutira une première jambe. Alors
seulement, lent et souple comme une marmotte qui se
glisse dans son terrier, il se repliera – ou plutôt s'en-
fouira – au fond de son paradis d'eau chaude et parfu-
mée. En se réjouissant du décor qu'il a trouvé, pour ce
moment de pure délectation : en contrebas, la vallée, la
ville, la rivière, le ruban crénelé de la muraille, les
toits resplendissants des temples ; en surplomb, les
montagnes, les forêts, les ultimes champs de neige.
Enfin, tout autour de lui, ce jardin.

Où le printemps a commencé. Où tout bourgeonne, part en feuilles, s'épanouit. Premières fleurs depuis des mois.

Son corps ne s'y trompe pas : en cette seconde où sa jambe s'apprête à se noyer dans les vapeurs qui montent de la baignoire, même si la fatigue se lit encore sur ses traits archicuits au soleil des montagnes, ses mains en oublient la crispation des rênes. Sa nuque, son échine se dénouent, ses épaules s'abandonnent.

Il faut voir aussi l'outil qui le précède : à croire qu'Afousya, nue elle-même, est là à l'attendre au milieu des vapeurs.

❧

Mais voilà qu'il se fige et recule sa jambe. Il sort du bain. Remous, giclée d'éclaboussures.

Li-Su se tourne vers Chan-Chien et Ho Tzu-chin. Qui lui répondent du même regard stupéfait : cinq cuillerées à soupe d'eau de Cologne, température strictement à 38°5, le rituel a été scrupuleusement observé. Alors quoi ?

Pourtant, quelque chose vient de se produire. De grave, ou d'important : le maître (à la vérité maintenant assez grotesque, avec sa tête et ses mains qu'on croirait passées au cirage, tant le reste de son corps est blanc ; sans compter son majestueux instrument qui sottement s'obstine à le devancer de toute sa raideur) court à toutes jambes jusqu'à l'autre bout du jardin. À se demander s'il n'est pas soudain habité par l'esprit d'une abeille goulue : ce qui l'aspire ainsi hors de son bain, ce n'est qu'une fleur ! Dont il s'empare comme s'il était à herboriser au milieu d'un champ. Même posture, même méthode, même œil : il se penche, l'examine sous toutes les coutures. Pédoncules, feuilles, nervures, boutons, calice, pistil, tout y passe. Il palpe, caresse, soulève, écarte. Et va jusqu'à gratter la terre à la recherche de racines.

Puis, à nouveau, il se met à faire courir son index sur les pétales d'un calice – une pivoine. De façon tout aussi subite, il se redresse et, oublieux de sa nudité, cherche à rajuster sur son cou le nœud d'une cravate qui n'existe pas.

Les dernières fois que Li-Su lui a connu ce geste (mais, ce soir-là, tout de même, le maître était habillé), c'est le jour où, dans la maison d'à côté, il a fait découvrir à Luo Boshi les rites des sorciers ; et le matin où, peu avant son départ pour l'Amérique, au moment de ranger ses manuscrits na-khis, il a finalement décidé de ne pas les emporter. De ne pas les vendre, de les garder.

Et il n'arrête plus de la tripoter, cette cravate imaginaire, comme s'il devait à toutes fins la resserrer autour d'un faux-col tout aussi fictif. Ce qui ne l'empêche pas de regagner sa baignoire et d'y entrer. Sans la moindre cérémonie, pour une fois. En faisant jaillir, pataud, chien fou, l'eau de tous côtés. Si absent, Luo Boshi, si libre de lui-même qu'à aucun instant il n'entend le fou rire qui, derrière la fenêtre à croisillons, se met à secouer ses Na-khis.

Ce soir, la Nuit est venue. Elle ne s'était pas montrée depuis Tengyueh. Depuis le *Boozer's*, la rencontre avec le Brigadier général.

Mais brève visite, cette fois. Et présence floue. Au fond de l'ombre, Rock n'a pas senti sa peau de Nuit. Ni son souffle. Elle s'est contentée de rôder, de le frôler. Elle ne s'est pas montrée en majesté.

Pourtant c'était bien elle : il l'a reconnue au sillage qu'elle laisse toujours, cette inexplicable sensation de rendez-vous.

Avec qui, avec quoi ? Il n'a pas su au juste. Il ignore aussi à quelle heure c'est arrivé. Il se rappelle seulement qu'à ce moment-là, dans l'escalier tout proche de l'endroit où il dormait, ça sentait l'encre. Et le vieux bois, le papier. Il se souvient également qu'il s'est dit : « Tiens, trente ans que je n'ai pas dormi au-dessus d'une bibliothèque. »

C'est juste après son bain qu'il l'avait humée, cette nouvelle odeur. Lorsqu'il s'en était étonné, Li-Su lui avait appris que les moines, aux étages inférieurs, veillaient sur des centaines de rayonnages où ils conservaient des livres ; et qu'à la demande, ils en imprimaient. Dans sa hâte à fuir les lamas et à s'installer dans les appartements du Prince, il n'en avait rien vu. Dans l'escalier, il s'était borné à décompter les étages. Lui qui aimait tellement les livres !

À bien y réfléchir, d'ailleurs, ce sont peut-être ces effluves qui ont fait revenir la Nuit : à Vienne, quand la fournaise de l'été s'abattait sur la ville, la même odeur s'infiltrait dans les combles où il logeait avec son père ; et c'est par un de ces soirs d'ennui et d'étouffement qu'il a volé le manuel de chinois.

Ainsi, Rock se réveille. Et se demande où il est.

Il ne comprend pas pourquoi : ce soir, au lieu de la toile de tente, la lampe à kérosène qu'il place toujours à son chevet éclaire des plafonds vert acide, bleu layette, rose bonbon, et une dizaine de piliers laqués de rouge. Il saisit encore moins ce qui fait qu'au rythme flageolant du brûleur, sur ces frises, caracolent des chimères, des dragons, des rois joueurs de luth, des dieux colériques figés dans leur courroux sur des sommets de fantaisie, tout dégoulinants d'une neige aussi mousseuse que la crème où son père noyait les apfelstrudel de Potocki – au fait, ces cimes fantasmagoriques, si c'étaient celles de la montagne qu'il cherche, le Vieil Homme de la Plaine, l'Amnyé Machen de Pereira ?

Pereira qui a sûrement dormi dans cette tour. Au fond de cette alcôve. Sur ces mêmes tapis en guise de matelas. Et chauffé ses mains, ses pieds à ce brasero qui rougeoie.

Rock recommence à ruminer. Puis s'arrête net. Sensation de présence. Lointaine, mais chaude. Rassurante. La Nuit. La Nuit, enfin ! Comme à Vienne, le soir où elle lui a soufflé de ne pas se faire prêtre.

Comme à Honolulu sous les étoiles, quand il a eu l'idée du faux diplôme. Et comme à Tengyueh, il y a deux ans, lorsqu'il a su qu'avec le Brigadier général c'était le Destin, au *Boozer's*, qui était assis en face de lui.

Rock alors se redresse, se met à attendre son message. Quelque chose va se faire, c'est sûr, va se dire. Derrière le papier huilé des fenêtres, d'ailleurs, la lune claire, à défaut de la Nuit, sourit.

Et d'un seul coup, lui, le nomade, l'errant, l'homme malade de bougeotte, se retrouve étreint par une certitude fulgurante : le Temps, il y a des siècles, s'est arrêté dans cette vallée. Pour l'attendre. Il le voit même avec une majuscule, ce « il » du Temps. Celle que les Jésuites, à la Schottenkirche, réservaient à Dieu.

Ce n'est pas une pensée, c'est un foudroiement. Une décharge qui lui traverse le cerveau de part en part. Il s'entend dire tout haut : « Le Dieu-Temps s'est arrêté ici pour m'attendre. » Mais, la seconde suivante, à la même vitesse, avec la même violence, l'éclair s'éteint. S'évanouit comme la Nuit.

Il se retrouve alors comme il était l'instant d'avant – depuis toujours, peut-être : oiseau de passage, voyageur en transit, en attente d'un rendez-vous avec un inconnu, pour connaître le secret d'une route incertaine vers une terre elle-même ignorée.

Il se rendort. Mais quelques minutes ou quelques heures plus tard, il a dû se réveiller : il se revoit, toujours allongé au fond de son alcôve bariolée, promenant l'œil sur la malle-cabine entrouverte à côté de son lit où pendent, repassés de frais comme il l'a exigé, les vêtements qu'il s'est choisis pour son entrevue au palais princier : complet anthracite, chemise blanche à col italien, cravate perle, manteau chesterfield gris souris.

Au pied de la malle, les reflets que la lampe à kérosène jette sur ses derbys attestent aussi que Ho Tzu-chin a ciré leur cuir en plein respect des règles. Le Na-khi a aussi briqué à la peau de chamois, comme il le lui a aussi ordonné, le long étui du même cuir où il a enfermé son cadeau pour le Prince. Au centre duquel, comme pour souligner que les heures à venir seront exceptionnelles, Ho Tzu-chin a solennellement déposé le premier des deux chapeaux emportés en prévision des entrevues officielles (Rock réserve le second, un fedora noir, à sa rencontre avec la reine des Goloks) : un éden gris souris assorti à son manteau.

Et c'est ce moment d'intense satisfaction, presque aussi jubilant que son bain sur la terrasse, que la Nuit choisit pour revenir le voir. Mais pas de saisissement, cette fois. Rien qu'une sensation de présence, de douceur. Avec de vraies pensées, pour le coup, pas des fulgurances, pas des intuitions fugitives.

Là encore, c'est tout l'inverse : les idées chaotiques et confuses qui lui trottent en tête depuis sa découverte de la pivoine lui reviennent à l'esprit avec une limpidité inouïe. Hiérarchisées, maintenant, organisées. Toutes appuyées sur la mémoire exacte de textes précis : les annales des Sui et des T'ang. Ces textes, au lieu de les dérouler en esprit, ou de les marmonner au fond de son alcôve puisqu'il les connaît par cœur, il les voit maintenant s'imprimer devant lui. En caractères blancs. Comme fixés en négatif sur le mur qui fait face à l'alcôve et que la lampe à kérosène vient tout juste de livrer à l'ombre, au bout de tant d'heures consumées à flageoler dans le noir.

❧

La résidence de la souveraine est haute de neuf étages ; celle des femmes ordinaires, de six.

Ici, dans cette tour, il y a six étages. Aucun doute : quand Li-Su l'a poussé dans l'escalier pour le faire échapper à la puanteur des lamas, il les a comptés. Mais, avant d'entrer dans cette vallée, il n'a pas rencontré de bâtiments aussi hauts. Jusqu'ici, jamais plus de trois étages. Et aucune tour. Par surcroît, la bâtisse est extrêmement ancienne : cela se voit à l'épaisseur de ses murs. Cyclopéens. Là encore, du jamais vu. Enfin, il y a ce bâtiment étrange, au beau milieu du jardin : tourelle elle-même, quoique dépourvue de portes et de fenêtres. Peut-être une annonce de ce qu'on va trouver en allant vers l'ouest, là où se trouve la montagne. Là-bas, de toute façon, c'est couru, on va tomber sur des tours à neuf étages.

Tous les sujets de ce royaume sont portés sur les effets de coiffure et de chapeaux.

Depuis qu'on est entré sur les hauts plateaux, en effet, festival de couvre-chefs. Toques de fourrure, mitres de feutre, béguins de coraux, calottes de laine incrustées de turquoises : l'inventivité des femmes du pays, en matière de chapeaux, surpasse celle de Vienne et de Paris – c'est dire ! L'autre jour, tiens, à l'entrée du grand désert d'herbe, ces nomades qui arboraient, telles des fées, des hennins... Et combien de coiffures extravagantes dans les villes et villages qui ont précédé le désert ! Du côté de Min-chow, par exemple, ces filles qui avaient enroulé leur chevelure en anglaises, elles-mêmes constituées de dizaines et de dizaines de nattes entortillées les unes aux autres... Ou, pas plus tard qu'il y a quinze jours, au village de Ch'ing-shui, ces autres filles avec leurs cheveux relevés au-dessus de la tête et tressés de façon à figurer la poignée d'une théière... On se serait cru dans les fantasmagories de Lewis Carroll. Par conséquent, demain – après-demain au plus tard – développer les clichés qui ont fixé ces folies capillaires.

La souveraine porte une jupe plissée de couleur noire ou bleue, de texture rude, avec une robe noire ou bleue aux manches traînant sur le sol. Elle est coiffée de petites nattes et porte des boucles d'oreilles ; aux pieds, elle chausse une sorte de bottes qu'on connaît en Chine sous le nom de *so-i*.

Description très fidèle des costumes qu'on rencontre dès qu'on aborde le haut plateau. Manches des robes, boucles d'oreilles, bottes, tout y est. Y compris, bien entendu, cette furie des petites nattes. Les annalistes, soit dit en passant, ont omis de relever que les hommes portent les mêmes manteaux à manches qui traînent. Pas jusqu'au sol, toutefois. Autre différence : une seule de leurs manches est exagérément longue. Mais les fonctionnaires de l'Empire ne s'intéressaient qu'aux puissants. Et les puissants, ici, c'étaient les femmes. Cela dit, un autre détail ne concorde pas : la couleur des robes. Ce noir-là, et ce bleu sombre, c'est dans le Sud qu'on les rencontre. De Likiang à Dali, et jusqu'à Tengyueh, les femmes en raffolent. Cet après-midi, en revanche, à la porte de Choni, elles étaient très pauvrement vêtues, de robes de laine grège, qu'elles avaient sans doute tissées elles-mêmes, et de pantalons rouge vif. Sans doute l'influence des Chinois.

En hiver, elle y ajoute un manteau de peau de mouton orné de broderies.

Ce manteau, on l'a rencontré, il y a une semaine, sur le dos de trois nomades, au bout du désert d'herbe. Cette fois encore, c'étaient des hommes qui le portaient. Et seule la manche gauche du manteau était longue. Elle ne traînait pas non plus jusqu'à terre. Mais peu importe, ça crève les yeux : ici, à Choni, on se trouve à la lisière du Royaume des Femmes. Cette tour, ces coiffures, ces manteaux, tout l'annonce. Par conséquent, se contenter de voir dans ces notations des variantes dégénérées des us et coutumes du Royaume oublié.

Dès lors, plus moyen de fermer l'œil : comme à Vienne, Honolulu et Tengyueh, la Nuit s'est éclipsée en le laissant riche d'un aplomb, d'une énergie inouïs, qui ne demandent qu'à s'employer dans la seconde.

Il s'est donc levé, est sorti sur la terrasse. Dans le froid, sous la lune, il est allé revoir la pivoine.

Inchangée depuis la veille, à l'ombre de la tourelle qui n'avait ni portes ni fenêtres. Corolle à peine refermée, malgré la menace du gel. Et toujours aussi blanche, avec cette tache d'un pourpre sombre à la base des pétales.

Du côté de la ville, la blancheur de la lune continuait d'écraser l'ocre de la muraille. Il a fixé le ciel et l'a trouvé si proche qu'il s'est entendu murmurer : « Je pourrais cueillir les étoiles. »

Puis une petite brise s'est mise à souffler du haut des cimes. Il a aussitôt estimé, toujours à mi-voix :

« Vent du sud. Signe de beau temps. »

Et le monde, aussitôt, lui a donné raison : le vent, autour des pics bleu sombre, a commencé à semer de minuscules effilochures de nuages, comme chaque fois qu'un beau jour s'annonce. Des années qu'il ne s'était pas senti plus confiant.

Il s'est redit : « Ici, depuis le fond des siècles, quelque chose m'attend. »

Et il est allé se recoucher.

Il a fini sa nuit comme les héros des romans qu'il allait voler dans la bibliothèque Potocki : d'un sommeil sans rêves. C'est-à-dire tout entier confondu avec ses songes.

Pour le sortir de ce paradis-là, il fallut donc l'autre nirvana, celui que se mit soudain à appeler, ô-ô-ô-ô-ô-ô-ô-ô-ô-ô-m, l'interminable basse continue poussée par les moines à l'approche de l'aube.

Par l'escalier, le chant montait des profondeurs de la tour comme d'un gigantesque larynx uniquement conçu pour tenir indéfiniment la note unique du ô-ô-ô-ô-ô-ô-ô-ô-ô-ô-m, si têtu, l'ostinato, qu'après un long moment d'errance entre veille et sommeil où il s'est demandé de quel opéra il pouvait sortir, il a fini par se retrouver assis tout au fond de son alcôve.

Fini et bien fini, cette fois son flirt avec la Nuit : il consulte aussitôt sa montre ; et il n'a pas jeté un coup d'œil au cadran – quatre heures du matin – qu'il a réintégré sa condition de créature diurne : homme de règles, d'habitudes, de mesures, de manies. Il calcule entre ses dents : « Quatre heures. Et le Prince qui m'attend à sept. Tout juste assez de temps pour me raser, me commander un nouveau bain, enfiler mes habits de ville et m'offrir un breakfast. »

Et dans la foulée, il arrête qu'aujourd'hui, en plus du thé de Darjeeling, des œufs brouillés, ce seront des sandwiches au jambon de yak et un pudding aux pommes.

Donc illico, par dessus l'ô-ô-ô-ô-ô-ô-ô-ô-ô-ô-m qui décidément ne taira jamais sa gueule d'ô-ô-ô-ô-ô-

ô-ô-ô-ô-ô-ô-m, un bon coup de clairon. Et que ça
saute, bon Dieu, branle-bas de combat !

Au moment d'emboucher la trompe, cependant, il
se ravise. Et s'accorde quelques ultimes secondes de
méditation : par-dessus le pudding aux pommes, pourquoi ne pas s'offrir, une fois n'est pas coutume, une
petite rasade de vieux porto ? Puisqu'il s'en va voir
un prince. Puisqu'il va faire si beau...

La passion de la technique : jusqu'à l'arrivée de Rock, voilà ce qui a poussé le prince de Choni vers les explorateurs blancs. Mais les approcher, c'était aussi réparer la souffrance de sa propre condition : il était métis. Mi-tibétain mi-chinois.

Rock ne l'a saisi que bien plus tard. En revanche, il a tout de suite discerné qu'avec Yang, il avait affaire à un homme cruel, qui vivait dans la peur. De tout leur entretien, l'autre a rarement lâché son sabre, qu'il maintenait à hauteur de son abdomen, glissé dans le nœud très lâche d'une ceinture de soie.

Pour le coup, ce n'était pas une pose : pendant la demi-heure d'attente que le Prince lui a imposée avant de consentir à apparaître au fond de 'a salle d'audience, Rock, au milieu de la cinquantaine de dignitaires qui avaient été conviés en même temps que lui, a eu le temps de décompter une dizaine d'hommes à l'oreille coupée. Il a fini par aborder la seule personne qui, dans l'assistance, lui a semblé à même de lui en expliquer la raison : une sorte de rotondité ambulante aussi plate qu'elle était molle, le personnage même qui, quelques minutes plus tôt, l'avait introduit dans la pièce en compagnie de ses douze Na-khis et lui avait spontanément, dans un chinois parfait, décliné son titre : « L'Œil-Dans-Le-Dos-De-Yang ». Autrement dit, l'espion du Prince.

Comme il l'avait prévu, le mouchard officiel ne s'est pas fait prier. Il lui a rétorqué sans la moindre émotion : « Ce sont des gens qui, un jour ou l'autre, ont tardé à se prosterner sur le passage de Yang. Il les a punis comme il convient : sur-le-champ et de ses propres mains. »

Il babillait. En plus d'un espion, un eunuque. Rock n'a pas cherché à élucider si c'était aussi l'effet d'un coup de sabre princier. Il a préféré prendre des assurances sur son propre destin : « Juste avant l'arrivée du Prince, pourriez-vous m'adresser un signe ? »

Tout en parlant, il avait machinalement enfoncé son chapeau sur ses oreilles. Le geste n'a pas échappé à la rotondité castrée. Elle l'a interrompu pour le rassurer : « Les Blancs ne sont pas tenus de se prosterner. »

L'Œil-Dans-Le-Dos-De-Yang devait aussi occuper le poste de chambellan, car il s'est empressé d'ajouter – au fond de son gazouillis se fit jour, cette fois, une intense anxiété : « Vous avez bien votre cadeau pour le Prince ? Vous l'avez sur vous, n'est-ce pas, vous l'avez bien ? »

Rock a acquiescé. L'autre a respiré. Quelques instants plus tard, la puissance trancheuse d'oreilles a fait son entrée.

Sur le coup, Rock a cru à un spectacle de marionnettes : une longue épée, pour commencer, a soulevé une tenture. Dans la seconde, tous les dignitaires – L'Œil-Dans-Le-Dos-De-Yang compris – se sont précipités à terre comme si un obus venait d'exploser. Dans le doute, les douze Na-khis ont choisi de les imiter.

Son magnifique éden gris enfoncé au plus bas sur

les oreilles, Rock est donc resté seul à faire face au Prince. En manquant, pour la première fois de sa vie, aux règles élémentaires de la courtoisie. Il n'osait plus se découvrir.

Yang s'est avancé vers lui. Il marchait à pas comptés, en fauve, avec la souplesse de son âge – il n'avait pas plus de trente-cinq ans.

Il avait rengainé son épée mais gardait une main repliée sur son pommeau et l'autre à hauteur de la ceinture, comme hésitant sur l'usage qu'il allait en donner.

Puis, aussi brutalement qu'il avait soulevé la tenture, de la plus longue de ses manches (il portait, lui aussi, cette sorte de manteau décrit dans les annales des Sui et les annales des T'ang) il a fait jaillir, à la façon d'un prestidigitateur, une longue écharpe de soie bleue. Ce n'est qu'à ce moment-là, pour lui tendre l'étole, qu'il a brièvement abandonné son épée. À Rock, il a alors présenté les mains les plus ouvertes, les plus accueillantes de la Terre. Et murmuré de la voix la plus suave : « Bienvenue, bienvenue... »

À ce seul mot, de crêpe aplatie sur le pavé qu'il s'est acharné à rester depuis l'apparition de Yang l'espion-chef retrouve illico sa nature première et se métamorphose avec une agilité d'acrobate en rotondité verticale : si rond, écrasé et flasque qu'il paraît, L'Œil-Dans-Le-Dos-De-Yang s'avère très souple, très mobile. À cette occasion, Rock remarque qu'il porte par-dessus son manteau, enfilé dans le même type de ceinture lâche et soyeuse que le Prince, un long coutelas.

Puis long bruissement de soie : à la suite de l'espion, toute l'assistance se met debout, quoique avec moins d'agilité. Comme la veille, reviennent alors à l'esprit de Rock des bribes de romans et récits dévorés chez Potocki ; et il se fait une seconde fois la réflexion que, si ces livres avaient été illustrés d'images, ç'auraient été, coloriées à souhait, celles qu'il a sous les yeux. Bleu des brocarts du Prince, clair pour la casaque, outremer pour le manteau. Écarlate de ses bottes, relevées en pointe, à la façon des poulaines médiévales. Pour l'énorme armoire de laque devant laquelle il se fige, encore et toujours du rouge. Et sur tous les murs, une fois de plus, sur chaque pilier, lambris, porte, panneau, plafond, caisson, les mêmes interminables processions que dans la chambre de la tour, où caracolent d'identique façon, immuables et farouches, rois, dieux, chevaux, dragons roses, verts, violine, safran ou mauves – leurs yeux exorbités fixent unanimement, au-dessus de leurs têtes, un paradis neigeux.

Mais dans les livres que Rock avait si souvent dérobés dans la bibliothèque Potocki, c'était aussi dans ces salles d'audience noyées sous la laque, l'or et la peinturlure qu'au bout de quelques pages se profilait la traîtrise : poison subrepticement versé dans le hanap, poignard surgissant d'une tenture avant de s'enfoncer dans de quelconques reins. Sous sa toque de loup, le Prince arbore le même sourire que leurs félons mandarins : bouche étrécie, crispée dans un mauvais rictus. Il referme plus étroitement sa poigne sur son sabre ; et, en dépit de sa voix qui n'arrête plus de susurrer son « Bienvenue, bienvenue », nulle bienveillance dans son regard. Tout le contraire : la férocité.

Et cependant Rock, cette fois, trouve la force d'ôter son chapeau. Puis, toutes oreilles à l'air, de s'incliner devant lui. Enfin, relevant la tête, il va fouiller droit dans le regard de Yang. De son plus bel œil bleu. La Nuit est passée par là. Pas de peur, pas de suée. Il est sûr de son effet.

Et c'est bel et bien à un Yang tout éberlué de son aplomb qu'il tend l'étui qu'hier au soir Ho Tzu-chin a ciré et reciré jusqu'à y faire surgir les mêmes reflets d'eau noire que dans le cuir de ses derbys.

L'écrin est oblong, il contient une lunette astronomique. Une pièce unique, dénichée une fois de plus dans les rayonnages d'*Abercombie & Fitch*.

Avant de se fixer sur ce choix, Rock avait longuement hésité. Ce qui l'avait décidé, c'était l'idée que tous les hommes, quels qu'ils soient, sont fascinés par les astres. Il s'était dit aussi : « Là-haut, à Choni, si près de la montagne, le ciel doit être plus clair que n'importe où au monde. » Et, l'espace d'un moment, tout en manipulant la lunette, il s'était vu aux côtés du Prince, sur un col, par une nuit étincelante de gelée. À travers l'optique, il lui désignait une à une les constellations.

Mais, une fois de plus, la figure spectrale de Pereira était venue se superposer à toute cette belle scénographie. Il avait alors replacé la lunette dans son étui et grommelé une phrase beaucoup plus triviale, dont le sens avait dû complètement échapper au responsable du rayon : « Une lorgnette, de toute façon, ça fera tellement plus d'effet qu'une torche électrique... »

Il a cru tout prévoir, à son habitude. À aucun moment il ne s'est dit que le Prince n'a jamais vu de lunette astronomique : pour lui, ce n'est qu'un tube chromé. Il le manipule dans tous les sens en jetant, de temps à autre, un coup d'œil méfiant aux dignitaires qui suivent les plus ténus de ses gestes. Son perpétuel rictus a fini par se figer en moue.

À deux pas de lui, l'espion-chef ne s'y trompe pas. Il se met à frétiller de partout ; ses bajoues en frémissent comme une crème à deux doigts de tourner. Les dignitaires, eux, se contentent de s'ébrouer dans leurs soies – à l'évidence, ils sont près de détaler.

Rock les remarque sans les remarquer : toujours aussi libre de ses peurs, il s'est déjà posté devant Yang et braque sur un ciel fictif une lunette non moins imaginaire. Puis, à la manière des héros des romans de son enfance (s'ils s'en sortaient toujours, c'est qu'ils y croyaient dur comme fer, non, à leur salut, qu'ils y allaient au culot, eux aussi... ?), il enchaîne dans le chinois le plus poétique qu'il peut improviser, tout en continuant son mime :

« Les étoiles, prince Yang, le secret des étoiles... »

Et le miracle se produit : lui-même servile marionnette de récit d'aventures, voici que Yang se met à obéir à ses ficelles ; au fur et à mesure que Rock poursuit, caressant et lyrique comme il ne s'est jamais vu : « Pour suivre dans le ciel les humeurs de la lune... Pour observer le chemin des planètes... Pour prévoir le temps qu'il va faire, calculer au plus juste la date de tes semis, de tes greffes... », le teint du Prince s'anime, ses pommettes se relèvent, son regard s'ouvre – il sourit.

Mais Rock est trop bien lancé, maintenant, pour arrêter son petit théâtre et cesser d'enchaîner les belles formules :

« ... Tu verras venir le gel et les pluies avant tout le monde. Tu sauras quand marcotter tes arbres et récolter tes fruits. Tu pourras deviner le jour où fleuriront tes pivoines...

– Viens partager ma table ce soir », coupe le Prince.

Au fond de son regard, plus de rayon cruel. Encore moins de vanité. Il contemple désormais le télescope avec respect.

C'est aussi le contentement de l'ouvrier devant un outil, un bon outil. Puis il pose sa main sur celle de Rock. Qui sourit à son tour.

Pacte scellé.

Fermement resserrée sur la sienne, la paume du Prince est rude, épaisse, râpeuse. Comme chez tous les passionnés de plantes.

Rock a trouvé la brèche qui ouvre son amitié : le fond de Yang, c'est qu'il est jardinier.

ഗ്ഗ

Aux murs, cependant, aux plafonds, dans chaque lambris, caisson du plafond, les rois, yeux injectés de sang, les dieux continuent de caracoler, farouches, sauvages, en brandissant leurs épées. À la droite de Yang, les joues flaccides de l'espion en chef s'obstinent à frémir comme une mauvaise gelée. Et par la porte restée ouverte dans le dos des dignitaires, au fond de la salle, déferle à nouveau la rumeur assourdie de la Vieille Ville – gongs, trompes, conques, ô-ô-ô-ô-ô-ô-ô-ô-ô-ô-ô-m, la sempiternelle basse des moines. L'homme de pouvoir reprend alors le dessus sur l'amoureux des plantes. D'un mouvement dont la savante économie semble lui venir de très loin, le

Prince replace lentement le télescope au fond de son étui, se tourne vers l'armoire de laque rouge et, de sous sa casaque, extrait une chaînette d'or.

Y pendouille une clef du même or. Il en déverrouille la serrure sans même la détacher de la chaînette et dépose le télescope à l'intérieur du meuble.

Le tout à gestes très lents, tristes et révérencieux. Comme s'il venait d'ouvrir une sépulture.

Et lorsqu'il abandonne l'étui au fond de l'armoire, c'est aussi avec la tendresse qu'il aurait accordée, face à sa dernière demeure, à la dépouille d'un être cher.

À l'intérieur de cette armoire, cinq étagères. Seules les trois premières sont encombrées.

Rock a tout loisir d'en dresser l'inventaire : une fois que le Prince a déposé son télescope, et toujours comme s'il se trouvait face à une tombe, il procède à un petit ménage. Il époussette, défroisse, redrape la soie tendue sur les étagères où gît, depuis des années sans doute, le bric-à-brac de cadeaux qui ont été offerts, dans cette même salle d'audience, par tous les Blancs de passage. Puis, de la pointe d'un canif qu'il extrait, comme l'écharpe de soie, de la plus longue des manches de son manteau, il entreprend de graver ce qui ressemble fort à des chiffres romains. En s'accordant de temps à autre – il ne semble pas très sûr de leur dessin – quelques instants de répit.

Rock en profite pour enregistrer le contenu de l'armoire. À sa manière ordinaire : de façon quasiment automatique, au détail près ; tandis qu'une autre part de lui-même, infiniment plus profonde, mais tout aussi mécaniquement réveillée, calcule, recoupe, déduit.

Sous chaque cadeau, une date est gravée dans la laque. Maladroitement mais avec soin. La main de Yang.

Seul le premier objet, un samovar, d'argent, porte l'indication du donateur : Grigori Potanine. En caractères cyrilliques à même l'argent du samovar.

Rock connaît ce nom : c'est celui d'un explorateur et chasseur de plantes, comme lui, qui a patrouillé dans la région. Avant son départ, il a consulté ses ouvrages à la bibliothèque de Harvard. Il a également lu le récit de voyage rédigé par son épouse, dont Potanine était assez entiché pour l'emmener partout où il allait. Pour son plus grand malheur : la belle est morte à l'orée du grand désert d'herbe. 1892, signale la date inscrite sous le samovar. Le Prince Yang, en ce temps-là, n'était sûrement pas né. C'est à son père ou à son grand-père qu'a dû être offerte cette pièce de toute beauté.

Et il a coulé beaucoup d'eau sous le pont de Choni avant que des Blancs ne se risquent à nouveau dans le coin : jusqu'aux cadeaux suivants, un trou de treize ans. Mais belle compensation, cette année-là : une pendule de Bohême, deux nymphes en albâtre, trois théières en porcelaine (facture anglaise). En cet an de grâce 1905, il y a du mouvement, à Choni ! Yang avait quatre ou cinq ans, ces visites ont dû le marquer. C'est sans doute à cette époque qu'il a chopé son snobisme blanc.

1906 : deux pistolets à crosse de nacre. Facture typiquement russe.

1910 : un sitar et deux statues de divinités indiennes. Un maharadjah voyageur ?

1917 : une carte de l'Empire français. Sûrement pas un cadeau de l'ex-diva de *Lakmé* reconvertie dans le trekking à grand spectacle : d'après ses confidences à la Mission de Tsjedrong, elle se trouvait au Japon, à l'époque. Sans doute quelque autre *Frenchie* arrogant et désargenté. La patrie de Napoléon n'a jamais manqué de fous furieux.

1918 : trois cartels baroques ruisselants de dorures. À tout coup, encore des Russes. Des tsaristes chassés par les Rouges ?

1920 : année très mouvementée – cinq porcelaines de Wedgwood, un minuscule lustre de Murano, un globe terrestre (toutes les indications géographiques y figurent en anglais). Voilà qui empeste soit les missionnaires pentecôtistes, soit les agents du Foreign Office. Voire les deux à la fois : ils ont toujours fait excellent ménage.

Et aux deux tiers de la troisième étagère, là où, avant de repousser les battants de l'armoire et de l'embaumer dans l'ombre avec le reste de son bric-à-brac, le Prince caresse une dernière fois l'étui du télescope sur son linceul de soie, une ultime date : 1922. Gravée en-dessous d'une lampe électrique.

Rock – toujours le même réflexe – cherche sous l'épaisseur de son manteau la poche de caoutchouc aménagée dans la veste qu'aujourd'hui il ne porte pas – la première fois depuis des mois. Mais aucun doute possible : nul autre Blanc ne s'est aventuré jusqu'ici depuis le Brigadier général.

Il n'a pas eu à interroger le Prince à propos de Pereira. L'autre l'a évoqué dès le début de leurs entretiens, pendant le dîner. Lequel n'en portait que le nom – il s'est déroulé à quatre heures de l'après-midi.

Yang se souvenait très bien de lui. Il l'appelait « l'Anglais ». C'est lui qui a mis le sujet sur le tapis : il avait beaucoup admiré son cheval et voulait savoir où les Blancs trouvaient d'aussi belles bêtes. La description qu'il a donné de son visiteur – un homme grand et sec, hautain, cassant, boiteux mais excellent cavalier – a dissipé les derniers doutes. Rock s'est donc borné à lui demander :

« Qu'est-ce qu'il cherchait ? »

Il s'attendait à une réponse détaillée, comme le tableautin que le Prince venait de brosser. Mais Yang, cette fois, s'est fait expéditif :

« Il voyageait. Il allait à Lhassa. »

Pour faire honneur à son hôte, le Prince avait commandé un menu mi-occidental mi-chinois ; et par conséquent, fait ouvrir une bonne partie des conserves qu'il entreposait, peut-être depuis des années, pour épater les hommes blancs.

Maintenant qu'on en arrive au milieu du banquet, il tient à souligner à Rock à quel point il le tient pour un invité de choix. Il lui fait donc présenter le plat à même la boîte, en suivant de l'index les caractères de l'étiquette : SQUIDS – MUNSON BROTHERS – HONG KONG, pour mieux le persuader de l'excellence du mets.

Il a abandonné toute défensive. Le dos bien calé contre l'amas de tapis et coussins qui fait face à la table basse où se succèdent les plats, il a lâché la garde de son épée ; et désormais, lorsqu'il donne des ordres, c'est seulement pour veiller au contentement de son invité. Il s'adresse à son espion-chef, qu'il charge à chaque fois de remplir le bol de Rock, ou sa tasse à thé. Il ne se départit jamais de sa voix suave. Ni l'autre de sa ronde platitude : il ne manque jamais de s'exécuter sur-le-champ.

Ainsi, à l'ordre du Prince, et des mêmes baguettes dont il a écrasé, il y a moins d'une minute, le frelon qui bombinait autour de la fondue aux intestins de porc, L'Œil-Dans-Le-Dos-De-Yang se précipite sur la boîte marquée de l'étiquette SQUIDS – MUNSON BRO-THERS – HONG KONG et en extrait un bouquet de tenta-cules gélatineux. Puis, pour mieux l'imbiber des arômes, il le touille lentement dans la soupe d'eau de mer et de goémon qui continue de mariner au fond du cylindre de fer-blanc. Et le dépose enfin dans le bol de Rock. Du poulpe.

Pourtant, pas de haut-le-cœur, cette fois-ci, pas d'ir-résistible envie de prendre la fuite pour aller vomir ses tripes jusqu'à la dernière : depuis qu'il a entendu Yang parler de Pereira, toutes les fonctions qui régissent ses bonheurs gastronomiques, narines, papilles, glandes salivaires, sont comme anesthésiées. Un seul appétit : celui qui le porte vers les paroles du Prince. Il parvient donc sans difficulté à mastiquer, avaler. Même lorsque L'Œil-Dans-Le-Dos-De-Yang, toujours au commandement du Prince, déverse dans son bol, par-dessus le poulpe, une louche dégoulinant d'une glace à l'eau – elle est de couleur vert pâle et empeste le dentifrice au menthol.

Tout à sa recherche des mots et des formules pour tourner sa nouvelle question sur Pereira, Rock engloutit un nouveau et gluant tentacule, en dépit de la glaciale mixture de menthe chimique qui dorénavant l'enrobe. Et lâche, sur le ton le plus détaché qu'il peut contrefaire :

« L'Anglais... Il t'a écrit, après son départ ? Il n'a jamais voulu revenir ? Ni t'envoyer des amis ?

– À force de cheminer, l'Anglais avait perdu l'idée du Ciel et de la Terre. »

Le Prince parle un chinois élégant et légèrement archaïque. Il s'interrompt un instant pour recevoir des mains de l'espion une nouvelle part de tentacules au menthol, la mastique d'une dent carnassière puis reprend, plus sombre que jamais :

« Devant le pas de son cheval, l'Anglais ne voyait que lui-même. C'était un homme aussi seul que le vent. »

Toujours le même chinois poétique. Mais la question l'a troublé : il en oublie son poulpe. Devant ses yeux, il garde suspendu le ciseau de ses baguettes, et se met à observer Rock. Qui fuit son regard.

D'une bouche aussi crispée qu'à son arrivée dans la salle d'audience, Yang décide alors d'inverser les rôles :

« Mais toi, tu n'es pas un homme fait de vent. Toi, tu pèses. Tu es entré chez moi avec des hommes, des mules, de bons chevaux. Et tellement de caisses ! Tu veux rester longtemps dans la région. Pourquoi ? »

Il a été direct. Rock, à son habitude, biaise :

« Tu le sais, tu as vu ma bannière !

– Que cherches-tu ? s'entête Yang.

– Tu l'as lu sur mon drapeau. Des plantes. »

Rock se redresse sur les coussins, mime la posture d'un homme qui observe à la jumelle.

« Tu m'as vu venir de loin, hier ! Je suis sûr que tu as réussi à lire ce qui était inscrit sur ma bannière... »

Le Prince se détend enfin. Il éclate de rire. Puis, de l'intérieur de sa manche, décidément inépuisable, extrait une paire de jumelles.

« Bien vu ! »

Zeiss, enregistre mécaniquement Rock. Modèle récent.

Mais, une fois de plus, Yang devance ses questions :

« Je les ai achetées l'an passé à Chengdu. Sur le marché, j'ai rencontré un homme de ton pays. Il venait de traverser le désert de Gobi, il avait été détroussé par des nomades, il avait besoin d'argent. Il me les a vendues. »

Il braque ses jumelles sur Rock et se remet à glousser :

« Tu étais de l'autre côté de la rivière, tu regardais ma ville. Mais moi, c'était toi que je regardais ! »

Et, avec la même dextérité qu'il a sorti l'appareil du tréfonds de sa manche, Yang l'y engloutit. Et se rengorge, se raidit de toute sa personne sous l'apprêt de son manteau. Plus de gloussements, plus de clowneries. Résurrection subite de l'homme de pouvoir. Qui commande aussitôt à l'espion-chef de présenter à Rock le plat suivant.

Le service se complique : L'Œil-Dans-Le-Dos-De-

Yang n'a pas déposé dans le bol de Rock une cuillerée de ce qui ressemble à de la gelée de melon, il n'a pas artistement couronné l'incertaine et orangeâtre confiture d'une lanière de goémon, que le Prince lui ordonne de déboucher le petit bock de bière japonaise qui trône au milieu de la table depuis le début du banquet.

L'espion-chef étouffe un soupir : il n'a pas trouvé une seconde pour avaler une seule bouchée de poulpe. À chaque fois qu'il s'y préparait et que, de toute sa platitude, il s'affalait sur les coussins, il a fallu que le Prince lui donne un nouvel ordre.

Mais, une fois encore, toujours aussi souple, L'Œil-Dans-Le-Dos-De-Yang ravale sa salive et se soumet. En un rien de temps, il avise un coffre, par-derrière les coussins, en sort deux gobelets d'argent. De ceux, ouvragés et minuscules, que le père de Rock, à Vienne, utilisait pour servir les liqueurs aux invités de Potocki ; et, malgré l'embarras de ses longues et épaisses manches de soie, l'espion-chef réussit l'exploit de verser dans chaque coupelle, d'un mouvement d'une rigueur accomplie (l'élégante minutie qu'on voit précisément aux domestiques ou aux garçons de café chevronnés), une dose de bière assez exacte pour que la mousse ne déborde pas.

Yang a suivi ses gestes comme il aurait contemplé un calligraphe à l'œuvre ; face au collet qui couronne le récipient sans abandonner une seule goutte de la précieuse bière, un sourire de connaisseur lui échappe. Avec la même artiste économie de mouvements que son espion, il se lève, gobelet en main, et s'apprête à porter un toast.

Qui lui a appris cet usage ? Les Russes ? Pereira ? Quel Blanc, introduit dans cette même salle de ban quet, assis sur ces mêmes coussins, a sorti à l'impromptu une bouteille et s'est ainsi dressé, son verre levé à hauteur des yeux, avant de noyer son regard dans celui, noir et coupant, du prince Yang ? Pour nouer quelles alliances ? Échanger quels secrets ?

Rock se lève à son tour. La lumière a baissé. Un moine vient déposer sur la table basse des lampes à beurre. Dans le gobelet d'argent, la mousse de la bière japonaise prend des reflets d'arc-en-ciel. Et tout aussi subitement qu'elle s'est formée, elle se défait. Au fond du petit récipient ne frémit plus qu'une lichette de lavasse.

Mais Yang, à qui son breuvage a dû coûter une fortune, entend en jouir jusqu'à l'ultime goutte : il se met à le savourer en chat, à microscopiques lapées ; et c'est seulement quand il n'en reste plus une goutte qu'il poursuit, les yeux toujours perdus dans ceux de Rock, et d'une voix plus douce que jamais :

« Tu as raison d'être venu chez moi. Tous les Blancs qui sont passés sur mes terres m'ont dit que mes forêts sont les seules qui n'aient jamais changé depuis le début du monde. Ici, tu vas trouver des plantes que tu n'as jamais vues. »

Il soupire, baisse les paupières. Rock croit bon d'en faire autant. Et c'est ainsi, les yeux fermés, qu'il entend Yang revenir à la charge :

« Mais qui t'a parlé de mon pays ? Et où, au juste, veux-tu te rendre ? »

De l'autre côté de la table, au-dessus des coussins où s'étaient adossés, muets et quasi immobiles, quelques-uns des dignitaires déjà présents à l'audience du matin, deux très longs panneaux décoraient le mur. De même dimension, exactement. Le premier représentait douze personnages, tous en costumes différents ; certains portaient les mêmes chapeaux que les nomades croisés dans le désert d'herbe et les canyons menant à Choni. Le second panneau, accroché juste au-dessus, était une carte.

Enfin, un semblant. Des dizaines et des dizaines de montagnes y étaient figurées sous forme de taupinières identiquement enneigées. Le méandre azuréen d'un fleuve coupait le panneau en deux ; et, colorié du même bleu de paradis, s'arrondissait ici et là l'œil d'un lac.

C'était dans ces espaces vierges de monticules qu'étaient peintes, en longues et artistes tombées d'idéogrammes, les indications géographiques – procession inorganisée de toponymes enchaînés les uns aux autres, noms de montagnes après ceux des routes, villes avec ceux des villages, les fleuves comme les sentiers, les monastères, les cascades, les forêts, les cols, les vallées.

Toujours debout, son gobelet vide en main, Rock choisit alors de pointer la carte et prend, pour une fois, le clair parti de la vérité :

« J'arrive de Chengdu, par Min-chow. Je cherche une montagne nommée Amnyé Machen. »

Le culot, le simple culot. Comme ce matin devant l'armoire aux cadeaux. Comme à Honolulu. Comme à Tengyueh. Hier soir, c'est indiscutable, dans la chambre du haut de la tour, c'est bien la Nuit qui est venue le visiter. À nouveau, son aplomb sidère L'Œil-Dans-Le-Dos-De-Yang. Les dignitaires aussi, de l'autre côté de la table.

Friselis de soie, frémissements subreptices, la petite nuée s'ébroue de tous ses brocarts. Comme avide de fuir au plus tôt cette pièce confinée dans les relents de bière, de menthol et d'eau de mer en conserve ; et d'aller conjurer sa terreur dans les montagnes, fusil pointé sur le premier tigre, léopard, antilope, aigle à passer.

Et faute de pouvoir bouger d'un millimètre, l'œil de chacun se met à l'affût. L'un de ces dignitaires, note alors Rock, n'a qu'une oreille ; il n'est pas le dernier à affiler son regard.

Mais ce n'est pas lui qu'on guette. C'est l'espion-chef. À l'étroit du Palais, ces hommes aux faces dévastées par les blizzards, les vents de sable et le soleil des cols sont autant d'Yeux-Dans-Le-Dos-De-L'Œil-Dans-Le-Dos-De-Yang. Décidément, la police du Prince est bien faite.

Cela dit, pour vivre à chaque seconde dans la ruse et l'intrigue, la vérité n'effraie pas Yang. Il semble ravi d'avoir vu Rock choisir le parti de la clarté, car il poursuit, toujours aussi limpide :

« Tu ne trouveras pas l'Amnyé Machen sur ma carte. Le pays Golok ne m'appartient pas. »

Et comme Rock arrondit la bouche pour une nouvelle question, il la devance encore une nouvelle fois :

« ... Les Goloks n'appartiennent à personne. Ils ne sont ni tibétains, ni chinois. Et si tu veux aller là-bas... »

Derechef, sur les coussins d'en face, bruissements de brocart. Mais noir, brillant et froid, le regard du Prince se promène déjà sur sa petite cour. Les cervicales se rengainent instantanément dans les hauts collets de soie. Rock hasarde :

« Il paraît qu'il y a une reine, là-bas.

– Reine ? »

Il n'est pas sûr d'avoir compris, on dirait. Rock reprend :

« Une fille qui a eu maille à partir avec les Chinois. »

Cette fois, Yang semble avoir compris :

« Oui, la tribu Lürdi. Des nomades qui vivent au pied de la montagne. »

Il a confirmé sans la moindre difficulté. Il a dit « la montagne », exactement comme Pereira ; et il a parlé des gens de la reine comme il ferait de familiers :

« ... J'en vois de temps en temps par ici, ils viennent au monastère prier le Dieu de la Littérature. Mais, d'habitude, ils préfèrent se rendre à Labrang pour rencontrer sa réincarnation. »

Il s'arrête, hoche la tête, fait signe à Rock de s'asseoir puis se met à contempler, à travers les croisillons de la fenêtre, le soir qui tombe sur les sommets. Avant d'ajouter, comme subitement saisi par ce qui pourrait bien s'appeler de la mélancolie :

« Il va sur ses dix ans, maintenant, le Grand Bouddha Vivant. »

Rock lâche une grimace, pose la main sur son abdomen. C'en est trop !

Indigestion de mots, non de plats. *Dieu de la Littérature*, *tribu Lürdi*, *Réincarnation*, *Grand Bouddha Vivant* : c'est au figuré qu'il est estomaqué. Il n'arrive plus à enregistrer. Trop loufoque. Plus saugrenu encore que la gelée de melon au goémon, le poulpe et la glace au dentifrice qui achèvent de se mélanger dans son bol. Et plus farfelu que, de l'autre côté de la table, les faces des mouchards et sous-mouchards qui recom mencent à émerger lentement de leurs cols pour s'espionner les uns les autres.

Mais Yang, lui, n'a rien d'un prince de fantasmagorie. Posé, ferme, il continue d'aligner des mots clairs et tranquilles. Pragmatique, pour le coup, plus du tout poétique. Il gouverne. Et comme tous ceux qui gouvernent, chaque phrase qu'il profère est une nouvelle décision :

« Pour les plantes, je vais t'aider. Pour la fille de la tribu Lürdi, en revanche, pour la montagne... Mais je vais t'adresser à un homme, là-bas, de l'autre côté du col, vers le sud... »

Ce que Rock a trouvé admirable, à ce tournant du banquet, c'est que Yang ne se soit pas écrié : « Ne t'en vas pas là-bas, la Montagne est sacrée ! Les Goloks vont te tuer, tu n'y arriveras pas ! » Qu'il n'ait pas non plus cherché à le retenir en le gourmandant : « Reste ici, tu me plais, allons ! Je t'offre mon toit, mes hommes, la tranquillité, le gîte et le couvert, reste chez moi ! Et puis, toutes ces plantes inconnues qui t'attendent dans mes vallées... » Non, Yang n'a pas cherché de biais, il n'a pas argué : « Les pivoines jamais vues, les iris uniques, les rhododendrons, les races nouvelles de peupliers et d'épicéas, c'est ici, dans les défilés du pays de Tebbu, que tu vas les trouver. » Il aurait pourtant dit vrai. Mais il ne voulait pas discuter.

Il a donc gardé pour lui le fond de sa pensée, il a fait taire ses soupçons, il s'est empêché de lui lâcher : « À la fin, tu vas me dire ce que tu lui veux, à cette fille ? Et la Montagne, qu'est-ce que tu lui cherches ? Qu'est-ce que tu vas te mêler d'entrer dans un pays où la mort va te suivre à chaque pas ? »

Mais le toast avait été porté, le télescope rangé dans l'armoire de l'hospitalité ; et Yang était un prince, un vrai. Pour lui, une fois qu'un pacte était scellé, il impliquait toute une série d'actes qui s'enchaînaient les uns aux autres, liés par une seule logique, qu'il aurait été vain de vouloir contrecarrer. Même au nom du bon plaisir, pour satisfaire un caprice. L'idée de se mettre en travers du chemin de Rock ne l'a pas effleuré ; et puisque en pleine conscience de ses actes, il avait déjà arrêté de l'envoyer à son mystérieux ami qui vivait par-delà le col du Sud, la décision suivante s'est spontanément emboîtée à la précédente :

« Je vais te recommander. T'écrire une lettre. »

C'était en somme lui dire : « Toi, l'étranger, tu es libre, je ne te retiendrai pas ; et je mets ma liberté au service de la tienne. Tel est mon cadeau, puisque je fais de toi mon ami. Tel est mon surcroît. »

Mais ces paroles-là, Yang ne les a pas dites. Il savait qu'il est des pensées si pures que, sitôt proférées, elles se flétrissent. Et ne laissent après elles, comme la fleur coupée du pavot, fripée et vaine, que la membrane des mots.

❧

Rock est aussi convaincu qu'il n'en a pas usé de la sorte avec Pereira. D'ailleurs, pour bien lui démontrer qu'ils en arrivent à un tournant capital de leur alliance, le Prince veut lui porter un second toast.

À nouveau, donc, L'Œil-Dans-Le-Dos-De-Yang se précipite pour verser dans les gobelets la bière dont la mousse jette de petits arcs-en-ciel ; et quand le Prince, qui n'a pas remarqué jusque-là leurs reflets, aperçoit enfin, à la lueur des lampes, leur écharpe irisée, il s'exclame :

« Bon présage ! »

– Bon présage ! » répète Rock ; et ils recommencent à laper chacun leur lichette de liquide jaunasse.

Puis le Prince se rassied, cette fois en calant solidement son dos contre tapis et coussins ; et, tandis que la glace achève de noyer le poulpe et les lanières de goémon dans sa marée mentholée, il relève le menton au-dessus de son haut col de soie, rectifie sur son crâne l'aplomb de sa toque et enchaîne :

« Je vais t'expliquer. »

୭

En Occident, Yang aurait fait un excellent chercheur. Rock n'est pas surpris de sa passion pour les plantes : il a un sens aigu de l'exactitude des concepts, des catégories rationnelles, des hiérarchies. Son expression, certes, recourt souvent à des images poétiques, à des formules fleuries, figées en l'état depuis la nuit des temps. Pour autant, il lui développe son propos avec méthode ; et, une fois de plus, en devançant toutes les questions. Par conséquent, inutile de l'interrompre. Il suffit de le laisser égrener son chapelet de faits.

Selon lui, en l'espace de deux ans, l'état de la région, hormis sa petite principauté, est devenu pitoyable. Du reste, depuis qu'il a repris la parole, il recommence à manipuler la garde de son épée. Comme si un agresseur allait débouler d'un instant à l'autre dans cette salle de banquet.

Mais, pour rationnel qu'il soit, d'un bout à l'autre de son récit, Yang demeure impuissant à dresser un mur étanche entre son évocation du passé – « L'Ère des Royaumes », comme il l'appelle – et la minute présente, si lourde de menaces, à l'en croire.

Et le plus étonnant de l'affaire, c'est que Rock s'y retrouve parfaitement : depuis ce temps, les noms des hordes n'ont pas changé. Alors les voici, maintenant comme autrefois, qui parcourent les vallées et les cols ; et consument avec la même passion leurs vies en chevauchées et en pèlerinages, cabrant leurs bêtes face à d'identiques vents de poussière, grêles de flèches, tornades de neige, ouragans de malheur. Meutes rebelles, farouches, orgueilleusement repliées sur leurs us et coutumes. Dans le grand désert d'herbe, elles se repèrent au seul vol du vautour, à l'implantation des mousses dans les vallons. Au fond des forêts, elles prennent pour boussoles les crosses enroulées des fougères. Pour les marches de nuit, elles se fient au seul reflet de la lune dans les rivières et, sitôt parvenues à un col, avant de se mettre en embuscade ou de lancer une attaque, elles questionnent, en tout et pour tout, l'aigle, le nuage, le vent, les traces sur la neige. En ces marches incertaines de l'Empire, le Temps vorace a pu abattre les royaumes, dévorer la terre des murailles, dissoudre en sable le granit des stèles, le danger, ici, a conservé la même face. Immuable.

Aussi le Prince, pour commencer, fait-il souffler dans cette salle de banquet les vieux vents des ères lointaines. Non par passion de la poésie ou par goût de l'ornement. Mais pour que le barbare blanc, à présent son ami, comprenne qu'ici, avant les tempêtes de l'Histoire, ce qui régit le destin des hommes, c'est le froid, l'ouragan, ou le tigre des neiges, le cheval, le yak, le brigand. Il saura ainsi ce qui l'attend lorsqu'il quittera ses terres pour aller chercher la Montagne.

Il raconte ainsi à Rock l'histoire de son ancêtre Chi-Ching, le guerrier qui, six siècles plus tôt, a réussi à mettre la main sur le pays de Choni en soumettant les tribus rebelles qui le peuplaient depuis que le monde est monde :

« Sur le tableau d'en face, les douze personnages qui s'alignent figurent ces peuples des premiers temps. En récompense de son exploit, l'Empereur, depuis Pékin, a décerné à Chi-Ching le titre de gouverneur. Il lui a aussi octroyé un sceau et l'a honoré de ce titre, "Yang", dont je représente la vingt-deuxième génération. Un seul peuple a résisté à Chi-Ching, et aux vingt et un autres Yang qui l'ont suivi : ceux que tu cherches, les Goloks. Ceux-là ne connaissent que le meurtre et la vengeance. Ils trucident, égorgent, dépècent quiconque s'approche de la Montagne ; et s'obstinent, comme à l'Ère des Royaumes, à vivre loin du monde, libres et sauvages, entre leurs yaks et leurs chevaux, les meilleurs de tout le pays, bien à l'abri de leurs vallées et des gorges du Fleuve Jaune. »

En dehors de sa généalogie, le Prince ne m'apprend rien de neuf, songe Rock. Les gorges du Fleuve Jaune, la sauvagerie des Goloks, j'ai ça dans tous mes livres. Même dans le manuscrit de la Française, qui n'a jamais fichu les pieds là-bas.

Mais Rock note tout de même qu'une seconde fois, comme Pereira, Yang a dit : « *la* montagne ». Comme s'il n'y en avait qu'une dans tout le pays. Avec une telle solennité qu'il y a senti une majuscule : la Montagne. D'ailleurs sa voix, sur ce bout de phrase, a vacillé.

Terreur ? Respect ? Indémêlable. Mais, pour l'évoquer de la sorte, c'est sûr, Yang n'a jamais approché l'Amnyé Machen. Pour autant, on dirait, ça ne lui déplairait pas qu'un Blanc s'en charge. Mais là encore, pas moyen de savoir pourquoi. Est-il ligoté par les devoirs de prince et grand lama de Choni ? Ou juget-il, lui qui place si haut les Blancs, que seul un homme de l'Ouest peut réussir là où ceux de l'Est ont échoué si unanimement ?

En tout cas, il a déjà une idée sur la manière de s'y prendre pour entrer en terre golok : sans préambule, il développe le plan qu'après son premier toast il a commencé d'esquisser :

« ... L'homme qui pourrait joindre les Goloks en mon nom, et tenter de les convaincre de te laisser pénétrer sur leurs terres se nomme Huang-Wei-Chung. C'est le père et le Régent de Sa Très Précieuse Réincarnation du Dieu de la Littérature. Il a engendré l'enfant qu'on appelle aussi le Grand Bouddha Vivant. »

Et, avant que Rock ait pu seulement concevoir le début d'une question, il enchaîne avec la même tranquillité sur l'histoire du Régent.

« Avant de gouverner en lieu et place de son fils le Grand Bouddha Vivant, Huang-Wei-Chung a longtemps officié comme bandit. Mais pas ici, bien au sud, dans les grandes vallées du Kham. Et il a fait son métier de brigand, dévalisé, torturé, étripé des centaines de voyageurs, jusqu'au jour où des moines sont venus frapper à la porte de son repaire et ont reconnu dans son benjamin, cinq ans à peine, la Réincarnation du Dieu. »

Et comme le Prince sent que son hôte, cette fois, a du mal à le suivre, il lui explique que sous la chair enfantine du fils du bandit palpite l'Esprit qui préside au savoir, à la connaissance, aux livres et à toute forme d'écriture ; et qu'à la suite de cette phénoménale et brutale promotion – après le dalaï-lama et le panchen-lama, le Grand Bouddha Vivant est la créature la plus sainte du Tibet – son père Huang-Wei-Chung n'a rien perdu de ses talents pour l'attaque et l'arnaque. Depuis sept ans qu'il exerce la régence et gouverne en lieu et place de sa réincarnation de fils, il reste égal à lui-même : féroce, roué, extrêmement dur en affaires. On peut donc compter sur lui pour parler d'égal à égal avec ces gredins de Goloks. Et éventuellement avec la fille de la tribu Lürdi. Si du moins elle est toujours à marauder dans le coin.

∽

Et voilà que, brusquement, le discours de Yang, à deux ans de distance, se met à recouper presque mot pour mot le récit de Pereira.

Ou, plus précisément, il développe une phrase que le Brigadier général avait lâchée lors de leur rencontre du *Boozer's*, à propos d'une dépêche reçue par le consul de Tengyueh. Lui aussi, Yang, comme l'écha-las militaire, évoque un conflit entre celle qu'il per-siste à appeler « la fille de la tribu Lürdi » et un général musulman. Un certain Ma, dit-il, un aventurier qui, au nom du gouvernement de Pékin ou de ce qu'il en subsiste, tente de contrôler la région et d'en tirer, pour son seul profit, tout l'or qu'il peut. Comme Pereira, Yang raconte que Ma a voulu lever un impôt sur les terres de cette fille. Une taxe sur l'herbe, l'eau et chaque tête de bétail, précise-t-il. Elle a refusé. Toutes les tribus goloks, soumises comme elle à la taxe et édifiées par son exemple, se sont alors soule-vées. Il y a eu une grande bataille avec les troupes du général musulman. Yang se rappelle aussi qu'après cet affrontement, la fille est partie à Xining, suivie de toute une escorte. Un genre d'ambassade, affirme-t-il. Comme Pereira, une fois de plus. Mais il ajoute que la fille golok est parvenue à conclure un compromis avec le général Ma. Un arrangement dont il ignore le détail.

Et d'un seul coup, alors que Rock attend, haletant, qu'il la lui décrive, sa Reine, avec sa suite, ses cent huit nattes, ses toques de fourrure et ses robes de soie, Yang, sans préambule, se met à fustiger Ma :

« Il a réussi à se faire nommer gouverneur ! Et maintenant qu'à Pékin tout part à vau-l'eau, il réclame, tant qu'à faire, tout pouvoir sur le Setchwan, la Mongolie, le Kokonor, les caravansérails du désert de Gobi ! Et j'en passe ! Seulement voilà, s'il veut payer ses soldats et acheter les fusils, les munitions, les mitraillettes que ses amis russes n'arrêtent plus de lui proposer, il lui faut des monceaux d'or, à ce vautour ! Et comme les Goloks ne se sont pas laissé faire, il veut maintenant racketter les Tibétains ! L'hiver dernier, il a envoyé son frère proclamer un édit à Labrang, là où, depuis des siècles et des siècles, réside le Grand Bouddha Vivant. Une fois de plus, tous les pèlerins et marchands de la ville devaient lui verser un impôt. Mais Ma avait oublié qui était le Régent ; et son frère n'avait pas fini de lire l'édit que l'autre vieux gredin avait déjà trouvé la parade : quelques jours plus tard, au plus fort des neiges, lui, son fils et ses moines ont déménagé... Ils se sont repliés par-delà les cols du Sud, dans un monastère perché en haut d'un à-pic gigantesque. Pour voir Sa Très Précieuse Réincarnation et obtenir sa bénédiction, il faut maintenant se rendre là-haut, à l'Ermitage de la Falaise Blanche, et faire comme eux, passer les cols, prendre le défilé qui mène à l'à-pic, et là, montrer patte blanche avant de se faire hisser dans une nacelle suspendue à des chaînes d'acier... »

L'affaire amuse beaucoup Yang, il s'interrompt

pour glousser. Puis il enchaîne, en s'arrêtant de temps en temps pour recommencer à pouffer :

« Tibétain ou Golok, personne ne craint l'aventure... Et plus personne ne va à Labrang. Donc, là-bas, plus de pèlerinage, plus de commerce, plus de marché... Plus d'argent ! Même les marchands musulmans ont dû fermer boutique ! La ville est morte... Édit ou pas, plus un sou dans les caisses de Ma... ! »

Puis soudain, son rire se gèle ; et dans le même instant, Rock comprend pourquoi, depuis le temps qu'il parle, l'autre n'a pas arrêté de jouer avec la garde de son épée.

« Le Régent, au nom de son fils la Réincarnation du Dieu de la Littérature, vient d'adresser un ultimatum à Ma. Si le général ne cède pas sur l'impôt, les Tibétains, au deuxième quartier de la quatrième lune, passeront au fil de l'épée tous les musulmans de la région. Et comme Ma ne cédera jamais, la guerre sera là avant deux mois. »

S'il y a bien un mot que Rock abhorre, c'est celui de « guerre ». Depuis vingt ans qu'il a quitté Vienne, il le prononce le moins souvent possible. La dernière fois qu'il se rappelle l'avoir lâché, c'était en août 14, quand l'Europe a tiré les premiers obus de la grande boucherie. Ce jour-là seulement, le mot l'a réjoui. Du plaisir égoïste d'avoir sauvé sa peau.

Il vivait à Hawaï, en ce temps-là. C'était l'époque où il n'avait que la botanique en tête. Il travaillait comme assistant à l'Université, avait commencé le répertoire qui allait établir sa notoriété scientifique sur les campus américains. Il a appris la déclaration de guerre dans l'île de Maui, au retour d'une virée dans une petite forêt paradisiaque où, à la lisière d'un lagon, il avait découvert coup sur coup, dans l'espace d'un seul après-midi, trois variétés de fougères rigoureusement inconnues, sans compter une vahiné de seize ans – la délicieuse petite heure qu'il venait de passer au fond de sa case... C'est Susannah Hind, la veuve qui l'hébergeait dans sa plantation, qui lui a appris la nouvelle. Toute rougeaude et tremblante au milieu de ses trois bambins, elle l'attendait depuis des heures sous la varangue de sa maison – Rock se souvient aussi qu'elle était si émue que sa transpiration commençait, tout autour de ses aisselles, à décolorer la percale verte de son corselet ; et il s'entend encore lui rétorquer : « La guerre ? Je l'avais toujours dit ! » Puis il est parti d'un rire spectaculaire, copié sur celui de Caruso dans Méphisto ; et c'est seulement là qu'il a sauté de sa selle.

Pas une seconde il n'a pensé à sa sœur, toujours à vivoter dans l'ombre étouffante du palais Potocki. À l'instant où il a retrouvé sous ses talons la féconde, sombre, grasse terre de Maui, il s'est contenté de pousser un long, et fort peu chrétien, soupir de soulagement. Avec son ventre toujours aussi rebondi depuis sa dernière maternité et ses seins blancs et moites qui, d'émotion, n'arrêtaient plus de déborder de son corsage, cette douce Susannah Hind qui n'y comprenait rien lui est alors apparue comme l'allégorie même du paradis tropical dont sept ans plus tôt son faux diplôme lui avait ouvert les portes. Et il s'est senti si violemment libre, en cette minute, qu'il a manqué de faire exploser la vérité à la face de la rousse, naïve, accorte et romanesque femme qui s'obstinait à le prendre, la malheureuse, depuis six semaines qu'elle l'hébergeait, pour un aristocrate chassé d'Europe par une histoire d'amour et de duel, vivant à Hawaï sous un faux nom – légende qu'elle s'était forgé toute seule sous la moustiquaire de son lit et qu'il s'amusait à accréditer, chaque fois qu'elle voulait lui tirer les vers du nez, par de longs regards épaissis de mystère.

Dans son euphorie, oui, ce soir-là, sous la varangue, tandis que Susannah Hind rassemblait ses trois gamins entre ses jambes comme si les armées prussiennes étaient déjà aux portes de la plantation, Rock a failli tout lui déballer. Pas seulement le faux diplôme, pas seulement sa naissance dans une loge de concierge, ses vols dans la bibliothèque Potocki, ses dimanches tristes face aux ours du Prater, mais aussi les raisons directes de son départ de Vienne, le jour de ses dix-huit ans : la conscription. Puisqu'il s'entêtait à refuser la prêtrise et qu'il n'avait pas de métier, il était bon pour l'armée. Où, dans le climat d'agressivité générale, il aurait été instantanément transformé, comme tous les pauvres d'Europe, en chair à canon.

En ce beau soir d'août sous la varangue de la villa de l'île Maui, ce que Rock avait aussi manqué d'avouer à la romanesque Susannah, c'est qu'un an plus tôt, lorsqu'il avait enfin obtenu son passeport américain, il avait connu le même pic d'euphorie, et pour les mêmes raisons. Lorsqu'il avait lu le « Joseph Francis » tout neuf qui attestait désormais de sa nationalité américaine, au lieu de ses deux prénoms de baptême, Josef et Franz (sous une forme inversée, ceux-là mêmes de l'Empereur d'Autriche, ce Franz-Josef gâteux qui n'avait toujours pas compris, au fond de son palais de Schoenbrunn, que la future guerre ne ressemblerait pas à un défilé de chevaux pomponnés et de grands-ducs empanachés), Rock avait couru s'enfermer dans sa chambre pour danser sur son gramophone. Étrangement, il avait déposé sur l'appareil des valses de Vienne. Par-dessus lesquelles il avait braillé jusqu'à en perdre haleine : « J'ai sauvé ma peau ! J'ai sauvé ma peau ! »

Alors, aujourd'hui, ici, à Choni, en cette ville qui, hier, à la sortie du pont et du bois de peupliers, a surgi devant ses yeux dans la sereine beauté d'enluminure pour livre d'heures, se retrouver rejoint par ce mot de « guerre » qui sonne à ses oreilles, une fois de plus, comme une condamnation à mort, c'est insoutenable. D'instinct, il fait donc comme à Hawaï durant les quatre années qui ont suivi l'annonce de la rousse et transpirante Mrs Hind, tous ces mois que ses anciens amis et nombre de ses parents passèrent, les uns à se faire tailler en pièces de l'Argonne aux Dardanelles, les autres à se ronger les sangs en attendant des nouvelles des premiers : il ignore. Et va droit au but. À *son* but. Il interrompt sèchement le Prince :

« Où se trouve la Montagne ? Et quel chemin pour la rejoindre à partir de Choni ? »

Comme tout à l'heure, le Prince répond sans une ombre d'émotion :

« Tu dois traverser les vallées qui s'étendent par-delà l'Ermitage de la Falaise. »

Il a saisi ce qui tourmente Rock, car après une petite pause, il tient à préciser :

« La guerre se déroulera par là. Entre mon territoire et celui des Goloks.

— Comment le sais-tu ?

— Les Musulmans commencent à se regrouper dans une grande vallée, à l'arrière des premiers cols. Les Tibétains aussi – eux, se rassemblent à l'Ermitage de la Falaise. C'est donc entre Choni et la montagne qu'ils vont s'étriper. »

De l'autre côté de la table, les soies et les fourrures frémissent : par de très ténus mouvements, L'Œil-Dans-Le-Dos-De-Yang et ses acolytes signifient à leur maître qu'ils approuvent son diagnostic. Ce sont eux, sans doute, qui l'ont si bien renseigné. Et Rock, cependant, s'obstine à contrer le Prince :

« Mais les Goloks... ? Tu m'as dit qu'ils haïssent les Tibétains !

— Les Goloks seront de la guerre. À eux aussi Ma a voulu extorquer le tribut. Il les a attaqués, massacrés. Maintenant ils crient vengeance, ils veulent l'égorger,

lui et ses soldats. Seulement, dès qu'ils auront gain de
cause et qu'au passage ils lui auront raflé ses fusils
et ses mitraillettes, ils feront comme d'habitude : ils
rompront leur alliance avec les Tibétains. Ils se replie-
ront dans leurs vallées. Et recommenceront à tirer sur
le premier étranger à s'approcher de leurs terres. »

Une seconde fois, la petite escouade d'espions se
remet à se tortiller dans ses soies. Mais Rock n'en
démord pas :

« Et la fille golok ? La Reine... puisqu'elle est allée
en ambassade chez Ma...

— Tout dépend de l'arrangement qu'elle a passé
avec lui. »

Yang fait la moue, cette fois ; et baisse les yeux
comme s'il examinait une marchandise douteuse. Puis
il se redresse et lance, droit, cette fois, dans les yeux
de Rock :

« Et puis, qui peut jurer qu'il y a eu arrangement
entre Ma et la fille ?

— C'est toi-même qui me l'as dit !

— Je t'ai répété une rumeur. Mais où vit-elle, à
l'heure présente ? Qui l'a croisée, qui l'a vue ? Qui lui
a parlé ?

— Le Régent, peut-être... Puisque dans le coin, à ce
que tu me dis, c'est lui qui fait la loi...

— Demande-le-lui. Tu verras bien. »

❧

À nouveau le silence englue la salle du banquet.
Face à l'invasion de l'ombre, la flamme des lampes à
beurre est infirme. À petites vagues véloces, sour-
noises, l'obscurité s'insinue partout. Le jade des bols
se ternit, les dessins, les couleurs des objets grisaillent

puis s'effacent. Bientôt le bock de bière japonaise, la boîte de conserve vide, les coupelles d'argent, les toques des dignitaires, tout comme les peintures d'oiseaux, de fleurs, de nuages sur les panneaux des portes, ne seront plus que frêles figures de la vie flottante, condamnées elles aussi à se faire happer par le gouffre de la nuit.

Et cependant, plus l'ombre gagne, plus resplendit, au fond de l'œil de Rock, l'image de la Montagne, gelée à tout jamais dans son étincelante splendeur. Les mois ont pu passer, les nuits blanches, les marches l'épuiser, il a eu beau prendre des trains, des paquebots, passer des heures et des heures à parlementer et marchander dans des bureaux, la grâce du récit de Pereira reste intacte ; là, au plus profond de lui, tel un diamant qui n'attend plus que de sortir de sa gangue. Il ne peut se résoudre à l'idée de la guerre. Par-dessus la laque de la table, il faut donc qu'il jette à Yang un ultime argument :

« Mais les Chinois de Pékin...

— Eux aussi feront comme d'habitude. Ils attendront leur heure.

— Explique-toi.

— Ici les Chinois ne bougent jamais.

— Ils soutiennent bien un camp !

— Toujours celui du vainqueur.

— Et toi ?

— Moi je suis prince. Maître chez moi. »

Sur cette belle déclaration, loin de se redresser, loin de hausser la mâchoire par-dessus le collet de son manteau, comme il a fait au moment d'entamer son récit, en allongeant l'échine jusqu'à donner à sa toque son aplomb effronté, Yang se tasse et soupire.

Lassitude ? Fatalisme ? Fatigue de la journée, de la

concentration à laquelle il a dû s'astreindre depuis le matin pour observer et jauger l'étranger ?

Rock ne saura pas : Yang se reprend tout de suite, tandis que le petit bourdon d'espions, de l'autre côté de la table, se met à s'ébrouer de toutes ses soies. Comme prévenu par des signes connus de lui seul. Et en effet, sans un mot de plus et sans plus de façons, le Prince se lève. Il faut en rester là.

☙

Quand Rock se retrouve dans ses appartements du haut de la tour, les sommets n'ont pas encore basculé dans la nuit. Il va marcher sur la terrasse. Derrière la ligne rougeoyante des crêtes, il ne cherche pas l'étincelante pyramide décrite par Pereira. Il se sent épuisé, comme le Prince. Il a besoin de méditer. Avant de se coucher, il veut respirer cet air plus limpide et plus gelé à chaque minute ; et tenter ainsi de recueillir en lui l'extraordinaire émotion qui l'a étreint quand Yang lui a fait parcourir en esprit l'immensité de son pays ; et conduit par là même à toucher la profondeur du Temps.

Mais presque aussitôt, comme secrètement aimantés, les pas de Rock le ramènent au pied de sa pivoine ; et, malgré l'obscurité qui gagne, il a tôt fait de constater qu'en authentique *Paeonia suffruticosa* qu'il est, l'arbuste a profité de l'excellente exposition de la terrasse et du beau temps de la journée. Les boutons ont grossi ; la première de ses fleurs a encore élargi sa belle rangée de pétales blancs. Elle laisse dorénavant apparaître, sans qu'il soit besoin de le chercher, ce qui fait d'elle une pivoine unique : au fond de son calice, cette tache pourpre. Un rouge profond qui lui semble ce soir (mais c'est peut-être l'approche de la nuit) beaucoup plus violacé qu'hier. Pour tout dire, plus obscène.

Il veut s'en assurer. Dans sa veste, il s'empare de la petite lampe de poche dont il ne se sépare jamais ; et feuillages, étamines, pistil, pétales, entreprend de l'examiner de plus près.

Si absorbé par son exploration qu'il ne s'aperçoit pas que Ho Tzu-chin, bras et mains raidis sur une enveloppe, dans la posture même de majordome britannique qu'il lui a enseignée à prendre pour lui remettre ses courriers et messages, vient de se statufier devant lui.

Et le Na-khi, de son côté, déploie de tels efforts de concentration pour rester ostensiblement immobile que, paradoxalement, c'est cette raideur de commande qui avertit Rock de sa présence. Il sursaute.

Lui, Ho Tzu-chin, ne bouge pas d'un pouce. Il ne frémit pas, reste figé sans baisser les yeux une seule seconde sur l'enveloppe où s'étire en magnifiques anglaises le nom de son maître : « Docteur J. F. Rock ».

Il la lui arrache. Puis déchire l'enveloppe avec la même violence, en extrait un bristol, sur lequel il braque sa lampe comme si c'était un revolver.

Son pinceau ne découvre que quelques lignes calligraphiées. Même écriture que sur l'enveloppe : exagérément appliquée. Et un texte qui, sur cette terrasse, face aux montagnes désertes et aux toits du monastère, paraît à Rock mille fois plus saugrenu que la pieuvre en conserve, les lanières de goémon, la gelée de melon et la glace au menthol que L'Œil-Dans-Le-Dos-De-Yang, deux heures plus tôt, a si précautionneusement déposés dans son bol.

Le révérend Hansen et Mrs Hansen vous prient de bien vouloir leur faire l'honneur de vous rendre à leur domicile après-demain, 24 avril 1925, pour un thé.

Deuxième maison à gauche à l'arrière du Palais, en prenant la venelle en diagonale des écuries princières.

Cinq heures précises.

Tenue de campagne. High tea[1].

Des missionnaires, une fois de plus. Et pas moyen d'y couper.

---

1. Thé avec collation.

Rock ne soupire pas longtemps. La ville est petite. L'espion-chef a le vice du mouchardage dans le sang. Et que dire des Yeux-Dans-Le-Dos-De-L'Œil-Dans-Le-Dos-De-Yang que le Prince a si judicieusement attachés à son plat postérieur...

Quant aux missionnaires, ils sont infiltrés partout en Chine. Et s'acharnent, et s'incrustent, même au fond des trous les plus reculés de la Terre.

Celui-ci doit être l'ultime îlot de chrétienté avant le monde des Réincarnations, et ils n'y font sûrement pas plus de conversions que le Prince ne transforme les pommes de ses vergers en apfelstrudel à la crème. Ils passent donc toute la sainte journée à se morfondre. Et à vivre à l'affût des moindres événements. Si ça se trouve, ils ont été les premiers à le voir apparaître au débouché du pont et, dès la découverte de sa bannière, se sont arrangés pour croiser le chemin des dignitaires-cafards. Ils ont graissé leurs sales pattes et le tour a été joué : les autres leur ont promis de tout leur répéter des mots qui s'échangeraient entre le Prince et le nouveau venu.

L'ultime conseil de Yang sur le seuil du palais, par exemple : « Dépêche-toi d'aller voir le Régent à l'Ermitage de la Falaise. Je t'offre une escorte, des guides,

des vivres. Laisse-moi deux jours pour les réunir. »
Rock s'est laissé convaincre ; et c'est d'un commun
accord que Yang et lui ont arrêté la date de son
départ : le 26 avril au matin, dans un peu plus de
quarante-huit heures. Soit le surlendemain de l'invitation du couple Hansen.

Donc inutile de se triturer les méninges pour éclaircir comment ce superbe bristol, en un temps record, a
pu lui parvenir en haut de la tour. On a dû le calligraphier des heures à l'avance. Et rajouter la date au dernier moment.

Il n'y a qu'un seul point qui soit vraiment préoccu-
pant : le « Docteur J. F. Rock » si exactement tracé
sur l'enveloppe du bristol. Sa bannière, s'ils l'ont aperçue, ne comporte aucune mention de son nom. Alors
qui, en ce fin fond du monde, a pu aussi bien rensei-
gner les Hansen sur son identité ?

Et comme Rock, les pieds au plus près du brasero,
commence à s'abandonner à la chaleur de son alcôve,
une réminiscence fugace, sans qu'il comprenne pourquoi, lui traverse l'esprit : les missionnaires de
Likiang.

Pure association d'idées : eux aussi, les Clover, des
illuminés venus porter la parole du Christ aux confins
du monde connu. D'ailleurs, en ce moment où il
repense à Likiang, ce n'est pas le révérend que Rock
revoit passer devant lui, mais Emily Clover.

Comme elle s'était avancée dans la guinguette de
Madame Li, juste avant les pluies : trébuchante, les
joues incendiées de couperose, manquant de perdre
son chapeau dans les eaux glissantes du canal, et répé-
tant après lui, la langue tout encollée de nervosité, le
mot « champagne ». Très attirante, en définitive, cette

Mrs Clover, avec tout ce qui lui transpirait par chaque pore de sa rousse personne.

Dans la foulée, tout aussi bizarrement, il se souvient aussi qu'il ne lui a jamais apporté la bouteille qu'il lui avait promise pour qu'ils la boivent avec le révérend, le dimanche suivant. Cette promesse jamais tenue, c'est la première fois qu'il s'en avise, en deux ans.

Oui, c'était en 1923. En juillet, le 31, si sa mémoire est bonne ; et il se revoit très bien entrer chez Madame Li pour poster son article sur les sorciers de Nguluko, qui l'avait si bien distrait de sa mortelle attente du Brigadier général. Elle s'était faite toute tremblotante, Emily Clover, toute cramoisie dès qu'elle l'avait aperçu ; et il se rappelle maintenant ce qui l'avait poussé à lui promettre cette bouteille : le désir de la voir piquer un nouveau fard. Et si, vingt-quatre heures plus tard, le Brigadier général, ruisselant de la tête aux pieds, n'était venu s'encadrer dans le pas de sa porte dans son manteau de caoutchouc, il l'aurait tenue, cette promesse, le dimanche suivant. Rien que pour faire bisquer son mari.

Ils n'ont donc jamais vu la couleur de leur bouteille, les deux allumés de la Bonne Parole. Et, à l'heure qu'il est, elle est peut-être morte, Emily Clover. Tout cet appétit de vivre, en elle, qui cherchait son chemin, et qu'elle n'en finissait plus de réprimer... Ces femmes-là, tout en rétractation, contention : une proie de choix pour les fièvres. Et dire qu'elle gît peut-être maintenant à trois pieds sous terre sans que sa bouche – la seule partie d'elle-même qui fût bien charnue, en définitive – n'ait connu le pétillant délice d'une gorgée de champagne...

Malgré l'intensité de ce regret inopiné, le souvenir d'Emily Clover s'enfuit très vite dans les limbes de la mémoire de Rock. Il y rejoint les autres miasmes du monde de l'homme blanc que le Prince, avec ses toasts, son armoire à cadeaux, la boîte marquée de l'étiquette SQUIDS – MUNSON BROTHERS – HONG-KONG, et l'effroyable mot de « guerre », n'a cessé de réveiller tout au long de la journée. Ce soir, au fond de l'alcôve, une autre émotion, heureuse et chaude, revient l'étreindre : celle qui l'a saisi, juste après le bois de peupliers, quand il a découvert la muraille de Choni : l'impression d'être entré au royaume du Non-Temps.

Il s'y sent neuf. Nu. Et de cette franchise d'âme, pour une fois, il n'a pas peur.

Finis les jours où, fulminant et rageur, il couvait en silence le rêve d'un autre. À présent qu'il a parlé au Prince, c'en est fait : la quête de Pereira est définitivement sienne ; et peu lui chaut que ses espions soient allés tout répéter aux missionnaires.

Bien recroquevillé au plus douillet de ses coussins, comme chaque fois qu'il triomphe, Rock se met donc à glousser tout seul. En enfant, il tâche d'étouffer ses hoquets de peur que les Na-khis ne l'entendent. Mais il n'y parvient pas, son rire est incoercible. Et s'il rit, ce n'est pas du bristol des Hansen, plus farfelu pourtant, en ce bout du monde, que le menu du Prince. Il se tient les côtes à l'idée de la tête qu'a dû faire le révérend Clover, il y a deux ans, sur le perron de l'église, quand il a fait chou blanc, pour son champagne. Il voit tout ce qu'il n'a pas vu, son œil furibond, sa bouche étrécie par l'attente ; et il se souvient du même coup de ce qu'il faisait à cette même heure, lui, Rock : il caracolait à travers brouillard et pierrailles dans le sillage funèbre du Brigadier général.

Lequel a fini comme il le méritait : au diable. Et il y a gros à parier que les Hansen, à propos de Pereira,

en savent bien plus long que Yang. Peut-être étaient-
ils déjà en poste ici, il y a trois ans, quand l'Anglais
est passé par Choni ?

Et puis, quelle importance ? À présent, le voici seul
avec son rêve. Et si près du but. Car le Prince l'a dit :
pour peu que le temps reste au beau et qu'il n'y ait
pas de brigands en maraude, il ne mettra pas cinq jours
pour rejoindre l'Ermitage de la Falaise.

Une dernière fois Rock lâche donc un petit glousse-
ment de gosse. Et s'assoupit.

Il a parfaitement dormi, ce soir-là. Aucun cauchemar, pas même un rêve. Et, plus étrangement encore,
nulle brûlure d'estomac. En dépit du sorbet au dentifrice et de la conserve de pieuvre.

Pas non plus de visitation de la Nuit.

La journée suivante et une partie du surlendemain, il les passe à prendre des photos.

Du Prince, pour commencer. Ils en étaient convenus au moment de se quitter, juste après avoir arrêté la date où Rock partirait pour l'Ermitage de la Falaise. Yang s'était fait tirer le portrait lors du voyage qu'il avait effectué à Chengdu. Il était très mécontent du résultat. Il voulait recommencer.

Rock, au début, le fait asseoir en haut de la tour, sur la terrasse, pas très loin de l'étrange monument sans portes ni fenêtres. Le matin, peu après le lever du soleil, la lumière y est idéale. Bien entendu, les Nakhis ont dégonflé et dissimulé la baignoire en caoutchouc ; et, avec encore plus de soin, démonté les tinettes de campagne, installées tout au bout du jardin suspendu. Durant les prises ne cesse de monter le chant des moines. Et, de temps à autre, par-dessus le continuum de leur ô-ô-ô-ô-ô-ô-ô-ô-ô-m, les fracas de gongs et cymbales, les meuglements de buccins, trompes ou conques. Plus encore que les jours précédents, Rock se sent vivre au pays du Non-Temps.

Mais cette belle harmonie est soudain rompue par deux fausses notes. La première, comme au premier jour, est l'odeur pestilentielle des gardes : avertis de

la cérémonie photographique, ils sont venus s'agglutiner sur la terrasse, immuablement coiffés de leurs
jaunes houppettes, et toujours armés de leurs battes de
peuplier.

Rock croit d'abord qu'ils vont filer : par des
mimiques plus qu'explicites, Yang lui laisse entendre
qu'il est lui-même incommodé. Mais presque aussitôt,
de son inépuisable manche gauche, le Prince extrait
triomphalement deux boulettes de naphtaline. Qu'il ne
cesse plus d'enfoncer puis de retirer de ses narines, ce
qui le débarrasse manifestement de l'infection de ses
moines.

Rock se retrouve donc face à un choix crucial : ou
il s'abandonne à ses propres nausées, que l'odeur de
la naphtaline, quant à lui, ne fait que redoubler ; ou il
cède à la fureur.

Mais comment jurer que le Prince ne va pas se
retourner contre lui ? Surtout dans le second cas :
Yang est aussi le chef de cette monastique populace.
En bref, Rock doit opter entre son nez et ses oreilles.
Il n'y parvient pas.

Et tout soudain – peut-être sous l'effet du chant qui,
depuis le tréfonds de la tour, s'obstine dans son monocorde ô-ô-ô-ô-ô-ô-ô-ô-ô-ô-m –, le bouillon de colère
qui commence de lui engorger les artères reflue,
s'apaise, se dissout ; et, sans même savoir ce qui lui
sort de la bouche, il s'entend lâcher à Yang :

« Si tes gaillards à houppette ne débarrassent pas le
plancher dans la minute, ton portrait sera aussi mauvais que celui de Chengdu. »

L'effet est radical : d'un simple petit coup de menton, Yang expédie le troupeau de gardes dans l'escalier. Ils s'y précipitent avec la vélocité brouillonne
d'un troupeau d'antilopes. Par la même occasion,

Rock relève que deux d'entre eux, de fraîche date, ont l'oreille coupée.

Mais un second écueil se présente aussitôt : maintenant que Yang a réenfoui ses boules de naphtaline dans les profondeurs de sa manche, il ne parvient ni à prendre la pose, ni à fixer l'objectif. Il garde son poing solidement refermé sur la garde de son sabre ; tandis que son regard, lui, ne cesse de s'enfuir : il guette les mouvements de son espion-chef. Et quand ce n'est pas lui qu'il surveille, c'est l'un quelconque des sbires chargés de son contrôle.

Ou l'entrée de l'escalier. Ou la porte de la muraille, qu'il distingue parfaitement depuis sa chaise. Ou alors il couve des yeux sa pivoine.

၆၅

Du coup, dans la série de clichés que Rock a pris du Prince ce jour-là (et qu'il a développés le soir même, tant Yang bouillait de découvrir l'image de sa princière personne), une seule photo, celle où il pose debout dans le jardin, rend compte de son charme, qui était infini. À la fin de la prise de vue, Rock avait fini par le convaincre d'abandonner son épée et de revêtir le costume qu'il portait durant le banquet ; c'est le seul cliché où l'on pressent qu'il est métis. On y devine la couleur pâle et le grain extrêmement fin de sa peau, qu'il tenait vraisemblablement hérités de sa mère chinoise ; et les traits hérités de la longue lignée des Yang : comme chez les nomades de la région, une silhouette élancée ; le nez, les paupières, dessinés avec une stupéfiante délicatesse. En revanche, sur les photos où il arbore son sabre et son manteau de cheval, le Prince a tout de l'homme traqué. On remarque alors la rudesse de ses mains ; et quand on scrute son regard, on est saisi par la même évidence qu'au moment où il avait surgi derrière le rideau de la salle d'audience : sous ses dehors de raffinement, cet homme entretient un très vieux compagnonnage avec la peur, la violence, le sang.

Au fond du bain de révélateur la personne du Prince achève de se former dans ses plus menus détails. Rock pourtant ne frémit pas.

C'est sans doute l'émotion qui l'étreint chaque fois qu'il achève le développement d'un portrait : une sensation de toute-puissance face à tous les travers secrets, faiblesses, que dévoile subitement la chambre noire ; et que le sujet photographié – même le plus calculateur – a si ingénument livrés à son objectif. Autant d'armes qu'avec cette photo Rock entrepose contre le Prince si d'aventure il se risque à vouloir lui nuire.

Il relève par exemple que, sous sa trop maigre moustache, la bouche de Yang s'affaisse, comme chez tous ceux qui, d'avance, se savent vaincus ; le dessin de son menton s'amollit – désintérêt de la vie ? passivité, déficit d'énergie ? Sous ses yeux, il note aussi des poches. Manque de sommeil, diagnostique-t-il plus banalement ; et il ne songe pas une seconde à les retoucher.

Bien mal lui en prend : le lendemain, à l'aube, lorsque le Prince, suivi de ses inévitables espions, accourt dans ses appartements pour découvrir les clichés, à l'instant où il les découvre, ce sont ces poches qu'il pointe. Il semble très courroucé.

Rock ne pipe mot. Tactique payante : au bout de quelques secondes, le Prince replie lentement son index et soupire :

« Le pavot. »

Il faut d'ailleurs qu'il se soit pris d'amitié pour son hôte : comme Rock persiste à se taire et que le silence s'éternise, Yang pousse plus loin l'aveu :

« J'ai toujours su m'arrêter avant de devenir esclave. »

Rock ne répond toujours pas. Mais il croit Yang sur parole : même ici, où il devrait se sentir à l'abri, le Prince ne cesse de se retourner vers la terrasse, à l'affût d'une menace invisible. S'il s'oblige à combattre la terrible séduction de la drogue, c'est donc qu'il redoute un pire avilissement : celui d'être pris de court par un ennemi de l'ombre. Et d'être alors incapable de sauter sur son épée.

Aussi, quand il a fini d'examiner ses portraits sous toutes les coutures et s'en montre finalement si satisfait qu'il lui demande : « Comment te payer ? », Rock se paie de culot :

« Laisse-moi photographier ton monastère. »

Nulle part, même à Likiang, où il est connu de tous, il n'a obtenu tel privilège. Photographier un lieu sacré, c'est le souiller. Il ne s'y est risqué qu'une seule fois, sur les hauteurs de Nguluko. Il entend encore le « Non ! » féroce dont le supérieur du sanctuaire l'a chassé – à la minute précédente, dans le jardin du temple, ils s'étaient pourtant juré une amitié éternelle. Rock, depuis, n'a jamais renouvelé l'expérience. Pour la phrase qu'il vient de risquer, il le sait, un homme comme Yang peut tuer.

Et d'ailleurs, l'œil du Prince s'effile. De l'homme

fragile qu'il était une minute plus tôt, penché au-dessus de son image pour y traquer les défauts les plus insignifiants, il vient de se retransformer en prince. Drapé dans une martiale dignité, il sort sèchement sur la terrasse où l'attend sa petite suite de traîtres en puissance. Puis se campe devant eux, encore plus altier que sur sa photo. Avant de se retourner vers Rock, façon Brigadier général, l'échine revissée au dernier cran et la toque rejetée en arrière, pour proclamer hautement, comme si c'était le texte d'un édit :

« Prends ce que tu veux de mes cent soixante-douze temples ! »

À chaque mot qu'il a prononcé, les espions ont plié et ployé – ils en seront bientôt à ramper. Pour autant, Yang est conscient de la hardiesse de son geste : il reprend son souffle, se rengorge encore puis, toujours aussi souverain et maniaque de l'exactitude, poursuit :

« Mes dix salles de prière, les deux grandes comme les huit petites, je t'ouvre tout. Même le Temple de la Récompense de la Tendresse Humaine, après la Porte de la Muraille du Sud. Et l'autre aussi, à côté, celui de la Quintessence de la Sérénité. L'intérieur, l'extérieur, entre, prends ce que tu veux, à ta guise... »

Enfin, dans le même style fleuri qui monte du profond du Non-Temps, Yang, toujours aussi figé dans sa hauteur de prince, conclut avec un mélange d'orgueil sacré et de fierté comptable :

« J'ordonne aussi à chacun de mes sept cent sept moines d'exécuter tes vœux. Tu pourras même entrer dans le Temple aux Quatre-Vingts Piliers, celui qui est dédié au Dieu de la Littérature. Et ici, sous nos pieds, dans les salles où sont entreposés les cent huit volumes de notre texte saint, le *Kanjur*, et les deux cent neuf volumes de son commentaire, le *Tanjur*... Viens, d'ailleurs, suis-moi, je vais... »

C'était aussi cela, le Non-Temps : cette façon qu'avait Yang de se mettre soudain à déclamer comme pour mieux nier le passage des jours, des heures, des années.

Il était pourtant forcé de s'en souvenir, du temps qui passe : c'était lui-même, le prince, qui avait fixé le départ de Rock au lendemain. Et il n'avait pu davantage oublier le conseil qu'il lui avait donné à la fin du banquet : « Fais très vite si tu veux prendre la guerre de court. Rencontre le Régent au plus tôt. » Mais la manière dont Yang était prince, c'était aussi l'élégance : là où l'homme blanc aurait déroulé un tapis rouge sous les pieds de son hôte, il préférait jeter, lui, une illusion d'éternité.

Alors, comment l'interrompre, comment lui lancer : « Arrête, Yang, le temps presse... »

Absurde. Grossier.

Rock l'a donc laissé finir. Et suivi tranquillement, de marche en marche, jusque dans les salles situées sous l'escalier. Là où, plus qu'ailleurs à Choni, le décompte des siècles s'était gelé.

∽

Tout était allé si vite, ces dernières heures. Ce palier-là, Rock n'avait pas cherché à s'y arrêter. Encore moins à s'interroger. Il s'en était tenu à sa pensée du premier jour, quand, fuyant les moines, il avait respiré l'odeur de l'encre et du papier : « Je vais dormir au-dessus d'une bibliothèque. Vingt-cinq ans que ça ne m'est pas arrivé. »

Comme partout, la pièce où l'introduit Yang est peuplée de moines. Mais moins nombreux qu'ailleurs. Ils sont aussi plus propres que les gardes à houppette. Son estomac reste en place. Il doit commencer à s'accoutumer à leurs effluves. Ou c'est l'odeur du bois sec qui recouvre la leur à mesure qu'on avance dans la pièce.

Il faut dire aussi qu'il est tout entier à la nouvelle idée qui le traverse tandis qu'il met ses pas dans ceux du Prince : « Li-Su parle tibétain. Si je sais y faire, si je m'y prends bien... je suis sûr que je peux trouver ici des textes sur la Reine et sur la Montagne... »

Du coup, face aux rayonnages qui vont se perdre, au bout de cette salle tout en longueur, dans le néant d'une ombre épaisse, il commence à caresser l'idée de repousser son départ.

Mais, déjà, au commandement du Prince, un moine manchot – sans doute le gardien des lieux – vient lui remettre en main un premier volume. Des pieds à la tête, il est parcouru d'un long frémissement.

La reliure de l'ouvrage est constituée de deux planchettes de pin tout en longueur. Les pages n'y sont pas collées, mais attachées ; ce sont de grosses bandelettes de coton qui les maintiennent en place. Le format de l'ensemble évoque celui des manuscrits na-khis.

Cependant, entre ces feuillets qu'étalent sous ses yeux les doigts calleux de Yang, pas la moindre trace des frises énigmatiques des sorciers de Nguluko. Rien que des lignes imprimées en caractères tibétains. « *Kanjur, Tanjur* », s'obstine à seriner Yang.

Ces deux mots, Rock les connaît : il les a entendus à la mission de Tsjedrong, dans la bouche de la Française, lors de leurs interminables conversations au-dessus du torrent. Au cours d'un de ces échanges, il s'en souvient très bien, l'ex-cantatrice a évoqué les longs mois qu'elle a passés à Kumbum, du côté du lac Kokonor, dans un monastère qui, d'après ses descriptions, ressemblait diablement à celui-ci. Elle y a séjourné une année entière, lui a-t-elle confié, pour traduire les textes saints du bouddhisme. Elle a alors prononcé, Rock en est quasiment sûr, les mots que le Prince n'arrête plus de répéter au-dessus du volume : « *Kanjur, Tanjur* ».

Rock éparpille machinalement ses feuillets. À son habitude, Yang devance ses interrogations ; chaque page, lui explique-t-il, est composée de feuilles extrêmement fines que les moines collent les unes aux autres par liasses de huit.

Il se fait maintenant plus empressé que les marchands nomades qu'on rencontre au long des pistes du grand désert d'herbe. Cette obséquiosité subite agace Rock. Tout en l'écoutant, il se met à promener l'œil sur la pièce. Les rayonnages sont assez grossiers, taillés dans un bois rustique – on dirait du pin. Pour autant, dans leur dimension et leur organisation, ils sont étrangement semblables aux réserves des bibliothèques occidentales, celle du Congrès, à Washington, celle de Harvard, bien sûr, à Boston. Mais aussi la National Library à Londres, à Paris la Bibliothèque nationale ou la Vaticane, à Rome – il les connaît toutes très bien : chaque fois qu'il s'est arrêté dans une métropole, il a voulu les visiter, avant même l'opéra local.

Mais ce ne sont pas des livres qu'on entrepose ici : le volume qu'il tient en main, tout comme les nouvelles reliures que le moine manchot se met à lui présenter, sortent tous d'une armoire vermoulue. Sur les étagères, jusqu'au fond de la pièce, Rock ne distingue que des centaines, des milliers de blocs de bois clair.

Des tampons d'impression, à tout coup. En bois de noyer – ces mêmes noyers qui poussent dans la plaine. Mais pas moyen de les examiner : Yang, déjà, l'entraîne à l'étage inférieur.

Même pièce, rayonnages identiques. Et comme dans la précédente salle, centaines et centaines de blocs de bois alignés jusqu'au fond de l'ombre. Dans la pièce d'en dessous, même tableau. Comme dans la quatrième et dernière, juste au-dessus de la salle de prière du rez-de-chaussée.

Yang, alors, finit par se fendre d'un commentaire :

« Tous ces tampons remontent aux premiers Yang. Il a fallu seize ans pour graver le livre du *Kanjur*. Et près du double pour le *Tanjur*. On nous demande nos copies de partout. Il n'y a qu'ici, à Choni, que les moines ont gravé les tampons en respectant les manuscrits à la lettre. Ils n'ont pas commis une seule faute. »

Toujours cette pose de camelot. Le Prince est d'ailleurs si résolu à vanter l'excellence de ses tampons qu'il va jusqu'à lui désigner, au bout d'un rayonnage, un amas de burins aux manches et lames usés.

Comme pour l'opium, Rock saisit qu'il dit vrai. Mais il a du mal, cette fois, à contenir sa déception. En fait de bibliothèque, il est tombé dans une imprimerie. Il en pleurerait presque. Une usine à reproduire, jusqu'à la fin des temps, les deux mêmes textes

❧

Sa frustration n'échappe pas à Yang. Mais le Prince fait fausse route : il l'attribue à la déconvenue d'un Blanc face à une technique d'un autre âge. Il se met alors à tirer sur les poils de sa maigre moustache et s'excuse :

« L'an passé, quand je suis allé à Chengdu, je suis tombé sur un homme qui a conçu une presse mécanique à imprimer le tibétain. À mon retour, j'ai annoncé aux prêtres que j'allais l'acheter. Ils n'ont pas voulu. Ils m'ont dit que ce serait une injure à la pureté de la parole de Bouddha, ils ont hurlé qu'avec cette presse j'allais réveiller le Dieu de la Terre qui est enfermé ici, sur la terrasse, dans la petite tour sans portes ni fenêtres. Ils m'ont prédit que le monstre ferait tomber le sommet des montagnes sur le monastère, qu'il ouvrirait le sol sous nos pieds, qu'il dédoublerait la lune, ferait remonter la rivière à sa source, lancerait sur la ville une épidémie qui nous tuerait jusqu'au dernier... »

Sous le plancher, la litanie des prières vient de reprendre. Une fois de plus, Yang soupire :

« J'ai renoncé. »

Rock en fait autant. Et son regard, une dernière fois, va se perdre dans l'enfilade des rayonnages. Où il rencontre, à deux pas de lui, et bouchant la perspective, le visage du moine manchot qui, là-haut, les a accueillis à l'entrée de la première salle, et qui les a suivis en silence d'étage en étage. L'homme pose sur lui le même sourire qu'à l'entrée de l'imprimerie : large, naïf. Presque niais.

Et soudain, de la même façon qu'hier, lors de la

prise de vues, quand le ô-ô-ô-ô-ô-ô-ô-ô-ô-ô-m qui montait de l'escalier l'a soudain délivré de sa colère, Rock s'entend lancer au Prince une phrase qui, en temps ordinaire, lui aurait coûté des heures et des heures de calculs, tergiversations et remâchages :

« Ça me coûterait combien, pour faire imprimer la version complète des deux livres ? »

Sur-le-champ, Yang arrête de triturer sa moustache ; et lorsqu'il se retourne vers Rock, son visage est déjà transfiguré par la malice du marchandage.

« Il faut trois bons mois pour l'impression de la totalité des volumes d'un seul recueil. Sache aussi que par jour chaque moine consomme deux rations d'orge, de thé et de beurre de yak. Il faut ajouter les frais d'encre, de papier, de reliure. Les soins, si les moines chargés de l'impression tombent malades. Plus l'entretien de la tour, et... »

Yang se trouverait au beau milieu d'un marché, à vendre des fourrures, de l'ambre ou des chevaux, il ne s'y prendrait pas autrement. Cependant, si les mots y sont, pas le ton. À chaque nouvelle syllabe, sa voix se fait plus solennelle, plus grave. Ce n'est plus le prince qui parle, mais le grand lama de Choni. Et d'ailleurs, il cesse subitement de parler argent :

« ... Sache aussi qu'il m'est interdit de recevoir une commande sans connaître les intentions de l'acheteur. »

Plus dur que sur son portrait à l'épée, son œil fouaille maintenant celui de Rock. Qui ne cille pas.

Mais le Prince insiste :

« Que veux-tu en faire ? »

Il n'en démordra pas, c'est évident. D'un seul coup, Rock trouve sa réplique. Ou plutôt c'est elle qui le trouve : comme tout à l'heure, après qu'il eut ren-

contré la face heureuse du moine manchot, les mots lui
viennent tout seuls. Tranquilles et libres, irréfléchis :

« Je veux les faire entrer dans la plus belle collection d'Amérique : la bibliothèque du Congrès, à
Washington. »

À son tour, le Prince hoche la tête. Puis il émet un
long marmonnement à peine audible – on dirait bien
qu'il se répète, incertain et pataud, pour les mémoriser
et les ressortir si besoin est : « *A-mér-ique. Wash-ing-
ton* ». Et il recommence à scruter le visage de Rock.

Pas longtemps, cette fois. Trois ou quatre secondes
au plus. Et il arrête sa décision :

« C'est oui. »

La Géante

(Choni, 25 avril 1925)

Ainsi que l'indique le bristol, la maison des Hansen est située au bout d'une venelle, à l'arrière du Palais, près des écuries de Yang. Celles-ci n'ont de princières que le nom : quelques stalles débordant de purin. Les chevaux sont sortis. Ou alors perdus dans l'ombre.

Du haut de sa selle, dans la canadienne où il sent flotter, si près de son cœur, la poche de caoutchouc prévue pour accueillir le livre de Pereira, Rock consulte son oignon. Pas de manteau, ce soir, pas de derbys ultra-cirés. L'habituel costume de voyage : L'Œil-Dans-Le-Dos-De-Yang le suit ou le fait suivre, et il ne faut pas que le mouchard en chef puisse rapporter au Prince que pour aller voir les missionnaires il s'est aussi bien mis que pour sa réception au Palais.

D'ailleurs, Rock les fait attendre, le révérend et sa femme : déjà dix minutes de retard. Mais c'est bien malgré lui. Du coup, il se crispe, trépigne, bouillonne, frissonne et piaffe. Comme à Nguluko, lorsqu'il vivait dans l'attente du Brigadier général. Comme en Amérique, dans les bureaux où il quémandait ses crédits et négociait ses billets de train et de paquebot. Comme à Shanghai, Yunnanfu, Chengdu, Min-chow. Comme enfin à travers les steppes, le grand désert d'herbe et les canyons qui l'ont mené jusqu'ici. Il est rentré dans le temps des Blancs.

De loin, pourtant, la maison du révérend n'a rien qui évoque le monde de l'Ouest. Elle est pareille à toutes les autres maisons de Choni : toit rectangulaire et plat, murs de torchis. Seule une croix de fer sévèrement enclouée au bois de la porte la signale à l'attention du passant.

Il faudrait la photographier. En prenant pour premier plan ces femmes en robes de laine brute et pantalon rouge, écrasées sous leurs palanches d'où s'échappe, à chacun de leurs pas, un peu d'eau du torrent. Ou alors placer devant la façade ces nomades hirsutes qui leur emboîtent le pas en brandissant leurs lances fourchues, le regard aussi ombrageux que lorsqu'on les croise au fond de leurs vallées. Chez ces hommes-là, oui, il faudrait fixer la façon dont ils dévisagent l'étranger : comme prêts à l'étriper. Pour la photo, donc, ne pas les aligner devant cette maison, mais dans leur décor habituel : les prairies alpines constellées d'éboulis de grès qui se font si nettes, par-delà les toits, en cette heure où la lumière dévoile les plus minces accidents du terrain.

Prématuré : il faut garder le plus gros des pellicules pour la Reine et pour la Montagne. Ici, de toute façon, l'essentiel est déjà en boîte : l'esplanade du monastère et les principaux temples ; plus quelques vues panoramiques de la ville, prises de l'autre côté du pont. La splendeur, la paix de Choni sont à jamais fixées.

Le Prince a assisté à toutes les prises de vues. Il n'est intervenu qu'une fois : sur la terrasse, devant l'étrange tourelle dépourvue de portes et de fenêtres. Son bras s'est alors abattu sur le sien ; à travers l'épaisseur de sa manche, Rock a senti des muscles noués à l'extrême : « Jamais ! Les moines te tueraient ! Et moi avec ! » Puis il a désigné des fissures dans la muraille en contrebas : « Les montagnes sont jeunes, elles travaillent. Le sol tremble souvent. » Puis son doigt est revenu à la tourelle : « On a enfermé le Dieu de la Terre là-dedans. » Et il a enfin relâché son étreinte sur son bras.

Rock venait d'installer son trépied devant le petit monument. Il l'a aussitôt rangé. Sans un mot. L'amitié, en quelques jours, l'avait déjà assez noué à Yang pour qu'il sache quand se taire, quand parler.

De son côté, le Prince a eu le même tact : il n'a pas évoqué son rendez-vous à la Mission. À la vérité, il ne devait pas y voir malice puisqu'il autorisait les Hansen à séjourner à deux pas du Palais, sans doute depuis des années. Le silence, cette fois, fut le langage de leur mutuelle liberté. Il s'est borné à lâcher, le pas dans le sien – c'était le moment où, suivi de Chan-Chien et Li-Su, Rock rentrait dans ses appartements pour y ranger tout son attirail, le trépied, les objectifs, les sacs bourrés de plaques et de pellicules :

« Cette tour est maintenant ta maison. Sors-en quand tu veux, reviens-y à ta guise. Et pour ton voyage chez le Régent, l'escorte que je t'ai promise est prête. »

Sa voix s'était cassée. Sa face, en revanche, s'était mise à ressembler aux créatures peinturlurées sur les murs : farouche, grimaçante. Et il parlait sans doute comme en ce temps-là, où, du même sabre que le sien, les puissants consumaient leur vie à trancher des têtes ou à fendre des montagnes.

« Mes hommes t'attendront à la Porte du Sud juste avant le lever du soleil. Je serai là avec ma garde. Je t'accompagnerai jusqu'au premier col. »

Mais Yang n'était pas une apparition de conte : une fois sa proclamation faite, il n'est pas allé rejoindre, sur les murs, les génies qui continuaient, les yeux injectés de sang, à chevaucher contre les vents de poussière, ou se juraient, des coupes de nectar au poing, des amitiés de dix mille ans. Il est retourné sur la terrasse en traînant les pieds et s'est offert un petit détour vers sa pivoine. Le souffle suspendu, les yeux mi-clos, il l'a longuement contemplée. Puis il s'est engouffré dans l'escalier.

C'est à cet instant précis que Rock est sorti du Non-Temps.

ञ

Il n'a pas besoin de frapper ; la porte à la croix s'ouvre toute seule. Ici aussi, on l'a guetté.

Une femme blonde et rose surgit. Immense : une géante. Épaules carrées, poitrail ample, hanches larges, elle tient à peine dans l'encadrement de la porte. Et la voix est à l'avenant, puissante et rauque :

« Bonsoir, Dr Rock. »

Aplomb, domination féroce des êtres et des choses. Rock se retrouve il ne sait trop comme dans le salon des Hansen.

Grande pièce carrée, mêmes coloris que chez Sargent, à Boston : bleu pâle et gris tourterelle. Dans un angle, sous un crucifix de bronze, un lutrin de noyer soutient une bible. Sur les étagères d'un vaisselier, aligné dans un ordre sans faille, un assortiment de porcelaines à motifs Liberty. Au centre de la table, de très belles pièces d'argenterie. Deux lampes à pétrole aux verres d'opaline mauve à chaque bout du plateau de la cheminée. Elles encadrent un tableau brodé au point de croix – GOD BLESS YOU [1] ! Et partout le même tissu,

---

1. « Dieu vous bénisse. »

des rideaux à la nappe, des serviettes à thé aux gentilles cantonnières tendues au-dessus des fenêtres : une cretonne rustique à carreaux bleus et blancs. Organisation, tenue, propreté. Méticuleusement reconstitué aux marches des terres barbares, un décor du fin fond du Massachusetts. Seul refuge du désordre : à quelques centimètres du plafond, une étagère qui court tout autour de la pièce et croule sous un amas confus de livres et de revues. Et par-dessus ce magnifique ensemble, suspendu comme celui du Chat du Cheshire dans *Alice au pays des merveilles*, le sourire de la géante blonde. Large, dentu, satisfait. Il plane à un mètre quatre-vingt-dix au-dessus du plancher. « Soit vingt centimètres au-dessus de ma propre tête », estime Rock, qui se met aussitôt en quête de présences humaines mieux appariées à sa taille.

Malgré la pénombre mauve qui noie la pièce, il ne tarde pas à en découvrir : ratatinées derrière la table, deux petites femmes sans âge. La première brune et mince, l'autre ronde et dotée d'une épaisse tignasse blanchissante. Vêtues comme la femme du révérend : châle épais, jupe ample, corsage à col montant, mitaines de laine grossière. Là encore, un parfait tableau Nouvelle-Angleterre : camaïeu de gris, corps sans formes.

Mais la géante, elle, dans les hauteurs où flotte son sourire, déborde d'allégresse. Et lui paraît de plus en plus grande. La moindre des choses, c'est donc, comme la Montagne, ne fût-ce qu'en pensée, de l'affubler d'une majuscule : la Géante.

Elle ne s'aperçoit pas qu'elle écrase son monde, elle profère avec enthousiasme les noms des deux inconnues qui tentent vaille que vaille de respirer dans son

ombre – « Miss Hull, Mrs Hulton ! Pentecôtistes
comme nous tous ! »

Rock fait front, puis glisse un œil de l'autre côté de
la pièce, à droite du vaisselier. Il y tombe, cette fois,
sur une longue et sombre asperge déplumée, entièrement vêtue de noir. À l'évidence, le mari de la Géante.
Du reste, au premier pas qu'il hasarde à ses côtés,
celle-ci joue les aboyeurs et proclame : « Le révérend ! », avant de recommencer à étirer dans ses hauteurs son large et têtu sourire lewiscarrollien.

Sa tribu, pourtant, est loin d'être au complet : au
moment même où Rock s'incline devant la sombre et
chauve asperge, déboulent d'un couloir, aussi blondes,
solides et roses que la Géante, une, deux, puis trois
fillettes. Toutes vêtues dans le plus pur style nordique :
béguins, gilets, jupes identiquement rouges et bleus.
Et chaussées de bottes tibétaines de couleurs assorties.

« Nous sommes suédo-américains », se borne à
commenter – suavement, cette fois – le sourire suspendu, alors qu'une quatrième fillette, toute petite,
elle, un an à peine, costumée des mêmes béguin, gilet
et jupette que ses aînées, vient chercher refuge entre
ses jambes.

Bientôt suivie d'une cinquième qui, avec toute la
férocité de ses trois ou quatre ans, entame sur-le-
champ avec la précédente une bataille pour sa place
dans la jupe de sa mère. Car l'immense créature rose
et blonde est leur génitrice, c'est criant.

Rock bredouille une politesse d'usage, tend son
cadeau – une des précieuses boîtes de pommes de
l'Oregon qu'il a emportées pour fêter le jour où il
verra la montagne. Cependant que, depuis le bout du
couloir, surgit une dernière fillette.

Piaillante et hurlante, celle-ci. Cinq ou six ans. La

jumelle, on dirait bien, d'une quelconque autre lutine.
Mrs Hansen l'accueille avec les deux premières dans
les plis de sa jupe. Puis baisse les yeux, comme prise
en faute, avant de les relever à demi et de murmurer à
Rock, mi-satisfaite, mi-crispée :

« Oui, rien que des filles. »

Et elle lui désigne du menton, à l'extrémité du corridor, un bout de jardin. Malgré le soir qui vient, on y
distingue trois croix. Puis elle laisse tomber dans ce
qui pourrait, si on y tenait vraiment, ressembler à un
soupir :

« Les garçons sont tous morts. Ils n'ont pas
résisté. »

De la petite heure que Rock a passée à la mission, Kathleen Hansen ne s'est pas assise. Quant au révérend, il n'a pas articulé un mot, sauf à la fin de sa petite réception, pour signifier à sa femme qu'elle avait assez duré.

Tout avait pourtant commencé dans les formes : la Géante avait bien gentiment servi le thé, présenté les plats, unanimement excellents : petits pois de conserve, jambon de yak, cookies au gingembre, truite fumée.

« C'est notre excellente Miss Hull qui se charge de l'opération », avait tenu à souligner la Géante comme elle découpait les filets de poisson, tandis que la brune et frêle fumeuse de truites rougissait et baissait les yeux – pas davantage que Mrs Hulton, elle n'avait pipé mot.

Alors, comme sa taille l'obligeait à se tenir à l'écart des autres, Kathleen Hansen est partie s'adosser à un des montants de la cheminée. Et c'est là, bien installée dans son bon mètre quatre-vingt-dix, qu'elle a laissé tomber sur Rock :

« Ainsi donc, vous partez demain voir le Régent. Ainsi donc, vous cherchez le Royaume des Femmes. »

❦

Elle lui parle comme s'ils étaient en tête à tête. Elle a replié son bras droit sur sa taille, qu'elle a fine, en dépit de ses maternités. Dans cette pose, Kathleen Hansen pourrait tout aussi bien tirer sur un cigare dans un fumoir.

Est-ce la raison qui interdit à Rock d'articuler le premier début de réponse ? Glotte inerte, en tout cas, langue gelée. Et carrément plombée quand la Géante ajoute :

« Vous avez fait comme tout le monde. Vous êtes tombé sur l'ouvrage de Woodville... »

Avec son sourire, impossible de démêler si elle est sérieuse ou si elle ironise. Depuis la pièce voisine où, juste avant de commencer le service, elle a renvoyé sa marmaille, montent des piaillements. Les lutines doivent se disputer. Elle ne s'en émeut pas. De ses yeux bleu lessive, elle fixe sèchement Rock. Puis lève un bras lourd vers le fatras de livres entassés sur l'étagère qui lui frôle la tête, en extrait un volume et le dépose à côté de l'assiette de Rock.

Même geste tout en prévenances dont, tout à l'heure, elle lui a présenté son filet de truite fumée. Sous son châle gris et son corsage à col montant, elle sent le lait.

« Et si vous avez lu Woodville, Dr Rock, vous n'avez pas pu manquer de remarquer... »

L'odeur se précise. Aigrelette. La Géante doit nourrir sa petite dernière.

« ... pages 339 à 341, la traduction que l'auteur donne des annales des Sui et des T'ang... »

Jusqu'à cet instant, comme les cantatrices, sa voix lui venait du poitrail. Mais elle a changé, s'est placée dans son ventre. Effet tellement troublant qu'il perd le fil de ce qu'elle dit. Il ne le retrouve que plusieurs phrases plus tard – la voix de la Géante, on dirait bien, se fait de plus en plus rauque :

« Je vous connais très bien ! Et quand vous apprendrez par qui ! »

Toujours pas moyen d'articuler un mot. La taille de cette femme, sa voix, son ventre, et par-dessus le marché cette odeur de lait... Elle n'a aucune peine à triompher :

« Mrs Clover, de Likiang ! »

Rock s'effondre. Il se sent brutalement aussi dépourvu d'épaisseur que L'Œil-Dans-Le-Dos-De-Yang, quand il s'aplatit devant son maître. Mais la Géante ne le regarde plus. Elle est déjà retournée farfouiller sur son étagère.

« ... Emily et moi nous sommes rencontrées sur le paquebot, il y a huit ans, juste avant notre arrivée en Chine. Nous nous écrivons chaque semaine. Depuis un bon bout de temps, dans chacune de ses lettres, cette chère Emmy me parle de vous. Vous l'impressionnez beaucoup, on dirait. Du coup, je me suis abonnée au *National Geographic*. »

Et elle déniche sur ses étagères les trois numéros de la revue où Rock a publié des articles. Qu'elle revient abattre sur la table. D'une main sèche, comme si c'étaient les pièces d'un procès.

« ... J'ai tout lu de vous ! Alors, vous pensez, il y a trois jours, quand j'ai vu votre bannière claquer au bas de la pente et que j'ai déchiffré vos idéogrammes... *Commandant, forêts, agriculture américaine, mission spéciale d'exploration...*, j'ai tout de suite compris que c'était vous, l'idole d'Emmy... »

Une bouffée de vanité empourpre la face de Rock.

Mais reflue aussi vite qu'elle lui est venue : la Géante vient de reprendre son couplet sur Mrs Clover.

« ... Pauvre petite Emmy ! Comme elle va être ravie d'avoir de vos nouvelles ! Depuis le temps que vous avez quitté Likiang, elle est si inquiète... Une bonne année, non, que vous n'avez pas remis les pieds là-bas ? Elle pensait que vous repasseriez la voir à votre retour d'Amérique. Parce que... vous avez des attaches à Likiang, si j'ai bien compris... Une maison, des domestiques... Emmy m'a écrit qu'ils vous sont très dévoués, très attachés... Elle est aussi très intriguée par votre expédition. Elle n'est pas la seule, je reçois quantité de lettres où nos amis des autres missions m'en parlent. Alors, quand je vais raconter à Emmy... »

« Si vous avez bien déchiffré les idéogrammes de ma bannière, ce que vous avez lu doit vous suffire ! »

Pourquoi a-t-on fait de la colère un vice ? Une vertu, oui ! Une grâce, un miracle. La preuve : il y a encore une minute, Rock se sentait aussi gelé que l'œil de la truite fumée posée sur le bord de son assiette. Et maintenant, lève-toi et marche, tout vole autour de lui, sa niaise petite serviette à carreaux, sa fourchette qui va tinter sur la porcelaine de l'assiette ; et même son nœud de lavallière, tiens, qui sous l'effet de son ire contre cette pécore de Géante, s'est défait.

Mais tout aussi brutalement, Rock s'en veut. À cause de l'odeur de lait qui maintenant l'inonde. Si c'était un relent de lessive, comme à sa droite, sur Mrs Hulton, ou de bois humide, sur Miss Hull, en face de lui (trop de temps passé, sans doute, à fumer les

truites), il pourrait joyeusement la détester, la Géante.
Car cette façon de trancher de tout ! Ces questions en
forme de traquenard ! Ces insinuations constantes !
Vos attaches à Likiang... Cette pauvre petite Emmy...
Des domestiques très attachés à vous... De quoi se
mêle-t-elle ? Et qu'est-ce qu'il y a au juste dans les
lettres d'Emily Clover, cette demi-folle qui n'a jamais
connu l'extase d'une bonne coupe de champagne ?

Autour de la table, le révérend et les deux autres
femmes se concentrent sur leurs assiettes. Comme certains que la Géante ne viendra pas s'asseoir à table.
Que c'est Rock, le plat dont elle entend se repaître. Et,
de fait, elle ne le lâche plus :

« ... À ce que j'ai saisi de vous à travers vos articles,
vous n'êtes pas homme à vous risquer ici sans vous
être parfaitement documenté. Vous ne pouvez pas
ignorer que tous ceux qui se sont aventurés dans la
région de l'Amnyé Machen...

– Je pars demain, coupe Rock. Et...

– Je sais. »

Une fois de plus, elle ne veut pas l'entendre ; et
comme c'était à craindre, elle fait atterrir de nouveaux
livres près de sa tasse, puis vient les inventorier par-
dessus son épaule : « ... Pzrewalsky, Grenard, le Père
Huc, Bacot, Hedin, Bonvalot, d'Orléans, Potanine... »

À chaque livre qu'elle abat, son châle, à son insu,
se relâche. Rock distingue alors, ballottant sous son
corsage, ses seins larges et engorgés.

Mais, tout aussi bien que le dessin de ses mamelles,
Rock le pressent : ce corps allaitant, Kathleen Hansen
ne l'habite pas. Elle est de ces femmes que la maternité traverse sans les atteindre. Qui enfantent avec
autant d'indifférence que de régularité métronomique.

Et dont la vie ne cesse, on ne sait pourquoi, de s'enfuir ailleurs.

Pour elle, c'est sous son lourd chignon blond. Dans ce cerveau qui n'arrête pas d'amasser puis dégurgiter du savoir. Pour peu qu'elle tombe, en tout cas, sur un interlocuteur qu'elle estime de même force. Et qu'elle puisse se laisser embraser d'une identique passion cérébrale. Aussi raide qu'une prêcheuse, comme maintenant :

« Le Royaume des Femmes existe ! Il y a des preuves ! Je les ai ! »

Elle évoquerait le retour imminent du Messie qu'elle ne s'enflammerait pas davantage. Le révérend, lui, continue de débarrasser son filet de truite de ses arêtes. C'est donc seul que Rock doit subir le déferlement de toute cette fougue :

« ... À force d'éplucher mes livres, j'ai fini par comprendre. Autrefois, dans toute l'Asie centrale, du Tarim à la Mongolie, vivait un grand peuple nomade, les Q'iang. Des guerriers phénoménaux. Ils tuaient, razziaient, disparaissaient sans laisser de traces. C'est pour les contenir que les Chinois ont édifié la Grande Muraille. Et ce peuple, une constellation de tribus dont faisaient partie les Goloks, était dirigé par des femmes. Oui, rien que des femmes ! Mais le peuple des Q'iang a été détruit. Non par les Chinois : par les Mongols. Les terrifiantes armées de Gengis Khan. Une tribu plus farouche que les autres, cependant, les Goloks, a réussi à leur échapper. Sa reine et son peuple sont allés se réfugier dans les hautes vallées de l'Amnyé Machen par-delà les gorges du Fleuve Jaune. Avant eux, personne n'avait mis les pieds là-bas ; et malgré tous leurs efforts, jamais, au grand jamais les Mongols n'ont pu y pénétrer. C'est ainsi qu'au pied de la Montagne, là où personne ne va, s'est maintenu le Royaume des Femmes... »

Kathleen Hansen s'interrompt. Contrairement au prince de Choni, elle en perd le souffle, de tous ces siècles qui se bousculent dans sa bouche. Et chaque fois qu'elle prononce les mots « Q'iang », « Golok » ou « Royaume des Femmes », le feu lui monte aux joues.

À l'autre bout de la pièce, le révérend ne se départit pas de sa face de pierre. Il a fini sa truite et, sans le moindre égard pour ses hôtes, il se sert et se ressert de pommes de l'Oregon.

Cependant, depuis que Kathleen Hansen décrit le Royaume des Femmes, Miss Hull et Mrs Hulton, elles, n'avalent plus une seule bouchée. Elles ont déposé leurs couverts sur la nappe et la fixent d'un œil extatique ; et, à la fin de chacune de ses phrases, opinent du chef.

Des hauteurs qui surplombent les montants de la cheminée, Kathleen Hansen élargit encore son sourire dentu. Elle s'apprête, c'est évident, à un nouveau morceau de bravoure.

Prudence, estime Rock. De la pile de documents qu'elle a entassés près de lui, il dégage les numéros du *National Geographic* ; et, juste avant qu'elle n'ait entonné son nouvel air des Goloks, il se penche vers le révérend et lui jette :

« Vous êtes abonnés ? Épatant ! Il y a donc une poste, à Choni ? »

Au-dessus de Rock, le sourire de Kathleen Hansen se décompose aussi vite que celui du Chat du Cheshire, lorsque Alice lui annonce qu'elle est invitée à jouer au croquet chez la Reine ; et, comme il fallait s'y attendre, la Géante prend son mari de vitesse :

« Non ! »

Sa voix a perdu ce qui faisait tout son charme, ces accents lents et rauques qui lui montaient du ventre. Elle persifle :

« Pas de poste, rien qu'une caravane ! Elle passe le premier jour de la troisième semaine de chaque lune. Mais elle est très sûre. Par conséquent, si ça vous chante, vous pouvez vous abonner à l'*Atlantic Monthly*, ou à la *Gazette de Portland* ! Moi, c'est le *North China Herald*. Et si vous avez de l'argent et le mal du pays, vous pouvez vous commander à Shanghai vos boîtes de pommes de l'Arkansas ! »

Eu égard à l'excellence de ses pommes, Rock se sent tenu de corriger :

« Oregon. »

Elle ne l'a pas entendu. Ou elle fait semblant. Dès qu'elle est lancée, de toute façon, elle est impossible à arrêter :

« ... Ça prendra des mois à arriver, mais ça arrivera ! Vous l'avez d'ailleurs constaté par vous-même, puisque vous avez dîné chez le Prince ! Au fait, elles vous ont plu, ses conserves de pieuvre ? »

À bout de nerfs, la golokologue. Furieuse d'avoir été détournée de ses sujets de prédilection, le Royaume des Femmes et la golokologie.

Le révérend lui-même paraît excédé : il pianote sur la nappe. Pour un motif rigoureusement inverse : il est pressé que sa femme en finisse. Mais une fois de plus, de toute sa hauteur, Kathleen Hansen l'ignore.

« ... Cher Dr Rock, revenons-en, je vous prie, à votre expédition chez les Goloks. Cette lubie de chercher la Montagne et les ultimes vestiges du Royaume des Femmes... vous ne l'auriez pas barbotée à ce pauvre Pereira, par hasard ? »

Pauvre Pereira... Le Brigadier général est donc bel et bien mort.

Et perspicace, la golokologue. *Cette lubie. Barbotée.* Elle l'a mis à nu. Et dire qu'elle ne le connaît que d'une demi-heure !

Malgré son trouble, Rock parvient à risquer un coup de bluff :

« Vous avez lu son livre ?

– Lui, écrire ! »

La bouche de la Géante hésite entre l'agacement et le mépris. Elle opte finalement pour une compassion de commande :

« Dieu ait son âme. »

Puis elle répète :

« Écrire ! Cette culotte de peau ! Un homme tellement sec, tellement rude...

– Son ouvrage est sous presse, lui oppose Rock. Je l'ai commandé. Et maintenant que je sais qu'il y a une caravane... je vais faire en sorte qu'on me l'expédie ici. »

Kathleen Hansen paraît de plus en plus contrariée. Il se sent contraint à une politesse :

« Je vous le prêterai.

– Si c'est un récit des voyages de Pereira, il parle

nécessairement de cette Mission. Il est venu ici. Vous le saviez, j'espère ?

– Quand ?

– Il y a trois ans, en mars. Ou en avril. Je me souviens très bien, j'attendais les jumelles. Et vous, Pereira, vous l'avez croisé où ? »

Rock feint de ne pas entendre. Trop fine mouche, la femme du révérend. Mais elle est déjà plongée dans ses souvenirs. Aux maigres événements qui, en dehors de ses grossesses et de ses accouchements, ont jalonné sa vie de femme de missionnaire :

« À l'époque, je me rappelle, il ne songeait qu'à rejoindre Lhassa. S'il avait déjà entendu parler de la reine et de la Montagne, il nous l'aurait dit. J'en suis sûre, c'est ensuite qu'elle l'a pris, sa folie ! Pas celle de chercher le Royaume des Femmes, puisqu'il existe. Mais ce ridicule d'en parler au premier venu. Grotesque ! Vous vous rendez compte, nous qui vivons ici, nous qui ne bougeons jamais ou presque, nous avons fini par l'apprendre ! Depuis deux ans, sur dix lettres, huit qui nous parlent de Pereira ! Et des gens qui ne savent même pas que nous l'avons reçu ! »

Du bleu limpide, les yeux de la Géante ont tourné au gris vitreux, comme si elle venait de voir s'asseoir, à la place de Rock, le spectre du vieux militaire. Mais elle se reprend, lève à nouveau un bras vers l'étagère. Et au lieu d'un livre, en extrait cette fois un épais dossier.

« ... Regardez ce que j'ai reçu. Un texte qui n'est pas encore paru, lui non plus. L'auteur a tenu à me le soumettre. »

Comme tout à l'heure elle est revenue vers lui, le frôle, le noie dans son odeur de lait. Et poursuit, le nez dans son dossier :

« ... Mrs Howard Taylor, une ancienne missionnaire. Pentecôtiste, comme nous. Peu instruite, mais très observatrice. Elle, c'est à Chengdu que je l'ai rencontrée. Elle a surtout prêché dans le Nord, du côté du lac Kokonor. Elle trouvait le pays trop froid, elle a voulu rentrer en Écosse. Nous avons continué à correspondre ; et comme là-bas, dans ses landes, elle s'ennuyait à mourir, je lui ai conseillé de rédiger ses souvenirs... Quand je lui ai écrit que le Brigadier général voulait aller à la rencontre de la reine des Goloks... »

Elle s'échauffe à chaque phrase. Et plus elle s'exalte, plus elle se raidit. Il n'y a plus que ses seins, dans toute sa personne, pour rester ronds et mollets.

« ... Je l'avais appris par des amis de Tengyueh. Ils m'avaient parlé de Pereira comme de la risée de la ville. Mais moi, quand je l'ai su, je l'ai pris au sérieux, ce vieux militaire. Parce que la reine..., mon amie Mrs Taylor, ça faisait bien deux ans, elle, qu'elle l'avait rencontrée ! Et qu'elle l'avait prise en photo ! Et qu'elle me l'avait dit ! »

Derrière leur tasse de thé et leurs assiettes remplies de cookies, Miss Hull et Mrs Hulton ne bougent plus d'un pouce. Toutes droites, elles aussi, comme prêtes à foncer sur le premier imprudent qui se risquerait à contredire la Géante. Laquelle, toujours aussi électrisée, enchaîne :

« ... Et voilà que Mrs Taylor, la reine..., elle en parle dans son livre ! Voilà qu'elle va publier sa photo ! Et comme c'est moi qui l'ai poussée à écrire, voilà qu'elle m'en adresse les épreuves pour d'ultimes révisions ! Tenez... »

Kathleen Hansen présente à Rock une liasse de feuillets grand format. Ils correspondent à deux pages de livre et sont séparés par une large colonne blanche. Ici et là, celle-ci porte des annotations à l'encre manuscrite. Même calligraphie exagérément appliquée que sur le bristol que Rock a reçu dans ses appartements du monastère. À tout coup, les corrections de la Géante.

De loin en loin, dans cette liasse, une page, sur la gauche du feuillet, est vierge de toute impression et barrée d'une écriture différente – selon toute vraisemblance, c'est celle de Mrs Taylor. Rock parvient à en saisir deux au vol : *Ici, photo n° 5, le Dr Kao devant le temple au toit d'or* ; *Insérer ici le cliché n° 8, auberge à la lisière du désert de Gobi*. Il s'agit manifestement des légendes des photos que l'auteur prévoit d'intercaler dans son texte.

De temps à autre, deux feuillets restent collés l'un à l'autre ; et comme la Géante est pressée d'arriver à celle des pages qui la passionne, elle mouille nerveusement son index de sa langue. Ce qui ne l'empêche pas de continuer à déblatérer ses commentaires :

« ... Vous en avez, de la chance ! La caravane passe dans une semaine, je m'apprêtais à tout renvoyer à Édimbourg. Un peu plus, et ça vous passait sous le nez ! Comme vous l'imaginez, j'ai corrigé nombre d'erreurs. Cette brave Mrs Taylor..., elle est... disons pas très calée en histoire ! Ni très calée en général. Ne parlons pas de son style... Consternant ! Et le titre de son ouvrage... *L'Appel de l'immense Nord-Ouest de la Chine, du Kansu et au-delà*... Exécrable ! En dépit de mes conseils, elle ne raconte pas le dixième de ce qu'elle sait. Si j'avais été en Écosse pour lui tenir la plume... N'empêche ! Elle l'a bel et bien rencontrée, la reine des Goloks ! Vue comme je vous vois ! C'est dans le chapitre où elle évoque le général Ma, qu'elle appelle Ma Ch'i, à la chinoise. Mais tenez, page 108, j'y suis... »

৵

Mrs Howard Taylor, *L'Appel de l'immense Nord-Ouest de la Chine, du Kansu et au-delà*

« Hier, nous avons vu certains des plus sauvages protégés de Ma Ch'i – trois garçons qui arrivent du pays Golok et qui font partie des tribus indépendantes qui ne se sont jamais soumises à la loi chinoise. Ce sont à coup sûr des spécimens indomptés, et guère moins que leur tuteur, une femme d'âge moyen, qui a été envoyée avec eux pour leur tenir lieu de mère.

À leur arrivée dans le groupe, aucun d'entre eux ne parlait chinois. Les garçons ont semé la consternation en voulant embrasser les jolies filles qu'ils rencontraient dans les rues. Mais, actuellement, on leur enseigne de meilleures manières. Combien ont-ils à apprendre, les pauvres chéris ! Habitués à manger de la viande le plus souvent crue, à boire du lait, et rien d'autre ; à ne se servir, pour se nourrir, d'aucun autre ustensile que leurs doigts ; à ne disposer, pour l'hiver comme pour l'été, le jour et la nuit, que d'un seul vêtement en tout et pour tout ; à vivre à dos de cheval la vie tourmentée d'une tribu frontalière, dans des tentes qu'on monte et qu'on démonte constamment... »

« Vous avez vu ! exulte la Géante en recommençant à faire ballotter ses seins au-dessus du dossier. Tout y est ! La liberté extrême des mœurs ! La sauvagerie du pays ! L'esprit insoumis de son peuple ! Et, si vous lisez bien, les femmes, aussi rebelles que les hommes... Tout y est, vraiment ! »

Rock résiste à l'odeur de lait. Et fait la moue :

« Où est la photo ? »

Il risque une main en direction du dossier. Geste à la fois avide et précautionneux. Le même qu'il a eu, à Nguluko, lorsque Li-Su lui a présenté le manuscrit du sorcier. Mais Kathleen Hansen ne l'entend pas de cette oreille. D'un mouvement vif, elle ramène le paquet de feuilles vers elle.

« Vous pensez bien que Mrs Taylor n'a pas fait voyager ses précieux clichés ! Ils vont être insérés juste avant le brochage. Mais la légende qu'elle prévoit est claire, regardez... »

De son index péremptoire, elle a déjà pointé, en regard du texte que Rock vient de lire, la page vierge d'impression. Elle est barrée d'une mention manuscrite de Mrs Taylor, qu'elle entreprend de lire à haute voix : « *Ici, cliché n° 4, la Reine des Goloks en compagnie des épouses de ses premiers ministres* ».

Puis, sur la pile de livres qui est restée sur la table, elle reprend en main l'ouvrage de Woodville, l'ouvre à la page des annales des Sui et des T'ang, le brandit et poursuit :

« Vous vous souvenez ? »

S'il se souvient ! À la virgule près, comme elle. Mais s'il fallait la réciter, la fameuse page, ce ne serait sûrement pas sur ce ton mi-sentencieux, mi-doucereux qui lui rappelle soudain l'ennui profond qu'il ressentait à Likiang, pendant la petite heure que durait l'office du dimanche : « *La souveraine est nommée Pin chin, ses dignitaires sont appelés Kao-pa-li, ils sont comme nos ministres d'État. Les femmes délèguent aux hommes le soin de remplir toutes les tâches qui se déroulent à l'extérieur, et ceux-ci sont par conséquent connus sous le nom de "délégués des femmes"* (ling nü kuan). *Les hommes reçoivent et transmettent les ordres qui sont donnés par les femmes depuis l'intérieur du Palais Royal.* »

Sur la dernière phrase, fort heureusement, la Géante a spontanément retrouvé sa voix de ventre. Et c'est avec les mêmes troublants accents qu'elle y va de son petit commentaire :

« Ces premiers ministres qui ne sont pas sur la photo, mais dont l'existence n'a pas échappé à cette petite fouineuse de Mrs Taylor, c'étaient sûrement les *kao-pa-li* de la reine ! Et c'est logique : comme ils ne sont que des exécutants, l'auteur ne les a pas admis aux honneurs d'une photo. Leurs femmes, en revanche...

— Justement, la photo... Quand vous étiez à Chengdu... Mrs Taylor vous l'a montrée, je suppose ?

— Non. Et alors ? Pourquoi voulez-vous que je doute de la parole d'une aussi sainte femme ?

— Le livre, en ce cas... Quand sera-t-il imprimé ?

— Le temps que je lui renvoie mes corrections, que Mrs Taylor les reçoive... que le livre soit mis sous presse... Trois, quatre mois.

— Et le temps qu'il arrive ici ?

— Mais, d'ici là, la Reine des Goloks, c'est vous qui l'aurez photographiée, Dr Rock ! »

La Géante rit. Nerveusement, avec de petits hoquets. Sous la laine grise de son châle, ses seins n'ont jamais paru plus gorgés de lait.

Cependant la série de questions dont Rock l'a mitraillée a dû l'irriter, car elle lui rafle soudain son dossier ; et, au lieu d'aller le replacer en haut de l'étagère, le resserre contre sa poitrine comme un enfant menacé qu'il lui faudrait défendre. Et, sans plus attendre, se met à plaider :

« Je me souviens parfaitement où, et quand Mrs Taylor m'a parlé de cette affaire. C'était en mars 1921, nous nous apprêtions à quitter Chengdu pour Choni.

« Je venais d'accoucher de mon petit sixième, ce pauvre Percival qui est mort à notre arrivée ici. Il ne supportait pas mon lait, le malheureux, il s'est laissé mourir de faim plutôt que de boire au sein des nourrices, Dieu ait son âme ! Mais revenons à Mrs Taylor. Elle arrivait de Xining, elle faisait ses malles pour Édimbourg. Elle est venue me visiter à la Mission ; et comme elle savait que je me passionnais pour les Goloks, elle m'a parlé de la reine.

« Je me rappelle sa description au mot près. Comme elle le raconte dans son livre, la reine, quand elle l'a vue, était âgée d'une vingtaine d'années. Mais elle m'a donné bien d'autres détails, et si elle les a omis, c'est sans doute qu'ils apparaîtront sur la photo. Par exemple, elle m'a dit que la reine avait les cheveux coupés à la Jeanne d'Arc. Ça se comprend, notez, pour une femme au pouvoir. Nous-mêmes, depuis la guerre... Mrs Taylor m'a aussi confié que ses deux suivantes avaient tressé leur chevelure en une multitude de nattes ; et qu'elles étaient toutes les trois vêtues de manteaux – écoutez-moi bien ! – dont les manches traînaient à terre ! Et sur leur visage, que s'étaient-elles passé, je vous le donne en mille ? De la terre ! Tout se recoupe ! Parce que, rappelez-vous, les annales des T'ang... »

Nouveau récitatif. Et, comme tout à l'heure, même voix noyée d'eau bénite : « *Les habitants des deux sexes se peignent le visage d'argile diversement colo-*

*rée... La souveraine porte une jupe plissée, de couleur
noire ou bleue, de texture rude, avec une robe noire
ou bleue aux manches traînant sur le sol. En hiver,
elle y ajoute un manteau de peau de mouton orné de
broderies. Elle est coiffée de petites nattes... »*

Avant de conclure de tout ce qu'elle a de plus
rauque au fond du ventre :

« Vous voyez bien ! Tout y est ! »

À cet instant, Rock est traversé d'une sensation
qu'il n'a plus éprouvée depuis qu'il a écouté Pereira à
la table du *Boozer's*. Un extraordinaire enthousiasme.
Cela pourrait s'appeler : l'envie de croire.

Dissoute, la fatigue du voyage. Volatilisée, l'angoisse distillée par le spectre du Brigadier général.
Pour la deuxième fois de sa vie, Rock reprend le chemin de son enfance. Ce soir, elle a goût de lait.

Car il faut voir les visages des femmes autour de la
table, leurs traits lissés par l'éclat mauve des opalines.
Comme soudain lavés, eux aussi, de tous leurs secrets,
attentes, chagrins, rancunes. Joie silencieuse, yeux
comme des sous neufs. Regards de nuit de Noël. Entre
deux crépitements du feu, l'instant rêve.

❧

C'est le révérend qui a rompu le charme. Il s'est
penché au-dessus de la nappe pour vérifier qu'il avait
bien vidé la jatte où Kathleen Hansen avait déversé la
boîte de pommes de l'Oregon ; et comme il n'y restait
rien, il a lancé à Rock :

« Et la reine, on sait où elle est passée, à l'heure
qu'il est ? »

C'était bien sûr à sa femme qu'il s'adressait. Elle
ne s'y est pas trompée, elle a tout de suite répliqué :

« Le Dr Rock nous le dira, puisqu'il s'en va demain voir le Régent ! »

Et elle est partie d'un nouveau rire. Mais frêle, celui-ci, plus du tout sûr de lui. Et ses jambes ont chancelé, comme soudain faites de sable.

Mais la Géante s'est vite reprise. Elle s'est retournée vers Rock, comme à son arrivée, mondaine à souhait :

« Vous repasserez sûrement par Choni... »

Il y avait de la question dans sa voix. Et autant de peur que d'espérance.

Rock n'a su que répondre. Langue plombée, à nouveau, glotte gelée.

C'est son mari qui l'a tiré d'affaire. Sans préavis, il s'est levé et est venu lui saisir les mains :

« Vous êtes très courageux. Moi aussi, demain matin, je vous ferai escorte, quand le Prince vous accompagnera sur le chemin des cols. »

Et, au moment où Rock se faisait la réflexion que L'Œil-Dans-Le-Dos-De-Yang, décidément, était le roi des mouchards, le révérend a jugé bon de le bénir.

Signe de croix, bout de prière : est-ce tout cet abracadabra qui le pousse à sortir du salon comme il y est entré, en somnambule ?

Il se voit en tout cas réenfiler sa canadienne en étranger à son corps. Puis emboîter le pas au révérend, le suivre à l'aveugle dans le corridor. Il se retrouve, sans savoir comment, devant la porte qui donne dans la venelle.

Il entend aussi les fillettes, dans la pièce où elles ont été reléguées par leur mère, criailler de plus belle. Engouffré dans le corridor qui donne sur le jardin aux tombes, un vent coulis vient lui fouetter les jambes.

Mrs Hulton, de ses jambes lourdes, court fermer une
porte qui claque dans la nuit. Le bruit lui paraît très
lointain : il est déjà dans la venelle. Il fait nuit noire
et il entend la Géante lui glisser dans le noir :

« Comme je vous envie... »

Cela dit, il n'en jurerait pas. Il a peut-être rêvé. Car
le révérend, du fond de l'obscurité où il l'avait aussi
suivi, s'est remis à chanter ses louanges :

« Je vous admire ! Passe encore de vouloir convertir
ces bandits. Mais partir à leur rencontre, là-haut...
Veillez sur vous. Savez-vous à quelle altitude culmine
l'Ermitage de la Falaise ? »

Non, Rock ne sait pas. Et il ne veut pas savoir. Tout
ce qu'il souhaite, lui, c'est renifler une dernière fois le
lait de Kathleen Hansen. Dont l'arôme aigrelet doit
également titiller la narine du révérend. Et lui révéler
par là même, au fond du noir, la présence de sa
femme. Car, sur le même ton acide et suave, voici
qu'il lui signifie : « Rentrez vite vous mettre au chaud,
ma petite Kathleen. Vous feriez bien de vous coucher.
Vous savez bien que vous êtes fragile des bronches. »

Le Régent

(Province du Gansu, 25 avril-5 juin 1925)

Rock n'en a jamais démordu : la fautive, ensuite, c'est la neige. Il l'a mille fois répété : sans elle, il aurait gardé sa lucidité.

En l'espace d'une heure, juste après le premier col, toutes les lignes se sont confondues. Le brouillard. Puis très vite, les flocons. Pendant douze jours. Et, sur la fin, soixante-douze heures de blizzard. Donc, en tout, deux semaines où plus rien n'a séparé les rochers des nuages, la piste des ruisseaux, la terre du ciel. Plus d'horizon, plus de repères. En lui, plus de frontière non plus entre le réel et le rêve. Il a perdu pied. Envolés, son sens de la décision, son magnifique esprit d'analyse. Partis avec les flocons. Il a été pris de court. Saisi. Il n'arrivait qu'à murmurer : « La neige en mai. »

Depuis un an qu'il préparait son voyage, il les avait pourtant lus et relus, les bons auteurs si chers à la Géante. Tous avaient décrit, à un moment ou à un autre de leurs récits, les sautes imprévisibles du climat à l'approche du pays Golok. Et relaté la violence des tourmentes, neige ou grêle, qui, en n'importe quelle saison, peuvent s'abattre sur le voyageur. A la mission de Tjsedrong, la Française ne s'était pas privée, elle non plus, de lui raconter comment, là-haut, entre le lac

Kokonor et les terres de la Reine, la neige, du jour au
lendemain – même en juillet, même en août –, transforme une randonnée sereine en retraite de Russie.
Elle avait bien insisté : « D'une heure à l'autre, c'est
phénoménal, on n'en croit pas ses yeux ! » Enfin il y
avait eu le récit de Pereira. À Tengyueh, le Brigadier
général l'avait bien précisé : quand il avait vu surgir
la montagne, c'était juste après une tempête de neige.
Un 26 mai.

Mais, justement, dans ces récits, Rock n'avait vu
que des mots. Pour lui, ces voyageurs-là avaient
manqué la chair de l'aventure. Ils l'avaient frôlée sans
jamais la posséder. Seulement lui, Joseph Francis
Rock, l'homme sorti de rien, qui ne se fiait à personne
et qui prévoyait tout à grand renfort de vestes d'aviateur, tinettes de campagne et bidons de kérosène, il y
parviendrait. Le premier – et le seul.

Ce qu'il a fini par comprendre au bout de ces quinze
jours, c'est que tout ce matériel n'était pas un équipement, mais un arsenal de talismans. Que la neige ignorait superbement.

L'aube, au moment du départ, avait pourtant été si
douce. Et la matinée si chaude, tout le temps de la
montée jusqu'au col. La sueur, au fil de l'ascension,
avait noyé ses sous-vêtements. Yang et ses gens, tout
autour de lui, transpiraient encore plus. C'étaient sans
doute leurs harnachements de soie et de fourrures.

Comme promis, le révérend était venu. La Géante
aussi. À cheval, sous son large chapeau, elle avait une
allure impériale. Sa veste longue et son chandail ne

parvenaient pas à effacer la majesté de ses seins. Et elle montait en amazone.

Les villages qu'ils traversaient portaient tous des noms rayonnants, Bourg du Tigre à la Crinière Jaune, Halte du Jeune Phénix, Hameau du Soleil Levant. C'est là, environ deux kilomètres après les dernières fermes, que Yang a subitement levé le bras et désigné dans la montagne une faille très étroite qui la fendait depuis son sommet, comme tranchée par une épée monstrueuse. Il a claironné : « La Porte du Rocher ! », et il s'est arrêté. Le révérend et la Géante aussi. C'était la fin de l'escorte.

Il n'y a pas eu d'adieux. Ou plutôt, ce sont les photos qui en ont tenu lieu. Sur la première d'entre elles, Rock a aligné les dix-huit Tibétains à cheval que le Prince lui laissait – il les avait prélevés sur sa propre garde. Avec leurs longues épées, leurs fusils à pierre, la corne de yak où ils gardaient leur poudre, leurs bourses de cuir bourrées de balles, ils ressemblaient à des soldats de Gengis Khan prêts à lancer une razzia ; et, du même coup, lorsque Rock a rangé devant eux les trente-cinq fantassins chinois que le Prince, pour renforcer l'escorte, avait fait venir de Min-chow, ceux-ci ont paru misérables, avec leurs fusils prussiens qui devaient remonter à la guerre de 70, et leurs uniformes mal copiés sur ceux des armées russes. Ils se sont d'ailleurs offerts à l'objectif comme à la mitraille d'une guerre moderne : passifs et raides. Parfaite chair à canon.

Le second cliché, c'est Yang qui a insisté pour le prendre. Il voulait éterniser son hôte aux côtés des Hansen et des douze Na-khis. Rock a accepté, a voulu lui montrer comment appuyer sur le déclencheur, mais l'autre lui a fait signe de le laisser faire. Il s'en est très bien sorti. Il a collé à l'objectif un œil enfantin et joyeux – lui non plus, le Prince, n'a jamais songé à la neige.

Avant de lui abandonner l'appareil, tout de même, Rock a vérifié le cadre ; et à ce moment-là, il s'est fait la réflexion que les Hansen et lui, au milieu des Na-khis, ressemblaient à des amis qui s'apprêtent à partir en pique-nique. Le ciel était pur, la lumière limpide, la joie peinte sur tous les visages. Ils se sont donc quittés sans état d'âme. Et sans la moindre cérémonie : remonté à cheval, le Prince a levé le bras une seconde fois. Le groupe s'est aussitôt scindé et chacun a tourné bride.

Au moment où la caravane s'est mise en file indienne pour se glisser dans la fente pierreuse de la Porte du Rocher, Rock s'est retourné. La lumière, sur l'alpage, continuait de tomber en pluie radieuse. Kath-leen Hansen montait toujours en amazone.

❧

Moins d'une demi-heure plus tard, il sort de la faille. C'est là qu'il voit monter, lent et lourd, un épais nuage gris. Tout annonce la neige. Il se refuse à y croire. Il se borne à estimer l'altitude – environ trois mille cinq cents mètres. Puis il crie à Li-Su :

« On descend, vite ! Dans dix minutes, on retrouve le soleil ! »

Mais, dix minutes après, la brouillasse, telle une mauvaise soupe, s'épaissit encore. Et, d'un seul coup, la neige est là.

Très fine encore, un vague crachin. Li-Su, qui porte la bannière en tête du convoi, n'arrête plus de se retourner pour jeter des coups d'œil en arrière. Rock se sent obligé de piquer des deux pour aller lui glisser :

« Laisse courir, ça va passer. »

Pourtant, presque aussi vite, il revient sur ses pas, part inspecter la caravane jusqu'au dernier de ses hommes, et commande de presser l'allure. Ceux qu'il asticote au premier chef sont les fantassins chinois – ils ne sont équipés que du costume en vigueur dans l'armée régulière, mauvaise veste, casquette à visière et godillots. Mais plus la caravane descend, plus la brume et le crachin se font cotonneux. Une étrange et blanche étoupe qui finit par cracher des flocons.

Énormes, de ceux qui collent, insistent et ne lâchent plus. Rock renonce à l'espoir du soleil. Et profère pour la première fois à voix haute les mots qui, deux semaines durant, ne vont plus cesser d'habiter sa bouche et son esprit : « la neige en mai ».

୬ୡ

Au bout de dix jours de marche, il s'y enfonce comme dans la ouate du rêve. Mort de l'espace, dissolution du temps. Mais le Non-Temps de Choni, au moins, était vivant. Ici, c'est le néant. Percé seulement, de loin en loin, par quelques aboiements – les énormes molosses qui gardent les campements nomades.

On voit alors se dessiner, maigre étoile noire égarée dans la galaxie des flocons, une tente. Ou bien, pareils aux grisailles qui ornaient le salon du palais Potocki, raidis sur leur cheval-fantôme, un Na-khi, un garde tibétain. Et le maelström de neige se referme. Les reverra-t-on jamais ? Plus de contrôle sur rien.

Le soir, pas moyen de camper. La caravane fait halte dans des monastères. On lui accorde à chaque fois l'hospitalité sans difficulté. Rock convoque sa troupe et, fataliste, fait l'appel. Lui qui, jusque-là, n'a jamais perdu un seul homme, voit sa petite armée fondre de jour en jour. Les Na-khis restent fidèles au poste, mais, sur les dix-huit gardes du Prince, douze, en quelques jours, désertent. Ou s'égarent. Quant aux trente-cinq soldats chinois, ils ont disparu dès le troisième matin de neige, enfuis sans plainte ni préavis dans leurs vestes trop légères et leurs godillots.

Peut-être pour rejoindre les bandits. Mais eux aussi, les brigands, le froid les relègue au chaud de leurs tanières.

Donc ce matin, en ce quatrième jour de blizzard après deux semaines de neige ininterrompue, toujours personne à se risquer dehors, à l'exception de sa caravane. Dans le dernier monastère où il a fait étape, on lui a juré que l'ermitage du Régent n'était pas loin. Mais le lendemain les flocons n'ont jamais plu si dru, le vent n'a jamais été plus froid et plus violent, et Rock s'est rarement senti aussi épuisé. L'échine cassée, il a pourtant continué à cheminer à la tête de sa troupe ; et, ce matin, au moment d'emboucher son clairon pour sonner le branle-bas de combat, il ne prend même pas la peine de jeter un regard à l'extérieur. Son nez, désormais, renifle la neige d'aussi loin que le lait.

❧

Avancer, avancer, plus rien d'autre à faire. Enfoncer le cheval dans le néant blanc jusqu'au moment où il cessera d'être néant. La piste, ou ce qu'il en reste entre les congères, ne cesse plus de grimper.

Pour tenir, opposer à la tourmente, non des prières,

mais les phrases des vieilles annales. Scansion tranquille des mots anciens, aussitôt perdus dans la fureur des vents.

La capitale du Royaume des Femmes se trouve sur une montagne ; elle s'étend sur cinq ou six li carrés. Le pays compte dix mille familles. La souveraine vit dans une maison de neuf étages.

Combien en a-t-il croisé, de ces tours, au bord de la piste, depuis deux semaines qu'il fend l'océan de neige ? Rock ne sait plus. Il n'a décompté que leurs étages.

Cinq ou six, la plupart du temps. Mais hier soir, il est enfin tombé sur une tour à neuf niveaux. Exactement comme le voyageur du lointain temps des Sui qui était venu se perdre ici avant d'aller confier son récit aux mandarins de Pékin. Comme les précédentes, la tour était un monastère. Une fois de plus, Rock a demandé l'hospitalité aux lamas.

Ils lui ont abandonné une arrière-salle du rez-de-chaussée. La crasse y mangeait la splendeur, comme partout ; mais au moment où, aidé de Ho Tzu-chin, il commençait à monter son lit de camp, il a entrevu, dans un angle de la pièce voisine, éclairée d'une myriade de minuscules lampes à beurre, une momie repliée dans ses ossements et qu'enrubannaient, ici et là, des écharpes de soie tout effilochées.

Un ex-Bouddha Vivant, lui ont expliqué les moines ; ils l'entreposaient là, offert à la dévotion des fidèles, jusqu'au jour où ils auraient réuni assez d'argent pour lui offrir un cercueil en or.

Rock a hoché la tête, est revenu à son lit de camp. Sur les murs, tout autour de lui, caracolaient, multicolores et infatigables, les mêmes dieux qu'à Choni. Ici aussi ils roulaient des yeux, tranchaient des têtes, pour-fendaient des démons. Devant les peintures, ses douze Na-khis, comme toujours, officiaient pour le rituel du soir. Indifférents et dociles, ils allumaient les lampes à kérosène, montaient les réchauds, faisaient bouillir l'eau, préparaient le repas, gonflaient la baignoire – même au pire de la tourmente, pas question de renoncer au bain. Les gardes de Yang, eux, à l'autre bout de la pièce, riaient, hurlaient, touillaient leur bouillie d'orge, entonnaient des chants devant les mar-mites, les théières, les braseros chauffés à blanc.

Et d'un seul coup, Rock a senti se rompre en lui la frontière entre la vie et le songe. Face au crâne racorni qui le fixait depuis l'autre pièce, emberlificoté dans ses vieilles soies mangées aux vers, il a englouti le plat de Li-Su, un bout de cuissot de yak cuisiné en schnitzel. Il l'a même rongé jusqu'à l'os, geste qu'il ne s'autorise jamais.

Et avec le même naturel, lorsqu'il est entré dans son bain, il a demandé à Chan-Chien de poser sur son gramophone un disque de Melba. Pour l'écouter, comme n'importe où au monde, les yeux fermés.

Ce soir-là, il ne s'est même pas aperçu que les moines s'étaient agglutinés autour de la baignoire fumante, hilares. Riant comme rient les moines, sur le haut plateau : à pleine gueule et de tous leurs pou-mons, dents, langue, tripes, côtes et entrecôtes.

Il les entendait, sans doute, aussi bien qu'il suivait les montées vertigineuses de Melba jusqu'aux limites du suraigu, puis ses cascades tout aussi périlleuses vers des notes de ventre qui lui rappelaient irrésistible-ment la voix de la Géante. Mais là encore, le rire des moines et les cascatelles de la chanteuse, tout s'est noyé dans le même magma.

Jusqu'à l'odeur des lamas, ce soir-là, leurs sempiternels relents de beurre rance et de crasse froide, qui est allée se perdre avec le reste : la grimace de la momie, le feu qui faisait rougeoyer le cul des marmites, les rois à cheval qui ne se lassaient toujours pas de cavaler, sabre au clair, de peinture en peinture ; et les ultimes effluves du schnitzel de yak.

Il faut dire aussi que, deux heures plus tôt, à son arrivée, les moines lui avaient présenté un Bouddha Vivant. Le dix-huitième du genre, depuis deux semaines qu'il errait dans les neiges. Chaque fois, il s'en trouvait secoué.

Il ne croyait pas à la réincarnation. Mais quand on lui présentait une de ces créatures, c'était plus fort que lui, il fallait toujours qu'il cherche dans son regard une trace de l'étincelle divine qui, à ce qu'on prétendait, sautait ainsi de corps en corps, à travers les siècles et depuis le fond de l'éternité.

La plupart du temps, c'étaient des enfants-dieux – cinq, six, huit ans, ou des réincarnations adolescentes. Dans ce monastère-ci, le Bouddha Vivant avait quatre-vingts ans ; les trémulations et la bave en plus, il n'était pas loin de ressembler, tant il était maigre, à la momie repliée dans ses os et ses soies fanées. Comme aux autres, il lui a offert des babioles et des pièces de monnaie. Mais au lieu de le remercier, celui-là a ricané : « Qu'est-ce que tu peux bien chercher, à escalader les cols par cette neige ? »

Il avait parlé chinois. Rock était épuisé, il lui a acidement rétorqué : « Mon Bouddha Vivant à moi, c'est le Grand ! Celui de la Littérature ! » – et il a sorti de

sa canadienne la lettre que Yang lui avait remise à
l'intention du Régent.

Quand il a reconnu le sceau du Prince, le vieillard
a changé de mine. Plus de ricanement, plus de bave
non plus, ni de tremblements. Il souriait, il rayonnait ;
et, comme le révérend Hansen – mais avec ses gestes à
lui, tête doucement inclinée, paupières baissées, mains
jointes sur son rosaire –, il l'a béni.

Malgré son âge, il avait les yeux très largement
ouverts et son regard, du même coup, ressemblait à
une brèche donnant sur l'espoir. C'est à lui que Rock
doit, ce matin, de n'avoir pas renoncé. D'ailleurs, en
cet instant où le blizzard faiblit, où une faille bleue
s'agrandit devant l'encolure du cheval, il trouve à la
trouée le même dessin qu'à ses yeux.

Les flocons maigrissent, les bourrasques s'essouf-
flent. Devant le cheval s'étire soudain une chaîne de
gros mamelons. Le néant blanc se met à vallonner de
partout. Et resplendit.

Vers l'ouest, toutefois, s'étire une tache beaucoup
moins blanche que le reste. Couleur mastic. Du cal-
caire, à tout coup.

La falaise. Sans prévenir Li-Su, ni Chan-Chien, ni
personne, Rock lance sa bête à l'assaut du désert
blanc.

À mesure qu'il galope, la tache mastic, à sa base,
se constelle de points rouges et safranés. Des moines.

Et maintenant, des lignes très nettes, grises et luisantes : une nacelle, des chaînes. C'est bien l'ermitage
où, d'après Yang, se sont réfugiés le Régent et le
Grand Bouddha Vivant.

Ultime galop. On lui adresse de grands signes. Rock

s'arrête net et, malgré ses gants et ses doigts gourds, brandit la lettre de Yang. Les moines se précipitent sur son cheval. Ici aussi, on l'attendait. Le vieux Bouddha d'hier soir a dû le faire précéder de ses messagers. En tout cas, en un tournemain, il se retrouve niché dans la nacelle d'acier.

Grincements de poulie. Dix fois, vingt fois, il va ballotter contre la roche. Puis, à nouveau, le ciel s'ouvre.

Plus haut qu'il ne l'a jamais vu s'ouvrir. Douche de bleu qui éblouit, bain de pureté. Il en est si aveuglé que les moines doivent se mettre à trois pour l'extraire de la nacelle.

Ici, il n'a pas neigé. Le sol est gelé, mais herbu. Rock vacille, se frotte les yeux, cherche fiévreusement dans sa poche ses lunettes de glacier. Tout est allé trop vite, sa rétine le brûle. Devant lui il continue de neiger du lait.

L'air est vif, rare. À la façon dont il lui fouette les bronches, Rock estime l'altitude à plus de quatre mille mètres. D'ordinaire, quand il se retrouve près des cimes, son esprit s'éclaircit. Ce matin, il s'obscurcit.

Au bout de quelques minutes, pourtant, la vue lui revient. Assez nette pour qu'il note que la végétation est très pauvre : à peine quelques arbustes éparpillés au pied d'un alignement de pitons de grès. Il dénombre aussi quatre temples, de construction récente, lui semble-t-il. Enfin, une vingtaine de maisons et un énorme éboulis de roches.

Il se retourne vers la falaise, se penche. La caravane est en bas. Li-Su la mène, comme d'habitude. Il lui crie de le rejoindre – les autres attendront.

Un quart d'heure plus tard, le Na-khi et lui se retrouvent donc côte à côte, dans le premier des temples, à s'incliner devant le Grand Bouddha Vivant.

Une pauvre chose effrayée, un enfant de dix ans. Empaqueté dans des épaisseurs et des épaisseurs de soies et de brocarts d'or, coiffé d'une extravagante mitre safran et chaussé de bottes tibétaines trois fois trop grandes pour lui. Il promène sur eux un regard d'une intensité inouïe.

Pourquoi le Dieu de la Littérature a-t-il choisi d'aller se loger dans ce minuscule paquet de chair naïve et désarmée ? A-t-il voulu rappeler l'esprit d'enfance qui hante les grands récits ? Signifier la candeur de l'imprudent qui se hasarde à tracer la première ligne d'une histoire ? la pureté de la page blanche ? l'idée que la vie n'est qu'un conte ? la vanité des mots ?

L'enfant ne parle pas, ne bouge pas d'un pouce sous ses soies. Les mains refermées sur son rosaire, il se contente de dévisager ses visiteurs d'un œil perplexe et effaré. Regard impossible à soutenir. Il aveugle, comme la neige.

Rock ne s'est jamais souvenu des cadeaux qu'il lui a offerts. Il se voit seulement suivre, quelques secondes après avoir reçu sa bénédiction, le grand homme sévère qui, juste après le rite, a lentement émergé de l'ombre : le Régent.

৶৹

Lui, il n'est pas mitré mais porte un chapeau de cow-boy. Décidément, nul barrage n'arrêtera jamais les inventions américaines.

Et pas le temps de se demander qui les a introduites ici : l'homme l'entraîne à grands pas derrière l'amon-cellement de roches. S'y dresse un bâtiment qui paraît édifié de fraîche date. Sa résidence, semble-t-il.

Entre les deux bâtisses, un pré gelé. Des dizaines et des dizaines d'hommes y ont établi leur bivouac. Tentes, chevaux, mules, feux de camp : on pourrait croire à des pèlerins, s'ils n'étaient armés jusqu'aux dents. Dans toutes les ceintures, de longues épées effi-lées ; elles ressemblent à s'y méprendre à celle de Yang. Mais aussi, entassés devant les tentes, arbalètes, fourches, arcs, carquois bourrés de flèches. Et des dizaines de fusils. À pierre, ou plus modernes, les mêmes qu'aux soldats chinois, ces armes fabriquées pour la guerre franco-prussienne. Enfin, beaucoup plus surprenant, de ces grossières pétoires qu'on trouve communément pour neuf dollars dans les drugstores de Denver ou de Chicago. Les marchands d'armes américains les ont sans doute refilées aux Russes pendant la guerre de 14, lesquels les ont revendues illico, puis, au terme d'un de leurs interminables et tortueux trafics, les caravaniers des steppes ont réussi à les faire monter ici, sur le Toit du Monde.

Une centaine d'hommes au bas mot s'agitent entre les feux et les tentes. En temps ordinaire, Rock aurait interrogé le Régent. Pas ce matin. Même phénomène que la veille : il voit tout, entend tout, mais, de la réalité environnante, ne retient que ce qui sert l'histoire à laquelle il a envie de croire : le Royaume des Femmes – son Royaume des Femmes – est là, à deux pas. Dans une heure le Régent lui en aura ouvert les portes. Et demain, comme la Française lorsqu'elle a disparu sur les sentiers glacés du Nord, il va enfin tracer sa route vers la gloire universelle.

Le Régent s'est assis en face de lui, bien calé contre le dossier d'une chaise chinoise. Il est vêtu d'un manteau de feutre gansé de renard. Ses mains sont posées sur ses genoux en une symétrie parfaite. Il ne semble pas souffrir du froid. Il a le dos très droit.

Rock est surpris : il ne ressemble en rien à l'idée qu'il s'était forgé de lui à travers le récit de Yang. Il s'était imaginé un gredin buriné et balafré, prêt à dégainer un sabre ou un revolver à tout propos. Et voici qu'il se retrouve devant un homme sans arme, vieillissant et calme, exempt de toute cicatrice, au regard triste et revenu de tout.

Pour autant, il paraît très résolu. Et méthodique : lorsque Rock lui tend la lettre du Prince, il en examine posément le sceau, détaille la missive avec lenteur et soin, la relit à plusieurs reprises avant de la replier et de la glisser, comme Yang, à l'intérieur de sa manche. Il se redresse alors contre le dossier de sa chaise, replace les mains à plat sur ses genoux. Puis, d'une voix de caverne où semblent siffler tous les blizzards des montagnes, il livre d'emblée à Rock les réponses qu'il attend.

La fille qu'il cherche appartient à la tribu Lürdi. Elle et les siens campent le plus souvent à l'est de la montagne, au tout début du circuit que son peuple, une fois l'an, parcourt en hommage au dieu Machen Pomra, qu'on appelle aussi le Vieil Homme de la Plaine.

Ce campement est quasi permanent. Il se situe à la jonction de deux torrents. Le Régent sait aussi que, par là-bas, en pays Golok, se trouvent des vallées superbes dont il décline les noms : Grande Vallée d'Or, Vallée de l'Oubli, Vallée des Bouleaux, Vallée des Neuf Dragons. Il ajoute qu'on y trouve beaucoup de gibier, des antilopes, des perdrix, des canards sauvages, des mouflons. Et qu'on est constamment surpris par le paysage : aux gorges étroites succèdent des dunes, les sables sont suivis de marais, les marécages débouchent sur de nouvelles gorges ; et au bout de toutes ces vallées, certains prétendent qu'on peut aussi tomber sur une vieille cité en ruines, qui remonte aux temps de Gengis Khan.

Mais lui, attention ! il ne parle que par ouï-dire. Il n'a jamais mis les pieds là-bas, pas plus que quiconque ici. À sa connaissance, personne ne s'est jamais risqué à pénétrer en terre golok. Maintenant, si lui, l'étranger, veut y aller, qui s'y oppose ? La route est connue.

D'abord un désert d'herbe. Ensuite, un long labyrinthe de canyons où il devra déjouer des brigands, ceux de la Horde du Loup Blanc ; et, à la sortie des défilés, le monastère de Radja. Là, il peut espérer entrer dans les bonnes grâces des moines, loger sous leur toit et, à travers eux, chercher des guides qui acceptent de franchir avec lui la frontière invisible du pays Golok et de le mener jusqu'à la Montagne.

Bien entendu, il lui faudra payer, et ce sera cher. Mais qu'il n'emporte pas de pièces ni de billets : n'ont cours là-bas que les lingots d'argent. Sur place, s'il a de la chance, il peut tomber sur les seuls marchands à avoir réussi à fricoter avec les Goloks, les adeptes d'une religion créée de fraîche date, la Nouvelle Secte. Leur chef, un ancien musulman, s'est autoproclamé Jésus-Sauveur. D'un doigt trempé dans le beurre fondu, il prétend effacer tous les péchés du monde ; il promet la belle vie après la mort, le paradis et la réincarnation en même temps. Il a beaucoup de succès.

Il vit tout près d'ici, à Tao-chow, où il est marchand. Depuis qu'il a fondé sa nouvelle religion, il s'est énormément enrichi. Aux Goloks il vend du sel, des piments, des vêtements de coton, des théières d'étain ; ils lui fournissent en retour des fourrures, du musc, de la corne, et parfois des pierres précieuses, des turquoises, du cristal de roche.

« Seulement, fais vite ! gronde soudain le Régent – ses poumons n'ont jamais autant sifflé. D'ici trois semaines, le Grand Bouddha Vivant aura déclaré la guerre aux musulmans. Tu as vu, dehors, tous ces hommes en armes ? Ils ne sont pas arrivés par la nacelle, mais à cheval ou à pied, par le sud ; ils ont franchi des cols qui touchent le ciel. D'ici huit, dix jours, toutes les tribus seront réunies ici. Même les plus sauvages, même les brigands, même la Horde du Loup Blanc. Eux aussi, les bandits, le général Ma les a attaqués. L'année dernière, il en a décimé des dizaines ; ses soldats ont violé leurs femmes, étripé leurs enfants. Alors, comme nous, ils ont décidé de détruire les mosquées ; jusqu'au dernier, ils vont brûler vifs les musulmans... »

Rock n'écoute pas. Ou plutôt, dans les phrases du Régent, il s'arrime aux seuls mots qui ont parfum d'aventure : *Horde du Loup Blanc, tribu Lürdi, Nouvelle Secte, Jésus-Sauveur, Tao-chow, Vallée de l'Oubli, Vallée du Dragon, pierres précieuses, musc, cristal de roche, lingots d'argent...* Et à fleur de conscience, une nouvelle histoire, palpitante et tumultueuse à souhait, commence à s'écrire dans sa tête.

Tandis que, parallèlement, il construit son plan : si la Horde du Loup Blanc se lance avec les autres dans la guerre, la voie sera libre vers le pays Golok. Et puisque la guerre est prévue pour dans trois semaines, l'idéal, vu les distances, serait qu'il se mette en marche pour l'Amnyé Machen dans huit, dix jours. Il interrompt donc le Régent :

« Aide-moi. »

L'autre le dévisage. Il a le même regard immobile et perplexe que son fils.

Mais il ne reste pas muet, lui : au bout d'une minute, l'ex-bandit lui lâche une réponse. Des phrases qui semblent, comme les discours du Prince, venir tout droit des vieux temps des Royaumes :

« Ma voix ne déclenche pas le tonnerre. Mes mots

ne sont pas non plus de ceux qui font couler les
rivières de sagesse. Mais puisque tu es l'ami de Yang,
je vais te recommander aux moines de Radja. Je vais
leur écrire. Et soumettre aussi ta requête aux tribus
goloks, par lettre frappée de mon sceau. »

Rock croit bon de corriger :

« La lettre... ce serait bien... si la reine... »

Le Régent hoche la tête :

« Je vais aussi écrire à la tribu Lürdi. »

Il n'a pas repris le mot « reine ». Rock ne relève
pas. Il est déjà passé à l'étape suivante :

« Combien de temps, pour la réponse ?

– Reviens dans deux semaines.

– Deux semaines ! Mais puisque tu me dis que la
guerre... »

Le Régent lui sourit – en fait de sourire, d'ailleurs,
c'est un furtif étirement des lèvres. Puis il laisse
tomber :

« Le Ciel, quand il a engendré le monde, a fait le
Temps large et profond. »

Et comme le Régent devine qu'il n'a rien compris
à sa phrase, il consent, d'une lippe lasse, à la tourner
autrement – ce sont aussi les mots les plus pénibles à
l'oreille de Rock :

« Prends patience ! Cesse de trépigner ! Attends ! »

Il n'attend pas. Le soir même, il est à Tao-chow. Où, en moins d'une heure, il déniche le chef de la Nouvelle Secte, l'homme nommé Jésus-Sauveur.

Un marchand richissime. Rock s'acoquine si bien avec lui qu'au bout de dix minutes de discussion ledit Jésus-Sauveur lui offre de le loger avec sa troupe – il vient de se faire construire, à deux pas de la mosquée, une maison d'un luxe inouï.

Jésus-Sauveur n'a rien d'un illuminé, encore moins d'un mystique. Tout est lisse chez ce petit homme replet, la peau, la barbe, les cheveux luisants de brillantine – où diable l'a-t-il dégotée ? Enfin il y a son atout majeur, sa voix sans timbre. Toujours le même ton égal.

Pour la forme, Rock risque deux ou trois questions sur sa religion. Mais l'autre ne connaît strictement rien à la Bible et lui avoue tout de go qu'il l'a inventée un jour qu'il écoutait le prêche d'un missionnaire. Pour un peu, il lui expliquerait sans plus de vergogne que la promesse de paradis que vont proclamer tous ses colporteurs d'un bout à l'autre des canyons et du grand désert d'herbe n'est qu'un petit bonus marchand. Il finit d'ailleurs par lâcher, dans un rire :

« Pour ceux qui tiennent à la réincarnation, on leur jure que ça se passera dans la peau d'un riche... »

Rock rit à son tour. L'autre ajoute :

« Depuis que le général Ma écume la région, c'est une façon de leur dire : "Allons, tu peux m'acheter ma camelote sans risque, je n'adore ni Mahomet ni Bouddha, tu ne te feras pas trucider sous prétexte que tu as traité avec un homme de l'autre camp..." »

Rock glousse de plus belle. Ce qui lui plaît par-dessus tout, chez Jésus-Sauveur, c'est qu'il ne pro-nonce jamais le mot « guerre ». Ils se retrouvent donc très vite en affaires. Dès que l'autre apprend son départ imminent pour l'Amnyé Machen, il lui propose des yaks, des vestes de mouton, des chapkas fourrées, des bottes tibétaines, des chapeaux de cow-boy *made in Shanghai* – c'est donc lui, le fournisseur du Régent –, des lingots d'argent, de la pacotille à troquer avec les Goloks. Jusqu'à des hommes et un guide.

Rock achète tout. Comme ses mules sont épuisées, il veut en changer. Cette fois, Jésus-Sauveur se trouve à court : pour une raison qu'il ne tient pas à éclaircir, il n'y a plus une seule bête dans tout le pays. Mais, d'après lui, harnaché comme il est désormais, son hôte peut rejoindre le pays Golok en moins de vingt jours.

Rock lui confesse alors qu'il doit préalablement faire un détour par l'Ermitage de la Falaise. Il lui parle du Régent, lui confie qu'il a, par son entremise, demandé permission aux chefs goloks d'entrer sur leurs terres, et qu'il ne recevra pas leur réponse avant deux semaines. Par prudence (le regard sans expres-sion de Jésus-Sauveur l'inquiète un peu), il ne pro-nonce ni le nom de la tribu Lürdi, ni celui de la Reine. Le marchand n'émet aucun commentaire. Il se borne à fouiller le regard de Rock d'un œil vide, et finit par lâcher de sa voix où ne passe jamais le premier début d'émotion :

« Reste sous mon toit en attendant. »

Puis il réfléchit un moment, très concentré, et finit par ajouter :

« Si tu veux adresser des messages à des gens de ton pays, sache que je m'occupe aussi de la poste. À ta demande, j'envoie des hommes à Lanzhou. J'ai de bons chevaux, mes messagers sont sûrs, ils voyagent aussi bien de jour que de nuit et j'ai des relais partout dans les montagnes. Ils seront à la ville en moins de huit jours, ils t'expédieront tout ce que tu veux en Amérique. Lettres, paquets, valises, malles, mandats, je fais tout. Même les télégrammes, si tu le souhaites. »

« Lettres », « télégrammes »... De sauveur, Jésus se transforme instantanément en tentateur.

Oubliés, les blizzards, la neige, la déception de l'ermitage, la contrainte de l'attente. Dans l'heure qui suit, Rock a pris sa décision : les deux semaines qu'il a devant lui et le calme de cette belle demeure qui émerge délicieusement des neiges, il va les mettre à profit en écrivant un article pour le *National Geographic*.

Est-ce la bénédiction de la Réincarnation du Dieu de la Littérature ? Il n'a aucun mal à se trouver un sujet et un titre : « Les aventures d'un géographe solitaire ». Voilà qui vous pose, d'emblée, en explorateur romantique. Pour « La Montagne du Mystère » commandée par le président de la revue, on verra plus tard. Battons le fer tant qu'il est chaud. Et doublons la mise !

Sur sa table pliante dressée face au jardin de Jésus-Sauveur, il se met donc à travailler ; avec une telle ardeur qu'il abat quinze feuillets en trois jours. Aux trois quarts de son texte, tout de même, il se relit. Il est assez satisfait du résultat. Il s'est décrit en hardi voyageur menant sa caravane de Yunnanfu à Choni par des sentes toutes plus périlleuses. Sans trembler, il a déjoué les pires chausse-trapes tendues par les brigands. Il a essuyé des coups de feu, en a rendu encore plus. Dormi une nuit dans un temple bourré de cercueils, la suivante dans un sanctuaire au toit défoncé par la neige, tandis que dehors les loups erraient dans le cimetière voisin. Il n'a jamais eu peur et s'en est toujours sorti.

Il y a beaucoup de vrai dans ce qu'il écrit : en décembre dernier, entre Yunnanfu et Chengdu, il a joué plusieurs fois à cache-cache avec les bandits et dû faire usage de ses deux colts 45 pour protéger les six cents dollars en pièces d'argent qu'il transportait avec sa caravane. Mais il gonfle le nombre des brigands : quand ils étaient dix, il les fait allègrement passer à cent ; et quand ils étaient cent, d'un trait de plume il les multiplie pour faire mille. Le président va-t-il se laisser avoir ? Rock sait qu'il n'aime pas son style. Il est bien capable de lui retoquer ce passage-ci, par exemple :

« *Une nuit, au clair de lune, les loups sont venus jusqu'à la porte du temple et ont hurlé pendant des heures. J'ai craint qu'ils ne sautent par-dessus les murets pour nous attaquer, mais ils se sont contentés de déterrer un cadavre fraîchement enseveli et l'ont dévoré. Le lendemain matin, tout ce que nous en avons trouvé, ce furent quelques haillons bleus et le cercueil ouvert.* »

Comme d'habitude, pour que ça passe, l'affaire va se jouer sur les photos. Or, sur ce point, l'inquiétude de Rock grandit : il ne dispose que de trois clichés susceptibles d'illustrer son texte. Sur le premier, on voit sa caravane traverser une rivière, au nord du Setchwan – banal. Le deuxième montre Li-Su devant des sommets enneigés – mais elle a été prise il y a dix-huit mois. Le troisième représente sa bannière. Maigre moisson. Il doit impérativement ajouter des photos de Choni. Celles qu'il a prises sont sans rapport avec son texte. Une fois de plus, il va falloir y aller au bluff.

De son dossier de clichés, qu'il a pris soin d'emporter avec lui, il extrait donc les photos du Prince ; et s'arrête sur l'une de celles qu'a prises Li-Su à la demande expresse de Yang – à la fin de la séance de portraits, le Prince a voulu que Rock pose avec lui.

Rock n'aime pas ce cliché. Le soir venait, il a été pris à la va-vite. Il faisait très froid ; il avait passé un gilet qu'il n'a pas eu le cœur d'enlever. Du coup, au côté de Yang, il ressemble à un frileux petit retraité. Il déteste aussi son teint bronzé, son front qui se dégarnit, son début de bedaine – mais comment renoncer à la cuisine autrichienne ? Il remarque aussi que, depuis son départ de Yunnanfu, ses paupières se sont considérablement fripées. Il a maintenant un air chinois.

Pour autant, aujourd'hui, contraint de faire de nécessité vertu, il se met peu à peu à considérer cette photo d'un autre œil. Grâce à sa désastreuse petite laine, il paraît émerger d'un fauteuil club et d'un confortable coin de cheminée : parfait lecteur du *National Geographic*, en somme ! Vu sous cet angle, le cliché raconte une autre histoire : celle d'un homme de l'Ouest, courageusement aventuré en terre hostile, et affrontant sans frémir ce prince qu'on imagine prêt, avec sa toque et ses bottes à la Gengis Khan, à sauter d'une seconde à l'autre sur un de ces coursiers que, dans les déserts d'herbe, on nomme chevaux de vent.

Rock s'empare aussitôt de son stylo : comme d'habitude, c'est à ses photos que son inspiration se ranime. En une demi-heure, il rédige deux feuillets, y aligne les noms de tous les protagonistes qu'il vient de croiser, le prince de Choni, le Grand Bouddha Vivant, Jésus-Sauveur... Peu de détails, nulle description : les titres de ses personnages déplacent avec eux assez de romanesque. Par exemple, pour le Grand Bouddha Vivant, inutile de préciser que c'est un enfant. Il suffit d'écrire :

« *Le malheureux gamin erre à présent de monastère en monastère. Je suis allé à sa rencontre dans la misérable lamaserie perdue dans les montagnes où il est allé s'abriter. Il m'a reçu avec une amitié extrême, m'a donné une lettre portant son sceau à l'attention des lamas de Radja, qu'il enjoint de m'aider à faire le tour de l'Amnyé Machen.* »

Donc pas un seul mot sur le Régent. Deux héros, un point c'est tout : lui, Rock, et ce pauvre Dieu Vivant de dix ans. En revanche, pour la couleur, selon l'expression en vigueur au *National Geographic*, du Jésus-Sauveur à la pelle ! Et par-dessus, une bonne lichette de yaks, plus une louche de frisson au moment d'évoquer le conflit qui menace plus à l'Ermitage de la Falaise, un paragraphe entier sur les lingots d'argent qui circulent partout, ici, cachés dans les ceintures ou les semelles des bottes : quel Américain, au fond de son Texas ou de son Dakota natal, ne va pas se ratatiner dans son fauteuil à la pensée de ce Joseph Rock qui s'enfonce dans des vallées inconnues armé de ses colts 45, mais dépourvu de l'arme absolue, en cas de pépin : des liasses de dollars ?

Et maintenant, conclusion. Elle aussi coule de source. Et va emporter, il en est convaincu, la décision de publication :

« *Vous n'entendrez plus parler de moi avant que j'aie émergé du pays Golok. Dans le cas contraire, c'est que j'aurai trouvé là-bas ma dernière demeure.* »

On est parti pour un feuilleton.

Ne reste plus qu'à régler ce que Rock appelle, dans ses interminables monologues intérieurs, « le problème Sargent ».

Autrement dit, comment faire avaler au vieux mandarin l'évidence qui ne va pas manquer de lui sauter aux yeux quand il va découvrir cet article dans le *National Geographic* : il s'est fait pigeonner par son protégé. Avec autant de brio que Jésus-Sauveur quand il propose aux Goloks des piments séchés en échange de leurs turquoises et de leurs écharpes de léopard !

Mais là encore, Rock se sent soulevé par la bénédiction du Grand Bouddha Vivant. Lequel, en l'occurrence, n'est plus la Réincarnation du Dieu de la Littérature, mais l'Esprit de la Chronologie.

Il calcule : puisqu'il prévoit de resurgir du massif de l'Amnyé Machen début novembre, fort de deux révélations qui vont révolutionner la science, l'existence d'un massif plus haut que l'Everest et la découverte du royaume des Amazones, il ferait beau voir que le vieux mandarin de Harvard lui cherche des poux dans la tête à son retour en Amérique, avec la prodigieuse moisson qu'il va rapporter ! Des récits époustouflants, des photos toutes plus spectaculaires les unes que les autres, une récolte botanique qui s'annonce exceptionnelle, puisque la région n'a jamais été explorée... Il lui suffira d'abandonner à Sargent quelques miettes de gloire, et le tour sera joué.

D'autant que, s'il réfléchit bien, le temps que son article parvienne à Washington, il faut compter deux bons mois. Et au moins trois, avant qu'il ne soit corrigé et mis en page. Par conséquent, parution début novembre. Au moment même où il émergera du massif pour annoncer au monde ses deux phénoménales découvertes. Sargent sera comme tout le monde : estomaqué. Il ne s'apercevra pas qu'il a été roulé.

« Tout de même..., se dit-il deux jours plus tard, au moment de remettre à Jésus-Sauveur l'enveloppe renfermant son article et ses clichés, une petite lettre à cette vieille branche de Sargent, ça ne serait pas de trop. » Et, sur-le-champ, il retourne à sa table pliante.

Pas beaucoup d'inspiration, cette fois : il se contente de reproduire, en style épistolaire, ce qu'il a écrit dans son article. Il mentionne, certes, son prochain rendez-vous avec le Régent. Mais comme s'il s'agissait d'un petit caprice. Une distraction au cours d'une mission par ailleurs extrêmement pénible. Et s'il évoque sa visite au camp de la reine des Goloks, c'est comme une simple éventualité. Histoire de mieux l'appâter.

Cependant, au moment de tendre sa lettre à Jésus-Sauveur, une nouvelle idée le traverse : dix jours plus tôt, l'autre lui a bien parlé de câble, non ?

« Bien sûr, lui répond le marchand. Je peux confier à mes messagers le texte d'un télégramme qui sera ensuite téléphoné dans ton pays depuis Lanzhou. »

Rock, au comble de l'excitation, le bombarde déjà d'une nouvelle question :

« Combien de temps, pour tes messagers, d'ici à Lanzhou ?

– Cinq jours », rétorque Jésus-Sauveur, toujours

aussi précis, lisse et atone. Rock se met alors à supputer à mi-voix :

« En tenant compte du décalage horaire, ça nous mène au 15 mai. »

Et, tout soudain, en lieu et place des narcisses du jardin devant lequel il a rédigé son article, il voit se dérouler devant lui les immensités doucement vallonnées du parc de l'Arboretum, à Boston. 15 mai : c'est le moment où, face au bureau de Sargent, les cerisiers du Japon sont en pleine floraison. L'époque où, là-bas, à Jamaïca Plains, devant les pétales qui s'envolent, le vieux mandarin reprend son lamento annuel sur l'époque révolue où, à l'autre bout du monde, il était lui-même chasseur de plantes, et, dans les vallées du Japon ou les forêts de Chine, allait lui aussi de rencontre prodigieuse en aventure palpitante. Cette année comme les précédentes, Sargent va se désoler sur ses rhumatismes, son cerveau qui s'embrume, ses jambes qui peinent davantage chaque matin à le porter jusqu'à son bureau. Mais, le 15 mai prochain, avec ce télégramme, quelle superbe consolation il va se voir offrir, face à ses cerisiers en fleur ! Le cadeau d'un roman. Plus extravagant que tous ceux qu'il a pu lire en quatre-vingts ans d'existence. Et le plus beau de l'affaire, c'est que ce roman, dans le silence qui va séparer les lettres des télégrammes, le vieux décrépit va se l'écrire tout seul...

Câble de Joseph Rock, Lanzhou, à l'Arnold Arboretum, Harvard, Boston

Poste principale 0180
100, State Street, Boston
Reçu le 17 mai 1925, 8 h 12 du matin

PARTI POUR AMNÉ MACHIN VIA RADJA GOMBA – ADRESSE CHONI GANSU – RETOUR CHONI NOVEMBRE – ROCK.

La catastrophe se produit le surlendemain quand, retourné à l'ermitage, Rock s'entend signifier par le Régent que la route vers l'Amnyé Machen sera bloquée pour trois mois. Les chefs de tribus, annonce-t-il, viennent de décider la guerre à l'unanimité. Le premier choc est prévu pour dans six jours. Le champ de bataille vient aussi d'être choisi : le désert d'herbe qui sépare l'Ermitage du labyrinthe de canyons où il faut s'enfoncer pour atteindre le pays Golok. Le Régent ne voit donc qu'une issue pour Rock : qu'il fasse demi-tour et parte à Choni se mettre à l'abri.

De toute façon, ajoute-t-il, la tribu qu'il cherche, celle des Lürdi, a quitté son lieu de campement habituel. Et personne ne sait plus où elle est. Elle s'est sans doute fondue avec les autres tribus qui, goloks ou pas, s'apprêtent à se soulever contre le général Ma : soixante-dix mille hommes concentrés au sud de l'Ermitage, de l'autre côté des pitons de grès.

Le Régent assomme Rock sous une avalanche de détails. Comme s'il s'agissait de le convaincre à tout prix. Et il conclut comme l'autre fois :

« Arrête de trépigner ! Tout sera fini dans trois mois. »

Rock – stupeur, fatigue, colère – en a le souffle coupé. Il ne parvient qu'à articuler :

« Mais la dernière fois... »

Le Régent crispe les doigts sur ses rotules.

« Si je ne t'avais pas dit d'attendre, à l'heure qu'il est tu serais mort ! Il y a deux semaines, les Goloks remontaient déjà les canyons. Tu serais tombé sur eux à la lisière du désert d'herbe et ils t'auraient taillé en pièces.

– Tu le savais ?

– Oui.

– Je ne suis pas leur ennemi !

– Les seuls ennemis sont les obstinés. Et toi... »

Sous ses paupières lourdes, le Régent guette les plus infimes mouvements de Rock. Ses poumons sifflent longuement dans le silence, jusqu'au moment où il reprend :

« L'attente sera ton meilleur professeur. Et la patience, le livre où tu vas découvrir qui nous sommes. »

Et il sourit. Mais comme la dernière fois, rien qu'un discret étirement de la lèvre inférieure. Longtemps que la joie l'a déserté. Tout vieux bandit qu'il est, il ne doit même plus se réjouir d'écraser ses adversaires. Il s'est rendu étranger à la simple malice ; et c'est plus sèchement que jamais qu'il lui assène :

« Retourne sur tes pas. »

Mais Rock ne s'en laisse pas conter. Il en a assez de se faire bombarder de petites sentences arrogantes, il veut à tout prix en savoir plus. Il fait donc front, méchamment :

« Et toi, où en seras-tu dans trois mois ? Vivant ? Haché menu ? »

Le Régent reste de marbre. Pas un mot. Il ne cille même pas.

« Et la lettre de recommandation que tu m'avais promise pour les moines de Radja ? »

Au fond du silence, Rock, cette fois, perçoit un léger frottement de feutre : aussi habile prestidigitateur que Yang, le Régent extrait de sa manche un pli scellé et le lui tend.

Rock s'en empare, l'examine, remercie. Puis tente – il ne peut pas s'en empêcher – un nouveau coup de boutoir :

« Que vaudra ton sceau, dans trois mois ? »

Piqué au vif, le Régent consent enfin à lui répondre :

« Sache qu'aujourd'hui, dans ma bouche, le mot "attendre" signifie vraiment "attendre". Trois mois, un an, six mois, qui le sait ? On verra. »

La vérité luit au fond de son œil, noire et pure. Rock se refuse à la croire :

« Je passerai, guerre ou pas ! »

De rage il a hurlé. Le Régent lève sur lui une paupière surprise. Puis ferme à demi les yeux et lâche, bizarrement radouci :

« Reviens me voir au coucher du soleil. Je vais faire venir les chefs. »

Donc l'attente, à nouveau. Mais de l'espoir.

Cet après-midi, pour tromper le temps, Rock s'est promené le long de la falaise. Au nord, il a découvert une immense chaîne de montagnes. Des guerriers en bivouac à l'arrière du monastère lui ont appris qu'il s'agit du pays de Tebbu, dont le Prince lui a tant vanté la flore – la pivoine, lui a-t-il confié juste avant son départ, provient de ces vallées où presque personne ne va.

Avec le soir qui vient, la lumière s'adoucit ; et comme il a emporté son matériel de photo, il décide de faire quelques clichés. Il prend une vue panoramique de l'Ermitage puis, dans la salle où il l'a rencontré l'autre jour, le gamin au nom de qui, dans six jours, le pays sera mis à feu et à sang.

Toujours aussi sagement empaqueté dans ses soies, l'enfant lui abandonne son regard sans défense. Au moment d'appuyer sur le déclencheur, Rock en frémit.

Pour la circonstance, le Régent est venu rôder dans son dos. Rock lui propose de le photographier, lui aussi. À sa grande surprise, l'autre accepte et, à cet effet, l'emmène dans la pièce où il l'a reçu. Il prend spontanément, sur sa chaise chinoise, la pose que Rock espérait : son chapeau de cow-boy enfoncé à mi-hauteur du front et les mains bien à plat sur les genoux.

Mais contrairement à Yang, après la prise de vues, le Régent ne lui demande pas quand il pourra découvrir son image. Le vieux bandit sort de la pièce comme il y est entré : l'air à la fois tragique et suprêmement indifférent.

Avant le coucher du soleil, il reste deux bonnes heures à tuer. La lumière baisse encore ; avec elle, le moral de Rock. Il a renvoyé Li-Su au bas de la falaise, rejoindre le reste de la caravane. Le Régent, lui, recommence à se perdre en conciliabules entre les bivouacs. Comme il ne sait plus que faire de lui-même, Rock va s'installer dans un temple puis, dans un recoin doucement éclairé par des lampes à beurre, il entreprend d'écrire à Sargent.

Au vieux mandarin de Harvard, il adresse cette fois des mots d'enfant perdu qui vient de commettre une grosse bêtise et ne sait plus comment s'en sortir. Mais c'est plus fort que lui : fût-il à bout d'angoisse, il faut encore qu'il se mette en scène. Cet en-tête, par exemple : « *Depuis un monastère à 60 li de Tao-chow, Vieille Ville.* » Il n'y a pas de vieille ville à l'ermitage ; rien qu'un petit hameau d'à peine une vingtaine de maisons, toutes des bâtiments neufs. Et pourquoi chiffre-t-il les distances en mesure chinoise ? Lui-même, au moment où il écrit, ne peut s'empêcher de s'en amuser. À deux ou trois reprises, il va jusqu'à pouffer.

C'est comme sur le port de Honolulu, lorsqu'il s'était fait trafiquer son faux diplôme. Ce qu'il s'était tenu les côtes, ce jour-là, lorsqu'il avait découvert les rehauts et guillochis commandés à son graveur ! Effets décoratifs parfaitement superflus : même sans eux, le faux diplôme serait passé pour authentique, tant le graveur était doué. Rock avait pourtant exigé de lui ce luxe inutile. Et y avait englouti ses derniers dollars. Pour prix de la belle ouvrage. Par amour de l'art...

À peine a-t-il fini sa lettre que le Régent vient le chercher et le ramène là où il l'a reçu. La pièce, cette fois, est bourrée d'une quinzaine d'hommes. Coiffés eux aussi de chapeaux de cow-boy.

Nouvelles palabres. En tibétain. Le Régent traduit. Sous une forme plus tortueuse, même rengaine que le matin : la situation est extrêmement critique, on veut bien l'aider, lui fournir une escorte, des guides, tous les sauf-conduits qu'il voudra. Mais, conclut-il avec la même autorité :

« Tu seras tué. »

Rock ne s'en laisse pas conter. Tout aussi inlassable, il rétorque :

« Guerre ou pas, je passerai ! »

Peu avant dix heures du soir, le Régent lui fait alors une nouvelle proposition : qu'il rédige une lettre attestant qu'il s'en va dans les canyons à ses risques et périls. Et qu'il la lui remette, dûment cachetée de son sceau.

Rock accepte. Les hommes à chapeaux de cow-boy s'égaillent aussitôt sous leurs tentes ; et lui retourne rédiger sa décharge dans son recoin de temple, en complétant au passage sa lettre à Sargent d'un nouveau post-scriptum.

Il ne l'a pas terminé qu'on vient le chercher pour un dernier marchandage. Il ne sait pourquoi, le Régent remet sur le tapis la question de la tribu Lürdi. Il lui répète qu'il n'a aucune chance de trouver son camp et qu'elle a rejoint, comme tous les autres groupes nomades, les cols qui surplombent le désert d'herbe avant de se perdre dans la nuée des futurs combattants.

À bout de nerfs, Rock manque alors de lui parler de ses engagements avec le *National Geographic* et de la nécessité absolue où il est de rencontrer la fille en charge de cette tribu. Au dernier moment, cependant, il se dit que le vieux bandit ne comprendra rien à ses impératifs journalistiques et reste muet.

Mais l'autre, au fond de son regard, a eu le temps de capter ce fugace passage à vide. Il en profite pour abattre sa dernière carte :

« Je préférerais te tuer de mes mains plutôt que de te laisser partir au-devant de la mort. »

Le Régent n'a pas bougé de sa chaise. Pas déplacé non plus d'un millimètre ses mains posées sur ses genoux. Ce qu'il a lâché, ce ne sont que des mots. Pourtant, rien qu'à la façon dont il les a cinglés, Rock a cru sentir sur sa gorge la lame d'un sabre ; et s'est vu à ses pieds, vidé de son sang.

Il jette l'éponge. Sort sans un mot, retourne au temple. Puis, recroquevillé dans sa canadienne, sa lettre en poche, se laisse assommer par la fatigue. Jusqu'au froid du matin, sommeil sans rêves, pas d'arrière-fond. Rien que du plomb.

Ongkur Gomba

> *Depuis un monastère à 60 li de Tao-chow*
> *Vieille Ville*
> *26 mai 1925*

> *Mon cher Professeur Sargent,*

Comme je vous l'ai écrit, je suis revenu au quartier général qu'occupe actuellement le Bouddha Vivant de

Labrang, à Ongkur Gomba, ou Djakur Gomba comme l'appellent les Tibétains. Je suis absolument navré de vous dire que le régent de Labrang, père du Bouddha Vivant, a déclaré la guerre au général musulman de Xining. Le camp que j'avais l'intention de visiter s'est évanoui dans la nature et les chefs tibétains sont repartis. Le parti de la guerre a été décidé sur une nouvelle qui venait de Lanzhou, selon laquelle les Chinois étaient du côté des Tibétains et allaient exterminer tous les Musulmans. La bataille devrait avoir lieu dans six jours. Soixante-dix mille Tibétains en armes se sont rassemblés. Le général chinois Lingliang s'est joint aux Tibétains que Ma Ch'i avait saignés à blanc. Je suis incapable de dire ce que je vais faire. Je viens seulement d'apprendre leur décision et je suis, bien sûr, dans les affres ; il est difficile de prendre une décision. Nous sommes si chargés ; et il y a mes hommes. Je ne peux pas trouver de mules, et avec mes vingt-deux yaks nous ne sommes pas très rapides. J'avais espéré que la province du Gansu serait tranquille, mais je me suis lourdement trompé. (...)

Je peux vous assurer, mon cher Professeur Sargent, que je suis extrêmement affligé par cette atroce tragédie suspendue au-dessus de nous, ou plutôt au-dessus de la province du Gansu. Tout ce que j'espère, c'est que nous en sortirons et que nous nous retrouverons sains et saufs quelque part. Mais où se trouve ce quelque part ? Nul ne sait. Je vais vous écrire dès que j'aurai décidé le parti que nous devons impérativement prendre.

Avec mes meilleures pensées et mes meilleurs vœux, je demeure,

Fidèlement vôtre,

Joseph F. Rock

Espérons que ça va bien tourner. Meilleures pensées à Mrs Potter, Wilson, Rehder et à tous les amis de l'Arboretum.

PS : Même ici, à Ongkur Gomba, à 10 500 pieds d'altitude[1], il n'y a pas une feuille sur un arbuste. Depuis que nous avons quitté Choni, nous avons eu tempête de neige sur tempête de neige, le voyage jusqu'ici a été atroce. Mais je suis content d'être venu. Le voyage dans ces blizzards a été si pénible que j'ai failli renoncer, mais nous avons tenu bon et je suis heureux, car nous avons beaucoup appris.

PS : Il y a une autre solution, c'est d'aller au pays de Tebbu, à l'ouest de Choni. Je peux le voir d'ici, c'est une énorme chaîne de montagnes, à 17 000 pieds d'altitude[2], il paraît qu'elle est très boisée. Personne ne l'a explorée. La chaîne est actuellement couverte de neige, et je ne pense pas que les plantes soient trop fragiles pour le Massachusetts. Peut-être dois-je me sauver là-bas pour échapper aux meurtres et flots de sang qui vont bientôt se répandre sur la région. Quoi qu'il en soit, je vais faire au mieux en fonction des circonstances, et je peux vous assurer que c'est la situation la plus sérieuse que j'aie dû affronter.

JFR

10 heures du soir.

Nous avons eu un autre entretien ce soir. Aux dernières nouvelles, le missionnaire de Labrang a décampé, comme le responsable des Postes. On me dit maintenant d'attendre dix jours, le temps que les

---

1. 3 200 mètres.
2. 5 180 mètres.

choses se calment. Choni, me dit-on, devrait rester en paix, et si ça tourne mal, je peux traverser la rivière Tao pour aller au pays de Tebbu. On me propose aussi une escorte pour Radja. Mais on craint que les Musulmans déguisés en Tibétains ne nous attaquent, et on me demande une lettre de décharge, au cas où je serais assassiné ou pillé. Je suis en train de rédiger cette lettre en chinois et en anglais et je la scelle (sceau chinois).

Nous avons maintenant dépensé tant d'argent qu'il serait déshonorant de ne pas entrer au pays de l'Amnyé Machen.

Je continuerai ma lettre plus tard.

Il n'a pas terminé sa lettre. Il l'a gardée dans sa poche et, quinze jours plus tard, à son arrivée à Choni, quand il l'a cachetée et remise entre les mains de la Géante, il n'a plus pensé une seconde à ce qu'il y avait écrit. Trop abasourdi par ce que Kathleen Hansen venait de lui apprendre.

En haut du col, pourtant, une heure plus tôt, lorsqu'il est sorti de la fente pierreuse qui s'ouvrait sur les terres du Prince, il pensait toujours pouvoir se remettre de son échec et s'accommoder de l'attente. Sur l'alpage, au sortir de la brèche, il avait découvert de longues coulées d'edelweiss ; et lorsque, un peu plus bas, il avait engagé son cheval entre les rhododendrons et les hautes herbes des prairies, la surabondance de fleurs l'avait ébloui : myosotis, potentilles, épines-vinettes, pavots bleus, jaunes, pourpres, primevères elles aussi jaunes ou pourpres, corydales outremer, lilas d'un mauve intense, cardamines d'un rose tirant sur le brun, aconites, alyssons des montagnes, pieds-d'alouette, gentianes. Il n'a plus su où donner de la tête.

Il a ralenti l'allure. Sous lui, son cheval était à son tour ébahi par les herbes qui, devant, n'arrêtaient plus de luire et de courir sous le vent comme les eaux fuyantes d'un ruisseau ; il avançait à petits sabots timides, révérencieux. Rock s'est répété : « Je vais faire comme a dit le Régent. Je vais prendre mon mal en patience. Je vais prendre mon temps. » Et il s'est laissé, jusqu'aux terrasses des vergers, submerger par l'infinie variété des plantes, de leurs espèces, de leurs couleurs.

Et, autre miracle, une nouvelle neige s'est abattue sur lui, douce, celle-ci, et si tendre : des pétales d'arbres fruitiers arrachés par le vent. L'instant d'après, son cheval s'est retrouvé face à un gros buisson de rosiers rustiques – *Rosa bella*, la première fois qu'il en observait à cette altitude. Pour l'admirer, il a carrément, cette fois, retenu sa bête ; et c'est là qu'à l'improviste, par-delà les rocailles et les fleurs sauvageonnes, il a découvert la ville en contrebas.

Comme au jour de son arrivée, il s'est entendu murmurer : « C'est donc ainsi. » Le pont de planches, le bosquet de peupliers, l'éperon de roches, la muraille, la porte monumentale, les toits plaqués d'or fin, les faîtières aux couleurs enfantines, oui, c'est bien ainsi : immuable et beau. Et la lumière, inchangée elle aussi, qui continue de tomber en pluie ambrée. Plus chaude qu'il y a un mois, c'est tout.

Alors, ainsi que l'autre fois, les yeux se ferment, la respiration se bloque, le cœur s'arrête de battre. « Tout recommence », se dit Rock – et non seulement il se le dit, mais il y croit.

∽

À présent, la porte. Son arceau puissant et, dessinés sur son grès rose, les cinq idéogrammes solennels à la gloire de la Quintessence de la Sérénité.

Par-delà la terre usée de la muraille, les siècles sont eux aussi restés immobiles, suspendus au-dessus du rempart dans la fixité du zénith. Dragons multicolores, cloches de bronze, tridents dorés, drapeaux de prière qui claquent au vent. Entre ce midi radieux et le jour de mai où le soleil, soudain, s'est fait aspirer par la soupe de brouillasse et de froid, ç'a n'a donc été qu'un mauvais rêve.

Sous l'encolure de son cheval, à mesure qu'il approche de l'arceau de briques, s'agite la foule du marché, aussi informe et guenilleuse qu'il y a un mois. Nomades brandissant leurs fourches, femmes en pantalons rouges, malades scrofuleux ou fiévreux, enfants braillards égarés dans les bras des vieux, palanches d'eau accablant les échines – tout un monde qui se cherche, se heurte, se bouscule, se frotte et s'agglutine.

Mais la foule ne vient pas à lui, cette fois. Pas de mains tendues vers ses rênes, pas de supplications, pas de prosternations. C'est même tout le contraire : entre elle et lui, le vide.

Et plus il s'approche de la muraille, plus l'écart se creuse. Son regard ne rencontre plus que des dos hostiles. Ou des faces de pierre. On le fuit. Vite, passer la porte !

Mais d'un coup, sous l'arceau, la Géante. Elle porte un corsage de percale sans manches, comme Susannah Hind sous sa varangue de Maui. Elle a aussi de gros buissons de poils roux sous les aisselles et de la sueur qui lui ruisselle entre les seins.

Rock se découvre, ébauche un salut. Kathleen Hansen ne lui répond pas. Elle se contente d'avancer vers sa bête ; et c'est à la façon dont elle s'agrippe à ses rênes qu'il finit par comprendre qu'il ne doit pas franchir la porte.

Elle ne s'y prend que d'une seule main – dans l'autre elle tient un paquet et un journal. Mais sa poigne est si puissante qu'elle fait céder le cheval.

Sa voix, elle, est extrêmement douce. Elle chuchote comme si elle était à confesse :

« Shanghai, Dr Rock... Des émeutes... Tout a dégénéré... »

Il sursaute, se retourne vers la foule, comme s'il se sentait mis en joue. Mais ne sont braqués sur lui que des paires d'yeux – innombrables, insondables. Il revient à la Géante, tente d'échapper à sa poigne. Elle ne le lâche pas et poursuit son murmure :

« Les étrangers, Dr Rock... Ils ne veulent plus des étrangers...

– Qu'est-ce que vous fichez ici, alors ? Décampez ! Le monde est vaste, vous y trouverez bien un sale trou plein de nouveaux païens à convertir ! »

Dans sa fureur, il a réussi à se dégager. Mais au passage, il s'est griffé. Et la Géante ne désarme pas : voici maintenant qu'elle s'en prend au col de sa bête. Qui se débat, elle aussi. Sabots qui piaffent, coups de crinière. Mais Kathleen Hansen reste la plus forte. Et s'entête toujours à chuchoter :

« Dr Rock... Nous, les missionnaires... ces païens... nous les soignons, nous les guérissons, le Prince nous garde... Tandis que vous, Dr Rock ! Vous !

– Moi quoi ?

– Vous, vous êtes allé par deux fois chez le Régent... Vous avez logé chez Jésus-Sauveur... Ils disent que vous êtes un espion... »

Elle se fait misérable, maintenant, la Géante. Toute plaintive, pour le convaincre de ne pas passer la porte. De nouvelles mèches échappent au nœud de son chignon. Des larmes perlent même au coin de ses yeux bleu lessive. Elle en lâche son cheval.

Magnifique pénitente au pied de cette muraille. Marie-Madeleine en bas du Golgotha – il n'y manque que la Croix. Et sans doute les péchés qui avaient précédé. Pour autant, Rock en reste un moment sans voix. Il faut qu'il sente, sous lui, un flux de peur parcourir l'échine de sa bête, pour qu'il reprenne ses esprits et réussisse à lui glisser, sur le même ton de confessionnal :

« Mais enfin... qui ça, *ils* ? »

Le gros ennui, avec Kathleen Hansen – un trait que Rock n'avait pas remarqué jusque-là –, c'est que, sous le coup de l'émotion, elle devenait très embrouillée. Il a donc fallu cinq bonnes minutes avant de voir clair dans son affaire ; et pour ce faire, il a dû mettre pied à terre.

Autour d'eux, maintenant, vide absolu. La caravane des Na-khis reste gelée dans l'état où elle se trouvait quand la Géante s'est profilée sous l'arc de la porte. La foule, elle, s'est regroupée à une cinquantaine de mètres. Bloc compact, impossible de prévoir ce qui peut en sortir. Rien, ou le pire.

À l'aplomb du zénith, silence total. Si saisissant que la Géante elle-même craint de le briser. Elle recommence à chuchoter :

« Ils vous recherchent...

– Mais qui ?

– Ils disent que vous êtes un espion. Vous n'avez pas encore compris ? Espion ! »

Rock se tait : il ne tirera rien d'elle tant qu'il la questionnera. Il se borne donc à la dévisager froidement, défaite comme elle est. Si ressemblante à Emily

Clover : chignon qui s'écroule, bras affaissés, pilosité roussâtre sous les aisselles, et sueur pour noyer le tout.

Mais très vite, Kathleen Hansen se reprend. Consciente, elle, qu'elle a un corps et qu'il parle à sa place. Elle repousse sèchement les mèches encollées à son cou, se redresse, se fige dans toute sa froide blondeur. Puis lui balance, comme elle l'aurait, du haut de la muraille, assommé à coups de pierres :

« Les Chinois... Ce sont eux qui vous en veulent ! Fichez le camp, tout de suite ! »

Rock hoche la tête. Puis baisse les yeux sur le journal qu'elle lui a abandonné.

Le *North China Herald*. Un numéro qui date de la fin mai. Il titre sur un événement survenu à Shanghai « L'ATROCE INCIDENT ». La police britannique a tiré sur des étudiants qui manifestaient pour soutenir la grève des ouvriers du textile. Douze morts, dix-sept blessés. Assez pour réveiller, d'un bout à l'autre de la Chine, la vieille haine de l'étranger.

Un gros pavé relate aussi que Tchang Kai-chek a pris le pouvoir. Qu'il veut abolir le régime des concessions. Qu'un diplomate américain à Chengdu a été décapité. Qu'à Lanzhou la populace a violé deux Anglaises. Dans toute la Chine, conclut tragiquement le *North China Herald*, les bandits se jettent à l'assaut des hôtels et des trains, sûrs de pouvoir rançonner les étrangers en toute impunité. Il parvient à bredouiller :

« D'où ils sortent que je suis espion ? »

Kathleen Hansen est toujours là, devant l'encolure de sa bête. Figée cette fois dans une posture de martyre.

« Je vous l'ai dit. Vous êtes allé deux fois chez le Régent. Et vous avez logé chez Jésus-Sauveur...

Mais... »

C'est elle qui l'interrompt, cette fois. Elle est vraiment redevenue la Géante, celle qui tranche de tout. Il n'y manque que son *high tea*, ses vieux bouquins et son point de croix. Plus le lait. Car Rock vient de remarquer un point dont il s'étonne qu'il ne l'ait pas frappé quand elle est apparue dans l'arc de la porte : ses seins se sont aplatis. Elle a dû cesser de nourrir sa petite dernière.

« Vrai ou pas, le Prince m'a chargée de vous dire de ne pas le mettre dans l'embarras. Faites-vous oublier. Revenez quand le vent aura tourné ! »

 و۔۔۔

Tout ce que Rock promène avec lui de colère s'est soudain enfui. Autour de lui, son corps flotte comme une enveloppe flasque. Rien à faire qu'attendre les nouveaux coups de la Géante. Qui ne tardent pas :

« Revenez dans deux, trois mois. Le Prince ne vous en veut pas. Ces histoires d'espions, des trucs de Chinois. Et ce pauvre Yang... vous savez bien, il est métis. »

Par-dessus la muraille, Rock cherche à nouveau l'or des toits. Puis son regard revient à l'article, au paquet. Celui-ci est enveloppé de papier journal – un vieux numéro du *North China Herald*, encore une fois. Alors, comme s'il en attendait l'annonce d'un nouveau malheur, au lieu de déplier l'emballage, il se remet à questionner la Géante :

« Et ça ?

– Je l'ai déjà lu, je vous le laisse. C'est le journal de Pereira. La caravane est passée avant-hier. Au fait, elle est toujours là. Donc, si vous avez du courrier... »

Mécanique et tremblant, Rock sort de sa canadienne

la lettre pour Sargent, la cachette sans la relire, la lui tend ; et, à sa place, dans la poche en caoutchouc – jusque-là aussi flasque que son corps, aussi vide –, enfouit le livre de Pereira.

Le volume s'ajuste parfaitement à l'étui. Mais, au lieu de la jouissance si longtemps espérée, accablement. La lumière se fait noirceur, tandis que l'ombre éclate en gerbes de blanc éblouissant. Midi s'inverse. Nuit en plein jour, vie en négatif.

Çà et là, cependant, par éclats et en surimpression, brèves inclusions de mémoire. Violemment colorisées, à croire qu'elles ont été fixées sur une plaque autochrome.

Les piliers de laque rouge, dans l'appartement au sommet de la tour. Les dieux roses et verts qui chevauchaient de peinture en peinture. Sur les murs, toujours, les montagnes de neige aussi mousseuse que la crème des chocolats viennois. La pivoine inconnue, refermée dans le froid – la nuit de son départ, il était encore allé quêter sa beauté sous la lune. L'ocre de la muraille au soir de son arrivée. Le sourire du moine manchot à la porte de l'imprimerie. Les blocs gravés qui s'alignaient sur les rayonnages. Perdus dans la glace au menthol, les tentacules de pieuvre. Ce matin, au moment de passer le pont, le vent vif du printemps dans les chatons des saules. Enfin, il y a tout juste une heure, le blanc si pur de la *Rosa bella*.

Mais, peu à peu, au cœur de cette nuit, dans son dos, Rock sent s'alourdir, anxieuse, l'attente de ses hommes. Et la lumière redevient ce qu'elle a toujours été : de la clarté, tandis que les ombres retrouvent une à une leur place d'ombre.

Il se retourne, décompte machinalement ses douze Na-khis, ses vingt-six mules, ses vingt-deux yaks. Et découvre sans surprise que les Tibétains de Yang l'ont déjà laissé en plan.

Il remonte en selle, tourne bride. Pas un salut pour la Géante. Il redescend la rue pavée comme il est venu, retraverse le bosquet de peupliers, franchit le pont en sens inverse, retrouve les sentes cahoteuses. Il est seul à sentir la différence : là où bat son cœur, à chaque pas de son cheval, la poche en caoutchouc est remplie.

Au long de la rivière, les prairies sont douces, l'ombre est belle, idéale pour se plonger en paix dans le livre de Pereira. Mais il ne s'arrête pas, il ne peut pas. Il s'enfuit.

Les vents noirs

(Choni – pays de Tebbu – lac Kokonor,
juin-novembre 1925)

La guerre est perdue. Rock l'a appris le 15 juin au pays de Tebbu, dans le défilé de Djrakana. Au débouché du canyon, la caravane est tombée sur une dizaine de nomades en armes, les premiers humains croisés depuis trois semaines en dehors d'étranges filles coiffées de casques en boules de coraux – et encore, on n'a fait que les entrevoir ; elles ont détalé au premier semblant d'approche.

La petite troupe de nomades semblait affamée. Son chef était très jeune. Il lui manquait déjà deux dents, mais on l'oubliait tant il portait beau dans son harnachement de guerrier, ceinture de léopard, poignard à manche d'argent, lance de bois, fusil prussien – à coup sûr le fruit d'un trafic de Jésus-Sauveur. Il parlait assez bien chinois.

Rock a donné à la troupe de quoi manger. Puis, une fois qu'elle a été rassasiée, il a demandé au jeune chef des nouvelles de la guerre. L'autre a grommelé entre deux bouchées :

« Perdue. »

Un long silence est retombé sur la passe. Les chevaux eux-mêmes, les mules ne bougeaient plus. Rock s'est agacé :

« Perdue par qui ? »

Pour toute réponse, le chef s'est emparé d'un bâton-
net de bruyère et a entrepris de se curer les dents.

Les Na-khis, eux, avaient compris : ils pleuraient.
D'une façon que Rock n'avait jamais connue à personne : en flot doux et continu, sans hoquets, sans
sanglots, comme au printemps les sources, au tout
début de la fonte des neiges.

Le chef nomade en a retrouvé sa langue, il s'est
exclamé :

« Mais qu'est-ce que vous allez croire ! On avait
commencé par gagner ! Les soldats de Ma, quand on
les a chargés, faisaient pas le poids ! Dans le grand
désert d'herbe, on se lançait à mille contre eux, on les
embrochait sur nos lances comme des grenouilles ! Et
ensuite on a incendié tous leurs villages, toutes leurs
mosquées, on a fait un de ces butins... »

Il s'interrompt, le temps de rajuster autour de sa
taille l'aplomb de sa ceinture ocellée. Peut-être une
façon de contenir ses larmes, car il n'a plus la même
voix quand il reprend :

« Mais justement, c'est à cause du butin que ça s'est
gâté. Tout le monde a voulu sa part du gâteau, les
hommes sont devenus fous. On s'est tapé dessus, tribu
contre tribu. Ma l'a su, il est revenu. Seulement, cette
fois-là, il avait des mitrailleuses. Alors... »

Il serre les dents. Puis s'en retourne vers son cheval
et, d'un bond, se retrouve en selle. Les douze Na-khis
le suivent, se regroupent en grappe serrée au pied de
sa bête – ils continuent à pleurer sans bruit.

Rock, lui, se sent incapable d'une seule larme. Il
préfère s'éloigner, aller scruter l'horizon du côté du
sud-ouest, le côté de la montagne, comme il le fait à
tout bout de champ depuis leur entrée au pays de Tebbu ; et c'est de loin qu'il entend Li-Su, la voix cassée,

demander des nouvelles de la Réincarnation et de son père le Régent.

« En fuite ! soupire le jeune chef. Retournés chez eux, au Kham ! »

Son cheval piaffe, ses compagnons bondissent à leur tour sur leurs bêtes. Rock revient vers ses Nakhis, les bouscule et, juste avant que le nomade pique des deux, lui lance la question qui le démange, depuis que les nomades sont apparus dans le défilé :

« Il fait quel temps, en ce moment, du côté de l'Amnyé Machen ? »

Le jeune homme est pris de court. Les yeux plissés, la bouche crispée dans une sorte de moue, il le dévisage un petit moment, puis entreprend lui aussi de scruter les chaînes qui déroulent leur houle bleuâtre au débouché du canyon ; et il finit par marmonner, en essuyant du plat de la main son nez qui goutte :

« Cette année, y aurait bien des grêles. Et de grosses neiges... »

À cet instant, il aurait fallu sortir l'appareil, le trépied, et fixer à jamais l'expression qu'il a eue, ce nomade, quand son regard est revenu vers lui, avec tous les détails qui racontaient la rudesse de sa vie : ses joues ravinées, sa bouche édentée avant l'âge, son réseau de rides, autour des yeux, qui évoquait si étrangement les Apaches. Et son front aussi méchant que les falaises au moment où il a ajouté :

« ... Mais neige ou pas, t'iras pas bien loin, t'es pas près de la voir, ta montagne ! Et ce sera pas à cause des Goloks ! Avec la guerre, on trouve plus rien à boulotter nulle part ! Y a guère qu'à Choni qu'on croûte encore à sa faim ! Forcément, le Prince arrose le valet de Ma ! L'autre, là, le gars de Lanzhou, ce vieux salopard de Lu... Mais lui aussi, le Prince... Un jour ou l'autre, comme tous les richards, verra le bout de ses lingots... Et ce jour-là... »

Il s'est redressé de toute sa taille, à cet instant, le jeune chef, il a hardiment nargué, depuis sa selle, les murailles du défilé. Comme pour opposer à l'âpreté du monde la liberté qu'il trouvait dans le dénuement, ses chevauchées. Dans le courage.

❧

Le soir même, Rock écrit à Lu, gouverneur de Lanzhou. Une lettre courte mais bien tournée. Il y proteste qu'il n'est pas un espion, mais un simple chasseur de plantes qui n'a d'autre ambition que de trouver des végétaux inconnus dans les vallées de l'Amnyé Machen ; un botaniste que vient de surprendre une guerre dont il ignore tout des enjeux.

En somme, il trahit.

Et c'est extrêmement facile : il sait qui est Lu. Juste avant son départ pour l'Ermitage de la Falaise, Yang lui a parlé de ce vieux mandarin. Il le lui a décrit comme un fonctionnaire aussi retors que lettré ; il lui a confié qu'il le soupçonne de convoiter ses terres : depuis trois ans qu'il a été nommé gouverneur, il n'arrête pas de le racketter. Lui aussi, Yang, a eu à son propos le mot de « salopard ». Ou « vautour », il ne sait plus.

Et pourtant, dans la lettre qu'il écrit au supposé vautour, il se perd en éloges, en flatteries. Et comme l'autre est paraît-il mandarin, il multiplie les effets de style. Mieux encore : le lendemain, au moment où il cachette son enveloppe et la confie à Lau Ru et Ho Tzu-chin, il y adjoint un des dix lingots d'argent qu'il transporte dans sa ceinture depuis Yunnanfu.

C'est un pari : Lu peut fort bien empocher le lingot et ignorer sa lettre. Par ailleurs, dès qu'on sort de ces vallées solitaires, les bandits sont partout, et il ne reverra peut-être jamais ses deux Na-khis. Tout ce qu'il peut faire, c'est leur confier les plus précieuses de ses armes, ses deux colts 45, plus des réserves de cartouches « pour le cas où ». Les deux hommes ne semblent pas conscients du danger. Il ne leur dessille pas les yeux outre mesure : ce divin aveuglement sera peut-être leur chance. Il se contente de leur donner rendez-vous dans trois semaines au bout du défilé de Djrakana – l'endroit même où ils sont tombés sur les nomades ; et dès qu'ils ont disparu dans la forêt, il se met à multiplier les prises de vues.

C'est sa façon de noyer son angoisse. Il photographie voracement, presque méchamment. Un peu de tout : un rhododendron, un épicéa, un torrent, une cascade, son camp, un Na-khi porteur d'une pomme de pin. Ou simplement des falaises, des défilés déserts qu'il ne craint pas de saisir en plein zénith, au plus âpre de leur solitude minérale. À aucun moment il ne se reproche de gâcher de la pellicule. Il s'abandonne sans retenue à ce désir de sèche accumulation.

Jusqu'au soir où, à deux jours de marche du canyon de Djrakana, alors qu'il s'apprête une fois de plus à photographier des pitons de roche, il voit soudain apparaître ses deux Na-khis au fond du cadre. Ils ont un jour d'avance sur le rendez-vous, ils ont fait un excellent voyage. Et ils lui tendent la réponse de Lu.

Rock la leur arrache. Il est immédiatement soulagé : le vieux gredin consent à ne plus le tenir pour un espion. Il précise même :

« *J'ai ordonné aux magistrats de Xining et Tao-chow de protéger attentivement votre petite troupe et d'étouffer toute calomnie qui pourrait aboutir à des malentendus. Je vous presse instamment de ne point entrer dans des lieux qui ne seraient pas en paix. Dès que les troubles se seront calmés, vous pourrez reprendre votre voyage.* »

Puis, dans un anglais aussi diplomatique que parfaitement académique, il lui suggère qu'il pourrait se ranger sous la bannière de Ma. Enfin, offre inespérée, il insinue que le général musulman, depuis sa base de Xining, pourrait l'aider à entrer au pays Golok.

Ce jour-là, Rock aurait pu quitter sur-le-champ le pays de Tebbu et chercher le moyen d'entrer en contact avec Ma. Il ne s'y résout pas. En lui un ultime reste d'innocence trouve son écho dans ces terres vierges. La pureté a encore le pouvoir de le retenir.

Il faut dire aussi qu'il fait beau comme jamais. Chaque matin, les alpages, rocailles, champs de fleurs, falaises, éboulis, cascades irradient d'une façon qu'il ne leur a jamais vue, mystérieuse et vibrante. Même les arbres, tous ces peupliers, pommiers, genévriers sauvages qui frissonnent au fond des vallées. Il se remet donc à photographier. Et le soir, sous sa toile de tente, quand il procède au développement, il est chaque fois plus ébahi : l'austère noir et blanc dont ont accouché les sels d'argent n'affadit jamais ce rayonnement, bien au contraire ; le grain serré de ses clichés diffuse le même énigmatique éclat.

Du coup, le lendemain, à la première occasion, il ressort son appareil et son trépied. Mais il doit vite s'arrêter pour herboriser : la profusion végétale l'arrête à chaque pas. Même à Hawaï où le terrain, à son arrivée, était quasiment vierge, il n'a jamais récolté tant

de spécimens, certains inconnus ou rarissimes. À côté
du plus commun – arbre à poivre, arbre à papillons,
clématite, rose, prunus, framboisier, groseillier, jas-
min, viorne, seringa, aubépine, ou ces épines-vinettes,
fusains et cumins des prés qui lui rappellent ses premières randonnées avec Potocki et son fils dans les
montagnes d'Autriche –, il tombe sur des espèces,
arbousier faux nerprun ou prinsepia, qu'il n'a jusque-
là rencontrées qu'au Yunnan. Ou sur des wikstroemia,
des acanthophanax. C'est alors l'absolue stupeur : il
n'en a pas collecté depuis des lustres. Et de tous côtés,
bien sûr, s'épanouissent les pivoines.

Naines, géantes, de toutes couleurs, un enchante-
ment. Seule une variété se refuse à lui : celle qu'il a
tant admirée sur la terrasse du Prince, blanche et si
délicatement veinulée de rose – impossible d'en dénicher une seule. Mais pour le reste, chaque soir, la
moisson est inouïe. Le pays de Tebbu semble identique à ce qu'il était au jour de la Création. Et on n'y
croise jamais personne. Seuls des drapeaux de prière
délavés, entre deux troncs de sapins, attestent de loin
en loin que d'autres hommes, ici, ont pu comme lui se
tailler un chemin.

Mais, début août, la soif de pureté qui l'a retenu sur
ces terres vierges est brutalement étanchée. Un matin,
alors que le temps s'entête au beau fixe et qu'il lui
reste encore des dizaines de vallées désertes à explorer, il annonce abruptement à Li-Su qu'il change de
cap.

Comme d'habitude, le Na-khi est affairé au-dessus
de ses réchauds. Il lève sur lui un œil réjoui :

« On retourne à Choni ? Tu as eu des nouvelles ?
De bonnes nouvelles ?

– On part pour Xining. »

Li-Su risque une protestation :

« Xining ? Mais c'est tellement loin ! Et à Choni, au moins, on trouverait du ravitaillement ! Le chef nomade, l'autre jour, tu l'as bien entendu, la famine...

– Il faut que j'envoie mes spécimens en Amérique. J'ai besoin d'une poste, d'une bonne poste. Et j'ai aussi des câbles à expédier. »

Et Rock retourne s'asseoir à sa table pliante. Le temps, comme la veille, est magnifique ; l'endroit où Li-Su s'apprête à lui servir son breakfast est de ceux dont il raffole : un petit surplomb qui donne sur un col. Cascades, épicéas, chaumes, pitons de roche où s'agrippent d'ultimes laisses de neige, tout est parfait.

Mais Li-Su, ce matin, n'est pas décidé à le laisser en paix. Il abandonne ses marmites et vient se planter devant lui.

« Tes plantes ne sont pas classées, Luo Boshi. Pas numérotées, pas annotées. Même pas emballées. Tu ne peux pas... »

C'est un défi en règle. De tout le voyage, c'est le premier. Curieusement, pourtant, le volcan-Rock n'explose ni n'éructe. Li-Su choisit alors d'aller droit au but :

« Xining, on ne peut pas y aller, Luo Boshi ! C'est le pays de Ma ! »

Pour toute réponse, Rock déplie sa serviette, lui fait signe de le servir ; et ce n'est qu'une fois son assiette pleine (ragoût de perdrix, truite au bleu, tout cela s'annonce succulent) qu'il consent à grommeler :

« Je t'ai déjà dit, je dois envoyer des télégrammes en Amérique. Prévenir mes patrons de mes nouveaux plans. »

Le Na-khi ne bouge plus. Il s'est figé devant la

table, bras ballants. Si soigneux d'ordinaire, il laisse sa cuiller dégoutter sur ses chaussures et ses vêtements.

D'un rapide coup d'œil, Rock parcourt le camp. Les autres Na-khis n'ont rien vu : comme tous les matins, ils sont absorbés par la corvée d'eau, le démontage des tentes. Il baisse donc la voix et se fait enjôleur :

« Li-Su, l'Amérique... Sans les dollars qui nous arrivent de là-bas... Tu sais bien que... »

Li-Su s'obstine à rester immobile. Il ne cille pas et continue à le fixer en laissant dégoutter sa cuiller. Alors Rock se lève, la lui arrache et se met à hurler à la cantonade :

« Tu veux de l'argent, c'est ça ! T'en auras ! Et tous les autres aussi ! Tous, je double votre salaire ! »

Li-Su n'est pas retourné à ses réchauds. Sa cuiller était allée rouler dans une petite cascade, juste en contrebas. Il y est descendu. Mais, loin de la chercher entre les galets, il s'est mis, comme s'il était dans les alpages de Nguluko, à chuchoter aux eaux courantes. Au bout de dix minutes, comme si le torrent lui avait répondu et qu'il y avait capté une mystérieuse injonction, il s'est brusquement plongé la tête sous la cascade ; et est resté ainsi pendant un bon moment, sans respirer, livré à son ruissellement glacial. Puis il a émergé des eaux, s'est essuyé à ses manches et est remonté.

Il était redevenu le Li-Su d'avant : calme, méthodique, extrêmement présent. Mais il avait laissé sa cuiller dans le torrent.

Du coup, c'est Rock qui est allé la chercher. Et, au passage, comme il était en nage, il en a profité pour se passer lui aussi la tête sous la cascade.

Mais il ne lui a pas parlé, il n'y a pas demandé conseil. Tout ce qu'il voulait, lui, pendant qu'il

s'ébrouait sous le courant, c'était noyer ses yeux rendus vitreux par le glacis du mensonge. Tenter de se
laver du grimage de l'homme qui ment.

ॐ

Et tout le temps de la route qui le mène à Xining,
il recommence à prendre cliché sur cliché. Par colère
contre lui-même. Il boude.

Il n'ouvre plus la bouche que pour jeter ses ordres
aux Na-khis : « Phô-tôôôôh ! » ; « Li-Su, on mange ! » ; ou « Stoh-oh-oh-op ! » Il arrête la caravane
n'importe où, n'importe quand. Et, pierrailles, falaises,
éboulis, ou même, six fois de suite, des troncs d'épicéas, il photographie à tour de bras. Le soir, sous la
tente, quand il met les négatifs à sécher, il contemple
avec une jouissance rageuse ce froid catalogue de
forêts intactes, cols arides, canyons, où, sans doute, il
a été le premier Blanc à s'enfoncer.

Puis, le lendemain matin, avant même le breakfast,
il les numérote. De la même façon : sèche et coléreuse.
Vers le 28 août, à l'approche de Lanzhou, sa collection
compte plus de cent trente clichés. Il ne songe pas à
s'arrêter. Il ne s'y résout que deux jours plus tard,
aux portes de Xining, après avoir pris la barque d'un
passeur. Mais ce n'est pas lassitude ni souci subit
d'épargner ses réserves de plaques et de pellicules. Le
soir même, il a rendez-vous chez Ma.

Tout appelle pourtant, ce matin-là, le pittoresque
photographique : la myriade d'embarcations qui
grouillent sur le fleuve ; la gigantesque roue à eau qui
tourne à quelques encablures de là ; et derrière elle,
les murailles de la ville, roides et sèches face aux
maigres pistes qui s'enfuient vers les déserts du Nord.

Des toits griffus, des minarets dépassent des créneaux ; au pied des remparts, s'étire comme partout un gigantesque marché – flot d'épaules humaines écrasées sous les palanches, conteurs, camelots. Et un peu de neuf : des chameaux.

Ce matin-là, cependant, aux portes de Xining, Rock cesse de photographier. Il clôt platement sa collection sur un cliché qu'il aurait pu prendre n'importe où, à Yunnanfu, Lanzhou, Chengdu, ou même, à des milliers de kilomètres, X'ian ou Pékin : dans la brume de l'aube, au bord des eaux fuyantes du fleuve, une barque de passeur.

Ce n'est pas manque d'inspiration. C'est tout simplement qu'il ne veut plus laisser de traces. Il éteint son œil-mémoire au pied de la scène où il va changer de camp.

Pas de photo de Ma, par conséquent.

Le général aurait pourtant fait un magnifique portrait. À condition de le prendre de façon frontale, en faisant ressortir le dessin carré de ses mâchoires, son front large, son regard impudent. Le reste, tout ce qui venait spontanément à l'esprit quand on parlait de Ma, sa stature de colosse, la mitraillette qu'il arborait en permanence, ses paupières rougies, sa pilosité maigre et blanchâtre (il tirait sur l'albinos), aurait relevé de l'anecdote. Avec un portrait comme celui-là, on aurait raconté le fond de sa nature. Celle d'un homme qui n'avait pas de temps à perdre et qui aimait le sang.

À Lanzhou, d'ailleurs, Lu avait prévenu : « Si tu veux plaire à Ma, offre-lui une arme. » Non sans déchirement, Rock s'était résigné à se défaire d'un de ses colts 45 et d'une partie de ses cartouches.

Il les lui a présentés avec révérence. Pour tout remerciement, l'autre s'est fendu d'un sourire, a passé le revolver sous sa ceinture, à côté de son long poignard d'or, et enfoui les cartouches dans un coffre à la droite de son fauteuil. Et il est aussitôt passé au vif du sujet :

« Qu'est-ce que tu attends de moi ? »

Tout le contraire de Yang : pas de palabres. Le seul

point que les deux hommes ont en commun, c'est que le général reste aux aguets. Lui aussi, il couve du regard l'escouade de soldats qui se tiennent à l'entrée de cette sombre et malodorante salle d'audience. Mais d'un œil qui paraît exempt de réelle inquiétude. Et il est si présent à la discussion qu'il arrête Rock dès qu'il entend le nom de l'Amnyé Machen :

« Tu cherches la gloire, toi... Tu cherches l'argent... »

C'est un diagnostic. Rock se borne à répliquer :

« Je suis chasseur de plantes. »

Le général ne s'y laisse pas tromper, il enchaîne comme si son analyse ne faisait aucun doute :

« Trop tard pour cette année, la neige a recommencé en juillet. Jamais vu ça là-bas. Tous les cols bloqués. Et puis, la famine... Sinon, tu penses bien, je serais là-bas... J'ai beaucoup de comptes à régler avec les Goloks... »

Il s'interrompt, se perd dans ce qui ressemble à une songerie. Il semble tourmenté : il n'arrête plus de triturer les poils blanchâtres de sa barbe. Puis, tout à trac, il lâche :

« En revanche, puisque tu cherches des plantes..., si tu allais vers le nord, du côté du lac Kokonor... »

Il marque une nouvelle pause. Assez longue pour que Rock morde à l'appât.

« Quelles plantes ? »

La bouche de Ma dessine une petite moue.

« Est-ce que je sais ? Mais, vu le nombre de Russes qui sont allés en chercher là-bas ! Et puis les oiseaux, dans ce coin-là... »

Une seconde fois il s'arrête ; et tout aussi irrésistiblement, Rock se laisse aspirer par la curiosité.

« Quels oiseaux ? »

Ma recommence à tirer sur les poils de sa barbe. Puis se fend encore d'une moue.

« T'es bien comme les autres Blancs qui viennent fourrer leur nez chez nous ? Tu les tires, non ? tu les empailles ? Et tu les expédies ensuite dans ton pays et tu encaisses les dollars... ? »

S'étire un nouveau silence. Très long, celui-là. Ma le dévisage d'un œil inexpressif, comme si son sort ne l'intéressait plus. Rock croit que l'entretien est clos, se lève et va pour sortir, quand, au dernier moment, Ma lui fait signe de se rasseoir. Pour lui annoncer qu'il a tranché de son sort :

« Je vais te faire escorter au Kokonor par des hommes à moi. Avec des mitraillettes. Parce que dans ce coin-là... »

Il désigne, à son épaule, le canon de son arme. Et, comme si le geste avait assez parlé, sans plus de transition, il laisse tomber :

« J'ai un homme qui connaît chaque bout de dune de ce pays-là. Chaque colline, chaque bouse de yak. Départ : 15 septembre. Retour ici : 15 novembre au plus tard. Dès ton retour, tu viens me voir et je t'arrange ton expédition chez les Goloks. »

Ma parle en homme rompu à s'emparer du destin des autres. Et il le fait sans théâtre, de sa voix monocorde, en se contentant d'enfiler les décisions :

« ... Je viendrai avec toi, j'ai beaucoup à faire dans le coin. On partira à la fin mars, il y a toujours deux ou trois semaines où il fait très beau ; c'est la meilleure saison pour entrer chez les Goloks. Tu sais que je parle leur langue ? Je suis souvent allé patrouiller là-bas, Kerab Nira, Dzomo La, Radja, je connais le chemin. Mais cette fois-ci, je vais venir avec toute mon armée. Et je... »

Il singe le maniement d'une mitrailleuse, vise un ennemi imaginaire. Il a dû conduire lui-même les massacres dans le grand désert d'herbe, c'est un excellent mime. Il relève les yeux. Il est toujours aussi calme ; il n'y a que sa façon de se mordiller la lèvre inférieure, et les veinules rougeâtres qui lui injectent la sclérotique pour laisser pressentir en lui un début d'émotion. Puis il se retourne vers son ordonnance et proclame sèchement :

« On mange ! »

S'il lui avait tiré le portrait, Rock aurait montré que Ma était le commandement en personne. Au seul ton de sa voix, ses serviteurs percent le détail de ses désirs ; trois quarts d'heure plus tard, sans qu'il en ait dit plus long, un brasero rougeoie au milieu d'une table basse. Comme dans les yourtes du désert, on a disposé des coussins autour de la table. D'autorité, Rock a été placé aux côtés de Ma, et a assisté à la mise à mort d'un mouton : sous ses yeux, on a égorgé, écorché, éventré la bête, puis, sans plus de façons, on l'a vidée de ses entrailles. À présent, ultime saynète de cette scénographie sanglante, un des exécutants dépose avec application ses testicules dans une coupelle de porcelaine, tandis que ses acolytes, avec le même soin, débarrassent la carcasse de ses côtes, la trempent dans une bassine remplie d'un mélange d'épices et de miel, l'écartèlent sur un gril, et la placent pour finir sur le brasero où la viande commence à suer tout ce qu'elle a de graisses, sang, sucs, moelle.

Ma, lui, vient de s'emparer de pincettes ; et, tout en

ravivant les braises sous le gril, il poursuit son récit
de la guerre contre les Tibétains :

« ... Ces chacals nous avaient attaqué à la lance, ils
empalaient mes hommes, ensuite ils cavalaient et se
ruaient sur nos villages pour incendier nos mosquées.
Alors moi, avec mes mitraillettes Thomson, quand je
suis entré dans leurs campements... »

Il ne prend pas la peine de finir sa phrase, comme
s'il savait que, partout où il va, il est précédé du bruit
de ses atrocités.

« ... Ensuite... j'ai offert trois dollars d'argent par
tête d'ennemi. Homme, femme, enfant, j'ai été bon
prince : le même prix pour chaque prise. Alors, en
deux jours, dans le grand désert d'herbe... Et tu sais
combien ils étaient, la veille... ? »

Une fois de plus, Ma laisse sa phrase en suspens,
s'empare des pincettes, en saisit les testicules du mouton, toujours abandonnés dans la coupe de porcelaine.
Puis, méticuleux, il les installe à la périphérie des
braises où ils commencent à grésiller. Quand ils ont
bien fini de roussir, il les prend, parfaitement insensible à la brûlure de la viande, entre le pouce et l'index
avant de les déposer avec cérémonie dans l'assiette de
Rock avec ce bref commentaire :

« Le morceau de l'Empereur, ça s'appelait, dans le
temps, avant la République. Dès que tu l'auras mangé,
toi et moi, on sera frères. Mieux que par le sang ! »

Offre d'alliance ou menace, Rock ne sait comment
le prendre. La voix de Ma est toujours aussi atone.
Comme son visage et sa barbe blême. Sans couleur.

ോ

Ma n'a plus proféré une seule parole avant que la viande, sous son laquage de miel et d'épices, ne soit devenue rousse et craquante. Il a repris son récit de la guerre au moment du découpage, qu'il a mené lui-même. Ultra-concentré, attentif à doser au plus juste, sur le manche de son poignard, la puissance de son avant-bras. Mais également si sûr de son adresse, qu'il parvenait malgré tout à enfiler les mots avec une fluidité extrême :

« ... Y a bien de ces chacals qui sont restés là-haut dans leurs ermitages des montagnes. Ils savent ce qui les attend. Comme les autres, pendus par les pouces, étripés vivants. Une fois qu'ils auront bien dégobillé leurs boyaux dans la poussière... Parce que tu sais ce que je leur fourre dans le ventre, à la place ? »

Rock ne répond pas, attend la suite. Cette fois, Ma prend la peine de finir ses phrases.

« Des cailloux chauffés à blanc... Et tu sais que ça respire encore, à ce moment-là, que ça braille comme un nouveau-né... »

Par chance, son poignard vient de rencontrer un tendon qui résiste à la lame. Il s'arrête enfin. Rock, qui pressent qu'il n'y aura plus d'autre pause, saute sur l'occasion pour risquer un mot :

« Et la fille, alors, celle qui dirigeait la tribu Lürdi... ? Celle qu'on appelait la reine des Goloks... Elle était de la bataille, elle aussi ? Elle a filé avec le Régent ? Qu'est-ce qu'elle est devenue ? »

Dans sa hâte, il a parlé d'un seul souffle. Et à mi-voix, comme un enfant qui profère pour lui seul des chapelets d'obscénités. Ma l'a parfaitement entendu : il en cesse de s'acharner sur l'articulation de la bête. Il le dévisage un bref moment, crispe la bouche dans sa petite moue puis lâche :

« Je ne vois pas. »

Et, d'un seul coup, il plante là son dépeçage pour répartir sèchement entre l'assiette de Rock et la sienne la petite dizaine de morceaux qu'il vient de découper. En reprenant, comme si de rien n'était, son récit là où il l'a laissé :

« ... Par les pouces, je les fais suspendre, les chacals tibétains ! Tu verras, je te montrerai. Il suffit de prendre de la cordelette fine et bien solide. Et ça trouve encore le moyen de brailler, je t'ai dit, dans ces moments-là. Tu verras, je te montrerai quand on sera chez les Goloks. »

Puis il s'arrête, se perd à nouveau dans une brève rêverie, lisse sa barbe et reprend avec un petit rire :

« Alors les Rouges, s'ils ont le culot de se pointer par ici ! Eux aussi, une fois que j'en aurai assaisonné une petite dizaine à cette sauce-là... comme les Tibétains... Pfuittt ! »

Il souffle sur le brasero. Lequel lui répond servilement : « Pfuittt ! », en rougeoyant comme ses yeux.

Ensuite, Ma n'a plus bougé. Il devait souffrir de rhumatismes, il maintenait ses paumes tendues au-dessus du foyer. Il ne remarquait même pas le remue-ménage des serviteurs, affairés à déposer sur le brasero une marmite où bouillonnaient des légumes, à y précipiter le foie et les rognons du mouton, puis ses mètres d'intestins encore tièdes. Puis tout à trac, comme il n'avait cessé de le faire depuis le début du repas, il émergé de ses pensées pour jeter à Rock, aussi sec qu'au moment où il lui avait décrit sa méthode de pendaison :

« Alors, ces roustons ? »

Voici donc le lac et les vents. Ignorer les eaux turquoise qui, de loin en loin, entre les nuées de sable, miroitent au bout de l'horizon. Se concentrer sur une seule idée : tenir. Contre le vent, contre ce qu'il y a dans le vent.

Et contre le cheval qui lui-même se bat contre le vent. Lutter contre les hommes qui, eux, ne veulent plus se battre. Ni contre leurs chevaux, ni contre le vent, ni contre ce que transporte le vent, neige, pluie, sable ou – le pire – ces poussières d'anthracite qui, depuis l'autre bout du désert, dévalent les longs couloirs taillés par les rivières entre les montagnes et le lac.

C'est alors contre soi-même qu'il faut se battre. Pour tenter l'impossible : tenir contre les souvenirs. Mais la mémoire, elle, plus féroce que le vent, ne désarme pas.

Lorsque la caravane a traversé le marché aux chameaux, juste avant de franchir la porte de Tangar, pas un marchand qui n'y soit allé de son avertissement : à partir de la mi-septembre, seuls les nomades parviennent à affronter les pistes qui courent autour du lac. Non qu'elles soient difficiles, c'est même tout le contraire : un réseau de chemins sablonneux ou herbus qui filent de steppe en dune, en colline, en marais. Mais, quand on n'est pas né là, sur les rives du Koko-nor, qu'on n'est pas de ces tribus qui campent et décampent selon la direction des bourrasques, dès la deuxième ou la troisième tempête on devient fou.

« Reste, reste ! » a même vociféré sur le passage de la caravane un chamelier plus acharné que les autres, un jeune homme qui s'est agrippé aux rênes de Li-Su avec tant d'énergie qu'il a manqué de rouler sous son cheval. Il a trébuché, s'est repris, a recommencé à trot-tiner, cette fois-ci derrière la bête de Rock. Mais il vaticinait toujours : « Reste, n'y va pas ! Avec les sables, les vents vont soulever tous les mauvais souve-nirs qui flottent au fond de ta cervelle, et tu vas prendre le mal du lac, tu vas rentrer du Kokonor aussi cinglé que les Goloks, la tête à l'envers ! »

En dépit de la bannière qu'à son habitude Li-Su brandissait en tête du convoi, le chamelier, comme tous les gens de Tangar, s'obstinait à prendre Rock pour un Russe ; et tant qu'il a gardé espoir de lui faire rebrousser chemin, il n'a cessé de l'apostropher : « *Urussu, Urussu*, reste ! »

Mais Rock avait depuis longtemps signifié à Li-Su qu'il fallait passer outre ; et le jeune homme a eu beau s'époumoner et l'adjurer tant qu'il voulait – « *Urussu, Urussu*, reste, méfie-toi du mal du lac, les vents noirs vont te fêler la tête ! » –, à son ordre la caravane, mules, yaks, chevaux, chameaux, Na-khis, soldats, a maintenu l'allure et, du même trot aveugle, passé l'arc terreux de la porte de Tangar.

Mais quand il s'est retrouvé de l'autre côté de la muraille, le jeune chamelier criait toujours : « ... Le sable et la poussière sont traîtres ! le mal du lac, on ne le voit pas arriver, on commence par... » Rock a enfoui

son visage sous le haut collet de sa cape. Le feutre a
tout étouffé.

Et maintenant, depuis des jours, c'est de la même
façon qu'il affronte les vents : les oreilles, le nez, la
bouche à l'abri du feutre. Le tissu sent très fort le neuf.
Chaque fois qu'il le respire, la même image lui
revient : l'œil surpris qu'a promené sur lui, dans son
échoppe de Tangar, le vieux tailleur musulman chez
qui, un matin, il a couru commander cette cape – il
venait de s'aviser que sa canadienne, depuis un an
qu'il la portait, commençait à fatiguer. Les rayonnages
du tailleur étaient quasiment vides quand il est entré
dans l'échoppe ; le vieillard ne disposait plus que
d'une seule pièce de tissu, celui-là même dont les
nomades font leurs tentes. « Je le prends ! » a pourtant
tranché Rock. Puis, sur le carnet où il consigne ses
notes botaniques, il a griffonné au tailleur le croquis
d'une pèlerine.

Sa cape est donc de feutre noir comme les tentes
des nomades. Noire comme les vents.

৵৽

Il est toutefois des jours où les bourrasques retom-
bent. Pour vingt-quatre, quarante-huit heures. Une fois
encore, Rock en profite pour prendre des photos. Selon
son habitude, il les développe le soir même sous sa
tente, prêt, au premier souffle, à tout arrêter.

Viennent ainsi de s'ajouter à sa collection une
dizaine de clichés dont il est particulièrement fier :
celui d'un phénoménal gypaète barbu abattu par les
Na-khis, trois mètres trente d'envergure ; deux vues
d'ensemble de sa caravane et une de son camp, le
matin où il s'est risqué, par cinq degrés Celsius, à se

baigner dans le lac ; quelques plans d'une ville abandonnée, sans doute à la suite d'un tremblement de
terre : remparts éventrés, murs fissurés, maisons
écroulées, rues où achèvent de blanchir des squelettes
de bêtes. Il y a enfin ses planches préférées, celles
qu'il a prises le jour où, sur le coup de midi, au sommet d'une dune, le lac a soudain surgi derrière l'encolure de son cheval. Pur moment d'émerveillement que
les clichés, avec leur éclairage légèrement surexposé,
restituent à la perfection ; la même lumière que, sur
les images de son catéchisme, à Vienne, l'illustrateur
prêtait au lac de Tibériade au moment où le Christ a
marché sur les eaux.

Les Na-khis ont d'ailleurs été les premiers saisis
quand le Kokonor a surgi devant eux en haut de la
dune. Il fallait voir leurs yeux à cet instant-là : tellement plus brillants, d'un seul coup, tellement plus
larges qu'avant. Même le regard de Li-Su s'est éclairé,
ce qui n'est pas peu dire, car depuis le début des vents,
il ne cesse plus de s'assombrir. Mais le bleu rare du
lac, incrusté entre ciel et dunes, a eu le pouvoir, dans
la seconde, de ragaillardir tous les hommes. C'était
comme une promesse que leur faisait soudain le
monde. Le serment d'une joie qui, comme ses eaux,
n'aurait pas de fin. En haut des sables, un des Na-khis,
Li Wen-kuo, celui qui, chaque fois que la beauté surgit
sous les pas de la caravane, s'en trouve toujours plus
chamboulé que les autres, est parti d'un cri : « L'œil
de la Terre ! » Puis il a fondu en larmes ; et, pendant
une bonne demi-heure, il est resté ainsi à fixer l'immensité turquoise, en pleurant comme le jour où l'on
avait appris que la guerre était perdue – sans bruit.

Jour de grâce, se dit Rock chaque fois qu'il
réexamine ces photos-là : à peine les avait-il dévelop-

pées que les vents se sont réveillés. Et depuis, ils n'ont
plus cessé.

༶

Ce soir, par conséquent, insomnie. Comme hier,
comme avant-hier, comme les jours précédents,
comme toute la semaine passée. Qu'avait dit au juste
le chamelier de Tangar ?

Rock s'extrait de son duvet, va vérifier, d'un pas
gourd, le colmatage de fourrures et de peaux qu'il a
disposé sur le pourtour de la tente afin de parer à l'invasion des sables. Mais, comme pour le narguer, au
moment précis où il commence à s'échiner, la tourmente faiblit. Entre les piquets et les toiles, rien ne
bataille plus nulle part, rien ne siffle. Il n'entend,
venus de l'autre bout des dunes, que les glapissements
des molosses commis à la garde des camps nomades.

Cependant il ne s'y trompe pas : il faut toujours, de
temps à autre, que la tempête fasse mine de s'as-
phyxier. Qu'elle feigne de n'en pouvoir plus de pousser, hurler, s'enrouler sur elle-même ; et c'est toujours
après ces répits qu'à l'intérieur de la tente, entre les
interstices des fourrures et des peaux, ruissellent sur le
tapis de sol d'infimes filets de sable. Il a donc beau
renforcer son colmatage, cinq, dix, vingt minutes plus
tard un nouveau ruisselet va s'allonger juste à côté de
l'endroit qu'il a si sévèrement, si patiemment obstrué.
Déprimant. Angoissant.

Car cette sourde invasion du poussier ne laisse nulle
issue. Trop risqué, par exemple, de ressortir les
disques et le gramophone : en un rien de temps, ses
microsillons seraient rayés. Titta Ruffo en Rigoletto
aurait pourtant été superbe par-dessus le vacarme. Ou

mieux encore, Pol Plançon dans Méphisto. Mais il faudra, cette nuit encore, se résoudre à la seule symphonie de la tempête. Jusqu'au matin. Où les vents retomberont, pour une ou deux heures. Puis reprendront.

Donc, pour la vingtième fois, Rock abandonne son entreprise. Et, sous le halo pisseux de sa lampe à kérosène, rageur et épuisé, va rouvrir sa malle jaune.

C'est le plus précieux de ses bagages. Il est de petites dimensions, mais taillé dans une peau très robuste.

Il n'échappe jamais à sa surveillance. Le jour, il le garde arrimé à l'arrière de sa selle ; la nuit, il le glisse à la tête de son lit. À côté de ses clichés, de sa boîte à pharmacie et de ses journaux intimes, il y entrepose les récits de voyage qu'il a rassemblés avant son départ d'Amérique. Et, depuis Choni, le petit volume que lui a prêté la Géante et qu'elle a appelé, exactement comme il faisait jusque-là dans ses monologues intérieurs – à croire qu'elle a le don de percer ses pensées : « le livre de Pereira ».

Il n'a jamais réussi à le garder là où il avait prévu, dans la poche en caoutchouc qu'à New York il avait fait si fiévreusement aménager dans la doublure de sa canadienne. Il sait pourquoi : à la première lecture, le soir même où il s'est enfoncé dans les vallées du pays de Tebbu, il a saisi qu'il n'y avait rien à en tirer. Ce n'était, comme il l'avait redouté, que la version expurgée des carnets de notes du bancroche, compilés et mis en forme au plus près de ce qu'avait été sa personne – au plus sec. Relevés d'altitude, de distances, de températures, froids comptes rendus d'itinéraires : pas de chair, dans ce texte, nulle émotion. Sauf sur la fin, quand le censeur, poussivement, s'est mis en peine de rédiger une page sur la mort du Brigadier général.

De la même façon, au premier coup d'œil, Rock a vu que les deux croquis encollés à la reliure de l'ouvrage étaient dépourvus du moindre intérêt. Rien que des cartes officielles connues de toutes les ambassades. Les portulans secrets de Pereira, ceux qu'il conservait à l'intérieur de sa ceinture, resteront à jamais enfouis dans les coffres du Foreign Office. Ou, qui sait ? dans une autre ceinture : celle du Putois...

Alors pourquoi ce soir, en pleine tempête, et au plus vif de l'insomnie, va-t-il saisir, au fond de la malle jaune, ce volume-là et pas un autre ? Alors qu'il l'a déjà relu cent fois et que c'est le seul de ses livres qui l'empêche de dormir ? Pourquoi tient-il absolument à l'ouvrir à la page où le bancroche expire dans les bras du Putois ? Est-il vraiment la proie de la maladie du lac ?

Un fléau qui n'est pas – oh non ! ce serait si délectable... – le mal de l'oubli, comme pour tant de voyageurs depuis Ulysse. Mais l'inverse, celui-là même qu'avait annoncé, dans sa phrase qui s'est perdue dans les vents, le chamelier de Tangar : « Ta mémoire va te dévorer, *Urussu* ! Tu ne vas plus arrêter de te souvenir, et à force... »

À force, oui. Trop de tempêtes depuis trois semaines, trop de rafales. La cervelle n'est plus qu'une vieille machine à ronger, à mouliner le passé. Donc comme avec le sable : pas d'issue.

De Pékin à Lhassa, récit des voyages accomplis dans l'Empire chinois par feu le Brigadier général Pereira, Compagnon de l'Ordre du Bain, Compagnon

de l'Ordre de Saint-Michel et Saint-Georges, Médaille de l'Ordre du Service Distingué.

Pages 253 à 261

La nuit fut très froide et venteuse, la tente eut peine à tenir. Mais, le 13 octobre, Pereira parcourut 24 kilomètres jusqu'au camp de Jou-ri-ku (...). Pendant la nuit, il y eut des chutes de neige. Pereira écrivit ce soir-là dans son journal : « L'avenir est très sombre. En outre, j'ai eu des nausées et une indigestion. La seule vue de l'assiette de mon porteur me rend malade. » Le Dr Thomson dit que Pereira, ce jour-là, ne s'alimenta pratiquement pas. Ils ouvrirent toutefois des boîtes de provisions et on convainquit Pereira de boire du lait chaud et de manger des biscuits secs. En dépit de sa maladie, il continua à consigner sa description détaillée de chaque étape. « Je me sens patraque et misérable », écrit-il à la fin des notes qu'il a prises ce jour-là.

Le 15 octobre, Pereira parcourut 14 kilomètres jusqu'à un camp situé dans la vallée de Chao-Lung. Son altitude était de 3 927 mètres. Il y faisait légèrement plus chaud et, d'après Thomson, un accès de vomissements sembla soulager Pereira ; le bismuth et les autres remèdes qu'il lui avait administrés apaisèrent un peu ses souffrances. (...) Du lait, du Bovril, de la bouillie de maïs, c'était tout ce que Thomson pouvait lui faire avaler. Et encore, uniquement en très petites quantités.

Ils se trouvaient maintenant au milieu de pics neigeux. Une chaîne continuait vers le sud, comme la ligne de partage des eaux. Une autre chaîne latérale courait vers l'est, avec, juste à l'est du col, le gigantesque pic Na-shi ; il devait culminer à 6 100 mètres. En quittant le col, le chemin, entre de hautes chaînes de montagnes, menait à une vallée, jusqu'au camp de Raji-sumdo situé à 4 065 mètres d'altitude.

La fin était proche. C'est le dernier passage du journal, bien que, jusqu'au dernier jour, Pereira ait continué à dresser ses cartes. Le 18 octobre, il semblait aller mieux. Et même le 19, où il écrit qu'il avait pris plaisir à son breakfast – des biscuits, du lait et un peu de confiture. Chaque soir, sitôt arrivé au camp, il travaillait à ses cartes. Ce matin-là, le Dr Thomson emporta un thermos de chocolat au cas où le bac de Kanzé aurait du retard. Ils sont vite descendus vers la rivière Yalung mais, aux environs de midi, Pereira a eu une attaque subite de douleurs abdominales ; il est descendu de son poney et s'est effondré. (...) Après cinquante minutes de repos et un peu de chocolat chaud, Pereira a paru aller mieux (...). Sa seule idée, c'était de rejoindre Kanzé et de reprendre ses notes sur la topographie de l'étape et le temps mis à la parcourir, etc. Il fut soulagé quand Thomson lui dit qu'il pourrait consigner ces informations pour lui. Le poney fut mené à petite allure et ils poursuivirent le chemin qui descendait jusqu'au bac. Quand ils y furent parvenus, Thomson administra un stimulant à Pereira pour l'aider à supporter la distance qui restait. Ils traversèrent la rivière Yalung dans une barque faite de peaux.

Thomson essaya de trouver des hommes qui pussent porter Pereira jusqu'à son lit sur les trois kilomètres restants. Mais Pereira ne voulut pas. Après deux heures de repos, il dit qu'il se sentait mieux et, comme la nuit tombait, on le hissa à nouveau sur son poney. Un serviteur s'était placé d'un côté de la bête et le soutenait,

C'est ainsi qu'il fut emmené à Kanzé où tout était prêt pour l'accueillir. On le déshabilla aussitôt, on le mit bien au chaud dans un lit réchauffé de bouillottes, et pour la première fois en 14 jours, au lieu d'une frêle toile de tente, il se retrouva sous un toit en dur. Mais la mort était proche. Sa douleur dans l'abdomen et entre les épaules devenait très aiguë et, après avoir essayé divers remèdes, Thomson lui fit une petite injection hypodermique. Cela soulagea la douleur et Pereira en fut très reconnaissant. Aux environs de neuf heures, il demanda à ce qu'on éteignît la lumière et dit qu'il voulait essayer de dormir. Mais il était agité et marmonnait sourdement. Un peu plus tard, il demanda de l'eau et s'excusa d'occasionner tant de soucis. Il se mit alors à divaguer en dormant, tantôt en chinois, tantôt en anglais. À une heure du matin – c'était aux petites heures du 20 octobre –, il voulut changer de côté. Thomson l'aida à se retourner et, à nouveau, Pereira le remercia et lui adressa des mots qui se tenaient à peu près. Mais, quelques minutes plus tard, brutalement, tout changea, et il devint inconscient. Environ dix minutes plus tard, il rendit l'âme en paix dans les bras de Thomson.

Le Dr Thomson obtint du magistrat chinois la permission d'inhumer Pereira dans un enclos réservé aux seuls Chinois. Ainsi sa sépulture serait à l'abri du viol. On choisit un emplacement à l'est de Kanzé, à l'ombre de la grande lamaserie, au sommet de la colline. On confectionna un cercueil du meilleur bois ; vingt Tibétains le portèrent en haut de cet éperon. Son épée et sa casquette de soldat étaient déposées sur le cercueil. C'est le Dr Thomson en personne qui lut ces mots magnifiques : « Je suis la Résurrection et la Vie ». Un des serviteurs chinois de Pereira lut des extraits de l'Épître aux

Corinthiens. Après la prière, on enleva l'épée et la casquette du cercueil et on le mit en terre. (...)

Il était mort d'un ulcère à l'estomac, et l'évanouissement subit qui s'était produit sur la route douze heures avant sa mort était probablement dû à une perforation. Il était déjà en si piteux état qu'il n'avait aucune chance de s'en sortir. Et tous ses troubles avaient nécessairement commencé depuis un certain temps. Ses amis du Yunnan avaient remarqué à quel point il manquait d'appétit. « Il ne mange même pas la ration d'un enfant », avait dit Mr Sly. Et quand on s'en inquiétait, il répondait qu'il avait la digestion perturbée s'il mangeait beaucoup ; mais qu'il serait parfaitement en forme dès qu'il reprendrait la route. Pereira s'agaçait aussi beaucoup de toutes les objections qu'on voyait à un nouveau long voyage en pleine saison des pluies. Bref, sa passion du voyage a usé son corps frêle jusqu'à ce qu'il en meure.

« ... Et dire qu'au moment où le bancroche a passé l'arme à gauche il n'était qu'à trois cents bornes de la montagne... Dire que ça s'est passé le 20 octobre 23, le jour même où la Française, sur le petit banc de pierre de l'église de Tjsedrong, m'apprenait que tout le monde, à part moi, connaissait son idée fixe... Dire que j'avais été le seul à ne pas ricaner dans son dos... Dire que le lendemain de sa mort, à l'heure même où le Putois l'enterrait, j'ai vu, de mes yeux vu, la Française, suivie de son lama à lunettes, prendre la route qui allait la conduire à la gloire... Et dire que le boiteux, dans son livre, n'a même pas parlé de moi... Ou alors, de quelle façon... »

Rock n'en peut plus de ressasser. Ni, à ce point de sa rumination, de devoir convenir qu'hélas, dans ce livre aussi sec que les steppes pelées du Kokonor, il est malgré tout question de lui. Page 221 : quatre lignes pour signaler que le Brigadier général passe une nuit du côté de Likiang ; et qu'en pleine saison des pluies, sur les indications pressantes de son hôte, un certain « Mr Rock, botaniste américain », il manque de s'engager dans les effroyables gorges du Saut du Tigre...

Mais, sur le reste – le bain, par exemple, que ce

même et quasi anonyme « Mr Rock » a fait fumer dans la chambre mise à sa disposition, au bancroche, en même temps qu'à son sale croque-mort de Putois ; ou les bêtes qu'il leur a providentiellement trouvées, à commencer par l'étalon noir, son cheval préféré ; le mirifique breakfast qu'il leur a servi sans lésiner sur rien ; et surtout le plus important, sept mois plus tôt, le plus vibrant, le plus exaltant (il en frémit encore à deux ans et demi de distance) : Tengyueh, le *Boozer's*, le pique-nique, les sources chaudes, le tafelspitz, le champagne, le cigare, leurs cavalcades dans les forêts de camélias et de rhododendrons ; et le plus surprenant, raffiné, renversant, le plus généreux, en somme : Caruso et Melba au sommet des volcans, l'instant où il a cru leurs âmes en accord face à la houle bleue des sommets qui couraient vers le nord – pas un mot !

Il faut consentir au néant.

Rock lève les yeux du petit volume. Inutile de continuer, il peut se le réciter par cœur. C'est d'ailleurs ce qu'il fera demain dès qu'il sera en selle.

Comme il l'a fait ce matin. Et hier, et avant-hier. Et tous les jours d'avant, face aux bourrasques. Il n'arrêtera jamais de le marmonner, ce texte, face aux rafales. Même au moment où, à force de tenir contre le vent, il aura du sable plein la bouche.

Par simple association d'idées, il se retourne vers l'entrée de la tente. C'est bien ce qu'il pensait : les infiltrations se sont multipliées. Au pied des peaux de mouton vient de se former un minuscule croissant, parfaite réplique des dunes que le vent dessine depuis des siècles autour du Kokonor.

Malgré tout, il faut qu'il se lève, une fois encore, qu'il se mette à renforcer, tout autour de la tente, le colmatage des fourrures et des peaux. Puis, tout aussi mécaniquement – pauvreté des gestes, déplacements économes –, il revient sous le halo de sa lampe. Pour y consulter, cette fois, le cadran de son oignon.

Mais les aiguilles n'ont pas bougé. La montre s'est bloquée. Encore un coup du sable. Il aurait dû y penser.

Il se sent alors si excédé qu'il n'a même plus la force de soupirer. Il revient à sa table, referme sèchement le livre, l'enfouit rageusement au fond de la malle jaune. Et, puisque l'instant est décidément sans issue, juste avant d'en faire claquer le couvercle, il s'empare, dans la boîte à pharmacie, d'un tube de Véronal et en extrait un cachet.

Puis, tandis qu'il se verse, depuis son thermos, le verre de thé où il va noyer l'amertume du somnifère, il grince entre ses dents, pour la millième fois depuis qu'il patrouille le long du lac : « Tout, sauf mourir comme le bancroche ! »

Ce matin, Li-Su s'est réveillé avec le mal du pays. Qui ne désempare plus : tout en surveillant ses marmites, il revoit sa maison, son bout d'alpage, le torrent qui traverse Nguluko, sa femme, ses frères, ses quatre enfants. Sa mère aussi, la vieille éleveuse d'abeilles qui toussait si fort, le soir où il a quitté le village.

La tempête vient de retomber. Calme plat, grand soleil, ombres franches sur l'herbe encore épargnée des laisses de sable. Et le lac est plus lac qu'au jour de son apparition. Il file sans une ride au bout de l'horizon, bien sagement ourlé de ses dunes, landes, marais, collines, montagnes. Depuis les îles où ils étaient allés se protéger des vents, des centaines d'oiseaux, grues, sternes, huppes, canards, oies sauvages, mouettes reviennent à tire-d'aile et s'aventurent au-dessus du camp.

Personne ne les visera. Même pas Lau Ru, l'empailleur, qui prend une telle jouissance à les abattre. Fracas de seaux d'eau, tintamarre de marmites, gorges raclées, crachats, rires, injures, yaks qui s'ébrouent, feux crépitant, chevaux et mules piaffant dans l'attente du grain : chacun est rivé à la terre, absorbé, englouti par le remue-ménage du matin.

Sauf Li Wen-kuo. En même temps qu'il touille le

ragoût à l'ail que lui réclament les soldats de Ma, il
est revenu à la marotte qui ne cesse plus de le turlupi-
ner depuis qu'on patrouille ici. Et une fois de plus, il
faut qu'il trouve quelqu'un à qui expliquer pourquoi,
c'est sûr et certain, le lac est l'œil de la Terre. Aujour-
d'hui il a jeté son dévolu sur le chef des hommes de
Ma.

L'autre le laisse aller au bout de son affaire. Il
l'écoute sans l'interrompre, tout en astiquant le canon
de sa mitraillette. Mais dès que le Na-khi en a fini, il
lui jette :

« Crois pas ça ! Le lac, c'est un calice. Dans le
temps, ici, il y a eu une princesse chinoise...

— Un calice ? Une princesse ? » s'éberlue Li Wen-
kuo, le regard déjà tout écarquillé dans l'attente du
conte.

L'homme de Ma opine du chef.

« Oui, la fille de l'Empereur. On l'avait mariée de
force à un roi de Lhassa. Elle arrivait de Pékin, elle
avait dû quitter sa mère, ses frères, ses sœurs. Elle
s'est assise ici, à la même place que moi, elle pleurait.
Dans son dos, il y avait la Chine. Devant elle, le Tibet.
Et à sa droite, le calice. Elle s'est penchée, ses larmes
sont tombées dedans. Et elle a tellement pleuré qu'il
allait déborder. Alors, par respect pour elle, car elle
était très belle, le calice a grandi, grandi, grandi. Et il
s'est transformé en lac. »

De tout son être, Li Wen-kuo reçoit, recueille la
légende. Il a cessé de touiller son ragoût, il n'arrête
plus de répéter : « Une princesse chinoise... Mariée de
force... Un roi de Lhassa... Une fille très belle... » Puis
il se remet, comme au premier jour, à fixer l'immensité des eaux et murmure : « Elle a donc tant pleuré... »

L'homme de Ma ne l'écoute plus. Il souffle dans le

canon de son arme, il le laisse rêver tout haut. Et Li
Wen-kuo reste comme il est, la cuiller en l'air, dressé
face au lac, dilatant sur l'infini son regard mouillé de
guetteur de merveilles.

Tandis que Li-Su, lui, recommence à penser à sa
femme, à ses enfants, à ses frères. À la toux de sa
mère quand il a tourné le dos à sa maison de l'alpage,
juste au-dessus de Nguluko.

இ

Mais voici que le maître émerge de sa tente. Il a dû
mal dormir, il a des poches sous les yeux. Il ne semble
voir personne, hormis Li Wen-kuo.

C'est toujours la même chose, chaque matin, depuis
qu'on a quitté le pays de Tebbu. Plus un regard pour
lui, Li-Su. Tout pour Li Wen-kuo. Et, à son habitude,
pas un salut, rien qu'un ordre bourru. Li Wen-kuo se
précipite, tend au maître le quart de thé par lequel il
commence rituellement sa journée. Luo Boshi le vide
d'un trait, puis lui expédie une petite bourrade dans
les côtes. « Allez, grouille-toi : mon pot-au-feu, mes
œufs brouillés ! » C'est encore à Li Wen-kuo qu'il
s'est adressé.

Du coup, Li-Su, ce matin, est traversé d'une idée
qu'il n'a jamais eue : quitter la troupe, quitter son
maître. Tout planter là. Ses marmites, ses réserves de
vivres, les tentes, les bêtes, la bannière de commandement. Sauter sur son cheval et détaler. Seul. Une
bonne fois pour toutes.

Oui, prendre son souffle, son élan au plus profond,
puis galoper sans s'arrêter à travers les dunes, les collines, les steppes et les marais. Voici déjà les murailles
de Tangar, voici celles de Xining, et maintenant

Chengdu, la route caravanière, les sentiers, les vallées, les gorges, les cols qui conduisent – enfin ! – au bout d'une dernière passe, à la verte et glaciale échine de la Montagne du Dragon de Jade.

Et voici la maison des alpages. Sa famille, sa femme, ses frères, ses enfants, sa mère. Voici l'oubli de tout.

À commencer par l'oubli du sourire que Luo Boshi a eu hier matin pour Li Wen-kuo au moment où ils sellaient leurs bêtes. Au lieu de préparer son cheval, l'autre abruti, une fois de plus, était à fixer le lac. Dans la direction de cette Montagne que le maître n'arrête jamais de chercher à l'horizon – et qu'il ne trouve jamais. Au moment même du départ, il a fallu que Li Wen-kuo fasse le malin devant le maître, qu'il se mette à dégoiser tout haut :

« Peut-être qu'elle va se montrer, aujourd'hui, la Montagne ! L'homme de Ma m'a dit qu'on peut la voir d'ici, après les grosses tempêtes. Il paraît qu'on a l'impression qu'elle est tout près, ces jours-là. Elle va se montrer, c'est sûr. Il dit que ça se produit au moins dix fois l'an. Et que dans ces moments-là on croit qu'elle flotte dans les airs. »

Au lieu de houspiller Li Wen-kuo, le maître l'a laissé faire. Et a souri.

Ensuite – ç'a été le pire – il s'est approché de lui, Li-Su, et a chuchoté :

« Tu vois, Li Wen-kuo est un homme libre, sans attaches. Exactement comme moi. »

Il avait toujours cet insupportable sourire. À ce moment-là, comme au pays de Tebbu, lorsque le maître lui avait fait comprendre qu'il allait traiter, pour trouver le chemin de la Montagne, avec cette crapule de Ma, Li-Su a manqué d'éclater. Il était occupé à arrimer la malle jaune, celle qu'on met bien dix minutes à fixer à l'arrière de sa selle à cause de la débauche de nœuds, boucles et courroies dont le maître exige toujours qu'on l'emprisonne. Il a bien failli, hier, la précipiter dans le feu. Et hurler : « Facile, pour ce demeuré, d'entrer dans ton cœur de maître ! Facile de couver ton rêve à ta place, maintenant que tu commences à comprendre que tu ne la trouveras jamais, ta Montagne ! Li Wen-kuo, lui, n'a laissé personne au pays... Pas de femme, pas d'enfants, pas de mère qui tousse ! Seulement trois cousins. Et, à part ça, personne, aucun parent... »

Mais il s'est tu. Il a arrimé la malle jaune comme tous les jours, en respectant à la lettre l'emplacement de chaque boucle, nœud, ficelle, courroie. Et, à mesure qu'il liait, nouait, garrottait, il en est venu à se persuader que Li Wen-kuo finirait bien par se perdre dans le cœur du maître, à force de débiter ses fadaises.

Ce matin, cependant, l'autre reprend son petit manège. Maintenant que Luo Boshi a fini son break-fast, il recommence à l'entraîner au bord du lac. Le maître fait un détour par sa tente, en ressort en brandissant ses jumelles puis les deux hommes vont se poster face à la rive sud et se mettent alternativement à la scruter à travers les binocles, tandis que Li Wen-kuo serine :

« Peut-être que ce matin... Il a tellement venté, cette nuit...

– Cherchez pas ! lance alors l'homme de Ma, toujours assis auprès du feu, à engloutir son ragoût à l'ail. Vous verrez rien ! L'air est trop sec ! Aurait fallu de la pluie, cette nuit. Ou de la neige ! »

Li Wen-kuo se retourne, et, dans le même instant, Luo Boshi. Jusqu'à leurs ombres, maintenant, sur l'herbe, qui sont jumelles. Et dans leurs deux regards, le bleu comme le noir, se lit la même déception d'enfant.

Alors Li-Su manque d'abattre – enfin ! – la crosse de son fusil sur ses réchauds, casseroles, bidons de kérosène. Ceux-ci, dans sa rage, il pense même à les jeter dans le feu pour tout faire exploser. Mais c'est à cette seconde-là, justement, que surgit dans la courbe d'une dune la troupe des filles nomades.

Celle qui marche en tête s'approche du feu comme font les errants ; elle est de ces vagabondes qui, entre les steppes et le grand désert d'herbe, cherchent toujours à placer un peu d'orge, des champignons, du yaourt, un bout de yak ; et puisque Li-Su est le seul à regarder du côté des sables, c'est vers lui qu'elle court pour tenter de lui fourrer entre les mains ses sacs et ses jarres.

Elle est suivie par sa troupe : cinq jeunes femmes, une petite fille. Elles courent toutes comme la première, le dos cassé sous la charge. Et elles ont les mêmes yeux timides, mouillés – on dirait les antilopes quand elles se risquent à sautiller autour du camp.

Li-Su va pour les chasser. Mais le maître les a vues. Et déjà il lui crie : « On lève le camp dans une heure, fais affaire ! On n'est pas sûrs de trouver du ravitaillement plus loin ! » Puis il se retourne vers le lac et tend ses jumelles à Li Wen-kuo.

Li-Su revient donc aux nomades. Qui lui proposent, comme c'était prévisible, le prix fort. Il marchande mollement, se laisse extorquer des piécettes. La femme qui a mené l'affaire, celle qui conduisait la troupe, s'en trouve si heureuse qu'elle s'accroupit devant le feu, tend ses mains vers les flammes et se met à chanter. Les autres femmes l'imitent et prennent la chanson en route. La petite fille aussi.

Li-Su sent aussitôt se dissoudre sa fureur. Il n'a plus du tout envie de partir, il est cloué au sol, soudain enraciné. Car ce chant est à lui seul une terre. Une mère. Un pays natal.

D'ailleurs, c'est bien simple : les autres Na-khis s'approchent, se regroupent autour des femmes. Même les hommes de Ma. Et jusqu'à Luo Boshi.

Le maître comme il l'aime, comme il l'a toujours aimé, avec son œil de limier en chasse, son regard transparent de Blanc qui veut tout voir et tout comprendre. Et qui, en même temps qu'il cherche à percer les secrets du monde, continue, même dans le froid, comme ce matin, dans les sables et malgré les vents, à se réciter silencieusement les livres qu'il transporte dans sa malle.

En cet instant, par exemple, pas difficile à deviner, Luo Boshi est sûrement en train de se demander de quel pays perdu arrivent les errantes des dunes. De quelles terres elles traînent la mémoire, avec leurs voix si claires, leurs poumons si puissants.

Alors, quand elles s'arrêtent de chanter, aussi abruptement qu'elles ont commencé, lorsqu'elles se relèvent et repartent, comme tout à l'heure, du pas léger des vagabondes, Li-Su trouve à nouveau la force de s'approcher du maître et de lui chuchoter comme si Li Wen-kuo n'avait jamais existé :

« Le chant, Luo Boshi... il parlait de la Montagne. »

Le maître sursaute en enfant sorti d'un rêve :

« Ah bon ? »

Il continue à fixer la sente par où s'éloignent les

nomades – on ne voit plus, dépassant des dunes, que leurs hauts chapeaux pointus. Puis, sèchement, il redevient le maître.

« Raconte, alors ! »

∾

« Elles ont dit l'histoire d'un héros d'autrefois.

« Il s'appelait Gesar, du nom d'un empereur qui avait régné sur les terres de l'Ouest. Il était né au pays de Ling.

« Gesar de Ling a conquis le monde, ont dit les femmes, il y a très longtemps. Elles ont raconté qu'il est allé jusqu'à l'Inde et la Perse. D'après elles, il possédait une épée merveilleuse, une arme tout entière faite de cristal. Avec cette épée merveilleuse, Gesar a sauvé sa fiancée des griffes d'un tyran. Ça s'est passé dans un royaume maintenant détruit, tout proche de la Montagne. Il était aux mains des Goloks.

« Les femmes ont appelé cette terre le pays de Hor. Elles ont dit aussi que le roi Gesar a mené là-bas des batailles prodigieuses. Qu'il a laissé la trace de sa main dans les roches. Qu'il a perdu son épée au pied de la Montagne et qu'il est mort, mais qu'il renaîtra et qu'il rouvrira, ce jour-là, sous les sérac, la porte d'un palais de glace où il retrouvera son épée de cristal. Alors il lèvera cette épée vers le ciel pour nous montrer à tous la route du paradis.

« Les femmes, dans leur chanson, ont aussi raconté que la Montagne s'appelle le Vieil Homme de la Plaine, et que le paradis se nomme Shambala. Elles l'ont appelé le Pays d'après cette Vie. Elles ont dit que tant qu'on est de ce monde, on n'y entre pas.

« Mais à la fin de la chanson, elles ont inventé.

Parce qu'elles ont fini en racontant que là-bas, au pays des Goloks, il y a une reine. Et qu'une fois l'an, cette fille-là se met nue, qu'elle monte très haut dans les neiges pour prier le Vieil Homme de la Plaine et lui demander de garder bien précieusement sous ses neiges, jusqu'au retour de Gesar, l'épée de cristal.

« C'est ce qu'elles ont dit. Mais leur chanson, Luo Boshi, si tu veux mon avis, rien que des imaginations. Elles viennent de les inventer, là, tout de suite, pour te faire plaisir. Parce qu'elles étaient fières de t'avoir vendu, à toi, un Blanc, leur yaourt et leur jambon de yak. Avant de venir, elles t'avaient espionné, elles t'avaient vu regarder le lac avec tes jumelles, elles avaient compris que tu cherchais la Montagne où personne ne va. Tu sais, ici, dans les steppes, les gens sont très forts pour te broder toute une histoire, comme ça, en un rien de temps...

– N'empêche ! » coupe alors Li Wen-kuo.

Depuis que Li-Su parle, longtemps que les femmes ont disparu. Autour du camp, rien que l'ondulation des herbes, les risées du lac, le vol des oiseaux. Et quelques giclées de sable – le vent s'est levé. Le maître revient vers Li Wen-kuo.

« N'empêche ? N'empêche quoi ? Achève ! »

Mais Li Wen-kuo détourne la tête. Il est redevenu un Na-khi : regard en fuite, paupières dilatées sur un monde invisible. Sur l'herbe, son ombre elle-même s'éloigne de celle du maître.

C'est donc Li-Su qui achève à sa place. De la voix aigre de la revanche :

« Ne cherche pas à comprendre, Luo Boshi. Tu es Blanc. »

Quand on lève le camp, la magie du chant s'est évanouie. Il y a eu, bien sûr, les mots acides de Li-Su. Mais surtout l'homme de Ma. Au moment où chacun sautait en selle, il a pointé le nord. Rock a protesté : « Je croyais que les plantes... – Faut s'éloigner du lac », a maintenu l'autre – cette fois, du haut de sa monture, il désignait les chaînes de montagnes qui couraient dans l'autre sens, vers le désert. Luo Boshi a grinché : « Les plantes... Ton maître m'avait pourtant dit... » L'homme de Ma a secoué la tête : « Plus loin. »

Mêmes intonations que le général, froides et monocordes. Mais il est petit, lui, il a le poil très noir, des muscles secs. Et une carcasse étroite, des traits taillés à la serpe. Dans son journal, Rock l'a surnommé « le Vautour Humain ». C'est dire s'il le redoute.

Ce matin-là, cependant, pour la première fois depuis leur départ, il trouve la force de lui tenir tête.

« Avec tous les oiseaux qu'on a abattus, tu as vu le nombre de caisses qu'on entasse sur les mules ? Il serait temps de rentrer pour les poster en Amérique ! »

Mais l'homme de Ma secoue à nouveau la tête. Et se ferme.

Rock sent la moutarde lui monter au nez. Cependant les soldats de Ma se rapprochent de leur maître. Au-dessus de leurs têtes, s'allongent les canons des mêmes mitraillettes. Il préfère sauter à terre. Et, pour tâcher de se calmer, se mettre à tourner et virer à l'emplacement du camp en donnant de grands coups de botte dans les restes des foyers éteints, tout en grondant pour lui seul :

« Trois semaines qu'on n'en sort pas, de ce lac ! Trois semaines qu'on ne fait que ramasser des lichens et des champignons ! Mais, pour les oiseaux, ah ça ! On ne sait plus où les mettre, tout juste si on a le temps de les empailler ! Mais je suis payé pour trouver des plantes, moi ! Pas des grues, pas des mouettes ! Et la Montagne, qu'est-ce que vous en foutez de la Montagne ? J'ai déjà un an de retard sur mon programme ! »

Mais c'en est décidément trop, il ne parvient pas à se calmer. Il revient donc vers le Vautour Humain, se poste au pied de son cheval et lui jette en pleine face :

« Tu crois qu'ils me tombent du ciel, les dollars ? Et Ma, à Xining, veux-tu me dire pourquoi il te paie ? »

Du haut de sa selle, l'autre sourit :

« Oui, heureusement que Ma nous a demandé de t'escorter. Trois attaques de brigands depuis qu'on est dans le coin. Et on s'en est sortis comme des fleurs ! Parce que mes mitraillettes, dès qu'ils les ont zyeutées, les bandits... pfuiiiit ! »

Il parle décidément comme Ma ; et, à l'instar de son maître, dès qu'il se tait, il redevient sec, très froid.

Le silence s'éternise. Et comme Rock, au pied de sa bête, ne se sent plus de force, c'est le Vautour Humain qui choisit de parler. Il pointe l'horizon du nord :

« Les vents se réveillent. On ferait mieux de se casser avant que ça souffle trop fort. »

Rock sent ses épaules s'effondrer comme s'il lui avait expédié un coup de masse. Il donne le signal du départ.

Plein nord. Dos au lac. Dos à l'espoir de voir jamais apparaître la Montagne.

ॐ

Mais le vent est plus rapide que la caravane. Moins de deux heures plus tard, on se retrouve au cœur de la tourmente. Cette fois, les mules commencent à peiner : devant elles, plus de piste, rien que du sable. Leurs sabots glissent, leurs pattes chancellent, se tordent. Elles ne supportent plus la charge des caisses, s'écroulent tous les dix pas. Alors l'homme de Ma lance à Rock – c'est leur premier échange depuis qu'on a quitté le lac :

« Quand on s'en va vers le nord, il faut toujours changer les mules pour des chameaux. À une demi-heure d'ici il y a un caravansérail. On va pouvoir... »

Les rafales redoublent, tournoient sur elles-mêmes. Le poussier, autour d'eux, n'a jamais été aussi épais. Rock articule un « Oui » pâteux. C'est le sable, maintenant, qui lui mange sa colère.

ॐ

En tête, à la place de Li-Su, chevauche désormais l'homme de Ma. Pour se protéger des bourrasques, chacun s'est enveloppé dans des écharpes et des châles. Rock, lui, se replie dans sa cape noire. Comme ses Na-khis, il a chaussé ses lunettes de glacier. Le paysage se fait crépusculaire ; et de la même façon que la poussière, derrière le cheval de l'homme de Ma, noie le dessin du sentier, toute cette noirceur étouffe le moindre tracé d'une pensée.

À ceci près que de loin en loin (généralement juste après un tourbillon, quand le ciel s'éclaircit et qu'en se retournant, on peut observer la caravane qui chemine le long des falaises à la façon d'une procession de momies) une vision subite, arrivée des régions les plus inconnues de lui-même, vient se surimpressionner aux pierrailles blêmes du canyon. Ainsi, devant une falaise, Rock voit soudain s'étirer une plage de Hawaï : palmiers, maisons coloniales. Dans l'une d'entre elles, engoncée dans sa robe à crinoline, voici la matriarche Liliuokalani, la vieille reine de l'archipel, le jour où il va la saluer, selon l'usage, à son arrivée sur l'île. Il se souvient parfaitement de la date de cette visite : 13 décembre 1907. Il vient de quitter le collège de Honolulu où il avait été providentiellement embauché ; deux jours plus tôt, il a réussi à se faire bombarder à l'université comme assistant du Département de botanique. La reine, ce jour-là, le reçoit assise à son piano. Accompagnée par une de ses suivantes à l'ukulélé, elle lui entonne une des chansons qu'elle compose depuis que les Américains l'ont déposée et qu'elle vit en résidence surveillée au fond de ce palais vermoulu, entre ses boîtes à musique, le portrait de la reine Victoria et des médaillons où achèvent de se ternir les mèches de cheveux de feu son mari.

Pourquoi Rock lui associe-t-il, l'instant d'après, sa sœur Lina, dans la loge de leur concierge de père, le matin des obsèques de Francesca, leur mère ? C'est comme le reste : aucune idée. En tout cas, la voici qui surgit, elle aussi, sa sœur aînée, au cœur de la poussière, lui serrant la main devant le long cadavre aux cheveux blonds... comme Rock se sent faible à ce moment-là, comme il se sent minuscule... Mais Lina le sermonne à mi-voix : « Est-ce que je pleure, moi ? Allons, tiens-toi ! »

Et la voici encore, Lina, au cœur d'une nouvelle nuée de poussière, mais cette fois pour lui lire son bulletin de notes – il a grandi, depuis, sa sœur et lui sont de même taille : « ... Maths : très insuffisant. Sciences de la nature : très insuffisant. Écriture et présentation : à peine convenable. Allemand : insuffisant. Absences : dix-huit en deux mois. Ils te fichent à la porte. Qu'est-ce qu'on va faire de toi ? »

Et tout se perd une fois encore dans un tourbillon de sable.

Avancer, lutter, tenir.

Puis la rafale s'épuise. Devant le cheval, nouvelle brèche de ciel bleu.

Aussi puissamment bleu, hélas, que la robe de la fille, sur le pont du paquebot qui l'emmenait à Manille – son premier tour du monde. Septembre 1914 : il est maintenant assistant à l'Université. Pendant que ses anciens camarades, à Vienne, rejoignent les tranchées où ils vont se faire tailler en pièces, il entame le traité sur la flore de Hawaï qui va lui ouvrir les portes du Département de l'Agriculture, à Washington. La voici elle aussi, la fille en bleu, qui se dresse devant le col du cheval : « Votre couchette n'est pas très confortable, vous ne voulez pas l'échanger contre la mienne ? Venez donc voir ma cabine. » Il lui emboîte le pas ; et tandis qu'à son ordre il tâte le matelas, la fille en bleu s'empare de sa boucle de ceinture, la défait, plonge la main. Il prend la fuite. Mais la fille en bleu le rattrape dans la coursive, le saisit à nouveau à la ceinture. Il la gifle, se précipite sur le pont. Il passe le reste de la traversée à l'éviter, pendu à la soutane de l'aumônier du navire, à qui il s'est sottement confessé pour cette gifle.

Et, pour finir, c'est Afousya, bien sûr, qui surgit du poussier, telle il y a deux ans, le soir où il a quitté Nguluko. Elle est appuyée à une poutre, dans sa chambre, elle porte son bébé dans les bras, elle lui tend la main et comme il l'a remplie de dollars d'argent sans accorder à l'enfant ni à elle-même un seul regard, elle cingle : « Encore ! » Mais il ne veut pas comprendre, il s'obstine à la fuir. Alors, elle aussi, s'empare de sa main. Pour la plaquer de force sur son bas-ventre à elle. Il a un mouvement de recul : l'abdomen d'Afousya est gonflé, très dur. La jeune femme ricane : « Il ne fallait pas recommencer à taper sur le plancher, Luo Boshi ! Maintenant c'est pas pour un qu'il va falloir payer, mais pour deux ! » Il lui fourre de nouvelles pièces d'argent dans la main et court au fond de sa chambre. Cependant elle s'acharne et le poursuit : « Pas assez, Luo Boshi ! Allez, encore ! » Le bébé se met à brailler.

Et c'est au moment où il pense en avoir pour des heures et des heures à subir, en même temps que les rafales, tous les assauts de ces fantômes de femmes, que l'homme de Ma, devant lui, se retourne et lui désigne, au fond de la nuée grise, un alignement de cabanes en torchis. Alors seulement sa mémoire consent à se taire ; et la face rageuse d'Afousya se dissout au fond du dernier poussier.

Le vent, dans ce repli de canyon, ne soulève plus que des bourrasques brèves. Derrière une vieille palissade s'étire un semblant de cour. Elle grouille de mules, chameaux, palefreniers, petits marchands. Au milieu de toute cette masse grisailleuse se distingue une carriole, étrangement barbouillée de peinture multicolore. Plus curieusement encore, elle est attelée d'un superbe étalon.

Tout cela sent l'argent ; au moment où Rock saute à bas de sa selle, une ultime réminiscence le traverse : le souvenir du voyage qu'il avait fait en Égypte lorsqu'il avait treize ans. Potocki voulait s'y fournir en bêtes pour ses haras. Il avait emmené là-bas tout son train de maison, son argenterie, ses porcelaines, ses fusils de chasse, ses domestiques. Et si lui, un simple gamin, avait fait partie du voyage, c'était simplement histoire de désennuyer le petit Potocki, du même âge que lui : au lieu d'aller voir les Pyramides, le fils du maître aurait tellement préféré partir faire de la luge, comme tous les ans...

Mais, cette fois, la mémoire de Rock se bloque : le panneau multicolore qui ferme la carriole vient de coulisser. En émerge un Blanc.

Un homme massif, la cinquantaine, les joues lie-de-vin. Coiffé, à la manière nomade, d'une chapka de fourrure. Il grelotte. Pourtant, d'une seule poussée il réussit à extraire de la carriole son corps-barrique ; et il n'a pas mis pied à terre qu'il avise Rock.

Regards qui se croisent, peaux qui se reconnaissent, aimantation immédiate. Comme avec Pereira, au *Boozer's* : la fatale connivence des Blancs.

Il faudrait pourtant prendre le large : sous sa grosse veste fourrée, l'homme-barrique arbore col romain et soutane – un prêtre catholique.

À nouveau, par éclairs très brefs, recommencent à tournoyer dans le sable des éclats de mémoire. Le collège des Jésuites, un jour de rentrée, près de la Schottenkirche. La chape de l'ennui scolaire ; des déclinaisons qu'il ânonne. Un matin de Noël, son père qui tonne au sortir du cimetière où il vient de le traîner, comme toujours les jours de fête, sur la tombe de sa mère : « Tu seras prêtre, y a pas à en sortir ! » Enfin Lina, à la veille des vacances, tandis que tout le palais bruit des préparatifs des bagages – les Potocki, comme chaque année, vont passer juillet à Venise. Sa sœur tend timidement au Comte l'exécrable bulletin de notes du fils de son portier.

Mais en lieu et place de Potocki, c'est le curé à chapka qui bondit sur Rock. Et s'agrippe à sa cape, et l'asperge de postillons.

« Ça, pour une surprise ! Mais qu'est-ce que vous fichez ici ? Vous n'êtes donc pas à chercher votre montagne ? »

Le gros curé s'est adressé à lui en français. Rock pourrait lui répondre : c'était la seule langue que Potocki admettait au palais, il la maîtrise, depuis sa prime enfance, à la perfection.

Il est pourtant incapable de proférer un mot. Ni de former le premier embryon de pensée. Sauf : « Il m'a pris pour le bancroche ! »

Mais l'autre continue à s'accrocher à sa cape et à l'asperger de questions – autant de postillons. Sans même attendre la réponse :

« Vous l'avez trouvée, alors, votre montagne ? Elle est vraiment plus haute que l'Everest ? Et la reine des Amazones ? Mais qu'est-ce que vous fichez ici, dans le Nord ? Parce que le pays Golok, ce n'est pas de ce côté-ci du lac, mais de l'autre ! Au sud, bien au sud ! Un autre article pour le *National Geographic*, alors, c'est ça que vous nous mijotez ? Vous savez que je suis de vos lecteurs ? Malgré mon anglais, disons... plus que médiocre ! Tandis que vous, Dr Rock, à ce qu'on m'a dit... Votre don des langues... »

ॐ

La perversité des vents noirs, c'est qu'en plus de vous brouiller la pensée, ils vous découragent. D'une minute à l'autre, plus de volonté – de rien.

C'est ce qui arrive à Rock dans la cour de cette auberge. Tout ce qui l'a porté jusque-là, soulevé, illuminé, hanté, nuit et jour, qui l'a poussé à résister, lutter, tenir, du palais Potocki jusqu'à ce caravansérail perdu aux frontières du désert, et lui a permis de passer au travers de tout – la guerre, le froid, la peur, la haine, la pauvreté, l'humiliation, l'indéchiffrable, la nouveauté, l'absence de toit, de famille, les ravages de la passion, l'espace, les vents, les cols, les fleuves, les gorges, les océans, les hasards mêmes de la vie – se vide entièrement de son être. Comme l'eau dans le siphon d'un lavabo.

Et à l'instant où il saisit que ce curé ne le prend pas pour Pereira, mais bel et bien pour qui il est, Joseph Francis Rock, chasseur de plantes américain travaillant pour le compte de l'université de Harvard, plume éminente du *National Geographic* et intrépide explorateur, lorsqu'il voit que c'en est fait de son secret, puisque ici même, en plein désert, il est tombé sur un inconnu qui connaît tout de son rêve ; lorsque, en somme, il réalise qu'il est devenu, bien malgré lui, le double du Brigadier général (et qu'évidemment, la responsable, c'est la Géante, avec les lettres dont elle n'a pas dû manquer de bombarder, pour tromper l'ennui de Choni, tout ce que la Chine compte de missions et de consulats), quelque chose en lui s'effondre. Il se sent soudain délesté de tout son allant. Et c'est l'échine basse, le dos cassé sous sa cape noire, que, cinq minutes plus tard, il se retrouve attablé face à l'homme-barrique dans l'une des cabanes en torchis de cette parodie de caravansérail, devant un mauvais

thé et une assiette de beignets huileux et ultra-
pimentés.

Il en oublie ses Na-khis, l'homme de Ma, l'échange
des mules contre des chameaux. Il hèle Li-Su d'un
geste flou, lui lâche mollement quelques ordres, de
l'argent. Et revient à cette table suiffeuse où il se livre
tout entier à la curiosité de l'homme-barrique.

Donc rien à voir avec celle du *Boozer's*, cette rencontre de la route. Aucun charme, nulle poésie. La
pièce est sordide : sol de terre battue, table de bois. Et
partout, imprégnés aux murs et aux moindres objets,
ces relents d'huile rance, de bouse de yak carbonisée,
de pissats d'hommes et de bêtes. Pour autant, si
repoussant soit l'endroit, le gros curé, en face de lui,
respecte scrupuleusement les règles de la route : il n'a
pas avalé sa première gorgée de thé qu'il lui dit d'où
il vient et qui il est.

Rock a parfois du mal à l'entendre : autour de
l'énorme brasero qui rougeoie à deux pas de la
table se bousculent une dizaine de nomades venus
y réchauffer leurs gelures ou s'empiffrer de beignets.
Le curé s'en aperçoit, force la voix, s'égosille qu'il
arrive de Xining où il est allé chercher du ravitaillement pour sa mission. Il est né à Toulouse, dit-il ;
il a commencé à prêcher la bonne parole en Syrie.
Mais il lui fallait toujours plus d'Orient, il est très
vite passé en Iran, en Inde, au Turkestan, en Mongolie. C'est ainsi qu'il s'est retrouvé ici, il y a cinq
ans, à la lisière du désert. Où il s'est arrêté, enfin.
Il reçoit de gros subsides de Rome ; il vient d'achever la construction d'une magnifique mission.
« Charpente, toiture, maçonnerie, je sais tout faire »,
confie-t-il à Rock. Il doit dire vrai : il a les mains
calleuses, épaissies par le travail.

Et maintenant qu'il en a fini avec son histoire – ça a pris quoi ? dix minutes –, il recommence à frétiller :

« Dr Rock ! Si je m'attendais ! Ici, à deux pas du désert ! Et par un temps pareil ! Ce que le monde est petit ! »

Rock, à présent, l'entend très bien : les nomades s'effrondrent les uns après les autres devant le brasero et, la panse pleine, s'assoupissent peu à peu. C'est désormais dans un silence quasi absolu que le curé recommence à égrener tout ce qu'il sait de lui :

« Et vous vous baladez toujours avec votre phono, il paraît ! et avec votre argenterie ! et une baignoire gonflable ! Ah çà, une baignoire gonflable, fallait avoir l'idée ! Mais vous n'avez jamais peur qu'on vous le vole, tout votre barda ? »

Comme tout à l'heure, il enchaîne les questions sans attendre de réponse. Rock sent venir une crise de tics : ses joues, son nez le démangent, il se met à les frotter avec fièvre. Pour autant, il n'interrompt pas le curé.

Le découragement, comme tout à heure. Pas la force de l'empêcher de dévider les commérages de Kathleen Hansen – car il en est de plus en plus sûr, c'est aux lettres de la Géante, et plus sûrement encore à sa correspondance suivie avec Emily Clover, qu'il doit toute cette effarante publicité.

Et puis, comment s'y prendre ? Par-dessus ses beignets, l'autre n'arrête plus de postillonner :

« ... Et, paraît-il, chaque fois que vous passez un col, vous écoutez du Caruso... Et c'est vrai, cette histoire, que vous vous faites venir d'Europe des truffes en conserve ?... Et cette idée d'être parti en exploration avec une escorte de douze indigènes... Douze apôtres,

comme le Christ ?... Vous n'avez pas peur qu'il y ait
un Judas dans le tas... ? »

C'est le mot « Judas », associé à ses Na-khis, qui
soudain réveille Rock. Il se redresse et trouve enfin le
courage de couper court :

« Vous faites fausse route, mon père. Vous faites
lourdement erreur... »

Et il se met à parler. Comme il ne l'a jamais fait
depuis sa rencontre avec le Brigadier général – et peut-
être même de toute sa vie.

Il en oublie ce qui se passe dans la cour, les hommes
de Ma qui échangent les mules contre des chameaux,
Li-Su qui marchande le prix des bêtes, les autres Na-
khis, Li Wen-kuo compris, déchargeant ballots et
malles dans un angle de la pièce puis commandant
eux aussi du thé et des beignets au piment avant de
s'effondrer à leur tour, tant ils sont épuisés, devant le
brasero. Il les voit et les entend, certes. Mais sans les
entendre vraiment, sans les voir. Ils sont devenus les
personnages sans épaisseur d'un décor inutile : le
monde où il vit, désormais, c'est celui de sa parole.
Ce surprenant fleuve de mots qui lui coule subitement
de la bouche et n'arrête plus d'enfler, avec ces syllabes
qui souvent sonnent si bien : Harvard, doctorat de
botanique, Département de l'Agriculture, *National
Geographic*.

Car il parle de science, pour commencer. Du traité
de botanique qu'il a écrit. De sa découverte, en Birmanie, de l'arbre à guérir la lèpre et de cette autre trou-
vaille, au-dessus de Tengyueh : la souche de
châtaigniers qui a sauvé de la mort les forêts d'Amérique.

Puis il enchaîne sur ses photos, ses relevés cartogra-
phiques. Il se met à multiplier les mots techniques :

lentilles binoculaires, théodolite, optiques, colts automatiques, baromètre anéroïde, jumelles Zeiss. Au bout
de cinq minutes, il est si bien lancé qu'il va jusqu'à
prononcer, de façon assez saugrenue, à la vérité, quand
il évoque l'achat de sa baignoire et de ses tinettes de
campagne, le nom des magasins *Abercombie & Fitch*.

C'est qu'il ne se contrôle plus : sans s'en apercevoir, il a commencé à relater la route qu'il a parcourue
depuis Yunnanfu, pas seulement ses étapes, pas seulement les attaques de brigands. À présent, il parle de
tout ce qui l'a frappé à l'abord du haut plateau : les
tours étranges, les coiffures extravagantes des femmes,
leurs faces couvertes de terre noire comme dans les
vieux récits chinois, et leurs dizaines de petites nattes.
Car, bien sûr, au passage, il a déjà parlé des annales
des Sui, des annales des T'ang. Et de Choni.

Mais, là encore, il n'a pas seulement décrit l'isolement, la beauté du monastère. Il a parlé des rencontres
magnifiques qu'il a faites là-haut, à la frontière du
pays Golok : le Prince, le Régent, la Réincarnation.
Sur la Géante mamelue, il a tout de même fait une
impasse, il ignore pourquoi. Mais il a évoqué tout le
reste : la guerre perdue, l'été extraordinaire qu'il a
passé dans la pureté du pays de Tebbu, sa prodigieuse
récolte de plantes. Et, dans l'enthousiasme qui soudain
le saisit quand il se ressouvient de ces forêts désertes,
il va jusqu'à décrire la pivoine qui s'épanouissait sur
sa terrasse quand il a été hébergé chez le Prince ; et
qu'il n'a retrouvée nulle part.

Puis, comme il faut s'y attendre, il parle du lac.
Cette fois pour s'en plaindre. Pour jurer que c'est un
pays maléfique, et qu'il aurait dû croire le chamelier
de Tangar. Il se lamente aussi de n'y avoir découvert,

au lieu du paradis botanique qu'on lui avait fait miroiter, que des lichens et de mauvais champignons.

Et comme ça le met de mauvaise humeur, d'avoir parlé du lac, il enchaîne sur Ma et sur la promesse que l'albinos lui a faite de l'emmener en pays Golok dès que le printemps s'annoncera.

En somme, Rock parle comme à confesse. Ainsi qu'à Vienne, du temps qu'il était chez les Jésuites : en évitant avec soin d'avouer ce qu'il ne se pardonne pas – le faux diplôme, par exemple ; Afousya ; le jour où il a voulu expédier Pereira dans les gorges par temps de pluie ; ses petits fricotages avec les sorciers de Nguluko. Ou – ça tombe sous le sens ! – la dégustation de roustons grillés qui a scellé son alliance avec Ma.

L'autre l'écoute. Lui aussi, le curé, comme derrière les croisillons d'un confessionnal : paupières baissées. Et brièvement relevées à la fin de chaque confidence, façon de dire : Allons, pressons, la suite !

Mais il n'y a pas de suite. Rock est résolu à se garder un noyau de vie qui n'appartiendra qu'à lui. Pour autant, en bon catholique, il sait qu'avant de conclure il faut biaiser, donner le change. Et qu'il n'est qu'une seule façon de s'y prendre : offrir en pâture au curé un aveu inutile.

Alors, tout à trac, il se met à lui relater l'épisode du matin, la chanson des nomades, l'histoire du héros à l'épée de cristal, l'Éden du Shambala, le guerrier qui, caché dans son palais sous les glaces, attend sa résurrection.

Mais, à sa grande surprise, le curé, au lieu de se cabrer (le plus souvent, pourtant, ça les met hors d'eux, les hommes à soutane, quand on leur parle d'un autre sauveur que le Christ, et d'un autre paradis que leur Royaume des Cieux), lève sur lui une face éberluée. Et comme c'est alors extraordinairement drôle de le voir ainsi béer de la gueule, l'homme-barrique, étranglé qu'il est dans son col romain, Rock reprend soudain du poil de la bête et décide d'ajouter son propre couplet à la chanson du matin.

Pas besoin de se fatiguer. Il est inspiré, les mots lui sortent tout seuls de la bouche. C'est donc d'une seule traite qu'il lui décrit la façon dont, une fois l'an, au fond d'une grotte cachée sous la pyramide de neige, la reine des Goloks, devant le fier guerrier à l'épée de cristal, se met nue.

Pendant un bon moment, le temps flotte. Le curé s'est empourpré et ne dérougit plus. C'est tout son visage, joues, nez, menton, et même son front bas, qui a tourné au violine. Et il n'arrive pas à se reprendre. Pour se donner contenance, il se précipite sur les derniers beignets restant dans l'assiette et les mastique avec fureur.

Ses doigts, ses paumes dégouttent d'huile. Il les nettoie à la façon des nomades, en les frottant sur le bois déjà suiffeux de la table. Puis il lance à Rock :

« Si on buvait un peu ? À Xining, je viens de m'acheter cinq bonbonnes de vin de messe. Mais le vent, vous ne trouvez pas... ? Et puis ce thé... »

Il grimace et, sous son col, désigne son gosier. Rock approuve.

Cinq minutes plus tard, le temps de décharger la bonbonne de la carriole multicolore, ils se retrouvent donc à trinquer. Mais, cette fois, c'est le curé qui parle :

« Je serais vous, tout de même, monsieur Rock... Pour votre montagne... »

Le vin – sans doute un produit d'une des missions bâties sur les contreforts du haut plateau – est aussi violacé que ses joues. Et si sucré qu'il faut le boire lentement, à courtes lampées. Mais pas moyen de le savourer : l'autre, nez et sourcils froncés, n'arrête plus d'argumenter :

« ... Je vous le dis, vous allez avoir du mal. Ça recommence à castagner, dans le grand désert d'herbe. Forcément, les Tibétains n'ont plus rien à perdre. Ce qu'on m'a raconté, la semaine dernière, à Xining... la famine, les massacres. Ça n'arrête plus. Alors, avant que vous y soyez, Dr Rock, au Royaume des Femmes... Parce qu'au fond du tableau, maintenant, il y a les Rouges, figurez-vous ! À Xining, on m'a dit qu'ils n'étaient plus qu'à trois cents kilomètres. Et nous, les Blancs, vous savez ce qu'ils font de nous... ? L'autre jour, paraît-il, à Chengdu, deux Anglaises... Vous vous rendez compte, des femmes ! Mais ils n'ont pas reculé. Elles aussi, couic ! »

Il mime un égorgement. Une porte claque. Deux nomades font leur entrée. Une bourrasque déferle sur la pièce. Cris, crachats, rires. La fatigue, en même temps que le froid, s'abat sur les épaules de Rock.

Le curé, lui, semble cuirassé contre les courants d'air. De sa grosse patte calleuse, il se sert posément un nouveau gobelet de vin et enchaîne :

« ... J'ai lu tous vos articles, Dr Rock. Vous êtes un type malin. Vos Américains... vous pourriez leur en servir une autre, non, de montagne... ? »

De la poche de sa soutane il extrait un couteau suisse, qu'il déplie en un tournemain. Puis, de sa pointe, entreprend de tracer des formes à même la table. La couche de graisse y est si épaisse que ce qu'il dessine se déchiffre parfaitement : une carte.

« ... le Kokonor, ici. Là, le désert de Gobi. Au nord, le massif de l'Altaï. À l'ouest, de l'autre bord, le Tibet. Vous commencez par l'Altaï, vous contournez le

Tibet, et vous descendez ensuite sur le lac Baïkal. Là, vous obliquez vers le sud, la Kirghizie. Et une fois à la frontière vous passez au Pamir, vous traversez le Karakorum et vous ressortez par l'Inde... Je peux vous dire, avec une virée comme ça... tous les autres, ratiboisés ! Même ma compatriote, vous savez bien, cette grosse femme, là, Mme Neel ! Vous savez que je l'ai hébergée, celle-là, il y a trois ou quatre ans, avec son petit lama ? Pas commode, l'exploratrice, ouh là ! Pour tout vous dire, carrément mal embouchée ! Madame Je-Sais-Tout, par-dessus le marché ! Mais vous, si vous réussissez ce coup-là... Pourra les remballer, celle-là, ses frusques de Tibétaine et tout son bla-bla-bla bouddhiste ! Parce qu'un trajet pareil, avant vous... À part Marco Polo... Et encore, même pas sûr... Parce que je me rappelle, moi, quand j'ai quitté l'Inde, pour venir en Mongolie... »

Et il enchaîne sur le récit de son voyage d'il y a cinq ans. D'après lui, là-bas, entre l'Altaï et le Pamir, il y a des dizaines et des dizaines de pays perdus, de forêts intactes, de montagnes inconnues, de peuples oubliés, à commencer par les descendants d'Alexandre. Alors, pourquoi pas le Royaume des Amazones ?

« Et puis, de toute façon, Dr Rock, pas de guerre civile dans ces coins-là ! Des brigands, comme partout. Mais vous connaissez la musique ! Alors, croyez-moi, sortez de Chine ! Je peux vous obtenir tous les passeports que vous voulez ; je connais l'homme de la situation, un de mes amis, le consul général de Grande-Bretagne au Turkestan... Tenez, je vais d'ailleurs vous donner son nom et son adresse... Gillan, il s'appelle, et il loge à Kashgar... Avec ma recommandation personnelle, bien entendu, parce qu'ici, croyez-moi, Dr Rock, les Goloks, Ma, les Rouges... Vous êtes fait comme un rat. Du reste, moi-même... »

Il s'arrête, jette son couteau sur la table : « Mes malles sont prêtes. Je sais qu'un jour ou l'autre ils vont venir l'incendier, cette belle mission que j'ai bâtie de mes mains. Alors... »

Il ne termine pas sa phrase. Il a un petit rictus et se verse un autre gobelet de vin.

❧

Rock et lui se quittent une heure plus tard. Le temps, pour le curé, d'écluser un petit quart de la bonbonne. Et, pour Rock, d'écrire une lettre au consul général de Grande-Bretagne à Kashgar, Turkestan.

Il y sollicite des passeports, aux fins, dit-il, d'explorer l'Altaï et le Karakorum. Il lui écrit aussi qu'il rentrera par le Cachemire ou le Pamir, il ne sait pas encore où au juste, mais il lui demande de lui répondre au plus vite, poste restante à Xining. Il lui griffonne les mêmes coordonnées qu'il a câblées à Sargent et au président de la revue, juste avant son départ pour le Kokonor.

En fait – et il le pressent – ce courrier au consul du Turkestan est incohérent. Il sera rentré à Xining d'ici un mois : comment peut-il espérer une réponse, dans un délai aussi court, d'un si lointain consulat ? Mais c'est sans doute l'effet du vin. Il veut à tout prix en finir avec son attente ; il en a subitement assez du froid, du sable, des vents, des hommes de Ma. Il cachette donc sans la relire cette lettre sans queue ni tête et la fourre dans les mains du curé.

L'autre se lève, recoiffe sa chapka. Rock le suit dans la cour. En aveugle, comme il a écrit. L'âme en peine : il n'a plus envie de quitter cet homme à qui il a remis presque tout de son secret.

Au moment de sortir, tout de même, il jette un coup d'œil à ses Na-khis. Ils continuent à somnoler au milieu des malles et des caisses d'oiseaux empaillés. Il est traversé d'une pensée qu'il n'a jamais eue depuis qu'il les connaît : « Mes hommes... les abandonner ? »

Devant lui, le curé trottine sans état d'âme, sa bon-bonne sous le bras. Indifférent aux bourrasques qui n'arrêtent plus de soulever sa soutane, il distribue méthodiquement des ordres à ses chameliers et au conducteur de la carriole. Puis il s'y engouffre et s'installe sur ses coussins. Mais il ne referme pas tout de suite le panneau multicolore qui protège son chariot de l'invasion de la poussière. Comme pris d'un remords subit, il s'empare de la bonbonne et la tend à Rock :

« Tenez ! Vous la finirez à ma santé ! »

Et Rock ne l'a pas entre les bras qu'il se remet à farfouiller entre ses coussins, en extrait une petite brochure crasseuse et la lui tend de la même main bourrue.

« Tenez ! Ça vous distraira ! Parce que vous n'êtes pas arrivé : elle va être longue, votre route ! Et puis, façon de vous remercier pour l'histoire que vous m'avez racontée ! Quelle affaire ! Quelle cochonceté ! Faudra vous confesser, hein ! »

Il l'a digérée, maintenant, le curé, l'histoire de la femme nue, il en glousse, il en frétille de partout. Puis il se redresse sur son siège, désigne la petite brochure salingue et poursuit :

« Vous lisez le chinois, non ? Vous allez voir, ça va vous changer de vos livres de botanique. Des poèmes ! Et attention, allez pas finir comme leur auteur, hein, promis ? Ni comme l'autre, Pereira ! Car c'est vrai, non, ce qu'on dit... ? Le boiteux, là... celui qui cherchait la Montagne, avant vous, et la Reine... vous l'avez bien connu... ? »

Comme toujours, il n'attend pas de réponse. Il se contente d'enfoncer sa chapka sur ses oreilles, puis, penché vers le cavalier qui vient de sauter sur la bête attelée à la carriole, il agite furieusement un bras.

Rock ne saura jamais si c'est un geste de bénédiction ou, plus platement, le signe convenu pour mettre l'attelage en marche : il y a, à cet instant-là, une énorme rafale et la poussière, une fois de plus, déferle sur la cour. Le temps qu'elle retombe, le prêtre a fait coulisser le panneau multicolore, et, au milieu des risées de sable, les roues de la carriole creusent déjà leur double ligne floue.

Rock rentre dans l'auberge. Il grelotte. Du coup, il se rassied à la place où il vient de débonder son cœur, il se ressert du vin de la bonbonne. Puis, le temps de se réchauffer, se met à déchiffrer les pages calligraphiées de la petite brochure, à la fois stupéfait et apaisé.

Pas un mot, cependant, ni sur le Royaume des Femmes, et rien sur la Montagne. Seulement une résonance parfaite avec l'instant présent. Par exemple :

Ciel et terre ne sont qu'une auberge
Depuis dix mille ans de poussière
Chacun se désespère
La gloire est chose flottante
Pourquoi s'y attacher...

Il lève le nez de ses tombées de calligrammes, rêvasse un moment dans le vide. Enfin il revient à son livret, bien en arrière, à la notice qui l'ouvre.

Elle est rédigée en latin et signée d'un jésuite – le même érudit, sans doute, qui a réalisé l'édition de cette petite trentaine de poèmes. L'ecclésiastique y donne des indications sur l'auteur, un certain Li Po. C'était, dit-il, un voyageur du temps des T'ang – tiens, comme les annales du même nom. Né au Turkestan, l'homme, en ce trouble VIIIe siècle, a parcouru la Chine d'ouest en est, de la Mongolie au Gansu, ici même. Puis il est passé au Setchwan, et plus au sud encore, il a vu les Trois Gorges. Il a aussi parcouru le pays de Yen, le pays de Shan, il est allé jusqu'à Nankin, jusqu'à la mer. Il a fini noyé dans le Yang-Tsé, on ne sait trop où, un soir qu'il était ivre, en cherchant à attraper dans le fleuve le reflet de la lune. Il écrivait très bien, commente le jésuite. Mais il buvait trop de vin.

À ce point de sa lecture, Rock comprend le prix du cadeau qu'avec ce livret crasseux le curé vient de lui faire : en échange de sa confession, l'autre lui a offert son bréviaire secret. Alors il s'amuse : « Faut-il que je l'aie réjoui avec mon histoire de reine nue... » Il en rit dans le vide, au-dessus du petit livre.

Puis il se met à gamberger : si le curé l'a à moitié gobée, cette galéjade de la reine nue qui s'offre une fois l'an au guerrier de la montagne, pourquoi ne pas la resservir au *National Geographic* ? En la présentant comme un mythe, bien entendu. Mais en l'agrémentant des photos qu'il vient de prendre autour du lac. Ça lui permettrait de gagner du temps. Et de l'argent. Sans compter la publicité. De la bonne, pour le coup, pas cette rumeur imbécile que répand cette garce de

Géante. En attendant que Ma, au printemps prochain...
Ou qu'avec les passeports du consul du Turkestan...

Dans la graisse de la table, la carte que le curé a
dessinée de la pointe de son couteau est toujours
lisible. Rock la suit un moment du doigt, médite
encore, puis relève le nez. Autour du brasero, les Na-
khis continuent à ronfler. Mais où sont les hommes de
Ma ? Il ne les a pas vus dans la cour.

Il bouscule son banc, se rue au-dehors. Les mules
et les chevaux sont toujours là, entravés et arrimés les
uns aux autres, selon ses ordres, à une triple chaîne
solidement cadenassée. Et les yaks, encordés tout aussi
rigoureusement. Mais nulle trace des chameaux. Ni
des hommes de Ma. Ni de leurs chevaux.

Rock fait deux, trois, quatre fois le tour du caravansérail. Puis rentre en trombe dans l'auberge. Le vieillard qui lui a servi le thé et les beignets l'a vu faire, il
l'attend sur le seuil. Et hoche la tête, fataliste :

« Tu sais, ceux-là, avec leurs mitraillettes... On est
bien obligés de la boucler... »

L'homme est âgé, usé, cassé de partout. Rock n'arrive qu'à bégayer :

« Où... ?

– Cherche pas. »

Le vieux semble accablé. Sur le côté, son turban
s'est défait. Il le rembobine, puis laisse tomber :

« N'y a plus de chefs, nulle part. N'y a qu'au fond
du désert que la vie marche comme avant. »

Il jette un coup d'œil aux Na-khis, toujours assoupis
autour du poêle, et laisse enfin passer Rock. Puis
contemple à son tour la cour. L'air gelé s'engouffre
dans la pièce, la porte menace de claquer. Le vieux la
retient du pied, et, tout en continuant à observer la

cour vidée de ses chameaux, reprend, les yeux figés
sur la piste qui s'enfuit au bout du canyon :

« ... Toujours par là qu'ils s'en vont, les hommes de
Ma. Dans les dunes. Et tous pareils : nous fourrent le
canon de leurs mitraillettes sous le nez, barbotent les
chameaux et se cassent. Après, ce qu'ils deviennent...
De l'autre côté du désert, peut-être qu'il y a à manger ? Peut-être qu'il y a de l'argent ? Y a des gens
qui disent ça, y en a d'autres qui disent le contraire.
Repassent jamais par ici, en tout cas, les hommes de
Ma. On les revoit pas. »

Et il a enfin claqué la porte sur le courant d'air, le
vieil aubergiste. En recommençant à rembobiner son
turban sale qui s'était encore défait.

À partir du moment où il découvre qu'on lui a volé ses chameaux, Rock n'est plus qu'une boussole affolée. Plus de but, plus de rêve. Même plus de désir. Le lendemain matin, au moment du départ, il n'a pas la moindre idée de la route qu'il va prendre.

S'il est si profondément découragé, ce n'est pas seulement qu'il se sait à la merci des brigands, maintenant qu'il a perdu la protection des mitraillettes de Ma. Il se retrouve seul face à l'évidence que le curé lui a assenée la veille : il est fait comme un rat.

Ce matin-là, en tête du convoi, Li-Su attend donc de lui un ordre qui ne vient pas. Le Na-khi finit par s'impatienter : « Alors ? » Rock grommelle : « On rentre ! »

« Où ? » questionne Li-Su, une pointe d'angoisse au fond de la voix. Rock indique un vague sud : « Là-bas ! » Li-Su se redresse aussitôt sur sa selle : « Au pays, alors ? À Likiang ? À Nguluko ? »

Il ne répond toujours pas.

Mais Li-Su parle à sa place. Il est déjà en route, lui : d'un seul souffle palpitant d'espérance, il aligne des noms de villes, de routes, de relais, de cols, de haltes, d'octrois :

« On va droit sur Xining, alors. Pour gagner du

temps, on va rejoindre la piste qui passe au-delà de
Tangar. On se ravitaillera auprès des nomades. À
Xining, on s'arrêtera une petite semaine. Ensuite, on
prendra le chemin de Chengdu, celui qui suit le fleuve,
juste après le bac. Et là, à l'auberge, du côté de...

– C'est ça », coupe Rock.

Et une seconde fois il allonge un bras mou en direction du sud.

৩৯

Les Na-khis ont vraiment cru qu'ils rentraient au
pays : jamais, depuis qu'on patrouillait dans la région
du lac, ils n'avaient avancé aussi vite. Et puis on avait
le vent dans le dos.

Avec la disparition des hommes de Ma, pourtant,
on ne savait pas comment se retrouver dans ce pays
chaotique où les steppes, à l'improviste, débouchaient
sur des vallées, les vallées sur de longues lignes de
dunes qui allaient se perdre à leur tour, et tout aussi
subitement, sur d'autres vallées, de nouvelles steppes.
Dès qu'il apercevait à l'horizon l'ombre d'une présence humaine – des chercheurs d'or penchés au-dessus d'un petit torrent, des bergers en quête d'herbe
pour leurs yaks, une caravane de thé à l'allure pesante
ou légère selon qu'elle revenait du Tibet ou qu'elle
s'y rendait –, Li-Su partait au grand galop demander
son chemin. Rock, la plupart du temps, restait en
retrait : à la seule vue de sa peau blanche, les nomades
changeaient de face. Il y avait vraiment de la guerre
dans l'air. Et de la peur. Du sang.

Durant ces trois semaines d'errance, ils n'ont connu
qu'un seul et bref moment de répit : l'aube où ils ont
vu passer comme dans un rêve, à la lisière du camp,

une jeune femme qui marchait en tête d'une petite caravane. Il ne ventait pas, pour une fois. Le matin était radieux et la fille n'avait aucune peine à faire trotter sur le sol gelé sa petite jument alezane qu'elle menait d'une rêne courte, les mains dissimulées sous les manches d'un lourd manteau de brocart. Malgré sa grosse doublure de fourrure, la haute toque de loup dont elle était coiffée et la dizaine de colliers de turquoises et coraux qui lui cascadaient du cou jusqu'à la taille, l'assise de la jeune cavalière était sans défaut. Aussi, depuis le feu où, comme tous les matins, il faisait chauffer la bouilloire pour le thé, Li Wen-kuo s'est aussitôt enflammé : « Regarde, Luo Boshi ! La Reine ! »

Lui, le Na-khi sans famille, n'avait pas changé malgré l'épreuve. Sans doute n'avait-il pas compris non plus qu'on rentrait au pays. Il avait gardé la même expression que l'autre matin, quand les femmes nomades avaient chanté devant le feu : la face illuminée par l'or de la légende.

Mais, ce matin-là, comme Rock ne lui répondait pas – à qui répondait-il, d'ailleurs, depuis le vol des chameaux ? en dehors des ordres, il ne prononçait plus un mot –, Li Wen-kuo a voulu à toutes fins le faire entrer dans son rêve. Il s'est remis à crier : « La Reine, la Reine ! Elle va voir le Dieu de la Montagne ! Il faut la suivre ! »

Il en sautait de joie, comme un enfant. Li-Su s'est aussitôt mis à hurler :

« Demeuré ! C'est rien qu'une petite fiancée ! Une fille qui part se marier ! »

Il avait raison. Mais Rock, à ce moment-là, comme Li Wen-kuo, n'a vu que la stupéfiante beauté de la fille ; et il a crié plus fort que ses deux Na-khis :

« Arrêtez-la, elle et sa caravane ! Donnez-leur à manger ! Et tout de suite mon appareil, mon trépied ! »

La femme se laisse photographier. Comme elle va se marier : dignement, tristement. Il y a vraiment de la guerre dans l'air.

Et de la faim : la petite vingtaine d'hommes, de femmes et d'enfants qui la suivent s'est ruée sur les écuelles de Li-Su. La fille, elle, fait comme si elle ne voyait rien. Ni le paysage – une steppe grise et lunaire, constellée de rocailles –, ni sa famille qui a si facilement accepté, contre une photo, d'aller s'empiffrer aux écuelles du Blanc.

À l'objectif elle livre donc ce regard sans fond de ceux qui se plient à l'ordre des choses. Et puisque l'ordre des choses, c'est de donner sa beauté à une machine inconnue contre une petite ventrée de bouillie d'orge et de viande séchée, sans réserve, elle la donne.

Mais droite, mais digne, comme elle chevauchait tout à l'heure. Li Wen-kuo a raison : elle pourrait être la Reine des Femmes. Tout y est : les dizaines de nattes qui dépassent de sa toque et flottent dans son dos ; l'extraordinaire maintien – on dirait une de ces archiduchesses russes qui passaient devant le palais Potocki, les jours de fête, pour se rendre au Burgthea-ter ; enfin ce pur don du Ciel, la beauté.

Rock prépare son cadre. D'instinct la fille a compris ce qu'il veut : elle reste figée au millimètre près dans la posture qu'elle avait quand leurs regards se sont croisés, la main gauche repliée devant la poitrine, les yeux fichés dans les siens. Au fond du viseur, à la dernière seconde, il n'y a que sa bouche, au dernier moment, pour s'entrouvrir. Tant mieux, c'est vraiment qu'elle se donne.

Déclic. Noces de la lumière et de la pellicule. La voici à lui, au fond de la chambre noire, pour l'éternité.

Et on dirait qu'elle sait le prix de ce qu'elle lui a offert : muette autant que royale, elle s'en retourne aussitôt pour s'en aller manger avec les autres en lui opposant son dos raidi sous le manteau de brocart, comme si, d'instinct, encore une fois, elle savait ce qu'elle avait été pour lui – le bref passage d'un rêve.

Puis, une fois repue, et toujours aussi silencieuse, elle saute sur sa jument. La caravane repart comme elle est venue, du même trot régulier, la jeune fiancée en tête. Il n'y a que la lumière qui ait changé : le ciel, soudain, s'est fait bas, gris, maigre. En un rien de temps la fille qui ressemblait à la Reine se confond avec les pierrailles de cette steppe sans horizon.

ക

Et la marche reprend. Jour après jour, on traverse des terres plus blêmes. Quand on tombe sur des gorges, les rivières elles-mêmes, entre leurs falaises de lœss, ont des reflets d'acier. Elles vont très vite se perdre on ne sait où.

Il arrive aussi qu'on tombe sur des vallées boisées : sapins, épicéas, pommiers, cascades. On se croit alors revenu au pays de Tebbu. Malgré le gel, Rock décrète un pique-nique, recommence à herboriser. Mais le froid est si vif que l'illusion ne dure pas ; au bout de deux heures, il faut repartir et redevenir l'otage du continuum de steppes, dunes, falaises de terre qui ne cesse de se dérouler sous les sabots des bêtes.

Et le ciel, comme toujours, de recommencer à cracher tout ce qu'il a à cracher : neige, grésil, sable, et bien entendu poussière. Lorsqu'il se découvre, le soir, les étoiles elles-mêmes sont cendreuses. Alors, d'avance, Rock peut décrire la nuit qui va suivre. Les Na-khis serrés autour des feux avec leurs faces de temps perdu, de jeunesse qui se fane. Les heures noyées en chansons tristes, chuchotis, récits incompréhensibles. Tandis que lui, sous sa tente, replié dans sa cape noire, notera invariablement l'altitude, la température, lèvera ses cartes, tiendra, d'une main de plus en plus engourdie par le froid, son journal.

Comme Pereira.

Mais, maintenant, chaque fois que lui revient l'idée qu'il lui ressemble, au bancroche, il ne va plus rouvrir, dans la malle jaune, le tube de Véronal. Il se sert un petit verre de la bonbonne du curé, puis, tout en sirotant le vin trop sucré, relit les pages crasseuses de l'inutile poète. Où il trouve ce qu'il n'attendait plus : la consolation de l'ami qu'il ne s'est jamais fait.

天醉皓良留滌　友
地來月宵連蕩　人
即臥未宜百千　會
衾空能清壺古　宿
枕山寢談飲愁

Li Po, *Nuit passée avec un ami*

Pour chasser la tristesse de mille années,
Rester à boire
Cent pichets de vin.
La nuit est belle, propice aux mots purs
La clarté de la lune interdit le sommeil
Donc se soûler, allongé sur la montagne vide,
Le ciel pour couverture, la terre comme oreiller.

À force, on a tout de même fini par retrouver la route de Xining. On a revu, à l'horizon, miroiter l'œil turquoise du lac. Et, plus loin encore, les murs terreux de Tangar. De ce jour-là les vents ont cessé.

On n'avait presque plus de vivres. Cependant, tout comme Li-Su, Rock n'a pas voulu entrer dans la vieille cité. Il redoutait de tomber sur le jeune chamelier. Ç'eût été comme redérouler, depuis son début, un cauchemar. Et, par superstition, il craignait de devoir recommencer à lutter, résister, se battre. Comme avant, il cherchait à enfoncer tranquillement les vallées et les cols de son galop, sans dunes pour l'arrêter, sans tempêtes de sable, sans mémoire pour le harceler, sans spectres à affronter – surtout les fantômes de femmes.

Avec l'arrêt des vents, d'ailleurs, il avait remisé sa cape. Il se sentait à nouveau à l'aise sous la peau usée de sa vieille canadienne. S'il n'avait senti flotter, dans la poche en caoutchouc prévue pour le journal de Pereira, la petite brochure de poèmes, il aurait douté de la réalité des rencontres qu'il avait faites, le curé, la fiancée, les chanteuses nomades.

Mais, au matin du 6 novembre, quand il a vu se dresser devant lui les murailles de Xining, il s'est retrouvé dans le même état qu'au sortir du caravansérail : une boussole affolée. Plus un marchand à l'ombre monumentale des remparts, pas une caravane, pas un étal, pas même un petit colporteur. Rien que des soldats sur les dents.

Il leur tend ses passeports, hagard, franchit les barrages en tremblant ; et lorsqu'il se retrouve de l'autre côté de la muraille où il tombe, de la même façon, sur des rues vides, à l'exception de petites grappes de soldats, il comprend que ce n'est pas le froid qui gèle la ville, mais la peur.

Il court pourtant se présenter chez Ma. Où il apprend sans surprise que le général n'est plus là. Et qu'il n'est pas près de rentrer.

« Patrouille sur la frontière de l'est, soupire laconiquement le gros poussah qui le reçoit sans lever le nez de ses écritures. Est en train d'essayer de contrer les Rouges. »

Rock ne peut réprimer un trait d'esprit :

« Je croyais qu'il les pendait et qu'il les étripait ! »

L'obèse, cette fois, abandonne son encrier et son pinceau pour grincer :

« N'y a plus un seul Blanc dans la ville... »

Rock ne s'y trompe pas : c'est la façon fonctionnaire de signifier : Déguerpis ! Il quitte les lieux sur-le-champ.

Sur le seuil du bureau, tout de même, il a un sursaut de sang-froid, se retourne et jette au poussah :

« Et la poste ? Elle marche encore ? »

L'autre est déjà replongé dans ses lignes de calligrammes, il se borne à marmonner un « Dépend des jours » qui lui indique encore plus clairement le chemin de la sortie. Il se retrouve dans la rue. Sans avoir la moindre idée de ce qu'il va faire de lui-même. Il décide alors de remettre son avenir aux aléas du courrier. Il court donc à la poste, sans imaginer une seule seconde qu'ici, au bout du monde, en plein chaos, ce n'est pas elle qui va trancher. Mais son passé.

La première lettre qu'il ouvre est de la plume de Sargent. Entre autres et multiples questions, le directeur de l'Arboretum lui demande où et quand il a passé son diplôme de botanique. Le vieux savant a levé un second lièvre : il a découvert son contrat avec le *National Geographic*.

Rock ne se laisse pas abattre, il déchire immédiatement l'autre enveloppe tendue par le postier. Elle est à l'en-tête de la revue et il a déjà compris qu'elle contient, avec deux mois d'avance, l'article qu'il a rédigé sur Choni lors de son séjour chez Jésus-Sauveur.

Il a vu juste. Mieux : la rédaction a tout respecté, non seulement de son texte, mais de sa proposition de titre « Les aventures d'un géographe solitaire », comme les légendes rédigées par ses soins pour les rares clichés qu'il a pu réunir aux fins d'illustrer l'article : « Bannière protégeant l'auteur des attaques de brigands », « Une partie de la caravane de l'auteur lors de la traversée de la rivière Fu-kiang », « L'indigène na-khi chargé d'assister l'auteur lors de ses prises de vues ». Dans les bureaux de Washington, sa photo au côté du Prince a manifestement beaucoup impressionné : elle est publiée en pleine page, juste avant la sensationnelle annonce de son départ imminent pour la mystérieuse montagne.

Mais au bout de quelques minutes, l'état d'esprit de Rock change du tout au tout quand il comprend qu'avec cette annonce, à présent que la route de la Montagne lui est définitivement coupée, il court à une catastrophe qu'il va supporter moins que toute autre : le ridicule. Il se met donc à pester tout bas : « Il y a trois mois, ici même, dans ce bureau de poste, je les ai pourtant prévenus, ces scribouillards de Washington, juste après mon entrevue avec Ma ! Je leur ai bien dit que je devais remettre mon expédition au printemps... ! »

Mais il peut marmonner tant qu'il veut, force est de constater que ce télégramme, rédigé à ce même guichet, a eu l'effet inverse de celui qu'il escomptait : l'article a été publié sur-le-champ.

Il examine la revue de plus près. C'est évident : son évocation de Choni a passionné la rédaction. Pour renforcer l'effet du cliché où il pose avec le Prince, on a parsemé l'article de photos manifestement prises à des lieues de là, et qu'on a situées sans le moindre scrupule sur les terres de Yang : « Tibétains de Choni collectant du bois de chauffage », « Cuisine d'un riche Tibétain de Choni », « Danseurs interprétant la danse du démon à Choni ». Les clichés sont signés d'un inconnu, Frederick Wulsin.

Rock chausse ses lunettes. La dernière de ces photos est floue. Mais, de façon paradoxale, à l'arrière-plan, derrière les danseurs, les visages des spectateurs, eux, sont particulièrement nets. Et, d'un seul coup, il est noyé d'une suée : il vient de reconnaître, dans l'angle supérieur droit du cliché, le moine qui venait tous les soirs remplir les braseros dans ses appartements du monastère. Même nez allongé, même front de butor, même expression désarçonnée qu'au moment où il l'avait découvert à patauger dans sa baignoire gonflable. Aucun doute possible ; c'est bien lui.

Quant à la grosse bouille de moinillon, juste devant, c'est tout aussi formellement le gamin qui venait chaque matin sarcler le terreau de la pivoine. Traits malicieux, nez écrasé ; et surtout, l'œil droit éborgné. Mais beaucoup plus petit, ce gamin. Sept, huit ans. Celui qui montait s'occuper des plantes avait bien douze ans.

La conclusion est imparable : un autre Blanc a séjourné chez Yang. Y a pris des photos. Et les a expédiées au *National Geographic*. Il y a trois ans. En 1923. Du temps de Pereira. Quelqu'un qui, peut-être, l'accompagnait.

Car souvenons-nous, voyons, de l'armoire de laque rouge ; et des dates gravées sous chaque cadeau par le canif de Yang. Sur la troisième étagère – 1920 –, cinq porcelaines de Wedgwood, un lustre de Murano, un globe terrestre. Puis 1922 : un seul présent, la lampe électrique de Pereira. Et ensuite, rien, avant le télescope qu'il lui offre, lui, Rock, le 22 avril 1925.

Donc Pereira, en 1922, a pu mentir. Voyager, non pas seul, comme il l'a dit, mais flanqué d'un premier Putois. Lequel, après la mort du Brigadier général, une fois rentré à l'Ouest, quand il apprend que l'anonyme « Mr Rock, botaniste américain » qui les a hébergés quelques mois plus tôt, vient de reprendre le projet de la conquête de' la montagne et du Royaume des Femmes, a fort bien pu, de dépit et de rage, monter une cabale contre lui. Enquêter à Vienne, à Hawaï. Aller placer dans les bureaux du *National Geographic* des photos prises quatre ans plus tôt. Le débiner au passage, le couvrir de calomnies – par exemple, à propos d'Afousya, des deux enfants. Et éventer l'épisode, pourquoi pas ? où il a voulu expédier le Brigadier général, en plein déluge, dans la Gorge du Saut du

Tigre. Puis, pour mieux le torpiller, l'ennemi a sûrement couru à Boston, où il est allé dénoncer à Sargent son faux diplôme de botanique. Car ces deux lettres qui arrivent en même temps...

Mais justement, ce Frederick Wulsin, si c'était un ami du Putois ? Si le Putois lui-même, sous un autre nom... ? Puisque de bout en bout, le Foreign Office a traficoté les carnets de Pereira... Et si l'on revient, précisément, à la lettre de Sargent...

En sus de la suée, Rock sent maintenant s'annoncer une crise de tics. Il n'en pas connu depuis des mois. Et comment l'éviter : il vient de relire la lettre du vieux botaniste. Et de détailler l'avalanche d'interrogations dont l'autre le bombarde.

En a-t-il vraiment besoin, le dinosaure, de tous ces renseignements, pour rédiger dix lignes sur son poulain dans sa gazette pour gratte-papier ? Date et lieu de naissance, nationalité des parents, passe encore ! Mais cette grêle de questions : vos emplois avant 1920, le moment où vous vous êtes fait connaître aux sommités de Harvard ? Est-ce bien l'année précédente, en 1919, que vous êtes arrivé à Hawaï, comme vous nous l'avez dit ? Ou beaucoup plus tôt ? – nous disposons sur ce point, sachez-le, d'informations très contradictoires. Et pour quelle raison au juste votre père vous a-t-il emmené dans ce fameux voyage en Égypte dont vous m'avez rebattu les oreilles, comme à tous mes collègues, à chacun de vos séjours sur le campus ? est-ce à ce moment-là que vous avez appris l'arabe ? mais le chinois, alors, quand, où ? et votre géniteur, au fait, qu'est-ce qu'il faisait dans la vie ? Vous ne nous avez pas dit non plus où il vous a emmené, après l'Égypte, vous vous êtes contenté de

parler de « grands voyages ». Aussi, qu'avez-vous au
juste trafiqué entre ce premier périple – vous aviez
bien treize ans, n'est-ce pas ? – et votre tour du monde
de 1914 dont vous n'avez pas non plus arrêté de me
casser les oreilles quand nous avons négocié votre
contrat ? Si je ne me trompe, à la date de ce tour du
monde, vous aviez bien trente ans ? Donc entre l'âge
de onze ans et cet âge-là, vous avez fait quoi ? Ça fait
un gros trou, dans une biographie, tout de même ! Et
la Grande Guerre, ensuite, où l'avez-vous passée ? Ce
ne serait pas à Hawaï, par hasard ? Parce que votre
traité de botanique sur la flore du Pacifique, vous ne
l'avez pas sorti de votre chapeau, comme ça, au sortir
des tranchées, en trois mois de temps, juste après l'ar-
mistice, comme vous me l'avez maintes fois suggéré...
Et pouvez-vous m'expliquer pourquoi un botaniste
aussi distingué que vous a dédaigné le cursus habituel
des universitaires, les publications scientifiques, les
conférences publiques, la thèse, le doctorat ? Cela dit,
mon cher vieux Rock, terminez tranquillement votre
expédition, ne vous troublez pas outre mesure pour
cette histoire de diplôme, et, dirons-nous, de flou dans
votre parcours. Ici, à Harvard, nous sommes très
conscients que vous travaillez dur, que vous êtes un
sacré baroudeur et que vous n'avez pas la vie facile
avec les brigands, le camping, le froid, le manque
d'hygiène, la nourriture exécrable, les intrigues des
indigènes, etc. Donc, pour conclure, trouvez-nous au
plus tôt cette fichue montagne, même si, hélas, et en
dépit de nos sévères avertissements, vous œuvrez dans
notre dos, n'est-ce pas, pour ce *National Geographic*
qui fait les délices du populo – au passage, d'ailleurs,
je tiens à vous rappeler que, puisque c'est l'Université
qui vous a payé votre matériel photo, vos clichés et

vos négatifs restent la stricte propriété de Harvard.
Mais nous savons bien que vous saurez, cette fois,
vous montrer réglo et que vous ne rentrerez pas en
Amérique sans avoir rempli vos engagements. Du
reste, avez-vous vraiment le choix ? C'est nous qui
vous finançons par versements annuels, je vous le rappelle. Et nous nous apprêtons justement à vous
envoyer l'annuité de 1926 à l'adresse que vous n'allez
pas manquer de nous indiquer par retour du courrier.
Aussi sommes-nous certains qu'à l'avenir vous vous
ferez un honneur de respecter, à la lettre et dans ses
plus menus détails, le contrat qui...

Évidemment, tout est à lire entre les lignes : en bon
Bostonien, le digne directeur de l'Arboretum s'est
bien gardé de coucher noir sur blanc le fond de sa
pensée. Toutefois, malgré l'hypocrite formule dont il
a précédé son interrogatoire – « Voudriez-vous avoir
l'amabilité de prendre une petite demi-heure sur votre
précieux temps pour répondre à diverses questions
touchant à des points assez confus de votre biographie... » –, le sens de sa prose est clair : Vous êtes
démasqué, mon vieux, nous savons tous que vous êtes
un filou. Filou de génie, mais filou tout de même.
Donc trouvez *fissa* un moyen de nous sauver la face,
à nous tous, ici, sur le campus de Harvard. Car nous,
hommes d'honneur, d'argent et de pouvoir, nous ne
saurions passer pour ce que vous êtes : un arnaqueur !
Là encore, la conclusion de Rock est évidente :
quelqu'un l'a dénoncé. Mais qui ? Et venant d'où ? De
Honolulu ? De Vienne ? De Mexico ? De New York ?

De Rome ? De Paris ? De Pékin ? De Shanghai ? De Yunnanfu, de Likiang ? De Tunis ?

À une vitesse phénoménale, sur le seuil du bureau de poste, Rock se repasse en esprit les décors qu'il a traversés depuis trente ans qu'il a quitté l'Autriche. Puis, tout aussi vite, de Potocki à Pereira, de la Française aux Clover, de la Géante au Prince, à Ma et au curé rencontré au fond du désert, il voit défiler devant lui une longue série de visages : douaniers, consuls, banquiers, prostituées, révérends, tous, curieusement, pentecôtistes, et jusqu'à – c'est vraiment le comble ! – certains employés d'*Abercombie & Fitch*.

Puis il en revient tout aussi vite à sa première question : qui ? et pourquoi ? Pour la course à la Montagne ? Pour le Royaume des Femmes ?

À force de réfléchir, il a quitté sans s'en apercevoir le bureau de poste et se retrouve dans le froid et le vide de la rue, ses deux enveloppes en main, toujours étranglé par cet infernal chapelet de questions, et le visage plus que jamais déchiré par des rafales de tics. Et ses convulsions faciales s'arrêtent sur-le-champ.

Pour autant, il n'est toujours pas calmé, c'est même pire : il se sent devenir fou. Aussi, trois jours plus tard, le temps de rassembler force vivres, d'acheter une montre neuve, de changer ses mules et d'équiper ses douze Na-khis, tels les soldats d'une armée en miniature, des mêmes bottes et manteaux blancs à parements rouges, il se retrouve en pleine tempête de neige sur la route de Choni.

Pendant l'hiver

(Choni, 9 décembre 1925-23 avril 1926)

Au fond des jumelles, l'hiver dessine les ombres à la paresseuse, au plus pâle, en contours frêles. L'or, lui, depuis les faîtières des temples, ruisselle toujours en longues coulées huileuses. Claquements d'oriflammes, pluie de couleurs d'enfance, vert prairie, bleu d'éther, jaune pissenlit. Et ce rouge tellement franc du collier !

En contrebas de la ville, dans la ceinture ocreuse de la muraille, continue de se nicher toute la vieillesse du monde – grêle de flèches, ombres de chevaux cabrés, fantômes d'archers. Choni n'a pas changé. La profondeur des siècles, comme avant. Et, en même temps, la fraîche évidence de l'instant.

La neige, ici, n'est tombée que sur les sommets. Ce soir, sur la terrasse à la pivoine, quand le bras se tendra pour tâter l'air de soie noire, on croira encore frôler la robe des étoiles.

☙

L'éclaireur qui a rapporté les nouvelles de Choni a dit vrai : juste après le pont, entre les troncs du bois de peupliers, Yang attend.

Il a braqué ~~ses~~ jumelles Il vient cependant de

s'apercevoir qu'il est lui-même guetté : il les abaisse.
Puis se fige dans la pose du *National Geographic*.

Même manteau de brocart bleu. Et toujours la camisole de soie rouge, la toque de loup, les bottes à bout
retroussé. Pour refermer sa poigne sur la garde de son
épée, cette même énergie inentamée. Sur le qui-vive,
Yang, comme d'habitude. Toujours prêt à embrocher.

Son regard, pour une fois, ne couve pas son inusable
espion ni la nuée tout aussi inévitable venue grouiller
dans son dos aux fins de ne rien manquer de l'arrivée
du Blanc qui fut naguère chassé. Le Prince scrute le
chemin. Yeux plissés, nuque tendue, épaules nouées :
tout son corps redit le message confié il y a moins
d'une semaine à l'éclaireur que lui a expédié Rock
pour s'assurer qu'il pouvait se risquer sur ses terres.
« Viens ! a griffonné Yang. Je t'attends, mais le plus
tôt sera le mieux. »

Pourquoi le temps presse-t-il ? C'est l'hiver, tout est
endormi : le commerce, les routes, la chasse, la guerre.
Sous les idéogrammes fiévreux de Yang, Rock a soupçonné un double sens. Cru lire l'annonce d'un
complot, assez de menace, en tout cas, pour s'autoriser
à cuisiner le messager pendant deux jours d'affilée.
L'homme, un jeune nomade du pays de Tebbu, n'a
jamais varié : « Pas un seul trouble sur les terres du
Prince. Aucun village incendié, pas de monastère
pillé. »

Et, surtout, aucun massacre : il était formel. Il en
voulait pour preuve que tous les vautours qu'il avait
croisés en route avaient le jabot sec et le bréchet
efflanqué, alors que partout ailleurs, dans le Nord, on
tombait sur des rapaces à l'aile lourde, qui peinaient à
s'envoler devant les caravanes tant ils s'étaient gavés
de cadavres lors des dernières attaques de Ma. Et il a

maintenu : « Choni est resté en paix. Les récoltes de
l'été ont été bonnes, les greniers du Prince sont pleins
à craquer. Un mois avant les premières neiges, oui, il
a fallu que le vieux Lu se pointe et extorque au Prince
une rallonge de lingots. Mais Yang a payé rubis sur
l'ongle, comme toujours. Et avec le froid, maintenant,
l'autre va rester dans son trou, le Prince est tranquille
jusqu'à la fin avril. Peut-être jusqu'en mai, s'il neige
fort. »

Paix sur Choni, donc, paix d'hiver. Au long des
pentes qui courent jusqu'au monastère, là où, l'été dernier, ruisselaient d'immenses coulées de lilas, pavots,
gentianes et myosotis, Rock franchit ce matin des
champs de lichens, des buissons d'herbes rousses. À
la lisière des vergers, au lieu de l'extase florale de la
Rosa bella, de sèches broussailles. Il s'arrête pourtant,
relève ses jumelles sur les sommets, inspecte les
laisses de neige. À l'horizon, mêmes arêtes de pierre
vive qui, depuis trois semaines, jalonnent sa course
éperdue de vallée en vallée. Dans son journal, un soir,
ils les a comparées à l'échine de monstrueux dinosau-
res ; et il a ajouté : « *Je hais ce pays.* »

C'est la vérité : depuis qu'il y a reconnu, avec ce
maudit numéro du *National Geographic*, la marque
d'un autre Blanc, il l'exècre. Même ici, à Choni. Surtout à Choni. Il voudrait, en cet instant, qu'il soit rayé
de la surface de la planète. Qu'à sa place s'étende un
océan sans fin, sans fond, comme au temps où mûri-
rent les coraux que les femmes arrachent maintenant
aux montagnes pour s'en faire des colliers et des
béguins.

Mais il le sait aussi : plus il les déteste, ces vallées
et ces cols, plus il pousse son cheval de chaume en

défilé, de forêt en canyon, plus c'est lui-même qu'il abomine. Insoutenable, l'incendie de haine qui calcine sa cervelle depuis le bureau de poste de Xining. C'est pour tenter de l'éteindre qu'en plein blizzard il a fendu si vite le désert d'herbe et, après le passage des premiers cols, continué de brûler les étapes, imposé aux Na-khis de camper n'importe où. Dans des monastères abandonnés, des villages en ruine, parfois des grottes. Et quand il n'a trouvé rien d'autre, sous des igloos qu'avec ses hommes il a bâtis de ses propres mains. Chaque matin, la fureur l'a remis en selle. Jusqu'à maintenant. Où, en dépit de sa rage, il a soudain envie de mettre pied à terre face à la paix, la beauté de Choni.

Est-ce lui ou le cheval qui s'est figé le premier ? Il ne sait : de sa vie il n'a jamais autant fait corps avec sa bête. D'ailleurs, c'est bien simple : depuis Xining, il a l'impression de n'avoir pas quitté sa selle.

Et voilà que tout s'arrête d'un coup. Parce que Yang l'attend.

Il abaisse à nouveau ses jumelles vers la vallée. Sous le pont, la rivière s'est mise à charrier des glaçons. Et lui, sa colère fond.

৯৯

C'est peut-être aussi ce qui s'est passé hier, dans la vallée d'à côté, quand la caravane, pour franchir la rivière, a dû prendre le bac – un simple radeau de rondins garni d'outres en peau de yak, avec des jeunes moines qui, moyennant quelques piécettes, dirigeaient la manœuvre. On en était à charger les dernières mules quand trois des outres, sous les rondins, se sont soudain dégonflées. Les moines se sont précipités, ont voulu les regonfler à la bouche. Mais ils avaient beau s'évertuer, l'affaire s'est éternisée ; et comme Rock n'en pouvait plus, de la rage qui s'était amassée en lui depuis Xining, il a fait pleuvoir sur les lamas tout ce qu'il sait d'injures.

Il hurlait à s'en déchirer le gosier, il n'arrêtait plus. Les moines, de terreur, allaient abandonner le radeau à la rivière quand l'un d'eux, un gros gaillard bien rustique et bien rougeaud, s'est planté devant lui.

« Je te connais, toi ! T'es déjà passé par ici ! Je me souviens bien, c'était l'été dernier ! T'es l'homme qui cherche la Montagne ! »

Rock en est resté cloué sur place. Mais ce ne fut qu'une pichenette en regard de la phrase dont, profitant de sa stupeur, le jeune colosse l'a giflé, la seconde d'après. Il lui a désigné, sur la berge, les moines et les outres flasques qu'ils tenaient entre leurs doigts tremblants. Puis il lui a lancé en riant :

« Puisqu'il ne te reste plus que la peau de ton rêve... fais comme eux ! Regonfle-la au poumon de ta fierté ! »

Donc, relève la tête, Rock, bombe le torse, le moine a raison ! Allez, ravale ta fatigue, entre dans Choni en homme qui cherche la Montagne ! Rentre dans la peau du personnage que tu joues si bien, depuis que tu es chasseur de plantes : cavale le long de la pente et va franchir le pont en Grand Rock des vallées et des monts, ton fedora noir bien enfoncé sur ta tête et tes lunettes de glacier collées sur tes yeux pour faire bien mystérieux ! D'autant que – n'oublie quand même pas ! – tu continues à traîner derrière toi, à flancs de mules et de yaks, de quoi leur en mettre plein la vue, au Prince et à sa suite : le plus fabuleux fourniment

de machines qu'on ait jamais vu dans ce bout du bout
du monde ! Sûr, il ne trimballait pas derrière lui pareil
et magnifique bazar, le Wulsin !

Et pas fatigué pour un poil, tout ton barda de chez
Abercombie & Fitch, *Kennedy Kits* et autres marchands de fourbi pour grands explorateurs ! Impec, la
baignoire gonflable, le gramophone, les soixante-dix-
huit tours, le télescope, le théodolite, les tinettes de
campagne ! Nickel, comme le matériel photo, les
filtres, les optiques, les plaques autochromes, la table
et les chaises pliantes, bidons de kérosène, conserves,
bouteilles de grands crus, réchauds, portos de vingt
ans d'âge ! Tu l'as vérifié par toi-même hier soir,
malle après malle, paquetage après paquetage, après le
bac : pas un seul dégât. Les pistes verglacées, les ponts
branlants, les tempêtes de neige, les outres qui se
dégonflent, il a tout enduré, le brave et précieux zin-
zin, tout supporté. Pas de casse, dans le même état que
les douze Na-khis : nickel, eux aussi, bien droits dans
leurs manteaux noirs et blancs, au sortir de ces trois
semaines de course et de colère. Tout juste, comme
toi, un peu amaigris...

Donc, bien droit sur ta selle, Joseph Francis Rock !
Au lieu du fuyard de l'été dernier, c'est en Grand Rock
que tu vas faire ton entrée dans Choni. En plus beau
spécimen de Blanc qu'on ait jamais vu dans les
parages. Même s'il y a du Wulsin sous roche et que tu
vois, au-dessus de tes rênes, pendouiller les manches
exténuées de ta vieille canadienne. Il n'y a qu'elle,
dans le fond, en plus des tentes, qui ait pris un coup
de vieux. Mais, canadienne élimée ou pas, tu fais
comme a dit l'autre rustaud, hier soir, sur les berges
de la rivière : ton rêve à présent si flasque, regonfle-

le à ce qui te reste d'orgueil ! Et puisqu'il t'en reste un sacré paquet...

Ou alors, comme chuchotait le Comte à ton père lorsqu'il venait de se faire plaquer par une maîtresse, et qu'il enfilait son smoking pour recommencer d'aller parader dans les salons : « *Bella figura*, mon vieux, *bella figura* ! »

ॐ

En tête de la caravane, Li-Su, sans se retourner, pressent d'instinct le revirement de son maître : il se redresse lui aussi, défripe son manteau, brandit hardiment la bannière. Puis, d'un coup de botte expédié dans les côtes de sa monture, il lui imprime un petit trot gaillard.

Par-derrière, en un rien de temps, toute la caravane prend sur-le-champ la cadence ; grelots joyeux, sabots claquant sur le sol gelé, mules, yaks et chevaux emportés dans le même élan, c'est soudain toute une ferveur caravanière qui se met à débouler sur le bois où Yang continue de tournicoter nerveusement entre les peupliers. Rock enfonce son fedora sur ses oreilles, rechausse ses lunettes de glacier – leur écran funéraire, dans la seconde, éteint sur la vallée l'irradiation multicolore du zénith d'hiver.

ॐ

Par la suite, il s'est longuement interrogé : aurait-il changé ses plans si Yang, après l'écharpe de l'hospitalité, ne lui avait glissé dans les mains le petit paquet grumeleux ? Dès que les paumes rugueuses de Yang l'ont fourré dans les siennes, il a su, rien qu'au toucher, qu'il venait de se passer entre eux quelque chose de capital.

Yang, pourtant, n'a pas été explicite. D'une bouche qui empestait le menthol – il avait dû enfin comprendre la destination du dentifrice –, il s'est contenté de lui murmurer :

« Les graines de la pivoine... »

Rock relève la tête, n'arrive à balbutier, dans un chinois flanchant, qu'un merci de convention. Et, malgré ses mains, sa bouche qui tremblent, tente de retrouver vaille que vaille son personnage de Grand Rock. Il ôte son fedora, ses lunettes de glacier, hoche silencieusement la tête.

Mais en cet instant où il contemple la ville comme s'il en était le prince, lui aussi, c'est une phrase d'enfant qui lui échappe. Avec un minuscule filet de voix de galopin qui regrette sa fugue :

« Je suis rentré... »

Yang et lui sont longtemps restés otages du silence.
Ils ne se sont parlé qu'une demi-heure plus tard, quand
ils sont arrivés en haut du monastère. Jusqu'au pied
de la tour-bibliothèque, ils se sont laissé encercler par
tous les bruits du monde, les feuilles gercées de givre
qui crissaient sous leurs bottes, les planches du pont
encore frémissantes du passage de la caravane, le fracas des sabots lorsque s'est reformée la file des bêtes ;
et, tombant comme d'habitude depuis les portiques,
la sempiternelle rumeur des gongs, des trompes, des
conques, des litanies – ô-ô-ô-ô-ô-ô-ô-ô-ô-ô-ô-ô-m...

C'est donc bien après les temples, là-haut, qu'ils
sont entrés dans le commun des retrouvailles. Qu'ils
ont cherché, sur les traits de l'autre, la face qu'avait
prise l'absence. Ils avaient traversé chacun des
moments pénibles, ils l'ont bien vu, ils s'étaient tous
deux ridés, avaient blanchi. Et le plus difficile les
attendait, ils le savaient : expliquer le pourquoi de ces
étranges retrouvailles. Yang devait dire ce qui l'avait
poussé à écrire le billet où il l'avait pressé de venir au
plus tôt ; Rock, la folie qui l'avait jeté dans le désert
et sur les cols au plus fort de l'hiver, quand plus personne ne trouvait le courage du voyage.

Le temps de la montée, cependant, Rock avait

compris l'essentiel : l'angoisse, en le ramenant ici,
venait de le rendre à son rêve et à sa vérité, la quête
de la Montagne. Et Yang, dans la ruine qui le menaçait, n'était plus habité que par un seul désir, entrer
dans ce rêve et dans cette vérité. Sinon, aurait-il eu ce
sourire tout au long du chemin, et cette bouche infirme
de mots ? Jusqu'à son cheval qui avait compris ce qui
se tramait : tout au long de la montée, il n'avait cessé
de chercher les naseaux de l'autre bête, d'emmêler sa
crinière à la sienne, de la renifler.

Au pied de la tour-blibliothèque, la porte était
grande ouverte. Au lieu des relents de crasse et de
beurre rance qui imprégnaient les bâtiments du monastère, c'était maintenant une odeur d'encre, de papier,
de bois sec qui assaillait les narines.

On allait mettre pied à terre. Les deux chevaux, une
dernière fois, ont mêlé leurs crinières. Comme encou-
ragé par cette liberté de la tendresse animale, Yang
s'est alors tourné vers Rock. Il a désigné l'escalier :

« Les livres. Eux aussi t'ont attendu. »

Aussi : Yang venait de tout dire. Il l'a peut-être
regretté, il s'est raidi, puis est parti d'un petit rire :

« Et je te connais... Comme tu avais payé
d'avance... »

Yang rit, oui ! Mais à petits hoquets secs. On dirait
que sa joie est bâtie sur du sable. Qu'il sait que la
réalité, tôt ou tard, va se venger.

Et, de fait, en haut de l'escalier, quand il offre à
Rock de l'héberger dans l'appartement de la dernière
fois, lorsqu'il réitère, devant un poêle ronflant, les
gestes de la bienvenue, l'offre des galettes d'orge, le
partage du thé, il se fait absent.

Ce n'est plus le rêve qui se raconte dans ce nouveau

silence. Seulement la fatigue. À ses pommettes cireuses, à ses paupières plus bouffies qu'il y a huit mois, Rock pressent qu'il dort mal ; et à l'instant où leurs regards se rencontrent au-dessus de leur verre de thé, il croit lire quelque chose qui, subrepticement, lui souffle, comme le billet confié au messager : « Fais vite. Nos jours d'amitié sont comptés. »

C'est donc cela, son impatience. Pas la tragédie, encore. Mais la conscience qu'elle ne va pas tarder.

∽

Un peu plus tard, quand Yang reprend la parole et qu'il se met à égrener les habituelles questions de l'hôte au voyageur : « Quel temps, sur les cols ? – Beaucoup de blizzards, ah bon ? – T'as croisé des nomades ? – Pas de caravanes, pas de camelots, aucun homme de Jésus-Sauveur ? – Mauvais, hein, les vents du Kokonor ! – Et à Xining, on t'a dit où est passé Ma ? – Le vieux Lu, au fait, t'en as eu des nouvelles ? – Et les Rouges, ils avancent toujours ? On ne sait rien ? Ils se seraient pris une rouste, alors ? », comme en écho à son angoisse, une grosse grappe de moines fait son apparition, surchargée de pots de colle et de vieux numéros du *North China Herald*.

Les journaux proviennent à coup sûr des poubelles de la mission. Et Yang prévient la surprise de Rock :

« T'auras plus chaud, comme ça ! »

Puis il commande aux moines de coller les journaux sur le fragile papier huilé qui tient lieu de fenêtres, avant de se lever pour fourrer du bois dans la gueule du poêle et d'enchaîner :

« Parce que, tu sais, même les années sans neige

comme maintenant... À Choni, les hivers sont rudes... »

Les moines ne sont pas habitués à la besogne qu'il leur a confiée, ils manipulent la colle d'une main hâtive et malhabile. Le liquide, une glu jaunâtre, dégouline entre les feuilles de papier journal. Elles se recouvrent toutes, se chevauchent, forment peu à peu, sur le papier huilé, une mosaïque de textes en anglais dont Rock ne discerne pas le détail, si ce n'est qu'il s'agit d'annonces de mouvements de navires dans le port de Shanghai, ou des faire-part de mariage, de décès. Il s'y retrouve d'autant moins qu'à mesure que progresse l'encollage la pénombre gagne la pièce. Il ne déchiffre (encore faut-il que la feuille de journal soit posée à l'endroit) que la strie solennelle des gros titres dont les caractères épais, de loin en loin, viennent rompre le marquetage de papier :

LA CHINE À LA MERCI DU PÉRIL BOLCHE-VIQUE – LES CONCESSIONS ÉTRANGÈRES DOIVENT-ELLES REDOUTER TCHANG KAI-CHEK ? – LES FUSILIERS MARINS FRANÇAIS ET BRITANNIQUES RÉPLIQUENT AUX ASSAUTS DES REBELLES DE CANTON – GRAND STEEPLE-CHASE À L'HIPPODROME DE PÉKIN, LE PUR-SANG DU CONSUL D'ITALIE...

Il ne va pas plus loin. Parmi les moinillons qui, pinceau en main, s'échinent sur le papier journal, il vient de reconnaître le gamin qui l'avait tellement frappé sur le cliché pris par Wulsin : le petit borgne, il en est sûr, avec deux ou trois ans de plus ; l'apprenti jardinier qui, huit mois plus tôt, montait matin et soir veiller sur la pivoine. Il bondit sur lui, l'agrippe aux épaules, puis, d'une bourrade, le pousse vers Yang.

Les espions, en une demi-seconde, se sont roulés en boule sur les coussins, mains sur les oreilles. Le gamin, lui, se met à ramper au pied de la table. Ses poumons, comme ceux d'une bête à l'approche du coutelas, n'arrêtent plus de siffler.

Mais sur la table, Rock vient d'abattre le numéro du *National Geographic*. Du même geste de joueur de poker, il l'ouvre à la page de la photo de Wulsin. Puis tour à tour il désigne à Yang le cliché et le moinillon.

Et, d'un seul coup, toute sa colère revient l'habiter. Jets de postillons par-dessus la table :

« Il y a eu un Blanc avant moi, ici ! Qui ? Qu'est-ce qu'il cherchait, qu'est-ce qu'il voulait ? Où est-ce qu'il est passé ? »

Yang était vraiment un esprit méthodique : avant de répondre, il a commencé par examiner longuement le jeune moine – à ses pieds, il continuait de trembler et siffler tout ce qu'il savait. Puis il est revenu à la photo dont il ne s'est plus détaché. Il passait et repassait l'index sur chacun des visages – on aurait dit qu'il cherchait à les délivrer de la glace du cliché, à les faire revenir dans la pièce, en trois dimensions, en chair et en os. Enfin, comme s'il était arrivé au terme de cette opération magique, il a soudain laissé tomber :

« Je me rappelle, c'était avant la Fête de la Vieille Danse, juste après les moissons... »

Depuis longtemps, autour du brasero, la petite nuée d'espions ne bouge plus, si puissante est l'emprise du récit de Yang. Les moines, eux, se sont statufiés dans la posture où l'histoire les a happés : debout devant les rectangles de jour dessinés par les fenêtres encore vierges de calfeutrage, leurs liasses de papier journal à la main. Dans les pièces voisines, ombres muettes et patientes, les Na-khis ont eux aussi suspendu le cérémonial de l'installation. Cessé de déballer les malles. Arrêté de ranger les fusils, les marmites, les réchauds. De gonfler la baignoire. Et même de monter les tinettes de campagne. Ils mettront les tentes à sécher plus tard, attacheront quand ils pourront les spécimens botaniques sur leur fil à linge. Luo Boshi n'y verra que du feu : il est comme tout le monde, suspendu à l'histoire qui tombe de la bouche du Prince. La prudence conseille seulement de s'effacer jusqu'à se confondre avec la laque des murs. C'est facile : le jour décline. D'eux-mêmes les corps se font ombres, qui vont à leur tour se perdre dans le néant où sombrent les couleurs.

Depuis longtemps aussi, accroupi aux pieds de Rock, le moinillon ne tremble plus. De tout ce qu'il a d'oreilles, comme les autres, il reçoit le récit de Yang.

Grave et profonde, la voix du Prince porte loin – il module ses phrases comme au printemps dernier, lorsqu'il avait raconté les soubresauts de la lointaine Ère des Royaumes.

L'épisode qu'il relate aujourd'hui, pourtant, remonte à quoi ? Pas plus de deux ans. Indiscutablement, elle est postérieure au passage de Pereira, car Yang vient de lâcher : « Depuis le passage du boiteux qui s'en allait à Lhassa, je n'avais logé personne au monastère... » Mais l'incident, pour lui, est déjà embaumé dans le magma des ans, le temps épais, immobile, de Choni. Pas de chronologie.

Yang ne connaît pas davantage le nom de son visiteur. Il se borne à l'appeler « l'Homme aux Cheveux Rouges ». Tout indique que c'est Wulsin : ce qui l'a frappé, en dehors de sa rousseur, c'est qu'il possédait un appareil photo de marque Graflex – qu'il estropie : « *Gafes* ». Un modèle dernier cri, ultra-perfectionné. Mais Yang le connaît très bien, cet appareil, et pour cause : un an avant l'arrivée de l'Homme aux Cheveux Rouges, dit-il, il avait acheté le même modèle, chez un marchand de Xining. « Oui, en ce temps-là, j'avais commencé à faire de la photo. Donc quand l'Homme aux Cheveux Rouges est arrivé avec son *Gafes*... »

À l'exception de sa chevelure incendiaire, qui semble lui avoir souverainement déplu, Yang avait trouvé ce nouvel étranger sympathique, quoique plutôt taciturne, dit-il, et plutôt bel homme : « Grand, bien bâti. Il portait aussi des lunettes – forcément, il passait son temps dans ses paperasses et dans ses livres. Quand il se mettait à écrire, il allait souvent s'enfermer au bout de l'appartement, dans la pièce du fond, celle qui donne sur la Prison du Dieu de la Terre. Il noircissait des feuilles pendant des heures. Il n'arrivait à rien, il finissait toujours par les déchirer... »

Yang s'arrête, marque un très long silence. Il doit interroger, yeux fermés, le lac immobile de sa mémoire, y pêcher de nouveaux pans de souvenirs. Puis, soudain, il rouvre les yeux, se redresse tel un dormeur réveillé en sursaut, et, comme lui-même ébloui du récit qui se forme dans sa bouche, il poursuit :

« L'Homme aux Cheveux Rouges revenait de Mongolie. Il était riche, il traînait derrière lui une énorme caravane de porteurs. Il avait aussi quantité de domestiques, et un interprète, un Chinois, je me rappelle, il s'appelait Monsieur Wu.

« Monsieur Wu disait que son maître, avant de venir ici, avait fait de longues études. Et qu'il avait fait la guerre en Europe, qu'il était rentré dégoûté de tout. Il avait voulu travailler pour un journal et on l'avait envoyé en Mongolie. Il aimait photographier, mais pas du tout écrire, disait Monsieur Wu. Depuis trois mois qu'il était sorti des steppes, il déchirait toutes ses paperasses. C'était pour se changer les idées qu'il était venu ici.

« Il s'était trompé, il n'arrivait jamais à rien, il finissait toujours par déchirer ses feuilles. Alors il quittait l'appartement pour aller dans les forêts tirer des oiseaux ou ramasser des plantes. Ou encore il descendait dans la vallée pour faire des clichés.

« C'était la saison des moissons, il faisait très chaud. Dans les champs, les filles avaient les seins à l'air. Dès qu'elles voyaient arriver l'Homme aux Cheveux Rouges, elles étaient surexcitées, elles lui faisaient de grands signes. Elles lui criaient de venir.

Elles disaient qu'elles voulaient toucher ses cheveux rouges.

« Il se laissait faire, il y allait, il les photographiait, les filles lui caressaient les cheveux. Et je crois bien que si sa femme n'avait pas été là...

« Seulement, elle, la petite Américaine, elle ne quittait jamais son mari d'une semelle. Sauf quand il écrivait. Là, seulement... »

Une femme ici ? Dans cet appartement ? Devant ce poêle ? Sur la terrasse à la pivoine ? Et dans son lit, par-dessus le marché...

Et si près du Royaume supposé des Amazones ! Une Américaine, en plus, le bouquet !

Rock ne sait plus où il en est de sa colère. Il en étouffe. Pour un peu il vomirait son thé.

Mais il n'est pas encore au bout de ses surprises ni de ses nausées : Yang se repenche au-dessus de la photo du *National Geographic* ; et, comme tout à l'heure, se met à passer et repasser l'index sur le cliché. À nouveau on repart en arrière.

« ... Cette photo, ce n'est pas l'Homme aux Cheveux Rouges qui l'a prise. C'est sa femme. Elle s'y connaissait, en machines : Monsieur Wu m'a dit que son père possédait des compagnies de chemins de fer. Elle n'était pas très belle. Beaucoup plus petite que son mari et toujours habillée en homme. Mais elle était très vive, curieuse de tout, et elle montait très bien à cheval... »

Une amazone, décidément. Une réplique de la Française. Version américaine. Un vrai cauchemar ! Toutes des suffragettes, là-bas ! Toutes des walkyries !

Le cœur de Rock s'emballe. Si ça se trouve, cette furie a déjà conquis le Royaume des Femmes.

Pourtant, au fur et à mesure que Yang dévide ses souvenirs (dans le désordre, toujours, sans aucun souci des dates ni de la chronologie), les énigmes se dissipent une à une. À commencer par l'absence, dans l'armoire de laque rouge, de tout cadeau signalant le passage des deux Américains.

« L'Homme aux Cheveux Rouges était épuisé par son voyage en Mongolie. Au sortir du désert, il était allé se reposer à Lanzhou, mais là, quelqu'un lui a parlé de Choni et il a voulu venir.

« C'était peut-être le vieux Lu qui l'y avait poussé, pour essayer de savoir ce qui se trafiquait chez moi. En tout cas, là-bas, quelqu'un l'avait renseigné : il savait que j'aimais la photo. Quand il m'a demandé l'hospitalité, il m'a offert un stock de pellicules ; et sa femme a ajouté qu'elle se chargerait de les développer si je les utilisais pendant leur séjour.

« Parce qu'ils étaient comme toi, ces deux-là, ils trimballaient avec eux de quoi faire des tirages. Malheureusement... »

Yang s'interrompt encore, reprend en main le numéro du *National Geographic*, le feuillette. Le couple d'Américains a dû lui en laisser des numéros : il va droit au début puis à la fin du journal, à l'endroit où sont regroupées les annonces. Puis il marmonne :

« Mon appareil, tiens, je vais te montrer comment il était. »

Mais dans ce prodigieux festival d'images publicitaires – machines à écrire, téléphones, postes de radio,

radiateurs, gratte-ciel, tramways, trains-salons, paquebots, lavabos, armoires réfrigérantes, rasoirs Gillette,
soupes Campbell, Cadillac, Buick, Chrysler, et bien
entendu gramophones –, Yang ne découvre pas
l'ombre d'un appareil photo.

Déçu, il se met à tirer sur l'une des extrémités de sa
moustache, la mordille. Puis, après une dernière moue,
revient à la page marquée du signet. Alors seulement,
se forçant à retrouver sa voix de l'Ère des Royaumes,
il enchaîne :

« Ta photo, là, elle a été prise au lendemain de l'arrivée des deux autres Américains. Le jour où, ici
même, sur la terrasse... »

Et, à l'extrême stupeur de Rock, le récit bifurque,
se transforme en un de ces vaudevilles comme il en a
observé des centaines depuis qu'il vit sur les routes
– il en connaît déjà la fin.

Il n'en revient pas cependant d'apprendre que ce
scénario usé jusqu'à la corde ait pu se répéter ici, au
seuil de l'inviolé, à quelques cols de la Montagne. Il
ne parvient pas à imaginer comment cet appartement,
cette terrasse ont pu se faire le décor du mauvais petit
drame que lui raconte Yang. Chaque fois qu'il avait
repensé à Choni, dans les vents du Kokonor, il n'y
avait vu que des moines en prière. Ou alors des jardi-
niers patients penchés sur des pivoines...

« Les nouveaux arrivants étaient eux aussi mari et
femme, raconte maintenant Yang, et ils avaient
accompagné les autres en Mongolie. Et l'époux de
l'une – l'Homme aux Cheveux Rouges – était tombé
amoureux de la femme de l'autre ! »

Pour une fois, Rock l'interrompt :

« Qui avait décidé de rejoindre les Wulsin à Choni ?
la femme ? le mari ? Et pourquoi ? »

Yang n'en sait rien. Tout ce qu'il a remarqué, c'est que le nouvel arrivant était alcoolique – ses malles étaient bourrées de bouteilles de gin. Et que sa femme était très belle. C'était aussi la meilleure amie de la première.

Archi-classique, s'agace Rock. Mais il se garde bien maintenant de couper Yang. L'histoire touche à sa fin. Elle a vécu, elle va mourir. Comme un fleuve qui se perd dans la mer.

ॐ

Et de fait, de phrase en phrase, le Prince finit par lâcher tout ce qu'il sait : l'alcoolique travaillait pour une banque de Pékin. Lui aussi, avait fait la guerre. Pas en Europe, lui. En Russie.

« Ils avaient tous beaucoup d'argent. Mais sur les quatre, il n'y en avait qu'une pour savoir ce qu'elle voulait : la femme de l'Homme à Cheveux Rouges.

« Elle avait tenu parole, elle m'aidait pour mes photos. Et elle aimait vraiment notre vallée, nos montagnes ; elle n'arrêtait pas de me poser des questions sur le pays Golok. C'est d'ailleurs elle qui a pris le cliché, le jour de la Vieille Danse. »

Derechef le cœur de Rock se met à défaillir, il est saisi d'une crise de tics. Nul ne s'en aperçoit, chacun est captif de l'histoire. Et tous, autour de lui, pressentent où elle va mourir : là où Yang l'a fait naître, au matin de la Vieille Danse.

ॐ

Dans le récit de Yang, c'est donc jour de fête. Les moines s'apprêtent à danser afin de chasser les démons de la vallée. Pour la plupart, ils sont déjà masqués. Et lui, le Prince, qui, depuis les leçons données par la petite Américaine, maîtrise parfaitement son Graflex, a décidé de les photographier. Il arrive donc du palais, escorté d'un petit cortège qui transporte avec vénération tout son précieux matériel, du trépied à ses pellicules vierges.

Il presse le pas : la veille, quand les deux nouveaux étrangers sont arrivés, il en a été si troublé qu'il en a oublié de leur annoncer la fête. Mais, en chemin, il tombe sur la petite Américaine. Elle est levée depuis longtemps et elle-même déjà absorbée à préparer ses prises de vues.

L'Homme à Cheveux Rouges, une fois de plus, est resté à écrire. Yang et elle montent le chercher au sommet de la tour ; et c'est là qu'en débouchant de l'escalier (Yang pointe maintenant, derrière une des vitres, l'extrémité de la terrasse) ils tombent sur l'autre femme, celle de l'alcoolique. Elle est dans les bras de l'Homme aux Cheveux Rouges.

La petite Américaine garde son sang-froid. Elle rebrousse aussitôt chemin, contraignant Yang à en faire autant. Puis, une fois en bas, toujours aussi calme, elle s'occupe, comme convenu, d'aider le Prince à photographier les masques. Cependant, au dernier moment, l'appareil de Yang s'enraye. Le déclencheur est bloqué. « Mauvais présage ! » hurle un des danseurs, qui arrache son masque, se précipite sur Yang, lui arrache l'appareil et le fracasse sur le pavé.

Le glacis du Temps se referme. Le récit de Yang se fait nébuleux, sa voix se perd en marmonnements indistincts. En tendant l'oreille, Rock finit cependant par capter quelques ultimes phrases :

« L'alcoolique et sa femme sont partis les premiers. L'homme aux Cheveux Rouges et la petite Américaine sont restés plus longtemps. Ils se disputaient, m'a dit Monsieur Wu. Ils ont fini par me demander d'où ils pourraient expédier des câbles. Je leur ai donné l'adresse de Jésus-Sauveur. Le lendemain, ils étaient sur la route de Tao-chow avec Monsieur Wu, leurs domestiques, leurs porteurs et leur barda.

« Moi, j'ai écouté l'avertissement du moine : je ne leur ai pas confié mes pellicules. Je les ai jetées au feu avec mon appareil. De toute façon, il était déjà cassé, le *Gafes*. Et je n'ai plus jamais fait de photos... »

Les mains en équerre devant lui, Yang reconstitue dans le vide le volume de l'appareil cassé. Il a perdu sa voix de l'Ère des Royaumes, il n'arrive qu'à bredouiller :

« La dernière fois que j'ai vu une chambre noire, c'est au printemps, quand tu es venu... »

Il s'interrompt. Le silence s'étire au point d'épuiser les tortillements, sur les coussins, de la troupe d'espions et sous-espions.

« Te fais pas de bile ! finit quand même par lâcher Yang, le regard toujours aussi perdu dans l'optique de son appareil imaginaire. Ces Blancs-là... ils n'avaient jamais entendu parler de ta montagne. »

Et il abandonne son appareil fantôme. Il brasse maintenant l'air du plat de la main, à la façon d'un magicien, comme pour dissiper ce qui pourrait demeurer de ses contours illusoires. Puis il enchaîne :

« Qu'est-ce que tu veux, c'était sans doute leur destin qui les cherchait ! Ou ton destin à toi ! »

Il pointe l'index sur ce que la pénombre laisse encore entrevoir, gelé sous la laque du plafond, des dieux multicolores.

« Faut croire qu'on s'occupe de toi, là-haut... Parce que revenir ici en plein hiver, alors qu'il n'y a plus que les fous sur les cols... Sans une gelure, en plus, sans une bête crevée ! Et toi non plus, pas un rhume ! tes hommes, pas une maladie... Pourtant, tout ce chemin. Tu ne vas pas me dire que c'était rien que pour une photo... »

D'un petit coup de menton, Yang désigne maintenant les fenêtres, la direction exacte de la montagne.

« La chaîne des destins, sûr ! La grande broderie de la vie... Quelque chose voulait que tu reviennes. Et maintenant... »

Il n'achève pas sa phrase. Comme tout à l'heure, au pied de la tour, avec son *aussi*, il juge qu'il en a trop dit. Il se lève donc. Suivi dans la seconde par sa troupe d'espions. Longs froissements de soie, pointes de sabres qui s'entrechoquent. Rien n'a changé, décidément.

Si ce n'est que, sur le seuil, Yang ralentit le pas et se retourne vers lui.

« Au fait, à Tao-chow, chez Jésus-Sauveur... la poste remarche. Si tu veux expédier des lettres et des paquets... »

Intonations plates, molles. Rock lève sur lui un œil surpris. Sous les plafonds, plus rien pour faire vibrer les intrigues de l'Homme à Cheveux Rouges ni les mystères de la chaîne des destins. Yang, prince de Choni, vingt-deuxième Yang depuis Chi-ching, favori de l'Empereur, Maître des Douze Tribus, Fils de l'Ère des Royaumes, Cavalier des Quatre Vents et Grand Lama Par Défaut a subitement l'air, malgré sa toque

et son épée, d'un petit bureaucrate de province à deux
doigts de se faire confisquer son encre et ses pinceaux.

Sûr, il est insomniaque. Sûr aussi : cette nuit, il va
encore se lever pour aller au fond de sa cave décompter ses lingots en pensant à la guerre qui approche. Et,
une fois de plus, sous son front de cire et ses paupières
bouffies, recalculer le temps qui lui reste à pouvoir
s'offrir cet ultime luxe : un petit voyage dans la tête
d'un Blanc.

C'est pourtant à ce moment-là, lorsqu'il a entendu Yang dévaler l'escalier, que Rock s'est persuadé que d'ici à l'été il aurait conquis la Montagne. Que, dorénavant, il ne pensait plus que précédée d'une majuscule, comme la Géante.

Dans la même seconde, l'image fantomatique de Wulsin, jusque-là quasiment confondue avec les contours de son cerveau, a perdu toute consistance. L'autre n'a plus été, pour reprendre l'image du moine de la vallée d'à côté, que la peau dégonflée de sa haine. Puis le soulagement l'a envahi. À l'image de ce qu'avait été son angoisse : démesurément. Il s'y est cru.

Même si, au bout de quelques minutes, il s'est remis à calculer. Mais, là encore, plus il a supputé, plus il s'est senti euphorique. Il s'est dit par exemple qu'en partant à l'assaut du pays Golok vers la mi-mars, il en aurait fini en deux mois avec cette histoire de Montagne. Que la guerre n'aurait pas le temps de le rattraper ; et que, si d'aventure le conflit gagnait les terres de la Reine avant qu'il ait achevé son reportage, il pourrait de toute façon s'enfuir par le sud et rejoindre Nguluko en empruntant, à l'envers, la route qu'avaient prise à la fois la Française et Pereira pour rejoindre

Lhassa. Rien de plus facile : l'itinéraire avait été publié à la fin du livre du Brigadier général. Et ça faisait belle lurette qu'il l'avait recopié.

Donc il ne se tenait plus. Ce qui fit chanter son cœur, ce soir-là, se dilater ses poumons – au point qu'il lui fallut sortir un moment sur la terrasse pour faire quelques pas sous le ciel froid et déjà tout écaillé d'étoiles –, ce furent les mots que venait de prononcer Yang sur la chaîne des destins ; sa certitude qu'il n'avait pu revenir ici que sous l'emprise d'une force aussi irrésistible qu'énigmatique. À deux reprises, jusque-là, il s'était vu désigné comme l'Homme Qui Cherche La Montagne. Par le curé à la lisière du désert, puis par le moine au pied du radeau. Mais dans la bouche du Prince, il était devenu l'Homme Qui Allait La Trouver. À preuve les dieux, avait dit Yang. Leurs mystérieuses préméditations, leur éternité.

Au bout de quelques pas sur la terrasse, Rock a donc arrêté qu'il passerait l'hiver à Choni. Et qu'à la première occasion, à la fonte des neiges, il filerait par les cols du sud-ouest vers le pays de la reine des Goloks.

Le souvenir de sa lettre au consul du Turkestan l'a tout de même effleuré : « Qu'est-ce que je lui ai dit, au fait, à ce curé, quand il m'a arsouillé au vin de messe dans cet infect caravansérail ? » Il n'est pas parvenu à s'en souvenir. Mais quelle importance ? N'était-il pas plus simple de s'en tenir aux arrêts du destin ?

Il a voulu marquer le coup. Un bon bain brûlant n'y suffisait pas. À peine installé au milieu de ses vapeurs, il a ordonné à Li-Su de lui servir le reste de sa fiasque de porto de vingt ans d'âge.

Évidemment, c'était un peu triste de la voir se vider. Mais tellement bon, aussi, entre chaque gorgée, de s'offrir un luxe qu'il s'était refusé depuis des semaines : rêvasser.

Pour commencer (il fallait s'y attendre) il redonne un peu de chair au fantôme de Wulsin. Il l'imagine donc ici même, dans cette chambre, à deux pas du poêle, noircissant des dizaines de feuillets, puis les déchirant soudain en mille morceaux, sortant sur la terrasse et les jetant aux quatre vents.

Et presque aussitôt (rien de bien surprenant non plus), il catapulte Wulsin au *National Geographic*, entre les lambris d'acajou et les miroirs chromés du bureau du président, là où lui-même, Rock, du temps qu'il n'était pas encore le Grand Rock, s'est fait si souvent toiser, moucher, tancer et rabrouer.

Ce soir, bien sûr, c'est le malheureux Wulsin qui essuie l'algarade présidentielle.

« Toujours pas vu la couleur de votre papier ! Deux ans que je poireaute ! Et qui a casqué, vous pouvez me le dire, pour votre expédition en Mongolie ? Oui-oui, je sais, votre vie privée... Mais enfin, mon pauvre vieux, quand on épouse une héritière des Chemins de fer, la règle du jeu... Et puis, passons, je n'ai pas le temps, autant vous cracher le morceau : Joseph Francis Rock, ça vous dit quelque chose ? Oui, un gars sorti de rien... Si-si, américain. Naturalisé, et alors ? Un faux diplôme ? Qui vous a dit ça ?... Vos vieux copains de Harvard ?... La belle affaire ! Diplôme ou pas, cet oli-brius, comme vous l'appelez, lui au moins, dès qu'il plante sa tente quelque part, il peut crever de chaud, de faim, de froid, se faire dévorer par les moustiques, attaquer par des bandits, des tigres, des crocodiles – si-si, je vous jure, les crocodiles et les tigres mangeurs d'hommes, ça lui est arrivé, en Birmanie ! –, il me la pisse, lui, sa copie... Aussi sec ! Et quelle copie !

Justement, tiens, mon vieux Wulsin, vous savez ce qu'il vient de me trouver, Joseph Francis Rock ? Une montagne inconnue ! Rien que ça ! Un sommet plus haut que l'Everest ! Et figurez-vous aussi qu'au pied de cette fabuleuse pyramide glacée il m'a dégoté par-dessus le marché une antique tribu matriarcale, un peuple entièrement gouverné par des femmes... Absolument, les descendantes des Amazones ! Les ultimes vestiges des filles aux seins nus qui... C'est ça, Wulsin, juste dans le coin où vous avez tournicoté après vos crapahutages en Mongolie, à... comment vous l'appelez, déjà, ce bled ? Choni, c'est ça : Choni. Tenez, c'est sur ce pays-là que vous auriez dû me faire votre article, au lieu de vous égarer dans des intrigues senti-mentales avec une femme mariée ! Oui, bien sûr, vos photos, Wulsin, à défaut d'article... Mais, de vous à moi, je préfère être franc, celles de Rock... Un virtuose du diaphragme, on ne vous l'a pas dit ? D'ailleurs, lui, là-bas, en ce moment, avec ses filtres et ses plaques autochromes... »

Rock cesse de marmonner, déglutit sa première gor-gée de porto. Non sans un petit zeste d'anxiété : à la place de Wulsin, dans les fumerolles de son bain, il vient de distinguer les grands yeux mouillés et les petites mèches rousses d'Emily Clover.

Il se reprend vite, mais une autre vision se profile. Dans le bistrot du bord du canal, toujours à l'affût derrière le rempart de ses jarres, il voit se dessiner les vieilles paupières étoilées de Madame Li.

Et de gorgée en gorgée, à mesure que la chaleur du porto se mêle, dans ses muscles et ses veines, au bien-être diffusé par la chaleur du bain, Rock regarde défi-ler au fond des fumées toutes les figures aimées de sa lointaine et douce vallée du Sud : le vieux Ho – ce soir, avant de recommencer à couver les pivoines qu'ils ont plantées ensemble voici trois ans, il a dû scruter le ciel, le vieux jardinier, et humer le vent du côté de la Montagne du Dragon de Jade. Puis vient Lydya, la joueuse de flûte, avec ses jambes qui n'arrêtent jamais de battre au-dessus du torrent ; et Fedosya, la joaillière, toujours à marchander l'or et l'argent au-dessus de son comptoir. Enfin tous ses amis de la guinguette de Madame Li, le trafiquant d'opium, le dépeceur de cochons, la vieille marchande de rayons de miel, tout le petit peuple qui se précipitait sur sa litière du temps qu'il était simple chasseur de plantes et qu'il mettait son point d'honneur à entrer dans la ville en chaise à porteurs bien bringuebalante, comme les Seigneurs de la Guerre.

Et voici tous ceux de Nguluko. Les paysans courbés au-dessus des champs de maïs, des plantations de pavots. Les nourrices, les lavandières, les sorciers, la parentèle des douze Na-khis. À chaque fois qu'apparaît un nouveau villageois, comme pour les gens de Likiang, Rock avale une nouvelle petite lampée de porto et murmure : « Qu'est-ce qu'il va dire, celui-là, quand j'aurai trouvé la Montagne... »

Sauf quand, dans les fumerolles, il voit se profiler Afousya et ses deux enfants. Elle, il sait trop bien ce qu'elle va dire quand il reviendra là-bas dans sa gloire d'Homme Qui A Trouvé La Montagne : elle tendra la main, réclamera des dollars. Et, pour peu qu'il hésite à lâcher ses pièces, lui collera les enfants dans les bras et ricanera : « Tu as vu comme ils te ressemblent... »

Donc, la fiasque de vieux porto, mieux vaut la finir en pensant au curé, là-bas, à la lisière du désert. Toujours pas moyen de se rappeler ce qu'il a pu lui raconter lors de sa petite cuite au vin de messe. Mais peu importe : l'homme-barrique doit tellement s'ennuyer, au fond de son presbytère mongol, que, c'est sûr, il doit passer ses nuits à gratter lettre sur lettre à l'adresse de ses amis les crétins des Missions, pour leur raconter sa prodigieuse rencontre, et chanter ses louanges de Grand Rock, comme faisait naguère cette pipelette de Géante.

Celle-là, au fait, comme Afousya, qu'elle ne s'avise pas de pointer ses grosses mamelles par-derrière les fumées du bain ! Parce que, la sérénade qu'elle va se prendre demain matin, Kathleen Hansen, quand, rasé de frais, lavallière au cou, derbys ultra-cirés, fedora bien vissé sur le crâne, on va s'en aller lui restituer le livre de Pereira en majesté d'Homme Qui Va Trouver La Montagne...

Avec la dernière gorgée de porto, un ultime souvenir se dessine au fond des vapeurs. Pas un personnage, pour une fois. Une écriture. Celle de Sargent. Sa dernière lettre.

« *Voudriez-vous avoir l'amabilité de prendre une petite demi-heure sur votre précieux temps pour répondre à diverses questions touchant à des points assez confus de votre biographie...* »

Hawaï, l'Égypte, le soupçon de faux diplôme : avec l'affaire Wulsin, il avait tout oublié. Et cependant, au lieu de l'abattre – est-ce l'effet de l'alcool ? –, cette réminiscence brutale le ranime.

Nouvelle poussée d'euphorie et d'énergie : Rock jaillit de son bain, s'essuie à peine, s'assied à sa table.

Où il rédige dans la foulée sa réponse au vieux savant. D'une seule traite, sans rature. Nu comme il est.

Lettre de Rock à Sargent

Choni, le 9 décembre 1925

Dans votre aimable courrier du 8 octobre dernier, vous me demandez une notice biographique. Si vous insistez, je vous la donnerai volontiers, mais je n'aime pas la publicité. Les gens du Who's Who *Amérique me poursuivent depuis plusieurs années, mais je ne leur ai jamais donné suite. Les plantes que j'ai découvertes et qui continuent de pousser tant sur le continent américain que sur le sol de Hawaï (dans le cadre de l'Université, j'ai fondé là-bas un jardin botanique) seront des témoins suffisants pour attester que, pour le moins, j'ai tenté de faire de mon mieux en faveur de ma patrie d'adoption, les USA.*

Avec mes plus aimables et plus chaleureuses pensées,

Et, comme toujours, fidèlement vôtre,

Joseph F. Rock

Dès le lendemain, un micro-événement vient conforter Rock dans sa conviction que le champ est libre pour la conquête de la Montagne. Dès le seuil de la mission, il comprend que la Géante n'est plus là. Et qu'il n'est pas près de la revoir.

L'ecclésiastique qui lui ouvre – un dénommé Derk, un homme jeune, vif, ouvert, au physique sportif, le contretype parfait du révérend Hansen – lui apprend le départ du couple en quelques mots expéditifs :

« La guerre, les viols, les pillages, la famine, les six gamines... Et comme Mrs Hansen, une fois de plus, attendait un heureux événement... »

Là encore – cette fois-ci sans pouvoir se l'expliquer – le soulagement de Rock est immense. Pendant quelques brèves secondes, il reste les bras ballants, plus embarrassé de sa colère que du livre de Pereira qu'il porte sous le bras, et de la mise ultra-chic qu'il s'est astreint à revêtir pour affronter Kathleen Hansen, le fedora noir, comme prévu, la lavallière, les derbys. Mais, très vite, dans toutes ses artères il sent se répandre un flux de sang heureux. Comme les jours où, par temps clair, il arrive au sommet d'un col et voit le panorama se dérouler devant lui jusqu'à des distances incalculables. Dans ces moments-là, de façon très physique, il éprouve le poids du mot « liberté ». Et c'est maintenant la même chose avec le départ de la Géante. Quel rapport avec la situation présente, il ne voit pas. Mais il s'en fout. L'essentiel, c'est cette énergie qui l'envahit, d'un seul coup. Cet allant, cette joie.

Aussi, quelques minutes plus tard, lorsqu'il se retrouve au salon, assis comme la dernière fois devant une tasse de thé et une assiette de cookies entre Mrs Hulton et Miss Hull (rien ne change, décidément, à Choni, la première est restée aussi replète, la seconde continue de mordiller ses cookies avec la nervosité compulsive d'un petit rongeur et empeste toujours aussi détestablement la truite fumée), c'est par pure forme qu'il s'enquiert :

« Nos chers amis Hansen, alors, pouvez-vous me dire où ils sont partis ? »

C'est la Souris-Hull qui prend la parole – première fois qu'il entend le son de sa voix ; elle est parfaitement appariée à sa personne, voix de souris, minuscule petit cri :

« Guam ! »

Et comme Rock ne se rappelle plus où se situe Guam (de la croisière qui, treize ans plus tôt, l'a conduit à travers le Pacifique depuis Honolulu jusqu'en Chine il garde le souvenir confus que Guam doit se trouver quelque part entre l'archipel des Mariannes et celui des Salomon, du côté de Guadalcanal), la Souris-Hull pépie, comme profondément soulagée elle aussi de ne plus voir s'allonger, au-dessus de ses moindres faits et gestes, l'ombre infinie de la Géante :

« Les gens ne savent jamais où c'est ! »

Il s'entend stupidement répéter : « Guam, Guam », puis son regard repart se perdre vers les rayonnages vides. Et cette fois, l'espace de quelques secondes, il regrette Kathleen Hansen.

Car les meubles Nouvelle-Angleterre sont toujours là, comme les lampes d'opaline, le vaisselier, les porcelaines Liberty, le lutrin de noyer avec sa bible et même la gentille broderie GOD BLESS YOU ! Mais les pièces d'argenterie ont disparu ; et, tout au long des rayonnages qui courent sous le plafond, la plupart des livres. Leur absence, à elle seule, signe celle de Kathleen Hansen.

Il croit la revoir, alors, devant les reliures, avec sa chevelure blonde, son énorme masse de chair rose et allaitante, son sourire flottant façon Chat de Cheshire, dénichant d'un seul bras, sans avoir à se retourner, ses numéros du *National Geographic*, puis les épreuves du livre de Mrs Taylor. Il suit à nouveau, dans le vide, le mouvement qu'eurent à cet instant-là, sous son corsage, ses seins larges et engorgés, les regarde monter puis redescendre, ballotter, s'écarter, reprendre enfin leur glorieuse place sur son torse non moins triomphant. Et croit réentendre, en même temps qu'il tâche de reconstituer leur odeur légèrement acidulée, la voix rauque qui, depuis le ventre, avait monté de ce poitrail quand, depuis les sommets où s'alignaient ses livres, la femme du révérend s'était mise à dégurgiter toute sa science des Sui, des T'ang, des Q'iang, et l'étendue entière de sa golokologie.

Ce moment de nostalgie, toutefois, ne dure pas. Il se souvient très opportunément que Derk lui a annoncé que Kathleen Hansen est enceinte. Et se fait la réflexion qu'il aurait aussi fallu endurer, si la Géante était restée à Choni, au beau milieu de cette blonde colonne de chair lactée, la vue d'un abdomen à coup sûr monstrueux. Une outre, en somme, comme sous le radeau des moines. Insoutenable !

Aussi, comme chaque fois qu'il se trouve avec des Blancs et qu'il doit se mettre en frais sur un sujet qui l'indiffère profondément, il se penche vers sa voisine (Hull ? Hulton ? aucune idée) et laisse tomber :

« Guam, vous disiez ? »

Commence alors, au-dessus de la table, une sorte de chant alterné. Hull et Hulton n'arrêtent plus d'emmêler, recouvrir, embrouiller leurs confidences. Impossible, désormais, de savoir qui dit quoi.

« Ça faisait des années que le révérend répétait à tout bout de champ qu'il voulait finir ses jours dans les mers du Sud...

– Dieu soit loué, il n'y a plus d'anthropophages, par là-bas...

– Donc, le jour où cette chère Kathleen s'est retrouvée enceinte pour la dixième fois...

– Que voulez-vous, ils voulaient à toute fin des fils...

– Quand je pense à ces trois petits garçons qui sont enterrés dans le jardin...

– Elle ne doit pas être loin du terme, à l'heure qu'il est...

– Quelle santé, notre Kathleen, vous verrez, elle ira jusqu'à quinze grossesses !

– Les cocotiers, maintenant, à la place des épicéas... »

Derk, lui, laisse placidement se dérouler ce festival contrapuntique. Il ne bouge pas de la table, et se contente de fixer Rock. En pensant à tout autre chose. Et d'un œil ébahi, vraiment, éperdu d'admiration. Mais parfaitement impuissant à arrêter le choral des deux autres pour se faire entendre.

Une fois de plus, c'est la Souris-Hull qui, ayant croisé le regard du jeune révérend, choisit de mettre un point d'orgue au récitatif sur la Géante. Elle rajuste soudain son châle sur ses épaules, cale bien droit son dos à sa chaise, et lâche enfin à Rock les mots qu'il attend depuis qu'il a cogné à la porte de la mission :

« Au fait, la Montagne... ? Votre départ, Dr Rock, c'est pour quand ?... »

Réponse des plus sobres :

« Au printemps. »

Suit un très long moment de silence. Autour de la table, tous les poumons paraissent à bout de souffle, ainsi qu'au temps où Kathleen Hansen, adossée aux montants de la cheminée, s'enflammait comme une torche pour les annales des Sui, des T'ang, les carnets de Pereira et le livre de Mrs Taylor.

Et précisément, comme Mrs Hulton s'est mise à hocher la tête et qu'elle fait frémir tout ce qu'elle a de doubles mentons en chuchotant : « la reine des Goloks, la reine des Goloks... », Rock en profite pour désigner le livre de Pereira, qu'il a déposé à côté de son assiette. Et risque :

« Au fait... Mrs Hansen... elle m'avait prêté un livre, je voulais le lui rendre. Mais... quand elle est partie... elle n'en aurait pas laissé un autre pour moi ? »

La fièvre de Mrs Hulton pour l'expédition vers la Montagne s'éteint sur-le-champ.

« La pauvre Kathleen... »

Cette fois-ci, c'est seule qu'elle pousse l'aria :

« La malheureuse, je la revois sous la porte du rempart. À cause de son état, le révérend avait commandé une carriole. Ce regard qu'elle avait ! Triste comme la mort. C'était ce que lui avait dit le révérend quand ils avaient fait leurs bagages : "Les meubles ou les livres, il faut choisir !" Comme vous imaginez, Kathleen a choisi les livres. Le révérend n'a cédé que sur l'argenterie. Ça, bien sûr, elle a pu l'emporter... »

Elle s'interrompt, lâche un soupir, contemple le lutrin, le vaisselier, les porcelaines Liberty. Son accablement est mal joué. Et elle souffle encore :

« Enfin ! Là-bas, à Guam, ils seront tranquilles jusqu'à la fin de leurs jours ! »

Il reste un cookie dans l'assiette. Elle l'engloutit sans plus de façons. Rock se lève. Cette fois, comme il fallait s'y attendre, c'est la Souris-Hull qui persifle :

« Quoique, de nos jours, où qu'on aille dans le monde, avec les Rouges... »

∾

Sur le mot « Rouges », les trois missionnaires ont lâché le soupir de mise. Puis ont levé l'œil vers la fenêtre donnant sur les cols. Pas d'anxiété dans leur geste, pur réflexe : les Rouges n'étaient pour eux que de la peur en mots. Pas davantage de réalité là-dessous que dans les entrailles des épouvantails de carton, dragons ou lions des neiges, que les moines descendaient agiter dans les rues les jours de fête.

Ces trois-là ressemblaient à Yang, en définitive : ils savaient qu'ils n'avaient rien à craindre tant que, là-haut, de l'autre côté de la fenêtre, les neiges resteraient comme elles étaient, lourdes et épaisses. Eux aussi, ça faisaient des semaines qu'ils avaient calculé qu'elles leur laissaient, au bas mot, quatre à cinq mois à vivre comme ils faisaient : bien au chaud dans leurs odeurs de cuisine, entre eux, sous leur crucifix. En paix.

Le soir même, Rock reçoit un signe. Il est dans sa chambre, à bourrer de bois la gueule de son poêle, quand il découvre, gravée dans la fonte, une inscription en calligrammes : « An 49 de l'Ère de l'empereur Kangxi ». C'est tout bonnement la date de fabrication de l'appareil. Rompu comme il l'est au déchiffrement des stèles, Rock la transpose mécaniquement en datation occidentale : 1720.

Il n'est pas surpris : d'après les récits que Yang lui a faits en avril dernier, le monastère remonte au XIIIᵉ siècle. Au regard du trésor de livres et de statues qui, depuis ce temps, s'entassent dans ses temples, le poêle, au demeurant très usuel, n'est pas une antiquité. Il enregistre donc mentalement sa découverte et continue, méthodique, à tasser son petit bois sous la fonte.

Puis, d'un seul coup, il relève le nez et se fige : 49. 4+9. Soit 13. Le chiffre qui l'a poursuivi toute sa vie...

Il est né un 13 janvier. Quand il a découvert le manuel de chinois dans la bibliothèque Potocki, il avait treize ans. Et c'est en 1913, il y a bientôt treize ans, qu'il aura obtenu la citoyenneté américaine, effectué son premier tour du monde, mis le pied sur le sol chinois et publié sa première étude botanique.

De toute façon, c'est bien simple : chaque fois qu'il

lui est arrivé quelque chose d'important, le Treize s'est manifesté. À commencer par Pereira : il venait tout juste de fêter ses trente-neuf ans lors de la rencontre du *Boozer's*. Trois fois 13. Et c'est arrivé un 31 janvier. 31 : 13 à l'envers...

Des années qu'il lui adresse des signes, ce chiffre ami. Et que, pour mieux sceller leur compagnonnage, Rock lui répond. Par exemple, la montagne du Dragon de Jade, au-dessus de sa maison de Nguluko, compte treize pics. Aussi, à Yunnanfu, l'an passé, au moment de prendre la route du Nord, il est parti le 13 décembre. Personne n'a compris pourquoi : il aurait pu s'en aller une semaine plus tôt, profiter du beau temps. Mais non, pour s'en aller vers la Montagne, l'autre, celle du Nord, il lui fallait un 13 qu'il pleuve ou qu'il vente. Et c'est à 13 heures pile, montre en main, qu'il a franchi la porte de Yunnanfu. En formant avec ses Na-khis une superbe file de treize cavaliers — le curé rencontré dans le désert a été le seul à le flairer, c'est aussi la tyrannie du Treize qui l'a conduit à s'entourer de douze compagnons. Ce jour-là enfin, fatidique entre tous, dans l'éventualité où, au fond du gouffre où somnole son énigmatique puissance, le Treize n'aurait pas remarqué cette avalanche d'aimables signaux, Rock a multiplié les messages. À l'arrière de sa troupe, pour porter les bagages, il a aligné vingt-six mules, et, pour les conduire, vingt-six coolies.

Sitôt en route, tout de même, il a bien fallu prendre un peu de distance avec son vieil ami : on ne s'en serait jamais sorti. Dès que les remparts de Yunnanfu ont été hors de sa vue, il a donc signifié au Treize, dans une longue prière silencieuse, qu'il ne se manifesterait plus, sauf sur un point : il maintiendrait à treize, lui compris, le nombre des hommes qu'il allait lancer à l'assaut de la Montagne. Quelles que fussent les circonstances ; et dans la même adresse muette, il lui a juré qu'il veillerait sur les Na-khis comme sur la prunelle de ses yeux.

Mais, ce matin, avant même d'avoir découvert ce providentiel 49, il n'a pas pu s'empêcher d'envoyer un nouveau signe au Treize. Devant le Temple de la Récompense de la Tendresse Humaine, il est tombé sur le moine nommé le Gi-ku – c'est le lama qui dirige les débats théologiques. Comme tout le monde, le vieux sait qu'il est l'Homme Qui Va Trouver La Montagne. Du coup, ce matin, il lui a confié qu'il y a toujours, à la mi-mars, une petite semaine où il fait très beau, ce qui fait qu'on peut passer sans difficulté les cols qui mènent au pays Golok.

« Pas une averse de neige, tu verras, pas un poil de vent ! Ou alors il faudrait que cette année... »

Le Gi-ku s'est interrompu, a guetté le ciel. L'air était aussi pur que la veille. Rock n'a pas attendu la suite, il a passé son chemin. Et fixé au 13 mars la date du départ.

☙

Malgré ses mains tendues vers la gueule brasillante du poêle, il est maintenant parcouru des pieds à la tête d'un long frisson. Il passe et repasse les doigts sur l'idéogramme.

49 : 4+9 = 13. C'est trop beau. Et cependant indiscutable. Or, d'ici trois semaines, justement, dans la nuit du 31 décembre – 13 à l'envers ! –, on va fêter l'entrée dans l'année 1926 – 26, deux fois 13... !

Les signes sont flagrants : cette année sera la sienne.

À une condition, bien sûr : à l'instant même où va poindre ce fatidique 1926, à minuit pile, sans faille, sans faux pas, sans le moindre écart, la plus mince erreur, dans toutes les règles de l'art, il va falloir renouveler le Pacte.

Toute une cérémonie, cette affaire-là. Rien à voir avec une visite de la Nuit. Pendant le Pacte, le monde reste muet. Nécessité, par conséquent, d'un état d'ultra-conscience. Comme lorsqu'on chevauche sur les pistes, là-haut, agrippé entre les pierrailles et le vide. Cette année plus que toute autre, il va falloir s'y prendre à l'avance. Préméditer. Machiner.

❧

La première décision de Rock, le lendemain, est donc de se débarrasser des vieux numéros du *New China Herald* dont les moines, comme partout dans l'appartement, ont doublé le papier huilé des fenêtres : la condition essentielle, pour que le Pacte fonctionne, c'est que la pièce soit baignée, même par transparence, de lumière cosmique. Il arrache donc l'amas de paperasses collé aux fenêtres et le remplace par le seul matériau qui lui semble à même d'arrêter le froid tout en laissant filtrer le rayonnement de l'Univers : les plaques de celluloïd dont il s'est servi pour développer ses photos.

Dès le début de l'opération, il constate qu'elles forment, contre le gel, une parade beaucoup plus efficace que le papier journal. Il étend alors la mesure à tout l'appartement et s'amuse encore plus quand il s'aperçoit que les éclatants panoramas de Choni – l'or des temples, l'ocre de la muraille, la glace bleutée où commence à se figer la rivière, l'éclat éblouissant de la neige sur les sommets – sont désormais englués dans l'été en négatif de ses clichés au pays de Tebbu : vallons radieux, rhododendrons en fleurs, falaises assommées de soleil. Il en passerait bien tout son temps derrière ses fenêtres. Mais le temps presse : il doit entamer d'urgence la phase préliminaire du Pacte : s'arranger pour se retrouver seul le soir du 31.

Dans un poste aussi isolé, avec les trois grenouilles de bénitier qui stationnent à la mission, l'affaire s'annonce délicate. Aussi joue-t-il fin : il se laisse docilement inviter par Derk pour le soir de Noël, arrive avec ses disques et son gramophone, abrutit le trio de missionnaires de *Stille Nacht, Jésus, que ma joie demeure* et *Gloria in excelsis*, jusqu'à une heure du matin. Où il se perd en compliments sur le dîner servi par la Souris-Hull (parfaitement hypocrites, il s'agissait, pour l'essentiel, d'un pudding qui empestait la graisse de yak et, bien entendu, de truite fumée). Puis, en guise de remerciement d'un réveillon qu'il n'hésite pas à qualifier d'« extatique », il exige de rendre l'invitation. Le service des Na-khis est depuis longtemps légendaire, tout comme la cuisine de Li-Su et les crus qu'il transporte au fond de ses malles. Derk, qui brûle d'y goûter, s'empresse d'accepter.

« Dans mes appartements du monastère, décrète aussitôt Rock. Donc au 31 décembre, à déjeuner. »

Le révérend y souscrit sans sourciller.

Le jour venu, le menu a tôt fait de mettre le trio hors d'état de nuire : spaghettis au fromage, filet de porc rôti sauce aux pommes, choucroute, petits pois, fricassée de champignons, pommes de terre sautées, salade d'asperges à la mayonnaise, et, comme il se doit, cookies : avant même le café et le pousse-café (un grand verre de crème de menthe), Derk, la Souris-

Hull et même Mrs Hulton demandent grâce. Ils n'ont plus qu'une envie : rentrer au plus vite à la mission et y piquer un bon roupillon.

Il est cinq heures de l'après-midi. Le soleil est déjà couché. Les Na-khis font vaillamment face à un monceau de vaisselle. Et lui, Rock, seul dans sa chambre au plus près du poêle frappé du signe du Treize, prépare méthodiquement son tête-à-tête avec l'indéchiffrable.

Dehors, le thermomètre indique moins dix. À l'intérieur de la pièce, grâce au poêle, on doit friser les sept-huit. Comme le matin où il s'est rendu à la mission, Rock s'est mis sur son trente-et-un : costume croisé, lavallière, derbys cirés à la brosse de chèvre de Mongolie – il faut s'habiller, pour le Pacte.

Derrière le celluloïd des négatifs, une lune aux trois quarts pleine musarde. De temps à autre, elle se laisse taillader la face par une aiguille de roche, enfouir dans la chevelure d'une forêt. Puis elle réapparaît, sereine et intacte. Et reprend sa dérive entre les champs de neige que bleuit ou blêmit, c'est selon, la robe de la nuit. Observée à travers les négatifs, toute cette belle harmonie nocturne ramène instinctivement Rock à l'année du Premier Pacte, celui du 31 décembre 1907 à Honolulu.

À Braeside, pour être plus précis. Au premier étage de la maison qu'il partageait avec Frederick Muir, son professeur de botanique, tout-puissant à l'Université. Là où il aperçoit, derrière le celluloïd, des cimes d'épicéas, il superpose les cocotiers que les tempêtes, chaque hiver, venaient obstinément étêter. Au lieu de la muraille en contrebas, il croit distinguer les rochers de basalte qui ceinturaient la plage. C'est que la lune aux trois quarts pleine ressemble exactement à celle qui brillait par la fenêtre du premier étage de la maison de Braeside, par cette nuit du 31 décembre 1907 où a eu lieu le Premier Pacte. Et le ciel est aussi lourd d'étoiles.

Il n'y a que les bruits pour résister à cette étrange superposition sensorielle. Rock n'entend ni le fracas des vagues, ni les disques que Muir fit tourner ce soir-là sous la véranda. Encore moins ses cris, ses pleurs quand il est venu tambouriner à la porte. Seules ses phrases lui reviennent. Et encore, par bribes : « Mais qu'est-ce qui te prend, à la fin ? Sors, nom de Dieu, redescends ! Franckie, mon petit Franckie, qu'est-ce que je t'ai fait... ? »

Non, décidément, sur le terrain des sons, la réalité ne cède pas. Froissements d'étoffe, psalmodies, marmonnements : à ses oreilles, monte le seul banal petit remue-ménage de l'appartement mitoyen. Jusqu'à avant-hier, ses pièces étaient inoccupées. Cependant Yang, il y a huit jours, en sa qualité de grand lama de Choni, y a fait installer un garçonnet de cinq ans aux joues rose vif, un tout jeune Bouddha Vivant. Selon le Gi-ku, c'est la réincarnation d'un vieux sage et sa seule présence à Choni va ramener la paix dans les montagnes.

C'est d'ailleurs lui, le Gi-ku, qui l'a déniché, ce gamin, dans un hameau perdu situé au bout de la vallée. Il ne l'avait pas ramené au monastère qu'il a confié la charge de son éducation au lama manchot qui, aux étages inférieurs, continue de veiller sur la bibliothèque et l'impression des livres. Toutes les nuits, à intervalles réguliers, le manchot vient réveiller son élève. Les chuchotis, les froissements qui sont venus se superposer aux souvenirs de Braeside se pro-

duisent toujours à ce moment-là, quand la jeune âme
est arrachée au sommeil pour ânonner la longue prière
qui, à force d'être répétée, va réconcilier Choni avec
les Forces de la Paix, l'Univers des Origines, la Fin
Ultime, le Grand Vide, le Grand Tout.

Le Treize sommeille-t-il aussi dans cette galaxie
d'énigmes ? Le Pacte, à sa façon, cherche-t-il à les
rejoindre, ces forces aveugles et immobiles ? Comment
savoir ?

En tout cas, ce soir, au-dessus de la lune en dérive
– la même, vraiment, qu'à Braeside, au-dessus de la
côte de Liloa, par cette nuit du 31 décembre 1907, et
le même ciel absolument –, le murmure de la mer finit
par recouvrir les marmottements du jeune Bouddha
Vivant. Puis montent à nouveau les cris de Muir pendant qu'il tambourinait à la porte : « Qu'est-ce qui te
prend, à la fin ? Sors, nom de Dieu, redescends ! Tous
ces disques que je t'ai rapportés de Frisco : Melba,
Caruso... On avait dit qu'on boirait du champagne, on
avait dit qu'on prendrait un bain de minuit ! Dis-moi
ce que tu as... Je n'ai pas voulu te blesser, Franckie... »

❧

En public, Muir lui donnait toujours du « Mr Rock »
– officiellement, en même temps que son logeur, il
était son directeur de thèse. Dans l'intimité, il aurait
pu faire comme les autres, l'appeler « Joe ». Muir
avait préféré Franckie. Une marque de plus pour lui
signifier qu'il l'aimait comme personne. Et qu'il
n'était pas décidé à le lâcher.

Il avait sa façon bien à lui de le prononcer, ce
« Franckie », en traînant un peu sur la fin, « *Franc-
kee* ». Cette nuit-là, juste après le petit réveillon qu'il

lui avait mitonné – ils avaient le même goût pour la cuisine –, Muir l'avait encore accentuée, cette marque canaille, quand il lui avait lancé la phrase qui avait mis le feu aux poudres (c'était, il est vrai, après sa troisième coupe de champagne) : « Dans le fond, ton école à toi, *Franckeee*, c'est la route ! T'as jamais mis les pieds dans une université ! Ton diplôme... »

Rock n'avait pas attendu qu'il eût fini sa phrase pour quitter la table. Il était pourpre, convulsé – c'est aussi en ce 31 décembre 1907 qu'il avait connu sa première crise de tics.

Muir avait pris peur. Il avait voulu se rattraper. Et, bien entendu, plus il s'est justifié, plus il s'est enferré : « ... Mais je le sais depuis le début, qu'il est bidon, ton diplôme ! Et alors ? Ça ne m'a pas empêché de te faire entrer à l'Université ! En six semaines, je t'ai sorti de ton collège. Te voilà bombardé assistant ! Et qui peut te flanquer dehors ? Je fais la pluie et le beau temps ! D'autant que tu es tellement doué ! Je l'ai su dès que je t'ai vu, tu as tout pour réussir dans la botanique : l'œil, le génie de la classification ! Tu connais le latin mieux que personne dans ce trou à rats ! Sans compter que tu as la santé, la force... Quand on part ensemble sur les volcans et que je te vois à cheval... »

Peine perdue : Rock était déjà en haut de l'escalier. Muir n'osait plus bouger. Pour autant, depuis le bas des marches, il continuait de s'égosiller. Et de s'empêtrer : « Les cours que je te donne... Je te lâcherai jamais, tu sais bien... Et puis mon père, à Frisco, la compagnie maritime... La moitié du port est à lui... Je t'ai expliqué mille fois, ils ne peuvent rien me refuser... »

Un court instant, au sommet de l'escalier, Rock s'est arrêté et s'est retourné vers Muir. L'autre a cru la partie gagnée, il s'est mis à gravir les marches, et quand il est parvenu en haut, il a eu le même geste qu'au premier jour, dans le café du port où ils s'étaient rencontrés : il a effleuré de l'index le dos de sa main, puis l'a retirée comme s'il s'était brûlé.

Mais Rock, par cette nuit du 31 décembre 1907, au lieu de faire comme ce jour-là, de sourire à Muir et de le suivre, a couru s'enfermer dans sa chambre. Où, comme ce soir, il a ouvert son journal sur sa table, déposé sa montre juste au-dessus, puis détaché de son cou la chevalière dont il ne se sépare jamais et qu'il porte sous sa chemise, en sautoir – il l'a volée à Potocki, l'avant-veille de sa fuite de Vienne. Enfin, de sa valise il a sorti un revolver dont il ne se sépare pas davantage et qu'il a lui aussi dérobé au Comte. Une petite arme au canon bien féroce, bien méchante, malgré son placage de nacre – Potocki la tenait lui-même d'une de ses maîtresses.

Il l'a chargé. Puis, assis devant sa table, il a attendu, les yeux fixés sur sa montre, l'heure qu'il venait de choisir pour en finir : minuit.

C'est qu'au pied de l'escalier, au moment précis où Muir s'était mis à geindre, il avait vu poindre, face à la véranda, des volatiles qu'il n'avait plus croisés depuis son départ de Vienne : les oiseaux noirs de Sibérie. Ces bestioles de malheur qui, dès la mi-décembre, revenaient ponctuellement tournoyer au-dessus du Danube. C'était à cause d'eux, là-bas, pendant l'hiver, que les gens se suicidaient en masse, jeunes ou vieux, riches ou miséreux, avalaient du poison, se pendaient, se jetaient d'un clocher, se faisaient éclater la cervelle – l'Aïeul, d'ailleurs, le Potocki du *Manuscrit trouvé à Saragosse*, c'était à cause des oiseaux noirs, disait-on, qu'il s'était troué la tête après qu'ils furent venus l'attaquer dans son château de Pologne.

Et maintenant que Muir recommençait à abrutir la porte de coups de poing – « ... Puisque je t'ai promis de la boucler ! Tu sais bien que tu peux me faire confiance ! Tu sais que tu peux tout me demander ! Rien qu'une broutille, de toute façon, cette histoire de faux diplôme ! Ouvre, *Franckee-ee,* je t'en supplie, allez ! On va se baigner, je t'en prie, *Frankee-ee-ee,* descends ! » –, les oiseaux noirs, depuis la fenêtre que Rock avait oublié de fermer malgré son horreur des moustiques, fondaient sans pitié sur lui. Tandis que la lune, entre leurs ailes, venait réveiller sur la table les reflets de la nacre du revolver.

Qu'est-ce qu'ils lui voulaient, ici, sous les cocotiers de Honolulu ? À Vienne, oui, il aurait compris, mais ici ? Ils l'auraient suivi ? Épié à bord des dizaines de bateaux, de trains de nuit qu'il avait empruntés depuis sa fugue ? Guetté, surveillé ? Attendant leur heure dans les gares, dans les ports, pendant qu'il séduisait les femmes, les hommes, comme ça se trouvait, pour un toit, un petit boulot, des chaussures neuves, un nouveau costume, parfois un simple quignon de pain, jusqu'à cette ultime filouterie du faux diplôme ?

À minuit deux, Rock, toujours assis face à sa montre, sa chevalière et son journal ouvert à la date du 31 décembre 1907, ne s'était toujours pas tiré une balle dans la tête. Il avait relevé les yeux : la lune, au lieu des oiseaux noirs, lui crachait banalement une nuée de moustiques. Alors, à Muir qui s'était mis à sangloter dans l'escalier, il avait hurlé, de cette belle voix de ténor à quoi, il le savait, l'autre n'avait jamais pu résister : « T'inquiète ! Je cherchais mon maillot ! Je l'ai trouvé ! »

Puis il s'était penché vers son journal et y avait tracé en majuscules, bien au centre de la page :

« *QUE TA VOLONTÉ SOIT FAITE,*
PAS LA MIENNE. »

Et lui qui, depuis qu'il vivait sur les routes, ne se connaissait plus ni dieu ni diable s'était agenouillé sur le plancher.

Tel avait été le Premier Pacte. Depuis 1907, Rock ne l'a jamais manqué. Les oiseaux noirs ne sont plus revenus l'assaillir. Et Muir n'a plus parlé du faux diplôme. Personne, d'ailleurs. Et sa carrière a continué d'aller son bonhomme de chemin. En 1908, on lui confie la constitution de l'herbier officiel de l'Université ; en 1911, il obtient sa première chaire, fait passer leurs examens – et distribue leurs diplômes – à ses premiers étudiants. En 1913 – conjonction plus que bénéfique du Pacte et du Treize –, Muir, pour fêter la toute neuve citoyenneté américaine de son amant, lui finance son premier tour du monde. Dès lors, au plus beau de la Grande Guerre, Rock ne cesse de multiplier les voyages, de la Californie aux Philippines, à l'Inde et au Siam. Pousse-pousse, calèches, sleepings, paquebots. Et s'en revient bien tranquillement à Hawaï où sa carrière continue de progresser. Lorsqu'il part herboriser dans les atolls voisins, il multiplie les aventures avec les vahinés qui le surnomment gentiment Pohaku – « roc » en langue hawaïenne. Miraculeusement, Muir n'en a pas vent. Mais sa liaison – sa passion – devient trop voyante. Au matin du 1er janvier 1920, le professeur reçoit de sa famille un ultimatum : ou il prend femme dans les trois mois, ou il est déshé-

rité. Rock ne se démonte pas, bien au contraire, il saute
illico sur l'occasion, court déposer sur le gramophone
leur microsillon préféré, *Don Giovanni* ; et tandis que
Melba, depuis la véranda, vocalise vers la plage les
scellerato, *traditore* et les *ah ! perfido* d'Elvire, il
boucle ses malles, claque la porte de la villa de Braeside et file par le premier steamer à Washington.

Où, nouveau coup de chance, dès sa première
requête, le Département de l'Agriculture l'agrée
comme chasseur de plantes. Moyennant un salaire
royal.

L'effet du Pacte ! Comme, à coup sûr, sa rencontre,
quelques mois plus tard, avec Sargent sur le campus
de Harvard. À quoi s'enchaîne, l'année suivante, sa
découverte de l'arbre à guérir la lèpre : elle lui ouvre
les portes du *National Geographic*.

Il le voit bien, ce soir : les forces obscures qui guident son destin n'ont pas cessé d'œuvrer. Tengyueh,
par exemple. Sans elles, il ne serait jamais entré au
Boozer's. Et surtout, depuis 1907, plus personne n'a
plus risqué un mot sur son faux diplôme – tout juste
Sargent il y a trois mois. Et encore, à mots couverts.
Pas l'ombre non plus d'un oiseau noir.

Il faut dire aussi qu'il n'a jamais trahi le Pacte. Toujours il s'est arrangé pour être fidèle au rendez-vous
du 31 décembre. Même sous la tente. Même l'an
passé, quand il a dû se réfugier dans un temple en
ruine où il gelait à pierre fendre. Il a toujours réussi à
s'isoler, à respecter le rituel dans les moindres détails.
Le plus périlleux, ce fut à coup sûr le 31 décembre
1913, dans un train bondé entre Delhi et Bombay.
Mais, là encore, il a triomphé. Il s'est délesté d'un
monceau de roupies et a délogé en moins d'un quart

d'heure tous les occupants d'un sleeping. Puis, tandis que l'express continuait de filer à travers le désert, il a scrupuleusement répété le rituel qui met en fuite les oiseaux de malheur.

Derrière les négatifs irradiés par l'été du pays de Tebbu, la lune en cavale s'est faite ultra-blanche. Plus de marmonnements dans la pièce voisine, plus de froissements d'étoffe non plus. Maintenant que le petit bouddha de cinq ans en a fini de rabibocher le monde impur des humains avec la sérénité de l'Illuminé, il doit dormir comme tous les enfants de son âge, bouche ouverte, poings fermés.

Rock abandonne la fenêtre, consulte sa montre. Vingt-trois heures vingt-neuf. Il est temps de commencer. Il va s'asseoir face à sa table pliante.

Cependant il peine, ce soir, à rejoindre les puissances obscures tapies dans les replis du Temps – sûrement l'effet de la lune, trop semblable, décidément, à celle de 1907. Il le faut pourtant. Impérativement. Pas de nostalgie, dans le Pacte ! Rien que de la précision, de l'organisation. De la concentration, de la méthode. Du soin.

Commencer par poser le journal au centre exact de la table, puis l'ouvrir et y tracer, de l'écriture la plus posée possible : *31 décembre 1925*. Ensuite, dresser le bilan des mois écoulés depuis le 1er janvier dernier.

Faire court. Se contenter d'aligner les noms des régions traversées. Donc, pour cette année : « Chengdu ; Min-chow ; Choni ; Tao-chow ; pays de Tebbu ; Lanzhou ; Xining ; Kokonor ». Et, sans plus attendre, passer à l'étape nº 2, la montre.

Détacher son gousset de la boutonnière qui le maintient dans la poche intérieure du veston, le déposer à la place – juste au-dessus du journal – qu'il lui avait assignée en 1907, quand il avait voulu en finir. Respecter la symétrie au millimètre près.

Il soupire : cette année, pour cet instrument fondamental de la liturgie du Pacte, il doit malheureusement se contenter du modèle vulgaire et bon marché qui était seul en vente au marché de Xining quand il a voulu remplacer sa précédente montre, achevée par les sables des vents noirs alors qu'elle le suivait depuis novembre 1912 – le premier cadeau de Muir.

Mais, là encore, il se livre à un petit calcul et se reprend : signe des plus favorables. L'ancienne montre avait présidé à treize Pactes. Sa panne définitive, c'est bien la preuve qu'un nouveau cycle commence, mis en œuvre par une volonté surpuissante. Celle qui, le 13 mars 1926, en le jetant à l'assaut de la Montagne, a décidé de le propulser vers une gloire universelle.

Et comme il est déjà minuit moins vingt, plus de temps à perdre, passage à l'étape n° 3 : chercher sous la chemise, comme c'est la règle, la chaîne d'argent. La détacher, récupérer – vite, vite, l'heure presse ! – la chevalière volée à Potocki, la déposer sur le bureau à la place, elle aussi, où elle se trouvait la nuit de la dispute avec Muir : à la droite du journal. Et là, immédiatement, enclencher l'étape n° 4 : fixer l'oiseau noir gravé sur le chaton de la bague. Pendant treize minutes exactement.

C'est long. On a le temps de penser.

C'est toujours la même chose : vient un moment où l'on se sent envahi par les forces multimillénaires qui ont présidé à la gravure de l'oiseau sur l'hématite – un faucon-Horus.

Car authentique, le bijou. Il l'a volé avec son boîtier ; et juste après le larcin, il y a découvert une facture. Outre le montant de l'achat et sa date – le fameux voyage en Égypte –, le document certifiait que la chevalière avait été trouvée sur la momie d'un prêtre et précisait : « 18ᵉ Dynastie ». Les boucles du 8 n'étaient pas tout à fait fermées. Il pouvait par conséquent se lire comme un 3.

Aussi cette bague, au lieu de la vendre comme c'était son intention, il l'a précieusement conservée, même quand il a crevé de faim ; et depuis le 13 septembre 1905 – un 13 de plus... – où il a rencontré, sur un quai d'Anvers, ce milliardaire américain qui l'a embauché pour enseigner le latin à ses fils, et fait ainsi passer en Amérique, il a décidé de porter la chevalière en sautoir, sur une chaîne d'argent offerte par ledit richard – dès le premier jour de la traversée, comme Muir, il avait été son amant.

Par la suite, lorsqu'il a commencé à barouder en Asie et constaté qu'il se sortait sain et sauf des pires tribulations (en Birmanie, notamment, lors des fameuses attaques de tigres et de crocodiles qui l'ont rendu si célèbre auprès des lecteurs du *National Geographic*), Rock s'est convaincu qu'en plus du Pacte et du Treize la chevalière le protège. Les innombrables catastrophes qui n'ont cessé de jalonner son parcours l'en ont à jamais persuadé : combien de ponts emportés par une inondation juste après le passage de sa caravane ? combien d'avalanches, sur sa route, de glissements de terrain, d'embuscades de brigands ? combien d'épidémies, choléra, dysenterie, dengue, typhus ? Jusqu'à une ville, il y a trois ans, infestée de peste ! Mais lui, invariablement, une santé de fer. Pas une seule parasitose, pas une rage de dents ; tout juste des migraines, un vague palu, et de temps à autre – c'est la vie ! – une bonne chiasse. Jamais une chute de cheval, pas la moindre entorse ou foulure, alors qu'il crapahute sur le verglas ou les rocailles tous les jours que Dieu fait... Et le pompon c'est que, telle une bonne police d'assurance, la protection de la chevalière s'étend à ses photos et à ses plantes. Elles aussi, depuis le début, passent entre toutes les gouttes : de Shanghai à Yunnanfu, de Xining à ici même, Choni, d'où qu'il ait expédié courriers et paquets. Les Chinois ont eu beau se tailler en pièces, les Anglais mitrailler les Chinois, les Français conspirer contre les Anglais, les Italiens et les Allemands s'en mêler, les Japonais menacer tout le monde, et les missionnaires catholiques, adventistes, presbytériens et pentecôtistes venir inévitablement mettre leur grain de sel dans cette belle pétaudière, aucun de ses envois ne s'est égaré. Ils sont toujours arrivés à bon port, plus sûrement que s'il les avait déposés, à destination de Brooklyn, au guichet de la Poste centrale de New York... Le plus étrange de l'affaire, d'ailleurs, c'est qu'il garde constamment sa chevalière sous sa chemise et ne pense presque jamais à elle. Sauf en quatre occasions : quand il se souvient de sa maison de Nguluko (au moment de son départ, son chaton lui a servi pour l'empreinte des scellés qu'il a apposés sur les serrures et les cadenas) ; lorsqu'il s'apprête à faire l'amour, ce qui ne lui est pas arrivé, maintenant qu'il y pense, depuis un an, dans les bordels de Chengdu ; au moment où il prend son bain ; et, bien entendu, la nuit du 31 décembre, lorsqu'il lui faut renouveler le Pacte.

❧

Minuit moins neuf, passage à l'étape n° 5, la plus pénible : le revolver.

Rock abandonne la table pliante, compte treize pas jusqu'à la malle jaune, en extrait la trousse à pharmacie, fait glisser sa fermeture, en sort précautionneusement l'arme et la charge – les balles, au nombre de treize, elles aussi, sont entreposées dans un sachet de soie noire, juste à côté du tube de Véronal.

Déposer le tout à gauche du journal. Là encore, respecter la symétrie avec la chevalière au millimètre près.

À partir de là, plus rien de bien flambant à faire jusqu'à minuit moins une. Sinon, étape n° 6, minuit moins cinq : se mettre à fixer la montre. Comme dans sa chambre de Braeside pendant que Muir tambourinait à la porte et que les oiseaux noirs, depuis la lune, pénétraient dans la chambre. Et repousser, étapes n° 7 et n° 8, les deux tentations qui, comme chaque année, ne vont pas manquer de l'assaillir.

À ces deux instants-là, ne pas jeter le moindre coup d'œil à la chevalière. Pourraient en surgir, comme à Braeside, les oiseaux noirs.

❧

Ça y est, minuit moins cinq. Envie de se tirer une balle dans la tête. Énorme suée.

Enlever sa veste, respirer treize fois. Allez ! Une fois de plus, le cap est passé !

❧

Minuit moins trois, c'était inévitable : tentation exactement inverse – envie de tout envoyer balader, la table pliante, le journal, la chevalière, la montre, le revolver.

Hurlement : « Je suis fou, c'est tout ! Fou à lier ! » Nouvelle suée.

Cette fois-ci, se débarrasser de la chemise. Puis respirer à fond, à nouveau, treize fois de suite. Ça y est ! Là aussi, on en est sorti.

En ces périlleuses étapes n° 7 et n° 8, Rock se projette souvent en esprit des visages. Ces dernières années, c'étaient les traits d'une femme très blonde et très pâle qu'il n'a jamais identifiée ; ou, au contraire, la face ronde et bronzée d'Afousya. Ce soir, curieusement, ce sont Li Wen-kuo et Li-Su qu'il superpose à la table. Figés dans l'expression qu'ils ont eue juste avant qu'il ne se cadenasse dans sa chambre : fervents, pensifs, au-dessus des petites lampes à beurre qu'ils sont venus spontanément disposer dans la pièce. Des faces d'apôtres, illuminées de l'intérieur.

☙

Et maintenant, pressons : minuit moins une, étape n° 9, repousser la table vers les fenêtres !

Puis – vite encore ! –, étape n° 10, se passer à l'annulaire gauche la chevalière du prêtre égyptien.

Et maintenant, étape n° 11, souffler sur le faucon-Horus, treize fois de suite...

Puis s'emparer du stylo dans la poche du veston, douzième étape, et tracer en majuscules, comme à Braeside, bien au centre de la page, la formule qui consacra le triomphe sur les oiseaux noirs :

« *QUE TA VOLONTÉ SOIT FAITE,*
PAS LA MIENNE ! »

Minuit pile. Parcours sans faute. Écrire alors en grand, et toujours plein centre, treizième étape de ce chemin de croix qui s'achève sur une nouvelle résurrection :

1926 !

Puis s'agenouiller sur le passage de l'Invisible.

Silence et immobilité universelles. Le Destin franchit le seuil de l'an. La lune, derrière le celluloïd, en cesse de dériver. Au fond du silence, nul message. La minute se referme, plus muette que les étoiles.

Puis le bois se remet à brasiller au fond du poêle, la montre à faire cliqueter ses rouages. Une fois encore, à tire-d'aile, les oiseaux noirs ont fui.

Jusqu'au 20 janvier, il ne s'est rien passé de bien notable. Derrière les fenêtres doublées de celluloïd, les journées se sont enfilées comme, entre les doigts des moines, les grains des rosaires. Facilité, légèreté. Le ciel est d'un bleu profond et immuable, le soleil fixe. Pas un souffle de vent. À peine, de temps à autre, quelques nuages dans les lointains. Ils attendent toujours le soir pour venir s'insinuer dans les fissures des ravins avec leurs flancs gros de flocons.

Mais douce, elle aussi, la neige. Elle tombe la nuit ; c'est à la profondeur du silence, juste après l'aube, qu'on sait qu'elle est venue. Rock s'arrache à son duvet, va jeter un coup d'œil à travers le celluloïd des fenêtres, découvre sans surprise la terrasse noyée sous une fraîche couverture qui renvoie gaiement ses étincelles au soleil. La journée, une fois de plus, sera ronde comme un pain.

L'air est vif, l'aiguillon du froid ne désempare pas. Il vous contraint à bouger, chasse l'ennui à chaque seconde. Un jour, séchage et archivage de plantes. Le suivant, numérotation et classement de photos. Le surlendemain, Rock lève le plan du monastère. Le jour d'après, avec un jeune moine qui parle chinois, il dresse la liste des ermitages disséminés dans les mon-

tagnes. Ou il part photographier des arbres au long de
la rivière à présent bien gelée, quand il ne prend pas,
avec le manchot de la bibliothèque, des leçons d'écriture tibétaine. Pas de règle, pas de loi. Il se laisse porter là où le pousse, chaque matin, la boussole de sa
curiosité.

Le 13 janvier 1926, jour de son anniversaire, il veut
encore se rapprocher des forces cosmiques et s'en va
camper, par moins dix, à la Porte du Rocher. Cependant, là-haut, il neige dru. Il est forcé d'aller s'abriter
dans un village et redescend vite à Choni où il reprend
son petit train-train.

Les seuls moments où il n'en fait pas à sa tête, c'est
lorsque Yang le mande au palais. Mais, là encore, il
ne perd pas une minute : quand le Prince l'appelle,
c'est toujours pour l'entretenir du voyage vers la Montagne. Invariablement, Yang lui offre le thé dans la
salle des banquets, sous la Carte des Douze Tribus ; et
lui parle cols, pistes, ponts, bandits, tempêtes de neige,
tout en lui désignant ses géographies de fantaisie.

Il s'est renseigné. Malgré la guerre, l'été passé, il a
envoyé des émissaires un peu partout. Il en sait donc
maintenant très long sur les routes qui mènent au pays
Golok. Il n'y a qu'un point sur lequel il reste sec : la
Reine. Chaque fois que Rock hasarde une question à
son propos, il bredouille les mêmes mots : « Pas
moyen de savoir où elle est passée. Aucune nouvelle
d'elle ni de ses femmes. » Yang, il le voit bien, est
mortifié de ne pas pouvoir lui répondre : il se mordille
les lèvres, tiraille sa moustache, il arrive même qu'il
s'en arrache des poils. Pour lui éviter de perdre la face,
Rock en revient à ses sempiternelles questions sur les
pistes qui mènent au pays de la Montagne, les
canyons, les sentiers qui montent à Radja, le dernier

monastère avant les terres de la Reine. Yang retrouve aussitôt contenance. À la façon dont il reprend feu et flamme, on dirait une fois de plus que c'est lui, le Prince, qui va s'en aller à la conquête du Pays des Femmes.

Plus il parle de l'expédition vers la Montagne, d'ailleurs, plus Yang se plaît à dévoiler à Rock ce qu'il n'a montré à personne, ni à Wulsin ni à aucun autre Blanc : l'intimité du Palais. Il vient de lui commander une série de portraits de famille et à cet effet, le 20 janvier, l'a introduit dans une cour secrète où il lui a présenté, en sus de ses filles et de son fils unique, sa petite dizaine de concubines et ses quatre épouses. Ces dernières, à la chinoise, avaient les pieds bandés. Pour la séance de pose, le groupe a troqué manteaux de brocart, caparaçons de talismans et toques de fourrure pour des robes de gens des plaines – le Prince a voulu faire moderne. Seules les concubines, en raison de leur rang subalterne, avaient gardé leurs béguins de coraux et leurs houppelandes de soie.

Sur le moment, Rock s'est laissé absorber par les contraintes du portrait de groupe : répartir harmonieusement les silhouettes dans le cadre ; respecter simultanément les hiérarchies voulues par Yang, les femmes légitimes disposées par rang d'ancienneté, les concubines reléguées par-derrière, les favorites au plus près, les maîtresses délaissées sur les côtés. Enfin il a fallu – et ça n'a pas été une mince affaire – imposer à chacun une bonne minute de stricte immobilité.

Du coup, son œil n'a pas capté les expressions des uns et des autres ; c'est seulement lors du développement, le soir même, face à l'image qui émerge du révélateur, que les évidences, une à une, lui sautent aux yeux. La première, la plus flagrante : en costume

chinois, sans sa toque, Yang a tout d'un petit-bour-
geois. En plus de la bouffissure de ses paupières, son
crâne rasé souligne l'avachissement de sa bouche ; il
paraît mal à l'aise dans sa robe d'homme des plaines,
mal coupée et grossièrement matelassée. Pour tout
dire, il ressemble à un homme dépassé.

Une réalité bien plus inquiétante, cependant, se lit
dans l'œil vide de ses épouses, emballées d'autorité,
elles aussi, dans un informe sac de soie. À l'exception
de la jeune femme que Yang a nommée « Troisième »
– une gamine élancée, vive, au regard effronté, qui a
eu le plus grand mal à tenir en place pendant la pose –,
les épouses légitimes ont livré à l'objectif des faces
blêmes et lunaires, dénuées de toute expression ; des
épaules affaissées, des corps qui ne cherchent, sur leur
chaise, qu'à s'affaler. Chez le fils de Yang, debout
derrière elles, mêmes orbites creuses, même nuque
cassée avant l'âge. Aucun doute possible : à l'exception de Troisième, toutes ces femmes, à l'instar de
l'héritier du Prince, sont des opiomanes invétérées.

Mais cette vieille lune de l'opium... Où qu'on aille,
de Shanghai à Muli, de Canton à Hong Kong, Yunnanfu, Chengdu, Hanoi, on tombe sur des fumeries. Et
dans les champs, dès qu'on approche des montagnes,
le pavot est omniprésent. Même au pays de Tebbu.
Des années que Rock est las de l'unanime lamento sur
de la drogue, de ses diatribes comme de celles des
autres. Il se contente donc de grommeler au-dessus du
bac : « Comme partout ! »

Cependant, le lendemain soir, au retour d'une chevauchée le long de la rivière, quand il traverse le bois

de peupliers, il arrête le galop de ses douze Na-khis. Puis, les jarrets tétanisés au-dessus de ses étriers, il les fait s'aligner devant lui et leur jette :

« Le premier que je chope avec une pipe d'opium, je le renvoie à Nguluko ! »

Sous les frondaisons nues, la minute est de pierre. Chacun se voit seul sur les cols, en plein hiver, sans argent, sans équipement. Le sang se caille sous les joues rougies par la course. Tous les yeux cherchent, dans le vide, la face de la Mort. Devant Rock, plus rien que douze corps raidis par la terreur – on dirait un champ de stèles.

Alors il se radoucit, et, comme effrayé lui-même de sa menace, ordonne à la colonne de se reformer, la laisse reprendre son allure, la regarde courir jusqu'à la ville, fendre la muraille sèche, rejoindre d'un trait, sous le soleil oblique, la ville recroquevillée dans l'oubli et l'hiver.

Les camelots sont arrivés une semaine plus tard. C'étaient les hommes de Jésus-Sauveur. Avec leurs mules et leurs ballots, ils apportaient des bribes de nouvelles. La Horde du Loup Blanc et sa petite centaine de bandits venait de migrer au Kham. Le commerce avait repris. Jusqu'à la Poste qui remarchait – l'effet du Pacte, à tous les coups. Et du Treize.

À l'aplomb du rempart, un marché s'est improvisé. Rock s'est précipité, en quête de courrier, de colis – toutes ces commandes dont il n'avait cessé d'abrutir Sargent depuis des mois, et dont il n'avait jamais vu la couleur. Il n'osait s'approcher, cependant, il se sentait gêneur devant ces colporteurs qui déposaient les paquetages sur la terre gelée pour les dénouer avec des mains de sage-femme. Ils n'avaient pas l'air d'en revenir, de ce qu'ils extirpaient du ventre de leurs ballots : rames de coton, briques de thé, écheveaux de soie brute, béguins de coraux, queues de yak, fourrures de renard, de léopard, loup, lynx, blaireau, toques, bottes, manteaux de brocart, colliers de turquoises, peignes, paquets d'encens, théières d'étain, de bronze, de cuivre, boîtes de corned-beef et bocks de bière japonaise, monceaux d'écharpes de bienvenue, des blanches, des bleues, pour tous les goûts, liasses de photos écornées – les regards du Panchen-Lama et du Dalaï-Lama n'en finissaient plus de s'y abreuver aux sources de l'Invisible.

Le tout aligné au pied de la muraille dans un joyeux capharnaüm, les turquoises mal dégrossies à côté des sacs de sel et des conserves *made in Shanghai*, les marmites contre les plumeaux pour les temples, les louches mélangées aux laques niellés d'or, aux briques de thé.

C'est d'ailleurs là, au beau milieu d'un stock d'écuelles, que Rock, par hasard, tombe enfin sur cinq colis à son adresse : le matériel commandé à Harvard huit mois plus tôt, quand il s'est vu à portée de la Montagne – rouleaux de ficelle, paquets d'étiquettes, pots de colle, ruban adhésif, papier kraft, charbon de bois pulvérisé pour empêcher les graines de pourrir pendant le transport, une paire toute neuve de gants fourrés (modèle d'expédition polaire, comme il l'a demandé, dernier cri de chez *Abercombie & Fitch*), une réserve de rustines pour la baignoire gonflable. Enfin, ultime bonheur, comme il l'avait réclamé, une énorme réserve de plaques panchromatiques.

Il referme son colis. Il n'en peut plus de joie. Il la voit déjà, sa photo de la Montagne ! Au fond, la pyramide enneigée. Gamme entière des bleus. De l'ardoise des sommets au turquoise des séracs en passant par la teinte saphir que prend toujours le ciel aux alentours de cimes aussi hautes. S'il prend la photo à l'aube, il y aura peut-être aussi un soupçon de violine. De toute façon, au pied des glaciers, juchée sur son cheval au premier plan sous des cascades de nattes, de turquoises et de coraux – la plus extravagante coiffure qu'on ait jamais vue sur terre –, se dressera la Reine.

❧

Les camelots ne s'y trompent pas : ils lui réclament un pourboire. Et comme il rechigne, ils se mettent à lui chanter monts et merveilles des caravanes de Jésus-Sauveur :

« Un miracle que tu l'aies eu, ton colis, avec tout ce qui se passe dans les plaines ! Les mitraillages de trains, les grèves, les épidémies, les massacres, les attaques de bandits... »

Rock connaît la musique, il se borne à grincher :

« Et les journaux ? Vous me les donnez ?

– Pas arrivés... », marmonne le chef.

Puis l'homme fanfaronne :

« De toute façon, pas besoin ! Nous, dans les caravanes, on sait tout ! »

Il se redresse, un poing sur la hanche. De l'autre main, il désigne les cols de l'est :

« Dans les plaines, ça n'arrête plus de castagner !

– Les Rouges ? » questionne Yang, qui vient de faire irruption.

La seule vue de son escorte d'espions et de sa poigne comme toujours refermée sur son sabre a fait s'écarter la foule. Le chef caravanier en rabat. Devine-t-il, sous les toques des uns et des autres, quelques oreilles tranchées ? Il fronce en tout cas les narines. Et laisse passer quelques secondes avant de répondre :

« Un peu tout le monde... »

Le silence s'abat sur le marché. Rock est le seul à le fendre d'un rire :

« Excellent raccourci ! »

La réplique lui a échappé. En allemand. Depuis le dernier Pacte, c'est ainsi : au milieu de son tibétain et de son chinois, il laisse souvent tomber des *ya so, los, komm, genau, raus*. Mais, ce matin, avec ce trait caus-

tique plutôt élaboré – « *Hervorragende Zusammenfas-
sung !* » –, il s'entend parler comme à Vienne, juste
avant sa fuite, quand il passait son temps dans les
cafés à déverser tout ce qu'il avait de colère et de
jeunesse sur les personnes des archiducs et des
ministres de l'Empereur, voire, certains jours, sur ce
François-Joseph dont il porte, en ordre inversé, les
prénoms.

Il ne comprend pas ce qui lui arrive. Et ne cherche
pas : Yang s'est mis à fouiller les balles. Et réunit en
quelques minutes tous les objets nécessaires au voyage
en terre golok. Entre chaque prise, il serine :

« Parce que tu vas voir, là-bas, le troc, y a que ça
de vrai... Les lingots, tout juste s'ils en veulent ! Le
troc, je te dis ! Tes guides, tes passeurs, les gens des
tribus, les moines qui vont te loger, tu vas les payer
avec ça, ça, ça, ça... »

La main de Yang s'arrête sur une rame de satin, un
écheveau de soie sauvage, une bobine de fil, un paquet
d'aiguilles. Puis, entre une brassée de plumeaux et de
queues de yak, il déniche de grosses théières. Le nuage
de son haleine, devant sa bouche, s'enfle brusquement
et il s'exclame :

« Pour la Reine, tiens ! »

C'est un modèle en cuivre qu'il vient de fourrer
dans les bras de Rock. Et, sans désemparer, il en choisit deux autres, ceux-là en étain.

« Voilà pour ses femmes ! »

Puis il se penche au-dessus des briques de thé.

« T'en auras pas trop de vingt ! Prends du Setchwan, c'est le meilleur ! Un lot pour la Reine et un pour
ses femmes, comme pour les théières ! Tiens, deux de
plus pour les moines ! »

Dans la foulée, au milieu du fatras, il rafle une balle

entière d'écharpes de soie. Plus le stock entier des
photos du dalaï-lama et du panchen-lama. Chaque
liasse doit compter une bonne centaine de clichés.
Yang ne laisse pas à Rock une seule seconde pour
protester, il continue à le devancer :

« Les écharpes et les photos, ça marche avec tout le
monde : les nomades, les lamas, les ermites, les chefs,
les bandits, les mendiants ! T'en auras besoin tous les
jours, allez, allez, prends tout... ! »

Au pied du rempart, entre les balles et les mules, il
n'y a pas que les yeux des paysans pour briller, ni
ceux des femmes, des pauvres, des enfants. Les camelots aussi sont émerveillés. Qui pourtant ont tout vu
de ce qu'il y a à voir par-delà les cols, les lacs perdus,
l'herbe sans fin, les vallées où personne n'habite, les
poussiers du désert ; et même les plaines d'en bas avec
leur air vicié, où vivent les Chinois. Seulement, c'est
la première fois qu'ils voient l'Homme Qui Va Trouver La Montagne. Et c'est à se demander s'ils ne sont
pas venus exprès : tout soudain, avec des mains de
magiciens, voilà qu'ils étalent devant lui un costume
de nomade.

D'où l'ont-ils sorti ? Impossible de savoir. Tout y
est : la toque de lynx, les bottes, le manteau de peau
doublé de laine et gansé de renard, la camisole en brocart. Une panoplie parfaite d'Homme Qui Cherche La
Montagne.

Rock n'y résiste pas. Par moins cinq, au milieu de
la foule, il se laisse docilement dépouiller de sa canadienne, puis enrouler et entortiller dans les épaisseurs
du manteau. Tout le monde s'y est mis : les camelots

mais aussi Yang, ses sbires, et trois femmes qui se
bousculent, leurs marmots dans les jambes : « Allez,
les bottes, maintenant ! Tire, oui ! Et maintenant,
enfonce ! Oui, comme ça, bien à fond ! Et tiens, voilà
la ceinture ! Non, pas là ! Plus bas, bien collée à la
sous-ventrière... Et ta manche gauche, là ! Non, pas
comme ça ! Regarde, il faut qu'elle pende jusqu'à ton
genou, raide comme la mort... Et fais attention, dégage
ton col de ta camisole, les deux fourrures doivent se
toucher, celle du manteau et celle de la toque. Voilà,
oui, comme ça, pour que tes oreilles, une fois à cheval,
quand le vent... »

Rock prend la pose. Autour de lui, les rires casca-
dent : le chef des camelots vient de lui réclamer une
somme extravagante, mille taëls.

Il ne répond pas, il n'entend rien ou presque. Il est
ailleurs, au palais, dans la salle d'audience. Demain, il
va demander à Yang de le prendre en photo. Il se mettra devant le trône, là où les laques et les ors sont les
plus somptueux. Il avancera le pied gauche, comme
maintenant, il lèvera bien haut la tête sous la toque, il
commandera à Yang d'appuyer sur le déclencheur. La
photo sera magnifique. Et la démonstration flagrante,
à Harvard et à Washington, qu'il est le seul Homme
En Mesure De Trouver La Montagne.

Mais pas moyen de rêver en paix, le chef de la caravane vient de réentonner son lamento :

« Mille taëls, une misère ! Et encore, c'est bien
parce que c'est toi ! »

Rock reste muet. Le manteau de nomade commence
à faire corps avec lui. Il vient de trouver la pose exacte
à prendre devant l'objectif : la main droite bien enfon-
cée dans le manchon formé par le repli ménagé juste
au-dessus de la ceinture, et le pied gauche laissant

tomber bien raide, jusqu'au genou, l'aplomb de l'autre manche. Des pieds à la tête il n'est plus que royauté, somptueux détachement. Il n'y manque que les ors et les laques. Et, bien entendu, la Reine des Femmes.

La caravanier s'essouffle, pousse sa plainte d'une voix de plus en plus grêle :

« Elle est en loup, ma toque ! Et ma camisole, du vrai brocart de Chengdu ! C'est comme les bottes, Yang peut te confirmer... »

Rock ne l'écoute pas davantage. Il est toujours absent : en esprit il rédige le courrier qu'il va griffonner et lui remettre dès qu'il aura fini de geindre.

Une lettre à l'adresse de Mr Gibson, le jeune comptable survolté qui, depuis les combles du Hubbard Memorial Hall, Washington DC, veille au cent près sur les finances du *National Geographic*. Assortie d'une facture : celle de ce costume.

Quelque chose comme : « *Réception officielle au palais de Choni. Frais de représentation : 3 000 taëls.* »

Pourquoi se priver ? Ici, au fin fond des montagnes, qui a jamais vu un reçu ?

Les camelots ont jugé l'affaire excellente : ils ont promis de repasser une semaine plus tard. À la bibliothèque, l'impression des livres s'achevait. Le chef de la caravane le savait ; il était également informé du projet de Rock d'envoyer les volumes du *Tanjur* et du *Kanjur* en Amérique : il lui a proposé de s'en charger. « Je vais en parler à Jésus-Sauveur, et je reviens aussi sec ! J'en profiterai pour te rapporter les journaux ! » Il lui jurait que son maître avait des caravaniers qui descendaient jusqu'à X'ian ; et, là-bas, assez d'amis pour les confier en toute sécurité à la poste officielle qui prendrait alors le relais jusqu'aux quais de Shanghai.

Yang n'a pas cru au retour des camelots. Dès qu'ils sont partis, il a grondé :

« Faut pas y compter. Ces types-là vivent avec le vent, les neiges. Ce serait en été, je dis pas. Seulement en hiver... »

Il avait l'air préoccupé, il avait les yeux plus bouffis qu'à l'ordinaire. Rock s'est inquiété, il s'est rendu à la mission, il a questionné Derk. L'autre a souri :

« Une petite affaire de famille, des broutilles. Une concubine, Troisième. Sa mère est mourante. Elle voudrait partir à son chevet. Mais Yang ne veut pas. Il est très attaché à elle. Il craint qu'elle ne revienne pas. »

Lui non plus, Derk, n'avait pas l'air de croire au retour des camelots. Ou alors il le redoutait. Il répétait :

« Qu'est-ce qu'on a besoin des nouvelles, dans le fond ? On verra bien au printemps... »

Quand il en avait fini avec ses malades au petit dispensaire qu'il venait d'ouvrir, il retournait à son occupation favorite : patrouiller dans les alpages. Il les connaissait déjà parfaitement. Il montait souvent très haut, au bout des forêts, du côté des chaumes. Il disait toujours qu'il avait besoin d'air pur.

Le chef caravanier a tenu parole : à l'aube du 2 février, il alignait à nouveau ses mules à l'aplomb de la muraille.

Pas eu de vent, il faut dire. Pas neigé non plus. Et la caravane était venue à vide. Ni ballots ni courrier. Pas davantage de journaux. Son retour, toutefois, ne pouvait pas mieux tomber : depuis vingt-quatre heures, l'impression des livres était achevée.

Sans perdre une seconde, Rock s'attelle à l'expédition des trois cent dix-sept volumes du *Tanjur* et du *Kanjur*. Avant même de commencer l'emballage, il a rédigé les étiquettes : « BIBLIOTHÈQUE DU CONGRÈS — EAST CAPITOL STREET — WASHINGTON DC — USA ». Sa plume a flanché, tant il était ému ; certaines de ses lettres bâton étaient toutes tordues. Mais il s'est vite repris ; et, puisqu'il avait la caravane à portée de main, il a décidé d'y adjoindre, cette fois-ci pour Harvard, à l'adresse de Sargent, une bonne partie de ses spécimens de plantes. Plus les centaines de clichés pris au

Kokonor et au pays de Tebbu. Enfin, et surtout, les précieuses graines de pivoine.

Il a fallu faire très vite : dès lors qu'il n'avait rien à vendre, le chef caravanier ne tenait plus en place. Les colis de plantes et les envois de photos étaient prêts, pas ceux des manuscrits. Rock a donc prêté main-forte aux Na-khis, emballé des livres de ses mains, arrimé lui-même les paquets aux flancs des mules. Son énergie était si contagieuse que certains moines, le Maître des Encres et Pinceaux, notamment, et le Préposé aux Coffres de l'Orge et du Thé, plus quelques maîtres de prières et leurs moinillons sont venus se proposer pour l'aider. Il a embauché à peu près tout le monde ; et, comme il voulait à toutes fins garder une trace de la caravane de livres – depuis l'affaire Wulsin, il n'oubliait jamais le *National Geographic* –, il a fait poser le convoi dans les rues pentues du monastère, puis sous la porte de Choni.

Moyennant quoi, en ce 3 février, sur le coup de midi, ses livres, ses plantes, ses photos et le paquet de graines de pivoine sont partis pour de bon. Une évidence si déchirante qu'au moment où les mules ont commencé à faire sonner leurs grelots, il a été saisi d'une crise de tics.

Jamais il n'avait essuyé un tel ouragan de convulsions. Lèvres, sourcils, narines, tout s'y est mis, jusqu'à son arcade sourcilière et sa paupière gauche. Depuis sa selle, le chef caravanier ne s'y est pas trompé, il a cherché à le calmer :

« Ils vont arriver à la côte, tes paquets, t'inquiète ! Lanzhou, X'ian, Nankin, Shanghai, la route est facile, je te jure, Jésus-Sauveur a des amis partout ! Et puis, ces derniers jours, ça s'est calmé, à ce qu'on dit, dans les plaines... »

Rock a préféré tourner les talons. Sans un salut, il a repris la route du monastère. Li Wen-kuo l'escortait – c'était toujours lui, désormais, non Li-Su, qui se noyait constamment dans son ombre. Et comme il ne pouvait copier sa crise de tics, il pleurait.

ھھ

Ce fut peut-être d'avoir vu, sur les joues du Na-khi, couler des larmes : les tics ont cessé aussi vite qu'ils avaient commencé ; et Rock s'est mis à lui lâcher tout ce qu'il avait sur le cœur.

Il était presque sûr que Li Wen-kuo ne pouvait entrer dans les raisons de son chagrin, mais tant pis, il lui a tout déballé tandis qu'ils remontaient la pente et gagnaient le dédale des premiers temples :

« Je leur ai tout confié... Mes photos, les livres, les plantes que j'ai récoltées au pays de Tebbu. Même les graines de... »

Lorsqu'il en est arrivé à parler de la pivoine, sa voix s'est étranglée. Il n'arrivait pas à la nommer. Dire son nom, c'était la revoir, revivre l'instant où elle lui était apparue pour la première fois sur la terrasse, épanouie au mépris du froid, avec cette tache unique, violacée et obscène, au cœur de sa gorgerette de pétales.

C'était aussi retrouver l'été qu'il avait passé à la traquer au pays de Tebbu, toutes ces journées radieuses et fiévreuses à la fois qui l'avaient porté de vallée en vallée, courant au long des éboulis, franchissant les torrents et les sources, traversant les bois de saules, rhododendrons, genévriers ruisselants de soleil, sans jamais la débusquer. Jusqu'à l'instant de grâce où, retrouvant Yang, dans le bois de peupliers, rien qu'à tâter la soie grenue du sachet qu'il lui tendait, il

avait éprouvé enfin la nature et la force de leur lien :
une amitié jardinière. Comme avec le vieux Ho, au
pied de la Montagne du Dragon de Jade. Avec ce
convoi de mules qui faisait maintenant résonner sous
ses sabots les planches du pont – étonnant ce que
l'écho portait loin en hiver... –, Rock avait aussi l'impression, sans pouvoir se l'expliquer, que ce lien-là se
rompait pour toujours ; et tout ce qu'il y a de calculs
au fond du cœur d'un jardinier, la saison et le vent, la
pluie, les humeurs de la lune, le temps des hommes et
le temps du ciel, la patiente conjugaison de l'humaine
volonté et des secrets de la terre, se transformait d'un
seul coup en plainte :

« La pivoine fleurit fin avril, je serai parti avant...
Et si la guerre reprend, je serai obligé de sortir du
Royaume des Femmes par la route du sud... Donc, à
supposer que je repasse par ici, ce ne sera pas avant
juillet. Longtemps que les fleurs... »

Il venait d'arriver sur la place où se dressait le
Temple de la Récompense de la Tendresse Humaine.
Dans la pénombre, accroupis entre les piliers, une centaine de jeunes moines, à l'ordre des cymbales, reprenaient aveuglément les psalmodies d'un maître. Rock
n'a plus réussi à articuler un seul mot. Autant
l'avouer : lui aussi pleurait.

Des livres. Une fleur.

∽

Les moines ont dû le guetter. Et capter à distance,
selon leur habitude, la souffrance en maraude : surgis
d'on ne sait où, trois d'entre eux s'approchent, tendent
vers les siens leurs doigts entortillés de chapelets et se

mettent à le dévisager de leurs yeux inquisiteurs et doux – on dirait qu'ils cherchent à boire sa peine.

Mais lui s'y refuse. Son chagrin, il veut le couver seul, en silence, dans sa chambre, près de son poêle. En fuyard il avise donc une venelle qui forme raccourci jusqu'à la tour-bibliothèque. Et s'y rue.

Li Wen-kuo le suit.

Les moines laissent faire : ils se contentent de hocher la tête, de joindre les mains, de baisser les paupières. Et, de fait, une fois dans la venelle, il commence à se calmer. Les yeux rivés au sol pour éviter les étrons de yak et les épluchures de légumes qui jonchent le sol gelé, il ne pleure plus, il se borne à grommeler :

« Qu'est-ce que je pouvais faire ? Bien forcé de saisir l'occasion. Impossible de les traîner derrière moi, mes livres, au pays de la Reine... »

Il s'interrompt. Cette fois, c'est un amas de fourrures et de soies qui lui barre le passage. Il s'y prend comme avec les épluchures et les bouses de yak : un pas de côté, puis il passe son chemin. En continuant à marmonner et caresser son idée fixe :

« Et les graines de pivoine, pareil ! Comme les livres... Trop risqué de les emmener là-bas. Auraient pu pourrir... Parce que, si ça se trouve, en été, les pluies, chez la Reine... Quitte ou double, quoi !... Et puisqu'il paraît que ça s'est calmé, dans les plaines... »

Donc, Rock est tout à ses pensées. Son œil s'est éteint, il avance à l'aveugle, sans rien remarquer de ce qui l'environne. Même pas la chaise à porteurs, au bout de la venelle. En dépit de tous les rubans, dorures et frises de fleurs multicolores qui signalent qu'elle est destinée à transporter une femme.

Aussi, dix secondes plus tard, quand il se retrouve face à un jeune moine qui lui barre le passage, il manque de tomber à la renverse. D'autant qu'il s'agit d'un superbe gaillard, très grand, très bien bâti ; et que – nouvel instant de stupeur – l'autre, de sa longue paluche crasseuse, lui tend un coffret de laque. La boîte est grande ouverte et bourrée de gâteaux.

Ils fleurent les fruits enrobés de sel, le sucre candi, le beurre de yak ; et lui rappellent furieusement ces friandises que les Chinois confectionnent pour fêter l'arrivée de l'automne, et qu'ils nomment « gâteaux de lune ». Il en raffole.

Sur-le-champ, il en reprend du poil de la bête et s'entend grincer : « Ça va me changer des cookies ! », puis il s'empare froidement du coffret. Mais il ne l'a pas entre les mains que le jeune moine le saisit par les épaules et, de sa poigne puissante, le force à se retourner. Alors seulement, dans le visage qui, depuis le sol gelé, se lève vers le sien, il reconnaît Troisième.

Même regard que sur la photo : jeune, effronté. Presque féroce à force d'envie de vivre.

Jamais Rock n'a vu une femme de ce rang le supplier ainsi : ce sont maintenant ses mains – attaches fines, ongles laqués, bagues de prix – qui s'attachent au bas de son manteau. Puis l'amas de peaux, soies et fourrures recommence à se contorsionner. À l'arrière, deux moignons en dépassent, ratatinés dans des chaussures elles-mêmes minuscules. C'est bien Troisième.

Le moine prend le relais. Lui aussi implore. Et, d'avance, Rock sait ce qu'il va lui dire : « Sa mère est très malade. Elle veut la voir avant sa mort. Yang ne veut pas. Interviens auprès de lui... »

Les mains de Troisième s'agrippent encore plus férocement aux pans de son manteau. Rock se dégage, manque de lâcher le coffret de laque. Le moine le rattrape au vol, le fourre à nouveau entre ses mains.

« C'est Troisième qui te l'offre. »

La jeune femme se prosterne de plus belle, elle en sera bientôt à ramper, à mêler ses fourrures et ses soies aux étrons et épluchures qui constellent le sol. Rock jette un regard au bas de la venelle, s'aperçoit qu'un autre moine y est posté. Il semble faire le guet. Il revient à Troisième. Toujours prosternée, la jeune femme continue à l'adjurer de tout ce qu'elle a d'yeux.

Elle n'est pas vraiment belle, cependant tout palpite en elle, transpire l'espoir, la vie. Il hasarde à nouveau – simple réflexe – un œil au bout de la venelle. Le guetteur esquisse un signe, puis détale. Rock s'entend bredouiller :

« C'est une affaire de famille. Je ne peux rien faire. »

❧

Il a replacé le coffret entre les pattes crasseuses du moine, puis s'est sauvé. Sans un mot. Sans se retourner non plus. Comme au moment du départ de la caravane.

Cinq minutes plus tard, quand il se retrouve enfin dans sa chambre, à se réchauffer les mains devant son vieux poêle, il traite cet incident comme le départ des livres et de la pivoine : il s'oblige, de tout ce qui lui reste de forces, à n'y plus penser.

La semaine suivante, le cours des choses reprend comme avant. De loin en loin, la nuit, des averses de neige. Le jour, un soleil si constant et si franc qu'il en arrive, derrière les fenêtres toujours bouchées de celluloïd, à égayer l'appartement.

Rock tient mécaniquement le compte des journées qui filent ; c'est aussi d'une plume sèche, le soir venu, qu'il consigne ce qu'il en a fait. Il est pressé d'en finir avec ce rituel – son loisir préféré, à présent, quand il regagne sa chambre, c'est de rêvasser devant le matériel réuni pour le départ, la bimbeloterie achetée aux camelots, le miraculeux arrivage reçu de Sargent. Dans les pages de son carnet de bord, guère de détails. Pas un mot sur les expériences qu'il réalise chaque matin en haut des alpages avec son théodolite, en prévision du jour où, se retrouvant au pied de la Montagne, il lui faudra prouver qu'elle est plus haute que l'Everest. Seulement quelques notes à propos de ses nouvelles photos – il s'est mis à tester ses plaques panchromatiques. Mais, là encore, sa prose se limite à une sorte de bilan comptable. Il consigne le nom des filtres utilisés, l'intensité de l'exposition, les temps de pose, la qualité des négatifs obtenus lors du développement.

Sa plume ne retrouve de l'allant que lorsqu'une fête secoue l'engourdissement du monastère. Personne ne vient jamais les lui annoncer ; il les découvre au hasard de ses promenades. Ainsi, deux jours après sa rencontre avec Troisième, il voit des moines exhumer de l'obscurité d'un temple une tapisserie de trois mètres de haut, puis se mettre en procession et aller l'appliquer, en plein midi, contre une falaise de lœss, en contrebas des temples. Face à cette magnifique symphonie solaire qu'il réussit à photographier de façon elle-même éblouissante (en vue panoramique, la file des lamas blottis sous leurs parasols jaunes, le long moutonnement de leurs mitres et houppes citron, et, au milieu de ce fleuve d'étoffes, le cuivre d'une cymbale qui s'en va rutiler dans le grand soleil), il songe à commencer à écrire un nouvel article pour le *National Geographic*, quelque chose qui pourrait s'appeler : « Ma vie chez les lamas de Choni », histoire de meubler ses journées avant son départ pour la Montagne ; et s'attelle aussitôt à l'ouvrage. Pendant vingt-quatre heures, il ne sort pas de sa chambre, tant il est inspiré. Le matin suivant, tout de même, comme Wulsin, il est fatigué de noircir du papier, et, comme lui encore (à ceci près qu'il ne déchire pas ses feuillets, qu'il juge excellents, comme ses clichés), il décide de redescendre dans la vallée pour se changer les idées et emporte son matériel photo.

Il se dirige ce matin-là vers le bois de peupliers. Longtemps qu'il veut le photographier. Pas seulement pour fixer le théâtre de ses retrouvailles avec Yang : il a rarement observé d'aussi beaux spécimens de *Populus simonii Carrière*, dotés de troncs aussi épais, aussi noueux. Comme d'habitude, Li Wen-kuo veut le suivre. Les clichés, cependant, seront faciles à réaliser, et ce matin, dans le bois, il préfère rester seul. Il décline son offre.

Une heure après, il en est à son huitième cliché. « Filtre K3, Diaphragme : 22, pose : 1 sec. », vient-il d'inscrire sur son carnet de notes. Il déplace son trépied vers la gauche, du côté de la rivière gelée, de façon à réaliser un panorama du bosquet. Et colle l'œil à l'objectif. Mais il le décolle tout de suite : le cadre, sur la droite, vient d'être envahi par une épaisse fumée. Laquelle lui expédie en prime, au fond des narines, une odeur qu'il abomine : de viande calcinée.

Il abandonne son appareil, lève le nez. Le vent a forci. Depuis le champ derrière la haie qui ferme le bois de peupliers, il rabat la fumée. Là-bas, quelque chose doit brûler.

Il remballe son matériel, sort du bosquet. À mesure qu'il avance, l'odeur se précise. Il se place aux aguets derrière une haie d'épineux engluée de givre et distingue un moine armé d'une pelle. L'homme tisonne un bûcher. Il s'approche encore. Le moine l'aperçoit et se renfrogne. Puis, comme il continue d'avancer, l'autre lui fait signe de s'éloigner.

Malgré son expression furibonde, il parvient à le reconnaître : c'est le grand gaillard de l'autre jour, celui qui l'a attendu au bout de la venelle et lui a fourré dans les mains la boîte de gâteaux de lune. Il ne cesse plus d'agiter sa pelle. Rock, cependant, s'obstine, porté par une curiosité qui s'aiguise malgré l'odeur de roussi. Il franchit quelques pas. Le moine se fige dans une pose excédée puis, certain que le mot va suffire à le faire détaler, lui hurle en lui désignant le bûcher :

« Troisième ! »

« J'ai eu beau faire, elle est partie. Je lui ai répété cent fois que les autres femmes, toujours, s'étaient fait rattraper, elle n'a rien voulu entendre. Elle n'arrêtait pas de répéter : "Je veux voir ma mère avant sa mort. Je n'ai pas peur de la montagne, je n'ai pas peur de Yang. Arrivera ce qui arrivera !"

« Avec ses pieds bandés, elle ne pouvait ni marcher ni monter à cheval. Je ne sais pas comment elle a fait, elle a fini par trouver un muletier. L'Œil-Dans-Le-Dos-De-Yang prétend qu'elle lui a donné tout ce qu'elle possédait. Il a dit qu'au moment où on l'a rattrapée, elle ne portait plus un seul bijou, pas une bague, pas un peigne, pas un seul bracelet ni collier. Tu te souviens pourtant du trésor qu'elle baladait sur elle... Elle a mis le paquet.

« Le muletier l'a chargée sur sa bête, ils sont partis au milieu de la nuit et ont pris le chemin du Hameau de l'Aube, celui qui monte à travers les champs de pommiers jusqu'à la Crinière du Tigre Jaune. De là, ils comptaient passer dans l'autre vallée, par la Porte du Rocher. Mais tu sais comme Yang dort mal. Cette nuit-là, au lieu d'aller comme les autres nuits rendre visite à ses petites Tibétaines, c'est justement dans la chambre de Troisième qu'il est entré.

« D'après moi, on l'avait renseigné. Quand il est entré dans la chambre de Troisième, il est devenu comme fou. Il savait que si elle s'en allait, il ne la reverrait jamais. Et comme il s'était déjà lassé de Quatrième...

« C'est L'Œil-Dans-Le-Dos-De-Yang que le Prince a envoyé rattraper Troisième. Il a beau être coupé, celui-là, quand il est à cheval, il file à une de ces vitesses... À croire que ça l'aide, de ne plus rien avoir entre les jambes !

« L'Œil-Dans-Le-Dos-De-Yang est parti avec les quatre autres, tu sais bien, ceux qui sont toujours pendus à son manteau : le gros qui n'a plus qu'une oreille ; les deux petits jeunes qui passent leur temps à espionner tout le monde ; et pour finir, celui qu'on appelle Face-de-Vice, tu le connais... Si, si, tu l'as vu ! C'est le vieux croûton qui a été défiguré par la variole et claque tout son fric avec les filles.

« Ils ont rattrapé le muletier et Troisième juste avant le lever du soleil, à la Crinière du Tigre Jaune. Ils étaient arrivés tout près de la Porte du Rocher. Un peu plus et ils passaient dans l'autre vallée.

« L'Œil-Dans-Le-Dos-De-Yang a attaché le muletier au cul de son cheval, il est arrivé le premier au Palais. Le pauvre gars était à moitié mort. Ça n'a pas empêché Yang de le faire écorcher.

« Pour Troisième, les cinq espions ont fait comme avec toutes les autres femmes de Yang quand ils les ont rattrapées : ils l'ont attachée par les mains et les pieds à une grosse branche, comme pour les truies. Il fallait bien faire un exemple. Et, de toute façon, avec ses pieds bandés, Troisième ne pouvait pas marcher.

« Quand ils sont arrivés au rempart, le muletier était en train d'agoniser. Yang a attendu que Troisième soit là pour le décapiter. Il a fait ça au sabre, comme d'habitude, puis il a réuni toutes ses femmes, les légitimes et les autres, dans la cour du Palais, et il a commencé à fouetter Troisième.

« Pour les autres filles, il est toujours allé jusqu'à la mort. Pour elle, il n'a pas pu, il s'est arrêté dès qu'elle s'est évanouie. Il a dit qu'il verrait plus tard ; il l'a ramenée à sa chambre et l'a enfermée à clef.

« Mais il savait que Troisième était une fille rusée, il a pris bien soin de vider sa chambre. Pas une couverture, pas un vêtement. Seulement, vu qu'il avait aussi enlevé le bois de son poêle de peur qu'elle mette le feu à la pièce ou qu'elle cherche à s'étouffer avec les fumées, il lui a laissé son manteau – il ne voulait pas qu'elle attrape froid quand elle reprendrait ses esprits. Mais Troisième ne s'était pas évanouie ; et le lendemain matin, quand Yang est revenu dans la chambre, il l'a trouvée pendue à une poutre. Elle avait caché sa ceinture dans sa manche... »

෴

À grands coups de pelle, le jeune moine achève de tasser les braises. Entre les bûches, on ne distingue plus grand-chose. Des os noircis, peut-être. Des fragments de tissu.

Le moine a beau être solide, à la longue il fatigue. Il s'arrête donc, pose son menton sur le manche de sa pelle et pointe, à cinq cents mètres de là, sous un bosquet d'épicéas, une longue enceinte de grès :

« Le cimetière des Yang... Tu connais ? »

Rock secoue la tête. Le moine paraît songeur, recommence à fourrager dans son bûcher, puis enchaîne :

« Tous les Yang sont là-bas depuis qu'il y a des Yang. Leurs femmes aussi. Même leurs concubines. Et quand elles se sauvent, elles sont toujours brûlées. »

Puis il soupire :

« Troisième... Pas la première, tu sais. Pas la dernière non plus. »

Il n'a pas l'air triste. Il reprend sa pelle et se remet vaillamment à la tâche, recommence à soulever les bûches et les ossements comme il fait depuis qu'il parle : avec un soin ouvrier, des mouvements fermes, heureux, précis, en bon garçon qu'il est. Et sa voix est très douce quand il entame sa prière devant ce qui reste de Troisième : « Garde de bons souvenirs de nous... Ne tarde pas à te réincarner... »

Mais voici qu'au milieu de sa psalmodie, comme surgi de l'enfer, le crâne roule des bûches fumantes. D'un cri, Rock fait taire le moine avant de tout planter là :

« *Es leben die Amazonen*[1] ! »

Une fois encore, sans s'en apercevoir, il a parlé allemand.

---

1. « Vivement les Amazones ! »

Et il a passé outre, comme pour l'opium. S'y arrêter, c'eût été gâcher son départ vers la Montagne. Il s'est forcé à penser : « Péripétie ».

Puis, au soir du 12 février, il a commencé à se dire : « Je vais raconter cette histoire à Sargent. Je vais aussi m'arranger pour la glisser dans mon article du *National Geographic*. »

Il voyait très bien comment s'y prendre : le fil conducteur, ce serait lui, évidemment. Le Grand Rock, précipité dans un invraisemblable chaos romanesque alors qu'il ne poursuivait qu'un seul, froid et noble but, rationnel et parfaitement scientifique : la découverte d'une terre inexplorée et d'une tribu inconnue. Et affrontant l'horreur et la barbarie de la même façon qu'il s'enfoncerait bientôt dans les canyons menant au Royaume des Femmes : en intrépide héros, d'un sang-froid jamais pris en défaut.

Il faut dire aussi, à sa décharge, qu'on était le soir du nouvel an chinois et tibétain. Lequel tombait cette fois à la même date pour les deux communautés : le 13 février. Pile...

« Année du Tigre de Feu ! avaient proclamé les moines quand les gens de Choni avaient commencé à dévaler les rues de la ville et du monastère avec leurs

sarabandes de dragons. Année des Chefs ! Énergie !
Action ! Imagination ! »

Le soleil venait de sombrer derrière la Porte du
Rocher. Rock n'a pas cherché à en savoir plus. Derrière ses fenêtres en celluloïd, il a allumé sa lampe à
kérosène, bourré de bois jusqu'à la gueule le poêle
gravé du chiffre 49, déplié sa table, sorti la montre, la
chevalière de la momie, le revolver, le journal. Puis,
tandis que les pétards commençaient à érailler la nuit,
il a renouvelé le Pacte. Et s'est laissé reprendre par
l'engourdissement de l'hiver.

ৡ

Chapelets de nuits creuses, soirées qui n'en finissent
plus, insomnies. Il se fatigue de guetter, à la lueur des
lampes à beurre, les dieux coloriés au plafond qui n'arrêtent jamais, eux non plus, de cavaler derrière des
montagnes fuyantes. Une nuit il n'en peut plus, se
lève, sort de sa malle jaune un carnet vierge et
commence à y griffonner un projet de roman.

À la fin du mois de janvier 1923, alors que je des-
cendais une rue de la petite ville de Tengyueh, à la
frontière birmane, je remarquai un cheval noir
conduit par un boiteux. L'homme, un Blanc...

Il ne va pas plus loin.

Soir après soir, pourtant, il reprend le carnet. En
vain. Malgré ses tentatives répétées, il ne cesse de
biffer ce qu'il a écrit, et ne parvient, en définitive,
qu'à aligner des intitulés de chapitres : Rencontre à
Tengyueh. La Française. Le prince de Choni. L'Ermitage de la Falaise. Au pays de Tebbu. Les vents du
Kokonor. La Maîtresse des Neiges...

Si, tout de même, une nuit, il réussit à ajouter à sa

liste : « Histoire de Troisième ». Cependant, alors qu'il commence à relater la rencontre de la venelle et l'épisode des gâteaux de lune, quelque chose de très puissant gèle soudain sa plume ; et comme tous les soirs, il referme le carnet et va se recoucher.

Ensuite, comme toujours à l'aube, après le gel des rêves, la glu têtue, sournoise, du froid.

𑁋 ❧ 𑁋

C'est précisément par un matin comme celui-là que, le 21 février, s'approchant de ses fenêtres pour voir si la neige est passée, il remarque, franchissant le pont, une nouvelle caravane. Pour une fois très modeste : seulement quatre mules. Il s'habille à la hâte, se précipite à la porte des remparts.

Mais pas de marché ce jour-là, pas de rassemblement à l'aplomb de la muraille. Le chargement est exclusivement destiné à Yang. Il est aussitôt dirigé sur le palais.

La rumeur se met alors à courir que c'est une livraison d'armes et de munitions – certains vont jusqu'à jurer que, des ballots, ils ont vu dépasser des canons de mitraillettes. Rock, lui, n'a rien noté. Comme d'habitude, il s'est limité à ce qui l'intéresse. Et a constaté une fois de plus que les camelots n'ont pas de courrier pour lui – pas davantage de journaux.

Pas de nouvelles non plus de sa caravane de livres. Les hommes de Jésus-Sauveur, cette fois, ne sont guère causants. Quand il leur demande où en sont ses paquets pour l'Amérique, ils lui répondent qu'ils l'ignorent. Il reprend, nerveux :

« Et la guerre ? »

Le chef caravanier plisse ses paupières fripées par les soleils des cols et se borne à grommeler :

« Se passe plus rien. Le froid. Les nouvelles n'arrivent pas. Plus grand monde dehors, de toute façon, nulle part. Même nous... »

Puis il frappe de ses bottes le sol gelé, comme pour prendre à témoin les forces de l'hiver. Et se tait. Impossible de savoir s'il est fatigué de lui tricoter des mensonges, ou si c'est sa langue qui s'est figée, par contagion du gel universel. En désespoir de cause, Rock choisit, une fois encore, le même parti que pour les livres, la pivoine et la Troisième : il se donne pour règle de cesser d'y penser. De ne plus vivre, jusqu'au 26 mars, qu'en se projetant devant lui, à chaque souffle, à chaque pas, l'image de la Montagne dans le soleil levant. Il se surprend parfois à murmurer : « Filtre K2, diaphragme 25, la Reine au premier plan... »

Puis il se remet à écrire. Pas son projet de roman, son article pour le *National Geographic*. Dans la chambre où naguère Wulsin a si longtemps séché, il empile bientôt une bonne dizaine de feuillets. Il est tout particulièrement satisfait de son ouverture :

« *Lors de l'hiver 1924, quand ma caravane a quitté Yunnanfu pour s'en aller à la recherche de la mystérieuse montagne de l'Amnyé Machen, j'ignorais, comme les trois cents millions d'hommes qui peuplent la Chine, et sans doute comme la plupart des humains, l'existence de Choni. Ce fut en route que j'appris l'existence de cette petite principauté oubliée du monde, et de son prince héréditaire, qui la tient dans sa poigne de fer. J'en fis vite mon ami. Non seulement il m'offrit son assistance pour mon travail photogra-*

*phique et me permit d'assister aux fêtes données en
sa lamaserie, mais il me conféra partout une place
d'honneur, si bien qu'au fil des jours je pénétrai peu
à peu les arcanes de cette principauté étrange, et fus
le témoin d'événements qu'aucun Blanc, à ce jour et
à ma connaissance... »*

Lorsque sa main, son dos commencent à fatiguer,
Rock s'offre un bain. À nouveau, ronflement du poêle
et clapot de l'eau brûlante sous les poutres où les dieux
poursuivent leurs chevauchées entre les montagnes
rose bonbon et les vallées turquoise, tandis que le
soleil, derrière les négatifs encollés aux fenêtres,
recommence à pâlir entre les neiges noires. Un petit
effort de concentration, et resurgissent entre les
vapeurs – filtre K2, diaphragme 25 – les glaciers bleus
de la Montagne. Avec, bien sûr, au fond de l'objectif
imaginaire, le premier plan de rêve, la Reine à cheval.
Selon les soirs, drapée dans une longue étole de léopard. Ou nue, comme dans la chanson des filles du
lac.

Il appelle alors Li-Su ; et puisqu'il vient de découvrir dans ses malles, au hasard d'un rangement, une
seconde fiasque de vieux porto, il s'en fait servir un
verre. Au bout de cinq minutes, le vin finit toujours
par dégager une note de figue. L'instant se fait sans
mémoire ; le monde, comme la robe du vin, sûr et
rond. Ordre profond.

Aussi, une semaine plus tard, quand il croise Derk
sur les bords de la rivière, l'idée ne l'effleure pas de
lui parler de Troisième. Ni de l'opium. Encore moins
de lui demander son avis sur le contenu des ballots
que les hommes de Jésus-Sauveur viennent de livrer à
Yang. D'autant que Derk, tout frétillant sur son che-

val, a lui-même une histoire toute fraîche à lui servir : là-haut, dans les alpages, il vient de croiser des moines qui préparent une fête. Ce qu'ils lui ont confié le surexcite. Le sang se réveille sous ses joues brunes de jeune sportif et il n'attend pas les questions de Rock pour lui déballer son affaire.

Là-haut, donc, à la lisière de la forêt, ces lamas occupés à ramasser il ne sait trop quoi – des lichens, peut-être – lui ont appris que, dans deux jours, au monastère nommé Temple de la Famille Ho, vont se dérouler des transes.

« Les gens vont venir de partout ! s'enflamme-t-il. Du désert ! Du pays de Tebbu, du Kokonor ! Et même des plaines, paraît-il ! »

Rock fait la fine bouche :

« En plein hiver ? »

L'autre maintient :

« En plein hiver !

– Et la guerre ?

– Justement ! Le temps de la fête, on décrète la trêve. Les moines ouvrent le sanctuaire à tout le monde. Même aux Musulmans, même aux Chinois ! »

Rock ne veut pas en démordre, il siffle :

« Jamais vu ça ! »

L'autre, piqué au vif, se redresse sur sa selle.

« Puisque je vous dis que ce sont des transes ! Les moines se déguisent en squelettes !

– Et alors ? grince toujours Rock. Je connais, oui, la Danse de la Mort, j'ai déjà vu ça cent fois dans le Sud, à Muli, à Yongning, à Zongdian ! Qu'est-ce que vous me chantez, ça ne donne jamais lieu à des transes !

– Si, si ! s'entête Derk. J'ai bien questionné les moines. Ils m'ont juré qu'il y aura des possessions en plus des danses. Et qu'elles guérissent n'importe quelle maladie. »

Rock se renfrogne. Le missionnaire en profite pour enchaîner :

« Les gens viennent de très loin. Et il paraît qu'au réveil, je vous jure, il y a des paralytiques qui marchent, des lépreux qui... »

Il en frémit de partout, comme au passage du Diable. Puis il chuchote :

« Je veux voir ça... »

Rock comprend alors qu'il n'ose pas se lancer tout seul dans sa petite excursion. Il s'entend lâcher :

« Je vous accompagne. »

C'est seulement une heure plus tard, après une nouvelle séance d'essais de ses plaques panchromatiques – filtre K2, diaphragme 17 –, qu'il réalise que, depuis deux mois, il s'ennuie.

❧

Donc, l'après-midi même, il court à la mission régler avec Derk tous les détails de leur petite expédition. Le révérend est au dispensaire. Malgré les heures qu'il vient de passer à désinfecter toutes sortes de plaies et scrofules, sa surexcitation n'a pas faibli : à la seule vue de Rock il verrouille la porte. Puis, comme le matin, sans attendre ses questions, il recommence à s'enflammer. Il a maintenant son idée sur la marche à suivre pour leur équipée :

« Les transes ont lieu sur le coup de midi. Le monastère est à une heure et demie de cheval, du côté de la Falaise de l'Aigle Bleu. Il faudra partir à neuf heures trente, pas plus tard. La cérémonie n'a lieu qu'une fois l'an. Les moines vont sortir des costumes

du temps des premiers Yang. Mais pas prudent de
monter là-haut sans escorte. Parce qu'on ne sait pas,
la foule, la guerre... Il vaut mieux prévenir le supérieur
du monastère. Et puis mettre Yang dans le coup, lui
demander de nous escorter. Parce que, la foule, on ne
sait jamais, la guerre... D'ailleurs, si les moines de
Choni pouvaient nous accompagner... Car si ce sont
vraiment des possessions démoniaques... Après tout,
Yang est grand lama... »

Il recommence à se faire peur : tout ce qu'il a de
glotte et de pomme d'Adam s'est remis à trémuler.
Rock se redresse sous sa toque, défripe l'aplomb de
son manteau de nomade, puis, comme naguère Potocki
avec son père quand il venait de rapporter du collège
un carnet de notes exécrable, il arrondit autour de
l'épaule du jeune missionnaire un bras tout en impériale charité.

« Laissez, Derk. Je m'en charge. »

À partir de là, le roman qu'il va servir à Sargent et
au *National Geographic* s'écrit tout seul : au monastère, lorsqu'il tente de recruter une escorte pour l'accompagner aux transes, tous les moines se défilent.

Même les grosses brutes aux battes de peuplier.
C'est chaque fois la même chose : il suffit qu'il mentionne le rassemblement qui va se tenir au Temple de
la Famille Ho pour que tous, quel que soit leur rang,
sacristains, archivistes, économes, secrétaires des économes, comptables ou sous-comptables, prennent la
tangente. Même les cuisiniers, même les balayeurs.
Les dignitaires, eux, les Préposés aux Serrures du Premier Trésor, les Préposés aux Cadenas du Second Tré-

sor, les Préposés aux Coffres de l'Orge et du Thé, dès qu'ils ont vent de son projet s'arrangent pour ne plus se trouver sur son chemin puis passent le mot à leurs pairs, les Gardiens de l'Encens, les Gardiens des Masques et Costumes de Fête. Et, ça tombe sous le sens, on met dans la confidence les Réincarnations de tous âges qu'on héberge dans les recoins des temples et des divers appartements. Si, par extraordinaire, tous ces Bouddhas Vivants tombent sur Rock, eux aussi lui opposent, dès qu'il s'approche, la même face de pierre. Et tournent les talons sans un mot.

Un seul moine se distingue : le Gi-ku, l'homme qui organise les controverses théologiques au Temple de la Récompense de la Tendresse Humaine. Celui-là même qui lui a indiqué les quelques jours de mars où il devrait pouvoir s'engager sans risques sur les cols menant au pays Golok. Lui, le Gi-ku, prend les devants, l'aborde en pleine rue – il l'a sans doute guetté. Il le saisit par le bras avant de lui lancer une grande bourrade dans les côtes :

« Te fatigue pas avec ta fête, là-haut ! Soit les gars y sont allés une fois, et ils se sont juré de ne plus y remettre les pieds. Soit les autres leur ont raconté ce qu'ils ont vu, et rien que d'y penser ils s'en pissent dessus ! »

Il part d'un grand rire, certain qu'il est de l'avoir convaincu.

Rock, cependant, se dégage et lui tient tête :

« Puisqu'il y a des gars qui ont tenté le coup... Présente-les-moi ! »

La fonction du Gi-ku, au temple, est d'avoir toujours le dernier mot. Cette fois, il en reste sans voix. Et l'air si interloqué que Rock, à son tour, éclate de rire.

« Allez, crache-moi le morceau ! T'y es monté, là-haut, toi aussi ? Et maintenant... »

Il commence à mimer l'homme qui se pisse dessus. Mais s'arrête net : devant lui, la silhouette du Gi-ku s'est figée. Coulée dans le plomb de l'effroi.

Pas un frisson, lui. Entre ses doigts ne tremblent que les grains de son chapelet.

✌

Yang aussi a refusé. Éructé un « Non ! » qui a fait vibrer les poutres vermoulues de la salle des banquets. Puis il a trituré fiévreusement la garde de son sabre. Rock s'est aussitôt volatilisé en enfonçant sa toque sur ses oreilles. Il ne se sentait plus du tout dans la peau d'un héros de roman. Ni même de la vedette d'un article du *National Geographic*.

Pour autant, il ne renonce pas. Derk non plus. Ils n'ont pas tort. Le matin du départ, alors qu'ils s'engagent, comme convenu, à neuf heures et demie pile, sur le chemin qui grimpe vers la Falaise de l'Aigle Bleu, nouveau coup de théâtre : trois cavaliers les rattrapent – L'Œil-Dans-Le-Dos-De-Yang, suivi de deux de ses mouchards. L'eunuque vient lui annoncer que le Prince va les rejoindre d'ici une heure, et qu'il emmènera son fils.

Comme ses deux sous-espions, L'Œil-Dans-Le-Dos-De-Yang est blême. Selon le mot du Gi-ku, il s'en pisse dessus. Mais rien à faire : service commandé. S'il transgressait les ordres, il y laisserait une oreille, voire les deux. Quant à Yang, s'il vient, c'est à coup sûr parce qu'il ne veut pas perdre la face devant des étrangers.

Rock laisse les trois cafards tourner bride vers

Choni, puis inspecte sa petite troupe. Face au ciel jeune, Derk continue de lever le même profil hardi, cuit et recuit par des semaines de chevauchées soleil en face. Li Wen-kuo et Ho Tzu-chin, désignés d'office pour l'équipée, attendent ses ordres comme à leur habitude : fusil impeccablement ajusté à l'épaule, cartouchière ceinturant à la perfection leur manteau noir et blanc. Indifférents ou fatalistes, impossible à dire.

Les chevaux, eux, appellent déjà le chemin, frappent et refrappent la piste. Par endroits, elle est aussi vitrifiée qu'une porcelaine. Mais pourquoi tarder encore ? Le jour est large, le soleil frissonne, les ravins en fuite vers les forêts promettent plus d'arrière-mondes qu'on ne saurait en explorer en une vie – en avant !

Vergers gelés, méplats de roc abasourdis de soleil, cascades figées en murs de stalactites, troupeaux de faisans errants. Pas le temps de les pointer du canon et de s'offrir un carton – le temps presse, vite, vite, la couverte d'épicéas !

Marais d'épines, à présent, neige laiteuse. Effluves de résines, de lichens. Branches qui s'accrochent à la toque, griffent les joues. Le chemin s'étrécit, hésite, s'agrippe. Broussailles brasillant de givre. Le jarret peine, le genou s'épuise.

Le chaume, enfin. La piste se rouvre au plus large, file à perte de vue, libre et ferme sous la poudreuse, la terre redevient aimante au sabot du cheval. Relâche.

On est très haut, on doit friser les trois mille cinq cents. Le jour a parfaitement monté en graine : soleil immense en pleine face. Le col est proche ; le cuir des rênes, des bottes, de la selle écrase brutalement de son odeur les arômes de la forêt. Poumon qui chauffe, cœur qui cogne.

Rock se retourne, constate que Yang et ses sbires n'arrivent pas. Il lève un bras, décrète la halte. Le groupe de cavaliers se reforme, s'agglutine au pied d'un rocher. Haleines lasses, souffles à la peine. Il a pourtant la force de reprendre le couplet qu'il sert à Derk depuis la vallée :

« ... Ces transes, à tous les coups, de l'hypnose. Ou de l'hystérie collective. Je vous le redis : on aura le temps de les voir venir. Le phénomène, à ce que je sais, est toujours très progressif... »

Derk ne répond pas. Le retard de Yang doit l'exaspérer : ses jarrets se crispent au-dessus des étriers, il fixe d'un œil anxieux la piste forestière. Mais Rock s'obstine à pérorer :

« Dans mon jeune temps, à Vienne, j'ai connu un médecin... »

Il sent l'agacement de Derk et n'y peut rien : il n'arrive plus à s'arrêter, les mots s'enfuient de lui. En même temps qu'il parle, c'est étrange, il voit se dresser au bout du chaume le sommet d'une montagne.

Une montagne, ou *la* Montagne ?

Il fouille l'horizon. Devant lui, à perte de vue, rien que le gentil moutonnement du chaume englouti sous les neiges. Et le ciel vide.

L'altitude, sans doute, un mirage. Le soleil qui tape. Le cerveau qui se met à fuir de partout. Alors, à nouveau, ce flot de paroles qu'il n'arrive plus à endiguer :

« ... Ce médecin, un drôle d'oiseau... J'ai suivi ses cours à la clinique psychiatrique, c'était juste avant mon départ de Vienne... Et c'est justement en l'écoutant que j'ai compris que l'hystérie... »

Même à Muir Rock n'a jamais rien confié sur ces cours qu'il a suivis à l'université de Vienne, les quelques semaines qui ont précédé sa fuite. Et voilà que ça sort tout seul. Qu'il s'entend tout déballer à un quasi-inconnu :

« ... Je me souviens, j'allais à ses conférences du samedi. Les gens, au palais, l'avaient surnommé le Barbichu. Il n'arrêtait pas de fumer des cigares, et comme il avait toujours la tête ailleurs, on se disait qu'un jour ou l'autre sa barbe allait prendre feu... Je les revois aussi, ses bâtons de chaise. Il allait les acheter près de l'église Saint-Michel. Une boîte par jour, c'est dire s'il pétunait ! Je me souviens même qu'il attachait sa cravate en nœud demi-windsor. Vous connaissez ce nœud, c'est celui que je fais toujours quand je me cravate... Il portait aussi des pompes jaunes, ça lui donnait une de ces touches... Qu'est-ce qu'on pouvait se marrer, au palais Potocki, quand on le voyait arriver de l'autre côté du Ring ! Il passait presque toujours à la même heure. À croire qu'il avait avalé une pendule... »

Des pompes jaunes. Se marrer. Une de ces touches. Bâtons de chaise. Le Barbichu. Pétuner... Rock s'entend parler comme son père.

Et toujours pas moyen de s'arrêter. Derk, de toute façon, ne relève pas. Il ne l'interrompt même pas quand il lâche « palais Potocki ». Il pourrait pourtant lui lancer (la Géante, elle, ne l'aurait pas raté) : « Le palais Potocki ? Qu'est-ce que vous fichiez là ? Vous êtes aristo ? Qu'est-ce qu'il fabriquait, votre père ? D'où vous sortez ? »

Eh non, Derk ne dit rien. Mieux encore : l'œil tout rond, d'un seul coup, et la bouche légèrement ouverte, c'est lui qu'il fixe, Rock. Il en a oublié Yang tant il est subjugué par cette histoire de neurologue viennois. Mais toujours pas de questions. Simplement, devant l'immense drap de neige étalé sur le chaume, cette bouche qui s'entrouvre et ce gros œil verdasse et rond. Plutôt stupide, il faut bien dire. Rock s'enhardit :

« Oui, je me rappelle, le Barbichu... »

L'instant est léger, les phrases continuent à couler de source. On dirait l'eau des neiges quand revient le printemps.

« Il habitait à dix minutes de chez nous, de l'autre côté du Ring, en bas d'une rue en pente, à côté d'une boucherie. Ses patients, c'étaient surtout des patientes. Des femmes de la haute, vous auriez vu ça ! Alors, tout cet étalage de bidoche... Fallait les voir se pincer le nez sous leur voilette quand elles passaient devant les jattes de gras-double et les quartiers d'escalope... »

La bidoche. Fallait les voir. La haute... Ça continue, les mots filent et glissent, heureux, tranquilles, avec tous les relents de buanderie et de cuisine qu'ils traînent après eux, même ici, à près de quatre mille mètres. Avec l'odeur de moisi qui ne cessa jamais d'imprégner les soupentes et les escaliers de service du palais Potocki.

Derk ne sent rien, lui. Il continue à hocher gentiment sa bonne petite tête de sportif. Et les mots de Rock de glisser, couler, toujours aussi libres et joyeux.

« À la longue, vous pensez bien, il y a eu des cancans. Parce que Vienne, à l'époque... Pendant tout un temps, le Barbichu a crevé la dalle, personne ne savait comment il arrivait à se payer ses boîtes de cigares. Mais ça s'est arrangé, il a fini par se dégoter un poste à l'université. C'est à ce moment-là que je suis allé suivre ses cours. Le livre qu'il venait de publier sur l'interprétation des rêves... »

Rock s'interrompt pour une fois, reprend son souffle.

C'est qu'il va en falloir, du poumon, pour le récit qui commence à se former dans sa bouche, d'autant plus que, tiens ! le fantôme de la Montagne vient de repasser devant lui !

Pourtant, trop tard, impossible de reculer, il faut aller jusqu'au bout, raconter à ce niais de Derk – lequel, soit dit en passant, aurait mieux fait de s'engager dans la cavalerie légère plutôt que de se vouer à la cause pentecôtiste –, comment, enflammé par la lecture du livre en question (volé à Potocki, une fois de plus ; le Comte lui-même l'avait lu en cachette, puis sottement et mal dissimulé derrière un rayonnage de sa bibliothèque), il s'est introduit un samedi après-midi près de la Tour des Fous, à la clinique psychiatrique de l'hôpital de Vienne, au bout d'une interminable enfilade de cours et de couloirs, et s'est fait arrêter à la porte de l'auditorium où officiait le Barbichu. « Où est votre carte d'inscription à l'université ? – Mais enfin, vous ne me reconnaissez pas ? Alfred Potocki, le fils du Comte ! » Il a glissé à l'appariteur une facture à l'adresse du palais. On bredouille, on s'excuse, on le fait entrer. Et dix samedis de suite, on n'y voit que du feu.

Oui, Rock sent qu'il va tout lui balancer, à Derk, de ses petites et de ses grandes filouteries. Se déballer, comme on disait dans les cuisines du palais Potocki, se déboutonner. Il va peut-être même lui sortir l'affaire du faux diplôme. Et celle de Muir, à Hawaï. Le pistolet, le Pacte, le milliardaire de New York, la chevalière volée, les oiseaux noirs. Le ciel est si haut, si bleu. Et si proche, ce spectre de montagne qui n'est pas la Montagne – il n'arrête pas non plus, tandis qu'il parle, de surgir, de s'évanouir, de resurgir, de revenir, de rôder.

Fracas d'un galop, Derk ne l'écoute plus : au débouché de la forêt, voici Yang, toutes fourrures au vent. Il cingle, le Prince, cravache, bondit, cavalcade en héros de légende, ignorant des pierres, des terriers, des broussailles, des gerçures luisantes du verglas.

Dans la bouche de Rock, le fleuve de vérité se tarit sur-le-champ. Entre ses dents, en forme de conclusion, ne reste qu'une pâte de mots grumeleux et bonnasses :

« ... Enfin, vous savez ce que c'est, Derk, la jeunesse... Tous les détours qu'on fait avant de trouver sa voie... »

Les chevaux ont été attachés hors les murs sous la garde d'un des mouchards. Quand ils vont lire la description du monastère, Sargent et le président du *National Geographic* vont en avoir pour mille fois leurs dollars – surtout s'il parvient à faire entrer tout ce qu'il voit dans sa chambre noire : dans la cour, la foule est inouïe.

Fourrures partout. Lynx, loup, léopard, renard, mouflon, blaireau, elles racontent l'entier bestiaire des forêts. Il y a même, çà et là, du tigre des neiges. Chapkas et toques. Feutres à la Robin des Bois. Pour les moins frileux des Musulmans, des turbans. Plusieurs chapeaux de cow-boy semblables en tous points au Stetson du Régent. Enfin, d'héroïques dignitaires chinois ont refusé de perdre la face et se raidissent sous leurs minces calots de soie.

Pour le reste, l'ordinaire des costumes du Nord. Sautoirs de turquoises, talismans d'argent, brocarts rouges et bleus, béguins en coraux des filles du pays de Tebbu. Manteaux des riches, houppelandes des pauvres. Pelisses de laine pour les chameliers du désert, quelques vestes matelassées de gens des plaines. On est vraiment venu de très loin.

La vermine, les poux, les puces sautent de tignasse

en tignasse, de nattes en nattes pour peu qu'elles dépassent d'un poil des couvre-chefs. On n'en dira rien à Sargent, non plus qu'au président du *National Geographic*. À ce beau monde il faudra servir un Tibet à la fois bien bariolé et bien propret, faute de quoi ils n'y croiront plus, à leur roman, ils feront la fine bouche devant ce récit des montagnes. Côté odeurs, *idem* : pas une ligne sur les relents de crasse et de beurre rance. On ne leur parlera que du déluge d'encens.

Quant à la foule accroupie devant le temple dans l'attente des transes, plus que jamais motus : c'est la cour des miracles. Boiteux, nabots, idiots, paralytiques, éclopés, béquillards, impotents, gens qui geignent, gens qui rampent, bavent, se perdent dans leurs moignons, suint, sueur, chiures, pus, glaires, morve, urine. À cause du froid on ne voit pas grand-chose des corps, seulement des visages et des mains. Assez quand même – peaux grises, abcès, verrues, gerçures, brûlures, jambes coupées, yeux crevés, lèvres mangées, nez bouffés, bouches sans dents – pour pressentir l'horreur des souffrances : aveugles, cancéreux, tousseux de toute espèce, lépreux, mourants jeunes et vieux. La douleur annule l'âge, sauf pour les enfants. Il y a quelques bébés.

Et dans toute cette grande soupe à la maladie, formant liant, la belle, la droite, la hardie troupe des bien-portants. Debout, confiants. Les yeux criant d'espoir ou de folie. C'est selon. Parfois, c'est tout en même temps.

Pas une seconde pour s'attarder : accueil solennel des moines. On est attendu de pied ferme, on dirait. On a sûrement été guetté de loin.

Un lama-chef, comme dans tous les monastères. Par-derrière, tout aussi inévitablement, des sbires et des sous-sbires.

Écharpes de bienvenue, salutations, inclinaisons. Puis ces secondes furtives où l'on fourre dans les grosses pognes du lama-chef un bon sachet de dollars. Là encore, il faudra se taire.

La facture, de toute façon – « *Réception au Temple de la Famille Ho. Frais de représentation...* » –, atterrira chez le comptable du *National Geographic*.

Le lama-chef compte et recompte ses pièces en serrant les dents, puis lève les yeux. Sourire large, paupières effilées de malice. Joie du marché conclu.

Autour du moine, la nuée ensoutanée de rouge et safran a déjà compris : un sbire accourt, présente un plateau chargé de verres de thé et de gâteaux. Ils empestent le beurre rance, comme le reste, exhalent aussi un petit quelque chose qui serait bien du lichen. À moins que ce ne soit des champignons. En tout cas, ces petites boulettes sentent la forêt.

« N'attendez pas, mangez tout de suite », insiste le lama-chef.

Yang commence. Chacun l'imite scrupuleusement. Sauf – une fois n'est pas coutume ! – L'Œil-Dans-Le-Dos-De-Yang. Lui, à la première bouchée, se perd en prosternations devant le dignitaire. On dirait que c'est une feinte, qu'il cherche à la recracher.

Mais le lama-chef ne voit rien, ou feint de ne rien voir, il abrège : « Venez par ici ! » – il s'adresse à Rock et lui désigne, en surplomb sur la cour, une longue galerie de bois.

L'escalier est très raide, vermoulu, il grince dangereusement sous les bottes. De là-haut, cependant, vue plongeante sur la cour.

Il faudra néanmoins faire des gros plans des danseurs. Donc, à un moment ou à un autre, installer le trépied au milieu de la foule.

« Puis-je aussi faire des photos en bas ? » hasarde Rock dans son chinois le plus policé.

Le moine lui oppose un œil vide : il ne parle que le tibétain, il n'a pas compris. Yang traduit, lui désigne les deux Na-khis qui ploient sous le matériel photo. L'autre gazouille aussitôt : « Mais oui, mais oui ! » Et il ne réclame pas de rallonge de dollars.

Diablement arrangeant, le lama-chef ! songe Rock en serrant sous son manteau la réserve prévue pour le cas où. Diablement complaisant – belle journée, décidément !

D'autant que tout s'enchaîne tambour battant : Li Wen-kuo n'a pas monté l'appareil sur son trépied que les gongs et les conques se mettent à résonner. La cérémonie va commencer.

Seul élément contrariant : le soleil qui tape trop fort pour entamer les prises de vues. Pour une fois, cependant, Rock ne bout ni ne grince ni ne ronchonne. Il se contente de consulter sa montre et ordonne au Na-khi d'attendre. Et, sous l'œil mi-narquois mi-flatté de Yang, de l'intérieur du manteau qu'il a acheté aux camelots, sort posément carnet et stylo.

Première volée de notes :

« 12 h 04. Temple de la Famille Ho, cour principale.

Situation du monastère : sud de Choni, petite vallée parallèle à celle de la rivière Tao.

Datation du temple : ère Kangxi – indiscutable, stèle de fondation à l'entrée. Mais soubassements beaucoup plus anciens. Les premières constructions remontent sans doute à l'époque T'ang, comme l'a prétendu Derk.

Comme à la lamaserie de Choni, nombreuses fissures dans les murs. Tremblement de terre il y a quatre ans, me dit Yang.

Altitude (au jugé) : 2 800-3 000. Orientation : plein sud – la neige fond sur les toits.

Température (au jugé aussi) : 2° C. Paysage très paisible, collines enneigées.

Végétation : classique. Forêt de l'autre côté du mur d'enceinte, juste au débouché du chaume. *Abies Miller, Picea A. Dietrich, Juniperus, Larix.*

Ouverture de la cérémonie. Offrandes de la foule. Les paysans jettent leurs cadeaux au centre de la cour, sans doute là où vont avoir lieu les danses et, je l'espère, les transes. Certains lancent des dollars d'argent. D'autres – les plus nombreux – des paires de bottes rouges et bleues. Certaines sont rebrodées, somptueuses. Des moines viennent ramasser les offrandes.

Sur le balcon, à ma droite, Yang. À gauche : deux notables chinois. Tout le monde est très détendu. On se croirait dans la loge de l'Empereur à l'Opéra de Vienne. Peut-être une vaste arnaque, cette histoire de transes.

Procession des lamas. En file deux par deux. Ils sont une bonne centaine. Gongs, trompettes, cymbales – celles-ci sont frappées horizontalement. Jamais observé ce type de procession avant ce jour, ni à Choni, ni dans le Sud, ni ailleurs.

Au fond de la cour, la procession s'arrête net. Cymbales encore. Les moines se retournent, font face à la populace. Jamais vu ça non plus.

Arrivée des danseurs. Très subite : on dirait qu'ils ont été précipités par une catapulte. Ils étaient postés au fond du temple, je pense. Agilité phénoménale. N'arrêtent plus de tournoyer et de mouliner des bras. Malgré l'altitude, ne semblent fournir aucun effort.

Type de chorégraphie : Danse du Dieu de la Mort. Les danseurs sont costumés en squelettes. Très classique, déjà vu cent fois – voir mes carnets du Sud, Yongning, Muli, etc. Les lamas de Choni doivent aussi la pratiquer ; la semaine dernière (voir *journal*), dans une remise, aperçu des masques et des déguisements identiques. Ici, tout de même, costumes plus anciens. Tissus usés, etc. Coupe plus sommaire, aussi. En somme, archaïques.

Les masques des squelettes, comme partout pour ce type de danse, figurent des têtes de mort. Couleur des crânes : safran clair. Ici, en plus, oreilles en éventail de taille monstrueuse et mâchoires très accusées. On dirait aussi qu'elles bougent, qu'elles vont dévorer les spectateurs. Impression très bizarre. Sans doute illusion d'optique.

Au pied des danseurs, déjà trois femmes en transe. Yeux révulsés, bouches baveuses, coups de pied, agitation extrême. Correspond point par point aux descriptions de la transe hystérique.

Quatre moines pour venir à bout de chaque femme. Les gens rient. »

Rock relève la tête, observe chaque bout de scène, puis s'incline à nouveau au-dessus de son carnet.

Fatigant, ce mouvement, à la longue. Mais la lumière est toujours trop forte pour prendre des photos. Et ce qui se passe en bas est vraiment passionnant – il faudrait écrire à chaque ligne : « Jamais vu ça, jamais vu ça ». Par conséquent, deuxième volée de notes :

« 12 h 17. Le soleil tourne. D'ici cinq à sept minutes à vue de nez, la lumière sera excellente.

La neige continue à fondre. Un petit ruisseau s'écoule des gouttières. Air frais et délicieux. Pourtant, quelque chose d'oppressant. Peut-être l'effet des cymbales.

Les gens qui riaient ne rient plus. S'écroulent les uns après les autres.

Cinq personnes à terre en quelques secondes. Tombées comme des mouches. Cette fois-ci non plus, n'ai rien vu venir.

Les possédés sont raides. Catalepsie, de toute évidence. Hypnose ? Attaque de schizophrénie ? »

Troisième volée de notes – le stylo s'emballe, elles seront difficiles à déchiffrer, mais tant pis, toujours trop de lumière pour descendre prendre des photos.

« 12 h 26. Soleil encore trop haut. Dommage : en bas, j'aurais pu photographier au moins vingt possédés. Un tiers est en catalepsie ; les deux autres en transe.

Crachats, sifflements. Quelques-uns se tordent,

comme torturés. Vraiment typique de la transe hystérique.

Certains possédés essaient maintenant de se mêler aux danseurs-squelettes. Eux continuent à sauter, à tournoyer, à mouliner l'air comme si de rien n'était. »

Quatrième volée de notes. L'écriture ralentit. Elle n'est pas plus aisée pour autant :

« 12 h 29. Arrivée du danseur qui figure le Messager de la Mort (tête de cerf ; classique, déjà vu à Muli, Yongning, etc. – voir carnets).

Costume des danseurs : jupette à bandes safran et orange, façon centurion romain. Le tissu rouge qui figure le cœur est cousu exactement au centre. Pour les tibias, bandes de coton blanc. Dessin très réaliste. Idem pour les humérus, la cage thoracique, le sternum, les côtes... »

Le bras de Rock vient de s'engourdir. Il frissonne, lève les yeux vers le ciel. La lumière, on dirait, a considérablement baissé. Pourtant le soleil continue à chauffer, les gouttières à cracher, la neige à fondre.

Il se frotte la main, la secoue ensuite au-dessus de son carnet avec la même énergie, et parvient à tracer trois phrases :

« Me sens bizarre. Descends prendre des photos. Il se passe quelque chose... »

Il n'arrive pas à aller plus loin. C'est sa dernière volée de notes.

Le Quelque Chose est une force glacée. Quand il s'approche, pas moyen de résister. Le corps se transforme en filtre et absorbe instantanément son rayonnement froid.

Range ton carnet, mon pauvre Rock, regarde-toi : tu titubes. Comment tu t'y es pris pour descendre l'escalier ? Et qu'est-ce que tu fous là, maintenant, au beau milieu de la cour, au pied des danseurs ? Debout, nom de Dieu !

Oui, c'est vrai, les photos. Il faut absolument faire des photos.

Bribes de mémoire, comme des trouées dans le noir : avant le départ, prévu trente-six clichés. Et chargé la pellicule dans l'appareil. Devant le monastère, tout pris. Les filtres, les objectifs. Et tout confié à Li Wen-kuo...

Justement, ton Na-khi, laisse-le faire, mon pauvre vieux Rock, regarde-toi : tu as réussi à te mettre debout, mais tu recommences à tituber, t'es plus qu'une loque...

Tandis que Li Wen-kuo, à l'autre bout de la cour, il tient parfaitement debout. Il a toute sa tête, lui, il se débrouille très bien sans toi.

Tiens, regarde : il vient de visser l'appareil sur le trépied en face des danseurs, et dans le meilleur angle. Complètement insensible au Quelque Chose, ton Na-khi. Tandis que toi, pauvre Joseph Francis Rock...

À supposer que tu existes encore sous ton nom. Et que tu existes tout court, au milieu de cette sarabande de possédés qui dansent et hurlent autour de toi, se tordent sur les dalles, déchirent leurs vêtements en aspirant à pleine gorge, avec l'encens qui fume, le souffle rôdeur des maladies...

Triste à dire, Joseph Francis Rock : la seule vérité qui puisse encore te convaincre d'être en vie, c'est le squelette qui revient mâchonner sous ton nez et te dégueuler dessus toute la mort glacée qu'il trimballe dans ses os en lieu et place de moelle.

Et c'est la nuit, maintenant, qui revient en plein jour t'écraser les paupières. Dissolution imminente du Moi.

« Mais où tu vas, Luo Boshi ? Qu'est-ce qui te prend ? »

La voix de Li Wen-kuo déchire le noir, le froid. Puis son odeur, sa chaleur, sa poigne. Réveil en sursaut.

Tympans qui tapent, en plus du soleil. Et le corps qui pèse le poids du plomb. Un peu d'âme doit quand même rester quelque part. Ce doit être elle qui marmonne :

« Ça va, ça va... C'est ça, fais les photos... Je retourne là-haut... »

୭ঌ

Rejoindre l'escalier. Aussi long à remonter que les siècles. Souffle coupé, jarret lesté d'effroi.

Et les craquements à chaque marche. Sûrement le cerveau qui continue à se fisssurer.

Tu n'es décidément plus le Grand Rock, mon pauvre Rock, d'une seconde à l'autre tu vas te faire choper par le Néant.

Tout de même, voici la galerie. Et un moine. Bénédiction, il te tend un plateau. Encore du thé, encore des boulettes.

Seulement, nouvelle catastrophe : au moment précis où tu avances vers le plateau ta main de mendigot, fracas sur le plancher : le plateau se fracasse. Ce n'est pas toi qui as fait la bêtise, c'est ton lama-sauveur : il vient de rouler à tes pieds, foudroyé. Catalepsie, lui aussi.

Tout à l'heure, quand on était dans la montagne, qui a parlé d'hystérie collective, qui a juré que c'est un phénomène *très progressif*?

Aucune idée. Sans doute cette andouille de Derk.

Tiens, au fait, où est-il, l'abruti sportif?

Mais brouillasse devant les yeux, une vraie purée de pois. Et ce froid de plus en plus glacial malgré le soleil qui, plus encore que les cymbales, tape, tape, tape, tape...

Alors crier. Gueuler, jusqu'à s'en vomir les tripes : « Derk ! Yang ! Ho Tzu-chin ! »

Les hurlements ont un effet imprévu : ils dissolvent la chassie qui aveugle les yeux. Au bout du balcon,

devant Rock, se dessinent peu à peu les traits de Yang.
Aussi gris que les cendres de Troisième.

Mots brutaux, expéditifs :

« On se tire ! »

Yang ne se fait pas prier : grâce à l'offre du Blanc,
il va pouvoir s'enfuir tout en sauvant la face. Il détale
aussitôt vers l'escalier.

« Et ton fils ? »

Rock a chuchoté, à croire que le Quelque Chose est
là, en embuscade en bas des marches, prêt à recommencer à le geler sur place :

« Déjà parti... »

Yang est déjà à la moitié de l'escalier.

❧

La brouillasse, devant les yeux de Rock, continue à
s'éclaircir. Avant de quitter la galerie, il en profite
pour jeter un coup d'œil par-dessus la balustrade.

Dans la cour, toujours posté dans le meilleur angle
et bien calé devant son objectif et son trépied, Li Wen-
kuo continue imperturbablement à enchaîner les prises
de vues. Souverainement indifférent aux danseurs-
squelettes qui s'acharnent à tournoyer devant lui.

Leurs mâchoires continuent à s'ouvrir, pourtant,
leurs dents à réclamer sa belle chair de jeune vivant.
Et rien qu'à voir Li Wen-kuo au centre de la Danse
de Mort, le corps recommence à peser du plomb, le
cerveau à se fendre, le froid et la brouillasse à déferler,
le Moi à se fracturer – vite, l'escalier !

❧

604   *Au Royaume des Femmes*

La descente a été pire que la montée : ce sont des millénaires, cette fois, qu'il a fallu dévaler. Jusqu'au moment où les bottes butent sur un corps. Choc violent, le brouillard se dissipe. Un filet de voix s'élève : « Dr Rock... »

Derk, enfin, à demi évanoui. Nouvelle injonction de Rock :

« Allez, debout, on se casse ! »

Le missionnaire se relève. Il a les yeux vitreux, comme Yang. Et un profil érodé, un teint de craie.

« Vite ! » répète Rock. Cependant, par-derrière, une main s'agrippe à son manteau :

« Luo Boshi... Choni, rentrer à Choni... »

Cette fois, c'est Ho Tzu-chin. Il se prosterne, supplie. Même face de craie, mêmes yeux de verre. D'où sort-il ? Pas le temps de réfléchir. Tout juste celui de souffler comme à l'autre :

« Relève-toi ! Grouille-toi ! »

Et la fuite.

Portiques, corridors, ruelles, nouveaux portiques, encore des venelles, des passages, des ruelles, venelles toujours et corridors, on se perd, on est perdu.

Non, c'est pire : on est revenu au point de départ.

Et toujours, en même temps que le sang qui bat les tympans, le fracas des cymbales.

« Arrière toute ! » décrète Rock.

Et alors qu'il y voit à peine, tous les autres le suivent à l'aveugle.

Sur les pavés, en même temps que le cœur qui flanche, les bottes répètent : « Dehors, dehors, dehors, dehors », tandis que le souffle, à chaque enjambée, reprend sa guerre contre le Quelque Chose.

Au bout d'un passage, on tombe sur le mur d'enceinte. Une porte, quelques arbres, des rochers. Et plus loin, doucement accolé au bleu du ciel, le vallonnement du chaume.

Coup d'œil en arrière. Le vide. Absolument personne.

Alors, une dernière fois, le cœur et les bottes qui s'affolent et qui scandent : « dehors ! dehors ! dehors ! dehors ! dehors ! »

٭

Soleil tranquille. Le ciel et la neige sourient. Les chevaux et le mouchard n'ont pas bougé. Paix sur le chaume. L'esprit et la chair se rejoignent. Recommencent à s'aimer. Unité.

Yang s'est plaqué le dos à un grand rocher comme pour s'y réchauffer. Ses traits sont toujours aussi cendreux. Son fils aussi semble gelé : il s'est pelotonné à ses pieds et fourre son visage sous son manteau.

Derk, comme il fallait s'y attendre, est à genoux face au ciel nu : il vient de se mettre en prières. L'Œil-Dans-Le-Dos-De-Yang et son sous-espion resurgissent, frissonnants, d'une sorte de grotte ou de terrier. Jamais leurs toques n'ont été enfoncées aussi bas – longtemps sans doute qu'ils s'y sont planqués. Ho Tzu-chin, lui, étreint le tronc d'un sapin en chuchotant à l'arbre des mots aussi tendres qu'incompréhensibles. Enfin, franchissant à son tour le mur d'enceinte, voici Li Wen-kuo. Guilleret, lui, plein d'allant, malgré son échine cassée par le matériel photo. Il élargit comme d'habitude sur l'horizon son sourire d'enfant :

« J'ai fait les trente-six vues ! »

Il fanfaronne, éclate de joie.

Rock détourne les yeux, saute sur son cheval, lève le bras.

À l'adresse de la troupe, pas un mot pour ordonner le retour. Rien que cette manche molle, cette main floue.

Ensuite, chevauchée éperdue sur le linceul des neiges. Au passage du col et sur la piste droite qui fend le chaume, mutisme absolu. Pas un mot non plus sous la couverte d'épicéas ni entre les broussailles, les vergers, les cascades gelées. Même quand on arrive à Choni, qu'on franchit le pont et.le bois de peupliers, silence de mort. Lorsque, après le passage de la muraille, les uns s'en vont vers la ville, et que les autres, à gauche, remontent vers le monastère, c'est tout juste si l'on échange un salut.

Li-Su attend Rock au pied de la tour, il s'est rongé les sangs :

« Tu n'aurais pas dû, Luo Boshi... »

Rock l'écarte sèchement :

« Laisse-moi, il faut que je complète mes notes ! »

Et cinq minutes plus tard, il est assis à sa table devant son carnet, à reprendre sa page là où il l'a laissée. Si pressé qu'il ne s'est même pas défait de sa toque et de son manteau de nomade.

La plume est lourde, comme là-haut. Cependant les mots, tant bien que mal, parviennent à s'enchaîner.

« ... J'étais justement en train de décrire les bandes de coton blanc brodées sur les costumes des danseurs, ces applications qui figurent le sternum et les côtes des squelettes quand j'ai été saisi de la tête aux pieds... »

Et subitement, ici même, dans la chambre, à deux doigts du poêle ronflant, les doigts se font gourds. Puis, sans préavis, le corps s'offre tout entier à la glaciale invasion du Quelque Chose.

C'est le stylo qui, le premier, roule sur le plancher.

Le maître dort. Enfin, il le croit. Tout le monde le croit. Alors qu'il est à errer dans la forêt de ses secrets.

Mais son âme entend. Elle écoute. Li Wen-kuo s'est donc assis à son chevet, a sorti de son paquetage le manuscrit dont il ne se sépare jamais et commence à déchiffrer les Signes. Pour aider l'âme de Luo Boshi à trouver la sortie du labyrinthe où il s'est perdu.

On touche à l'aube du troisième jour, il ne va pas tarder à en sortir, le Gi-ku l'a bien dit lorsqu'il est venu lui rendre visite : il faut soixante-douze heures pour s'en remettre quand on a été pris par les transes du Temple de la Famille Ho.

Contrairement aux autres moines, le Gi-ku n'a pas prononcé le mot « sommeil ». Il a tout de suite compris que le maître était en voyage au profond de lui-même, en terre très obscure. Du coup, au moment où il est ressorti de la chambre, Li Wen-kuo a été tenté de le retenir pour faire un brin de causette : le Gi-ku a un regard si doux, si clairvoyant. À croire qu'il est sorcier, lui aussi. Mais, le temps de s'arracher au chevet de Luo Boshi, le moine s'est volatilisé.

La porte de la chambre reste ouverte jour et nuit. Aucun Na-khi ne la pousse. Pas même Li-Su : il s'est évanoui comme tous les autres dès qu'il a aperçu entre les mains de son rival les longs feuillets grisâtres du manuscrit. Li Wen-kuo s'est alors souvenu de ce que lui avait dit son oncle du temps qu'il l'instruisait à l'abri de son auvent, au pied de la Montagne du Dragon de Jade – ce fut d'ailleurs sa première leçon de sorcier : « Dès qu'on sort les vieilles écritures, les pires haines se font muettes. Homme, femme, enfant, vieillard, guerrier, malade, pauvre ou roi, tout plie, tout ploie devant la force des Signes. Jusqu'à l'orage, jusqu'à la grêle. Parfois même le vent dans les pins, parfois la neige qui te barre le chemin... »

Vieille, oui, très vieille, la Légende marmonnée au-dessus de la tête de Luo Boshi. Et les Signes qui la racontent, peut-être encore plus âgés qu'elle.

En même temps, si fraîche, si pure. Fille de l'aube. Elle raconte à la fois le matin qui point et la nuit ancienne d'où surgit jadis la Mère du Passé, l'Ancêtre-Femme, au matin qui suivit le Déluge, quand, au bout d'un gouffre noir pareil à ces trois nuits, elle finit par expulser de ses muqueuses sanglantes le Peuple des Vivants.

ৡ

Luo Boshi vient de lâcher un nouveau sanglot. Avec des mots qui ne sonnent pas comme ceux qu'il a d'ordinaire quand il croise des Blancs. Et, pour la millième fois, il se retourne dans son sac de couchage.

Quand son poitrail se soulève et se déchire ainsi, Li Wen-kuo est persuadé qu'il invoque la Mère du Passé. Pour se perdre dans ses bras, rejoindre le temps où elle vivait ici, dans les montagnes du Nord, entourée de ses reines. Alors il se penche encore plus près sur les Signes et souffle à son oreille la Vieille Légende d'une voix plus douce, plus tendre. Pauvre Luo Boshi... Pourquoi est-il venu s'égarer si loin de son pays ? Il y aurait vécu dans une autre vie ?

Un nouveau hoquet échappe au maître. Li Wen-kuo se rappelle la tendre parole que le Gi-ku a eue pour lui il y a deux jours, quand il est venu le voir :

« Au Temple de la Famille Ho, ton maître n'a pas rencontré de forces mauvaises. Là-haut, il a fait comme tous ceux qui sont tombés en transe : il a rencontré les démons qu'il trimballait dans sa tête. C'est toujours ainsi, au Temple de la Famille Ho : dès que les démons entendent les cymbales et les gongs, il faut qu'ils sortent. »

Li Wen-kuo revient à son manuscrit, le feuillette, se remet à marmonner. Mais il n'arrive plus à se concentrer : au fond de son duvet, le maître soupire et s'agite comme jamais. À l'approche du troisième jour, ses démons se bousculent de plus belle vers la sortie – et il y en a un paquet, on dirait !

Sûr, en tout cas, que ce ne sont pas les Esprits des montagnes et des bois : Luo Boshi les a toujours respectés. Il n'a jamais souillé l'eau, il a constamment épargné les graines et les racines, les fruits, les fleurs. Il faut l'entendre, tiens, quand il commande de faire un feu. Il crie toujours : « Vous me prenez des branches mortes, hein ! Vous ne coupez rien ! » Même au Kokonor, quand le bois s'est fait si rare, il a maintenu la règle.

Il faut le voir aussi quand il prélève des cosses, des gousses, des noyaux, des pépins, lorsqu'il coupe des fleurs pour les sécher et les envoyer dans son pays : à chaque fois il furète dans les fourrés d'à côté pour s'assurer qu'il y a d'autres souches pour donner d'autres fleurs, feuilles, racines. Et les oiseaux, tout pareil. Il n'en abat jamais avant d'être certain qu'ils sont toute une tribu à nicher dans le coin.

Pour vénérer ainsi l'eau, la terre, le ciel, sûr que Luo Boshi, dans sa vie d'avant, a été na-khi. Donc impossible que les Esprits-Serpents lui en veuillent. Ses colères, ses tristesses, ses folies viennent de plus loin. D'un pays très éloigné, comme lui. Elles sont les filles d'autres mystères.

Li Wen-kuo abandonne le manuscrit, jette un coup d'œil aux fenêtres : derrière leur noire pellicule, quelque chose d'invisible vient de l'avertir que l'aube approche.

Alors, au lieu des Signes qui racontent la Légende, il se met tout d'un coup à dévider au-dessus de la tête de son maître une incantation de son cru.

Sur le manuscrit, pourtant, les Signes se rebellent. Ils lui chuchotent, affolés : « Attends donc ! Oui, Luo Boshi peut tout comprendre ! Non, il n'est pas comme les autres Blancs ! Et encore moins comme les Chinois ! Mais c'est trop tôt, Li Wen-kuo, beaucoup trop tôt ! Attends donc qu'il soit au pied de sa Montagne... »

« Non, non..., leur murmure à son tour Li Wen-kuo. Puisque c'est ma dernière nuit seul à seul avec le maître. Puisque mon souffle, soixante-douze heures durant, s'est mêlé au sien... Puisque mon âme et la sienne sont maintenant jumelles pour toujours... »

Et sans plus écouter la Légende et les Signes, Li Wen-kuo, au-dessus de la tête du maître, se met à lui chuchoter le Secret.

« Regarde les écritures, Luo Boshi.
« Ici, à côté de l'homme 🜨,
         la femme 🜨,

« Tu ne trouves pas que sa mitre rappelle les toques des filles d'ici, du Nord ? Souviens-toi de la fiancée qu'on a croisée à la lisière du désert, la femme qui ressemblait tellement à ta Reine...

« D'ailleurs, voici le signe de l'amour : 🦋

« Vois comment il est fait, Luo Boshi, le manteau de l'être unique que forment les âmes quand elles sont éprises l'une de l'autre. Examine bien ses manches : on dirait le manteau de Yang. Ou bien celui que tu as acheté aux camelots...

« Ce n'est pas un hasard : c'est ainsi que nous étions vêtus du temps des Ancêtres-Femmes. Car maintenant, autant tout te dire, autant te livrer le Secret : nous, les Na-khis, nous venons d'ici, du Nord. Toutes les forêts, tous les défilés que tu viens de nous faire remonter, nos Mères du Passé les ont traversés. Avec nos pères, au moment du Grand Voyage. Mais il y a des siècles. Et dans l'autre sens.

« C'était l'époque où les Chinois ont déferlé sur le grand désert d'herbe, pénétré les vallées, éventré les enfants, brûlé les palais, saccagé les champs pour mille ans. Même s'ils ne le disent pas, les Signes se souviennent de ces jours de douleur. L'époque où les Ancêtres-Femmes ont dû abandonner leurs lacs, leurs forêts, leurs glaciers...

« Les reines vêtues de bleu avaient pris la tête de la Longue Caravane ; ce sont elles qui ont tracé la route vers le sud. Quand elles ont accouché dans la neige, elles n'ont jamais gémi ; quand elles sont allées rouler dans les gouffres, elles n'ont jamais crié. Jour et nuit elles ont taillé la route aux hommes. Aux vieux, aux jeunes, aux enfants, aux mules, aux yaks. Sur les sentiers verglacés, lorsque personne n'osait plus avancer un pied à cause des précipices, ou quand il fallait franchir les torrents en s'agrippant à une corde, elles ne tremblaient pas. La nuit, lorsque les armées ennemies maraudaient ou que les hommes étaient pris de vertiges, les reines, depuis leur selle, leur désignaient la Grande Ourse : "Avancez, continuez sur le Chemin Blanc, faites confiance aux Sept Étoiles !" Et la troupe avançait. À force, on a fini par découvrir le Sud.

« À l'arrivée, il n'y avait presque plus de reines. Comme souvenir d'elles, au pied de la Montagne du Dragon de Jade, nous n'avons gardé que ce bleu dont toutes les femmes s'habillent. Et les sept étoiles de la Grande Ourse cousues dans leur dos, au beau milieu de leur échine où elles continuent de transporter, avec les enfants, le bois et le maïs, toute la douleur du monde depuis qu'il a fallu quitter le Pays des Femmes.

« Mais, par bonheur, nous possédons les Signes. Si puissants qu'après la mort ils soulèvent nos âmes et les aident à reprendre, dans l'autre sens, le Chemin Blanc. Ainsi nous finissons tous par regagner notre Paradis-Montagne, ses neiges, ses glaciers, ses vallées, les plantes que, jadis, les Ancêtres-Femmes...

« Oui, justement, les plantes, Luo Boshi ! Celles que tu dessines sur tes carnets depuis que tu nous a emmenés dans le Nord... Nos sorciers, eux, les ont fixées depuis des siècles dans leurs vieilles écritures. La pomme de pin, l'arbre à poivre, la fougère, le peuplier, l'azalée, le bambou, l'orge, l'herbe qui soigne, l'herbe qui tue :

« Et ce sont les Ancêtres-Femmes, Luo Boshi, qui nous ont enseigné à connaître et à aimer les plantes. Voilà pourquoi *grand,* dans notre langue, se dit *femme.* Un grand pin se dit : "pin-femme". Un grand pot, "pot-femme". Si le pin ou le pot sont petits, en revanche, on les

appelle "pin-homme", "pot-homme". Et tu sais comment
nous disons *beau* ? En dessinant ⚘ une fleur... Car les
Mères du Passé nous ont appris à ouvrir grand nos yeux
sur le monde, Luo Boshi. Et c'est ce que nous avons en
commun avec toi, nous autres Na-khis : le regard. Avant
de penser, nous voyons ; et quand nous fermons les yeux,
nous savons que les choses continuent d'exister. Qu'elles
sont là, autour de nous, devant, derrière, sur les côtés.
Nous les sentons jour et nuit, elles sont nos amies, nous
ne craignons pas qu'elles disparaissent. Nous savons
qu'elles seront, puisqu'elles ont été. Et nous voyons
qu'elles sont, puisque nous sommes sûrs que demain
elles continueront d'être. Tu comprends maintenant ce
qui fait qu'avec nos signes nous pouvons raconter tous
les secrets du monde ? La beauté de la forêt dans les
canyons : 🏔, la respiration ≋, le vent ≈, le printemps
🌊, la grêle ⸬, le sein ⌒, la turquoise ✤, la terreur
🐾, le crachat ☄, le grand chef que tu es 🏃, Luo
Boshi, ton rire ↩, ton chant 𝆕, le bonheur 卐, la
pivoine 🌷. Même le sable que l'ouragan projette sur les
parois des montagnes pendant les vents noirs, rien
qu'avec un signe nous pouvons le raconter 🏔. Admire
aussi l'aube 🌙, Luo Boshi, le coucher du soleil 🌙, la
nuit 🌙, la glace ⦀, le tonnerre ☇, le riz dans les champs
▦, le feu 𖠌, le désordre ✺, la neige ⁂, la des-
truction ⚲.

« Tu vois, notre pinceau, dans l'écriture, ressuscite
partout la vie, sa force, la jeunesse éternelle du monde.
Même les pierres, tiens ! nous savons les rendre
vivantes. Regarde la falaise, par exemple : on dirait
qu'elle veille sur ton destin : 𝄢

« Et maintenant, Luo Boshi, je vais te montrer la
Montagne. *Ta* Montagne. Si haute que, pour elle, tu

aurais pu mourir. Et tuer – si, si, je sais que tu as rêvé de le tuer, le bancroche ! Le jour, sur ton cheval, ou la nuit, sur ton lit de camp, j'ai bien vu : tu n'arrêtais pas de te ronger les sangs : "Pourvu que j'arrive avant lui ! Et quand je la verrai, ma Montagne, à quoi est-ce qu'elle va ressembler ? Est-ce qu'elle sera vraiment si haute ? Est-ce qu'elle sera vraiment si belle ?" Mais qui le sait, Luo Boshi, à part les Esprits ? On verra bien. C'est peut-être une montagne très blanche : 🀫. Ou toute grise : 🀫. Si ça se trouve, elle ressemble à la Montagne du Dragon de Jade 🀫 . Ou alors ce n'est qu'un rêve 🀫. Elle ne ressemble pas à un fantôme, c'est sûr 🀫. Ni à un serpent 🀫 ! Ni à un yak, à un aigle, à un buffle, à un tigre ou à un faisan !

🀫 🀫 🀫 🀫 🀫

« Sur ton cheval, tu n'arrêtais pas non plus de te demander : "Quand j'arriverai, est-ce qu'elle sera dans les nuages 🀫 ? Est-ce qu'elle sera très brillante 🀫 ? couverte de neige 🀫 ?"

« Mais non, Luo Boshi, elle ne ressemblera qu'à elle-même, la Montagne. Au Paradis, peut-être, qui nous attend après la mort quand on a fini de remonter le Chemin Blanc tracé jadis par les Ancêtres-Femmes : deux piliers de pierre dressés sur un parvis formé de trois degrés : 🀫.

« En tout cas, la Montagne sera belle, Luo Boshi. Comme une fleur 🀫.

« Et sa beauté ira se perdre dans celle du seul être au monde à compter un peu plus d'âge qu'elle. Notre dieu entre tous, le Ciel :

Les mots de Li Wen-kuo sortent d'un matin qui n'est pas né de la Nuit, mais de lui-même. Mots-aubes, mots-rosée, fils du visible et de l'invisible. Ou alors c'est la manne des étoiles.

Car la renaissance est proche : la Nuit se fait vieille et meurtrie, le jour à poindre s'annonce aussi frais que les Signes. Le maître va se réveiller dans un monde à l'image des eaux qui, d'ici quatre ou cinq semaines, vont jaillir de la neige – pur, jeune. Donc, dépêche-toi, vieille Nuit, de délivrer Luo Boshi de ta matrice. Et d'accomplir ainsi la parole du moine : « À la fin de la soixantième-douzième heure, tu vas voir, quand ton maître va se lever ! La force qu'il aura ! Il pourra tout vaincre. Le vent, la peur, la maladie, la canicule, le sable, le froid. Et le pire de ses maux, l'impatience !...

« Oui, Luo Boshi, réveille-toi libre de ta vieille colère, guéri de ta fièvre de Blanc, ce sempiternel bouillonnement de l'Homme Qui N'a Pas Le Temps. Il va le falloir : le Gi-ku vient de s'inquiéter du ciel et il m'a appris qu'il s'est trompé, que les neiges vont fondre très tard, cette année ; et que tu ne pourras pas choisir le moment de ton départ. D'après lui, quand l'hiver est trop longtemps calme et le ciel trop bleu, pour la suite ça promet du sale temps. De la neige, des blizzards, du brouillard. C'est sûr, Luo Boshi, il va t'en falloir, des trésors de patience. Je t'ai dit : le Gi-ku prétend qu'avant la fin avril la neige, sur les routes, sur les cols... »

Extrait du journal de Joseph Francis Rock, tome VI
Vendredi 23 avril 1926 – Voyage au pays Golok

Aujourd'hui 23 avril, départ de Choni ; première étape : direction Labrang. J'ai passé ma dernière nuit dans la paix dans notre maison-temple de la lamaserie de Choni. Le vieux Gi-ku est venu me voir pour me souhaiter bon voyage. Il m'a apporté une écharpe de soie bleue – c'est sa carte professionnelle. Après moult parlottes et discussions, on a fini par charger tout le matériel, emballé et mis de côté les bricoles qu'on a décidé de ne pas emporter. J'ai pris mon breakfast au calme dans ma petite chambre. Pour me remonter le moral, j'avais fait un feu de bois, car le temps n'était pas du tout encourageant. Le ciel était noir et sinistre, l'air saturé d'humidité. Un dernier au revoir aux a-kus – les moines – et j'ai quitté la confortable maison qui m'a tenu lieu de toit depuis décembre dernier.

Je n'avais pas passé la porte et mis un pied dans les ruelles du monastère qu'il a commencé à tomber de la bruine, laquelle s'est transformée en neige. Je suis descendu à la mission voir Mr Derk. Le prince de Choni nous a appelés, il a pris le thé avec nous, puis nous sommes partis ensemble sous les flocons qui dansaient et tombaient d'un ciel toujours aussi blême. Mes Na-khis avaient enfilé leurs manteaux imperméables en feutre blanc, et leur chevaux nous ont fait escorte pendant qu'avec le Prince et Mr Derk nous passions la porte ouest de Choni – imposante cavalcade. Le Prince m'a accompagné jusqu'au gros bosquet d'arbres que j'ai photographié ; c'est là que nous nous sommes fait nos adieux. Il m'a promis de venir m'y accueillir quand je reviendrai de l'Amnyé Machen.

La neige commençait à sérieusement tomber ; j'ai demandé à Mr Derk de ne pas m'escorter plus avant. Nous nous sommes fait nos adieux. C'était plutôt pénible, je dois admettre que j'avais la gorge nouée – qui sait ce qui va nous tomber dessus pendant ce long voyage au pays inconnu des Goloks ? Quand nous sommes entrés dans le ravin qui s'en va vers l'est en franchissant les hauteurs de la vallée de la rivière Tao, côté Vieille Ville, nous avons été pris dans un blizzard en bonne et due forme. Dans le ravin, nous avons rejoint nos carrioles, nos yaks les traînaient sur une piste raide et glissante. La caravane de mules suivait. Mon cheval...

À ses pieds

(Labrang – pays Golok, 24 avril-30 juin 1926)

S'être si aisément échappé du cotonneux cocon de rêve qui enrobait Choni. Avoir si brillamment démontré, pendant toute la route, sa maîtrise de la méthode. Déployé tant de virtuosité dans l'organisation, la raison. Jusqu'au moment où, enfin, est apparue la Montagne.

Tout fut si facile, au début. La veille du départ, avoir annoncé à Yang avec une telle tranquillité : « Je serai sept mois loin d'ici... », et lui avoir soutiré dans la minute plus de quatre mille dollars. Comme une fleur. Plus une partie de ses munitions et fusils achetés en sous-main aux camelots de Jésus-Sauveur. Là encore en un rien de temps. En se contentant de jouer de l'ascendant pris depuis l'affaire des transes.

À Labrang, ensuite, première étape de la route vers le pays Golok, avoir gardé la tête si froide lorsque la vallée s'est ouverte sur les temples. Dix fois plus de toits plaqués d'or qu'à Choni. Et cent fois plus d'oriflammes. Mais pas d'éblouissement. L'Homme En Passe De Trouver La Montagne n'allait tout de même pas se laisser griser par la splendeur.

Ni geler par l'horreur : pas davantage de frisson quand la caravane a franchi la muraille enguirlandée des crânes des ennemis de Ma. On s'est contenté de fixer les orbites vidées par les vautours, de posément décompter les occiputs, puis on a inscrit sur le carnet de notes : « Têtes de rebelles enclouées sur les remparts : 134 ».

Et même sang-froid, quelques minutes plus tard, devant la caserne où il a fallu présenter les sauf-conduits aux officiers de Ma. Sur la façade de leur quartier général, c'étaient cette fois des crânes de jeunes enfants qui achevaient de pourrir – des touffes de cheveux, des nattes restaient collées aux os. Une fois encore, fuite dans la précision, on se borne à consigner : « 12 têtes de petits garçons, 8 de jeunes filles clouées au mur extérieur de la caserne ». Puis, une fois les papiers contresignés, on recommence à pousser le cheval par les rues constellées d'ordures, d'ossements de yaks et de buffles, de charognes de chevaux, de chiens. Toujours aucun frisson. Sauf celui de la hâte. Pressé d'arriver.

Mais pas n'importe comment, pas à n'importe quel prix. On n'allait pas se faire piéger comme au Koko-nor. On ferait les choses dans l'ordre, posément, méthodiquement. Pas d'émotion, jusqu'à ce qu'on voie la Montagne. Une seule religion : le sang-froid, la raison.

৯৯

Enfin, c'est ce que Rock s'est dit. Ce qui l'a maintenu si roide sur sa selle, en réalité, jusqu'au pays Golok, ce sont les mots qu'avait eus Yang quand il l'avait vu commencer ses paquetages. Au matin de leurs adieux, il trouva encore la force de les lui répéter : « N'oublie pas : ce n'est pas une route qui va te conduire à la Montagne. Mais une chaîne d'hommes.

Une longue tresse d'écritures et de paroles. Un chemin de vivants. » Et il entonna de nouveau le couplet qu'il lui avait servi tout le temps qu'il l'avait regardé faire ses malles : « Commence par demander aux moines de Labrang une lettre pour les moines de Ts'ang. Demande alors aux moines de Ts'ang une lettre pour les moines de Radja. Après, demande aux moines de Radja des messages d'amitié à l'adresse des chefs goloks. Et si tu sais t'y prendre, ensuite, de chef golok en chef golok... »

La troisième fois qu'il prononça le mot « golok », la gorge de Yang s'est serrée, il a dû marquer une pause ; et quand, enfin, il a réussi à se calmer, il a préféré tout reprendre depuis le début, avec de nouveaux conseils : « À Labrang, va droit chez le Supérieur. Ne te laisse pas intimider par ses dignitaires, paie le prix. Et ensuite, comme je t'ai dit, trouve des marchands dans la ville, achète-leur des bêtes fraîches avant d'entrer dans le grand désert d'herbe. Recrute aussi un homme qui parle golok, je t'ai laissé assez de dollars. Et une fois passé les canyons, une fois arrivé chez les moines de Ts'ang, puis ceux de Radja... »

Cette fois, Yang n'est pas allé plus loin. Il a rajusté, à sa taille, l'aplomb de son sabre, puis est allé se noyer dans les nuées de flocons.

Donc, à Labrang, lorsque Rock commence à explorer le dédale du monastère – portiques, cellules, bureaux, cours, portiques encore, corridors, temples, palais d'été, palais d'hiver, oratoires, courettes, nouveaux temples, nouveaux jardins, nouveaux corridors, oratoires et bureaux –, quand il se remet à consigner

sur son carnet le nombre et le détail des merveilles
rencontrées par son œil, c'est pur scrupule. Les siècles
assoupis dans l'épaisseur des murailles l'indiffèrent. Il
est tout occupé à suivre l'injonction de Yang, à remonter la chaîne des vivants.

Dans le registre de l'Inventaire des Temps, il y aurait
pourtant de quoi faire, à Labrang. Stèles, laques, calli-
graphies, porcelaines, momies, reliquaires incrustés de
pierres, statues d'or, châsses d'argent : le capharnaüm
entassé dans chaque coin et recoin raconte des dynas-
ties bien plus lointaines que celles de Choni. Et plus
on s'aventure dans les tréfonds du monastère, plus
sont anciens les mots qui surgissent des idéogrammes
– Yuan, Jin, Song, T'ang, Sui –, plus on frôle les
époques de poussière et de mort, les guerres de la
steppe, les débuts de la Route du Thé et des Chevaux,
les Ères du Sang. Mal réveillés par la lueur frêle des
lampes à beurre, les noms des Princes Bienfaiteurs :
Chef de la Bannière de l'Aile Gauche, Duc Impérial
de la Seconde Classe, Maître de la Bannière du Milieu
de l'Aile Droite, Commandant de la Bannière du Sud
de l'Aile Gauche, Prince de la Bannière de l'Avant,
s'entêtent à éterniser des armées défuntes depuis mille
ans. Rock, carnet en main, s'approche, enregistre et,
comme toujours, décompte. Mais de la même façon
que devant le rempart encloué de crânes : à toute
vitesse. Puis passe son chemin. S'il pénètre dans un
temple, une cour, une bibliothèque, c'est pour le
bureau, à l'arrière, qu'on vient de lui indiquer. S'il
cherche l'imprimerie, c'est qu'elle va le conduire aux
pieds d'une Réincarnation qui va le mener plus rapidement qu'un cauteleux sous-dignitaire aux appartements du seul homme qui compte à ses yeux : le
Supérieur.

Il lui faut souvent fendre des grappes de moines. Ils grouillent à chaque coin de portique. « Trois mille ! » lui claironne un scribe, amusé de le voir avancer le nez dans les pages de son carnet. Rock continue à le noircir. Le scribe insiste : « Sans compter les cinquante Bouddhas Vivants ! » Rock note le chiffre à la volée, lui jette une piécette ; son œil est déjà fixé sur un autre bric-à-brac. Nouvelles soies brodées, théières géantes, urnes d'argent massif ; malgré la pénombre, il vient d'y repérer un sacristain. Il se précipite. Et ainsi de suite. Quatre heures d'affilée il force barrage après barrage, cogne aux portes, s'incruste, graisse les pattes. Il soudoie successivement un Préposé aux Affaires du Siècle, un Préposé aux Chevaux et aux Fusils, un Chef de la Police Externe, puis celui de la Police Interne. Glisse la pièce à un Chef des Dortoirs, à un Chef des Habits, à un Chef des Rations. Et achète enfin les deux plus coriaces des hiérarques, le Chargé des Bâtiments et Palais, et son frère jumeau le Chargé des Bâtiments et des Temples. Il parvient alors, tout en haut du monastère, à l'appartement du Gardien du Sceau Privé, lequel, après avoir reçu dans ses très douces et très accueillantes paumes la pluie de dollars requise, finit par lui désigner, au bout d'un énième alignement de moulins à prières, un plancher laqué comme glace. Au bout de cette patinoire, frileusement replié dans ses brocarts safranés, menu, précieux, distant et vaguement impatient, l'attend le Supérieur.

C'est un lettré. Derrière lui, sur de longues étagères, sont rangés des centaines de rouleaux calligraphiés. À ses pieds, dans un pot de porcelaine, va bientôt s'épanouir un plant de pivoines. Malheureusement, feuilles épaisses et tige courte, ce n'est pas la *Paeonia suffruti-cosa* qui fleurissait sur la terrasse de Yang.

À présent que les salutations d'usage sont accomplies, le Supérieur ne demande pas à Rock ce qui l'amène. Il préfère se lancer dans un long éloge de son prédécesseur – un grand écrivain, assure-t-il, du nom d'Éveil Tranquille. Puis, du même chinois précieux que sa personne, il entreprend d'analyser son œuvre. Au bout de dix minutes, Rock en a assez de cette dissertation. Il croit tenir une transition habile, il l'interrompt :

« Depuis la guerre, la Réincarnation du Dieu de la Littérature a disparu. Serait-elle chez les Goloks ? »

Le Supérieur n'est pas dupe, il étire un sourire finaud :

« Pourquoi te faire du souci pour lui ? Son père est bandit ! »

Puis il se rembrunit et lui décoche, pour le coup, une franche volée de bois vert :

« Et pourquoi veux-tu qu'il aille chez les Goloks ? Personne ne va chez les Goloks ! Tu sais ce que veut dire leur nom ? *Têtes à l'envers* ! Tu crois que le Régent et son fils ont envie de se faire hacher menu ? Déjà qu'avec Ma... »

Rock pique le nez sous le col de sa canadienne. C'est le modèle de rechange qu'il a gardé pour le jour où il prendra enfin la route du Royaume des Femmes. Le vêtement sent l'Amérique et le neuf ; son odeur le rassure. Mais, là encore, le vieux lettré le perce à jour. Il reprend la parole et, cette fois, gazouille :

« Ne fais pas cette tête de vieille marmotte ! Je vais te la donner, ta lettre pour les moines de Ts'ang ! »

C'était à prévoir : le Supérieur était un homme trop fin pour lui lancer, comme les autres : « Tu es l'Homme Qui Cherche La Montagne ! » Trop tortueux. Mais il ne l'a pas payé de mots : d'un grand coffret de laque posé à la droite de ses coussins, il a aussitôt extrait son matériel de correspondance ; et une demi-heure plus tard, de son pinceau léger et patient, il achève de calligraphier une longue lettre de recommandation à l'adresse de son homologue de Ts'ang. Puis il la cachette de son sceau – où va-t-il chercher cette force, dans son poignet grêle ? – et la tend à Rock, avec des mots qui font que, dans la seconde, son nez ressort du col de sa canadienne :

« Cette Montagne, les Chinois, dans leurs vieux livres, depuis l'ère des Zhou... »

Ce fut à croire à ce moment-là que le Destin était assis au pied de la Montagne à trépigner en regardant sa montre. Et à pester qu'il en avait par-dessus la tête, de ne pas le voir arriver, son Joseph Francis Rock. Et par conséquent décidé de précipiter l'affaire : d'un instant à l'autre, le Supérieur se transforme en pendant du Brigadier général, sinon par le physique, du moins par son discours. Puis il se met à lui débiter tout ce qu'il sait de la Montagne.

Preuve insigne que Yang a eu raison quand il a dit qu'un voyage n'est pas une route, mais une chaîne indéfinie d'hommes, d'écritures et de paroles : le vieux lettré, tout comme Pereira, soudain se met à évoquer les annales chinoises :

« Dès le fond des temps, les livres des Fils du Ciel ont parlé de la Montagne. Sous un autre nom que nous, bien sûr. Nous, nous l'appelons le Vieil Homme de la Plaine. L'hiver, et même parfois l'été, son sommet est si brillant et si lisse qu'il reluit comme le crâne d'un vieux chauve. On le voit d'ailleurs de la colline d'en face, pour peu qu'il ait venté la veille et que le temps soit clair. Et les voyageurs arrivés de Chine l'ont aussi vue, la Montagne, dans toute sa splendeur, car dans *Le Tribut de Yu*, à l'époque des Zhou, dès la première des trente-six éclipses de soleil répertoriées par Confucius, ils l'ont appelée "Grande Montagne de Neige", "Grande Montagne de Glace", et ils se sont rendus là-bas, où vivent les Goloks, ils ont dressé des cartes, dessiné l'anneau brisé que forme à ses pieds le Fleuve Jaune juste avant d'aller se perdre vers le nord-ouest... »

Contrairement au Prince, le Supérieur, malgré son grand âge, ne vit pas dans un temps immobile. Il déroule l'épaisseur des siècles comme il ferait des rouleaux manuscrits alignés derrière lui. Avec soin et lenteur, ultra-conscient, dirait-on, du poids du savoir qu'il transmet.

« ... Et il est assuré que les voyageurs chinois sont revenus en terre golok plusieurs fois, car dans *L'Histoire des Yuan*, des dizaines d'âges plus tard, ils ont noté que la Montagne est encerclée par trois rivières. Et encore plus tard – oh oui ! beaucoup plus tard, nombre d'empires avaient eu le temps de naître et de tomber en poussière –, de nouveaux écrivains ont parlé d'elle. Ce n'étaient que des compilateurs, mais eux aussi, ils étaient bien renseignés, puisqu'ils ont écrit qu'elle a neuf pics, que la neige n'y fond jamais et que c'est le plus haut sommet entre Lhassa et X'ian. Il y aussi un auteur, du temps de l'empereur Ch'ien lung, je crois, qui la nomme "La Réserve de Pierres" et qui... »

Le Supérieur s'arrête soudain : il vient de s'aviser

que Rock, pendu à tout ce qui lui tombe de la bouche, ne consigne plus ses mots sur son carnet, mais dans le vide. Il abaisse donc sa main sur la sienne, lui arrache doucement son stylo et pouffe :

« Tu ferais peut-être mieux de demander à tes amis blancs de t'emmener là-bas dans leurs machines volantes ! Parce que tu m'as l'air de fatiguer ! »

Il a un culot monstre, à ce moment-là, le Supérieur : il lui arrache un cheveu blanc et le lui met sous le nez.

« Tu blanchis ! Tu te fais trop de mouron ! »

Et à nouveau il pouffe :

« T'es plus tout jeune ! Et avec les plaines d'herbe, les cols et les canyons, ça va t'en faire, une trotte, jusque là-bas ! »

Plus du tout précieux, le Supérieur. Son chinois est trivial. Et il s'est mis à ressembler à ces mercantis usés par les feintes et les palabres, qui finissent leurs jours là où ils les ont commencés : au bazar, accroupis devant des tas d'épices ou des balles de soie.

Comme ces vieux-là, d'ailleurs, qui cherchent tout à trac dans la fantaisie de quoi fendre l'ennui des heures, il est pris d'un accès de gaminerie : il se met à mimer le vol d'un aigle. En s'esclaffant, tel un enfant, entre chaque looping qu'il dessine. Rock s'étonne :

« Vous avez déjà vu des machines volantes ?

— Qu'est-ce que tu crois !

— Pas ici, tout de même ? »

L'autre pouffe encore. Il continue à jouer à l'avion. Entre deux coups d'aile, il lui consent un bout de réponse :

« Je lis les journaux. Il y a des photos. »

Et il repart dans ses petits loopings. Rock choisit alors d'aller droit au but :

« Si vous lisez les journaux, la reine des Goloks, vous savez donc à quoi elle ressemble... »

Bien vu : aux seuls mots de « reine des Goloks », le Supérieur cesse net son petit jeu.

Il se fait grave, il ferme les yeux. Il médite même un petit moment. Puis il se met à fixer Rock. Son regard est très noir, d'une eau insondable. Et brutalement, comme lorsqu'il évoquait les vieilles annales, il se remet à pépier.

৯৯

Là encore, il a eu les mêmes mots que Pereira. Il a aussi parlé comme la Géante le soir où elle s'était mise à vaticiner, à propos du Royaume des Femmes, et qu'elle avait évoqué les récits de Mrs Taylor.

Mais nulle excitation chez le Supérieur, nulle exaltation. Il est redevenu l'homme qu'il était avant de jouer à l'avion, il babille :

« Oui, je me souviens. La fille de la tribu Lürdi... Celle qui est allée voir Ma, il y a quatre ans, à Xining, avec son frère. Le général avait imposé aux tribus un impôt exorbitant, il avait voulu entrer au pays Golok, il était parti là-bas avec ses mitrailleuses et ses soldats. La fille, oui, je me rappelle... Elle avait un frère, je crois. Il paraît qu'elle a traversé la rivière à la nage pour sauver sa mère – Ma l'avait enlevée. Et quand elle a dû partir pour Xining afin de négocier avec le général, elle a emmené deux de ses femmes... »

Tout concorde. Rock retient sa respiration. Le Supérieur, malheureusement, vient de s'arrêter. Il semble à bout de mémoire. Il faut donc le relancer :

« Oui, là-bas, au pays Golok, au Royaume des Femmes... »

Le Supérieur hoche la tête mais ne parle plus. On dirait qu'il ramasse tout ce qui reste de forces dans son corps menu pour le doubler d'une gangue de silence. Rock choisit encore de bluffer :

« Vous l'avez vue, alors, dans les journaux, la photo de la fille Lürdi ?

– Quels journaux ? Quand ? »

Le vieux lettré ne s'y laisse pas prendre, sa voix s'est faite grinçante. Et comme Rock est bien en peine de lui répondre, il s'empare de la théière puis soupire :

« ... Cette fille Lürdi, c'est la nièce ou la fille, je ne sais plus, d'un de nos cinquante Bouddhas Vivants... »

Mais s'il ne finit pas sa phrase, cette fois, c'est à cause de Rock :

« Je peux le voir ? »

Il s'est alors produit un curieux phénomène qu'après coup Rock s'est efforcé d'attribuer à un effet d'optique : au moment où il venait de lancer sa question (sans l'ombre d'un calcul, pour le coup ; il était si surexcité qu'elle lui était venue spontanément), il a bien cru voir se redessiner, entre le Supérieur et lui, dans le glaçage noir de la table de laque, les traits ravinés du Brigadier général. S'y profilait aussi, à la place de la porcelaine à la pivoine, le camélia en bouton qui encombrait la cour du *Boozer's*. Mais surtout, superposée à la tasse où le Supérieur était à présent occupé à verser le thé, il a revu, il en est sûr, le verre que Pereira, le soir de Tengyueh, le teint déjà bien

incendié par le vin, avait élevé entre leurs deux visages
quand il avait voulu porter un toast : « À nos chevaux !
À la Montagne ! À la Reine ! » – l'illusion fut si forte
que Rock crut aussi réentendre, explosant en longs
chapelets derrière la fenêtre, les pétards du Nouvel An.

❧

Le Supérieur vient de reposer la théière sur la table.
Il semble heurté : c'est tout juste s'il a rempli la tasse
de Rock. Et sa voix ne gazouille plus. Elle se fait
sèche, presque métallique :

« Les Réincarnations sont actuellement en grand
jeûne. On ne saurait les rencontrer. »

Mais Rock s'entête – il vient de trouver un nouveau
biais :

« Et la fille qui monte tous les ans, nue, dans les
glaces, pour aller dans le palais de cristal, sous la
Montagne... ? Les annales chinoises en parlent ? »

Le Supérieur, cette fois, s'est carrément gelé. Œil
figé, peau de pierre, c'est à croire qu'il vient d'y pénétrer, dans la grotte de glace. Mais une fois encore, au
bout de quelques secondes, il se reprend. Il ferme les
yeux, médite un moment, puis s'ébroue dans ses brocarts et redevient l'homme qu'il était quand Rock a
fait son entrée dans la pièce.

« Fais attention, tout de même, quand tu seras au
pied de la Montagne. Par-delà le Fleuve Jaune, les
hommes ont des têtes de chien, de mouton et de yak. »

Il sourit, à présent. Il semble revenu à la vie. Et
même habité d'une jubilation profonde. Vient-il de traduire sa pensée en images, jouit-il de voir que l'étranger n'y comprend rien ? Ou se laisse-t-il soulever par

le pur bonheur de la légende ? L'envie de croire, de faire accroire ?

Rock scrute son regard. Mais très vite, comme tout à l'heure, se noie dans son eau noire.

Malgré tout, il s'acharne. Il redouble de questions :

« Les Hordes du Loup Blanc... Elles sont toujours dans le coin ?

– Comme le Régent et son fils. Parties dans le Kham.

– Et la végétation autour de la Montagne ?

– On s'y perd.

– Les fleurs ?

– Autant qu'on veut.

– Les forêts ?

– Gigantesques. Terrifiantes. »

De réponse en réponse, la voix du Supérieur s'étouffe. Tel un dormeur qu'on dérange, il desserre à peine les lèvres. Aux questions suivantes : « Les animaux ? », « Les oiseaux ? », « Et pour parler golok ? », il ne daigne même pas répondre.

Rock se lève. Mais à sa grande surprise, comme il quitte la pièce (non sans une immense circonspection : en même temps que sa canadienne de rechange, il a étrenné le matin même sa seconde paire de chaussures en peau d'élan de chez *Abercombie & Fitch* ; leurs semelles trop neuves dérapent sur la laque du plancher, il manque à chaque pas de s'y étaler), le vieux lettré, les yeux toujours clos, recommence à pépier :

« Va donc faire un tour au marché. Avec un peu de chance, tu tomberas sur un homme de ton pays qui pourrait, avec sa langue bien pendue... »

C'est ainsi, grâce à ce vieux lettré dont il n'a jamais pu démêler le fond de la pensée, que Rock a déniché Simpson. Et que, dans la chaîne d'hommes, l'un des maillons fut blanc.

Rock est tombé sur le petit rouquin devant l'éventaire qui faisait office de Poste. Pour un coup de chance, c'en fut un. Il n'était pas descendu de cheval que le regard de l'autre a croisé le sien.

La suite, dans ses dialogues et son jeu de scène, a fidèlement reproduit ces pièces de patronage que les étudiants de l'université de Honolulu aimaient à monter pour fêter la remise des diplômes. Dès qu'il l'a vu, le gringalet l'a reconnu. Il a lâché sa bête, est allé se planter devant lui et lui a lancé :

« Vous, vous êtes L'Homme Qui Cherche La Montagne ! »

Rock, du tac au tac, lui a servi une réplique à l'avenant :

« Et vous, vous êtes Le Seul Type De La Terre À Parler Golok ! »

Dix minutes plus tard, ils avaient fait affaire. Devant les bocks de bière que Rock venait d'extraire de ses paquetages pour conclure leur marché, Simpson, pour le suivre, lâchait tout.

Jusque-là, c'était pourtant un missionnaire de la plus coriace espèce. Un jeune pentecôtiste qui n'avait pas la trentaine et s'était établi aux confins du désert d'herbe pour y fonder une mission microscopique qu'il nommait avec feu : « Le dernier poste de la Chrétienté avant la Barbarie ». À défaut d'y avoir fait des conversions, il y avait appris le golok, qu'il parlait couramment. Il passait ses journées dans la seule compagnie de ses yaks, de ses mules et de ses amis nomades. À ces errants du désert d'herbe, il prêtait toutes les vertus du monde. « Libres enfants de la Nature ! s'extasiait-il à tout bout de champ. Êtres à l'âme pure et simple ! Candides, pareils aux lis des premiers temps ! »

Rock n'a pas joué les rabat-joie. Il a préféré essayer d'en savoir un peu plus long sur son passé. Mais le rouquin a éludé et il n'en a rien su, sinon qu'il arrivait de Grinnell, Iowa, au fin fond du Middle West. Il s'est donc contenté de subodorer que le désert d'herbe lui rappelait la prairie. Simpson, en tout cas, n'en quittait les espaces infinis que pour venir ici, à Labrang, prendre les nouvelles et renouveler ses provisions. Il y séjournait deux ou trois jours, quatre au plus. Au moment où Rock est tombé sur lui, il était sur le départ : son cheval était sellé, ses mules chargées.

Pour lui, le rouquin a tout abandonné. Ses nomades, ses yaks, son embryon de mission, son paradis de prairies frigorifiées. Contre une misère : le gîte, le couvert, et cent dollars payables au retour. Mais avant de lui faire son offre, Rock avait bien sondé son regard, il savait qu'il accepterait. L'autre allait se payer tout seul. Largement. En dollars d'aventure. En monnaie de rêve.

Et comme ils topaient là, devant l'éventaire de la poste, nouvelle rencontre providentielle : depuis la rue voisine déboule une caravane de Jésus-Sauveur. Rock, une seconde fois, est identifié au premier coup d'œil. Un camelot l'aborde :

« Alors, enfin en route pour la Montagne ? Tu fais bien, les neiges ont fondu ! Nous, on s'en retourne chez Yang ! Et ça tombe bien... (l'homme fouille dans son bissac, finit par en extraire deux lettres) on avait justement du courrier pour toi. »

Une des enveloppes qu'il tend est affranchie d'un timbre américain. C'est celle que Rock déchire en premier.

Une lettre de Sargent. Rien que de très banal : le vieux botaniste se contente de lui annoncer que les graines de rhododendron bleu collectées au pays de Tebbu sont arrivées à bon port et qu'elles viennent de germer. En revanche, le temps d'atteindre Boston, les boutures de saule récoltées au Kokonor ont pourri ; elles sont perdues. Rock manque d'en pleurer : pour le retrouver, ce saule, quel chasseur de plantes, après lui, aura le courage d'aller affronter les sables et les vents noirs ? Et si jamais la pivoine...

Il interroge le camelot : « Les caravanes pour X'ian... La route de Shanghai ? » L'autre a un geste fataliste et, dans un de ses ballots, lui désigne une pile de journaux : « Tu verras par toi-même. » Rock soupire, choisit quelques titres, décachette l'autre lettre. Et son cœur s'emballe à nouveau.

Il en relit l'enveloppe pour vérifier qu'elle lui est bien destinée. Mais pas de doute, c'est bien à lui qu'on écrit : « Dans l'attente de l'avis des plus hautes autorités du gouvernement de Sa Majesté, j'ai transmis une copie de votre demande aux services du Vice-Roi des

Indes... » La missive arrive de Kashgar et son correspondant est le consul général du Turkestan.

Alors seulement Rock se souvient du caravansérail,
du tonnelet de vin de messe, du curé et de cette lettre
qu'il a rédigée quasiment sous sa dictée, quand il ne
croyait plus à son Royaume des Femmes et que
l'homme-barrique l'avait convaincu de se dénicher, du
côté de l'Altaï, une aventure de rechange. Et d'en
revenir par il ne sait même plus où.

Son visage, en tout cas, a dû se décomposer : le
petit rouquin est venu tournicoter derrière lui, il a
lorgné par-dessus son épaule et a questionné :

« Mauvaise nouvelle ? »

Rock a enfoui la lettre dans sa poche et s'est réins-
tallé aussitôt dans le personnage qu'il s'était choisi
depuis Choni : l'homme résolu, tout en hardiesse,
méthode et esprit de décision :

« On va au bazar. Il me faut du ravitaillement. »

C'est là, au marché, qu'il a eu pour la seconde fois
l'impression que le Destin était là-bas, au pied de la
Montagne, à l'attendre ; et qu'il était très pressé de
faire sa connaissance. Malgré les menaces de disette, il
a déniché en moins de dix minutes un épicier disposé à
lui vendre assez de pois, haricots et pâtes pour nourrir
sa troupe pendant trois mois. Et comme Simpson prétendait qu'il fallait donner à la caravane les dehors
d'un convoi de camelots en habillant les hommes, au
lieu de leurs houppelandes blanches, de manteaux de
feutre gris, le même épicier lui a dégoté le seul homme
à même de les lui confectionner dans les deux jours
– il pouvait aussi lui vendre des mules fraîches, lui

jura-t-il, et soixante yaks à l'épreuve des canyons. Il n'avait pas menti. Là encore, Rock put faire affaire. Il ne lui manquait plus qu'à chercher des nomades qui consentissent à guider la caravane jusqu'à Radja.

Et tout s'est enchaîné avec une facilité déconcertante. Le surlendemain, quand il est allé prendre livraison de ses bêtes, elles étaient encadrées d'une cinquantaine d'hommes armés de sabres et de pétoires de la guerre de 70. Ils étaient balafrés, couturés de partout et se bousculaient pour se faire recruter.

Si pressé qu'il fût de rejoindre le Destin qui l'attendait au pied de la Montagne, Rock a quand même pris son temps pour les choisir. Il s'y est employé comme il avait fait des bêtes, des manteaux, des pois et des haricots : en les examinant un à un avec circonspection.

Sauf pour deux d'entre eux, pourtant plus couturés que les autres. Le premier avait le nez fendu, le menton fracassé, la peau constellée de cicatrices de variole. La lèvre supérieure du second était en charpie – rien que des lambeaux qui lui pendaient sur les dents. Mais ils lui juraient leurs grands dieux qu'ils étaient les sujets de la reine des Goloks. Ces deux-là, en vertu du principe de la chaîne des vivants, Rock les a choisis aveuglément.

À partir de là, il a suffi de faire comme avant : tête froide, droit sur sa selle. Quand la caravane est entrée dans la première vallée, l'herbe était parsemée d'ossements humains : les soldats de Ma tombés sous les flèches des nomades durant la guerre de l'été passé. Personne, pas même leurs frères d'armes, n'avait songé à les faire ensevelir.

Les officiers du général avaient appris que la cara-

vane de Rock venait de s'ébranler et qu'elle s'en allait
chez les Goloks. Ils étaient sortis de leurs casernes
pour lui faire un bout de conduite, en hommage à son
courage. Eux non plus, n'ont pas pensé à s'arrêter pour
enterrer les restes de leurs compagnons. Ils ont préféré
venir secouer autour du cheval de Rock les trophées
qu'ils avaient gagnés lors des ultimes batailles.
C'étaient, comme d'habitude, des guirlandes de têtes
humaines. Une dizaine, une quinzaine de crânes par
cavalier.

Simpson s'est ratatiné sous son manteau. Rock, en
revanche, s'est astreint à promener sur la scène un œil
sec. Au fil de la vallée, les ossements se sont faits plus
rares ; et l'un après l'autre, les hommes de Ma ont
tourné bride. On a rejoint les derniers villages avant le
désert d'herbe. On s'y est enquis de la Horde du Loup
Blanc. Le Supérieur avait dit vrai : personne n'en avait
plus vent. On s'est donc retrouvés seuls à enfoncer
l'inconnu.

L'examen des cartes, à chaque halte, a confirmé les
prévisions de Rock : américaines, françaises, russes,
anglaises et même chinoises, elles étaient toutes archi-
fausses. Il a donc choisi de lever les siennes.

Les noms de lieux, Source du Dragon, Col de la
Corne Noire, Grand Mont de Houille, racontaient
assez la rudesse du pays. Il était aussi des montagnes
dont les nomades voulaient à toutes fins s'éloigner ;
ils les nommaient « Le Côté Noir », « La Malfaisan-
te », « La Grande Cruelle ». Sur l'autre versant de la
vallée, sans davantage d'explication, ils pointaient un

« Côté Blanc », une « Bien Lunée ». C'étaient elles qu'ils exigeaient de gravir.

Rock cédait. Au col, invariablement, ils sautaient à bas de cheval, se prosternaient entre les drapeaux de prières et les laisses de neige, à même la boue, avant de hurler : « Les dieux sont vainqueurs ! » Ils étiraient démesurément les bras vers le ciel, leurs yeux plus larges que ceux qu'on voit aux enfants.

Ces passes-là, cependant, n'étaient encore que les sommets de bien douces montagnes. De tendres mamelons herbeux, vierges du moindre rocher. Le danger, dans ces immensités sans fin, venait plutôt des vallées que la fonte des neiges avait changées en marécages. À chaque pas, une boue noirâtre venait encoller le sabot des bêtes, quand ce n'était pas une dune, soudain, qui se faisait sables mouvants. Ces siphons mortels, Simpson les repérait de beaucoup plus loin que les nomades. Il était le premier à s'écrier au beau milieu d'un galop : « Halte-là ! On va se faire bouffer ! » Puis, d'un féroce coup de pied dans le flanc de sa bête, étonnant chez cette demi-portion, il entraînait la colonne vers une côte sèche, un sentier pierreux.

À plusieurs reprises, quand on traversa les plaines, se profila une autre et plus sournoise menace : l'attirance du vide. Le cheval, comme s'il voulait rejoindre, au bout de l'horizon, une écurie invisible ou une pâture connue de lui seul, s'emballait subitement. Rien d'autre à faire, dans ces moments-là, que se laisser porter par son galop fou. Jusqu'à ce qu'à bout de poumons, en eau, tout aussi soudainement la bête décidât d'en rester là.

« Dans ces cas-là, accroche-toi ! » avait prévenu dès le premier bivouac le nomade à la bouche en charpie, celui que Rock avait surnommé l'Homme Aux Lèvres

De Cheveux. Et il avait mâchonné dans son mauvais chinois : « Si jamais tu tombes, tu seras à moitié mort, mais en plus tu retrouveras jamais ta bête, elle ira courir jusqu'à la fin du désert ! »

Personne dans la troupe ne contredisait jamais l'Homme Aux Lèvres De Cheveux. Personne non plus ne se risquait à l'approcher tant il était prompt à brandir sa pétoire, comme son ami, l'Homme Au Nez Fendu. Et puisqu'il n'arrêtait pas de se réclamer de la reine des Goloks, Rock le crut.

Plus on avança, plus les femmes se firent charpentées et puissantes, plus on leur devina des jambes bien plantées sous leurs houppelandes de laine brute, et de solides croupes de cavalières. Vers la caravane elles levaient de longues faces d'antilopes où ne se lisait pas la peur, rien qu'une intense et rieuse curiosité. À nouveau, Rock fut hanté par les annales des Sui et des T'ang.

Il n'en soufflait mot à Simpson. Mais, le soir, quand il se retrouvait seul sous sa lampe à kérosène, il ajoutait de nouveaux indices à la liste qu'il tenait sur une page secrète de son carnet, l'énumération de toutes les preuves de son entrée imminente au Royaume des Femmes. C'étaient maintenant les cheveux des filles nomades, de plus en plus épais ; leurs cascades de nattes, elles-mêmes de plus en plus alourdies de perles de corail, turquoises, boules d'ambre, billes d'argent, parfois. Même si personne ici n'était vêtu de bleu, comme dans les récits des annales, même si les mitres étaient inconnues et que tout le monde était indifféremment coiffé, quels que fussent l'âge et le sexe, de petits chapeaux pointus, les femmes se noircissaient le visage de terre, comme l'avaient raconté les chroniqueurs des T'ang et des Sui.

Rock recommençait à s'enfiévrer. Chaque soir, il rouvrait l'ouvrage de Woodville, le seul livre qu'il eût emporté avec les poèmes de Li Po. Et comme sur les rives du Kokonor ou durant les premières nuits qu'il avait passées à Choni, il répétait : « Tout concorde, tout concorde... » en se rongeant les ongles jusqu'au sang.

Pour tenter de se calmer, il rouvrait alors l'autre livre et, sur une page ouverte au hasard, s'obligeait à déchiffrer à mi-voix quelques tombées d'idéogrammes : « Le pays de Shu regorge de montagnes magiques... Les pics vert sombre transpercent le ciel... »

Il était à bout de fatigue et de nerfs, les caractères se mêlaient, se brouillaient, il sautait des lignes. Mais toujours il finissait par y entendre un écho à sa propre équipée :

« ... Je contemple, joyeux, les nuées mauves... Humbles souhaits de toute ma vie... Voici que se défont soudain mes liens envers le monde de poussière... Main dans la main, nous nous envolerons vers le soleil blanc... »

Ce qui n'empêchait pas toujours la crise de tics.

Sur son passage, d'un bout à l'autre du désert d'herbe, le cri fut identique : « L'*Urussu* ! Venez voir l'*Urussu* ! »

Depuis les premières vallées, le bruit le précédait partout que sa caravane transportait une « boîte magique » ; et qu'au moment de planter sa tente, pour avoir son content d'eau, de laitages, de fourrage, le Blanc venu de Russie allait la sortir de ses paquets, puis répandre sur les prairies une musique comme personne n'en avait entendu depuis que le monde était monde. Aussi, chaque soir, il n'avait pas hurlé son « Sto-oh-oh-oh-op ! » que des nomades, par dizaines, accouraient, surexcités, du fond de l'horizon.

Il varia le répertoire pour son seul plaisir. Il lança un jour vers le ciel les envolées de Pol Plançon dans *Faust* ; le lendemain, ce furent les grands airs de Titta Ruffo dans *Hamlet* et *La Force du Destin* – ils mirent en fuite des vols de sternes. Mais chaque soir, sans faute, il y eut des vocalises de Caruso, un petit air de Melba. De toute façon, *La Bohème* ou *Norma*, *Don Giovanni* ou *Rigoletto*, l'effet sur les nomades était le même : plus le pavillon du gramophone crachait d'arias mélancoliques et de tragiques lamentos, plus ils pouffaient. « *Casta Diva* », « *Una furtiva lacrima* », « *O vin, discaccia la tristezza* », « *Donna é mobile* », « *Pari siamo* » : ils ne faisaient pas le détail. Invariablement, face au gramophone, ils se tenaient les côtes. Jusqu'à s'en pisser dessus, parfois.

Simpson s'esclaffait à son tour. Puis s'en allait, au mépris des poux, fourrager les tignasses des gamins en joie. Rock en oubliait de crier à l'infection.

Lui aussi, il riait. Mais il y avait quelque chose de bizarre dans ses hoquets. Quelque chose d'un peu fou, comme le galop des chevaux lorsqu'ils s'emballaient au beau milieu d'une plaine d'herbe.

Puis venait le dîner autour du bivouac. Silencieux, la plupart du temps, tant la route abrutissait.

On expédiait le repas, on filait sous la tente. Quelquefois le rouquin hasardait quelques mots, tentait d'entamer une discussion. Rock éludait. Il voulait se retrouver seul au plus vite.

Et ce qui le soulageait, dès qu'il était sous la toile (au point de devenir sourd aux aboiements des molosses qui gardaient les campements nomades, au point de ne pas prêter la plus mince attention aux hurlements des loups), c'était l'ordre que Li-Su, à chaque étape, y reconstituait fidèlement : la malle jaune réinstallée, à la tête du lit de camp, au millimètre près ; sur la table pliante, à gauche, la lampe à kérosène posée bien à droite du petit meuble, de façon qu'il vît clair quand il reporterait dans son journal les notes de la journée ; le tapis de léopard largement étalé sur son duvet pour en dissimuler la fatigue – cinq ans qu'il l'avait acheté dans un bazar de Rangoon, son sac de couchage, cinq ans qu'il le suivait, lui aussi, fidèlement.

Et tous les soirs, avec la même ponctualité, Rock s'étonnait que ces objets aimés l'aient suivi jusqu'ici. Qu'ils aient parcouru avec lui tant de kilomètres, franchi tant de cols, bacs, ponts de toutes sortes, en bois, en lianes, en pierre ou corde. Qu'ils se soient si docilement laissé transbahuter sur des radeaux ou à flanc de mule, de yak, de chameau, parfois même à dos de coolie. Bosses ou rayures, l'usure était là. Patine du vrai voyage. Increvable, son matériel. Un mot qui s'appliquait en priorité au plus précieux de ses bagages : la baignoire gonflable.

Ces soirs-là, il s'étonnait aussi de cet attachement à ses objets, il se disait : « Non, cela ne peut me tenir lieu d'amour. » Et cependant, lorsqu'il les contemplait, c'était indiscutable : il les aimait. C'était particulièrement vrai de la baignoire : chaque fois qu'il était pris de ces accès de tendresse, c'était plus fort que lui, il fallait toujours qu'il aille vérifier, au fond de la malle jaune, à côté du tube de Véronal, la présence de son stock de rustines. Il fermait les yeux, caressait longuement le métal de la boîte. Alors seulement il se sentait heureux d'être en route et jouissait à plein du bonheur de l'étape.

Il retournait à sa table. Son régal, désormais, c'était de rouvrir les journaux qu'il avait achetés à Labrang, d'en parcourir pour la centième fois les gros titres – LA LIAISON FERROVIAIRE PÉKIN-SHANGHAI COUPÉE PAR LES TERRORISTES ; FURIEUX COMBATS À SHANTUNG, SHENSI, HONAN, HUPEH ; PERCÉE DU GÉNÉRAL FENG À L'EST DU KANSU ; LE GÉNÉRAL MA EN SITUATION PÉRILLEUSE : RENONCERA-T-IL À SON HÉGÉMONIE SUR LE GOBI ET LE KOKONOR ? ; LES ROUGES AUX PORTES DE XINING : DEUX RUSSES BLANCS DÉCAPITÉS... – puis de les repousser.

Aujourd'hui, se disait-il toujours au moment de les replacer dans sa malle, j'ai encore laissé derrière moi un peu de la vieillesse du monde. Et il s'endormait comme d'habitude en rêvant de matins neufs, de rivières jeunes, de terres vierges.

Il y eut aussi des nuits (sans doute fut-ce une rémanence sournoise des airs d'opéra qu'il avait servis aux nomades) où, juste avant la délivrance du sommeil, se redessinèrent au-dessus du lit la varangue de la maison de Muir, à Braeside, avec les bougainvillées qui l'encombraient, et, en contrebas, juste au-dessus de la plage et des falaises de lave, les troncs étêtés des cocotiers. Avec plus d'insistance encore repassait dans ces

incohérentes et molles visions la silhouette de la triste
reine Liluokani, engoncée dans sa vieille crinoline et
la guimpe qui peinait à contenir, comme le corsage de
la Géante, ses énormes seins. Il ne comprenait pas le
pourquoi de cette réapparition à la lisière de la veille
et du sommeil. Lorsqu'il revoyait passer Pereira, en
revanche – au *Boozer's*, comme dans le reflet de la
table de laque, à ceci près que le Brigadier général
s'avançait maintenant vers lui en tâchant de ne pas
prendre sa jambe bancroche dans les branches de
camélias –, Rock n'était pas surpris. Il se demandait
seulement s'il ne s'était pas mis à habiter un autre
corps que le sien, s'il ne se retrouvait pas ici à la place
d'un autre. Mais jusqu'au jour où il vit la Montagne,
chaque fois qu'il eut de ces pensées, il parvint à se
raisonner, à chasser ces visions, à s'obliger à ne plus
se tourner et retourner sans fin dans son duvet. Il se
calmait à peu de frais : « Mais, puisqu'il est mort, le
bancroche... Puisqu'il était malade... Puisque, tôt ou
tard, son cancer... »

☙

Pendant la nuit, Simpson lui-même devait ruminer :
à deux ou trois reprises, au breakfast, tandis que Li-Su
faisait frire l'omelette au lard de yak sur quoi s'ouvrait
chaque journée, le petit rouquin lui a parlé des Rouges.
La même antienne, à chaque fois :

« Ce général Feng, c'est un chrétien ! Avec lui les
communistes vont réussir la synthèse entre le Progrès
et la parole du Christ. Le bien-être matériel et le salut
des âmes ! On va vivre une époque phénoménale ! »

Les dix premiers jours de route, eu égard à sa
science du golok, Rock a enduré ses discours sans

piper mot. Mais le onzième matin – on était le 4 mai, il faisait moins deux et on venait de passer la nuit à 3 500 mètres d'altitude – il n'a pas pu se contenir. En même temps qu'une bonne giclée de postillons aux œufs frits, il lui a jeté à la face :

« Vous n'avez toujours pas compris qu'en Chine, chrétien ou pas, un Rouge est un Rouge ! »

À sa propre surprise, il avait pris feu et flammes. Il s'est vu se lever, pointer son index sur une grappe de nomades qui baguenaudaient autour des tentes et éructer d'un seul trait :

« Après le passage de ces vautours, vous pourrez les chercher longtemps, vos libres enfants de la Nature ! Dès que les Rouges seront ici, ces pauvres types, vous allez voir ce qu'ils vont en faire... Ce sont les derniers, vous m'entendez ! Vous ne me croyez pas, mais... *Les derniers !* »

Sur ce dernier mot, la colère l'a étouffé, il n'a pas pu poursuivre. Faute de mieux, il s'est alors jeté sur la lame dont Li-Su se servait pour trancher le lard de yak. Et comme expirant, égorgé lui-même, presque aussi mélodramatique que Plançon dans *La Force du Destin*, il a passé et repassé le couteau devant son larynx en piaillant : « Couic ! Couic ! Couic ! »

❧

Mais au plus désespérant du désert, lorsque tout s'aigrissait, de la salive aux idées, quand tout rancissait, des pensées et des mots, à force de ne rien voir de neuf à l'horizon – à perte de vue des marécages, des laisses de neige, des ondulations d'herbe fraîche, de temps à autre un loup rôdeur, un lièvre, une gazelle en fuite, des faisans en quête de grain, le plus souvent des troupeaux de yaks étirés en ligne interminable au long d'une rivière qui semblait elle aussi sans fin – se produisait soudain ce que Rock appelait, au temps de Tengyueh, une « rencontre de la route ».

Elle surgissait toujours du pur néant, l'impression de collision était extrême. À croire qu'avec ce choc le Destin cherchait maintenant à lui parler. Ainsi, par un matin de tempête, cette procession qui se profila au sommet d'une colline, ouverte par un moine à la stature de colosse, enveloppé dans des lainages lie-de-vin et juché sur un cheval lui-même gigantesque, harnaché de soies jaunes et caparaçonné d'une longue couverture d'argent – on l'apprit ensuite, le brocart protégeait des exemplaires du *Tanjur* et du *Kanjur*. Derrière, du même trot solennel, s'avançaient six autres chevaux, beaucoup plus petits et montés par des moines à leur échelle, des quasi-nains. Venait enfin une litière vert-de-gris attelée de mules. Avec son toit d'écailles surmonté d'une boule, elle figurait une sorte de kiosque ambulant. À l'arrière, sept autres moines se relayaient pour abriter la litière d'un parasol safran. Pure formalité : pas un rayon de soleil. Le vent ne cessait de forcir et, à chaque pas, les moines manquaient d'en lâcher le manche et de l'abandonner à l'infini du désert.

Simpson s'est avancé vers la litière. Le géant qui ouvrait la procession l'a arrêté d'un hurlement :

« Passe ton chemin ! C'est un enfant, cinq ans à peine, une toute jeune Réincarnation ! On vient de l'enlever à sa famille, il ne faut pas le déranger ! »

Rock a bien cru voir alors s'écarter les rideaux de la litière. Et distinguer, derrière le rideau, en effet, le visage d'un enfant en pleurs. Il n'en était pas sûr ;

Simpson était passé devant lui, qui vociférait à son tour par-dessus les bourrasques :

« Vous venez d'où ? Vous allez où ? »

Mais d'autres moines venaient d'apparaître au sommet d'une colline – surgis du néant, eux aussi. Ils devaient attendre la litière depuis des heures : ils étaient à bout d'excitation et brandissaient de très longues trompettes qu'ils ont immédiatement embouchées.

Le vide, durant quelques minutes, a résonné des stridences de leurs trompes. Puis, aussi vite qu'ils les avaient levées, ils les ont abaissées et la procession, dans le froid et le vent, s'est remise à enfoncer l'infini herbeux.

Deux jours après, au lieu-dit la Rivière Noire, il y eut aussi cette yourte, elle-même noire, qu'on trouva plantée au beau milieu de la piste, comme exprès pour barrer le passage. Son toit de feutre claquait de cinq oriflammes de brocart. « Un temple ambulant », a soufflé Simpson, décidément parfait quand il ne sortait pas de son rôle de guide.

Et, en effet, elle abritait un vieux Bouddha Vivant. Quatre-vingt-un ans, par conséquent plus vivant pour très longtemps. L'homme avait les yeux voilés de cataracte et semblait sourd. Pour autant, Rock a voulu le questionner ; et il n'eut pas plus tôt prononcé les mots « Amnyé Machen » et « reine des Goloks » que le vieux s'est recroquevillé entre ses coussins, ses reliquaires d'argent, sa théière et ses boîtes à chasser le mauvais sort. Puis il a rajusté sa mitre, rembobiné son rosaire, tendu ses doigts noués par l'arthrose vers la tourbe qui se consumait dans son poêle, et recommencé à faire tourner son moulin à prières. Enfin, à

l'instant précis où Simpson recommençait à chuchoter : « Il n'y a rien à en tirer, il est sourd comme un
pot », le vieux Bouddha Vivant a désigné le sommet
de sa yourte et grommelé à l'adresse de Rock :

« Prends soin de toi. C'est une année à mauvais
temps. »

Là encore, ce fut tout.

Le lendemain, c'est par un blizzard effrayant qu'on
a rejoint la passe nommée « le Col Rouge », celle qui
donnait sur les canyons. Malgré la violence de la tourmente, au moment de lever le camp, Rock a tenu à
prendre des mesures, à les consigner sur son carnet
avec le même scrupule que chaque matin. Les yaks,
enregistra-t-il, pataugeaient dans dix centimètres de
poudreuse ; le vent, d'après l'anémomètre, soufflait à
cent kilomètres-heure, avec des pointes à cent trente.
On était le 9 mai.

La montée du col fut si rude que l'Homme Aux
Lèvres De Cheveux, à l'autre bout du convoi, finit par
hurler qu'on s'était fait jeter un sort par le vieux Bouddha Vivant. Pour autant, au sommet du col, Rock a
procédé à une nouvelle série de mesures. Comme le
temps était bouché, on n'a pas sorti les instruments.
On s'est contenté de la méthode artisanale, on a calculé l'altitude en faisant bouillir de l'eau et en y plongeant le thermomètre ; et puisque le point d'ébullition
ne dépassait pas 88 ° C, et que la température
ambiante oscillait entre moins deux et moins cinq,
Rock a établi que la passe culminait à plus de
4 000 mètres.

Il a eu un moment de fierté. Les nomades, eux, se

sont mis à grincher qu'ils n'iraient pas plus loin, ils ont réclamé leur salaire. Simpson a conseillé à Rock de les laisser partir. Ce n'était pas le froid qui les rebutait, lui dit-il, mais l'entrée au pays Golok. Si l'on insistait, le pire était à craindre. Et puisqu'en cette période de l'année les canyons seraient vides, on pourrait aisément se passer d'eux.

Rock s'est soumis. Au milieu des bourrasques, il a commencé sa distribution de dollars. Il a tenu à la terminer par les deux sujets de la reine des Goloks, l'Homme Au Nez Fendu et son ami, l'Homme Aux Lèvres De Cheveux. Pendant la traversée du désert d'herbe, il n'avait cessé de les chouchouter. Il s'est donc planté devant eux et leur a lancé :

« Vous venez, alors ? Vous m'emmenez chez votre reine ? »

Mais comme les autres, ils ont tendu la main pour recevoir leurs pièces, et dès qu'ils les ont eu empochées, se sont évanouis dans le blizzard. Sans un mot, eux non plus. Pas même un salut. Même les Na-khis en sont restés cois.

Le seul homme à triompher, à ce moment-là, ce fut Simpson. Il s'est grandi tant qu'il a pu au milieu des rafales et s'est écrié :

« Ces deux-là... Des nomades comme les autres ! Je l'ai toujours su ! Parlaient pas un mot de golok ! J'ai essayé de vous le dire, mais vous ne me laissez jamais parler... Croyez-moi, votre Reine... »

Le petit rouquin en dansait presque, sous les bourrasques de neige, tant il était sûr de tenir sa revanche sur les « Couic ! Couic ! Couic ! » de la semaine passée : « ... ne l'avaient jamais vue de leur vie ! »

☙

C'est donc là, après le Col Rouge, que la chaîne d'hommes a commencé à donner des signes de faiblesse. Et que Rock s'est pris à douter.

Dès qu'on eut gagné les canyons, pourtant, le ciel s'est éclairci. En moins d'une heure, sur ce labyrinthe de failles tout en encorbellements, tourelles, crevasses, remparts, pitons de grès, le soleil a fait pleuvoir une longue averse de lumière d'une limpidité extrême. Au bord des torrents encore gorgés de glaçons, elle a révélé des coulées de potentilles et de primevères, de frais rejets de saules. Et même, dans un creux de falaise, une rare et précoce fougère *Cheilanthes argentea*. Rien qu'une promesse. N'empêche : Rock a cru réentendre les réponses du Supérieur de Labrang quand il l'avait questionné sur la végétation de l'Amnyé Machen, il a été convaincu qu'il allait faire une récolte de plantes encore plus inouïe qu'au pays de Tebbu. Une heure plus tard, dans le canyon suivant, il a abattu une dizaine de perdrix multicolores, d'une espèce elle-même rarissime, seulement répertoriée par Przewalski, comme ses chevaux préhistoriques découverts en Mongolie. Mais, au moment précis où il était certain d'être entré dans un pays entièrement vierge, une caravane s'est profilée au bout de la gorge.

C'était un camelot de Jésus-Sauveur, il l'a su tout de suite, aux caisses qui bringuebalaient contre le flanc de ses yaks.

Au mépris des pierrailles et de l'étroitesse de la piste étranglée entre le torrent et les murs de grès, il a jeté son cheval à sa rencontre. Et, sans le moindre salut, sans préambule non plus (aussi sèchement, en somme, que les hommes qui l'avaient quitté en haut du col, comme au diapason, désormais, de la rudesse du pays), il a crié au camelot :

« Tu reviens de chez la Reine ? Tu l'as vue ? »

L'autre s'est borné à grommeler : « Aurait bien du grabuge, par là-bas ! », puis il a sauté à bas de son cheval.

Rock s'est entêté :

« Et la Reine ? »

Le camelot le regardait d'un œil vide. Rock a insisté :

« Tu sais bien, la fille de la tribu Lürdi... »

L'autre a paru retrouver ses esprits.

« Pas allé par là-bas, pas eu le temps. Et puis, les bisbilles entre les moines et les Goloks... »

Il s'affairait maintenant autour de ses bêtes, il était prêt à déballer ses ballots sur les caillasses de la piste.

« Si tu as besoin de provisions. Ou de lingots, pour le troc... Des théières, des écharpes, des photos aussi, il m'en reste, un peu d'orge... »

Et comme Rock ne bougeait pas, il s'est rembruni et a marmonné :

« Ou alors si tu veux que je t'achemine du courrier... »

Le camelot avait fait mouche : sans descendre de selle, Rock a arraché une page de son carnet et griffonné quelques lignes à l'adresse de Sargent.

Pour une fois, il ne les a pas relues. Ni même scellées. C'est Li-Su qui, sur son ordre, s'en est chargé. Lui, il n'en avait pas la force. Pour la centième fois depuis Labrang, son cerveau venait de lui projeter l'image du Destin, assis sur un tas de pierres et l'attendant au pied de la Montagne. Mais ne consultant plus sa montre. Fixant le vide, l'œil creux.

C'est ce qu'il aurait voulu consigner dans le billet qu'à présent Li-Su cachetait. Mais, là encore, pas moyen. « Ils vont me prendre pour un fou, à Boston... » Il s'était donc borné à écrire à Sargent ·

« J'entre en cette minute en pays Golok. Nul Blanc, avant moi, jamais, ne s'est aventuré ici. Je vous en prie, quoi qu'il m'arrive, ne me laissez pas tomber ! »

En dépit des deux traits théâtraux qu'il avait tracés sous *quoi qu'il m'arrive*, Rock a oublié ce message sur-le-champ. Aussi vite qu'il avait effacé de sa mémoire, huit mois plus tôt, la lettre qu'il avait écrite au consul du Turkestan.

Le temps que la cire du cachet se fige, il a demandé sa route au camelot. L'autre était un familier des canyons, il a répondu sans difficulté :

« Au bout du défilé, tu entres dans la Vallée Rouge. En enfilade, ensuite, à trois jours d'ici, tu prends la Grande Vallée d'Or. Et tout au bout, juste derrière les gorges du Fleuve Jaune, tu tombes au pied d'une grande falaise – tu ne peux pas te tromper, elle est comme celle-ci, rouge sang. Tu la contournes et tu tombes sur le monastère de Ts'ang. »

L'homme lui a confirmé que les canyons étaient vides, qu'il n'y avait rien à craindre des bandits. Rock a retrouvé un regain d'énergie. Mais on ne s'était pas plus tôt remis en marche qu'il a fallu que le petit rouquin vienne tout gâcher. Il a poussé son cheval à côté du sien, juste avant de traverser le torrent, et lui a lancé :

« Je vous sens songeur, Dr Rock. Mais ne vous faites pas de mouron, même si c'est fichu, pour la Reine. De toute façon, il vous reste la Montagne... »

C'est ainsi que le doute s'est installé. Par petites touches. Il s'évanouissait, se faisait oublier pendant quelques heures – au-dessus de la caravane, il faut dire, elles étaient tellement belles, ces gorges qui n'arrêtaient plus de dérouler leurs pitons, créneaux, échauguettes, meurtrières de pierre rouge, on aurait dit le chemin de ronde d'un château fort dont on n'eût jamais vu le bout. Puis, à la manière des aigles qui tournoyaient là-haut et venaient subitement s'abattre sur un lièvre ou une marmotte, le soupçon, tout soudain, fondait à nouveau sur Rock. La plupart du temps, à cause d'une sortie de Simpson.

Elle commençait toujours par « De toute manière... » ou « De toute façon... ». Le temps qu'on se prépare à encaisser le choc, le mal était fait.

Ces pernicieux petits mots, le nabot les lâchait n'importe où, n'importe quand, en pleine traversée d'un torrent, voire au moment précis où la caravane, pour rejoindre une autre vallée, s'arc-boutait à un périlleux raidillon. Qu'est-ce que je fous là ? devait-il inévitablement penser dans ces moments-là ; et cette peur panique, tout aussi inéluctablement, il fallait qu'il la déchargeât sur Rock. Mais de manière onctueuse et détournée. Il lui lâchait par exemple tout à trac :

« De toute façon, la Montagne est un objectif bien plus sûr que la Reine. Elle, au moins, ne bouge pas d'où elle est. »

Le refrain avait sa version journalistique : « De toute façon, la Montagne, c'est un sujet qui convient beaucoup mieux à vos lecteurs du *National Geographic* » – et virile : « De toute façon, elle était très vaseuse, cette histoire de reine. On n'est jamais sûr de rien, avec les femmes. » (Au fait, qu'est-ce qu'il y connaissait, le petit rouquin, aux femmes ? C'était vraisemblablement le dernier grand puceau des marches sino-tibétaines, plus difficile encore à dénicher que le wapiti et le yéti.) La variante la plus assassine de sa petite phrase était aussi la plus banale : « De toute façon, il n'est jamais bon de courir deux lièvres à la fois. »

Rock n'a jamais répondu. Il s'est contenté une seule fois, au bivouac, un soir que Simpson était particulièrement fatigué, de risquer quelques questions à propos de Mrs Taylor :

« Le connaissez-vous, le livre de cette missionnaire qui a écrit sur les nomades de la région ? »

Simpson a secoué la tête :

« Pas le temps de lire.

– La Reine, tout de même, vous en avez entendu parler ?

– Oui, il y a six mois, à Labrang, j'ai appris que vous la cherchiez.

– Qu'est-ce qu'ils vous en ont dit, les Goloks, quand ils venaient par chez vous ? »

Le rouquin a levé les yeux vers le nord, du côté des plaines d'herbe. Et il a marmonné :

« Moi, vous savez, j'ai jamais fait de politique. Avec les nomades, je parle toujours religion. Les

Goloks, au moment de la guerre, quand ils sont passés par chez moi pour rejoindre le Régent... »

Il n'avait pas dû faire beaucoup de conversions, il a eu un petit rictus et s'est perdu un moment dans ses songeries. Puis il a repris, comme toujours : « De toute façon... » Mais il n'a pas fini sa phrase, ce soir-là. C'est sans doute la nostalgie de ses yaks, de ses prairies, de son bout de mission qui l'en a empêché : dans un long soupir, il s'est aussitôt levé pour aller se coucher.

Ce fut leur dernière conversation. Dès le lendemain, Rock s'est muré dans le silence. Chaque fois que le rouquin lâchait sa petite phrase, il se forçait à se concentrer sur un seul horizon : l'instant où, sortant des canyons, il renouerait enfin la chaîne d'hommes.

Mais quand la caravane, déboulant de l'étroite sente de pierres courant à flanc de falaise, s'est présentée aux portes du monastère de Ts'ang, le Supérieur était absent.

« Parti à Lhassa, a laconiquement annoncé le portier.

— Il revient quand ? a enchaîné Simpson.

— Sais pas. Parti il y a un mois.

— Et le Trésorier ?

— Parti aussi...

— Et le Gardien du Sceau Privé ?

— Pareil. »

Pour laconique qu'il fût, le portier n'a fait aucune difficulté pour loger la caravane. Il a offert à Rock, dans une cour intérieure, une longue série de cellules vides. Les moines, pour la plupart accroupis à même le pavage de galets, n'ont pas quitté leur pose de méditants. Même quand les hommes ont pris leurs aises, déballé leurs paquetages, avec leur vacarme habituel.

Selon l'usage, Rock leur a quand même distribué les cadeaux du voyageur : des écharpes de soie, de l'encens, des photos du Dalaï-Lama et du Panchen-Lama. Mais, contrairement à ce qui s'était passé ailleurs, ces moines-là se sont bornés à le remercier d'un hochement de tête assorti d'un bon sourire et d'un regard absent.

Simpson lui-même s'en est trouvé troublé, il a murmuré :

« Ils doivent être muets... Ou alors ils se sont donné le mot pour la boucler...

– Bouclez-la vous-même ! » a tonné Rock.

Puis il a couru chercher son gramophone.

« Vous allez voir ! »

Et il a lancé sous les portiques, à plein volume, Melba dans *La Bohème*. Ses envolées suraiguës, cependant, ses tragiques accents, loin de dérider les moines, n'y ont rien changé. Ils se sont contentés de hocher la tête, puis se sont raidis dans leur posture de méditants.

Rock ne s'est pas découragé. Il a déposé cette fois sur son gramophone un disque qu'il écoutait peu, pour la bonne raison qu'il lui mettait « les nerfs en boyaux de chat », selon la réponse qu'il avait faite à Simpson quand il le lui avait réclamé à la seconde étape après Labrang : les *Caprices* de Paganini.

C'était Fritz Kreisler qui tenait le violon. Comme l'avait prévu Rock, dès ses premiers et virtuoses loopings, les moines ont été transportés. Mais seuls leurs yeux racontaient leur enthousiasme ; ils ne bronchaient toujours pas. Ils n'ont ouvert la bouche qu'à la fin du disque pour demander à Rock de le leur repasser depuis le début.

Ils l'ont ainsi écouté une bonne dizaine de fois et n'ont consenti à se retirer dans leurs cellules que sur le coup de minuit. Ils étaient à nouveau muets, lointains, absents. Rock est allé s'effondrer sur son lit, exténué comme jamais.

Ce n'était pas la fatigue de la route, la rudesse des sentiers auxquels il avait dû s'accrocher, au fond des canyons, quinze jours durant. Ni même le violon de Kreisler. Ce qui l'avait anéanti, c'était la face que lui avaient opposée les moines, lorsque, enfin, il avait pu refermer son gramophone et hasarder quelques questions sur l'emplacement du camp de la Reine, au pied de la Montagne ; et sur ce qui se passait là-bas, sur les pentes enneigées, quand elle se mettait nue pour rejoindre la grotte de glace. De muets, les moines s'étaient métamorphosés en sourds. Ils n'avaient pas même semblé entendre ses questions.

Cependant le Destin, à la lisière des terres goloks, était comme le temps : il n'arrêtait pas d'avoir des sautes d'humeur. Le lendemain même, à la porte du monastère, la caravane est tombée sur un chef golok.

Quand il est apparu sur son cheval, on venait de se mettre en marche. Il était seul. Et si royal, dans ses tombées de fourrure, que Rock a pensé arrêter la caravane pour le photographier. Mais l'autre a pris les devants et l'a hélé :

« C'est toi, l'*Urussu* qui a mangé des truites avant-hier dans la Rivière Bleue ? C'est toi qui as abattu des perdrix ? C'est toi qui cherches la Montagne ? »

L'homme savait tout de lui. Et il lui parlait dans un chinois à peine abâtardi. Rock s'est gelé sur place. Alors l'autre a lancé dans un rire :

« Tu veux aller à Radja, c'est ça ? »

Il n'était que joie, hardiesse, bonheur de vivre. Il a transformé la journée à son image : il n'avait pas ouvert la bouche que la vie est redevenue légère, facile. La chaîne d'hommes était renouée.

Au bout d'un quart d'heure de pourparlers, chacun de l'autre savait l'essentiel. Rock avait appris que le royal cavalier s'appelait Chef Miyi et qu'il veillait sur les destinées de la tribu Kangsar ; et Chef Miyi, que l'*Urussu* voulait collecter des plantes, s'approcher de la Montagne et rencontrer la femme en charge de la tribu Lürdi.

Il s'est ensuivi un très long marchandage au terme duquel, contre deux lingots d'argent, Chef Miyi a accepté de guider Rock jusqu'à Radja et de rédiger une lettre à l'adresse de la Reine. Mais, à sa propre demande, il y en a eu au moins huit, de ces lettres, et elles furent strictement identiques : d'après le Golok, si un de ses homologues apprenait qu'un rival avait reçu un message d'un *Urussu*, et pas lui, une guerre pouvait éclater dans l'heure. Il y eut donc une lettre pour le chef de la tribu Rimong, une pour celui de la tribu Butsang, une troisième pour celui des Shabrang, et quatre autres pour des chefs de clan dont Simpson ne réussit pas à consigner le nom, non plus qu'il ne parvint à démêler si c'étaient des hommes ou des femmes. Et comme Chef Miyi était rigoureusement analphabète, il est allé dicter son message au monastère. Où il faisait, à l'évidence, la pluie et le beau temps : dès qu'il est entré dans la cour, tous les moines se sont mis à s'agiter. L'un s'est précipité pour chercher un pinceau, un autre a déniché l'encrier, les autres ont couru chercher des rouleaux de papier, enfin un homme chenu, que Rock n'avait pas remarqué jusque-là, s'est spontanément présenté pour rédiger les missives.

Simpson, pour une fois, a fait preuve de fermeté : il a exigé de les relire et s'est assuré que la tribu Lürdi faisait partie des envois. Tout était en ordre. Rock a donc scrupuleusement reporté sur son carnet la traduction du texte, tandis que Chef Miyi, décidément aussi puissant qu'empressé, recrutait des moines pour faire office de messagers. En s'esclaffant, comme pour le reste. Entre deux rires, il s'exclamait : « Tu vas voir ! Dans moins d'une semaine, tes lettres seront arrivées ! »

Puis, avec le même feu, il a couru rejoindre son cheval. Rien qu'à le voir bondir en selle en faisant voltiger ses fourrures, on se sentait déjà là-bas, à l'ouest, à remonter la piste de la Reine. À chevaucher, en riant comme lui, au milieu des tribus.

Lettre d'introduction adressée aux chefs goloks
par Chef Miyi Dwangpo, de la tribu Kangsar

Ces Russes qui sont entrés en contact avec moi souhaitent aller dans la région de l'Amnyé Machen. Non seulement il faut que vous les guidiez et leur accordiez protection, mais vous devez les escorter où qu'ils aillent, en leur facilitant le chemin dans les règles et en les menant là où la route est bonne, sur terre comme sur l'eau. Soyez assurés que si l'on s'en prend à eux, vous aurez à en répondre. Aucun de ces hommes, je le garantis, ne s'en prendra à quiconque. Le but de leur voyage est de voir le pays et de ramasser des plantes.

Telle est ma lettre.

Fait le troisième jour de la cinquième lune.

Au monastère de Radja, dans la cellule que lui ont attribuée les moines, tout est rouge. Les murs, le plafond, les piliers, les montants de la fenêtre, les boiseries du lit, le plancher. La peinture est résineuse, c'est une sorte de laque ; s'y mêle souvent du brun. Lorsqu'on s'en revient, comme aujourd'hui, d'une journée passée à chevaucher entre quatre mille et quatre mille cinq cents mètres, sa couleur commence par reposer l'œil. Au bout d'une heure ou deux, cependant, on s'aperçoit que l'anesthésie créée par ce bain rouge caillot est illusoire. Il n'apaise pas la rétine. Il ne fait en réalité qu'en brouiller les récepteurs.

Le phénomène devient manifeste au couchant, à l'instant où, comme maintenant, depuis le fond des vallées goloks, le soleil vient frapper à l'oblique le chaos de rochers qui encercle le monastère. Des temples à la boucle du fleuve, des alpages aux forêts jusqu'aux tentes éparpillées sur le flanc de la montagne d'en face, tout le paysage bascule dans une gigantesque mare couleur sang-de-bœuf. Tout s'y confond : les eaux tourbillonnantes du fleuve, les feux de bouse fumant devant les campements des premières tribus, la falaise en forme de tête d'aigle en surplomb au-dessus de la vallée.

Ce raz-de-marée sanguinolent est généré à l'évidence par la réfraction du rayonnement crépusculaire sur les éboulis qui entourent le monastère : ils tirent eux-mêmes sur le grenat. Mais, à cette altitude, le soir tombe vite. D'une minute à l'autre, on se retrouve dans le noir, il faut allumer la lampe à kérosène. C'est là qu'on s'aperçoit que le rouge a fait son effet. La rétine ne renvoie plus au nerf optique que des images floues, des informations tremblées. On se frotte les yeux ; et, comme on est épuisé, on va se coucher.

Mais pas moyen de trouver le sommeil : la marée sanglante continue de stagner sous les paupières. On réentend alors les mots par lesquels Simpson, une heure plus tôt, a conclu le dîner, selon ce qu'a été la journée. Il ne commence plus ses phrases par « De toute façon... ». C'est maintenant : « Ne faites pas cette tête » ou « Ne vous faites pas de mouron ». Et il n'y a dorénavant que deux variantes. Soit : « Ne faites pas cette tête, Dr Rock, vous allez pouvoir vous rabattre sur la Reine ! » Soit : « Ne vous faites pas de mouron, il vous reste la Montagne ! » Tout dépend des jours.

En ce 30 juin, c'est la première phrase qu'à deux reprises Simpson a cru bon de lui jeter.

Ce matin, le ciel s'est dégagé pendant dix petites minutes. La Montagne s'est montrée. Pour la seconde fois. On ne l'avait pas revue depuis un mois.

Pereira avait parlé de pic ou de pyramide. En fait, c'est un dôme. Assorti, sur la droite, de deux mamelles, l'une beaucoup plus grosse que l'autre. Mais gigantesque, ce sommet, comme il l'avait décrit.

Complètement enneigé. Resplendissant de tous ses glaciers.

Aujourd'hui comme le 30 mai, on a eu beaucoup moins de chance que le Brigadier général : la chambre noire était à peine montée sur le trépied que les nuages sont arrivés. Du nord-nord-est, pour commencer. Puis les bourrasques, comme folles, se sont enroulées sur elles-mêmes et la Montagne s'est évanouie. On n'a pris qu'un seul cliché. Il sera mauvais, comme ceux d'il y a un mois. Le sommet restera perdu dans les lointains.

Le plus rageant de l'affaire, c'est qu'avant que le vent vienne définitivement tout gâcher, il y a eu une seconde embellie. Comme dans le récit de Pereira, le panorama s'est fait d'une netteté extrême. On s'est apprêté à prendre une seconde photo. Seulement le Golok embauché comme guide, le Pirate, comme on l'appelle (une vraie dégaine de vieil écumeur des mers, il faut dire, petit, trapu, l'œil futé et féroce, la peau tavelée, le nez camus ; il ne lui manque qu'un bandeau noir sur l'œil pour que le tableau soit parfait), a déboulé sur les pierrailles qui criblaient le poste d'observation.

« Les Rimongs, les Rimongs ! Je suis sûr qu'ils patrouillent au fond du canyon ! Si jamais ils montent ici... »

Le Pirate n'avait plus son air de dur à cuire. Il avait ôté son feutre, le pétrissait fiévreusement entre ses gros doigts gercés. On a remballé tout le matériel dans la minute, le trépied, les optiques, les filtres, plus le fourniment qui sert à calculer les altitudes, le baromètre anéroïde, le réchaud, la bouilloire, les outres d'eau. Et, bien sûr, le théodolite. Puis on a décampé. Une fois de plus.

Pour autant, une heure plus tard, comme on venait de rejoindre un nouveau piton en surplomb sur le Fleuve Jaune, la Montagne a réapparu. Identique à ce qu'elle était tout à l'heure : étincelante, somptueuse. En majesté.

Les profondeurs du canyon, cette fois, semblaient désertes. Mais le vent restait capricieux ; et la lumière, extrêmement changeante. Rock a grincé : « On va encore gâcher de la pellicule ! », puis il a signifié aux Na-khis de ne pas toucher au matériel photo. De ses mains il a formé un triangle – le code qui ouvre la cérémonie des mesures. Les hommes se sont alors penchés sur les sacs et ont ressorti les instruments.

Les Na-khis sont rompus au cérémonial : il arrive qu'on le répète dix fois dans la journée. Dès qu'on arrive sur une ligne de crêtes ou sur un piton, Rock donne le signal. Li Wen-kuo déballe alors le thermomètre, Li-Su le théodolite, Chan-Chien le baromètre anéroïde, Ho Chi-hui verse l'eau dans les marmites, enfin Chan Chung Tien s'occupe d'allumer le réchaud et de la faire bouillir.

À cause de cette stricte et silencieuse observance du rituel, Rock, lorsqu'il les regarde faire, se souvient toujours de l'enfant de chœur qu'il fut à la Schottenkirche de Vienne. Lui aussi, c'est de cette façon sacramentelle et muette qu'il manipulait les crucifix, les burettes, les encensoirs, les ostensoirs. Quelle différence ? En ce temps-là, il était catholique, sans savoir pourquoi. C'est de la même façon que les Na-khis croient à ce que les lentilles, les visées, le mercure racontent en silence à leur maître : en toute soumission, en tout aveuglement. Ils ne connaissent rien à la science, mais ils se disent qu'il est dans ces objets un pouvoir qui leur échappe. C'est sans doute ce qu'on appelle la foi.

Le Pirate lui-même, depuis trois jours qu'il fait partie de la troupe, a spontanément trouvé sa place dans la messe basse des mesures : dès qu'il voit sortir le théodolite de son étui, sans attendre les ordres, il se met à inspecter en reniflant, tel un chien de chasse, les fourrés de rhododendrons qui s'étagent en contrebas, ou les épineux épars sous la couverte d'épicéas. Si bien que, paradoxalement, le seul à ne savoir que faire de lui-même, tout le temps de la liturgie mesurante, c'est Simpson. Il reste à baguenauder autour des instruments avec sa tête de poisson mort. Et se borne à dévider autour de Rock un chapelet de « Alors ? Alors ? Alors ? » aussi puérils que surexcités.

Depuis la première apparition de la Montagne, Rock s'est entraîné à ne plus l'entendre. Mais, aujourd'hui – c'est sans doute pourquoi, ce soir, maintenant qu'il a regagné sa chambre, le rouge des murs lui tape sur les nerfs comme jamais –, le rouquin a poussé le bouchon beaucoup trop loin.

Il a commencé par guigner ses notes – il se fait clair, au fil des jours, qu'il a la manie de l'espionnage. Rock, en tout cas, venait de s'asseoir, les jambes suspendues dans le vide, pour reporter sur son carnet les chiffres qu'il venait de relever dans la visée de son théodolite. Faute de pouvoir photographier la Montagne, il avait décidé d'esquisser, en s'aidant des jumelles, le tracé de ses sommets. Mais soudain, à son croquis, il a vu se superposer l'ombre de Simpson.

Là encore, il a été traversé par une réminiscence de Vienne. Il ne s'est pas vu à l'église, cette fois, mais sur les bancs du collège, quand le fils Potocki cherchait à copier ses devoirs sur les siens et qu'il était bien forcé de le laisser faire, de peur de se faire dénoncer au Comte pour ses emprunts de livres à la bibliothèque du palais.

Ici, Rock a fermement maintenu sa main devant sa feuille. Le rouquin, pour autant, ne s'est pas découragé. Au contraire : il s'est approché. Et s'est remis à chuchoter, tout en rajustant autour de lui les pans de son manteau nomade (il n'a toujours pas compris qu'ici, en terre inconnue, c'est en vêtement d'homme blanc qu'on impressionne les populations) : « Alors ? Alors ? Alors ? »

À l'horizon, le dôme de l'Amnyé Machen était toujours aussi visible. À vol d'oiseau, on était à quoi ? Cent dix, cent vingt kilomètres à tout casser. Soit la même distance que Pereira quand il l'avait observé depuis le col de Chüri-La.

Rock a abaissé ses jumelles. Puis calmement dessiné sur sa page, d'un trait souple et sans accroc, les deux mamelles qui forment l'extrémité de la chaîne. Mais Simpson, décidément, grillait sur place. Il a recommencé à trépigner. Cette fois, c'étaient les jumelles qu'il lorgnait :

« Dr Rock... Vous ne pourriez pas me les laisser, rien qu'une minute ? Rien que pour que je me fasse une idée... »

Rock a parfaitement saisi ce qu'il entendait par « idée ». Il lui a néanmoins abandonné l'instrument. Et, bien entendu, dès que le rouquin a collé ses yeux aux lentilles, il a fallu qu'il lâche :

« C'est bizarre. Elle ne fait pas très haut, pour une montagne qui, d'après vous... »

Et il a recommencé à balayer le panorama.

Il avait l'air sincèrement perplexe. Puis il a humé l'air à petites lampées, comme si son nez était lui-même un appareil à mesurer les altitudes – ce qu'il était peut-être, eu égard à son extrême vélocité à rougir et peler, plus on s'approchait de la Montagne. Et il a conclu, en cherchant dans les plis de sa houppelande une sorte de dignité professorale :

« Tout de même, Dr Rock, tout de même... C'est vraisemblablement une impression d'optique. Mais, pour ma part, ce matin – je précise bien : *ce matin* –, je ne trouve pas que cette montagne... »

Rock ne l'a pas laissé finir. Il lui a raflé les jumelles. Qu'il a bien failli, dans sa fureur, balancer dans le vide, avec le théodolite. Et, à leur suite, Simpson.

Au soir de cette journée plus éprouvante encore que les trente précédentes, il ne sait toujours pas où il a trouvé la force de se contenir : le rouquin, aujourd'hui, n'a pas attendu le dîner pour pépier sa petite phrase. Pour la première fois qu'on est en terre golok, il l'a lâchée là-haut :

« Cela dit, ne vous alarmez pas, Dr Rock. De toute façon, si vous n'avez pas la Montagne, vous pouvez toujours vous rabattre sur... »

❧

Au dîner, il y a moins d'une heure, Simpson a récidivé. Et Rock était si exténué – l'altitude, depuis un mois, les dénivelés constants, les cavalcades dans les éboulis, et désormais la crainte de tomber dans une embuscade des Goloks – qu'il n'a pas eu la force de répondre. Ce matin, en revanche, au sommet du piton battu par les vents, il était en pleine possession de ses moyens. Dans la seconde, il a donc décoché à Simpson une de ses répliques au vitriol qui, hélas, ne parviennent à le neutraliser que deux ou trois heures durant :

« Je me demande bien ce que vous pouvez voir ! Depuis le temps que je vous demande d'équiper vos bottes de talonnettes... »

Comme toujours en pareil cas, ce qu'il restait au rouquin d'épiderme apparent a pris feu. Le visage, le cou, les mains. Puis, selon le scénario classique depuis que Rock ne supporte plus ses sorties (c'est-à-dire au lendemain de la première apparition de la Montagne), Simpson est allé, la larme à l'œil, se frotter aux naseaux eux-mêmes humides de son cheval et s'est mis à grommeler, assez fort pour que Rock l'entende : « Pardonnez-lui, Seigneur, il ne sait pas ce qu'il fait... » Et il est allé s'isoler en contrebas pour sangloter. Là encore, assez fort pour qu'on l'entende.

De son côté, Rock a lui-même suivi sa routine : lâché un vague soupir et repris ses notes là où il les avait laissées. Aujourd'hui, c'était le croquis de l'évasive Montagne.

Les Na-khis eux-mêmes poursuivaient leur train-train sans piper mot, remballaient les instruments de mesure, les rangeaient un à un dans leurs étuis, puis dans les sacs, avant de les charger sur les bêtes. Machines remontées par une clef invisible, eût-on dit, sauf quand ils levaient la tête pour guetter les nuages – le ciel, comme prévu, recommençait à s'obscurcir par l'est.

Mais lentement. Aussi, juste avant qu'il ne soit bouché, Rock a eu le loisir d'achever son dessin et de consigner ses observations. Méthodiquement, comme toujours. En prenant son temps. En respectant point par point le cérémonial mis au point depuis son départ de Choni.

Ce matin, pourtant, il n'en menait pas large. Chaque ligne qu'il traçait, chaque chiffre qu'il notait formaient en lui comme une nouvelle blessure, une plaie de plus. Du coup, quand le vent, au sommet du piton, est devenu complètement fou, il s'est pour une fois laissé aller. Lui aussi, il a pleuré. D'un coup, il a débondé les larmes qu'il contenait depuis un mois.

❦

Encore un effet du rouge : sur le carnet que Rock vient de rouvrir, toutes les lignes se brouillent. Jamais il n'a eu autant de mal à relire ses notes de la journée.

Il se décourage, va se recoucher. Mais repousse vite son duvet : sous ses paupières, le marais sanguinolent stagne toujours.

Il se relève, revient à sa table, rallume la lampe. Et, cette fois, chausse ses lunettes. Pas ses verres de vue. Ses lunettes de glacier.

Et c'est ainsi, les yeux voilés de noir, comme lorsqu'il chevauche sur les lignes de crête, qu'il parvient enfin, ligne après ligne, cote après cote, à déchiffrer les paragraphes que, juste avant de fondre en larmes, sa main fiévreuse a rédigés sous le croquis.

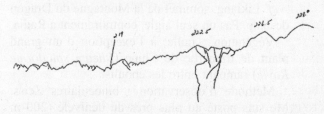

« 30 juin. À droite, proéminence à 228 degrés : point culminant de la chaîne de l'Amnyé Machen. Mesures prises au théodolite.

Itinéraire : vallée dite "Gyu-par". Au fond du canyon, chemin en zigzags sur la droite.

Terrain humide, herbeux. Végétation toujours aussi pauvre et banale. *Caragana jubata* rose en cascades le long des falaises des petits ravins adjacents. Quelques pavots bleus – *Meconopsis racemosa* – encore en fleur. Puis sentier très raide, graviers, glissant, dangereux, même pour nos chevaux. Épicéas, genévriers, mousses, végétation sans intérêt. Ensuite, piton. Au sommet, monument rituel de type "obo" – pierres entassées, drapeaux de prières. En contrebas, le fleuve. Tourbillons bleu-vert très visibles. Courant plus violent qu'hier et avant-hier – fonte des neiges.

Nom du poste d'observation : inconnu. Le Pirate n'y est jamais venu.

Horaire : 10 h 45.

Vent nord-nord-est, dit "vent de Gobi" (*dixit* le Pirate). Sec, froid, très instable.

Température : 7,2° C (45° F).

Poste d'observation : encorbellement quadrangulaire essentiellement constitué d'éboulis de schiste, d'ardoise et de quartz.

Faune : fauvettes *Prunella collaris tibetanus* – *cf.* Likiang, sommet de la Montagne du Dragon de Jade. Pas un seul aigle, contrairement à Radja.

Végétation : nulle, à l'exception d'un grand plant de rhubarbe de Chine (*Rheum spiciforme Royle*) rampant entre les éboulis.

Méthode d'observation : binoculaires Zeiss. Me suis posté au plus près du dénivelé (200 m environ sous moi).

Altitude du poste, selon l'anéroïde : 4 691 m.

Point d'ébullition de l'eau : 85° C (185,8° F)

– mesure opérée par Li-Su. Donc correction d'altitude : 4 772 m.

Distance estimée entre le poste et le sommet de la Montagne : 120 km – la même que Pereira. Mais lui, l'a observée depuis l'autre versant, au nord-ouest. Soit exactement en diagonale. Il est malgré tout douteux que, même vue sous cet angle, la Montagne ressemble à une pyramide, encore moins à un pic. Son dessin en dôme évoque plutôt le Kanchingchunga tel que je l'ai aperçu en 1913 à la frontière indo-népalaise.

Massif alentour : entièrement liseré d'éperons de roches eux-mêmes précédés d'une autre chaîne parallèle plus basse, de couleur noire, striée par de longues laisses de neige. En avant de cet alignement de roches noires, l'observation aux binoculaires révèle l'existence d'une plaine immense. Désert ? En tout cas, dunes de sable. Au-delà, rien que de la haute montagne. Donc, pour l'approche du massif, s'équiper comme pour le Kokonor : feutres, etc., prévoir d'emballer très soigneusement tous les instruments de mesure. D'après le Pirate, le territoire de la tribu Lürdi se trouve entre ces dunes et la Montagne. Mais il ignore l'emplacement du camp de la Reine.

11 h 10 : nouvelles bourrasques de vents tourbillonnants. Fin de l'observation. »

Rock ôte ses lunettes de glacier. Ses paupières le picotent comme après sa crise de larmes. Il ferme les yeux. La marée rouge n'a toujours pas reflué. Mais une image y flotte. Un fil, ou un trait. Blanc, fixe, lumineux, étincelant.

Plus il cherche à savoir ce que c'est, plus la marée rouge grossit sous ses paupières, plus le trait lui-même grandit et s'étale. Il garde néanmoins son tracé initial, tout en douce et blanche mollesse. Si Rock ne craignait pas de s'être brûlé la rétine, il se frotterait les yeux.

Et d'un coup, la vérité s'impose à lui, aussi lumineuse que la ligne qui raye son champ visuel : ce trait, c'est, quarante pages plus tôt dans son carnet, un fragment du croquis qu'il a tracé le 30 mai, juste après que, derrière la monture de Chef Miyi, dans l'aube rayonnante, au débouché d'une nature au plus beau de sa liesse printanière (saules, acacias, épicéas, caraganas dans leur rose, blanche ou jaune floraison, potentilles, groseilliers à foison, genévriers remontant, au seul vu de leurs troncs, à trois ou quatre siècles, *Sibirea laevigata* comme s'il en pleuvait, rhododendrons d'une espèce rare, *Capitatum Maxim.*, à fleurs lavande et feuilles courtes), comme la montée se faisait rude, que les plantes se clairsemaient et que le cheval commençait à perdre haleine, pour la première fois, dans toute la splendeur de sa chaîne, la Montagne lui est apparue.

Aucun des deux pics, il l'a su tout de suite, n'était l'Amnyé Machen. Le sommet de cette immense chaîne qui déroulait sa houle de glaciers et de roches du sud-est au nord-ouest était, à l'extrémité droite du panorama, l'une des deux mamelles noyées dans les lointains. C'est là, d'emblée, qu'il a braqué ses jumelles, sans attendre l'annonce de Chef Miyi. L'intuition.

Le nomade, du reste, était occupé à saluer le ciel, à lever les bras, à hurler la formule rituelle au passage des cols : « Les dieux sont vainqueurs ! » C'est seulement quand il a vu Rock le nez collé à ses jumelles qu'il a crié : « Amnyé Machen ! » en pointant à son tour la direction du nord-ouest. Puis il s'est fait grave, a avisé un genévrier, en a détaché un rameau et est allé le brûler devant un amoncellement de pierres, avant de se perdre en prosternations.

Rock, comme aujourd'hui, a aussitôt ordonné la cérémonie des mesures. Dès la première visée au théodolite, son intuition s'est confirmée : la masse enneigée qui arrondissait sa lourde et blanche mamelle à l'extrémité nord-ouest de la chaîne en formait bel et bien le point culminant.

Le 30 mai, c'est aussi le premier jour où Simpson a pris cette détestable habitude de sautiller autour des instruments de mesure et de piailler : « Alors ? Alors ? Alors ? »

Rock ne s'est pas mis en colère, ce matin-là. Il s'est borné à abaisser le théodolite et a calmé le rouquin d'un simple : « Excellent, Simpson, excellent ! »

L'autre a redoublé d'excitation : « Vous parlerez de moi, dans le *National Geographic* ? »

Il a bougonné : « C'est ça. »

L'autre est devenu euphorique. Si enthousiaste qu'il est allé brûler des branches de genévrier avec Chef Miyi. Lui, Rock, dans son carnet, s'est mis à aligner multiplications et divisions.

Opérations de pure forme : s'il était une matière où il brillait, depuis l'enfance, c'était bien le calcul mental. Et depuis qu'il avait, dans la visée du théodolite, évalué l'angle que formait le dôme avec le col d'où il l'observait, il connaissait la vérité, aussi brute et massive que la Montagne qui, à cent cinquante kilomètres de là à vol d'oiseau, lui dégueulait ses glaciers à la face : le sommet de l'Amnyé Machen ne pouvait excéder les 6 500 mètres. Soit 2 400 mètres *de moins* que l'Everest.

Il a gardé son calme, cette première fois. Quand le rouquin est revenu de sa petite cérémonie païenne avec Chef Miyi, il s'est campé devant le panorama, jambes écartées, comme pour mieux en prendre possession. Puis il a répété à Simpson de sa plus belle voix grave : « Excellent, vraiment, excellent ! »

Donc, un mois maintenant qu'il fait *bella figura*, comme aurait dit Potocki. Un mois qu'il tâche de se rabattre sur la Reine – pour parler cette fois comme Simpson. Et qu'il marine, chaque soir, dans la marée rouge de Radja en attendant la réponse de la Reine aux courriers de Chef Miyi. Elle n'arrive pas. Aucun des chefs goloks, du reste, ne lui a jamais adressé le moindre signe.

Histoire de tromper le temps, il explore les environs selon les indications que lui donne, jour après jour, le jeune Bouddha Vivant qui dirige le monastère : « Tu peux aller du côté de la Vallée de la Femelle Yak, les Shabrangs sont partis du côté du Pic du Roc Blanc » ; « Aujourd'hui, monte donc au Col du Dragon, en passant par la Gorge du Yak Métis, puis par le Val des Saules. Si le temps s'éclaircit, de là-haut tu la verras, la Montagne. Et, avec un peu de chance, tu tomberas sur un wapiti. »

On n'a pas croisé l'ombre d'un wapiti et le temps ne s'éclaircit jamais. Ou alors, comme aujourd'hui, c'est pour dix petites minutes. Puis il se rebouche.

Et il revente, et il repleut, et il regrêle – il est même arrivé qu'il neige. Rock tâche malgré tout d'herboriser. Mais plus il s'aventure dans les gorges, plus il est déçu. Aucune des fleurs inouïes, aucun des arbres phénoménaux promis par le Supérieur. Bien sûr, Simpson a une théorie sur la question : il prétend que, du côté de Labrang, la végétation est si pauvre qu'un bois d'épicéas n'a aucun mal à passer pour une gigantesque forêt. Il dit aussi que le Supérieur n'a sans doute jamais quitté le désert d'herbe, et que pour lui, des pavots bleus de la plus commune espèce ou de banales prairies d'edelweiss sont un spectacle prodigieux.

Le plus exaspérant, c'est que le rouquin a raison.

Aussi, depuis le 30 mai, la colère de Rock ne cesse-t-elle plus de bouillir, puis d'éclater. Deux ou trois fois par jour au bas mot. Le soir, il en a la cervelle vidée, quand il se retrouve dans cette maudite chambre. Où la laque rouge, sur les murs, les boiseries, le plafond, le plancher, partout, vient prendre le relais de Simpson.

Il n'a pourtant jamais connu pareille dérive, avant cette minute où il vient d'éteindre la lampe et de se nouer autour de la tête, pour former bandeau sur ses yeux, l'écharpe la plus épaisse qu'il a pu trouver. Car à présent recouché, recroquevillé sous son duvet au plus étroit, il a beau faire : sous ses paupières, encore plus gros que tout à l'heure, flotte toujours, sur fond rouge, le croquis.

Elle

(Pays Golok, 1er-20 juillet 1926)

Depuis quelques jours, la réalité perd du terrain. Et de l'épaisseur. Elle rétrécit, rabougrit. Parfois, elle n'a pas plus de consistance qu'un simple vernis. On dirait de la laque qui se fendille.

Et on a beau convoquer tant qu'on veut les puissances de la raison, sa désagrégation s'accélère. Comme si elle était pressée de rejoindre l'univers fantasmagorique et bariolé des créatures que les moines peinturlurent sur les murs des temples. La vie, en d'autres termes, semble très tentée de ressembler à un conte.

Dont le sens, malheureusement, demeure insaisissable. Les jours s'enchaînent, sans queue ni tête. Alignent les épisodes les plus loufoques. Il y a sûrement quelque chose là-dessous. Mais quoi ?

Quand on sort du monastère, pas moyen d'y voir l'effet du rouge. On peut à la rigueur incriminer l'ombre de la falaise, le dessin de ses roches qui figurent si fidèlement l'envergure d'un aigle géant. Et réunir, en manière d'antidote, les balises ordinaires du monde des Blancs : mesures, science, calculs.

Ça ne sert pas à grand-chose. Au moins une fois par jour, une découverte, une rencontre, un événement grand ou petit finissent toujours par apporter leur touche de corrosion à l'évidence du monde. Et en découvrent une autre, tellement plus massive. Écrasante. Car elle s'obstine, elle, à demeurer indéchiffrable.

Dans ces moments-là, on se remet à douter de l'existence de la Reine, on se dit que la Montagne n'a jamais été qu'une fantaisie du vent, un caprice des nuages. Brume formée au fond d'un rêve en dépit des notes et des croquis consignés sur le carnet. Et des photos tout juste développées. La minute devient alors extrêmement périlleuse. On est à deux doigts de tout détruire. On ne croit plus à rien. Pas même à ce qu'on voit.

On résiste, malgré tout. Au plus fort de cette dérive se maintient une dernière certitude, celle d'être en vie. Prisonnier de ses plus élémentaires exigences : respirer, boire, manger, pisser, déféquer. Espérer. Alors que chaque jour n'apporte qu'une déception supplémentaire.

Les convocations du Bouddha Vivant y sont pour beaucoup. Elles sont irrégulières, mais impératives. Nul moyen de s'y soustraire. À chaque audience, pourtant, toujours la même annonce : « Chef *Urussu* (c'est le nom que le jeune dignitaire donne à Rock), tes lettres aux Goloks restent sans réponse. Je te déconseille donc de traverser le fleuve. » Et il lui indique une nouvelle excursion : « Emmène plutôt tes hommes du côté du Col des Neuf Dragons, par-delà le Val de l'Aigle Blanc. » Il l'a déjà regardé planter son trépied dans les ruelles du monastère ; il mime ses mouvements derrière l'objectif, appuie sur un déclencheur imaginaire : « Là-bas, tu verras, les montagnes sont belles. »

Un autre jour, après que Rock lui a demandé de

disposer d'une pièce de plus pour faire sécher ses plantes, le jeune homme suggère : « Si tu remontes la Rivière de Jade Pâle jusqu'à la Gorge des Jeunes Oies, tu devrais trouver beaucoup de fleurs, à condition d'emprunter la Passe de la Source. Ensuite, au fond de la Vallée du Léopard des Neiges, en montant au sommet du troisième piton, tu apercevras peut-être les ruines de Hor. »

Rock se souvient que le Régent lui a parlé de ces ruines. Il se rappelle aussi qu'il lui a dit qu'elles se trouvaient juste avant les terres de la Reine. Il se laisse donc prendre un instant à l'illusion que le jeune homme veut l'aider. Mais il en doute de plus en plus, il s'inquiète, au fil des convocations, du regard que le Bouddha Vivant, dans ces moments-là, coule systématiquement du côté du Pirate, lequel opine aussitôt du chef. Mais que faire ? Le jeune dignitaire maîtrise aussi l'art d'étouffer dans l'œuf le premier début de contestation. On part là où il a dit, quand il a dit, et le temps qu'il a dit. Lorsqu'on revient, on se fait reconvoquer au bout d'un délai variable – quelques minutes ou quelques heures. Et le jeune moine répète, imperturbable : « Chef *Urussu*, je n'ai toujours pas reçu de réponse des Goloks. Donc je te déconseille... » Puis il suggère l'itinéraire d'une nouvelle excursion.

On ne s'aventure jamais très loin. Le temps s'enfuit et le Bouddha Vivant reste aussi insaisissable que la Montagne. Impossible de savoir ce qu'il veut. Ni quels intérêts il défend. Feint-il d'être l'ennemi des Goloks ? Est-il lié étroitement à la Reine ? Veut-il à toutes fins décourager l'étranger de s'approcher de ses terres ? Indémêlable, comme tout le reste.

☙

Les audiences se déroulent à chaque fois dans la Pièce des Heures. De tout le monastère, c'est là que la réalité subit les charges les plus violentes. Sur l'un des murs s'étirent des rayonnages. S'y amoncellent les modèles les plus divers de pendules et de réveille-matin. Ailleurs, encloués aux parois coloriées, s'entassent des dizaines de carillons, cartels, horloges de tous styles et de toutes origines – on y compte jusqu'à une comtoise et un coucou suisse.

Bien qu'un gros moine poussif soit en charge de leurs mécanismes, chaque appareil indique une heure différente. Deux fois par jour, pour autant, avec une ponctualité d'autant plus déconcertante qu'il est lui-même dépourvu de montre, l'obèse vient remonter leurs mécanismes. Par une facile allusion à son maître, Rock l'a surnommé le Métronome Vivant. Mais ledit métronome humain s'abstient tout aussi scrupuleusement de toucher aux aiguilles des pendules, réveils, carillons et horloges. Il les laisse indiquer leurs heures détraquées, tinter, corner, sonner, carillonner comme ça leur chante, cliqueter chacun et chacune à son rythme. Quand Rock, au lendemain de la première audience, a voulu savoir comment le monastère avait constitué cette collection, l'homme lui a opposé une réponse laconique « Les *Urussu* ». Puis, sans doute flatté de l'intérêt que l'étranger lui portait, il a fini par lui confier qu'autrefois, à l'époque où les Blancs étaient nombreux à venir rôder dans le coin, ils offraient toujours aux moines des appareils à mesurer le temps. Les Réincarnations qui se sont succédé à la tête du monastère y ont pris goût ; et quand on n'a plus vu d'*Urussu* se profiler au bout des canyons, elles ont demandé aux camelots de leur en dénicher d'autres, au plus bas prix. Jésus-Sauveur s'y est aussi-tôt employé. C'est donc une fois de plus à l'extraordi-

naire industrie du mercanti de Tao-chow qu'on doit
l'existence de cette pièce. Depuis vingt ans, tout ce
qu'il y a de soldes, invendus, rebuts et rossignols hor-
logers dans les arrière-boutiques de Xining, Lanzhou
et même Chengdu vient un jour ou l'autre atterrir ici,
au pied de la Montagne.

À la fin du récit du moine obèse, Rock s'est senti
piteux. Lui, à son arrivée à Radja, il n'a offert au
Bouddha Vivant qu'une simple montre. Dernier cri,
certes : acier brossé, aiguille à décompter les secondes,
petit chronomètre incorporé. Et, selon les conseils de
Yang, il y a adjoint une pièce d'or et une paire de
lunettes de glacier dont le jeune dignitaire, sur le
moment, a cru qu'elle lui permettrait de voir à travers
les montagnes. Il a semblé très déçu.

Cependant, ces lunettes, il ne les quitte plus. Au fil
des jours, Rock s'est persuadé que c'est pour lui opposer, chaque fois qu'il le rencontre, leur noir reproche.
Il s'en est si bien convaincu qu'aujourd'hui, à sa vingt
et unième convocation dans la Pièce des Heures, à
l'instant où il le voit arriver en se bandant si ostensiblement les yeux avec les fameuses lunettes à ne pas
voir à travers les montagnes, sa religion est faite : le
Bouddha Vivant se fout de sa gueule. Et se venge, en
lui sciant les nerfs, de la pauvreté de son cadeau.

Le cérémonial est immuable : le jeune dignitaire
pénètre à pas comptés dans la Pièce des Heures,
contourne la frêle ligne lumineuse d'une rangée de
lampes à beurre, ôte ses lunettes, les glisse dans sa
manche, puis assied précautionneusement sa mollette
personne sur un vieux matelas pneumatique – cadeau
d'un *Urussu*, lui aussi, a indiqué l'autre jour le moine
obèse.

Le temps qu'il soit bien installé dans ses soies safranées (Sa Très Précieuse Réincarnation est très méticuleuse, elle tient énormément à l'ordonnance de plis de sa tunique comme à l'aplomb de sa mitre jaune sur son crâne ; elle met le même soin à se placer au centre exact des boudins de caoutchouc), il faut compter trois bonnes minutes. Ce matin, cependant, le Bouddha Vivant expédie l'affaire et, sans attendre, lance son adresse à Rock :

« Chef *Urussu*... (Sa voix est beaucoup plus douce que la dernière fois.) Tellement de temps que tu attends... »

Il en semble ému, au point de prendre une longue inspiration avant de pouvoir enchaîner :

« Tu veux donc faire comme les camelots, aller visiter la tribu Lürdi... Pourtant, à ce que j'ai pu constater depuis quatre semaines que tu es là, tu n'as rien à vendre. Tu ne fais que ramasser des fleurs, abattre des oiseaux, et... »

Il mime le geste du photographe. Simpson s'arrête de traduire. Rock ne sait que dire, soupire. Mais le jeune homme n'attend pas de réponse, il continue à dérouler son petit discours :

« Des camelots viennent de passer au monastère. Ils reviennent justement des terres de la tribu Lürdi. Ils y ont acheté des fourrures et du musc... »

Au fur et à mesure de la traduction de Simpson, Rock se raidit. Il finit par l'interrompre et murmure :

« Mais si les camelots ont passé le fleuve, pourquoi pas nous ? »

Le Bouddha Vivant, ce matin, est décidément étrange : il paraît avoir compris sa question avant même que Simpson n'ait relevé le nez vers lui. Il hoche la tête avec gravité et observe :

« Tu n'es pas un marchand, Chef *Urussu*. Tu te dois d'être prudent. »

Puis il donne un petit coup de menton en direction du nord.

« Les camelots m'ont dit que les Shabrangs et les Rimongs sont partis vers le sud avec leurs yaks. Donc la route est libre par là-haut. Et comme le temps se met au beau... »

Le jeune Bouddha Vivant a alors le geste que son vieil homologue du désert d'herbe avait eu, sous le feutre noir de sa yourte : de son moulin à prières il pointe le plafond. Dans son mouvement, même autorité, même mystère. À croire qu'il fait aussi la pluie et le beau temps.

Et maintenant, silence. Le Bouddha Vivant a fermé les yeux. Il ne bouge plus d'un cil.

Rock met ses oreilles à l'affût. Elles ne captent que le seul mécanisme des rouages. Certaines pendules cliquettent au ralenti, d'autres, tel un cœur qui s'affole, battent à l'accéléré. Aucun rythme à l'unisson dans cet interminable continuum métallique, aucune règle hormis celle du dérèglement.

Et voilà que sur la droite un grand carillon néogothique se réveille en sursaut. Il sonne tout ce qu'il peut, dix, douze coups. Puis s'arrête. Le Bouddha Vivant n'a pas bougé. Il médite toujours, les yeux clos.

Même quand, juste au-dessus de sa tête, un cartel en métal doré se met à tinter : toujours pas un mouvement, pas même un frisson. Cinq coups, puis c'est une étrange pendule équipée d'une roue à clochettes qui entre en action, suivie d'un réveille-matin américain qui, depuis son rayonnage au plus près du plafond, croit bon de lâcher quelques stridences. Pour échapper à cette cacophonie chronométrique, il faut attendre l'instant où, providentiellement, le coucou suisse décide de faire des siennes et précipite hors de sa niche une pie-grièche qui pousse un cri rauque, très voisin du « Couic, couic, couic ! » envoyé naguère à la face du rouquin. Alors seulement, depuis les espaces infinis où il est allé se perdre, le jeune dignitaire consent à rejoindre l'étroite pénombre de la Pièce des Heures, rouvre l'œil et tend l'oreille vers les cliquetis déglingués, à croire qu'il les découvre pour la première fois. Définitivement réamarré, alors, aux choses de ce monde, il dodeline de la tête et reprend de sa lippe molle :

« La tribu Lürdi campe à sept jours d'ici. Tu la trouveras juste après la ligne de dunes. Tu les traverseras et ensuite, juste avant les montagnes noires, tu tomberas à l'intersection de deux vallées. L'endroit se nomme le Point de l'Excellent Cheval. C'est là que commence le Tour Sacré de la Montagne. »

👐

Qu'était-il allé chercher, lorsqu'il avait fermé les yeux ? Une inspiration, des souvenirs ? la force de parler à l'étranger ? une énergie qui, jusque-là, se refusait ?

Car il parle maintenant très vite, le jeune Bouddha Vivant, d'une seule traite – on dirait une prière apprise par cœur :

« Après le Point de l'Excellent Cheval, on tombe sur le Point des Ailes Ouvertes de l'Oie Sauvage. Ensuite, on trouve de nouvelles dunes. On les traverse, on arrive à la Falaise de la Grande Peinture. Ensuite, on franchit la Colline des Offrandes, la Colline du

Devin, on passe devant la Marque de la Main de Gesar de Ling, on longe la Rivière Bleue, on voit le rocher où Gesar a attaché son cheval quand il est parti cacher son épée sous le palais de cristal. Il faut alors dépasser le glacier, bifurquer vers l'est et continuer jusqu'à ce qu'on se retrouve là où on a commencé : au camp de la tribu Lürdi. »

Le Bouddha Vivant ne profère plus un mot. Mais il semble attendre une question. L'occasion est là, unique. Rock se penche vers Simpson :

« Demandez-lui, vite... La Reine... qu'est-ce qu'il sait ? La fille qui se met nue et monte une fois l'an...

– Vos sales histoires de femmes, vous n'y pensez pas, non ? C'est indécent, vous me prenez pour qui ? Ce garçon est un saint homme ! Et moi-même... »

Simpson se rengorge, étire son cou, pousse sur ses vertèbres. Pas une seule rougeur aux joues ni au cou, pas une suée. Tranquille comme Baptiste.

C'est qu'il se fout bien de la décence, le petit rouquin, et de la sainteté du Bouddha Vivant. En fait, il jubile. Il savoure à plein la jouissance d'être le seul, dans la troupe, à parler golok.

Le Bouddha Vivant, lui, vient de refermer l'œil. L'occasion est passée.

Avant de clore l'audience, tout de même, il a deux ou trois petites phrases. Il rajuste l'aplomb de ses fesses sur les boudins du matelas pneumatique, défripe ses soies autour de sa taille et conclut de sa petite lippe molle :

« Va donc faire du ravitaillement, Chef *Urussu*. Profite du beau temps, pars demain. »

Il n'a pas rouvert les yeux. Pour autant, il continue

de vivre de ce côté-ci des choses, il a toujours la notion du temps :

« Ça te prendra quoi, d'aller là-bas, derrière la ligne de dunes ? Une petite semaine. Dix jours tout au plus... »

Puis il soulève les paupières et promène un long regard creux sur son auditoire, avant de le voiler sous le lac d'eau noire de ses lunettes de glacier.

Espoir. Aube, soleil jeune. À ses rayons drus, les montagnes opposent un port de reine. Découpes franches, couleurs solides. Sur leur robe d'alpages et de forêts, pas une ombre. Air vierge du premier début de brume. Pourquoi diable, en cette heure où ils rassemblent et chargent les yaks, les Na-khis entonnent-ils une chanson qui n'a rien à voir : « *La pluie trottine derrière le rideau de bambou/Le printemps est bien fini/Le froid de l'aube transperce l'édredon de brocart* » ? Il fait si beau. Même ciel sans fond qu'hier, lorsqu'on est descendu au bord du fleuve acheter des vivres aux nomades – jambon de yak, fromage blanc, sacs d'orge, mottes de beurre, cent d'œufs frais ; et ce sel qu'on a payé une fortune, tant il se fait rare en terre golok. Leur romance, les Na-khis la chantonnent-ils pour son seul dernier vers : « *J'ai oublié qu'en rêve, ma vie se déroule sur une terre étrange...* », façon de lui suggérer qu'eux aussi sont en passe de quitter ce côté-ci du monde ?

Si c'est vrai, comment leur en vouloir ? En ce matin où tout rayonne, et malgré sa précision – 2 juillet, 8 h 17, 9° C –, Rock persiste à trouver la réalité extrêmement fuyante. Quand elle ne lui redessine pas sous les paupières les deux mamelles du croquis, elle s'amuse à lui présenter des scènes et des personnages plus improbables encore que tous les précédents. Ce moine entre deux âges, par exemple, hier, sur les berges du fleuve. De la journée il n'a pas cessé de jeter une planchette dans l'eau. Le morceau de bois mesurait environ soixante centimètres. À son revers, il était plaqué de cinq moulures en cuivre à l'effigie de Bouddha ; une solide ficelle le reliait à son poignet. L'homme le laissait flotter quelques instants à la surface du fleuve, puis le ramenait à lui avant de le relancer dans l'eau, indéfiniment. Le soir venu, comme il était toujours là, sur la rive boueuse, à jeter son bout de bois dans le fleuve, Rock, par l'entremise d'un petit vieux qui a vécu à Labrang et parle chinois, l'a questionné : « À quoi ça sert ? » Avec le même naturel qu'il aurait dit : « Je pêche à la ligne » ou « Je fais des ricochets », le lanceur de planchette a répondu : « J'imprime des prières sur l'eau. » Et il a recommencé à jeter son bout de bois dans le courant.

C'est très physiquement, à ce moment-là, que Rock a vu se déplacer devant lui les lignes du réel. Il s'est dit : « Il y avait vraiment un monde derrière celui-ci. Et j'y suis. » Au moment de retrouver sa chambre, il en a vacillé sur ses jambes. Ses genoux, ses chevilles, ses vertèbres, son bassin, il a tout senti s'amollir en lui, tout le lâcher. Et quand il est parvenu à se reprendre, ç'a été comme pour le reste – les silences du Bouddha Vivant, les caprices du temps, le rouge des murs, le croquis imprimé sous ses paupières. Il n'a rien compris.

Au pied de la caravane, nouvel inventaire du stock de nourriture. On n'est jamais trop prudent.

Mais tout est au complet. Aux nomades, hier, il n'a pas voulu acheter de légumes. Des asperges aux haricots sauvages, les vallées goloks en regorgent, il l'a bien remarqué lors de ses précédentes incursions. Là-haut, on trouvera aussi des groseilles, des myrtilles à foison. Il n'y a guère que pour les abricots qu'il sera trop tôt. Donc, soupir de satisfaction. Et fin de l'inspection.

Puis nouvelle inquiétude : l'arrimage des caisses et des paquets aux flancs des yaks. Ces bêtes, plus on avance dans le voyage, plus il les abomine. Pour leur lenteur, mais davantage encore pour leurs accès périodiques de folie. Au moins une fois par jour, elles sont saisies d'une sorte de danse de Saint-Guy qui semble n'avoir pour but que l'anéantissement de leur charge. Une fois la crise déclenchée, elle est impossible à arrêter. Elle n'est précédée d'aucun signe annonciateur et il arrive qu'elle tourne à la mutinerie collective. Là encore, en un rien de temps.

Chez le rouquin, ces poussées de démence animale ne suscitent bien sûr qu'une indulgence infinie :

« Inclinons-nous, inclinons-nous, Dr Rock ! Ces pauvres yaks, c'est le Créateur qui les a voulus ainsi ! Pareils à nous, misérables humains, lorsque le péché originel... »

Rock tue systématiquement dans l'œuf ces poussées de théologie pentecôtiste :

« Créateur, péché originel, je t'en fous ! La vérité, c'est que les yaks sont les bestiaux les plus vicieux que je connaisse ! Et cossards, par-dessus le marché ! J'ai calculé leur vitesse, figurez-vous ! Quatre kilomètres à l'heure. Et encore, les bons jours ! Et à condi-

tion d'avoir affaire à de jeunes mâles en pleine forme !
Alors, vos yaks... »

Sur le mot « yaks », comme sur celui de « Rouges »,
Rock projette toujours une petite volée de postillons,
et en retour le rouquin se fige dans la pose du martyr.
Il a aussi une petite moue dégoûtée. Pour autant, il
n'omet jamais de vérifier que les charges de ravitaillement sont arrimées aux flancs des bêtes selon les
règles imposées par Rock. Aujourd'hui, par exemple,
il passe dix bonnes minutes autour de la caravane à
vérifier que les nœuds sont solides, que les courroies
ne flanchent pas : c'est que depuis qu'il a touché à la
cuisine de Li-Su, il vit dans l'attente des repas. Et lorsqu'il entend Rock héler son Na-khi favori : « Li Wen-
kuo, c'est toi qui vas surveiller les trois yaks qui trimballent le ravito, les deux blancs et le petit noir ! Tu
les as à l'œil, tu les marques à la culotte ! Et dès qu'on
fait halte, tu les décharges ! », Simpson se sent si rassuré qu'il s'exclame, à croire que c'est lui qui dirige
l'expédition : « Bien vu ! Impeccable ! Nickel ! »

Chevauchée sous l'averse de soleil. Jamais l'échine
des pitons n'a été si puissante. Ni plus féroces, dans
les veines des canyons, les tourbillons bleu-vert.

Monter, descendre. Descendre encore, remonter,
descendre puis monter, monter, monter. La montagne
a un souffle, des poumons. Eux aussi surpuissants.

Dans les ravins où l'été explose, cascades de fleurs.
Rien que du banal : edelweiss, pavots, primevères,
anémones, corydales, caraganas, liserons des champs
– l'œil en est vite lassé.

Puis des vallées qui s'emboîtent et qui s'ouvrent sur

des bois d'abricotiers, des champs d'orge. Fourrés de chèvrefeuille, buissons d'épine-vinette. En prévision du déjeuner, cueillette de champignons. Le jarret du cheval s'impatiente, réclame à nouveau les falaises. En selle. Rocailles, éboulis. En surgissent de surprenantes *Saussurea*. Mais déjà les alpages. En lisière, des touffes d'herbes rares. Là encore, du déjà vu, et pour cause : *Microulia Rockii*, la plante porte son nom, c'est lui qui l'a découverte il y a trois ans, dans le Sud. Mais qui l'a relevé, en dehors des botanistes ? La gloire, ce serait de donner son nom à la Montagne : *Mont Rock. Pic Rock.* Gamberge...

Mais trêve de rêvasseries : au-dessus de la caravane passe une compagnie de coqs des neiges. Fusil à l'épaule, tir groupé. Deux, puis cinq volatiles viennent s'écraser au pied des bêtes. À peu près en même temps, à la droite d'un piton, résurrection de la Montagne. « Sto-oh-oh-op ! »

Jumelles. Mesures. Carnet.

« Horaire de l'observation : 11 heures pile. Altitude : 3 390 mètres. Distance estimée entre la Montagne et le point d'observation : 110 km. Vent : nul. Température : 27° C. Anormalement élevée. D'autant qu'à sept heures du matin, il ne faisait pas plus de 5° C. »

Suée. Les épicéas sont étrangement odorants. Au loin, à la droite des deux dômes immuablement glacés, il y a de l'orage, on dirait. La ligne de dunes, cependant, demeure très nette.

« Phô-tôôôôh ! »

La sueur rend les manipulations difficiles. Les doigts laissent des traces partout, sur l'objectif, le déclencheur, les filtres, les étuis. Par chance, Simpson

ne souffle mot, même quand il constate que Li-Su,
après un bref échange de regards avec son maître,
s'abstient de sortir le théodolite. Il fatigue, on dirait,
le petit rouquin. L'altitude, sans doute, la chape de
soleil. Et la faim. Avant de prendre le second cliché,
Rock proclame donc le menu :

« On va déjeuner bientôt. Coq des neiges, riz aux
champignons, pommes de l'Oregon en conserve ! »

Comme prévu, Simpson se met à saliver. Rock
recolle l'œil à son objectif. Puis précise, aussi pénétré
que lorsqu'il décrète la cérémonie des mesures :

« Les pommes, Li-Su les servira saupoudrées de
cacao. »

Et il appuie sur le déclencheur.

Puis il abandonne un instant son appareil, s'éponge
le front, se retourne vers Simpson et le considère de
l'air le plus bonnasse qu'il peut se composer, avant
d'ajouter :

« Notre brave Li-Su n'aura pas trop de deux heures
pour nous préparer tout ça. »

Simpson bave de plus belle. Il meurt vraiment de
faim. Rock retourne à son appareil et c'est en homme
heureux qu'il recolle l'œil à son optique : il tient sa
petite revanche sur ce qui s'est passé l'autre soir dans
la Pièce des Heures, quand l'autre a refusé de traduire
sa question sur la Reine.

Au fond de la lentille, la Montagne est vraiment
somptueuse. Et le ciel, au-dessus d'elle, si limpide et
profond qu'il le saluerait bien d'un coup de clairon.

Rituel du déjeuner.

Il faut choisir le lieu du pique-nique. Jumelles, balayage du panorama. Arrêt sur une clairière cernée de précipices. Un peu étroite, mais belle situation en surplomb sur un canyon. Plus un magnifique herbage qui aura tout pour plaire à ces crétins de yaks.

Rock passe les jumelles à Li-Su.

« Ils vont pouvoir brouter tout leur soûl. »

Li-Su approuve :

« On les déchargera à l'arrivée. »

Il rend les jumelles à son maître, arrime à sa selle les cinq coqs des neiges qu'on vient d'abattre, enfourche sa bête. Li Wen-kuo l'imite.

À nouveau, Rock sonde le bleu du ciel avec un long soupir de contentement.

En attendant le déjeuner, nouvelle exploration botanique. Comme d'habitude, rien de très flambant. Myosotis, astragales, senecios, primevères, rhododendrons. Mais, à l'horizon, la Montagne est toujours là. Et les trois clichés qu'on vient de prendre sont à coup sûr excellents. Jusqu'à leur dernier souffle, Sargent et le président du *National Geographic* y trouveront de quoi rêver.

La température ne cesse plus de grimper. À 12 h 30, au sommet d'un nouveau piton, nouvelle série de mesures. 4 010 mètres, 30° C. Et toujours pas un poil de vent.

Sur le coup de 12 h 45, enfin une plante rare : une somptueuse orchidée rouge, *Orchis salina Turcz*. Puis retour au banal : coulées d'edelweiss, primevères, myosotis, fourrés de rhododendrons. C'est désespérant et ça donne faim. Simpson est en eau. Au débouché d'un buisson de chèvrefeuille, quand le petit rouquin découvre le lieu où se prépare le pique-nique, il n'arrive qu'à mâchonner, d'une langue encollée par la soif et l'effort :

« On se croirait au Paradis... »

Mais au désordre qui règne – assiettes en pile au pied des malles, marmites éparpillées sur l'herbe, les hommes qui commencent à déplier la table, Li-Su qui a tout juste plumé les coqs – Rock saisit que le troupeau de yaks a encore fait des siennes. Et en fin connaisseur de leur exécrable engeance, il n'a aucune peine à reconstituer le scénario : les vicieux bestiaux ont voulu pâturer en route. Li-Su a redouté une crise ; il s'est lâchement laissé faire, les a déchargés pour qu'ils mangent à leur aise. Le pique-nique, du même coup, a pris du retard.

Puis son œil se fige sur les trois bêtes chargées du ravitaillement : les caisses sont toujours arrimées à leurs flancs. À cet instant précis, comme par transmission télépathique (c'est sans doute qu'un dieu jaloux s'amuse de lui, là-haut, que le Destin n'est plus du tout assis à l'attendre au pied de la Montagne, mais

qu'au contraire, depuis le début, il n'arrête pas de travailler à sa perte), le petit yak noir secoue violemment
sa crinière et ouvre le bal.

Le plus jeune, celui qui jusqu'ici n'a jamais fait des
siennes, qu'il croyait le plus innocent, le plus inoffen-
sif, le tout maigrichon. Voici qu'il tressaute, tournoie,
donne des coups de pied en tous sens. La gigue.

Le premier ballot à basculer dans le ravin, c'est
celui qui contient le papier destiné au séchage des
plantes. Le temps qu'il disparaisse dans l'abîme, un
autre yak, celui-là tout blanc, entre dans la danse – lui
non plus n'est pas déchargé. Puis le troisième s'y met :
le plus râblé, le plus noir. Le plus stupide aussi. Et
dire que c'est à lui qu'on a confié le trésor de la troupe
et la cantine du ravito... Tout comme la malle jaune –
qu'est-ce qu'elle fiche là, au fait, celle-là, depuis
quand n'est-elle pas attachée à sa selle, qu'est-ce qui
a pris à Li Wen-kuo de l'arrimer à un yak, ce matin,
et pourquoi lui, le chef, n'y a-t-il vu que du feu ? C'est
le beau temps, ou quoi ? le bonheur de quitter enfin ce
monastère maudit ?

Elle semble consciente de son importance, cela dit,
la malle jaune : elle s'y prend en hésitant. En vacillant,
atermoyant. Deux ou trois secondes pendant lesquelles
on pourrait la rattraper. Mais Rock est si saisi qu'il
n'arrive qu'à s'égosiller :

« Li Wen-kuo ! »

Sa voix ne porte pas. Et son Na-khi est invisible. La
malle vacille encore, puis s'enhardit et se laisse à son
tour aspirer par le gouffre.

Ensuite, pure débandade. Les catastrophes s'emboîtent les unes aux autres avec la tranquille évidence des
événements inéluctables. C'est qu'il y a de la logique

là-dedans, quelque chose d'aisément déductible, de profondément serein au cœur même de l'implacable. Après les trois premières bêtes, le reste des yaks entre dans la danse, rue, crache, saute, gronde. Mais eux sont déchargés, contrairement au gros yak noir. Lequel, sans conteste, est le plus agité des danseurs. La cantine de ravitaillement ne tarde pas à valser.

Explosion immédiate du couvercle. Sur toute la longueur de la clairière, pluie d'œufs. Immédiatement suivie d'une averse de farine d'orge, de fromage frais, de beurre fondu. L'un des œufs s'écrase sur les mollets d'un Na-khi qui fait face à un tronc – il pisse. L'homme se retourne. Il baye aux corneilles. C'est Li Wen-kuo.

છ

De là où il était, il a été le seul de la troupe à ne rien voir de la suite : la cantine qui dévalait pesamment les éboulis en abandonnant à chaque choc de nouvelles victuailles. Il n'a pas non plus assisté au bouquet final : les provisions de l'expédition englouties l'une après l'autre par la gueule sans fond du ravin. Comme la malle jaune, les boîtes et les paquets hésitaient parfois, rebondissaient sur les pierres avant de disparaître entre les buissons agrippés aux rocailles.

Le gros yak noir lui-même en est resté stupéfait. Si effaré que, dans ce qui fut la preuve flagrante, aux yeux de Rock, de l'insondable bêtise de sa race, il s'est jeté à leur suite dans le précipice. Et a disparu à son tour dans les profondeurs de l'abîme.

« Suicidé, suicidé ! » s'est mis à piailler le rouquin avant de se pencher au-dessus du vide pour l'arroser de signes de croix.

❦

L'inventaire de la catastrophe a été dressé trois quarts d'heure plus tard, quand Rock, le Pirate et Chan-Chien ont enfin réémergé de la gorge. Li Wen-kuo avait voulu se joindre à l'expédition, mais Rock lui a sèchement refusé l'occasion de réparer sa bourde. Il a donc dû rester là-haut à aider Li-Su à préparer le pique-nique.

Les trois hommes se sont perdus en acrobaties et contorsions. Et celles-ci ont été payantes – on comprend qu'ils soient remontés des éboulis avec des faces de héros : ils ont récupéré vingt-trois boîtes de conserve (dont les pommes de l'Oregon et le paquet de cacao). Plus deux jambons de yak, trois mottes de beurre et un sac d'orge sur les quatre qu'on avait emportés. Le reste, les pâtes, la bouteille prévue pour fêter la rencontre avec la Reine, du tokay, aux fins de boucler la boucle commencée avec Pereira à Ten-gyueh, le corned-beef, le lait condensé, et surtout le ruineux pain de sel, avaient irrémédiablement disparu. Les éboulis donnaient sur un à-pic qui surplombait lui-même les tourbillons d'un torrent. Il avait fallu renoncer.

C'est le Pirate qui a émergé en dernier. Il brandissait la malle jaune. Elle aussi avait explosé. Mais son couvercle tenait encore. Et Chan-Chien, entre les rocailles, avait réussi à retrouver les plus chers effets de son maître, ses carnets, ses journaux et la quasi-totalité de la pharmacie, Véronal compris. Il n'y manquait, semblait-il, que deux boîtes d'aspirine, un flacon d'anti-septique, quelques bandes Velpeau et, hélas, la petite boîte en fer renfermant les rustines.

En dépit de son excellente sauce aux champignons, Rock n'a pas touché au coq des neiges. Li Wen-kuo non plus. Simpson, lui, s'est empiffré.

Son Éden était à présent constellé de traînées d'œufs, de beurre fondu et de fromage blanc – « la bave d'une limace géante », avait funèbrement constaté Rock avant d'aller s'installer sur le rebord du précipice, là où le gros yak noir avait choisi de mettre fin à ses jours imbéciles – seule initiative judicieuse, à n'en pas douter, qu'il eût jamais prise de sa vie. Pour autant, entre deux bouchées, le rouquin continuait à s'extasier sur la beauté de la clairière : « Le Paradis, vraiment, le Paradis... » La réalité devait lui jouer des tours, à lui aussi.

Les Na-khis, eux, étaient tétanisés. Ils tressaillaient à la moindre occasion, jetaient à Li Wen-kuo des regards affolés. Assis les jambes ballantes au-dessus du précipice, Rock les épiait. Il savait ce qu'ils redoutaient : l'instant où allait éclater sa colère. Les minutes passaient sans qu'elle vînt. Ils redoublaient donc d'inquiétude, impuissants qu'ils étaient à concevoir l'inimaginable : leur chef ne se sentait plus leur chef.

C'était pourtant la vérité. Il n'avait plus la force de rien. Ni de la colère, ni des décisions qui pourtant s'imposaient : dresser l'inventaire des vivres, calculer et imposer un rationnement, penser à la nuit, chercher l'emplacement d'un camp. Première fois que ça lui arrivait.

Et ce n'était plus l'effet du rouge ni du croquis. Sous ses paupières flottait maintenant la silhouette du moine rencontré la veille au soir au bord du fleuve. Il rouvrait les yeux, mais alors, c'était pire. Il se voyait comme l'homme à la planchette : s'agitant du matin au soir pour écrire sur de l'eau...

Dans la clairière, il ne restait donc que les yaks à afficher, comme toujours quand ils broutaient, une placidité cousine de la léthargie. Ce qui n'empêchait pas Rock, quand son regard s'arrêtait sur eux, de leur trouver un aspect plus lymphatique qu'à l'ordinaire. On aurait dit qu'ils économisaient leurs forces en prévision du pire. Il a fini par comprendre pourquoi : à l'instant même où Li Wen-kuo se décidait à implorer son pardon en venant se prosterner à ses pieds, une longue rafale de vent a balayé la clairière. Du sable a cinglé les visages. Le Pirate a repoussé sa gamelle, s'est dressé au milieu de la clairière et a hurlé : « Vent du Gobi ! » Le temps que chacun soit sur ses pieds, toutes les bouches étaient déjà encollées de poussière ; et l'air, zébré d'une multitude d'éclairs minuscules. Rock a décrété la levée immédiate du camp.

Pure gesticulation. Il se sentait toujours aussi planchette, écriture sur de l'eau. Il n'avait pas la moindre idée de l'endroit où tenter d'abriter la caravane. Il ne cherchait même pas. Convaincu d'avance que ce seraient les événements qui décideraient.

Et, en effet, dix minutes plus tard, alors qu'on finissait tout juste de cadenasser les caisses et de les arrimer au flanc des yaks, des trombes d'eau se sont abattues sur la clairière. Puis une prodigieuse averse de grêlons. La température avait baissé d'au moins dix degrés. « Manquait plus que ça ! » a piaillé Simpson entre deux petits rots, tout en farfouillant dans son paquetage à la recherche de sa houppelande.

Lui, Rock, ne s'est pas agité, n'a pas hurlé. Ou, s'il l'a fait, il ne s'en est pas aperçu. Il était gagné non par la passivité, mais par la neutralité. Froid et lointain spectateur des catastrophes qui n'arrêtaient plus de s'enchaîner. À distance de lui-même. Au point qu'il a cru que c'était quelqu'un d'autre qui criait par-dessus les rafales :

« Demi-tour, demi-tour ! On rentre à Radja ! »

∾

Boue, pluie, froid, ténèbres : aucun autre souvenir du retour au monastère. Sauf la durée du cauchemar. Six heures. Et la température qu'il fait à l'arrivée : 3° C. Une fois dans sa chambre, il grelotte tellement qu'il réclame sur-le-champ son bain.

Malgré leur épuisement, Li-Su et Chan-Chien s'exécutent. Du gonflage au remplissage d'eau chaude, ils manipulent désormais la baignoire ainsi que le corps d'un grand brûlé, retiennent leur souffle, ne respirent qu'au seul rythme des « Attention ! Attention ! Attention ! » dont leur maître ponctue leurs plus infimes déplacements.

Le caoutchouc ne présente aucun symptôme de fuite. Pour la première fois depuis des années, cependant, Rock ne tire aucun soulagement de sa petite cérémonie hygiénique. Il l'abrège, s'essuie prestement, se rhabille.

Et quand Ho Tzu-chin, une demi-heure plus tard, pénètre dans sa chambre pour lui annoncer que le Bouddha Vivant l'attend dans la Pièce des Heures, rasage impeccable, cheveux tirés au cordeau, chaussures brossées, knickers propres et petit foulard artistement noué sous le col de la chemise, il est déjà fin prêt.

∾

La réalité se remet à vaciller. Le Bouddha Vivant vient de décider une Expédition de Malédiction.

Plus de surprise, plus d'interrogation. Tout juste un vague : « Ah bon ? » Et on écoute passivement ses explications.

Assis comme deux jours plus tôt au centre des boudins mouvants de son matelas pneumatique, le jeune dignitaire a manifestement d'autres chats à fouetter que le retour précipité de ses hôtes. S'en est-il seulement aperçu ? C'est douteux. Il est tout à la solennité de son annonce :

« Dans les alpages d'en haut (il désigne l'est, les hauteurs de la Vallée Rouge et de la Grande Vallée d'Or, puis les cols qu'on a franchis pour rejoindre Radja) les Shabrangs ont volé cette nuit quatre-vingt-huit de nos yaks. Et leur chef a assassiné le camelot de Jésus-Sauveur, celui qui s'en revenait du camp de la tribu Lürdi. »

Il fixe Rock droit dans les yeux. Il a l'air d'avoir choisi son camp. Et il se redresse fièrement sur son matelas.

« C'en est trop, je passe aux représailles ! »

La croûte du monde supposé réel se fend alors pour de bon.

Plus de frontière entre le passé, le présent, l'avenir. Quand le Bouddha Vivant décrit l'Expédition de Malédiction, on y est. On la voit. Une centaine de moines embarquent leurs chevaux sur les radeaux du passeur, traversent le fleuve et vont se poster, à une journée d'ici, devant le campement du chef shabrang. À bonne distance, tout de même, pour ne pas essuyer le feu de ses pétoires. Puis ils commencent à vouer son âme et celle des siens aux pires tourments de l'enfer. À chaque exécration, ils instillent du malheur dans une des innombrables existences qui les attendent après celle-ci. En une journée ils peuvent ainsi gangrener jusqu'à trois cents vies futures.

« Mazette ! » murmure Rock.

Mais, selon le Bouddha Vivant, le chef shabrang peut interrompre à tout moment la progression de cette intoxication mystique. Il lui suffit de sortir de sa tente, de venir se prosterner devant les moines, de leur restituer les quatre-vingt-huit yaks et de leur faire une offrande aux fins d'effacer le meurtre. Orge, musc, fourrures, coraux, turquoises, taëls, dollars d'or, lingots d'argent : le monastère accepte tous les moyens de paiement et de réparation.

À ce point de sa proclamation, le Bouddha recommence à fixer Rock. Et, d'une seule phrase, le réexpédie dans le monde où il vivait dix minutes plus tôt, celui des Blancs :

« C'est là que l'affaire te touche. Si l'Expédition de Malédiction réussit, tout le temps que les Shabrangs resteront sous l'effet des incantations, tu pourras traverser leurs terres et rejoindre sans encombre les terres de la tribu Lürdi. »

Rock n'attend pas pour triompher :

« Largement suffisant ! »

Le jeune homme éteint aussitôt sa joie :

« On ne sait pas comment ça va tourner. Le chef Shabrang est un dur à cuire... »

Avant même que Simpson ait fini de traduire, Rock se lève. Lesté soudain d'une monumentale fatigue. Nuque brisée, dos cassé, cuisses et mollets de plomb. À croire qu'il a parcouru en huit jours les milliers de kilomètres qui l'ont conduit jusqu'ici. Puis il se ravise et se penche vers le rouquin.

« Demandez-lui : combien de temps ? »

Mais, comme la dernière fois, le jeune homme a compris ce qu'il a dit. Et coupe court :

« Du temps. »

Puis il change l'appui de ses fesses sur son matelas, étire son petit sourire flasque et s'empêtre dans ses soies. Comme lassé de faire le va-et-vient entre ses vérités et celles de son hôte.

Rock non plus n'attend pas la traduction de Simpson. Il sort en pestant :

« Une semaine à tuer, quoi ! »

La pluie, maintenant. Elle n'arrête plus. Pas une seule pause. Rien que des variations, comme au concert. De rythme, de couleur. Deux ou trois fois par jour, fortissimo de l'orage. Entre-temps, l'eau module, phrase, trille, perle, ornemente. Cadences diverses, refrains, contrechants, fugues. Par intervalles, fanfare du tonnerre, cataractes, stacatto de la grêle, pur bastringue. Puis retour à de douces et longues cascatelles qui endorment.

Pour chasser l'ennui, développement des photos dans la pièce où sèchent les plantes. Depuis l'échec qu'il a essuyé avec les moines de Ts'ang, Rock s'est dégoûté de l'opéra. Il n'ouvre plus son gramophone ; pendant qu'il manipule ses plaques et ses produits chimiques, il préfère rassembler toute sa mémoire musicale et mettre son oreille à l'affût des caprices de la pluie. Dans telle cataracte, s'exercer à reconnaître des fioritures ; dans telle autre, des pizzicati. C'en devient un jeu. Il finit ainsi par découvrir des averses qui lui évoquent – d'assez loin, il faut bien l'admettre – le mouvement d'une sonatine, l'allure d'une mazurka, d'un capriccio. D'autres accès de rage orageuse se rapprochent d'une toccata. La saucée qui s'ensuit, d'un scherzo, d'une marche.

Ces violentes ondées sont d'ailleurs les plus déprimantes. Loin de le revigorer, leur allant le renvoie à chaque fois à sa paralysie présente. Il oublie alors la pluie et se penche sur sa propre condition. En se trouvant fatalement une ressemblance avec les mouches qui, sous l'effet de l'orage, n'arrêtent pas, elles non plus, de s'agiter pour se prouver qu'elles sont toujours en vie. Leur bourdonnement l'agace tant qu'il a disposé, pour s'en débarrasser, des coupes de colle aux quatre coins de sa chambre. Lors de leur interminable naufrage dans la glu, les bestioles continuent à mouliner, grésiller. À se débattre comme elles peuvent, de tout ce qu'elles ont de pattes. Peut-être s'inventent-elles des histoires, elles aussi, pour tenter de s'aveugler sur la fin qui les attend. Mais leur paralysie est inéluctable. Elles émettent alors un ultime grésillement. Et plus rien. Ce n'est pas qu'elles ont renoncé. C'est que la glu a triomphé.

Rock s'oblige alors à ne plus s'interroger sur son destin.

Les moines ne réapparaissent pas. Le fleuve a grossi. La Pièce des Heures est fermée. Le Bouddha Vivant ne convoque plus personne.

Le Temps, lui, s'en fout comme de l'an quarante : les journées sont interminables, s'étirent au seul rythme des cérémonies du monastère. Dès que la lumière point (façon de parler : chaque matin, rituellement, brouillasse et nuages bas), les moines sonnent dans leurs trompes. Puis chants, gongs, prières. Et encore trompes et gongs. Puis prières, chants, re-gongs, re-trompes, re-prières. On sait qu'on peut sortir aux nouvelles quand, derrière le crépitement de la pluie, les temples – enfin ! – se font muets.

C'est le Pirate qui fait office de messager. Ou le porteur d'eau. Les deux hommes sont toujours suivis du petit vieux qui baragouine chinois, ce qui permet de se passer des services de Simpson.

Le porteur d'eau parle du fleuve qui enfle, des récoltes qui pourrissent sur pied. Le Pirate, lui, raconte la vie de ses yaks (irritant et dépourvu du moindre intérêt) ou celle de ses chevaux (plus passionnant). Au passage, Rock apprend qu'il dirige une petite tribu, le clan Jazza ; et que les tentes éparpillées dans l'alpage d'en face sont les siennes. Rien de plus.

Du coup, il lui préfère la compagnie du petit vieux qui parle chinois. Du temps qu'il vivait à Labrang, celui-ci a connu le Supérieur et, comme le vieux lettré, il est fasciné par les avions. Mais il s'en fait une autre idée. Chaque fois qu'il en parle, il désigne la falaise qui surplombe le monastère et répète : « Vous, les *Urussu*, vous avez capturé l'esprit de l'aigle ! » Rock ne le détrompe jamais. Aussi le petit vieux, hier soir, s'est-il enhardi à observer :

« Je sais que tu veux aller voir la Montagne. Pourquoi n'es-tu pas venu avec ta machine volante ? Tu y serais déjà ! »

Histoire de lui tirer les vers du nez à propos de la Reine, Rock a rétorqué :

« Ce n'est pas la Montagne que je veux voir, c'est la fille qui dirige la tribu Lürdi.

– Ah bon, la tribu Lürdi ? » s'est étonné le petit vieux.

Il avait l'air très déçu. Et comme Rock insistait : « Tu l'as déjà vue ? », l'autre lui a avoué que oui, il l'a aperçue ici même, il y a très longtemps, le jour où elle avait traversé le fleuve pour aller à Xining avec ses sœurs et son jeune frère.

« Pauvre petit. Et pauvre fille, sa sœur... »

Il semblait soudain songeur.

Rock, bien entendu, s'est mis à le mitrailler de questions :

« Tu l'as revue ? Elle est revenue ? Elle avait quel âge ?

— Trop loin tout ça, a marmotté le petit vieux. Ça remonte au temps où Ma est venu nous racketter avec son armée. Il voulait qu'on lui paie un dollar par tête de yak. Mais on s'est tous mis à le canarder et...

— La fille... elle ressemblait à quoi ?

— À toutes les filles d'ici.

— Belle ?

— Mais je t'ai dit : comme toutes les filles d'ici ! »

Et le petit vieux est aussitôt retourné à l'histoire de Ma. Qu'il a racontée au présent, comme le Bouddha Vivant :

« Ma, il est posté là-haut, sur la falaise, derrière l'aigle. Mais il ne nous voit pas venir, on est bien mille. Alors on se met tous ensemble à lui tirer dessus et... »

Les lignes du Temps se brouillent, se font aussi vagues que les contours des alpages sous la pluie. Le récit du petit vieux pourrait se passer dans un jour, dans un siècle. Ou remonter à mille ans.

Rock ignore s'il l'a écouté jusqu'au bout. Et comment il s'est retrouvé dans sa chambre, noyé dans le rouge comme les mouches dans ses pots de glu.

Le lendemain, cependant, au réveil, puissante sensation de liberté. Elle étreint dès que l'œil se rouvre. La raison en saute aux yeux : la lumière n'est plus la même. La pluie s'est arrêtée. Une éclaircie, au propre comme au figuré.

Et comme les moines ne sont toujours pas revenus de leur Expédition de Malédiction, Rock décide de rejoindre le pied de la falaise et d'y réaliser une série de clichés. Li Wen-kuo ayant disparu, il ne le cherche pas : depuis l'affaire des yaks, ils sont en froid. À sa place, il prend Chan-Chien. Le petit vieux les rejoint.

Le groupe s'agglutine autour du trépied, devant le mur de roche. La lumière ne cesse plus de monter. Retrouvailles avec le plaisir de manipuler les filtres et les optiques. Malheureusement, Simpson déboule. Rock décide de l'ignorer. Bouche cousue, tête de pierre. L'autre, cependant, s'avise de meubler le silence en vantant les grandioses beautés de l'Amérique, le bonheur qui fut le sien du temps qu'il vivait à Grinnell, Iowa, le mal de chien que les pionniers s'y sont donné, au siècle passé, pour convertir les Indiens. Et à quel point, en dépit de tout, ces impies sont portés sur le gin.

Rock ne pipe mot, mais s'emmêle les doigts dans

ses optiques et ses diaphragmes. Et comme l'autre n'en finit plus de détailler les turpitudes alcooliques des Sioux, Iowas et Illinois, il finit par lâcher son matériel et va se planter devant lui :

« Vous n'en avez pas bousillé assez, de ces pauvres bougres ? C'est pour en massacrer d'autres que vous êtes venu tortiller vos petites fesses jusqu'ici ? »

Pour une fois, Simpson lui tient tête :

« Puisque vous êtes si malin, Dr Rock..., apprenez donc à parler golok ! »

Rock encaisse le coup puis désigne les bottes du rouquin :

« Tiens ! Vous vous êtes enfin décidé à les équiper de talonnettes... »

Il l'a bien remarqué : depuis le départ de l'Expédition de Malédiction, Simpson a doublé ses semelles. Sa façon à lui de tuer le temps. Comme l'autre jour, le rouquin pique un fard. Puis, cette fois, lui saute à la gorge.

Le petit vieux s'interpose, les sépare. Dans l'affaire, un objectif va se fracasser sur les rochers. Rock court le ramasser et plante là sa séance de photo. Il rassemble son matériel, dégringole le sentier qui mène au monastère et, dès qu'il est hors de vue, ôte de son cou la chaîne où pend la bague de la momie – vingt-trois ans qu'elle n'en a pas bougé.

Il gagne le fleuve, déambule un moment sur les berges, sans trop savoir quoi faire de lui-même. Chan-Chien et Ho Tzu-chin le rejoignent, puis le petit vieux. Il serre les dents, ne leur souffle mot.

Jusqu'au moment où le groupe tombe sur deux Goloks qui viennent de franchir le fleuve avec leurs chevaux sur le radeau du passeur. « Le chef butsang et sa femme », annonce timidement le petit vieux. La lumière recommence à monter. Rock se détend, décide de leur tirer le portrait.

C'est la femme, en fait, qui l'émoustille. L'effronterie personnifiée, comme Afousya. Il ne serait pas étonné qu'elle lui demande de le suivre dans une des tentes égaillées à la lisière du monastère. Et il est si furieux d'avoir cassé du matériel qu'il se sent fichu d'accepter. Afousya, même après la naissance de leur premier enfant, quand elle s'est transformée en machine à réclamer des dollars, il n'a jamais pu la repousser. À cause de cet œil-là. Nu, et qui vous met à nu.

༄

La femme butsang fixe l'objectif. Son mari aussi. Mais méfiant, lui, hostile. Oublier par conséquent ce que la femme butsang a dans les yeux.

Pas trop difficile : comme toutes les femmes goloks, elle empeste la crasse, le beurre rance et le poil de cheval. Pour autant, voici de quoi leur en mettre plein la vue, aux gens du *National Geographic*. Il suffit de donner un bon titre au cliché. Pourquoi pas « La garçonne golok » ?

« Phô-tôôôôh ! »

Cadre. Coup d'œil au ciel. Exposition très forte. Retour à la focale, puis essais de filtres.

Beaux reflets sur le satin bleu du manteau du chef. La houppelande de la femme, en revanche, est d'un velours vert sombre qui étouffe la lumière. Mais jamais vu des manches aussi longues : vingt centimètres de plus, elles traîneraient par terre. Et la coiffure est encore plus prodigieuse : une bonne centaine de petites nattes parsemées de lunules d'argent, de perles d'ambre, de turquoises, de coraux. La cascade de pierres ruisselle jusqu'aux épaules et se termine par des disques d'ivoire. Remontent-ils à l'époque des T'ang et des Sui, les a-t-on troqués en Inde, à l'époque où, d'après les annalistes, les souveraines du Royaume des Femmes expédiaient leurs amants vendre le musc, le vermillon, des chevaux à poil rayé ?

La lumière baisse, pas le temps de s'attarder. Nouvel essai de filtre. Mais, en même temps que la pupille se dilate, que le cristallin accommode, la mémoire ne peut s'empêcher de mouliner les vieilles annales.

ळ

Filtre K3, diaphragme 24.

« La capitale du Royaume des Femmes se trouve sur une montagne... Le pays compte dix mille familles... La souveraine vit dans une maison de neuf étages et possède plusieurs centaines de suivantes... Elle réside dans la vallée de K'ang-yen, une gorge étroite et pentue... Tous les jours, elle tient conseil... »

Avant que les nuages ne reviennent, vite, saisir cet instant où le soleil caresse l'énorme talisman que la femme butsang porte à la place du cœur. En trois, quatre secondes de pose, capter son air de défi, cet éclat que seule éveille dans le regard la liberté nomade.

Ce cliché, ne le rate pas, Joseph Francis Rock : c'est tout ce qui te reste pour passer à la postérité. Car s'il y avait une ville, de l'autre côté du fleuve, des palais, un royaume, des tours de neuf étages, ça ferait beau temps que tu le saurais. Là-bas, dans la tribu Lürdi, tu ne trouveras – allez, avoue ! – que des tentes et des filles pareilles à celles-ci, qui puent, et dont l'œil te fout à poil dès que tu t'approches. Nulle petite reine à leur offrir, à tes lecteurs du *National Geographic*, pas de conseil des femmes. Alors le mieux que tu aies à faire, mon pauvre vieux Rock, c'est de monter une bonne arnaque. Dire, par exemple, que cette fille est la Reine des Femmes. Et traficoter en conséquence l'article que tu vas leur servir, à tes gogos d'Amérique. Tu sais faire, Rock, tu sais faire, souviens-toi de ton faux diplôme sur le port de Honolulu. Et avant que quelqu'un se pointe ici pour vérifier...

Déclencheur.

Il faut faire vite, les nuages recommencent à se presser au fond de la vallée. Nouvel essai de filtre, passage au K2. Puis apostrophe au petit vieux :

« Dis à la femme de se retourner. »

La garçonne golok est futée : elle a déjà pris la pose. La splendeur de son manteau, elle le sait fort bien, est tout entière dans son dos. Cataracte de coraux, de turquoises, de boules d'ambre, beaucoup plus grosses que celles qui s'égrènent le long de ses nattes. Certaines atteignent la taille d'une pomme. Feux d'or dans le soleil. Parure de reine.

« Le chef butsang, là, sur le côté ! »

Diaphragme 21, doigts qui s'emmêlent, juron. Les manipulations seraient moins nerveuses si la mémoire cessait de dévider les mots des temps anciens.

« La coutume du Royaume veut que les femmes tiennent leurs maris en piètre estime et que ceux-ci ne

soient pas jaloux... Elles délèguent aux hommes le soin
d'effectuer toutes les tâches qui se déroulent à l'extérieur... Les femmes riches ont constamment à leur disposition des serviteurs mâles qui les coiffent et leur
maquillent le visage à l'argile noire... »

Le chef butsang est sorti du champ. Aussi docile
qu'un Délégué des Femmes à l'Ère des Sui et des
T'ang. Mais, sur son sabre au fourreau incrusté de turquoises, il resserre fiévreusement sa poigne. Et
adresse, sous sa toque de renard, des coups d'œil
inquiets aux nomades qui viennent de débarquer du
radeau du passeur. Des gens de sa tribu, de toute évidence. Ils viennent s'agglutiner autour du trépied.
Curiosité, hostilité, comment savoir ? Nouvelle
adresse au petit vieux :
« Écarte-les ! »
Les nomades s'éloignent à regret.
Décidément, faire vite.

« La souveraine porte une robe aux manches traînant
sur le sol... Elle est coiffée de petites nattes et porte des
boucles d'oreilles... Aux pieds, elle chausse une sorte de
bottes qu'on connaît en Chine sous le nom de *so-i*... »

L'œil se colle à l'objectif. La femme butsang passera aisément pour la Reine des Femmes : tout y est
jusqu'aux bottes. La tête du président, dans son bureau
du *National Geographic* !
Mais bien s'y prendre au moment de rédiger l'article. Bien brouiller les pistes. Se concentrer, comme
maintenant.
Déclencheur.

« Le mari de la reine se nomme Monceau d'Or, mais il n'a pas de part dans le gouvernement de l'État... »

Déplacement du trépied.

« Fais venir le chef butsang ! »

Lui aussi, le mari, sacrément vif : sans attendre la traduction, il vient se placer devant l'objectif. Comment s'arranger pour qu'il prenne un air de chien battu ? Le placer bien en face de la lumière, peut-être.

Excellente idée : il prend un air soumis, baisse les yeux.

Déclencheur.

Et maintenant un second cliché pour accentuer les contrastes. Changer de filtre, passage au K4.

❧

Rock farfouille dans sa sacoche. Et se fige : une ombre s'allonge sur le sac. Il l'identifie avant même d'avoir relevé le nez : Li-Su.

« La baignoire, Luo Boshi... »

Dans la seconde, il plante là le chef butsang.

Course éperdue jusqu'à la chambre. Le caoutchouc n'a pas fui, c'est pire : il a été tailladé. Au couteau. Par Li Wen-kuo. Lequel s'est assis entre les boudins dégonflés. Et n'arrête plus de rire.

Li-Su ne peut s'empêcher de triompher :

« C'est l'histoire des yaks. Il a perdu la face. La honte lui est montée au cerveau. »

Comme après la perte du ravitaillement, Rock accepte sans émotion la nouvelle catastrophe et rétorque froidement :

« Il est piqué, oui ! »

Puis il administre à Li Wen-kuo une triple dose de Véronal. Et il s'entend grommeler une phrase à la Simpson : « De toute façon, j'avais perdu les rustines. »

Dehors, la pluie reprend.

Da capo, orages, giboulées, ondées, petits crachins.
Dans le continuum aquatique, jamais l'oreille ne
repère l'annonce d'une coda ni l'amorce d'un point
d'orgue. Interminablement il pleut.

Seul moment d'espoir : le crépuscule, quand une
brouillasse rosâtre vient noyer la vallée. Mais cette
molle invasion humide rappelle toujours à Rock le
lagunaire enlisement des symphonies de son compatriote Mahler, qu'il a toujours exécré. Il est alors saisi
d'un haut-le-cœur et va se coucher.

Réveil. En l'absence de baignoire, toilette sommaire. Par conséquent, humeur de chien. Et, malgré
tout, appétit phénoménal. Il rejoint donc la troupe pour
le breakfast autour du poêle de la cuisine.

Tout le monde est là, sauf Li Wen-kuo – le Véronal.
Penser à autre chose. Mais difficile : autour de lui, rien
que des yeux battus, des mines grises. Et des bouches
muettes. À l'évidence, chacun ressasse le même leit-
motiv : Qu'est-ce qu'on fout ici ? Mal du pays.

C'est une épidémie. Le fléau touche jusqu'à Simpson. Si ce n'est que, lui, le rouquin, il parle. Incorri-

gible. En dépit de la rebuffade de la veille, il reprend
son couplet sur Grinnell, Iowa. Sur fond de thé et
d'omelette au lard, il soliloque sur ses marchés à bestiaux. Rock finit par l'interrompre d'un sec :

« Vos bisons et vos vachettes, suffit ! Ça me rappelle trop les yaks ! »

Simpson n'est plus de force à lui tenir tête. Il
obtempère. Mais Rock ne lui a pas plus tôt coupé le
sifflet que le rouquin se lance dans une nouvelle variation sur les charmes d'une personne qui semble avoir
beaucoup compté pour lui, à Grinnell : Mrs Eugenie
Clampton.

« Elle était veuve, elle tenait l'harmonium à l'office
du dimanche. Elle était aussi rousse que moi. Et pas
très grande non plus. »

Tiens, première fois que Simpson se laisse aller à
des considérations quelque peu lucides sur sa personne. Le laisser donc poursuivre, histoire de voir jusqu'où il va aller.

« ... Mais elle a rompu nos fiançailles. C'est là que
j'ai décidé... »

Petite transition navrée, à présent, sur les origines
de sa vocation missionnaire et sur le voyage qui l'a
mené au fin fond du désert d'herbe. Barbant.

Mais très vite, nouvelle envolée. Il s'agit cette fois
de démontrer à quel point Eugenie Clampton était
étourdissante lorsqu'elle chantait : « *Sometimes I grow
homesick from Heaven*[1] » tout en actionnant les
tirettes de l'harmonium. Le rouquin, pour que nul n'en
ignore, entonne alors le cantique en question. Il a une
voix acide. Au bout de deux versets, l'affaire devient
insoutenable.

De façon quasi automatique, et pour éviter d'avoir,

---

1. « J'ai parfois la nostalgie du Paradis. »

comme la veille, à le prendre par le col pour le faire taire, Rock tâche de retrouver le même état d'esprit qu'après la catastrophe des yaks : fatalisme, distance, neutralité. Et se laisse aller en silence aux considérations les plus diverses. La première : « Plus on avance dans ce voyage, c'est fou ce qu'on peut parler du Paradis ! »

Puis il tâche d'imaginer à quoi ressemble Eugenie Clampton. Il a beau faire, il ne peut se la figurer autrement que sous les espèces d'Emily Clover : suée jaunâtre dans la ravine qui sépare les seins, gros chignon qui s'écroule à chaque fois qu'elle actionne une tirette, poils des aisselles plus humides à mesure qu'elle avance dans le cantique. Et tandis que Simpson, de plus en plus fausset, entonne le couplet « *What a joy will be when my Savior I see/In that beautiful city of gold*[1] », il se dit qu'empoté comme est le rouquin il n'a jamais dû hasarder le dixième d'un index en direction du roussâtre entrejambe d'Eugenie Clampton – pas étonnant qu'elle l'ait envoyé aux pelotes. Et se bénit de n'être pas resté à Likiang dans les parages d'Emily Clover.

Mais comme c'en devient décidément trop, de subir à la fois cette réminiscence de la femme du pasteur et le refrain – « *Sometimes I grow homesick from Heaven* » –, il se lève brusquement de table et file à sa chambre.

Où, tant qu'à rêver du passé, il compte bien se projeter, vautré sur son lit, des images cent fois plus délicieuses. Les mamelons perlés d'Afousya, par exemple, du temps qu'elle n'avait pas porté d'enfant. Ou le ventre musculeux qu'elle avait en ce temps-là.

---

1. « Quelle joie sera la mienne quand je verrai mon Sauveur/ Dans cette belle cité d'or. »

Au lieu de quoi, il n'a pas plus tôt poussé sa porte qu'il trouve Li Wen-kuo prostré sur le plancher.

❧

Il le prend dans ses bras. Le force à se relever. Le traîne jusqu'au lit. L'y assied. Et là, le serre contre son cœur en lui soufflant :

« Pour les yaks... tu sais bien que je t'ai pardonné ! »

Li Wen-kuo l'entend, on dirait bien. Il doit même comprendre ce qu'il dit, puisqu'il se met à pleurer.

Larmes qui ne sont pas d'un homme, mais d'un enfant. Il est subitement redevenu ce qu'il était avant son coup de folie : le Na-khi sans famille, à l'œil ami du ciel, éberlué et fantasque, toujours seul dans la troupe à trouver dans chaque aube, même la plus sombre, de quoi avancer, espérer, rayonner.

Seule sa nuque raconte son tourment : elle reste alourdie de ce qui semble une fatigue phénoménale – à moins que ce ne soit un monceau de secrets.

À Vienne, pendant leurs prêches, quand les jésuites évoquaient les hommes qui seront choisis au Dernier Jour pour entrer dans la Vie Éternelle, ils ne les décrivaient pas autrement. À la fois très jeunes et très vieux.

❧

Le manuscrit, Li Wen-kuo l'a sorti de sa veste dès que Rock a essuyé ses larmes. Dès qu'il s'est calmé, dès qu'il a souri.

Et lui aussi, Rock, à ce moment-là, lui a souri. Il l'a cru remis, son Na-khi.

Il a feuilleté son manuscrit en souriant de plus belle – c'était maintenant en souvenir des jours qui avaient précédé le retour du Brigadier général, cette époque bizarre où il avait trompé l'attente en photographiant les sorciers, puis en concoctant à leur propos cet article si artistement filouté qu'il avait emballé tous les lecteurs du *National Geographic*.

Oblong, grisâtre, relié de fil grossier, le manuscrit de Li Wen-kuo ressemble en tous points aux carnets de sa collection. À force d'avoir été transbahuté (où son Na-khi a-t-il bien pu le cacher, tout le temps du voyage ? dans sa veste, au fond de son paquetage, sous son quart, par-dessous ses gamelles ?), cet exemplaire-ci s'est écorné, parfois déchiré. Et son papier est devenu si crasseux qu'il mérite cent fois le nom de « vieux grimoire » dont il l'avait affublé dans son article, histoire de mieux entourlouper le chaland.

C'est sans doute que son carnet, Li Wen-kuo n'a pas dû cesser de le lire et de le relire. De psalmodier comme maintenant, à mi-voix, les mots dont accouchent les signes. Comme tous les sorciers de Nguluko, en suivant d'un index méticuleux les cartouches du texte.

Mais eux, ils ne quittaient jamais leur manuscrit des yeux, tandis que lui, Li Wen-kuo, déchiffre les signes en fixant derrière la fenêtre le néant brumeux des averses. À croire qu'il est aveugle. Et qu'il connaît son texte par cœur. Et qu'il raconte les histoires à sa façon.

Il fait comme toi, Rock, en somme, dans tes articles. Il repeint le monde aux couleurs de son esprit. Un romancier, en somme. Il prend le tissu de la vie et il brode dessus.

« Conte des Commencements », annonce Li Wen-kuo. Qu'il enjolive ou non le titre, il tient parole. Il se met à raconter l'histoire du temps où le Ciel et la Terre formaient le même être, relate l'instant où du Ciel jaillit le son, où de la Terre sortit le souffle, et en vient à l'époque où l'Esprit de la Terre se mêla à l'Esprit du Ciel, donna naissance à trois perles de gel blanc qui elles-mêmes engendrèrent trois mers jaunes, lesquelles accouchèrent à leur tour de dix mille vivants, puis de six frères et six sœurs à qui il fut interdit de faire l'amour.

Les yeux toujours attachés à la fenêtre ruisselante, Li Wen-kuo raconte alors que ceux-là désobéirent. Qu'ils couchèrent entre eux. Pis, qu'ils labourèrent davantage de champs qu'ils n'en avaient besoin pour se nourrir. Qu'ils abattirent, pour s'abriter, plus d'arbres qu'ils n'en avaient l'utilité. À ce moment-là, le Na-khi pointe la fenêtre et ajoute que les Esprits qui les avaient créés se révoltèrent et décrétèrent le Déluge.

Les yeux de Li Wen-kuo demeurent ceux d'un aveugle. Il voit pourtant tout à fait clair, puisqu'il revient à son vieux carnet, arrête l'index sur des signes – ☜ 𓂀 𓃀 𓆓 𓃰 𓅓 – et conclut :

« C'est ce qui est arrivé à notre caravane, l'autre jour, quand le gros yak noir s'est jeté dans le précipice. Nous n'aurions jamais dû venir ici. Défunts, nous en avions le droit, la Montagne est notre Paradis. Mais, quand on est vivant, on n'a pas le droit d'y retourner. Il faut attendre d'être mort. Luo Boshi, tu cours à ta perte. Les Esprits de la Terre se vengent. »

Son index s'est arrêté sur le signe de l'Esprit-Serpent 𓆗. Et ne s'en détache plus. Li Wen-kuo en répète

le nom en prenant un plaisir enfantin à le faire siffler :
« Sssu, Sssu ! » Et il reprend :

« Nous avons dérangé les Esprits. Tu cours à ta
perte. Ils se vengent. »

La voix de Li Wen-kuo est si douce qu'on en oublie
qu'il folleye. Car il débloque, c'est évident.

Ce qui n'empêche pas qu'il reste le Na-khi enchan-
teur qu'il a toujours été : en même temps qu'il profère
le mot correspondant aux signes ⚑ 🐅, 🌿, son
regard est si large et profond qu'on croit voir, en plus
du dessin, et en écho aux tendres syllabes de la langue
na-khi, le vol de l'aigle, le tigre en fuite, le pin à la
lisière de l'alpage. On pense toucher, avec la 🌸 fleur,
la jeunesse de sa sève ; et jusqu'à la neige fraîche au
sommet de la 🏔 montagne. Et Li Wen-kuo est si
habité par l'énergie des esprits dont il relate les hauts
faits qu'au moment où il raconte le cruel abattage des
arbres par les six frères et les six sœurs, l'éclair 🗲, en
même temps que le 🪓 fil de la hache, vient déchirer
l'air de la pièce.

Pourtant, c'est tout aussi flagrant, il a perdu la tête.
Plus il parle, plus sa pupille se dilate. Au fil des
minutes, sa voix se fait de plus en plus rauque ; et,
depuis quelques instants, au coin de sa bouche luit un
filet de bave. Mais, avec l'attente qui se prolonge, qui
peut jurer que les autres, parmi la troupe, ne vont pas
basculer à leur tour de l'autre côté des choses ? Il suffit
de voir Simpson avec ses cantiques pentecôtistes et
ses envolées sur la veuve Clampton ! Ou toi-même,
Joseph Francis Rock, tout Grand Rock que tu t'obs-
tines à te croire, virtuose de l'esbroufe et des arnaques
en tout genre : chaque fois que tu fermes les yeux, tu

vois se dessiner, avec ses deux mamelles, le croquis de la montagne...

Au registre de la folie, Li Wen-kuo n'est peut-être que le premier de la liste. En tout cas, pour l'instant, ses récits se tiennent. Donc, laisse-toi faire, pseudo-Grand Rock ! Ferme les yeux, regarde : plus Li Wen-kuo parle, plus le croquis de la montagne se rabougrit. Il est maintenant si petit qu'on dirait un signe du manuscrit. Alors, écoute ton Na-khi et laisse-le t'entraîner au pays où les arbres dansent, où les pierres parlent.

Li Wen-kuo n'a lâché le manuscrit qu'au moment de l'orage, lorsque la chambre est devenue si sombre qu'il a fallu allumer la lampe à kérosène. Il s'est alors mis à lui relater tout à trac des bribes de sa vie.

« Avec les Signes, j'aidais les âmes à prendre la Route Blanche. C'est mon oncle qui m'a appris à les lire. Il m'a enseigné à prononcer les paroles qui guident les morts sur la route qui mène au Paradis-Montagne. On s'installait sous son auvent, face à la Montagne du Dragon de Jade, il m'expliquait comment déchiffrer les Signes et les lire pour montrer aux morts le Chemin des Esprits, la Piste-Désir, la route qui mène ici. »

Il marque une petite pause, puis se met à chuchoter, comme s'il lui livrait un secret :

« Nos morts ont toujours voulu retrouver le Pays. Le chemin suit les lignes de crête, à la lisière des neiges. »

Comment savoir ce qui est raison dans le murmure du Na-khi, ce qui est folie ? Sa parole s'égare.

« Mon oncle est mort, lui aussi, je n'ai plus de famille, je m'en vais à mon tour rejoindre les Esprits... »

Son index vient d'abandonner le manuscrit pour aller se fixer sur un point du mur. Et il reprend : « La

Montagne... la Montagne... » On dirait qu'il la voit à
travers le mur, telle qu'elle est apparue pour la première fois, il y a six semaines, au col de Gyupar, dans
sa splendeur glacée. Puis il enchaîne – mais sa voix
s'est encore éraillée et il est de plus en plus difficile à
suivre :

« J'en ai remis, des gens, sur le chemin du Paradis.
Des pendus, des noyés. Des amoureux qui s'étaient
empoisonnés. Des filles et des garçons qui ne voulaient pas du mariage arrangé par leur famille et qui
étaient montés dans les alpages avaler ensemble la
fleur d'aconit. Des paysans foudroyés dans leur
champ, des soldats tombés de cheval... »

Sur le manuscrit, son index ne quitte plus le
signe 🌲 :

« La forêt. Si je ne les avais pas aidés, tous ces
morts, ils se seraient perdus dans les buissons, ils n'auraient jamais retrouvé la route du Paradis. Si tu savais
combien j'en ai sorti, des fourrés de la Mort... »

Sûr, il est fou.

D'ailleurs, il s'arrête net. Et court à la fenêtre. S'y
penche, hurle : « Viens ! » Rock se précipite. « Regarde ! » Sur le chemin en contrebas, Li Wen-kuo désigne
un groupe de moines à cheval.

Rock referme la fenêtre. L'Expédition de Malédiction est de retour au monastère. Le moine qui ouvre la
marche a une mine défaite. Elle a échoué.

Quant à Li Wen-kuo, il a bel et bien perdu la tête.
Comme les yaks, il danse maintenant la gigue tout
autour de la pièce en arrachant un à un ses vêtements.

Autre monde ou pas, ne pas se laisser faire. Résister.
Agir. Rock se précipite sur la malle jaune, administre
à Li Wen-kuo deux nouvelles doses de Véronal et l'allonge d'autorité sur son lit. Puis, quand le Na-khi a

enfin succombé au sommeil artificiel, il extrait de la malle un petit nécessaire à manucure et entreprend de se limer les ongles. Furieusement. Y compris ceux des orteils.

Il s'en remet, en somme, à la vie la plus sommaire, celle qui vient, va, poursuit quoi qu'il arrive son cours têtu. Absurde, chaotique, foncièrement inattentive. À l'issue de sa séance de limage, il n'est plus très sûr de pouvoir lui faire confiance, à cette chienne. Il se remet donc à farfouiller dans la malle jaune et repasse à son cou la chevalière de la momie.

Aujourd'hui, la convocation dans la Pièce des Heures a été fixée à la nuit tombée. Pour la première fois depuis six semaines, on la découvre livrée à la seule lumière des lampes à beurre. Sous cet éclairage affaibli, on pourrait en tirer une photo qui les laisserait tous sur le flanc, au *National Geographic* ! Ils s'en trouveraient encore plus abasourdis que par le cliché de la pseudo-Reine des Femmes. Mais il faudrait utiliser un flash et s'arranger pour que sa douche brutale respecte les reflets fantomatiques engendrés par les frêles lumignons sur les dorures des horloges et pendules. Et obtenir l'accord du Bouddha Vivant.

De toute façon, comme dirait Simpson, le jeune homme a d'autres chats à fouetter, avec le fiasco de son Expédition de Malédiction. De sa lippe molle, toujours aussi indifférente à l'incohérent cliquetis de rouages qui double continûment sa voix morne, il vient de le confirmer. Le chef shabrang a vaillamment résisté à son bombardement d'exécrations. Pour autant, il ne désarme pas. Il semble serein, toujours aussi résolu à ouvrir à son hôte la route de la Montagne.

Et toujours pas moyen de savoir pourquoi. Compte à régler, insulte à laver ? Il s'obstine, en tout cas. À son habitude, il a un plan tout arrêté :

« Chef *Urussu*, je sais comment tu vas t'y prendre. Tu vas passer par les terres des Ontags. Ils sont loin d'être faciles. Mais je vais t'expliquer comment faire... »

Un carillon sonne. Fidèle à lui-même, le Bouddha Vivant ne sursaute pas, se contente d'allonger le bras vers la petite trentaine de dignitaires accroupis à ses pieds. Des hommes jeunes, à l'assise ferme, au torse solide, qui passent à coup sûr moins de temps à méditer au monastère qu'à chevaucher par monts et par vaux. Et il enchaîne, toujours aussi distant :

« Mes moines vont t'emmener de l'autre côté des dunes. Leur robe rouge te tiendra lieu de sauf-conduit. Avec eux, personne n'osera t'attaquer. »

Ce n'est pas une proposition, c'est un ordre. Un arrêt. Mais pourquoi le repousser ? Le jeune Bouddha Vivant continue de parler en homme qui a mûrement calculé son coup :

« Tu n'emporteras que deux tentes, tu n'emmèneras pas plus de trois hommes. Tu partiras sans bagages, sans yaks non plus. Tu ne chevaucheras jamais seul, mais bien caché dans la pelote de l'escorte des moines. Tu feras vite. »

Que signifie « vite », dans la Pièce des Heures ? Comme l'autre jour, « du temps » ? Rock risque néanmoins la question :

« Deux jours ? Une semaine ? »

Le Bouddha Vivant, ce soir, n'entend décidément pas quitter le monde de son hôte. Il réplique sur-le-champ :

« Huit ou dix. Pas plus. »

Puis il commande :

« Tu pars après-demain. »

Même voix sèche. Mêmes façons de Blanc.

Sa bouche s'est ensuite étirée et a formé une sorte de sourire flou. Puis il a fermé les yeux, ainsi que chaque fois qu'il n'a plus rien à dire.

Il s'est sans doute aussi bouché les oreilles : c'est à cet instant précis que le grand carillon néogothique et le coucou suisse ont décidé de marquer l'heure et fait sonner pour une fois le même nombre de coups – douze.

Dans la Pièce des Heures, le jeune homme a bien été le seul, alors, à ne pas tressaillir. Les moines à ses pieds ont tous sursauté, échangé des regards inquiets. Mais lui, tandis que les autres se levaient et sortaient, recueillis et tout frissonnants, n'a pas bougé d'un cil. Il est resté immobile au centre de son matelas pneumatique et a poursuivi, les yeux clos, sa muette conversation avec les forces invisibles.

∾

Quand Rock est remonté dans sa chambre, il a rouvert son journal. C'est là qu'il a découvert qu'aux termes de la décision du jeune moine, son départ pour les terres de la Reine était fixé au matin du 11 juillet.

Son regard a alors rencontré, dans un angle de la pièce, les restes de sa baignoire. Il leur a trouvé un air de parenté avec les méduses géantes qui venaient parfois s'échouer sur les plages de Maui ou de Honolulu. Ça lui a donné le bourdon. Il s'est donc levé et, une fois de plus, s'est réfugié dans les mesures. À sa fenêtre, il a consulté son thermomètre : 3,5° C, est rentré consigner le chiffre sur son carnet, puis, comme il se sentait malgré tout de moins en moins fiérot, il s'est agenouillé sur le plancher rouge et, comme par une nuit du Pacte, s'est mis à supplier en serrant convulsivement dans sa paume la chevalière de la momie :

« Faites qu'on ne parte pas avant le 13... Pas avant le 13, faites, faites... »

Journal de Joseph Francis Rock
Dimanche 11 juillet 1926

Nous aurions dû quitter ce jour Radja pour l'Amnyé Machen. Les dieux des Goloks en ont décidé autrement. Hier, j'avais bouclé les paquetages en prévision de l'expédition, mais aujourd'hui notre porteur d'eau tibétain et notre vieil ami lama sont venus me voir avec une mine très longue. Ils m'ont dit que, d'après un dignitaire du monastère, qui le tient lui-même d'un nomade arrivé de l'autre rive du Fleuve Jaune, les Goloks ont été informés de notre départ. Que cinquante Goloks nous attendaient dans la vallée de Gu-zhung – nous pensions la traverser pour rejoindre Tau et l'Amnyé Machen. Quand ils sont sortis de leur salle de prières, les lamas du monastère nous ont demandé si nous partions vraiment, maintenant que nous savons que les Goloks nous attendent et qu'ils ont été renseignés sur nos mouvements par les nomades – leurs informateurs.

J'ai eu du mal à croire à la véracité de cette histoire. Il s'agit peut-être d'un bluff, mais, bien sûr, rien n'est certain. En raison du contexte, nous avons estimé plus sage de ne pas partir. Les Goloks sont un peuple sauvage et très farouche, qui ne respecte rien. (...)

Si nous prenons uniquement quelques chevaux et l'équipement le plus léger possible, je pense que, Goloks ou pas Goloks, nous pouvons voyager sans difficulté (...). La vérité est très difficile à démêler des mensonges et de l'intrigue. Je pense que les gens d'ici sont tous des gredins, des menteurs, des voleurs et, par-dessus le marché, des assassins. Le plus triste de l'affaire, c'est que la Russie les fournit en armes, tous, indifféremment (...). À mon avis, les attaques aériennes seraient la seule façon d'en venir à bout ; ce serait aussi la méthode la plus économique. (...)

Aujourd'hui, j'ai photographié un sorcier de la Secte Rouge en pleine action. C'est le beau-frère de notre porteur d'eau. Et vraiment un acteur des plus intelligents. Avant la séance de photos, un terrible orage de grêle s'est abattu sur Radja. Les grêlons étaient aussi gros que des fèves, le tonnerre roulait, les éclairs zébraient le ciel. Lui, il était tranquillement assis sous ma véranda à contempler le spectacle. Un terrible coup de tonnerre est allé frapper les profondeurs du sol. Il a embouché sa trompette, y a insufflé un souffle démoniaque et l'a fait sonner. Puis il s'est mis à agiter son épée. L'ensemble était étrange et inquiétant. J'ai fait plusieurs bonnes photos de cet homme en pleine action, roulant les yeux, tirant la langue, agitant son épée, etc.

Lundi 12 juillet 1926

Ce matin le vieux chef du clan Jazza[1] a traversé la rivière pour discuter de nos projets. Il a dit qu'il n'a pas

---

1. Le Pirate (*NdA*).

eu vent d'une embuscade des Goloks. Il pense qu'il s'agit seulement d'une manœuvre d'intimidation. (...) Nous nous sommes maintenant organisés pour ne partir qu'avec les chevaux, sans yaks ; à leur place, nous emmènerons une escorte de trente hommes. Je ne prendrai que ma tente, un couchage sommaire, un peu de riz, du thé, du beurre, et des gâteaux que mon cuisinier m'aura confectionnés ce jour. Je vais vivre à la dure une semaine. J'emmènerai trois de mes hommes.

Vers midi, un nomade à l'allure bizarre et au comportement encore plus étrange s'est aventuré dans notre cour. Sa démarche feignait la résolution, tout comme la façon dont il s'exprimait. Il ne savait où aller, il s'est dirigé vers notre cuisine. Il était vêtu d'un rouge rutilant et portait une longue épée. Quand on l'a interrogé pour savoir d'où il était, il a seulement dit : « De l'autre côté du fleuve. » Puis il a bruyamment demandé : « Allez-vous le traverser pour aller à l'Amnyé Machen ? » On a dit : « Non, on retourne à Labrang. » Il a alors répondu : « Vous faites bien, les Goloks vous attendent de l'autre côté. » Et il a proposé de nous louer des yaks pour rentrer à Labrang. J'ai dit à Simpson : « Faites attention à ce type, c'est peut-être un espion des Goloks. » Mais lui, une fois de plus, dans sa faiblesse et à cause de son business de missionnaire à la mords-moi le nœud, il a renvoyé l'homme avec un bon sourire. J'étais furieux. (...)

Il est maintenant tard dans la nuit et, après les deux orages qu'il y a eu aujourd'hui, il pleut des cordes. Le Ciel pleure-t-il sur notre folle tentative de défier les Goloks ?

2° C à 8 h 30, 22° C à midi, 11° C à 21 heures.

Mardi 13 juillet 1926

Ce matin de bonne heure, nous avons entamé notre supposé voyage vers l'Amnyé Machen. Arrivés au fleuve, nous avons dû charger nos bagages et cinq bêtes sur le bac. Il a fallu arrimer ensemble tous ces radeaux faits de peaux fragiles, et les passeurs ont voulu embarquer en un seul voyage cinq chevaux, toutes nos selles et cinq d'entre nous. J'ai dit à Simpson : « Il faut faire attention, nous avons tout le temps. Chargeons moins de chevaux, faisons deux voyages. – Oh non, ça peut aller ! » Contre mon avis, nous avons donc embarqué avec les cinq chevaux. Un cheval est tombé à l'eau et a tenté de rejoindre la rive d'où nous étions partis. Mais les autres passagers du radeau, au lieu de le laisser faire, l'ont bombardé de pierres. Le cheval est donc resté dans le courant et s'est vite noyé.

J'en ai assez de pareilles démonstrations de négligence et d'indifférence. Durant tous mes voyages, je n'ai jamais subi une seule perte, car je suis très précautionneux ; et je fais en sorte que les gens que j'ai sous mes ordres suivent mon avis. Mais, aujourd'hui, là où il aurait fallu de la fermeté, je n'ai rencontré que négligence et tergiversation. J'ai donc déclaré que si dans les situations de crise jusque dans les matières les plus minces mes avis n'étaient pas suivis, il m'était impossible de dépendre d'un assistant et interprète qui ne respectait pas à la lettre mes suggestions.

J'ai décidé de rentrer à Radja. Au lieu d'un homme qui n'en fait qu'à sa tête, il me faudrait un interprète qui exécute mes ordres. La leçon de cette affaire, c'est que le business des missionnaires ne doit pas interférer avec une expédition scientifique. Tout particulièrement quand le missionnaire en question appartient à l'espèce des pentecôtistes hystériques. Certes, il [Simpson] est gentil, il a bon cœur, démontre de mille façons sa bonne volonté ; mais il est absolument dépourvu de fermeté. Au lieu de quoi, il déborde d'amour fraternel et de belles et douces paroles que ces ruffians de Goloks prennent de haut, comme manières de femme stupide. Si j'avais emmené l'interprète musulman que j'avais l'an passé[1], ç'aurait tourné d'une autre façon. Et ça aurait coûté moins cher.

Mercredi 14 juillet 1926

Je me suis fait un sang d'encre, toute cette nuit, à propos de l'échec de notre expédition vers l'Amnyé Machen. Mais, ce matin, j'ai repris espoir, bien que toutes les routes semblent coupées. J'étais encore au lit quand le vieux chef du clan Jazza[2] est venu me voir pour me rendre cinquante des cent taëls d'argent que je lui avais avancés. Il s'est mis à déplorer la perte de notre beau cheval et m'a dit que c'était trop bête de ne pas continuer. J'ai alors décidé de retourner jusqu'à sa tente, de l'autre côté du fleuve. J'ai donné l'ordre de réemballer les quelques effets que nous avions prévu d'emmener hier. (...) J'ai laissé à Mr Simpson le choix entre rester à Radja ou m'accompagner. Il a réfléchi un moment et a décidé de m'accompagner. J'ai emporté ma petite tente, la tente des Na-khis, mon sac de couchage, une couverture et un vêtement de rechange. Le cuisinier a emballé

---

1. Au Kokonor (*NdA*).
2. Le Pirate (*NdA*).

dans une boîte de kérosène vide la nourriture indispensable à une expédition d'environ une semaine (...).

Après l'expérience d'hier, j'ai insisté pour que les radeaux ne transportent pas plus de deux chevaux à la fois. Les types effrontés et agressifs qui s'occupent du bac ont voulu que les chevaux traversent le fleuve à la nage. Je m'y suis résolument opposé. (...) Nous avons suivi en direction de l'aval les rives sableuses et boueuses du Fleuve Jaune, jusqu'à la petite vallée nommée U-lan. (...) Comme nous entrions dans ce petit ravin, une traînée de ciel bleu-noir a annoncé un nouvel orage. C'étaient de loin les pires nuages que j'avais vus dans la région. Le vieux chef a suggéré de l'éviter. J'ai escaladé un petit piton dans le lit d'un ruisselet à sec et me suis assis sous un rocher dont le rebord supérieur me ménageait un abri. Avec l'orage, mon petit ruisselet à sec s'est transformé en piscine, et le rebord, en charmante chute d'eau. J'ai émergé et, en dépit de la pluie, des éclairs et du tonnerre, nous avons repris notre route. Au fond de la vallée U-lan, le ruisseau s'était métamorphosé en torrent. Nous n'avons plus cessé de le traverser et retraverser (...). Nous avons grimpé ensuite jusqu'à une vallée latérale en longeant de petits ravins et, après avoir franchi un éperon, nous sommes arrivés au camp du clan Jazza à 7 h 30, juste à temps pour planter notre tente avant l'obscurité. C'est la première fois qu'un Blanc ou un étranger installe son camp à l'ouest du Fleuve Jaune et à l'est de l'Amnyé Machen...

Plus on s'approche de la ligne de dunes, plus l'air sent la neige. Vie sans autre cadence que le pas du cheval. Piste de pierre : le sabot frappe, refrappe, frappe. Errance dans un lit de graviers, mare de boue qui aspire, suce, englue. Ou c'est la soie mouvante et verte d'un champ vierge, fendue d'un seul coup de col.

Puis on grimpe. Une fois de plus, on s'agrippe, on s'accroche, on va narguer une crête rongée d'éboulis, on mêle sa sueur, son souffle à la peine de la bête, on souffre avec son poitrail, son échine, sa croupe, son jarret.

Enfin le sommet. Pluie subite. On défie son fouet. Arc-en-ciel – on court d'un trait vers le soleil.

Le jour, comme tous les autres, se refermera sur une immense fatigue musculaire ; la nuit sera faite, au plus près des caillasses, d'heures légères et froissées. Os rompus, affût des bêtes en maraude. Et, toujours aussi ironique, l'aube s'amusera à poindre au moment où le corps ne fait plus qu'un avec l'échine de la montagne, quand le dos ne sait plus ce qui, en lui, est vertèbre, est caillou. À l'œil bouffi, le petit matin offrira comme chaque jour sa surprise : une neige d'été, peut-être, comme avant-hier, avec le pavot qui défiait son glaçage et continuait vaillamment de déployer ses pétales bleus vers la jeunesse du ciel. Petits miracles qui donnent le cœur d'endurer un nouveau jour tout en rudesse : la toilette dans l'étreinte glacée du torrent, le froid qui décape jusqu'à l'os, le breakfast expédié – thé salé, bouillie d'orge – à même le sol. Puis, dès qu'on est en selle, l'affût. Aux premiers nomades en maraude, repli immédiat à l'abri du peloton de moines. S'ils insistent, deux coups de colt 45 tirés en l'air. Fracas de la fuite. Et à nouveau le calme, le temps frappé du seul sabot du cheval. Nouvelles forêts, nouvelles vallées vierges, nouveaux éboulis, cascades, petits canyons rouges. Bivouac du soir, moustiques, caillasses, bouillie à même le sol, dos rompu, comme la veille.

S'en souviendra-t-on, demain, comme de moments de bonheur ? Ce n'est toujours pas, en tout cas, la face du malheur. Rien que des heures suspendues, incertaines. Le cheval n'arrête plus de mettre en fuite l'Inconnu.

Hier soir, on a abattu un énorme mouflon. Ses cornes raclaient le sol. Tout à l'heure – on terminait la cérémonie des mesures, on s'apprêtait à plier bagages –, un wapiti s'est profilé entre deux épicéas. Il a disparu dans la seconde, on a cru à un mirage. Mais, dix minutes plus tard, quand la troupe s'est risquée sous le couvert de la forêt et s'est mise à remonter les laisses de neige, on a retrouvé ses traces. C'est bien la seule bête, ici, qui ait pressenti la cruauté des hommes. Les autres espèces l'ignorent, spécialement les oiseaux. Tout au long des étapes, les rarissimes variétés d'aigles, bouvreuils, niverolles, pinsons, moineaux, harles, faisans, bécasses que débusque la troupe s'enfuient au dernier moment. Pas le temps de les photographier. Entre la rétine du cavalier et celle du volatile, rien que ces rencontres brèves, violentes, d'œil à œil.

À chaque fois, Rock repense à Li Wen-kuo, à ses accès de folie. Le regard des oiseaux le transperce comme le sien. Comme dérangé, lui aussi, dans une conversation avec des puissances secrètes. Il se demande alors ce que devient son Na-khi.

Ce n'est pas qu'il soit inquiet, le petit vieux a accepté de veiller sur lui. Au moment du départ, quand le radeau s'est éloigné de la rive, le moine le tenait par la main. Li Wen-kuo avait toujours son regard d'oiseau, hanté par tout un monde qu'il était seul à voir. Ses yeux ne se sont radoucis qu'au moment de l'embarquement des chevaux, quand le radeau a vacillé sous la charge. Ce fut aussi l'instant où le petit vieux a lancé une phrase dont Rock n'a pas compris si elle s'adressait à lui ou au Na-khi : « Te fais pas de souci ! Pour trouver, il faut se perdre ! » Il ne s'y est pas attardé, il avait bien trop peur pour ses bêtes. La sentence ne lui est revenue qu'une heure plus tard, sous le rocher, au moment de l'orage. Mais sans qu'il sache comment la prendre. Au bout de trois jours en terre inconnue, il a fini par se dire que le petit vieux a parlé pour Li Wen-kuo. Lui, Rock, de sa vie, il ne s'est jamais senti moins égaré. Nord-nord-ouest : le lama qui conduit la troupe ne dévie jamais de sa route. Et plusieurs fois par jour surgissent à l'horizon, fugaces et glacées, les deux blanches mamelles fixées par le croquis.

Aujourd'hui, l'étape a été très longue. Le lama n'a toujours pas changé de cap : nord-nord-ouest, implacablement. Si précis dans sa route que, dans les longs monologues qu'il se tient à lui-même au fil des pistes, Rock l'a surnommé le Lama-Boussole.

Au bout de quelques heures, il a changé d'idée et a opté pour le Lama Laconique : aux questions qu'il lui pose par le truchement de Simpson, ce solide jeune homme – visage carré, joues rougeaudes, très haute taille, sans doute un bon mètre quatre-vingt-dix, excellent cavalier – ne réplique généralement que par trois ou quatre mots rudes. Puis il effile ses yeux et se remet à fouiller l'horizon.

Ce matin, le Lama Laconique s'est montré plus expéditif que jamais. Au débouché d'une forêt, on est tombés sur un campement de lépreux. En tête, comme d'habitude, le jeune moine s'approchait des tentes pour demander sa route quand on a vu émerger du feutre un spectre blême et dépenaillé, aussitôt suivi de cinq ou six silhouettes tout aussi hâves et fantomatiques. Hommes ou femmes, il n'a pas cherché à savoir. Il a aussitôt tourné bride, la main sur la bouche, et tout le monde l'a suivi. Il semblait effrayé, il a galopé pendant une bonne demi-heure dans l'air froid, sans un regard pour la soie fluide des champs où couraient les ondes du vent. Il ne s'est arrêté que lorsqu'il a aperçu un mouflon à la lisière d'une forêt, pour le viser et tirer. Et quand il est allé ramasser le cadavre de la bête, il n'a eu qu'un seul commentaire après la prière rituelle pour qu'elle connaisse une meilleure vie après celle-ci : « La viande tue la maladie. »

On a donc improvisé un barbecue. Au moment où l'on se partageait les côtelettes de la bête, l'haleine du vent s'est soudain asséchée. Le Pirate a annoncé : « Vent de Gobi ! » Mais, aujourd'hui, au lieu de se couvrir, le ciel s'est éclairci. Et la température, loin de baisser, a monté en flèche. En moins d'une demi-heure, on est passé de 13 à 22° C. Puis, sur le coup de trois heures de l'après-midi, à 26° C.

On venait de gagner une ligne de crête, la Montagne était là, bien en face, plein nord, splendide au milieu de ses lourdes coulées de glace. Et d'un coup le vent est redevenu ce qu'il était au matin, limpide et froid, lavé. Jamais il n'avait senti aussi fort la neige. Dans les jumelles, la ligne de dunes semblait toute proche, et gelée. Rock a chuchoté (il ne criait plus, à cause de la menace des Ontags) un timide « Phô-tôôôôh ! » tandis que Chan-Chien, Li-Su et Ho Tzu-chin, les seuls Na-khis qu'il eût autorisés à le suivre, assuraient seuls la cérémonie des mesures. Comme d'habitude, Simpson bayait aux corneilles.

Mais, nouveau caprice météorologique, au bout d'un quart d'heure le ciel s'est subitement couvert. Rock venait d'assurer trois clichés de la Montagne. Les deux mamelles de glace y apparaîtraient désespérément distantes, il le savait d'avance, même si les mesures venaient d'établir qu'on n'était plus qu'à quatre-vingts kilomètres du premier glacier ; et seulement à vingt-cinq de la ligne de dunes.

Rock a donc hélé le Lama Laconique, lui a prêté ses jumelles, lui a demandé d'inspecter à son tour l'horizon. Au fur et à mesure de leur incursion en terre golok, le moine était devenu familier de l'instrument. Il a fouillé le panorama, puis grommelé un bout de phrase dont le petit rouquin a manifestement livré une traduction libre, vu sa longueur :

« Il nous faut encore deux jours avant d'arriver au Point de l'Excellent Cheval. Mais, de toute façon, encore faudrait-il que la Reine soit toujours à camper là-bas. »

Le lama, lui, avait déjà la tête ailleurs. Il n'arrêtait plus de renifler l'air ; et plus il le humait, plus sa bouche se crispait. C'est là que Rock s'est aperçu que l'air ne sentait plus la neige. Son odeur était celle de la pluie.

ର

17 juillet. Comme prévu, c'est sous des trombes d'eau qu'on rejoint la ligne de dunes. Dès la première butte, les chevaux hésitent : le sable est gorgé d'humidité. Le Lama Laconique vire au sud.

Première fois qu'on change de direction. Le moine n'a pas l'air d'en mener large. Il finit par lâcher à Simpson :

« Trop dangereux. Pas moyen de passer. Sables mouvants. »

On se retrouve dans une vallée herbeuse.

Au bout d'un quart d'heure, les averses se calment et le lama lâche plusieurs phrases – on ne l'a jamais connu aussi prolixe. Il prétend qu'au sud les dunes

sont moins larges. Qu'elles se mêlent de lits de graviers et de roches, qui peuvent former gué, si la pluie
s'obstine. Il n'est plus du tout sûr de son affaire et
semble contrarié. Il y a de quoi : on a perdu une journée ; et s'il respecte à la lettre les ordres du Bouddha
Vivant, il va falloir tourner bride d'ici peu.

La pluie reprend. Le Lama Laconique s'assombrit
encore. L'averse ne cesse qu'au soir, lorsqu'on atteint
les ruines de Hor.

On est redescendu à 3 500 mètres. Température :
5° C. Au loin, grisâtre, la sinistre plaine de Bâ.

Autour du feu de camp, nouveau barbecue de mouflon. Est-ce l'effet revigorant des côtelettes saignantes,
le Lama Laconique allonge le bras vers le nord-ouest
et se fend d'une histoire. Les ruines environnantes, dit-
il, sont celles de vieux forts construits jadis pour arrêter Gesar de Ling juste avant qu'il ne tombe sous les
flèches de ses ennemis et n'aille s'endormir, à côté de
son épée magique, sous les voûtes du palais de cristal.
À l'Ermitage de la Falaise, le Régent n'avait pas dit
autre chose, l'affaire du palais des glaces et de l'épée
magique en moins. Mais là encore, rien de neuf : tout
ça, on le sait depuis le Kokonor. Même si sa version
ne recouvre pas le conte chanté là-bas par les femmes
nomades : le jeune moine n'a pas dit un mot de la fille
qui se met nue une fois l'an pour s'aventurer, elle
aussi, sous le labyrinthe glacé que dissimule la Montagne.

Rock hasarde une question. Simpson la traduit mollement. Le lama se fait évasif :

« Je ne suis jamais allé là-bas. »

Son bras désigne à nouveau les murs écroulés des
fortins ; il repart sur l'histoire des gens de Hor, raconte

comment leurs arcs ont arrêté Gesar de Ling. Il n'est vraiment plus du tout laconique, il s'étend sur les quantités de sang que durent boire les terres jaunes de la plaine de Bâ quand les hordes se jetèrent l'une contre l'autre. Il assure que le choc fut si violent que l'œil des lacs, autour de la Montagne, en resta gelé de stupeur pendant cent ans.

Toujours aussi machinal, Simpson traduit. À ses joues qui se creusent, à ses paupières qui s'affaissent, Rock pressent la fatigue du rouquin. Si goûteuses que soient les côtelettes de mouflon, il serait sûrement à deux doigts de vendre son âme au diable pour se retrouver dans son petit presbytère de Grinnell, Iowa, à reluquer toute la sainte journée sa pimbêche de veuve Clampton. Et pourtant, demain matin, il sera en selle, lui aussi, à longer la ligne de dunes, à tenter de la franchir. Rien que pour voir la tête qu'il fera, ce Rock qu'il abomine, quand, au Point de l'Excellent Cheval, au lieu de la somptueuse chimère qu'il poursuit depuis des années, il verra émerger une fille encore plus sale, insolente et puante que toutes les pouilleuses qu'on croise depuis trois mois...

La nuit commence d'engloutir les ruines de Hor. Le lama poursuit inlassablement son récit. Il raconte maintenant de nouveaux contes qui s'emboîtent dans les précédents. Ça n'en finit pas. Rock commence à leur trouver une furieuse ressemblance avec le roman de l'Aïeul, ce fameux *Manuscrit trouvé à Saragosse* qui était la fierté du palais Potocki.

Il repense alors au manuel qu'il a dérobé dans la bibliothèque du Comte quand il avait treize ans, afin d'apprendre le chinois ; et, dans la foulée, à la place des fortins en ruine, il voit se dessiner dans la pénombre les rayonnages qui couraient le long des murs.

Mais à cet instant précis, bizarrement, le conte du Lama Laconique se tarit. De but en blanc, le jeune moine laisse en plan ses histoires de lacs pétrifiés, de lunes en pleurs, de montagnes volantes et de fleuves effrayés au point de remonter vers leur source. En quelques secondes il redevient ce qu'il a toujours été : bref et rude. Et se tait. Rock se tourne vers la plaine de Bâ. Sa teinte grise vire à l'ocre. Il s'entend alors murmurer, à nouveau chevillé au réel, lui aussi : « Et si j'adaptais mon optique sur mes jumelles ? »

Simpson a décidément l'ouïe très fine : la phrase de Rock ne lui a pas échappé. Il croit qu'il lui a demandé son avis et ne peut s'empêcher de grincer :

« De toute façon, cette montagne, puisqu'on ne l'approchera jamais... »

Rock serre les dents, décide de garder ses pensées pour lui, se tourne vers le Pirate. Le vieux nomade est perdu, comme chaque soir, dans la contemplation des étoiles. Il souffle dans le noir :

« Il fera beau demain. »

Le Lama Laconique se sent obligé d'ajouter :

« Plus que deux étapes avant le Point de l'Excellent Cheval. »

Rock n'attend pas la traduction du rouquin : il commence à comprendre le golok.

৯৯

18 juillet. Le Pirate a dit vrai : au matin, temps magnifique. On se dirige vers le sud-ouest. Le passage

où l'on peut sans risque traverser les sables se fait attendre. On zigzague. Succession de champs, canyons, forêts. Comme d'habitude, végétation très banale. Mais au plus beau de sa floraison. Le vent, à l'orée d'une clairière, annonce la présence de gros buissons de *Rosa bella*. Fleurs très rouges, en effet, très épanouies, pas étonnant qu'elles embaument si fort. Puis prairies. Prêles, pavots pourpres, renoncules, androsaces blanches, spirées neigeuses. Les stelleras et les gentianes sont partout, comme les corydales – certains mesurent plus d'un mètre.

Nouvelle approche des dunes. Myricaires des steppes à foison. Mais le sable reste gorgé d'eau. Donc, retour à la forêt. Le long des torrents, saules et peupliers d'une vigueur inhabituelle. Eau, terre, ciel, feuillages : l'œil ne rencontre que force, fraîcheur, joie, limpidité. Exaltation de pénétrer un monde vierge.

Belle illusion : de loin en loin, crissements de feuilles, froissements. Alerte immédiate, la petite caravane se fige. Un moine tire en l'air. Silhouettes en fuite entre les troncs. De ces nouveaux maraudeurs on ne verra, tressautant contre leur poitrine, que les énormes boîtes à charmes, les talismans d'argent.

On s'enfonce sous une couverte de genévriers. Un rai de soleil révèle une guirlande d'os de yaks tendue entre deux arbres. Des omoplates. La lumière les rend translucides. Elles sont gravées d'une formule sacrée. « Pèlerins », commente le Lama Laconique. « Offrande. » Rock comprend décidément le golok. Il chuchote : « Phô-tôôôôh... » Le Lama Laconique commence lui-même à comprendre l'anglais : il fait aussitôt arrêter la caravane.

Juste avant la sortie de la forêt, rencontre avec un

nouveau mouflon. Le Pirate vise et l'abat. Prière rituelle pour une heureuse réincarnation. On le dépèce, on répartit les tronçons sanguinolents sur plusieurs montures et on gagne hardiment de nouvelles prairies, de nouvelles vallées, de nouvelles forêts.

Le soir tombe, bivouac au fond d'un canyon de grès. Li-Su est heureux, il a découvert une petite grotte où installer son réchaud, sa théière et ses deux marmites. Les parois sont gravées des mêmes signes que les guirlandes d'os de yaks. Rock ouvre trois boîtes de conserve de petits pois. Les moines n'en veulent pas. Au bout du défilé, la lumière du couchant rosit la ligne de dunes. Le Lama Laconique grommelle : « La route est morte. » Le Pirate ajoute : « Il va repleuvoir. »

Soupir de Rock. Il fait décidément de sérieux progrès en golok. Il rentre sous sa tente sans allumer sa lampe. Il ne veut pas avoir à griffonner sur son carnet : « Plus que trois jours. »

19 juillet. Nuit très froide, réveil sous des bourrasques de neige. La toile de tente est raide de gel. Mais les flocons s'évanouissent vite et tournent à la pluie.

Journée à patauger dans la boue. Les averses ne se calment que vers deux heures de l'après-midi. Le Lama Laconique a changé d'avis, il parle maintenant de rejoindre le Point de l'Excellent Cheval en contournant l'extrémité sud de la ligne de dunes.

L'étape dure sept heures. Au fil du chemin, le paysage est de plus en plus jalonné de marques humaines : après de nouvelles guirlandes d'omoplates de yaks, voici des fours en pierre sèche, bourrés de branches de genévrier à demi consumées. Puis on tombe sur deux vieilles femmes en route vers la Montagne. Le Pirate annonce :

« Elles vont en faire le tour en se prosternant. Ça leur prendra deux mois. »

Les vieilles s'évanouissent au bout d'un défilé. Le ciel s'éclaircit. En tête de la troupe, le Lama Laconique lève le bras droit pour marquer la fin de l'étape. Puis il désigne une falaise. Des mousses signalent une source. Mais pas un seul arbre à l'horizon, pas même un buisson d'épineux. C'est pourtant là qu'on va camper.

Nouveaux nuages. Suivis d'une apparition de la Montagne, malheureusement trop fugace pour envisager une photo. Les nuées, cependant, épargnent ses contreforts. Observation aux jumelles. Elles débusquent un chaos de petites chaînes et d'éboulis qu'interrompent, çà et là, de modestes étendues de terre rase, nue et jaunasse.

Question au Lama Laconique – par le truchement de Simpson il faut être sûr de ce qu'on dit :

« Qu'est-ce que tu as voulu dire, hier soir, avec ton histoire de route morte ? »

L'index du jeune homme balaie le panorama.

« T'as bien vu. »

Le rouquin ne traduit pas. Il se renfrogne, il boude. Ça l'agace vraiment, que Rock comprenne le golok.

Sur le coup de six heures, dîner. Toujours du mouflon grillé. Ça devient lassant. Ouverture, par conséquent, de deux boîtes de choucroute. Mais l'odeur allèche les moines, qui se précipitent. En moins de deux minutes, elles sont vides. Coup de blues.

La température remonte, l'air s'assèche. Ce soir, pas de contes, pas de récits, encore moins de récits dans le récit : personne ne parle. Impossible de démêler pourquoi, jusqu'à la fin du repas où le Lama Laconique annonce :

« Il y a des Rimongs dans le coin, faut doubler la garde. »

En sus du sens de l'orientation, le moine semble avoir la notion du temps, il proclame :

« Plus que deux jours. »

L'annonce semble abattre Simpson, qui cesse de bouder et se remet à traduire. Les moines se rapprochent du feu et ne pipent mot. Seul le Pirate se fend d'un commentaire :

« Fera beau demain. »

Cette nuit, vers trois heures du matin, sortie, histoire de pisser et d'observer le ciel. Étoiles très claires, très brillantes, surtout du côté des Pléiades. Pourquoi diable s'acharnent-elles à ressembler au croquis ?

20 juillet. L'œil à peine ouvert, certitude que la lumière, dehors, est idéale. Sortie précipitée de la tente. En effet, de tous côtés, cascades d'un joyeux soleil. Et pluie d'étincelles, à cause du givre. Coup d'œil au thermomètre. – 2° C. Si on veut saisir la Montagne au cœur de cette splendeur, il faut partir illico.

Pour une fois, pas de toilette. Et breakfast expédié. Le Lama Laconique comprend tout de suite pourquoi : il mime le geste du photographe et, pour la première fois depuis huit jours, éclate de rire. Puis il pointe un piton au bout de la ligne de dunes. Une heure plus tard, on y est. Cérémonie des mesures. Altitude : 4 630 m. Température : 10° C. Distance estimée entre la Montagne et le point d'observation : 52 km. Vent : nul.

Observation à la jumelle. Le Point de l'Excellent Cheval est dissimulé par un chaos de roches. Mais les

deux dômes glacés, eux, s'incrustent dans la rétine
avec une précision surprenante, au sérac près. Quintessence de glaces et de neiges, perfection, absolu de
pureté. Le glacier est d'un bleu-vert magnifique,
notamment à l'endroit où sa langue rencontre, à la
base, de noires coulées de silice – des moraines
récentes, vraisemblablement. « Phô-tôôôôh ! »

Panoramique. Filtre K4. Temps de pose : une
minute. Le montage de l'optique sur les jumelles fonctionne comme prévu. Déclencheur. Une fois, deux
fois, trois fois. Gestes heureux. Pas un tremblement,
maîtrise achevée de la situation.

Quand, brutalement, déferlant du plus profond du
cerveau, raz-de-marée rouge.

Ce n'est pas l'altitude, c'est autre chose. La
mémoire du corps. Celle de l'œil. Suée, tics. Puis, plus
irrépressible encore, crise de larmes. Alors, comme
l'ombre de Li-Su s'allonge, ce cri qui fend l'air gelé :

« Seul... Laisse-moi seul ! »

Il fait très chaud. Impossible d'imaginer que sur certains sommets, au-dessus de Vienne, traînent encore quelques laisses de neige. La comtesse Potocki est partie il y a deux jours. À Trieste. La semaine dernière, elle était à Deauville. Le mois d'avant, c'était Nice. À moins que ce ne soit Corfou ? On dit aussi qu'elle s'amuse parfois à prendre des paquebots pour New York.

Le Comte en a profité pour faire revenir la cantatrice. Il a deux autres maîtresses, mais pour l'instant, l'élue, c'est la Josefa. Aucune idée de son vrai nom. C'est à l'office qu'on la nomme ainsi. Le Comte, lui, en toutes circonstances, lui donne du « madame ».

La Josefa fait toujours semblant d'être gaie. Lorsqu'elle est seule, cependant, elle sort de son aumônière un petit revolver de nacre et le contemple longuement. Il faut l'espionner pour le savoir. Heureusement qu'on est en été et qu'il n'y a pas d'oiseaux noirs.

Mais Potocki a au moins deux qualités : il la traite bien ; et il se fiche du qu'en-dira-t-on. Ses deux autres maîtresses, elles, n'ont droit qu'à de courts après-midi dans une petite alcôve du dernier étage. Si la Josefa est bien traitée, c'est sûrement qu'elle est célèbre. Elle doit aussi savoir s'y prendre, elle fouine partout, elle connaît tous les recoins du palais. Le Comte n'y voit que du feu. Il a beau être ministre de l'Empereur, il ne connaît rien à l'espionnage.

Une belle femme, la Josefa. Immense, toute en seins, toute en jambes. Et elle a bon cœur. C'est elle, aujourd'hui, qui dit à Potocki :

« Vous ne pouvez pas laisser le corps dans cette loge minuscule. Il n'y a que deux pièces, et ils vont avoir des visites. Sa famille à elle arrive de Hongrie. Et puis, le petit... »

Le Comte est estomaqué, il lui rétorque :

« Dites donc, vous êtes mieux instruite que moi de ce qui se passe sous mon toit ! »

Il a un air méfiant, d'un coup. La Josefa s'en balance, elle poursuit :

« Quel crève-cœur ! Si vif, si futé, ce petit. Tellement en avance sur son âge... Petit chou. Vous devriez penser à lui payer des études... »

Le Comte a autre chose en tête : il n'arrête plus de lorgner les seins de la Josefa et fait la moue.

Mais elle ne désarme pas :

« Pauvre chou... Il ne faut pas qu'il voie le corps... »

Le Comte se cabre.

« Vous et les marmots... »

Elle se raidit.

« Si seulement j'en avais un... »

Potocki se détourne aussitôt et lâche, soudain très sec :

« Sachez, madame, que je n'ai pas à me faire dicter ma conduite. Ce petit, quand sa mère est tombée malade, je l'ai immédiatement installé là-haut, dans les chambres de bonne, avec sa sœur. »

Mais la Josefa est une sacrée têtue, elle ne lâche pas prise.

« Je ne parle pas du petit. Je parle du corps, dans cette loge. Les visites de la famille... La chaleur... »

Elle en transpire de plus belle, la Josefa, rien qu'à penser à la femme qui vient d'expirer dans la loge. Elle sort donc son éventail et soupire :

« Je vous en supplie, cher ami, ne laissez pas le corps là-bas. »

De plus en plus nerveuse, elle agite son aumônière. Sous sa soie brodée, on distingue parfaitement les contours du petit revolver.

❧

Dans le coin de la bibliothèque où la Josefa l'a installé cinq minutes plus tôt – « Viens avec moi, ne reste pas là, allez ! Suis-moi, je vais te montrer un livre avec de belles images » –, le petit chou ne lève pas les yeux de la reliure que la cantatrice aux gros seins lui a fourrée entre les mains. Mais il ne regarde pas les belles images. De toutes ses oreilles, il écoute. Et il comprend tout. La Josefa, pourtant, parle la langue du Comte et de la Comtesse : le français.

Il n'a pas eu à l'apprendre, ça s'est fait tout seul : tellement longtemps que les jours de bal, de concert, de grand dîner, il sait se faire invisible. Tout lui est bon : encoignures des portes, tentures, dessous de meubles. Il n'a été pris qu'une seule fois, le soir où il s'était caché derrière le piano à queue du salon bleu. La Comtesse a manqué d'avoir une attaque et en a parlé allemand : « Mais qu'est-ce qu'il fiche là, ce mouflet ?... Convoquez-moi tout de suite la mère... Fraü Rock, apprenez donc à tenir vos enfants à leur place... Je vous préviens que si ça se reproduit... »

Ça ne s'est jamais reproduit. Ou, plus exactement, on ne l'a jamais repris.

La Josefa coule un nouveau regard vers le petit chou. Elle transpire de plus en plus et répète : « Pauvre petit ! » Le pauvre chou, lui, pique le nez dans son livre. Et, comme d'habitude, n'en perd pas une. Après quelques secondes d'immobilité absolue, il relève la tête.

La Josefa se rapproche maintenant du Comte, tous seins dehors. Ils sont beaucoup plus gros que ceux de sa mère. C'est dire !

Mais la voix de la cantatrice n'est pas douce, elle est grave, lui monte du ventre, lequel, à chaque mot, manque de faire crever son corset.

« Je vous répète, cher ami, qu'avec toutes les visites qu'ils vont avoir, il est indécent de laisser le corps dans cette loge. Et puis, la température qu'il fait... »

Elle extrait cette fois un mouchoir de son aumônière. Sous la soie, le revolver est de plus en plus visible. Elle s'éponge le front, s'évente. La sueur lui ruisselle entre les seins. Son chignon s'avachit sur sa nuque. Elle a des cheveux blonds qui tirent sur le roux. Sous l'effet de la chaleur, son teint très blanc se caille – on dirait du lait qui tourne.

Mais cette étrange désagrégation, contre toute attente, semble fort au goût du Comte. Il plonge subitement la main dans son décolleté et s'esclaffe :

« Vous en avez, du cœur, madame !

– Bas les pattes ! » piaille la Josefa, en allemand cette fois.

Potocki recule, mais recommence à glousser. Puis il enchaîne, en allemand comme elle :

« On a trois jours devant nous, autant en profiter ! »

Et il recommence à la peloter.

La Josefa n'est pas de cet avis, loin de là. Elle répète : « Bas les pattes ! », puis se dresse sur ses ergots :

« Je vous préviens que si vous laissez ce cadavre en bas... »

Le Comte prend peur, il se remet à parler français :

« Certes, certes, madame... »

Puis il poursuit un ton plus bas :

« Facile à dire, moins facile à faire... »

Il a le même air contrarié et sournois que lorsqu'il revient de ses audiences avec l'Empereur. Et, comme toujours en pareil cas, il bombe le torse, écarte les jambes. Ça fait peur. Enfin il tire sur les jambes de son pantalon, rajuste sa cravate, s'empare de sa montre de gilet et va vérifier dans la première glace venue qu'il est toujours aussi élégant.

Le voici rassuré. Il se met à arpenter la bibliothèque. À chaque pas, le plancher craque. Il grommelle :

« Il y a bien le grand salon, évidemment... Mais toute cette bande de va-nu-pieds que ce ballot de Rock a trouvé malin de prévenir dès que sa femme a commencé à tourner de l'œil... Des gens de je ne sais où, Carinthie, Styrie, Hongrie, allez savoir. Des bouseux... Et une tripotée, je présume. Vous voyez tout ça au beau milieu de mes saxes ? »

La Josefa a changé de place. Elle s'est installée près
d'une fenêtre, a regardé un moment les tramways descendre le Ring. Puis elle a fini par lâcher :

« Alors ici, dans la bibliothèque ! »

Le Comte ne répond pas. Il recommence à écarter
les jambes et à bomber le torse. Il va sûrement piquer
une colère. D'autant qu'elle ne voit rien, la Josefa,
d'autant qu'elle s'entête :

« On enlève les tables, on place le lit au fond, ici,
tenez, là où ce pauvre bout de chou... »

Le Comte semble de plus en plus exaspéré. Et elle,
de plus en plus nerveuse : elle revient vers lui, lui
claque son éventail au nez, et cingle :

« Tout de même, vous pouvez bien faire ça pour
Rock ! C'est le meilleur de vos domestiques ! La façon
dont il régente vos gâte-sauce, aux cuisines... Et son
service, parfait ! Même à la chasse, même quand on
part en pique-nique... Vous êtes bien tous les mêmes,
vous, les... »

Elle s'arrête à temps. Elle a bien fait, elle se serait
fait gifler, comme la petite Juive qui vient de temps
en temps passer l'après-midi dans la chambre du dernier étage. Mais elle est maligne, la Josefa, elle sait
nager, elle met tout de suite de l'eau dans son vin :

« Tenez, mon ami, si vous étiez galant homme, c'est
là que vous m'emmèneriez, en pique-nique dans les
montagnes. Vous vous souvenez, la dernière fois, au-
dessus d'Innsbruck, quand... »

Le Comte a l'air de s'en souvenir, il coupe aussitôt :

« Mais madame, vos désirs sont des ordres ! »

La Josefa bondit alors sur lui – elle a de nouveau
son teint de lait qui tourne :

« Pas avant que les obsèques de cette pauvre
femme... Pas avant que le corps... »

Le Comte l'interrompt encore :

« Vous n'allez tout de même pas me demander de l'exposer ici... Mes livres de prix... les archives de l'Aïeul... ses manuscrits... »

Sur la droite, Potocki désigne un long rayonnage. La Josefa se calme. Elle semble pensive, d'un seul coup, elle parcourt des yeux les reliures. Puis elle chuchote – on dirait qu'elle est à la messe :

« Oui, c'est vrai, le manuscrit de l'Aïeul. »

Le Comte en profite pour revenir vers elle et lui glisser, cette fois, la main dans l'entrecuisse.

« Bas les pattes ! » murmure encore la Josefa. Mais elle se laisse faire et s'amollit au point de laisser choir son éventail, puis l'aumônière au petit revolver.

Le petit chou connaît la musique : la Josefa va fermer les yeux et geindre un petit moment. Aujourd'hui, Potocki la cale contre les boiseries, sous le portrait de l'Aïeul. Elle ne va pas tarder à rouvrir les yeux et à s'exclamer : « Mon Dieu ! Pourvu que personne n'ait rien vu ! »

Mais, surprise : après deux ou trois marmonnements, le Comte se prend une volée de dentelles dans le nez. La Josefa s'est décollée des boiseries et n'a plus du tout la tête à geindre et fermer les yeux. Elle s'écrie :

« J'ai une idée ! »

Le Comte ne sait plus où il en est, il a les joues très rouges et sa voix de colère :

« Qu'est-ce qui vous prend ?

– Le petit salon rouge ! » s'exclame la Josefa.

Elle est elle-même très rouge. C'est au tour de

Potocki de s'éponger le front. Il a l'air soudain soulagé, il soupire :

« C'est ça, c'est ça, le petit salon rouge... » Et il répète à plusieurs reprises : « Riche idée ! » Elle répond :

« Réglez ça tout de suite et retrouvez-moi dans la chambre. »

Une femme qui commande : c'est fascinant. Surtout au moment où elle sort de la pièce en chantonnant.

Elle en a oublié son petit chou, ou alors il a vraiment le don de se rendre invisible : elle passe devant lui sans le voir. Sans s'apercevoir non plus qu'elle a un téton qui dépasse du corsage. Dressé. Rouge à ne pas croire.

Embrasure de la porte du salon rouge. Jamais su ce qu'il y a derrière : la pièce est fermée à clef depuis qu'un neveu du Comte s'est pendu au crochet du lustre, il y a des hivers de ça, à cause des oiseaux noirs.

Le Comte a l'air fier de cette histoire. Il a dit plusieurs fois à la Josefa : « C'est de famille, de se foutre en l'air, depuis que l'Aïeul s'est brûlé la cervelle dans son château de Pologne. »

Chaque fois qu'il part sur le sujet, Potocki bombe le torse, écarte les jambes et tire sur sa montre de gilet, l'air plus faraud que jamais. La Josefa, elle, répond d'une voix soudain toute sèche, d'un seul coup : « Me parlez pas de ça ! » Et elle resserre les cordons de son aumônière.

Voilà qu'on cherche le petit chou, maintenant. C'est son père. Qui ne l'appellera sûrement pas « petit chou ».

« Arrêtera donc jamais de me filer entre les pattes, ce mouflet ! »

Murmure d'une réponse – cette fois, c'est sa sœur :

« Mais puisque j' te dis qu'il ne veut pas venir... »

Long soupir qui siffle – à nouveau son père :

« De toute façon, c'est quand il est né que sa mère a commencé d'aller mal du ventre. »

Lina, cette fois, hausse le ton :

« Qu'est-ce que tu vas chercher... Elle est pas morte de ça... »

Puis silence. Plus que jamais se faire invisible. Se cacher, tiens, derrière les rideaux de cette fenêtre.

Velours épais. Et rouge, comme les murs du salon.

Çà et là, des taches brunes. Le suint des hivers, sans doute, qui se sont succédé depuis que le neveu du Comte s'est pendu au lustre. On ne chauffe jamais cette partie du palais.

Dans le petit salon, plus un seul chuchotement. Qu'est-ce qu'ils font à la morte ?

Ressortir la tête.

Sur le mur d'en face, une glace à cadre doré renvoie le reflet du salon rouge. Cierges, pénombre. Et quelque chose qui ressemble à un vieux divan. C'est là qu'ils ont mis le corps.

À l'autre bout du couloir, brouhaha subit. La famille de Carinthie qui débarque. Le Comte a raison : ils font tache. Des paysans. Ils ont dû dormir dans des granges, faire une partie de la route à dos de mule : ils sentent la sueur, le foin, le crottin. Et les fleurs des montagnes qui croulent sur leurs bras.

Leurs savates hésitent sur le parquet marqueté, leurs yeux n'en finissent pas de s'écarquiller à chaque nou-

veau stuc, lambris, dorure, miroir. Juste devant la tenture, ils s'arrêtent. Du pollen, des pétales s'écrasent
sur le parquet. Leurs fleurs sont bleues, roses,
blanches, ils ont dû les cueillir en chemin, leurs
corolles embaument encore les cols et les torrents, les
mousses, les cascades. Ils ont tâché de les tresser à la
mode de la ville, en couronne, guirlandes, petites
gerbes. Une femme murmure :

« Pauvre Francesca. Quand on a reçu la lettre,
j'avais bien dit qu'il fallait partir tout de suite. On
serait arrivés pour l'extrême-onction. Quand je pense
à ce pauvre gamin... »

Là encore, le pauvre gamin comprend tout : le hongrois, il l'a sucé avec le lait de sa mère, née de l'autre
côté de la frontière avant son départ pour la Carinthie
avec ses frères. Quant à l'allemand, c'est la langue de
son père. Lequel vient de s'apercevoir de l'arrivée de
la petite bande. Il surgit sur le pas de la porte, suivi
de Lina à qui il souffle une fois de plus :

« Ce sale marmot, vas-tu me le dénicher une bonne
fois pour toutes ? »

Le reste va très vite. Pour commencer, il y a le cri
de la femme qui a regretté d'être arrivée après l'extrême-onction : « Là, là, derrière le rideau... » Ensuite,
la colère de Lina : « Mais qu'est-ce que tu fiches là,
toi ? Depuis le temps qu'on te cherche ! » Elle l'attrape par l'oreille. Puis la poigne paternelle s'abat sur
sa nuque : « On va voir, tiens, s'il va pas l'embrasser,
sa mère ! »

Poussée violente dans le dos.

« Avance donc ! C'est ta mère, tout de même ! »

C'est à ce moment-là que le monde vire au rouge.
À l'exception d'un point central : deux taches noires.
Et d'une masse blanche, par-derrière : la robe immacu-

lée. Le sale marmot ne peut aller plus loin, il a les yeux rivés aux taches noires des semelles. Et il bouge d'autant moins qu'à leur bout très rond il vient de reconnaître les bottines que sa mère enfilait chaque dimanche quand ils partaient ensemble à la messe de onze heures à la Schottenkirche, et qu'elle était si fière de l'entendre chanter dans la chorale. Sans jamais regarder la Vierge, contrairement aux ordres du prêtre qui dirige les petits chanteurs, mais elle, et elle seule, sa mère, plus belle que la statue. Surtout l'été, dans sa longue robe immaculée. En sortant de la messe, elle lui chuchotait à chaque fois : « Mon petit prêtre... »

À nouveau, dans le dos du sale marmot, chuchotis en hongrois. Voix de femme. Toujours celle qui s'est lamentée d'être arrivée après l'extrême-onction.

« C'est bien, qu'ils l'aient mise dans cette robe-là. C'était une si bonne lavandière, dans sa jeunesse. C'est d'ailleurs comme ça, en lavant le linge des riches, qu'elle s'est trouvé une place à Vienne. À Klagenfurt, dans le temps, je me souviens, on l'appelait la reine du blanc. »

Sur la nuque, cependant, la poigne se resserre. La voix paternelle gronde :

« T'es pas une fille, tout de même ! Va l'embrasser ! Puisque je te le dis, qu'elle est partie au Ciel ! Qu'est-ce qui m'a fichu une poule mouillée pareille ! »

La poule mouillée s'approche donc des semelles noires. Et se gèle devant la masse d'étoffes blanches. Plus moyen d'articuler le mot qui se formait dans sa bouche – *maman*. Ni d'ailleurs de bouger : au milieu des dentelles immaculées de la robe d'été les deux énormes seins où, six ans et demi durant, chaque soir, la morte l'a secrètement laissé s'enfouir pour téter un peu de lait. À jamais flasques, les deux mamelles. Taries.

❧

Ensuite, rien que du noir. De loin en loin, un bout de couloir, un tronçon de rampe d'escalier, de boulevard. Rues coupées d'attelages, de tramways. Cris des cochers. Puis le fleuve, enfin, les oiseaux noirs. Qu'est-ce qu'ils fichent là, en plein été ? Sert à rien de savoir. Se contenter de les appeler. Leur demander : « Tuez-moi ! Je veux partir avec maman ! »

Voici d'ailleurs leur bec sur la tempe. On dirait le revolver de la Josefa. Au dernier moment, pourtant, l'œil cherche le ciel. Il est très clair, très limpide. Dans les lointains de la ville, des montagnes. Elles ont la forme de ce qu'il a aperçu entre les deux semelles du cadavre.

Les oiseaux noirs s'enfuient. Le sale mouflet les suit. S'envoler, oui ! Monter, monter, monter vers elle. La rejoindre là-haut, plus loin que les neiges, au plus près du ciel...

« Mais qu'est-ce que tu fiches là ? T'es vraiment un sale môme ! Une fugue, le jour de la mort de sa mère ! À six ans ! Mais puisqu'on t'a dit qu'elle est partie au Paradis... Allez, décolle-toi de là ! »

Dans le petit salon, ensuite, nouvelle poussée sur la nuque. Le sale môme embrasse la tête de la morte. Étreinte forcée. Glacée. Dans le souvenir, maintenant, le rouge des murs vire au noir.

Le maître sanglote. Comme Li Wen-kuo, le soir où il a commencé à folleyer : en enfant, à grosses larmes, la poitrine secouée depuis le fin fond des poumons. Assis entre son théodolite, son trépied et ses optiques, comme si c'étaient des jouets qu'il venait de casser.

Que faire d'autre, sinon redevenir son double na-khi ?

L'ombre de Li-Su s'allonge sur les graviers du piton. Luo Boshi sursaute, cesse net de sangloter. Va-t-il recommencer à hurler : « Laisse-moi seul ! » ?

Pas un mot. Il se contente de lever des joues humides, des yeux vides. Puis, à travers un reste de larmes, entreprend d'inspecter le ciel. Et quand il a bien fini de le parcourir, il laisse tomber :

« Le temps va changer. Il va encore pleuvoir. »

Sa voix est blanche mais calme. Il se lève, recommence à fouiller l'horizon. Sud-sud-est, dans la direction opposée à celle des deux mamelles glacées. Et il soupire :

« On n'aura pas trop de deux jours pour rentrer. »

Dans la seconde, le souffle de Li-Su se met à l'unisson du sien. Et leurs ombres aussi se confondent lorsque Luo Boshi décide de dégringoler les éboulis du côté du piton qui tourne le dos à la Montagne.

À aucun instant Rock n'a regardé en arrière. Il est remonté en selle en réglant son allure et sa conduite sur celles du Lama Laconique, puis a galopé à ses côtés sans plus proférer un mot.

La troupe a rejoint Radja dans le délai exigé par le jeune Bouddha Vivant. Il était plus que temps : le bruit s'était partout répandu que l'*Urussu* hébergé au monastère était un homme de Ma. Les chefs goloks avaient mis sa tête à prix.

Rock, du même coup, n'a pas eu l'impression d'avoir renoncé à son rêve. Il a estimé qu'en tournant bride à moins de cinquante kilomètres de la Montagne il venait de sauver sa peau. C'est seulement quand il a rejoint Choni, un mois plus tard, qu'il a saisi que sa chasse à la chimère était finie et qu'il devrait à nouveau composer avec la cruelle, la basse trivialité de la vie.

Il en a pris conscience à l'instant où, à nouveau hébergé par Yang, il a regagné ses appartements du monastère et découvert, soigneusement et comme ironiquement entreposé au pied du poêle marqué du chiffre 49 de l'ère Kangxi, un colis expédié par la Géante.

Le paquet l'attendait là depuis trois mois, assorti

d'une lettre, et contenait l'ouvrage de Mrs Taylor, ce livre qu'il grillait de tenir entre ses mains depuis que Pereira, trois ans et demi plus tôt, lui avait confié que la vieille missionnaire avait pris une photo de la reine des Goloks.

Depuis sa lointaine île de Guam, Kathleen Hansen lui expédiait son exemplaire d'auteur. Il était dédicacé de la main même de Mrs Taylor. « Ne me le renvoyez pas, ajoutait la Géante. Je vous l'offre. » Rock ne tarda pas à comprendre qu'il s'agissait d'un cadeau empoisonné.

❧

Depuis ses lointains palmiers, telle une impératrice en exil, la Géante avait continué de se tenir au courant de tout ce qui se passait en Chine. Et notamment à Likiang : elle commençait sa lettre en lui relatant la fin tragique d'Emily Clover.

« *Il semble bien que cette pauvre femme ait perdu la raison. Elle passait son temps à attendre le courrier et les journaux. Ce n'est pas à vous que je vais apprendre qu'avec la guerre civile la poste est très irrégulière, et parfois inexistante pendant des semaines et des mois. Ça a dû finir par lui monter au cerveau. Toujours est-il qu'un soir on l'a retrouvée raide morte. À plat ventre sur la tombe d'un chasseur de plantes inhumé depuis des années dans l'église de la mission. Peut-être s'est-elle suicidée. Cela dit, Emily n'a jamais rien pu faire comme tout le monde. Le successeur du révérend Clover, Mr Mark Eltham, m'assure qu'elle ne s'est jamais remise de votre trop longue absence. Je ne sais qu'en penser. Tout ce que la vie m'a appris, c'est que les arrêts du cœur, chez les femmes, ça n'arrive pas comme ça.* »

La Géante écrivait comme elle parlait, en entrelaçant constamment sa froide relation des faits de guirlandes d'insinuations et d'interprétations. Rien qu'à la lire, Rock retrouvait son odeur de lait. Si insinuante, comme sa prose, qu'il préféra interrompre sa lecture pour se plonger dans l'ouvrage de Mrs Taylor.

Malgré les critiques de la Géante, la vieille missionnaire n'avait pas renoncé à son titre, bien dans le goût pentecôtiste : *L'Appel du Grand Nord-Ouest de la Chine*. Et son texte était à l'avenant : un fatras mal ficelé de notes accumulées lors des interminables et vaines expéditions de conversion qu'elle avait menées dans les montagnes et les déserts entourant Xining. Toutes les vingt ou vingt-cinq pages, elle les ponctuait d'extraits de cantiques, de passages de la Bible ou de considérations sur la misère des âmes et des corps en ces pittoresques mais périlleuses contrées. Et comme prévu, entre les pages restées blanches sur les épreuves que la Géante lui avait présentées dix-huit mois plus tôt, elle avait intercalé des photos prises au fil de ses pérégrinations. Des clichés secs, au cadrage benêt, et tout aussi scolairement légendés : « *Auberge typique du Grand Nord-Ouest* », « *Formation de lœss* », « *Vue panoramique depuis le toit de la mission de Liang-chowfu, montrant les trois fameuses pagodes* », « *Fête du Beurre à Kumbum* ». Un seul cliché, inséré entre la page 108 et la page 109, se distinguait du lot. Et pour cause : c'était la photo de la reine des Goloks.

Une femme jeune, entre vingt et vingt-cinq ans. Le plus frappant en elle, c'est son impassibilité. Sans doute de façade, car elle a le regard résigné de tous ceux qui émergent d'un abîme de douleur.

Pour autant, elle se tient très droite, ainsi que les deux femmes qui la flanquent. Elles, la tragédie ne les a pas encore atteintes. Ou alors elles se sont faites de longue date à la souffrance. Elles ont des traits beaucoup plus rudes que ceux de la reine ; ils sont barbouillés de terre noirâtre comme ceux des nomades goloks. Au premier plan, à leurs pieds, est accroupi un gamin dont la légende rédigée par Mrs Taylor assure que c'est le fils de la reine. Ses yeux sont exorbités et emplis d'une terreur extrême. Comme s'il était fou ou drogué.

Les trois femmes, de toute évidence, arrivent des environs de Radja : elles portent sur leur poitrine, à la mode de là-bas, un énorme talisman d'argent, et les manches de leur manteau traînent jusqu'au sol. Mais deux points arrêtent Rock : tandis que ses deux comparses au visage barbouillé de noir arborent des dizaines de nattes très épaisses et très longues où s'entremêlent des tombées de coraux, turquoises et perles d'ambre, la supposée souveraine, elle, a les cheveux coupés à la Jeanne d'Arc. Et la banderole qui, au-dessus d'elle, la proclame « reine des Goloks » n'a rien de protocolaire. C'est tout bonnement la façon dont les militaires chinois, lorsqu'ils ont mis la main sur des ennemis supposés dangereux, les présentent à la populace avant de les liquider.

Rock est revenu à la lettre de Kathleen Hansen. Depuis sa lointaine île à cocotiers, la Géante, entre deux nouvelles grossesses, avait sûrement remué ciel et terre pour éclaircir ce mystère, harcelé de ses courriers amis et relations restés en Chine, bombardé de requêtes les consuls, les fonctionnaires d'ambassade, les missionnaires. Et fini, à force d'acharnement, par élucider les circonstances qui avaient entouré cette photo. Ce qui avait abouti à cette interminable missive. Un mémorandum qu'elle dédiait, plus qu'elle ne l'adressait, à son « si cher Dr Rock », comme elle le nommait dès la première ligne de sa lettre.

La formule, autant que le souvenir de ses copieuses mamelles, lui a donné le frisson. Et il a été d'autant plus chamboulé que le style de Kathleen Hansen, d'un bout à l'autre de son courrier, était resté aussi péremptoire qu'au temps où, adossée à sa cheminée de la mission, elle pérorait à n'en plus finir sur l'histoire des Q'iang, les annales des Sui et des T'ang, les routes menant à la Montagne et au Royaume des Amazones. D'entrée de jeu, elle tranchait : « Cette fille est bel et bien une nomade golok. » Mais, tout aussi vite, elle s'empressait d'ajouter : « Seulement reine, mon très cher Dr Rock, pas plus que je ne suis danseuse au Moulin Rouge ! Ni que l'Amnyé Machen est plus haut que l'Everest ! Car je peux bien vous le dire, maintenant que nous sommes séparés par des milliers de kilomètres : cette histoire de montagne la plus haute du monde, je n'y ai jamais cru ! Pas plus que vous, d'ailleurs ! »

☙

À ce point de la lettre de la Géante, le visage de Rock, comme c'était à prévoir, a été secoué par une rafale de tics ; et s'il a réussi à faire avorter ce début de crise, c'est seulement sous l'effet de la curiosité qui l'a poussé à lire jusqu'au bout ces pages – à mesure qu'il les déchiffrait, elles lui semblaient davantage empester l'odeur de lait suret.

Même si elle était exaspérante, avec ses caractères exagérément appliqué, la calligraphie de la Géante lui facilitait la tâche. Il a donc pu rapidement aller à l'essentiel – un long récit circonstancié qui formait les pages 5 à 8 de ce petit mémoire :

« Ce cliché a été pris en août 1921, dans les semaines qui ont suivi le raid de Ma sur le pays Golok. C'était l'époque où le généralissime voulait forcer les tribus à lui verser un impôt d'un dollar par tête de yak. Comme vous savez, la plupart des chefs s'étaient ligués pour lui tenir tête, à l'exception des gens de la tribu Lürdi. Ceux-là se croyaient protégés par leur éloignement ; et, de fait, aucun étranger, depuis Gesar de Ling, ne s'était jamais aventuré sur leurs terres. Le jour où Ma a lancé son raid contre eux, les hommes se trouvaient donc dans une vallée voisine, à faire paître leurs troupeaux. Les femmes, elles, vaquaient autour des tentes.

« Ce n'était pas la fille de là photo qui dirigeait la tribu, mais sa mère. Quand Ma et ses hommes sont arrivés, ni l'une ni l'autre n'ont eu le temps de sauter sur leurs fusils. Les Chinois ont razzié le camp sans la moindre difficulté. Toutes les femmes sans exception ont été violées, même les petites filles. Puis Ma a voulu tuer la matriarche qui dirigeait la tribu. Sa fille s'est interposée, l'a supplié, a fini par obtenir qu'il l'épargne, contre l'engagement de le suivre immédiatement à Xining en compagnie de son frère et ses deux sœurs.

« Du Ma tout craché ! Depuis quelques jours, le général avait compris qu'à moins d'y aller à la bombe et à la mitraillette, il n'arriverait jamais à soumettre les Goloks. Il était hanté par l'idée de perdre la face. Sitôt rentré à Xining, il a donc présenté cette fille comme la reine des Goloks et l'a exhibée à la populace en compagnie de ses sœurs, dont il a affirmé avec le même aplomb que c'étaient ses ministresses. Puis il a ajouté qu'il venait de l'épouser.

« Ça a épaté tout le monde : là-bas aussi, à Xining, dans les bazars, on se racontait depuis des siècles l'histoire du Royaume des Femmes. Alors vous pensez, un homme qui avait réussi à soumettre et à épouser la reine des Amazones...

« Seulement, cette gourde de Mrs Taylor, vous le savez comme moi, ne connaissait rien à la Chine. Elle n'a jamais déchiffré que vingt idéogrammes et elle parlait mandarin comme moi le maori. Elle n'a donc pas compris un traître mot à cette affaire. Pas davantage, d'ailleurs, que nos andouilles de diplomates en poste à Xining. À leur décharge, il y a tout de même ce que Ma avait fait écrire sur la banderole : il s'y désignait non comme le généralissime en charge de la région, comme il faisait d'habitude, mais sous ses titres strictement chinois et qui remontaient à Mathusalem, si j'ose dire : K'ang-chiu-li, K'ang-li-khan.

« Et que voulez-vous, cher Dr Rock, comme je vous disais toujours lors de nos délicieux thés à la mission : les gens sont devenus effrayants, avec la vie moderne. Ils ont perdu tout sens de la précision. Heureusement qu'il reste encore quelques hommes comme vous.

« Et, justement, très cher ami, si vous vous reportez à ce qui est inscrit au centre de la banderole :

人婦目頭力酒康 | 王女和洛果 | 人婦目頤干力康 »

La Géante le prenait vraiment pour un crétin : de peur qu'il ne perde le fil de son histoire, elle n'avait pas songé une seconde qu'il avait déchiffré la banderole depuis qu'il avait eu la photo sous les yeux. Elle s'était donc mise en peine d'interrompre le cours de sa lettre pour reproduire les idéogrammes. Et les traduisait : « Femme du chef K'ang-li-khan. Reine des Goloks. Femme du chef K'ang-chiu-li. »

Même à distance elle restait terrifiante de raison raisonnante. Mais le plus pénible, dans ce courrier, c'était que tout ce qu'elle relatait sonnait vrai. Et, bien entendu, comme elle était sûre de son coup, il fallait qu'elle enfonce le clou. Qu'elle ratiocine, ergote, descende jusque dans les plus menus détails.

« Les Goloks, quand ils ont appris que la fille de la tribu Lürdi s'était soumise à Ma, ont juré qu'ils la tueraient. Pauvre femme ! Après cette photo, on ne l'a plus revue. Personne ne sait ce qu'elle est devenue. Elle s'est peut-être sauvée, a retrouvé sa mère, sa tribu, ses terres perdues. Mais j'en doute, vous savez bien comment était Ma : avec ses femmes, dix fois plus effroyable que notre ami Yang – si toutefois la chose est possible. Le consul britannique de Xining m'a écrit qu'à chaque fois qu'il a trucidé une de ses concubines, Ma a fait cuisiner son foie et se l'est fait servir à table, accommodé à la sauce du désert, épices, piment et miel – enfin, vous connaissez la musique. Je préfère ne pas épiloguer mais revenir à cette photo. La mise en scène est criante, vous serez bien d'accord avec moi. On voit parfaitement que Ma veut démontrer à la Terre entière que personne dans la région, pas même les fiers Goloks, ne peut résister au canon de ses fusils. La malheureuse ! Quelle mascarade, cette coupe à la garçonne... La même coiffure que ces pauvres filles, chez nous, qui font la noce dans les bars et rêvent de faire du cinéma ! D'ailleurs, si vous regardez la photo de près... »

ཉྫ

À ce point de son courrier, Rock a vraiment eu la sensation que la Géante était là, à ses côtés, à lui parler et à guider son index vers le cliché. Et une seconde fois, au-dessus des pages, il a cru renifler, aigre et très désagréablement insistante, son odeur de petit-lait, tandis le poursuivait parallèlement, au-dessus des lignes, comme dans le salon de la mission, sa voix péremptoire autant qu'imperturbable :

« Avez-vous noté ce regard triste, cette bouche fermée ? Et sa frange, ses cheveux coupés au carré ? C'est ça qui a achevé d'abuser Mrs Taylor, et tous les Blancs après elle. Ils ont cru à une nouvelle Jeanne d'Arc ! Et comme il y avait cette vieille histoire qui continuait à traîner dans le coin, tous ces explorateurs français, anglais ou américains qui échouaient régulièrement dans les missions et dans les consulats en brandissant le texte des vieilles annales... Parce que vous n'étiez pas le premier à vous laisser tourner la tête par cette affaire, cher Dr Rock, autant que je vous le dise aussi ! Ni Pereira, du reste. Un siècle que ça durait, dans le coin, la chasse à l'Amazone... Tous ces Russes qui sont venus traîner dans le coin, qu'est-ce que vous croyez qu'ils cherchaient ? Pas seulement des gypaètes barbus, des chevaux préhistoriques et des graines de pivoines ! Mais vous savez comment va le train du monde, dans ces coins éloignés de tout, où l'on s'ennuie à cent sous de l'heure... Les rumeurs de caravane, les cancans des bazars, les ragots des diplomates... Sans compter, il faut bien le confesser, les potins des missionnaires. Alors vous, Pereira, Mrs Taylor, tous les autres...

« Au fait, à propos de potins, j'ai ouï dire que vous envisagiez de rentrer de votre expédition par le Turkestan, le Karakorum, et, de là, en Inde par les cols du Cachemire. Qu'en est-il au juste ? »

Par bonheur, ce ne fut là qu'un diverticule dans la prose de la Géante, elle revint illico à l'objet de sa lettre :

« Une bête de foire, en somme, cette reine des Goloks. Et Mrs Taylor, une vraie gourdiflote. Ça ne m'étonne pas d'elle, elle a toujours été cruche. Ça saute aux yeux, cela dit, dès les premières lignes de son livre. N'empêche ! À commencer par Pereira, nous sommes tous tombés dans le panneau, mon très cher Rock... »

« *Mon très cher Rock* » : la Géante, cette fois, omettait de mentionner son titre, ce « Dr » à quoi il tenait tant. Et s'octroyait la liberté d'un envahissant adjectif possessif. Rock en a vu repasser devant lui le fantôme enamouré de feue Emily Clover. Et comme il sentait son visage déchiré par une nouvelle rafale de tics, il n'est pas allé plus loin, a ouvert la gueule du poêle et s'est emparé d'un tisonnier pour méchamment enfouir la lettre au fond du brasier.

Le livre, en revanche, il l'a conservé, bien rangé au fond de la malle jaune à côté de l'édition des carnets de Pereira. Et il s'est juré de ne plus jamais prononcer les mots « Royaume des Femmes » ni « reine des Goloks ».

Pour « plus haute montagne du monde », malheureusement, il savait que ce serait une autre paire de manches : il avait laissé sur ce point trop de traces écrites, notamment dans les courriers qu'il avait adressés à Sargent et aux caciques du *National Geographic*.

Mais la lettre de la Géante n'était pas plus tôt réduite en cendres qu'à son habitude il avait déjà trouvé le moyen de se sortir de ce mauvais pas : autour de cette affaire de montagne, il lui suffisait de laisser planer un doute artistique, un flou savant. Raconter, par exemple, que, chaque fois qu'il avait vu apparaître à l'horizon les cimes enneigées de l'Amnyé Machen, son sommet lui avait paru si majestueux qu'il avait eu l'*impression* qu'il était beaucoup plus haut que l'Everest. Cousine de l'illusion, cette étrange perception. Parente de la fascination, voire de l'hallucination, ce qui pouvait aisément s'expliquer par la luminosité et l'extrême limpidité de l'air en ces contrées épargnées par toute forme de pollution. Oui, une simple *impression*. Parfois proche de la conviction, mais plus souvent encore corrodée par le doute.

Bien sûr, il avait cherché à s'assurer de l'altitude exacte du sommet. Mais fatalité ! Lors d'une attaque de brigands (ou, tiens, pourquoi pas ? beaucoup plus astucieux, lors de la crise de folie des yaks), il avait perdu son précieux théodolite. Donc – rageant, non ? – impossible, jamais, de savoir de quoi au juste il retournait...

୭୭

Rock, ce soir-là, n'a pas perdu de temps. Il est aussitôt descendu à la rivière et a précipité dans ses tourbillons glacés le compromettant théodolite. Puis, comme il retraversait le bois de peupliers pour s'en retourner au monastère, une nouvelle inspiration l'a saisi. Et il s'est senti au comble de l'euphorie – une émotion presque aussi violente que tout à l'heure, quand il avait cru toucher le fond. Il était certain que sa nouvelle petite manœuvre achèverait de brouiller les pistes ; et qu'en sus elle lui permettrait d'engranger les dividendes de la gloire, en dépit de son échec et avant même d'être rentré en Amérique. Dès le lendemain, il allait foncer à Tao-chow, droit à l'ultime bureau de poste à fonctionner encore, grâce aux bons offices de Jésus-Sauveur, au milieu du chaos politique sans cesse grandissant. Et il allait câbler immédiatement au *National Geographic*, fautes d'orthographe comprises (et surtout sans mention plus précise de destinataire, histoire que personne n'aille flairer le filoutage) :

TROUVÉ MONTAGNE INCONNUE – STOP – NOM AMNÉ MACHIN – STOP – 200 MÈTRES SUPÉRIEURE EVEREST – STOP – DÉCOUVREUR JOSEPH FRANCIS ROCK UNIVERSITÉ DE HARVARD – STOP – ICI DIFFICULTÉS EXTRÊMES CAUSE INVASION ROUGES – STOP – FAMINE MASSACRES INCENDIES ETC. – STOP – ROCK ACTUELLEMENT DISPARU – PERDU DE VUE DÉBUT AOÛT – STOP – SIGNÉ SIMPSON

Vu le nombre de mots, le câble serait ruineux. Mais un solide investissement. Car on n'y verrait que du feu : trois semaines que Simpson avait regagné ses solitudes herbeuses et retrouvé ses yaks en compagnie de Li Wen-kuo – le Na-khi sans famille, qui folleyait de plus en plus, s'était éperdument attaché à lui, et le rouquin s'était parfaitement accommodé de son délire : il était persuadé qu'il l'avait converti.

Voilà qui faisait du petit hystérique un pigeon sur mesures. L'arnaque passerait d'autant plus aisément qu'il portait un patronyme tellement commun que, même ici, au fin fond du grand nord-ouest de la Chine (pour parler comme l'écrivaine-missionnaire), des Simpson, il devait bien s'en trouver trois ou quatre. Au fond de son désert d'herbe, le rouquin aurait donc expiré son ultime « de toute façon » avant d'avoir jamais eu vent du bidouillage télégraphique.

Au moment de franchir la porte taillée dans la muraille, cependant, Rock s'est remis à penser à la reine des Goloks. Il a revu sa photo, ses yeux tristes, la banderole en chinois. Et comme ce souvenir lui était décidément insupportable, il a choisi d'en user avec lui comme de la mémoire de Muir.

Ou du Pacte, du faux diplôme, des seins de la Josefa, des visites de la Nuit, des vols chez Potocki, du moment où il avait voulu expédier le bancroche sur les sentiers ultra-glissants des gorges, de l'autre côté de la Montagne du Dragon de Jade. Il allait l'entasser avec le reste, oui. Dans cette région de lui-même où continûment, nuit et jour, au plus obscur, il couvait son secret.

Entrefilet du quotidien américain *Washington Post*
en date du 4 avril 1927

Un explorateur de l'université de Harvard est porté
disparu au Tibet (dépêche télégraphique spéciale).

Les dernières nouvelles de Joseph Rock remontent à
plus d'un mois. Il se trouvait alors à la frontière chinoise.

Shanghai, le 3 avril 1927 – Selon Clarence K. Spiker,
consul américain à Shanghai, et Joseph E. Jacobs, consul
à Yunnanfu, l'absence prolongée de Joseph Rock, explorateur sous mandat de l'université de Harvard, suscite
de vives inquiétudes. Il est porté disparu depuis plus
d'un mois.

La dernière fois qu'on a eu des nouvelles de M. Rock
remonte au 1er mars dernier, à Likiang, ville située sur
la frontière qui sépare le Tibet de la province chinoise
du Yunnan, où il effectuait une exploration pour le
compte de l'arboretum de Harvard.

M. Rock, en provenance de la province du Setchwan,
avait déclaré qu'il se dirigeait vers Yunnanfu, mais que
sa progression était freinée par le conflit qui oppose les
tribus chinoises et tibétaines. L'explorateur avait fait
savoir que les Tibétains, au nom de l'autodétermination,
tentaient de repousser les Chinois, et que, du même
coup, dans toutes les régions frontalières, les conditions
de vie étaient devenues hasardeuses.

Les officiers consulaires estiment que M. Rock est
retourné en territoire tibétain pour échapper à l'hostilité
des Chinois. L'amitié des Tibétains lui aurait permis d'y
trouver refuge. Ils lui auraient fourni des armes et une
escorte.

Le Monde de Rock

(Paris, 26 juin 2006)

Qu'on permette à la voix de l'enquêtrice de recouvrir un court moment celle de la narratrice. J'avais quasiment achevé ce roman quand j'ai reçu un courriel qui m'a troublée. Il était rédigé par une personne que, selon son surnom, nous appellerons « Muffie ». Elle m'écrivait depuis la bibliothèque du Royal Botanic Garden d'Édimbourg où elle préparait un ouvrage sur les botanistes américains du siècle passé. Elle y fouillait les archives de Rock et s'agaçait d'être sans cesse confrontée aux manipulations, coupes, trucages et traficotages divers qu'en virtuose qu'il était des effets de bluff, trompe-l'œil et poudre aux yeux l'ex-chasseur de plantes y avait opérés avant de livrer ses papiers à la postérité.

Pareilles découvertes enflamment l'imagination du romancier – elles lui laissent si généreusement le champ libre... À l'inverse, elles ont le don d'exaspérer les historiens. Je ne fus donc pas surprise que Muffie m'écrive à quel point c'était un travail délicat que de débrouiller un écheveau pareil où ne cessaient de s'emmêler des événements parfaitement véridiques, bien qu'apparemment extravagants, et les incessants trucages biographiques de Rock – surtout pour ce qui touchait à sa vie privée.

Ce qui m'arrêta, en revanche, c'est le raccourci par lequel elle résuma son découragement d'historienne devant les papiers de l'ex-chasseur de plantes : *« À coup sûr, Rock est fait pour la fiction : il était lui-même une fiction. »*

Sous la plume de Muffie, qui vit à l'université de Harvard et dont le propos est de mettre au jour, sur Rock et ses confrères botanistes, la vérité la plus objective possible, la phrase avait une résonance étrange : de façon indirecte, elle-même avait été mêlée à ce « roman vrai » que fut la vie de Rock : elle n'est autre, en effet, que la fille de Janet Wulsin, la femme qui, en 1925, avec son mari Frederick, précéda Rock au monastère de Choni...

Je connaissais ce « roman vrai » : plusieurs mois plus tôt, par l'entremise d'un amateur de pivoines viennois, Muffie avait cherché à me rencontrer. Nous nous étions vues et, avec sa discrète élégance, elle m'avait relaté la suite de l'histoire de sa mère. Janet Wulsin s'était rabibochée avec son mari, avait eu deux enfants. Mais Frederick était resté épris de Susan, l'autre femme qui avait été du voyage de Choni. Comme celle-ci était devenue veuve, il avait demandé le divorce et l'avait obtenu. Janet s'était remariée. C'était de cette nouvelle union qu'était née Muffie.

Sa passion pour la « première vie » de sa mère était telle qu'elle lui avait consacré un livre[1] ; et lorsque nous nous étions rencontrées, en octobre 2005, elle m'avait parlé de Rock et du prince Yang comme d'amis intimes, de proches parents. Pourquoi donc m'écrivait-elle maintenant : « Rock est lui-même une fiction » ? Ce n'était pas seulement sous l'effet du découragement. Dans toute cette histoire, nul n'était

---

1. *Vanished Kingdoms*, New York, Aperture Ed., 2002.

mieux placé que Muffie pour savoir à quel point, dans les destins d'exception, la ligne qui distingue la réalité du roman reste constamment flottante. Indécise, floue.

Rock fut lui-même victime de ce « syndrome du héros de roman » : après sa mirobolante aventure et sa « non-découverte » de la Reine et de la Montagne, il ne cessa plus de s'inventer.

Pour autant, il ne devint pas mythomane : ce qu'il racontait était toujours vrai – on peut aisément s'en assurer en confrontant les articles qu'il publia dans le *National Geographic* et les faits mis au jour depuis par les historiens, ethnologues, sociologues qui, au Yunnan ou au pays Golok, travaillent sur le terrain. Il ne versa pas non plus dans la mystification ou le charlatanisme. Mais, dès qu'il sortait de sa solitude, c'était plus fort que lui, il fallait qu'il joue au Grand Rock, à l'explorateur grand style, grand luxe. Il ne pouvait s'empêcher de prendre la pose du chasseur de plantes héroïque et dandy. Jusqu'à sa mort, sa vie fut donc jalonnée de disparitions et de réapparitions. D'effets de silence, de mystères, de retours soudains à l'Occident, de coups d'éclat, de colères tonitruantes. Dès qu'il rentrait à l'Ouest, il allait de palace en palace, claquait des fortunes en sleepings de première classe, restaurants gastronomiques, costumes, chaussures, chapeaux et cravates ultra-chic, s'insinuait dans des réunions mondaines, des couloirs d'universités ou d'académies savantes où il s'aplatissait pour quémander titres et honneurs, et, au premier accroc – qui ne manquait jamais de survenir, lorsqu'on lui demandait, par exemple, de produire ses diplômes... – il était saisi d'un accès de misanthropie encore plus brutal que le coup de tête qui l'avait poussé à fuir l'Asie. Il repartait alors pour le Yunnan, parfois d'une heure à l'autre, s'y repliait à nouveau dans une solitude extrême et se consacrait corps et âme à cela seul qui le passionnait depuis qu'il avait échoué à conquérir la plus haute montagne du monde : son austère, patiente exploration de la culture et de la langue na-khis. Authentiquement, souverainement indifférent à sa légende.

Et pendant ce temps-là, c'étaient les autres qui s'en chargeaient. Des gens que son personnage avait époustouflés ; souvent des admirateurs anonymes qui ne l'avaient jamais rencontré, savaient à peine où il vivait et à quoi il ressemblait. Ils avaient seulement lu ses articles dans le *National Geographic*, succombé au pittoresque de sa prose et plus encore à l'énigmatique beauté de ses photos, leur rayonnement fascinatoire qui reste, quoi qu'on en ait, incrusté sur la rétine. Quelque chose de très mystérieux, en eux, s'en était trouvé chamboulé. Alors ils lisaient et relisaient Rock, ils parlaient et reparlaient de Rock, ils devenaient, à distance et sans le savoir, les agents de Rock dans le monde entier.

Le mal toucha jusqu'à ce fou d'Ezra Pound. Le poète n'avait jamais mis les pieds en Chine, il ignorait ses découvertes botaniques et n'avait jamais vu de sa vie un manuscrit na-khi ; et en savait encore moins sur les Goloks et l'Amnyé Machen. Un jour, cependant, au seul vu d'un de ses articles dans le *National Geographic* lui vinrent ces vers sublimes :

« *Au-dessus de Likiang la crête des neiges est turquoise*
C'est le monde de Rock
Il nous l'a sauvé pour mémoire

Trace ténue dans l'air des hauteurs [1] »

En somme, après sa non-découverte de la Montagne, son destin échappa à Rock. À son retour de l'Amnyé Machen, pour sa plus grande surprise, il s'aperçut que tout le monde, en dehors de la direction du *National Geographic*, se moquait bien qu'il eût ou non trouvé un sommet surpassant l'Everest. Personne n'y avait vraiment cru. En revanche, chacun, en secret, avait eu envie de croire à son histoire de Royaume des Femmes.

Rock n'évoquait jamais ce point. Mais, là encore, on se fichait bien qu'il eût ou non déniché, au pied de son glacier, la souveraine des dernières Amazones. L'essentiel, c'était qu'il l'eût cherchée. Et qu'il s'y fût pris de cette façon, avec ses douze Na-khis en uniforme, et en trimballant un tel barda : l'argenterie, le gramophone, les grands crus, les disques de Caruso et Melba, sans compter la baignoire gonflable...

Aussi, à son retour, tout le monde en resta là : à ce personnage qu'il avait si fièrement, si follement campé. Seuls des observateurs plus perspicaces ou attentifs, tel le journaliste Edgar Snow, pressentirent qu'il consacrait une grande partie de ses forces à la construction de son image, comme on dirait de nos jours ; et une énergie presque aussi démesurée à la fuir. Parfois, de façon très allusive, le journal de Rock en laisse pressentir les raisons. Ainsi ces lignes étranges qu'il écrivit après son échec, lors du second hiver qu'il passa à Choni, à la fin d'une journée où, une fois de plus, il avait été à deux doigts de se tirer une balle dans la tête : « *Le trouble de toute notre existence, c'est le désir. J'ai coupé le cordon de la vie*

---

1. Ezra Pound, *Cantos*, CXIII.

*en renonçant au désir (...). Le désir est la cause
de tous les péchés, la source première de tout mal, le
Mal personnifié...* »

Mais il avait beau moraliser : depuis un bon
moment, son personnage ne lui appartenait plus. Tout
au long de sa route vers l'Amnyé Machen, sa quête du
Royaume des Femmes avait enflammé l'imaginaire
des Blancs qui vivaient en Asie. Tous ceux qui, à
l'époque, avaient croisé son chemin avaient été
éblouis par sa caravane, et davantage encore fascinés
par lui. Il s'en était sûrement aperçu : à la première
occasion, il avait assailli de courriers non seulement
Sargent et la direction du *National Geographic*, mais
tout ce qu'il comptait de relations en Chine, en
Europe, en Amérique et ailleurs. Il avait aussi bombardé de câbles ses banquiers de Shanghai et de Pékin
– il faut dire que, dans le chaos de la guerre civile, ses
virements peinaient à atteindre les lointaines et microscopiques agences de la frontière du Tibet – et n'avait
jamais manqué une occasion de se décrire en héros
solitaire, replié dans des lamaseries aussi somptueuses
que glaciales, face à des paysages magnifiques et sous
la perpétuelle menace de la famine et de la barbarie.
Même à Hawaï, on avait été au courant : durant le
second hiver qu'il passa à Choni, les courriers qu'il
adressa à ses amis de Honolulu furent si alarmants que
ceux-ci remuèrent ciel et terre pour lui faire parvenir
du café...

Aussi, bien avant que le *Washington Post* ne signale
sa disparition aux confins du Tibet, le récit de son
expédition avait fait le tour de l'Asie. Depuis des
mois, les principaux épisodes de son aventure – sa
rencontre avec Pereira, leur rivalité dans la conquête
du mystérieux Royaume des Femmes, son séjour au

monastère de Choni, sa rocambolesque incursion en terre golok – étaient figés comme ceux d'une légende dorée. Déformés, embellis, sans cesse nourris et enrichis par les rêveries et, bien entendu, les fantasmes sexuels qui s'attachent depuis la nuit des temps au mythe des Amazones... Ainsi, un Français dont on n'a jamais pu établir l'identité (peut-être un diplomate qui avait été en poste en Inde, et qui, lorsqu'il regagna Paris, vécut dans la mouvance des surréalistes) s'empara de l'aventure de Rock et, sous le pseudonyme de Renée Dunan, concocta, dès 1925, une bizarre bluette érotique, parsemée de détails qui désignaient Rock : son héros était un géologue qui collectionnait de vieux manuscrits asiatiques et se lançait un jour, assisté d'une cohorte de solides et jeunes gaillards, à l'assaut des montagnes himalayennes, où il se faisait enlever par une impérieuse princesse. Un sbire lui apprenait à temps que la dame pratiquait la polyandrie et qu'elle avait la détestable habitude de couper la tête de ses amants. Le héros du livre se sortait, bien sûr, de ce mauvais pas. Il faut dire que sa nature l'y avait grandement aidé : il était impuissant...

Lors de son bref retour en Amérique, fin 1927, Rock eut le génie de faire s'emballer la légende. De San Francisco à Washington et Boston, il se promena escorté de deux de ses Na-khis, vêtus comme lui d'un manteau en poil de chameau, chaussés de richelieus à bout golf et coiffés d'un impeccable fedora, et, ainsi accoutrés, les présenta à chacun pour ce qu'ils avaient été sur les hauteurs du pays Golok : son assistant photographe et son empailleur...

Les imaginations s'enflammèrent de plus belle. Il s'en régala. On voulut le fêter. Il ne refusa aucune invitation. Dans les réunions mondaines, il subjuguait les femmes par ses talents de conteur – « Ce jour-là, quand la concubine du prince de Choni s'est agenouillée devant moi et qu'elle m'a tendu son gâteau de lune... », « Le jour où j'ai découvert le Bouddha Vivant au milieu de ses pendules dont aucune ne sonnait à la même heure... », « Le sorbet au dentifrice mentholé du prince Yang et les tentacules de pieuvre en conserve qui flottaient au fond de ma coupe... ». Mais, dès qu'une de ces dames commençait à s'intéresser d'un peu plus près à lui, il courait se réfugier dans sa chambre d'hôtel et s'installait devant son journal pour y déplorer, une fois de plus, façon Jean-Jacques Rousseau, la décadence et la corruption de la « civilisation »...

C'était sa façon d'occulter son secret de Nguluko : les deux enfants qu'il avait faits à l'une de ses servantes, et qui, là-bas, au pied de la Montagne du Dragon de Jade, au bord du torrent qui traversait le village, grandissaient.

≈

Il repensait parfois à Yang. À la façon dont ils s'étaient quittés, le 10 mars 1927, dans le bois de peupliers, en se serrant la main à l'occidentale, puis, une fois à cheval, en agitant longuement leur toque au-dessus de leur tête. Quelques minutes plus tard, quand il s'était retrouvé à l'abri des regards, Rock avait fondu en larmes. Il le confesse dans son journal, il n'arrêtait plus de répéter, entre deux sanglots : « Il n'y a qu'un seul Choni au monde. »

À l'approche du pays de Tebbu, cependant, il avait été saisi d'un élan mystique et, face aux cimes enneigées, s'était soudain enflammé pour « l'immense et insondable Grande Cause ». Puis il s'était éloigné de ses Na-khis, ainsi qu'il l'avait fait avant de renoncer à s'approcher de l'Amnyé Machen. Cette fois, ce fut pour entonner face aux sommets une chanson de son enfance : « *Ich ging in Walde so für mich hin um nichts zu suchen dass war mein Sinn* » – « Je déambulais dans la forêt. Chercher le rien, tel était mon but. »

Pour le remercier de son hospitalité, il avait laissé à Yang ses disques et son gramophone. Des années durant, il s'imagina le prince installé dans son palais face au pavillon de l'appareil, envoûté par les envolées de Caruso dans *Don Giovanni*. Il finit par apprendre que ses préoccupations étaient beaucoup moins contemplatives. Après l'avoir dépossédé de ses terres, les communistes l'avaient nommé « Commissaire aux Barbares ». Puis les nouveaux maîtres de la région, qui avaient fort à faire, s'en étaient allés fouetter d'autres chats. Yang en profita pour régler ses propres comptes, mit la main sur le trésor de guerre accumulé par l'un des fils de Ma, enleva quatre de ses femmes et les emmena au pays de Tebbu, où il les viola, puis les assassina.

Dès qu'ils l'apprirent, les suppôts de Ma déclenchèrent un raid de représailles sur Choni. Ils pillèrent la ville, puis l'incendièrent. Les cadavres jonchaient les rues ; le choléra fit le reste. Yang se cacha un moment chez les nomades de Tebbu puis, le calme revenu, regagna son palais. Une nuit, un fracas de mitraillettes le réveilla en sursaut. Il se sauva par une porte dérobée, gagna dans le noir les berges de la rivière. Quand il entendit derrière lui les voix de ses serviteurs, il crut qu'ils le rejoignaient pour l'aider à fuir. Il s'agissait en fait d'une insurrection populaire : on se rua sur lui, on le ligota, on le précipita dans le torrent, où il fut plongé et replongé jusqu'à ce que mort s'ensuive. Ne survécurent à la révolte qu'une seule de ses femmes et son fils, opiomane, qui devint aussitôt la marionnette des Chinois.

Depuis l'attaque des hommes de Ma, il ne restait rien du monastère. Tout avait été réduit en cendres : les temples, les appartements de Rock, la bibliothèque, les blocs qui avaient servi à imprimer les livres sacrés du *Tanjur* et du *Kanjur*. Et, bien sûr, la terrasse où poussait la pivoine. Mais les exemplaires que Rock avait achetés aux moines avaient depuis longtemps rejoint la bibliothèque du Congrès. Quant à la pivoine – *Paeonia suffruticosa* –, ses graines expédiées avaient germé, elle avait fait souche en Amérique. On peut actuellement l'acheter *via* l'Internet.

Dès lors, le monde de Rock tourna tout seul : l'Occident rêvait à sa place.

Et plus seulement les lecteurs qui dévoraient chaque mois leur *National Geographic*, bien installés à l'abri dans leur fauteuil dans un ranch du Texas, un penthouse de New York ou une petite maison dans la prairie à Grinnell, Iowa. Un romancier-scénariste de Hollywood, James Hilton, enfiévré par les articles que Rock avait écrits sur Choni, se lança dans une fiction qui avait pour cadre une vallée tibétaine miraculeusement épargnée des ravages du temps. En pleine guerre civile chinoise, un certain Conway, Anglais aussi énergique qu'entouré de mystère, allait s'y égarer. Hilton baptisa « Shangri-la » ce Tibet d'opérette. Le succès de son roman fut mondial. Franz Capra s'en inspira pour un film magnifique, ponctué, dans sa version originale, de photos prises par Rock chez les femmes goloks. Emporté à son tour par cette vague de tibétomanie, le futur président Roosevelt baptisa sa maison de campagne « Shangri-la » – c'est l'actuel Camp David.

En quelques années, la légende de Rock alla donc se noyer dans un mythe plus vaste : celui d'un univers perdu sur le Toit du Monde, qui aurait échappé aux vicissitudes de l'Histoire. Les imaginaires prirent si bien feu et flammes que les nazis s'en mêlèrent. Persuadé que la « race pure » n'avait pu croître et embellir que par des froids extrêmes et à très haute altitude, Himmler fantasma sur la légende du yéti, se convainquit qu'il représentait le chaînon manquant entre le singe et la race aryenne, et s'attacha à un explorateur allemand, Ernst Schaëfer, qui s'était déjà risqué sur les traces de Rock dans l'Amnyé Machen pour tenter, lui aussi, d'approcher la reine des Goloks – en fait de souveraine des Amazones, il n'avait rapporté que quelques peaux de pandas. Schaëfer manquait d'argent ; Himmler lui proposa de financer de nouvelles expéditions aux confins du Tibet, de la Chine et de la Mongolie et n'eut aucun mal à convertir le jeune et ambitieux explorateur à son idéologie mortifère. De nouvelles explorations furent lancées dans les parages. Des nomades furent enlevés, qui finirent leurs jours, semble-t-il, entre les mains des médecins d'Auschwitz aux fins de prouver l'effarante théorie...

La Seconde Guerre mondiale venait de commencer, le public oublia Rock. L'imaginaire, à son propos, s'était définitivement figé. Pour ses admirateurs, il continuait de vivre en ermite au fond d'une vallée perdue, quelque part sur le Toit du Monde. Personne ne cherchait à savoir ce qu'il y faisait. Lui aussi avait échappé au Temps.

Pour en finir avec le destin de Rock, on pourrait se contenter de reproduire la phrase par laquelle Flaubert conclut *L'Éducation sentimentale* : « Il voyagea ». Car c'est peu dire qu'il ne parvint jamais à se fixer. Les uns diagnostiquèrent une bougeotte pathologique. D'autres, plus romantiques, parlèrent d'errance. De fait, depuis l'adolescence, Rock aimait la vie vagabonde. Au retour de Choni, cependant, ce nomadisme s'aggrava quand il apprit, trois mois après avoir fait ses adieux à Yang, la mort de Sargent. Il comprit alors qu'à Harvard il n'aurait plus aucun soutien et décida de tout miser sur ses articles. Mais la direction de sa revue restait secrètement échaudée par son renoncement face à l'Amnyé Machen. Après une longue série d'affrontements dont l'écho fit vibrer les vitres du Hubbard Memorial Hall, Rock parvint quand même à ses fins et réussit à revenir au Yunnan, paré du titre prestigieux d'explorateur officiel du *National Geographic*, et ruisselant déjà des mirifiques dollars y afférant. En contrepartie, il s'engageait à découvrir une bonne fois pour toutes une montagne plus haute que l'Everest et un royaume inconnu qui fût vraiment mirobolant. À cet effet, il renoua avec une de ses vieilles connaissances, le roi de Muli, qui régnait, au nord-est de Likiang, sur un territoire gigantesque, dont les torrents charriaient des pépites d'or. Deux années durant, il y fit nombre de séjours et découvrit, comme on le lui réclamait, une montagne encore inconnue des géographes, le Minya Konka. Ces explorations donnèrent matière à une nouvelle série de photos et d'articles qui firent sensation et continuèrent d'entretenir, chez les lecteurs occidentaux, des fantasmes de pureté glaciaire et de mondes soustraits aux lois du Temps. Malheureusement, tout comme l'Amnyé Machen, le Minya Konka était loin de surpasser l'Everest. Dans sa soif de gloire planétaire, Rock ne put malgré tout s'empêcher d'adresser au *National Geographic*, le 27 février 1930, un câble qui devait rester dans les annales :

MINYA KONKA 30 250 PIEDS[1] – STOP – PLUS HAUT PIC DU MONDE – STOP – SIGNÉ ROCK.

À sa grande stupeur, un mois plus tard, quand il regagna l'Amérique, il n'y fut pas accueilli en héros. Ses éructations firent à nouveau vibrer les vitres du *National Geographic*. Mais la direction lui représenta fermement l'étendue de ses doutes et, quand il eut enfin décoléré, il se résigna à réduire l'altitude du Minya Konka à 25 600 pieds[2].

Rentré en Chine, au sud du Yunnan, et installé cette fois dans une belle maison coloniale de Yunnanfu[3], il y connut une longue période dépressive, semée de cauchemars et de maladies toutes plus imaginaires les unes que les autres. Et ce qu'il redoutait inconsciemment finit par se produire : l'année suivante, le *National Geographic* lui refusa ses articles. Un des caciques

---

1. 9 920 mètres.
2. 7 800 mètres.
3. L'actuelle Kunming.

du magazine se justifia par une note férocement intitulée « De l'incompétence de Rock en matière d'écriture » : « Il n'a aucune imagination, assénait-il dès les premières lignes. Aucun sens de la forme. Il ne sait pas comment organiser et construire un article (...). Il rendrait la revue ridicule. Il n'y croit pas, évidemment, il se plaint qu'on change le sens de ce qu'il écrit. Si c'est arrivé, c'est parce que personne n'avait pu déterminer ce qu'était ce sens... »

Tout en admettant que la vie de Rock pouvait donner matière à un roman passionnant (l'ex-chasseur de plantes l'avait proposé à la revue), la conclusion du censeur était sans appel : « Personnellement, je pense que nous avons trait cette vache chinoise jusqu'à sa dernière goutte de lait. »

Dès lors, Rock se consacra exclusivement à la culture na-khi. Ce ne fut pas seulement une fuite, ni un renoncement. Cet univers insoupçonné, droit issu des mondes premiers, d'une richesse humaine et poétique inouïe, devint son unique royaume. Et le patient déchiffrement de ses dieux, rites et légendes, sa plus haute montagne du monde – symbolique, celle-ci. Il s'y adonna corps et âme, religieusement.

Pour autant, il ne mena pas une vie d'ermite. Ses méthodes, incurablement, furent celles d'un excentrique ; et son cheminement aussi erratique et tourmenté que son approche des Goloks et de l'Amnyé Machen. Aux fins de se faire guider dans le dédale des signes et des mythes na-khis, il s'attacha, moyennant une bonne pluie de dollars, les services d'un sorcier. Au bout d'un an, il s'aperçut que c'était un escroc qui lui inventait au fur et à mesure de fausses légendes et des traductions tout aussi fantaisistes. Rock fut dès lors extrêmement circonspect et réussit à dénicher un vieux chaman particulièrement affectueux et coopératif. Les deux hommes s'entendaient si bien qu'en 1946, à la mort du vieillard, Rock sombra dans la mélancolie. Aucun des sorciers qu'il embaucha ne fit plus l'affaire. Il les congédiait les uns après les autres en pestant à chaque fois : « Les jeunes ne savent rien ! »

Ses méthodes restaient tout aussi déconcertantes. Il pouvait travailler pendant des semaines dans sa maison de Nguluko ou, plus tard, à Likiang, compulsant ses manuscrits et ses livres érudits dans une souveraine indifférence à l'agitation environnante, aux enfants qui piaillaient, aux villageois venus lui quémander soins ou médicaments, aux chamailleries incessantes de ses serviteurs, aux menaces constantes que faisait planer sur lui la guerre civile chinoise, dont les exécutions sommaires, qui commencèrent à se multiplier. Puis, d'une minute à l'autre, il décrétait qu'il lui était impossible de se concentrer au milieu d'un pareil tohu-bohu, que c'en était trop, qu'il ne se sentait pas en sécurité, qu'il partait. Et, joignant le geste à la parole, il allait aussitôt s'isoler au diable, parfois pour des mois.

Il passa ainsi l'année 1940 en Indochine, sur les hauteurs de Dalat, à ne rien faire d'autre, semble-t-il, que traduire du na-khi en anglais. Mais le plus souvent, il partait pour le lac Lugu, chez les Mosos de Yongning – le véritable « Royaume des Femmes » –, et s'installait dans un pavillon Ming bâti sur une île au milieu des eaux. Il y travaillait des journées entières sur son éternelle table pliante, en levant le nez de temps à autre vers la montagne Déesse-Mère qui arrondissait ses deux mamelles à l'ouest du lac ; lorsque la nuit était limpide, il pointait son télescope sur les étoiles.

Les Occidentaux qui vivaient dans la région n'y voyaient qu'une extravagance de plus. Néanmoins, Rock continuait à les fasciner. Lorsque les Japonais menacèrent le Yunnan, en 1942, les Tigres volants de l'armée américaine, un été durant, vinrent lui parachuter tout ce qu'il réclamait : de la quinine, de l'aspirine, du chocolat, du café, des conserves, et, bien entendu, les livres qui lui manquaient. Plus tard, fin 1945, quand ce fut cette fois l'Armée rouge qui se mit à rôder dans les parages, Rock ne craignit pas de louer une maison à Likiang – il ne restait, avec lui, qu'un seul Blanc dans la ville.

Mais le temps pressait, il ne fut plus question, cette fois, de vie confortable et luxueuse. Il dut vivre sur les légumes de son jardin et vendre, pour survivre, une bonne part de la vaisselle d'or naguère offerte par le roi de Muli. Il ne compta pas : il était prêt à se ruiner pour tenter de sauver cette culture chaque jour plus menacée par l'avancée communiste. À un ami qui s'inquiétait de le voir s'éterniser là-bas, il rétorqua hautement : « La vie à Likiang n'est pas rythmée par le tic-tac des horloges, mais par le seul mouvement des corps célestes. » Ses accès de névralgies faciales s'étaient aggravés ; il fut contraint de rentrer aux États-Unis pour se faire opérer. Mais, trois semaines plus tard, à peine rétabli, on le retrouvait avec ses sorciers au pied de la Montagne du Dragon de Jade. Il ne se résolut à quitter la région qu'à la dernière minute, le 9 août 1949 (4+9 = 13...), juste avant l'invasion de l'Armée rouge. Depuis quelques jours, une mitraillette était pointée en permanence sur sa porte ; les sorciers qui l'aidaient à déchiffrer ses manuscrits s'étaient égaillés dans les montagnes. Rock n'avait pas plus tôt quitté Likiang qu'ils réapparurent et s'emparèrent de son mobilier et des quelques malles qu'il n'avait pas pu emporter. Non pour les piller, mais pour les mettre à l'abri. C'est ainsi qu'ils recueillirent pieusement sa table pliante et la cachèrent jusqu'au moment où, ces dernières années, le nouveau gouvernement chinois mesura l'importance des travaux de Rock et en fit une gloire locale. Les Na-khis ressortirent alors la petite table qui l'avait suivi depuis l'Amnyé Machen, et sur laquelle il avait rédigé ses dictionnaires. On l'exposa au public. Elle avait survécu à tout.

Durant toutes ces années où il fut privé des dollars du *National Geographic*, Rock ne fut pas pour autant sur la paille : comme nombre d'Occidentaux en Chine, il donnait parallèlement dans le trafic d'antiquités... Il put donc satisfaire sa bougeotte tout à loisir. Entre deux replis en la seule compagnie de ses manuscrits et de ses serviteurs na-khis, il fit plusieurs fois le tour du monde. Il descendait systématiquement dans des palaces, s'emportait au premier retard dans le service, et, les soirs de cafard, ressassait le passé, rouvrait son journal, se retrouvait immanquablement à griffonner en bas d'une page : « *Where are these days* [1] ? » Et parfois se mettait à rêver de vie sédentaire. Ainsi, un soir, dans une cabine de paquebot entre Shanghai et Hong Kong, il se mit soudain à barrer une page de son journal d'une écriture aux caractères démesurément agrandis : « Je veux une maison. Je veux me fixer. ME FIXER ! ! ! » Une semaine plus tard, sa bougeotte

---

1. « Où c'en est allé ce temps-là ? »

l'avait repris. Mais le sort de son immense bibliothèque l'inquiétait ; il estimait sagement qu'elle risquait de sombrer à force d'être transbahutée. De
Yunnanfu à Hanoi, à Haiphong, à Hong Kong – telle
une excroissance de son propre corps –, il n'arrêtait
pas de chercher à la mettre en lieu sûr, puis d'estimer
qu'elle était en danger, et de la redéménager... Après
des mois d'hésitations, il décida en 1940 de la léguer
à l'université de Hawaï, contre une rente viagère.
Deux ans plus tard, en pleine guerre américano-japonaise, il ne put s'empêcher de faire le voyage de Honolulu pour vérifier son état de conservation. Découvrant
que ses livres commençaient d'être rongés par les
cafards et les blattes, il annula instantanément son legs
et le transféra à Harvard.

Quand il eut définitivement quitté la Chine, au
début des années 1950, Rock s'offrit un voyage sur
les contreforts de l'Himalaya, s'installa dans un palace
et rêvassa longuement, du côté de Kalimpong et Darjeeling, devant des sommets enneigés qui évoquaient
de loin la Montagne du Dragon de Jade. Il écrivit
beaucoup à Alexandra David-Neel en ce temps-là.
Mais dans leurs courriers, ils n'évoquèrent jamais
Pereira.

Lorsqu'il partait ainsi au loin, Rock restait très évasif, sur les raisons de ces subites retraites. Ses amis,
quand ils se retrouvaient entre eux, se perdaient en
conjectures ; et, faute de pouvoir éclaircir son secret,
égrenaient ensemble des mots, des gestes qu'il avait
eus. Tous plus singuliers, foudroyants, phénoménaux,
énigmatiques, cocasses, déconcertants.

Allusives, ces scènes. Fugaces, pareilles aux fleurs de pêcher à la fin du printemps, dans le jardin du vieux Ho, quand elles étaient emportées vers les cimes par le vent d'est.

❧

Ainsi le jour de janvier 1930 où, en route pour le lac Lugu, il traça sur les murs d'un temple ce graffito : « Joseph Rock. Reviendrai-je jamais ? Non, jamais. »

Et le matin, un an plus tard, où, repassant par le même temple, il ajouta sous la précédente inscription : « Oui. Encore. 7 février 1931. »

Il y eut aussi le soir où le futur nazi Ernst Schaëfer, de retour de l'Amnyé Machen, débarqua chez lui en guenilles et, malgré son état d'épuisement et d'extrême saleté, lui demanda au bout de deux phrases pourquoi, d'après lui, il avait à son tour échoué à approcher la Montagne. Rock lui répliqua laconiquement : « Par manque d'hygiène ! » – il pensait sûrement à sa baignoire gonflable.

Quand il nota, bravache, sur une page de son journal : « Je n'aime personne et je vis pour moi, dans la solitude, mais sans avoir encore atteint le sentiment de la vacuité humaine. » Est-ce parce que Li-Su venait de le quitter pour devenir gardien de yaks ? On n'a jamais su. Il a aussitôt remplacé Li-Su par Ho Chi-hui. C'est aussi en ce temps-là qu'il a appris l'assassinat de Simpson, taillé en pièces par des Musulmans dans le grand désert d'herbe. Il en a pleuré.

Pendant les inondations qui noyèrent la Chine, au printemps 1933, il y eut aussi toute cette époque où il ne décolla pas le nez de ses livres – Nietzsche et Spinoza, qu'il lisait pour la première fois.

Et quelques semaines plus tard, qu'est-ce qu'il en rebattait les oreilles à tout le monde, de son Noël romantique à Vienne, où il passa ses soirées à chanter des chansons d'autrefois avec sa sœur, ses neveux et un vieux professeur... Il avait déjà pris quinze kilos, à l'époque, mais mit un point d'honneur à se gaver d'oie de Noël et d'apfelstrudel à la crème. Puis il connut l'étrange satisfaction d'apprendre que le palais Potocki venait d'être vidé et vendu à une banque. Après coup, tout de même, ça le rendit nostalgique.

Et sa fureur, à Paris, le 13 janvier suivant, au soir de ses cinquante ans, quand il comprit que les femmes qui l'abordaient au volant de leurs rutilantes automobiles, aux alentours de l'hôtel Scribe, n'étaient nullement de grandes dames parisiennes sensibles à son élégance, mais de ces prostituées de luxe qu'on surnommait « amazones ». Décidément, le mot le poursuivait. Ou alors, on lui en voulait.

Puis vint le jour de mars 1935 où il renvoya son cuisinier. Et celui d'août 1936 où il consentit à le réembaucher.

Le matin de février de la même année, il prit un avion pour Likiang, survola en deux heures les vallées qu'il avait mis des semaines à remonter, du temps qu'il était chasseur de plantes. Quelle émotion, quand il ouvrit ses bras à Li-Su, hagard et vieilli, au milieu de ses yaks, puis lorsqu'il retrouva, à l'abandon, sa maison de Nguluko ! Il en a noirci deux pages de son journal :

« *Il faisait froid en dépit du grand soleil. Les pics familiers à mon œil se dressaient dans un ciel merveilleusement clair, contre un ciel profond et d'un bleu intense. Durant les deux heures que nous sommes restés là, j'ai revécu les années que j'ai passées dans*

*cette maison. Pourtant, je n'aurais pas voulu y séjour-
ner plus longtemps. Je me suis assis pour déjeuner sur
les dalles où Lau Ru s'asseyait pour plumer les
oiseaux. Le paravent avait disparu ; un cochon a sauté
dans un trou percé dans la porte qui donnait sur notre
cuisine. Nous sommes partis ; j'ai jeté un coup d'œil
à l'école, j'y avais naguère planté des arbres, un
eucalyptus de Californie. J'ai oublié de regarder ce
qu'est devenu le pommier que j'avais planté dans le
petit jardin derrière notre maison... »*

Il y avait eu, entre-temps, le Pacte du 31 décembre
1935, à Hanoi, celui où il s'était farouchement promis : « L'extravagance doit impérativement cesser »
– il venait de découvrir l'état désastreux de son
compte en banque. « Je dois désormais vivre simplement et utiliser chaque minute qui me reste à écrire
mes livres. *Je le dois au monde* [souligné deux fois]. »
Et à Hanoi encore, la plus phénoménale colère de toute
sa vie, quand il apprit que le fils de Ho Tzu-chin venait
de se suicider par amour, pour ne pas avoir à subir la
calamité d'un mariage arrangé. Il a hurlé pendant une
bonne demi-heure : « L'amour ! L'amour ! Cette
imbécillité d'amour ! »

Et la bougeotte qui jamais ne désemparait. Pour de
bonnes raisons, parfois. Ce soir d'août 1938, par
exemple, à Paris, où, ayant entendu à la radio un discours de Hitler, il a décidé de rentrer immédiatement
à Yunnanfu. Et là-bas, sa tentation du suicide qui
devient si forte qu'il confie son pistolet au consul américain, avec ordre de ne le lui rendre sous aucun prétexte.

Dans un hall d'hôtel, à Manille, alors qu'il se trouve
une fois de plus entre les États-Unis et la Chine, l'instant où il échappe de justesse à un règlement de comp-

tes entre gangsters. Un client meurt sous ses yeux ; il ne doit son salut qu'en se planquant derrière un pilier.

Les gamins na-khis qui lui crachent dessus, dans une rue de Likiang, en juillet 1949. Puis le moment déchirant où, à Nguluko, il fait don d'une coupe d'or à l'aîné de ses fils, et au cadet, d'une assiette tout aussi précieuse – tout ce qui lui reste des cadeaux du roi de Muli.

L'aîné a vendu son trésor dès qu'il s'est enrôlé dans l'Armée rouge. Le cadet (qui fut persécuté par les communistes jusque dans les années 80, au seul motif que son père était un « impérialiste blanc ») a enterré le sien et l'a récupéré après la Révolution culturelle, date à laquelle il en a fait don à sa fille, qui le possède toujours.

Deux anecdotes, pendant la Seconde Guerre mondiale, achevèrent de statufier Rock dans sa légende. En 1941, comme sa santé déclinait et que, sous l'effet de l'offensive japonaise, il ne parvenait plus à se fournir en chocolat, café, farine, beurre, sucre et autres produits indispensables à la cuisine de son Na-khi, il demanda à l'armée américaine de le rapatrier à Hawaï. Les autorités restèrent sourdes à ses requêtes. Mais il insista tant que six mois plus tard le général en charge de la 14th Air Force consentit enfin à lui envoyer un avion. Malheureusement, Rock et le pilote se manquèrent, il resta sur le terrain au milieu de ses malles, ruminant une fureur parmi les plus phénoménales qu'on lui eût jamais connues. Il ne décoléra pas jusqu'au moment où il apprit que s'il avait rejoint Hawaï à bord de cet avion, comme prévu, il aurait été pris dans l'attaque de Pearl Harbor. Il fut alors saisi d'un fou rire qui, lui aussi, mit beaucoup de temps à se calmer.

Deux ans et demi plus tard, au printemps 44, la guerre américano-japonaise s'intensifia. Comme il connaissait la région mieux que personne, l'armée se rappela à son bon souvenir et lui proposa un poste de cartographe à Washington, au ministère des Armées. Rock accepta aussitôt et fut évacué à Calcutta, entouré de ses précieuses et innombrables malles de documentation sur la culture na-khi. Le traitement royal qu'on lui réservait cessa net au pied de la passerelle de son avion pour Washington : les militaires estimèrent que lesdites malles étaient trop lourdes. La mort dans l'âme, il dut se résigner à les faire charger sur un cargo. Plusieurs semaines après, comme il avait commencé de travailler au ministère, il s'étonna de ne pas les avoir récupérées. On lui annonça alors qu'une torpille japonaise avait coulé le navire dans les eaux du golfe Persique. Il avait perdu dix ans de travail ; ses amis pensèrent qu'il allait se suicider. Après un moment d'effondrement, Rock parvint quand même à se reprendre. On estima qu'il était un fervent disciple de Kipling et avait eu assez de force d'âme, dans cette effrayante adversité, pour appliquer ses préceptes à la lettre – « Si tu vois détruire en un jour l'œuvre de ta vie... »

En lisant de près l'introduction d'un des dictionnaires que Rock publia à la fin de sa vie, on découvre qu'il n'en était rien. Bien avant l'embarquement, Rock avait tout bonnement pris la précaution de faire copier ses précieux documents sur microfilms...

Au début des années 1960, la bougeotte de Rock ne s'était toujours pas calmée. Aussi, à soixante-seize ans, fatigué et malade, il avait accepté d'être hébergé dans la maison d'un couple ami, les Marks, sur les hauteurs de Nuuanu Valley, non loin de Honolulu.

Il voulut toutefois revoir la Chine avant de mourir et s'offrit, en leur compagnie, une petite virée à Hong Kong. Durant l'été 62, il eut aussi la joie de tenir entre ses mains les épreuves de son dictionnaire anglais-na-khi en deux volumes. Et l'extrême fureur d'y découvrir des coquilles. Il passa des nuits, furibond, à les corriger.

Quelques mois plus tôt, le 31 décembre 1961, il avait scellé son dernier Pacte. J'ai sous les yeux les quelques mots qu'il griffonna cette nuit-là dans son journal. Mais à présent, l'enquêtrice s'efface. La narratrice reprend ses droits.

Mémoire du Paradis

(Nuuanu Valley, Hawaï, 31 décembre 1961)

Pas sûr que le Pacte ait de l'effet, cette année. La dernière fois qu'on l'a appelé, le médecin a répété : « Vous êtes trop gros. Vous mangez trop, vous restez trop souvent assis à votre table devant vos paperasses et vos grimoires. Vous êtes trop porté sur la cuisine autrichienne. Sans compter le bordeaux et le petit verre de cognac après le café. C'est comme vos cigares : il ne faut plus. »

Il n'a pas pris la peine de lui répondre. Ni d'argumenter, comme les fois précédentes : « Qu'est-ce qui me reste d'autre, dans la vie ? À part la lecture et la relecture de mes manuscrits na-khis... » De toute façon, il est comme tout le monde, le toubib. Quand il entend « na-khi », il fronce les sourcils et répète : « *Na* quoi ? »

Il y a trois jours, une fois encore on lui a refusé son visa pour la Chine. Si la Mort vient cette année, elle n'aura donc pas à se déplacer jusqu'au pied de la Montagne du Dragon de Jade. Elle se contentera de remonter les sentiers qui mènent aux hauteurs de Nuuanu.

Dans la nuit, au fond de la vallée, il sent glisser le vent de la mer. Du coup, il repense à Muir. Il se souvient des bougainvillées qui fleurissaient devant leur maison de Liloa Rise. Il se rappelle la plage en contrebas, les cocotiers étêtés par les cyclones, la véranda, où continuait, *mille e tre*, de tourner le gramophone.

Mais de façon vague, très floue. Sa mémoire baisse, il faut dire, c'est comme sa vue. Tout ce qu'il arrive à discerner nettement, ce soir, ce sont les bulles qui remontent le long des flancs de sa flûte à champagne. Il y a vingt minutes, quand Mrs Marks a remarqué qu'il n'arrêtait plus de consulter sa montre, elle lui a gentiment lancé : « Prenez donc votre flûte, Dr Rock ! Et la bouteille ! Allez, vous êtes fatigué, montez vous coucher ! » Merveilleuse Mrs Marks. Elle comprend toujours tout sans qu'il soit besoin de rien lui expliquer. Preuve vivante qu'il pourrait exister en ce bas monde quelque chose qui s'apparente au Royaume des Femmes. Avec ses gros seins flapis, Mrs Marks rappelle d'ailleurs la Josefa.

Mais sur le bureau cette année, pas de revolver, et la chevalière de la momie n'est pas non plus de sortie. Trop fatigant, maintenant, tout ce tintouin. Puisque la Mort commence à s'installer bien doucettement dans les os, dans les veines, plus besoin de lui faire de l'œil.

Au centre du champ visuel, par conséquent, rien que la montre. Et, reliés de vert, de rouge ou de noir, les vingt-quatre volumes du journal.

Des années qu'il ne le tient plus. Les rares fois où ça le reprend, c'est pour griffonner à la hâte une volée de notes à la première page qui vient sur le premier carnet qui lui tombe sous la main. Le récit de Noël 1957 en face d'un passage rédigé en 1937. Le Pacte de 1956 à la fin d'un volume qui remonte à vingt-neuf ans.

Il les feuillette quand même, pour la forme, ses calepins. Après tout, c'est la nuit du Pacte.

❧

Tiens ! voici un croquis du Minya Konka, du temps qu'il avait voulu refaire le coup de la plus haute montagne du monde. Et la nécrologie de Muir, découpée dans un numéro du *Honolulu Star Bulletin* d'octobre 36. Et le fameux portrait où ils avaient posé côte à côte, pendant le printemps 1913, en écoutant Caruso dans *Spirito Gentile*. Et maintenant, dans le grand carnet rouge, un des premiers, des feuillets qui ne se suivent pas. Il se souvient très bien pourquoi : il les a arrachés sur les hauteurs de Tengyueh, juste après sa rencontre avec Pereira.

Puis des pages et des pages d'inventaires botaniques, des flopées de notes de terrain qui n'ont jamais servi à rien. Une fleur séchée. Une feuille volante de calendrier, 19 octobre 1932, histoire de se souvenir, sans avoir à écrire une seule ligne sur l'événement, que c'est le jour où il a définitivement fichu Afousya à la porte. Des plans du monastère de Choni. Des croquis pris au Temple de la Famille Ho. Et ces magnifiques pictogrammes na-khis.

Ceux-là aussi, il se souvient très bien du jour où ils sont sortis de son stylo : un 31 décembre, comme aujourd'hui, le plus heureux de sa vie – mais où, déjà ? à Yunnanfu ? à Nguluko ? dans l'île du lac Lugu ? Plus moyen de se rappeler, décidément sa mémoire flanche. Ce qui est sûr, c'est que ce sont les premiers qu'il ait jamais dessinés ; et que ça se passait au temps où il commençait à comprendre quelque chose au pouvoir secret des Signes.

Enfin, bien plié à l'intérieur d'une reliure, le faux diplôme. Il faudrait songer à le brûler une bonne fois pour toutes. D'autant qu'il y a peu, l'université de

Hawaï a décidé de lui en décerner un authentique. Dr Rock, pour de vrai. À l'usure.

Mais, tiens encore ! entre le carnet n° 12 et le n° 13 – qu'est-ce qu'il fiche là, le 13 ? sûrement pas un hasard, à tous les coups un message que lui adressent les puissances obscures –, le petit volume de Li Po. Puissance d'une nuit de Pacte, le recueil se rouvre tout seul à la page intitulée : « Dans la Montagne, Question et Réponse ».

La montre proclame minuit quatre. Trop tard pour se mettre à genoux, trop tard pour invoquer le Treize et joindre les puissances tapies dans la matrice des ténèbres. Pour la première fois en quarante-neuf ans – rien d'étonnant, au fait, 4+9 = 13 ! –, rendez-vous manqué.

Et alors ? Le liquide doré, au fond de la flûte, reste toujours aussi frais. Contre les papilles, au moment où explosent ses bulles légèrement acides, il dégage des arômes de plus en plus subtils. Donc, repousser la montre, allez ! Mieux vaut continuer à boire en se bornant à tracer sur le dernier carnet, d'une main légère : « *Bu une gorgée de champagne.* »

Puis lever l'œil vers le poème et le fixer à tout jamais sur l'impériale et sereine procession des Signes.

山中問答

問余何意棲碧山 笑而不答心自閑
桃花流水窅然去 別有天地非人間

« On me demande pourquoi j'habite la Montagne de Jade
Je ris alors sans répondre
Le cœur naturellement en paix
Les fleurs de pêcher s'éloignent ainsi au fil de l'eau
Il est un autre ciel, une autre terre que parmi les hom-
                                             [mes. »

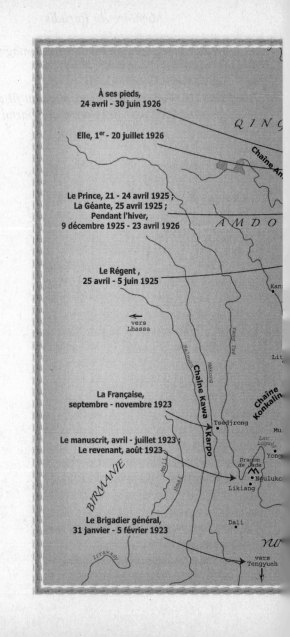

À ses pieds,
24 avril - 30 juin 1926

Elle, 1er - 20 juillet 1926

QING

Chaîne An

Le Prince, 21 - 24 avril 1925 ;
La Géante, 25 avril 1925 ;
Pendant l'hiver,
9 décembre 1925 - 23 avril 1926

AMDO

Le Régent ,
25 avril - 5 juin 1925

Kan

← vers
Lhassa

Lit

Chaîne Kawa

Mékong

Yang Tsé

Chaîne
Konkalin

La Française,
septembre - novembre 1923

Mu

Tseudjrong

Le manuscrit, avril - juillet 1923 ;
Le revenant, août 1923

Lac
Lugué

Yong

Dragon
de Jade

Neuluko

BIRMANIE

Moil

Nmai

Likiang

Le Brigadier général,
31 janvier - 5 février 1923

Dali

Nu

Irrawady

vers
Tengyueh
↓

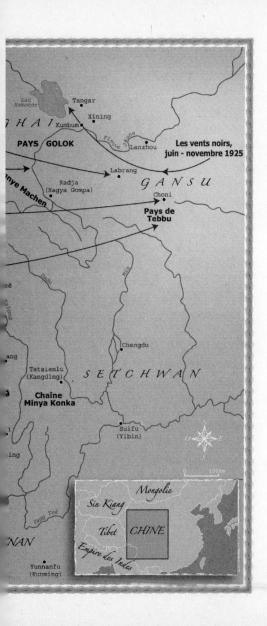

REMERCIEMENTS

À Claude Durand, pour avoir patiemment accompagné chaque étape de cette longue expédition romanesque.

À Maren Sell, pour m'avoir mis entre les mains le petit texte de Renée Dunan inspiré par l'aventure de Rock. Et pour m'avoir si imprudemment suivie au pied de la Montagne sur les pas de la reine des Goloks.

Au chef golok qui, là-haut, nous a sorties d'un très mauvais pas.

À Susan, de Kunming, et Stone Lee, de Zhongdian.

À Huang Zhong Xing, propriétaire de l'ancienne maison de Rock à Nguluko, pour ses explications et son témoignage.

Un merci tout particulier à Leonie Paterson, de la bibliothèque du Royal Botanic Garden d'Édimbourg, pour m'avoir si fidèlement guidée dans les papiers et photos de Rock, et avoir répondu avec autant de rigueur à mes incessantes requêtes documentaires. Merci également à la direction de la bibliothèque du Royal Botanic Garden d'avoir donné son accord à la reproduction d'extraits du journal de Rock.

À Mabel Cabot, de Harvard, pour son regard sur Rock et le prince Yang, ainsi que pour ses éclairages sur la personnalité et le parcours de sa mère, l'intrépide et talentueuse Janet Wulsin.

À Katia Buffétrille, tibétologue et spécialiste de l'Amnyé Machen, qui fut toujours là pour répondre à mes questions et me prêter des documents rares.

À Françoise Pommaret, tibétologue, chargée de recherches au CNRS, qui a guidé mes premiers pas dans les bibliothèques spécialisées.

À Adrien Mattatia, pour son assistance à la bibliothèque du musée de l'Homme.

Au personnel de la bibliothèque de l'École française d'Extrême-Orient.

À Nicolas Grimal, professeur au Collège de France, qui a éclairé de sa science des hiéroglyphes mon approche des pictogrammes na-khis, notamment dans leur relation avec l'environnement naturel.

Au psychothérapeute, phytothérapeute et amateur de pivoines Fritz Neuhauser, pour toutes les pistes qu'il m'a indiquées lors de mon enquête en Autriche, tout spécialement sur l'importance du suicide dans la culture viennoise.

À Ursula Volte et à son mari, qui m'ont éclairée sur les hiérarchies sociales dans la Vienne du début du xxe siècle ; et aidée à interpréter certains documents concernant la jeunesse de Rock.

À Peter Sloterdijk et à son épouse, pour m'avoir hébergée dans la capitale autrichienne sans chercher à comprendre ce qui m'amenait là.

À Valentin Thébault, qui m'a initiée à la commande de documents sur l'Internet.

À François Marot, pour la visite qu'il m'a organisée au siège américain du *National Geographic*.

À F. M., pour le refuge d'écriture qu'il m'a généreusement offert sous les voûtes de sa maison inspirée.

Pour leur soutien sans faille, à Bettina, Chantal, Christine, Claire, Florence, Isabelle, Iselia, Jaïs, Lidia, Marie, Marie-Françoise, Marie-José, Michèle, Paul, Paul-Antoine, Philippe G., R.M., Raynald, Sophie, Viviane, Yann.

Enfin à François qui a tout partagé, les vallées et les cimes, les sommets et les gouffres, les terreurs et les enthousiasmes, le pire avec (à peu près...) la même constance que le meilleur.

ŒUVRES DE JOSEPH FRANCIS ROCK

The Indigenous Trees of the Hawaïan Islands, Honolulu, 1913.

« Palmyra Island, with a description of its flora », *Hawaï Bulletin* n° 4, 1916.

The Ornamental Trees of Hawaï, Honolulu, 1917.

A Monographic Study of the Hawaïan Species of the Tribe Lobelioideae, *Family* Campanulaceae, Honolulu, 1919.

« Hunting the Chaulmoogra Tree », *National Geographic Magazine,* n° 31 (1922), p. 243-276.

« Banishing the Devil of Disease Among the Nashi. Weird Ceremonies Performed by an Aboriginal Tribe in the Heart of Yunnan Province, China », *National Geographic Magazine,* n° 46 (1924), p. 473-499.

« Land of the Yellow Lama : National Geographic Society Explorer Visits the Strange Kingdom of Muli, Beyond the Likiang Snow Range of Yunnan, China », *National Geographic Magazine,* n° 47 (1925), p. 447-491.

« Experiences of a Lone Geographer : An American Agricultural Explorer Makes his Way through Brigand Infested Central China En Route to the Amne

Machin Range, Tibet », *National Geographic Magazine*, nº 48 (1925), p. 331-347.

« Through the Great River Trenches of Asia : National Geographic Society Explorer Follows the Yangtze, Mekong, and Salwin Through Mighty Gorges », *National Geographic Magazine*, nº 50 (1926), p. 133-186.

« Life among the Lamas of Choni : Describing the Mystery Plays and Butter Festival in the Monastery of an Almost Unknown Tibetan Principality in Kansu Province, China », *National Geographic Magazine*, nº 54 (1928), p. 569-619.

« Seeking the Mountains of Mystery : An Expedition on the China-Tibet Frontier to the Unexplored Amnyi Machen Range, One of Whose Peaks Rivals Everest », *National Geographic Magazine*, nº 57 (1930), p. 131-185.

« Glories of the Minya Konka : Magnificent Snow Peaks of the China-Tibetan Border are Photographed at Close Range by a National Geographic Society Expedition », *National Geographic Magazine*, nº 58 (1930), p. 385-437.

« Konka Risumgongba, Holy Mountain of the Outlaws », *National Geographic Magazine*, nº 60 (1931), p. 1-65.

« Land of the Tebbus », *National Geographic Journal*, nº 81 (1933), p. 108-127.

« The Story of the Flood in the Literature of the Moso (Na-khi) Tribe », *Journal of the West China Border Research Society*, nº 7 (1935), p. 64-80.

« Sungmas, the Living Oracles of the Tibetan Church », *National Geographic Magazine*, nº 68 (1935), p. 475-486.

« The Origin of the Tso-la Books, or Books of Divination of the Na-khi or Mo-so Tribe » *Journal of the West China Border Research Society*, n° 8 (1936), p. 39-52.

« Ha-la or the Killing of the Soul as Practiced by Nakhi Sorcerers », *Journal of the West China Border Research Society*, n° 8 (1936), p. 53-58.

« Studies in Na-khi Literature : I. The Birth and Origin of Dto-mba Shi-lo, the Founder of the Mo-so Shamanism, according to Mo-so Manuscripts. II. The Na-khi Ha zhi P'i, or the Road the Gods Decide », *Bulletin de l'École française d'Extrême-Orient*, n° 37 (1937), p. 1-119.

« Romance of Ka-ma-hyu-mi-gky : a Na-khi Tribal Love Story Translated from Na-khi Pictographic Manuscripts », *Bulletin de l'École française d'Extrême-Orient*, n° 39 (1939), p. 1-155.

The Ancient Na-khi Kingdom of Southwest China, Cambridge, Harvard-Yenching Monograph Series, 8, 1947, 2 vol.

« The Mùan Bpo Ceremony or the Sacrifice to Heaven as Practiced by the Na-khi », *Annali Lateranensi*, n° 16 (1952).

The Na-khi Naga Cuit and Related Ceremonies, Rome, Serie Orientale Roma, 4 (1,2), 1952, 2 vol.

« Excerpts from a History of Sikkim », *Anthropos*, n° 48 (1953), p. 925-948.

« The D'a Nv Funeral Ceremony, with Special Reference to the Origin of Na-khi Weapons », *Anthropos*, n° 50 (1955), p. 1-31.

« The Zhi-ma Funeral Ceremony of the Na-khi of Southwest China », *Anthropos*, n° 9 (1955), p. i-xvi et 1-230.

« The Amnye Ma-chhen Range and Adjacent

Regions ; A Monographic Study », Rome, Serie Orientale Roma, 12, 1956.

« Contributions to the Shamanism of the Tibetan Chinese Borderland », *Anthropos*, n° 54 (1959), p. 796-818.

« A Na-khi-English Encyclopedic Dictionary », Rome, Serie Orientale Roma, 38, 39, 1963-1972, 2 vol.

Table

Du même auteur :

Essais

Quand les Bretons peuplaient les mers, Fayard, 1979 et 1988.
La Guirlande de Julie, Robert Laffont, 1991.
Vive la mariée, Du May, 1993.
Julien Gracq et la Bretagne, Blanc Silex, 2000.
Le Bonheur de faire l'amour dans sa cuisine et vice-versa, Fayard, 2004.

Romans

Le Nabab, Jean-Claude Lattès, 1982, Prix des maisons de la presse 1982.
Modern Style, Jean-Claude Lattès, 1984.
Désirs, Jean-Claude Lattès, 1986.
Secret de famille, Jean-Claude Lattès, 1989, Prix RTL Grand Public 1989.
Histoire de Lou, Fayard, 1990.
Devi, Fayard/Jean-Claude Lattès, 1992.
L'Homme fatal, Fayard, 1995.
Les Hommes, etc., Fayard, 2003.

Beaux livres

La Vallée des hommes perdus, Éditions DS, 1994, illustré par l'aquarelliste André Juillard.
Le Fleuve bâtisseur, Presses Universitaires de France, 1997, illustré par les photographies de Bérengère Jiquel, ouvrage hors commerce au profit des hôpitaux de France.
Lady Di, Éditions Assouline, 1998.
À jamais, Albin Michel, 1999.

La Côte d'Amour, Éditions Alizés, 2001, illustré par le photographe Christian Renaut.

Les Couleurs de la mer, La Martinière, 2005, illustré par le photographe Philip Plisson.

Contes

Les Contes du cheval bleu les jours de grand vent, Le Livre de Poche, 1980.

La Fée chocolat, Stock, 1995, illustré par Laurent Berman.

Le Roi des chats, in *Le Chat*, L'Archipel, 1996.

Divers

Quai des Indes, Fayard, 1992.

L'Inimitable, Fayard, 1998.

La Maison de la source, Fayard, 2000.

J'ai trois amours, France Loisirs, 2000.

Composition réalisée par NORD COMPO

Achevé d'imprimer en juin 2008, en France sur Presse Offset par
Maury-Imprimeur - 45330 Malesherbes
N° d'imprimeur : 138334
Dépôt légal 1ʳᵉ publication : juin 2008
Librairie Générale Française - 31, rue de Fleurus - 75278 Paris Cedex 06